L'élue d'Epona

P.C. CAST

L'élue d'Epona

LUNA

Titre original :
DIVINE BY MISTAKE
publié par Luna®

Traduction de l'américain par LUCIE PERINEAU

Luna® est une marque déposée par le groupe Harlequin

83/85 boulevard Vincent-Auriol 75646 PARIS CEDEX 13.
ISBN 978-2808-3384-4 — ISSN 1775-6480

Première partie

1.

Enfin partie. Ma Ford Mustang filait comme une flèche sur l'autoroute presque déserte. Vous avez remarqué que les voitures semblent toujours mieux rouler quand elles viennent d'être lavées ? Je me penchai pour glisser un CD dans le lecteur, avançai jusqu'à la piste 6 et me mis à chanter à tue-tête — moi qui n'ai absolument aucune oreille — avec Eponine au sujet de la futilité de l'amour. A la fin de la chanson, je dépassai sans peine une Chevrolet endormie, et hurlai :

— Bon sang, ce que c'est bien, d'être prof !

C'était le premier jour de juin. L'été s'étendait devant moi comme un continent vierge.

— Toutes ces grasses matinées qui m'attendent !

Le simple fait de le dire à haute voix m'emplissait de bonheur. Les profs ont tendance à parler tout seuls : c'est une chose que j'ai souvent remarquée, au cours de ma décennie passée dans l'enseignement. Ma théorie, c'est qu'étant payés pour parler, nous avons moins peur que les autres d'exprimer nos pensées à haute voix. La vérité, c'est sans doute que la plupart des profs, surtout ceux qui, comme moi, exercent au lycée, sont franchement bizarres.

Il faut être un peu désaxé au départ pour choisir de se consacrer à l'éducation des adolescents. Je vois d'ici ma meilleure amie Suzanna grimacer puis frissonner de répulsion en m'entendant raconter les dernières tribulations de ma classe d'anglais.

— Mon Dieu, Shannon, ils ont l'air tellement... tellement *hormonaux* ! Quelle horreur !

Comme la plupart des professeurs d'université, Suzanna est une parfaite petite snob, mais je le lui pardonne. Elle est tout simplement incapable d'apprécier les intermèdes comiques divers et variés qu'offre la fréquentation des adolescents au quotidien.

Le ténor puissant de Jean Valjean coupa mes rêveries, me ramenant à la route 44 Est, au beau milieu de l'Oklahoma, le 1er juin.

— Ouaip, me dis-je à haute voix. C'est ça, la vie d'une prof de lycée dotée d'un sens de l'humour. On reste pauvre toute sa vie, mais on a une réserve inépuisable d'anecdotes marrantes. Zut, ma sortie !

Ma Mustang encaissa de bonne grâce l'abrupt changement de bord que je lui imposai. « Locust Grove, 22 miles », indiquait le panneau. Calant le volant entre mon genou et ma main droite, je dépliai le prospectus sur lequel j'avais griffonné les instructions. A mi-chemin entre Locust Grove (nom horrible !) et Siloam Springs, il faudrait prendre à gauche, puis à droite à l'intersection suivante, puis de nouveau à droite et ainsi de suite jusqu'à l'endroit où se déroulait la vente aux enchères. « Objets rares et curiosités issues d'un domaine privé — Prix intéressants », affirmait le texte.

— Une chose est sûre : j'adore les vieux trucs bizarres. Surtout quand ils sont bon marché.

Mes élèves comparent souvent ma salle de classe à une faille spatio-temporelle, avec ses murs tapissés de reproductions de peintures préraphaélites, d'affiches de Mighty Mouse et de maquettes du vaisseau Enterprise, et son nombre effarant de carillons éoliens qui pendent du plafond (ben quoi ? ils stimulent le Q.I., ça ne peut pas faire de mal). Ils devraient voir mon appartement ! Bah, je suppose qu'ils ne seraient pas vraiment étonnés. Seule différence : à la maison, je suis une fanatique du rangement, tandis que dans ma classe, c'est le bordel le plus total.

— Bon sang, il faut vraiment que j'arrête les gros mots !

J'espérais m'en convaincre en le répétant à haute voix. La méthode Coué, en quelque sorte. A force de le dire, cela finirait peut-être par marcher…

« Pourquoi pas maintenant ? » s'époumona Javert. Clic ! Adieu, *Les Misérables* ; bonjour la station de jazz de Tulsa. J'avais de la chance de la capter ici, en pleine cambrousse !

« Vous entrez à Locust Grove », m'informa un panneau. Je ralentis, clignai des yeux… et sortis de l'agglomération. Bon, j'exagère peut-être un peu. Je poursuivis ma route à vitesse réduite, prenant le temps de respirer l'odeur verte de la campagne. Au début de l'été, l'Etat de l'Oklahoma est un camaïeu extraordinaire de couleurs, de textures et de parfums. Cela m'agaçait toujours, quand j'étais étudiante à l'université de l'Illinois, d'entendre les gens parler de l'Oklahoma comme d'un grand désert poussiéreux. Ou bien comme un paysage miséreux en noir et blanc, du genre *Les Raisins de la Colère*. Quand j'essayais d'expliquer à mes copains de fac que l'Oklahoma avait pour surnom « le Pays vert », ils rigolaient et me regardaient comme si j'avais trop mangé d'amarante épineuse ou que je m'étais battue avec trop de vaches.

Je traversai la minuscule bourgade de Leach et arrivai au sommet d'une petite colline. Devant moi s'étendait l'Oklahoma dans toute sa beauté et, de ce point de vue, le paysage me parut presque sauvage. J'aime m'imaginer le temps où les routes n'étaient que des sentiers battus, où la civilisation n'était pas aussi sûre d'elle. La vie devait être excitante à cette époque — et je ne parle pas de l'excitation que vous éprouvez lorsque votre directeur vous convoque parce que les parents de Guinevère se sont plaints que vous traitiez leur précieuse progéniture de « traînée » — non, excitante dans le sens où l'on n'avait pas besoin de se brosser les dents, où l'on allait chercher son eau à la source, où l'on tuait soi-même son dîner. Quoique, toute réflexion faite... Il est toujours plaisant de rêver de l'époque des cow-boys, des chevaliers et des dragons, et je reconnais être fascinée par la poésie romantique et les romans historiques, mais, en réalité, le passé manquait cruellement de pénicilline et de dentifrice. Comme diraient mes ados : mauvais plan.

« Vente aux enchères », affirma subitement une grande flèche pointée vers la gauche.

C'était une petite deux-voies piteuse, criblée de nids-de-poule, aux accotements en gravier, mais elle serpentait joliment vers le haut de la colline. Une vieille rengaine me traversa la tête, où il était question d'un chemin en lacets menant jusqu'à la maison de grand-mère, au milieu des bois enneigés, le matin de Thanksgiving... Quelques miles défilèrent tandis que j'essayai de me rappeler les paroles de la chanson.

« Vente aux enchères, Objets rares et curiosités » : de nouveau, une flèche me somma de m'engager sur un chemin plus étroit et caillouteux que le premier. Eh bien ! Il n'y avait qu'à espérer que la difficulté d'accès servirait à dissuader les antiquaires professionnels, bêtes noires de tout chineur fauché qui se respecte.

A vrai dire, le coin semblait carrément dépeuplé ; cela faisait un moment que je n'avais plus vu une seule maison. Bah, peut-être que le « domaine » était un vieux ranch au milieu de vastes terres appartenant autrefois à une famille riche comme Crésus. A présent qu'ils étaient tous morts, leur domaine allait être divisé en petits lots et vendu à des familles doublement salariées, qui se construiraient des maisons neuves et feraient la navette jusqu'à Dieu seul savait où. Ah, la classe moyenne supérieure ! Garante, en ce qui me concerne, de la stabilité de l'emploi. Parce que ces gens-là ont toujours les 2,1 enfants requis, plus 1,5 enfant supplémentaire (d'un précédent mariage). Et que tous ces enfants ont une épreuve d'anglais à leur diplôme d'études secondaires. Dieu bénisse l'Amérique.

Au sortir d'un petit creux et d'un virage, le « domaine » m'apparut subitement au loin. Le moins qu'on pût dire, c'est que ce n'était pas un ranch.

— Nom de Dieu ! C'est la Maison Usher !

C'était décidé : l'été n'était pas la saison idéale pour travailler sur mon problème de langage. Je ralentis. C'était bien ici, comme le confirmait un énième panneau planté le long du chemin en gravier menant vers la maison. Quelques voitures et beaucoup de pick-ups (je vous rappelle que nous étions tout de même dans l'Oklahoma) stationnaient sur ce qui avait été autrefois une magnifique… je ne savais comment désigner quelque chose d'aussi interminable. « Pelouse » me semblait inadéquat. Disons un magnifique parc. Un parc herbu. Le chemin était bordé d'arbres immenses à la *Autant en emporte le vent*, mais sans mousses d'Espagne.

Je devais être arrêtée depuis un moment, bouche bée, parce qu'un vieux bonhomme portant un pantalon noir et une chemise blanche à col montant agitait frénétiquement un réflecteur en plastique orange dans ma direction. Comme je m'avançais vers lui, il me fit signe d'ouvrir ma vitre.

— Bonjour, mademoiselle.

Il se pencha avec raideur et scruta l'intérieur de ma voiture. Une bouffée d'air fétide envahit mon environnement climatisé et fit disparaître ma joie de m'entendre appeler mademoiselle. L'homme, plus grand que je ne l'avais d'abord cru, avait un visage fortement marqué, comme s'il avait passé sa vie à travailler dehors. Sauf qu'au lieu d'être tannée par le soleil, la peau de son visage était d'un jaune maladif.

Bonté divine ! Ce type sortait tout droit des *Démons du maïs !*

— Bonjour, dis-je. Il fait drôlement chaud, aujourd'hui.

J'essayais de me rendre agréable, quoi !

— En effet, mademoiselle.

Une nouvelle bouffée nauséabonde assaillit mes narines.

— Vous pouvez vous garer sur la prairie. La vente commence à 2 heures pile.

— Euh… merci beaucoup, monsieur.

J'essayai de sourire, remontai la vitre et m'avançai en suivant ses grands gestes du bras. D'où venait cette puanteur ? On aurait presque dit une odeur de charogne. Certes, ce type était extrêmement pâle ; peut-être était-il malade. Voilà qui expliquait l'odeur, et le fait qu'il portât une chemise à manches longues au mois de juin. Quant à moi, je n'étais qu'une affreuse chipie qui voyait des personnages de films d'horreur partout. Et pour désigner toute cette herbe autour de la maison, on ne disait pas *le parc*, mais *la prairie.* Autant pour moi !

Avant de couper le contact, je passai quelques minutes à me remaquiller et à me préparer. (Un jour, un homme m'a dit qu'on pouvait deviner la beauté d'une femme d'après le temps qu'il lui fallait pour sortir de sa voiture. Depuis, je prends tout mon temps.) J'en profitai pour jeter un coup d'œil à la maison. Enfin, disons plutôt à la *demeure.*

Ma première impression avait été bonne. Une ambiance à la Poe ou à la Hawthorne flottait dans l'air. L'édifice était immense, tortueux, victorien. En général, j'adore les vieilles baraques, mais, je ne sais pourquoi, celle-ci me faisait un drôle d'effet. Je baissai mes lunettes de soleil pour mieux l'examiner. Qu'avait-elle de si bizarre ? Il me fallut un moment pour comprendre qu'elle avait été construite en plusieurs étapes. A l'origine, ç'avait dû être une grande bâtisse carrée, à laquelle on avait ajouté deux vérandas. L'une, rectangulaire, s'étendait devant l'entrée principale, et aboutissait à une imposante série de marches. L'autre, sorte de véranda ronde avec treillis et vieux rosiers noueux, était tout simplement collée à la façade quelque vingt pieds plus loin. Telle une tumeur, une grosse tourelle avait surgi d'un côté du bâtiment, tandis qu'un appentis à toit incliné avait poussé du côté opposé. Le tout était recouvert d'une atroce peinture grise ridée et craquelée, comme la peau d'un fumeur âgé.

— Il doit effectivement y avoir des trucs *très curieux* là-dedans, murmurai-je.

J'avais déjà posé la main sur la poignée de la portière quand un frisson me parcourut le dos. Un gros nuage passa devant le soleil et, l'espace d'un instant, j'eus l'impression d'être dans un mauvais rêve. *Est-il tard ?* dit une voix dans ma tête. *Il me semble que la lumière baisse.* Mes bons vieux réflexes de prof avaient la peau dure : c'était un dialogue de *Médée*, cette tragédie pleine de vengeances, de trahisons et de morts. Le plus curieux, c'est que cela me semblait assez approprié.

2.

— Ça suffit, Shannon Parker !

Il s'agissait de chasser mes idées morbides et de me mettre dans l'ambiance pour acheter des vieilles babioles poussiéreuses.

Je sortis de la voiture, verrouillai les portes, et reçus une bonne claque de la part de la chaleur estivale de l'Oklahoma. Au loin, le long de la maison, s'étendait une longue table autour de laquelle grouillaient des gens. Je me dirigeai vers eux en me frayant un chemin entre des amoncellements d'objets et de cartons. J'avais les paumes qui picotaient d'impatience à l'idée de fouiller là-dedans. Mais avant toute chose, je devais m'inscrire.

— Oh là là ! J'aurais dû me faire une queue-de-cheval, par cette chaleur.

Piètre tentative de ma part d'entamer la conversation avec la dame qui faisait la queue devant moi.

— Hum.

Tout en s'éventant d'un prospectus elle me dévisagea de la tête aux pieds, prenant apparemment bonne note de mes cheveux moites et frisottants, de mon débardeur de soie blanche qui descendait juste en dessous des hanches, de ma très chic (et très courte) jupe en toile kaki et de mes longues jambes nues.

— Hum ! s'exclama-t-elle de nouveau.

On aurait dit une poule pondant un œuf. Cela signifiait la fin de notre conversation amicale, me dis-je.

— Il doit y avoir des articles intéressants, dans le lot, murmurai-je en me retournant courageusement vers le front dégarni derrière moi.

— Vous avez absolument raison, répondit-il en clignant des yeux pour chasser des gouttes de transpiration. Quand j'ai appris qu'il y avait des lots de verrerie de la Grande Dépression, je me suis dit qu'il fallait que je fasse le voyage. Je suis fasciné par le verre américain, pas vous ?

Ses petits yeux bigleux s'étaient fixés sur mon décolleté. Apparemment, il n'y avait pas que le verre américain qui le fascinait.

— Euh, oui, oui… le verre, c'est toujours cool, dis-je en m'avançant d'un pas.

C'était au tour de la dame devant moi de s'inscrire, mais elle était tellement occupée à regarder Front Dégarni regarder ma poitrine, qu'elle était à peine capable d'épeler son nom.

— Pour tout vous avouer, dit mon voisin en se penchant vers moi (envahissant dangereusement, au passage, mon espace personnel), je dirige actuellement un ouvrage extrêmement intéressant sur les objets de l'époque de la Dépression, et la manière de distinguer les pièces authentiques des copies.

— Ah. Euh, ouais, ça a l'air très intéressant, en effet.

Il n'était pas ressorti de mon espace personnel ! Je m'avançai autant que possible et me collai contre la méchante dame de devant. Celle-ci épinglait très lentement son numéro d'enchérisseur sur sa poitrine — qui semblait, elle aussi, dater de la Grande Dépression.

— Je serais très heureux de vous conseiller au sujet de l'un ou l'autre de ces objets. Je n'aimerais pas voir une jeune personne aussi *charmante* se faire escroquer…

Sa voix s'érailla, et il se tamponna la lèvre supérieure avec un mouchoir. Des halos de transpiration décoloraient déjà sa chemise Oxford à manches longues.

— Je vous ferai signe, promis-je.

Grâce à Dieu, mon tour arriva enfin.

— Votre nom, s'il vous plaît.

Les oreilles du spécialiste de la Dépression se tendirent presque visiblement pour entendre ma réponse.

— Shannon Parker.

— Madame Parker, vous avez le numéro 074. Notez votre adresse dans la case correspondante. Gardez votre numéro sur vous à tout moment, le commissaire-priseur vous le demandera en cas d'achat. Quand vous aurez terminé vos enchères, présentez votre numéro à la caissière, elle établira votre facture.

La procédure standard, en gros. Je pris mon numéro et mes jambes à mon cou avant que Front Dégarni ne se transforme en pot de colle. Je ne comprendrai jamais l'attirance qu'éprouvent pour moi les hommes de petite taille. Je ne suis pas une amazone, mais je mesure tout de même un bon mètre soixante-quinze en chaussettes — et j'adore porter des talons. En outre, je ne suis pas ce qu'on appelle une brindille de fille. Ne vous méprenez pas : je ne suis pas *grosse*, je fais des tonnes d'exercice physique, mais je pèse toujours entre deux et cinq kilos de trop. Je n'appartiens pas au type anorexique tellement recherché de nos jours, non, je suis plutôt du genre longues jambes, hanches rondes, poitrine voluptueuse. Je me sens toujours ridicule en compagnie d'hommes petits : savoir que je suis en mesure de leur casser la gueule désamorce tout intérêt que je pourrais leur porter par ailleurs. Donnez-moi un type de la carrure de John Wayne et je fonds comme un Mister Freeze sur une langue bien chaude. Pour le moment, hélas, ma vie amoureuse était aussi morte que le prince des cow-boys.

Le gros de la vente se déroulait derrière la maison, dans un jardin paysager sans doute autrefois magnifique. Au milieu de ce jardin se dressait une fontaine en ruines surmontée d'une nymphe nue. Les lots étaient disposés en cercle autour de la fontaine. Diamétralement opposés à moi, des engins agricoles attiraient une petite foule de fermiers surexcités. Ils étaient tous en salopettes, et la brise portait jusqu'à moi leurs épais accents de l'Oklahoma. L'un d'entre eux avait même un brin de paille coincé dans l'espace entre ses dents de devant ! Je vous jure que je n'invente pas.

Le reste des articles était classé par genre. D'évidence, le tri avait été effectué par quelqu'un de très méticuleux. Les meubles (chambres à coucher, salles à manger, fauteuils somptueux, et ainsi de suite) étaient soigneusement regroupés à un endroit ; plus loin, lampes, appliques et objets de verre s'étalaient sur de longues tables (M. Front Dégarni se précipita vers elles). Les cartons contenant des bibelots étaient numérotés et espacés de manière que les acheteurs puissent y fouiller sans se mutiler l'un l'autre, et les œuvres d'art étaient exposés sur des tables pliantes et des chevalets.

C'est cette dernière catégorie qui m'attirait. Je ne pus m'empêcher de couler un regard de convoitise vers les meubles, mais, au premier coup d'œil, j'eus la certitude que mon salaire d'enseignante ne me permettrait pas d'acquérir quoi que ce fût dans cette catégorie.

Le propriétaire de tous ces objets (qui serait bientôt leur ancien propriétaire) avait des goûts extrêmement cohérents. Les tableaux exposés sur les chevalets tournaient tous autour du même thème — la mythologie. J'avançai lentement, laissant mon regard vaguer sur les aquarelles, les peintures à l'huile, les acryliques, les gravures. Ici, je vis une naissance de Vénus ; là, une magnifique lithographie représentant les adieux d'Odin à sa fille Brünhild.

— Bon Dieu, regardez-moi ça !

Je ne pus m'empêcher de pousser du coude une reine de

beauté de seconde zone pour lui montrer une gravure. Un immense dragon crachait des flammes en direction d'une guerrière montée sur un cheval blanc. La guerrière détournait les flammes à l'aide de son bouclier tout en agitant inutilement son épée. Je ne pus déchiffrer la signature de l'artiste, mais le titre au bas de la feuille indiquait « Luttons contre les feux de forêt ».

— Celle-là, il me la faut, dis-je en riant doucement.

— C'est un peu bizarre, quand même, vous ne trouvez pas ?

Le vilain accent nasal de la reine de beauté me coupa le sourire.

— Disons carrément anormal, rectifiai-je. C'est justement ce qui me plaît.

Mon interlocutrice me lança un regard éteint avant de s'éloigner en direction du matériel de cuisine. Poussant un soupir, j'ouvris mon petit carnet et y notai : « Lot n° 12 — gravure avec dragon ». A mieux y regarder, le cadre était magnifique, et sans doute au-dessus de mes moyens… à moins que tous ne jugent la pièce « un peu bizarre, quand même » et que je ne sois la seule à enchérir.

Il y avait de nombreuses autres œuvres intéressantes, mais je m'étais promis de concentrer mes moyens financiers sur une seule gravure, éventuellement accompagnée d'un petit vase, d'une figurine ou de toute autre « curiosité » bon marché qui me taperait dans l'œil. Les objets d'art étaient justement exposés derrière les tableaux : pièces uniques mises en valeur sur des tables, boîtes remplies d'articles divers. Là aussi, le thème mythologique dominait. Les sculptures étaient toutes des reproductions miniatures d'œuvres qui me semblaient grecques ou romaines et en tout cas très… comment dire ? dénudées.

On allait bien s'amuser.

Trois figurines masculines d'une soixantaine de centimètres de haut, posées côte à côte, attirèrent mon attention. Je m'arrêtai devant elles en essayant de ne pas avoir l'air de reluquer leurs parties intimes, et déchiffrai les étiquettes. Lot n° 17 : Zeus s'apprêtant à lancer sa foudre.

— Désolé, chéri, dis-je en lui pinçant la foudre, je ne peux pas te ramener à la maison. Tu es vraiment trop coquin.

Lot n° 18 : Souverain hellénique, peut-être Démétrios I de Syrie. Démétrios était un grand type nu, musclé, viril. Surtout nu et viril.

— Eh ben mon vieux ! Si tu pouvais être Galatée, et moi ton sculpteur amoureux…

Je lui tapotai la joue en gloussant, et lançai un regard furtif autour de moi pour m'assurer que personne ne me regardait.

Lot n° 19 : Guerrier étrusque. Trop maigrichon à mon goût. Seules deux choses dépassaient de la statuette : son épée et… sa baguette magique.

— Allez, au revoir, les garçons. Vous êtes drôlement *durs* à quitter, dites donc !

Ravie de mon jeu de mots vaseux, je m'éloignai vers la table suivante, sur laquelle était disposée une demi-douzaine de grands vases. Mon regard glissa distraitement sur ces objets élégants…

L'instant d'après, le monde s'arrêta. Le temps suspendit subitement son cours. La brise se tut. Les bruits s'estompèrent. Je ne sentais plus la chaleur. Je ne respirais même plus. Ma vision s'obscurcit sur les côtés et l'objet devant moi emplit toute ma conscience.

— Oh, pardon ! Je vous ai bousculée.

Mes poumons s'emplirent de nouveau d'oxygène, et le monde reprit son cours. Un aimable inconnu me tenait par le bras pour m'empêcher de tomber.

— Ce n'est rien.

J'aspirai une grande bouffée d'air et tentai de sourire.

— Désolé, je ne regardais pas devant moi, dit l'inconnu. J'ai bien failli vous renverser.

— Ne vous en faites pas, soufflai-je. Je n'ai rien.

Il me lança un regard dubitatif, puis hocha la tête et s'éloigna.

D'une main tremblante, je repoussai mes cheveux en arrière. Que s'était-il passé ? J'étais en train de regarder les vases quand tout à coup…

Mon regard revint vers l'étalage de céramiques, et fut immédiatement attiré par le dernier vase. Mes pieds se mirent en marche de leur propre initiative. Ma main se tendit vers l'étiquette. Lot n° 25 : Reproduction d'un vase celtique trouvé dans un cimetière écossais. Scène en couleurs représentant des suppliants agenouillés devant la Prêtresse Epona, déesse celtique des chevaux.

Ma vision latérale devint floue de nouveau. Mes globes oculaires me semblaient brûlants. Je clignai des yeux et examinai le vase en essayant d'ignorer mon malaise.

L'objet, d'une trentaine de centimètres de haut, avait la forme d'un pied de lampe. Une anse sur le côté dessinait une courbe gracieuse, et le pourtour du vase était orné d'un relief crénelé. Mais ce n'était ni la taille, ni la forme de l'objet qui m'intriguait. Non, c'était la petite scène peinte sur le corps du vase. Traités en rehauts crème et or sur fond noir, les personnages semblaient sauter au visage du spectateur. Une femme se prélassait sur une sorte de chaise longue à coussins. Elle était vue de dos : on ne distinguait que la courbe de ses hanches, son bras nonchalamment tendu vers les suppliants agenouillés devant elle, et les flots de ses cheveux.

— Les mêmes que moi ! m'entendis-je dire.

C'était vrai : exactement les mêmes cheveux, en plus longs. Même couleur rutilante, mêmes boucles souples qui refusaient de rester en place. Mon doigt s'avança vers cette chevelure peinte et toucha la surface du vase.

— Aïe !

C'était brûlant ! Je retirai précipitamment mon doigt.

— Je ne savais pas que vous vous intéressiez à la poterie.

Front Dégarni se matérialisa devant moi et me fixa en louchant.

— Il se trouve que je suis également spécialiste de la poterie primitive américaine.

Il se passa la langue sur les lèvres.

— Les primitifs américains ne sont pas vraiment ma tasse de thé, dis-je.

La réapparition de Front Dégarni dans mon espace personnel me faisait l'effet d'un seau d'eau froide. Mes symptômes bizarres avaient abruptement disparu.

— Je suis plus branchée gréco-romain, en fait.

— Je vois, je vois… Cette petite pièce que vous tenez dans les mains est absolument fascinante !

Il tendit ses mains moites et, d'un geste raide, un peu comme un cafard déplierait ses pattes antérieures, s'empara du vase. Je guettai sa réaction, mais il ne montrait aucun signe de bizarrerie. Il semblait parfaitement normal — aussi normal que peut l'être un collectionneur de verre américain concupiscent.

— Euh, bégayai-je, vous ne trouvez rien de… curieux… à ce vase, par hasard ?

— Pas vraiment, non. Une reproduction habilement exécutée. Je ne détecte aucune anomalie ni dans l'objet, ni dans la peinture décorative. Que voulez-vous dire ?

Il reposa le vase et se tamponna la lèvre supérieure.

— Il m'a semblé… comment dire ? Un peu chaud au toucher.

Je fixai mon interlocuteur du regard. Avait-il remarqué que je commençais à perdre les pédales ?

— Puis-je émettre l'hypothèse, susurra-t-il en pénétrant

plus avant dans mon espace personnel, que cette chaleur soit en réalité dégagée par votre propre corps ?

Il en salivait presque. Quelle horreur !

— C'est bien possible, dis-je.

Il retint sa respiration et se repassa la langue sur les lèvres.

— J'ai peut-être un peu de fièvre, poursuivis-je. Ça fait des semaines que je me traîne une mycose. Par cette chaleur moite, vous imaginez l'horreur !

— Eh bien… Eh bien, en effet !

Front Dégarni battait en retraite à toute vitesse. Tout sourire, je fis mine de le suivre. Il pressa le pas.

— Il faut vraiment que je retourne à mes lots de verrerie. Je ne veux surtout pas rater le début des enchères. Bonne chance à vous.

Puis il pivota sur les talons et déguerpit.

Les hommes peuvent être très agaçants, je vous l'accorde. Mais il n'est pas difficile de s'en débarrasser. Agitez le terrifiant spectre des Problèmes féminins, ils prennent aussitôt leurs jambes à leur cou. J'aime à penser que Dieu a offert ce petit don aux femmes pour qu'elles lui pardonnent tout le reste. L'accouchement dans la douleur, par exemple.

— Maintenant, voyons ce foutu vase.

Vision floue, souffle coupé, cheveux identiques, poterie brûlante… Je me croyais dans une série télévisée gothique, ou quoi ? C'était ridicule. Je devais tout simplement avoir une bouffée de chaleur avant l'heure. (Cela faisait vingt ans d'avance, calculai-je mentalement. Bon, d'accord, peut-être quinze.) Ce n'était pas une minable reproduction de vase celtique qui allait me faire dérailler ! Je me décidai à l'affronter de nouveau.

Le vase se tenait innocemment à l'endroit où Front Dégarni l'avait reposé. Des auréoles brillaient aux endroits où s'étaient posés ses petits doigts poisseux. Je pris une grande inspiration. Une immense inspiration. C'était décidément un objet très intrigant. Plissant les yeux, je me penchai en avant pour mieux l'examiner, tout en prenant soin de ne pas le toucher. La prêtresse possédait bien des cheveux semblables aux miens, en plus longs. Un tissu blanc vaporeux était drapé sur son bras droit, lequel était gracieusement tendu vers le ciel, la main inclinée vers le haut. Cette déesse semblait bienveillante dans sa manière d'accepter les offrandes des suppliants agenouillés devant elle. Un bracelet en or encerclait le muscle de son bras, d'autres brillaient à son poignet. Elle ne portait aucune bague, mais le dos de sa main semblait orné d'un dessin…

— Nom d'un chien !

Je dus mettre la main devant la bouche pour ne pas crier. Mon ventre se contracta et je cessai de nouveau de respirer. Ce n'était ni un tatouage, ni un bijou qui était représenté sur la main d'Epona. C'était une cicatrice. Une cicatrice laissée par une brûlure au troisième degré. J'étais bien placée pour le savoir : le dos de ma main droite était « orné » d'une cicatrice en tout point identique.

3.

— Mesdames et messieurs, la vente va commencer. Si vous voulez bien vous approcher, nous allons ouvrir les enchères sur le lot n° 1, une chambre à coucher…

J'entendis vaguement la mise à prix du lot n° 1 (réplique d'une chambre à coucher victorienne en chêne massif, six pièces), puis la voix du commissaire-priseur se réduisit à un bourdonnement monotone. J'étais entièrement absorbée par mon vase. Comme d'autres retardataires, je traînais près de l'objet de mon choix, attendant que la vente vînt à moi. Des profondeurs de mon sac à main, je sortis un vieux mouchoir en papier usagé puis, lentement, essuyai les traces de doigts laissés par le monomaniaque dégarni. La cicatrice n'était peut-être qu'un effet de lumière. Je clignai des yeux et regardai de nouveau la main de la prêtresse, puis la mienne.

Ma cicatrice était encore là, bien sûr, comme elle l'avait été depuis qu'à quatre ans j'avais eu l'idée géniale d'aider grand-mère à faire cuire plus rapidement les macaronis en agitant le manche de la casserole. L'eau bouillante avait laissé sur ma petite main une drôle de petite cicatrice en forme d'étoile. Trente et un ans plus tard, elle suscitait encore des questions et des commentaires de la part d'amis et d'inconnus. Et voilà que cette dame peinte sur le vase prétendait avoir la même !

Une dame peinte sur un vase celtique ! C'était tout simplement impossible.

Pourtant, la cicatrice était bien là. Ainsi que cette chevelure étrangement similaire à la mienne. Une seule explication possible : je faisais une dépression nerveuse.

— Je crois que j'ai besoin d'un petit remontant, murmurai-je.

C'était le moins qu'on puisse dire. Un coup d'œil en direction du commissaire-priseur m'apprit qu'il n'en était qu'au lot n° 7 (réplique d'une armoire Louis XIV — on enchérissait furieusement). J'avais largement le temps de trouver la buvette et de me reprendre en main avant qu'on n'en arrive aux objets d'art. Inutile de vous dire que j'avais perdu tout intérêt pour le lot n° 25 : la princesse et le dragon allaient devoir se trouver un autre preneur. Tout mon argent et mon énergie seraient désormais concentrés sur le vase celtique.

Curieusement, dès que je m'éloignai de l'étalage de céramique, je redevins normale. Finis, les bouffées de chaleur, la respiration courte, le temps suspendu. Non loin du matériel agricole, une buvette de fortune servait des boissons fraîches, du café et des hot dogs peu appétissants. Je commandais un soda light et le sirotai tout en revenant lentement vers les céramiques.

J'ai toujours eu une imagination débordante. J'adore les histoires fantastiques et le surnaturel. Je suis prof d'anglais, bon sang ! Autrement dit, je fais partie de cette race en voie de disparition qui lit des livres pour le plaisir. Aussi choquant que cela puisse paraître à certains. Mais je n'ai jamais éprouvé aucune difficulté à distinguer le réel de l'imaginaire. Au contraire, c'est précisément cette distinction qui me réjouit.

Dans ce cas, que m'arrivait-il ? D'où venaient tous ces symptômes bizarres ? Comment une vague ressemblance avec une bonne femme peinte sur un vase pouvait-elle me troubler autant ? Je me pinçai : cela faisait mal. Tant mieux. Au moins, je ne faisais pas un de ces rêves ultraréalistes dont j'avais le secret.

Je revins en serpentant vers l'étalage des céramiques. A quelques mètres de la table, mon estomac se contracta. C'était réellement déconcertant. Le mieux, me dis-je, serait d'acheter cette fichue gravure de dragon, de rentrer chez moi et de boire une bouteille de merlot thérapeutique. Mais au lieu de suivre ce conseil, mes jambes me ramenèrent tout droit vers le vase.

— Cette fichue bonne femme me ressemble de plus en plus ! grommelai-je à part moi.

— C'est assez troublant, en effet.

Le grand type squelettique du parking se tenait derrière la table. Il tendit la main vers le vase, frôla du bout de l'index la chevelure de la prêtresse, puis descendit jusqu'à la cicatrice sur sa main.

— Ah, vous avez remarqué, vous aussi ! dis-je avec méfiance.

Il éloigna sa main osseuse du vase.

— Bien sûr, mademoiselle. J'ai remarqué vos cheveux dès que je vous ai vue. Ce n'est pas souvent, de nos jours, qu'on a l'occasion de voir une jolie couleur comme ça. Les jeunes femmes s'enlaidissent en les teignant de couleurs horribles : mauve, jaune, noir. Et elles les portent tellement court… Autant dire que les vôtres sautent aux yeux.

C'était dit sur un ton neutre, mais l'intensité de son regard me gênait. Et, même à plus d'un mètre, je sentais encore sa mauvaise haleine.

— Eh bien, ce vase m'a fait un drôle d'effet, dis-je. J'ai presque eu peur.

Mon interlocuteur ne m'écoutait pas vraiment. Son attention

dérivait sans cesse vers le vase, sur lequel il posait des regards presque amoureux. Et il ne cessait de le toucher.

— C'est le Destin qui vous fait signe, dit-il en tournant vers moi son regard surnaturel. Ce vase vous est destiné, à vous et à personne d'autre.

Je ne pus m'empêcher de rire.

— J'espère que le Destin veillera à maintenir les enchères à un niveau abordable pour une prof de lycée.

— Bien sûr qu'il le fera, mademoiselle.

Puis il disparut après avoir caressé une dernière fois le vase.

Bon sang, ce que ce type pouvait être bizarre... A bien y réfléchir, il ressemblait davantage au maître d'hôtel de la famille Addams qu'au papa dans les *Démons du Maïs*, mais cela ne le rendait pas tellement plus rassurant.

La vente progressait à toute vitesse : on enchérissait déjà sur les statuettes. Plusieurs personnes semblaient s'intéresser à mes petits gars ; je ne pouvais pas le leur reprocher. Je me glissai dans le groupe agglutiné autour de l'estrade mobile du commissaire-priseur. Zeus fut mis à prix à cinquante dollars, mais cinq enchères plus tard, il était passé à cent cinquante. Une femme corpulente l'emporta à cent soixante-quinze. Pas une mauvaise affaire. Le Syrien suscita plus d'émoi (sans doute en raison de sa musculature virile). Les enchères atteignirent rapidement les trois cent cinquante dollars. Tout cela commençait à m'inquiéter : on n'était plus du tout dans mes prix.

Finalement, le Syrien partit à quatre cent cinquante dollars. De mal en pis. Je m'étais octroyé un budget de deux cents dollars pour cette petite excursion ; je pouvais à la limite rajouter cinquante de plus, grand maximum.

L'Etrusque maigrichon partit à quatre cents dollars.

Mon ventre se serra quand la foule me porta vers l'étalage des poteries, et se contracta de plus belle quand j'entendis le commissaire-priseur vanter la qualité exceptionnelle des reproductions gréco-romaines et celtes qui constituaient les six prochains lots. Ne pouvait-il fermer sa grande bouche, pour l'amour du ciel ? Je me frayai un passage à travers la foule en essayant d'ignorer les sensations bizarres que la proximité du vase éveillait en moi. Le lot n° 20 fut mis à prix à soixante-quinze dollars.

Seules trois personnes s'intéressaient sérieusement aux poteries. A vue de nez, ils étaient tous trois antiquaires : même petit carnet, mêmes lunettes, même air coriace que l'on ne voit jamais chez les amateurs. Les pros ne viennent pas dans les ventes pour tomber amoureux d'une pièce et la ramener chez eux. Ils ont une attitude dépassionnée, presque clinique envers la marchandise ; s'ils ont envie de la ramener chez eux, c'est pour la mettre en vitrine à 150 % du prix d'origine. Face à ce trio, je n'avais aucune chance.

Le lot n° 20 fut emporté par la femme aux frisettes blondes (et aux racines noires bien visibles) pour trois cents dollars.

Le n° 21 alla à un marchand aux allures britanniques. Vous savez ce que je veux dire : vif, distingué, poli... mais un bon bain et des soins orthodontiques ne lui auraient pas fait de mal. Il paya cinq cents dollars pour un magnifique vase romain du quatrième siècle, en céramique noire, magnifique exemple du style Moselkeramik, selon le commissaire-priseur. L'Anglais prit un petit air satisfait.

Les lots n° 22, 23 et 24 furent emportés par l'antiquaire n° 3... qui n'était autre que la matrone de la Dépression que j'avais exaspérée au début de l'après-midi. Ils lui coûtèrent respectivement trois cents, quatre cent vingt-cinq et deux cent soixante-quinze dollars.

— Dernière pièce de cette série exceptionnelle de poteries anciennes, annonça le commissaire-priseur, le lot n° 25, reproduction d'un vase celtique découvert près d'anciennes tombes en Ecosse, orné d'une miniature en couleur représentant des supplications à la prêtresse Epona, déesse des chevaux. Notons qu'Epona est la seule divinité celte à avoir été adoptée par les Romains, et qu'elle est devenue la déesse attitrée de leurs armées légendaires.

Il s'exprimait sur un ton fier et hautain, comme s'il avait été un ami personnel d'Epona. Je le haïssais.

— Je vous signale également l'utilisation très intéressante de rehauts colorés sur fond noir. Quelqu'un veut-il ouvrir les enchères à soixante-quinze dollars ?

— Soixante-quinze !

Je levai la main et regardai le commissaire-priseur droit dans les yeux. Il est important de signaler, par un contact visuel, qu'on est sérieusement intéressé. J'insistai aussi lourdement que possible.

— Soixante-quinze à ma gauche, qui dit mieux ?

— Cent, dit la Matrone en levant sa grosse main.

— Cent dix, dis-je en me retenant de crier.

— Cent… dix, répéta son Altesse Royale sur un ton condescendant. J'ai cent *dix* dollars à ma gauche ; quelqu'un veut-il monter à cent vingt-cinq ?

— Cent cinquante dollars, s'il vous plaît.

C'était l'Anglais, évidemment.

— Cent cinquante dollars pour monsieur, répéta le commissaire-priseur d'une voix respectueuse (le fumier !). Qui dit mieux ?

— Deux cents, dis-je entre mes dents.

— Deux cents pour madame à ma gauche.

J'étais revenue dans ses bonnes grâces.

— Deux cent vingt-cinq, quelqu'un ?

Silence. Je retins ma respiration.

— La dernière enchère est de deux cents dollars, répéta-t-il.

De nouveau, un silence chargé. J'avais envie de l'étrangler. « Allez, dis-le ! Adjugé, vendu ! » hurlai-je en silence.

— Deux cent vingt-cinq dollars ? Personne ?

— Deux cent cinquante.

C'était la Matrone. Avant que je n'aie pu lever la main pour dépasser mon budget autorisé, l'Anglais agita ses longs doigts blancs et fit monter les enchères à deux cent soixante-quinze.

Mon cœur battait comme un tambour dans mes oreilles tandis qu'au loin, l'Anglais et la Matrone se livraient bataille pour remporter *mon* vase. Les enchères culminèrent à trois cent cinquante dollars. Largement au-dessus de mes moyens. Je reculai lentement tandis que la foule refluait vers un autre étalage, et m'assis sur le rebord de la fontaine décrépite. Les assistants du commissaire emballaient déjà les poteries. L'Anglais et la blonde frisée avaient manifestement fini leur journée ; ils s'attardaient près de l'étalage, riant et bavardant comme de vieux camarades.

Je n'avais pas remporté le vase que le Destin m'avait réservé. J'étais au désespoir, mais les faits étaient là : l'objet était maintenant en possession de l'Anglais. Je fermai les yeux et poussai un soupir qui venait du fond du cœur.

Que faire ? Demander sa carte à l'antiquaire britannique et rassembler assez d'argent pour… Pour quoi faire ? Verser une avance pour qu'il consente à me le mettre de côté ? Dénicher des cours particuliers pendant les vacances pour régler le solde exorbitant ?

Devant moi, l'Anglais prenait justement mon vase — *son* vase — dans les mains et l'examinait avec satisfaction pendant qu'un assistant remplissait de papier journal une caisse de bois. D'un coup, son sourire de propriétaire laissa place à une expression d'agacement, puis de panique.

— Nom d'un chien ! dit-il. Qu'est-ce que cela signifie ?

Il tint le vase à bout de bras et en scruta l'intérieur.

— Y a-t-il un problème, monsieur ? demanda l'assistant, aussi perplexe que moi.

— Absolument ! Ce vase est fendu ! Il n'a plus aucune valeur !

Il le reposa sur la table avec négligence : le vase roula sur son rebord inférieur et faillit tomber.

— Vous permettez que j'y jette un coup d'œil ?

L'assistant s'empara de l'objet et le tendit à la lumière, comme l'avait fait l'Anglais. Puis il blêmit.

— Vous avez tout à fait raison, monsieur. Veuillez accepter toutes nos excuses pour cet article détérioré. Nous allons rectifier votre facture immédiatement.

Tandis qu'il s'excusait, un autre sous-fifre se précipita vers le chapiteau de la caisse.

— Excusez-moi, dis-je sur un ton aussi nonchalant que possible, qu'allez-vous faire du vase ?

Les deux hommes se tournèrent vers moi, éberlués.

— Le remettre en vente… en l'état, évidemment, dit l'assistant.

Il tendit l'objet à quelqu'un d'autre, qui partit à toute vitesse en direction du commissaire-priseur. Je le suivis, les jambes flageolantes, le cœur battant à tout rompre.

— Eh bien, dit le commissaire priseur sur un ton d'agacement, nous avons une erreur à rectifier. Avant de poursuivre la vente du lot n° 31, nous allons devoir remettre en vente l'objet n° 25. Le fond de cette reproduction de vase celtique est manifestement fêlé. C'est tout à fait regrettable.

Je fendis la foule et parvins au premier rang. Le commissaire-priseur montrait le vase aux acheteurs, goulot tourné vers nous afin que nous puissions constater les dégâts. Je plissai les yeux : l'ouverture du vase ondula comme la surface d'un lac sombre, et un vertige me parcourut.

Le commissaire-priseur jeta lui-même un coup d'œil à l'intérieur du vase et secoua la tête en grimaçant. Puis il haussa les épaules et dit :

— Je propose une mise à prix de vingt-cinq dollars. Ai-je un preneur à vingt-cinq dollars ?

Silence.

Je n'en croyais pas mes oreilles. J'avais envie de hurler de joie, mais je réussis à me contenir. Son Altesse Royale balaya du regard la foule silencieuse, et révisa rapidement le prix à la baisse.

— Quinze dollars ? Un preneur pour quinze dollars ?

Silence. Dix minutes plus tôt, on s'arrachait ce vase à des prix astronomiques ; à présent qu'il était fêlé, il ne valait même plus quinze dollars. Le Destin murmura quelque chose à mon oreille.

— Trois dollars et cinquante cents, dis-je.

C'était plus fort que moi. Ma revanche, en quelque sorte.

— Adjugé, vendu ! Trois dollars et cinquante cents. Madame, veuillez donner votre numéro à mon assistant.

Il ne put s'empêcher de grimacer de nouveau.

— Vous pouvez emporter votre lot immédiatement.

4.

— J'ai le numéro 74, dis-je. J'aimerais régler ma facture.

Je ne sais pas si la personne chargée des encaissements était payée à l'heure, mais elle se déplaçait *très* lentement. J'essayai de ne pas m'impatienter et surtout de ne pas hurler : « Je veux mon vase ! Mon vase ! Mon vase ! » D'évidence, ma santé mentale continuait à se détériorer à toute vitesse.

— Cela nous fait un total de… trois dollars soixante dix-huit, taxes comprises.

La caissière cligna lentement des yeux, à la manière des petits veaux.

— Vous pouvez garder la monnaie, dis-je en lui tendant un billet de cinq.

Elle me sourit comme si j'étais le Père Noël.

— Merci beaucoup, madame. Je vais demander à ce qu'on vous prépare tout de suite votre article.

Elle se retourna et lança :

— Zack, le truc de la 74, s'il te plaît.

Zack sortit de derrière la tente, portant une boîte semblable à celles qui avaient servi à emballer les autres vases. La boîte était ouverte afin que je puisse vérifier qu'il s'agissait bien de mon vase. A vrai dire, je n'en eus pas besoin ; dès que le garçon fut à un mètre de moi, une vague de nausée m'assaillit.

— Merci beaucoup.

Avant que je n'aie pu me dégonfler, je pris la boîte, refermai précipitamment son couvercle et partis tout droit vers le parking.

— Et maintenant, on fiche le camp d'ici, et en vitesse !

J'ouvris la porte passager et posai doucement la boîte sur le siège. Puis, prise d'un doute, je décidai de la fixer en bouclant la ceinture de sécurité. Je n'avais pas besoin d'avoir un accident en essayant de retenir cette maudite boîte de tomber pendant que je conduisais.

Quelques secondes plus tard, installée au volant, je savourai l'effet magique de la climatisation. J'enclenchai la marche avant en évitant de regarder mon curieux passager, et repartis comme j'étais arrivée.

— Nom de…

Le papa dans les *Démons du maïs*, ou plutôt le maître d'hôtel de la famille Addams, était réapparu à son poste et agitait de nouveau son bâton orange dans ma direction. Je m'arrêtai et descendis la vitre… seulement à moitié, cette fois.

— Il semble que Destin vous ait donné un coup de pouce, mademoiselle.

Son regard allait et venait entre la boîte fermée et moi. Bon sang, ce qu'il pouvait avoir mauvaise haleine !

— Ouais. Il y avait une petite fêlure dans le fond, j'ai fait une affaire.

Je débrayai et commençai à avancer au ralenti, mais il ne comprit pas le message.

— Vous n'avez aucune idée, mademoiselle, de l'affaire extraordinaire que vous venez de faire.

Il me décocha un regard perçant, puis leva les yeux vers le ciel.

— Le temps change. Conduisez prudemment, mademoiselle. *Très* prudemment. Je n'aimerais pas qu'il vous arrive quelque chose.

— Ne vous inquiétez pas. Je suis une excellente conductrice.

Je remontai la vitre et débrayai à fond. Dans le rétroviseur, je vis Papa Maïs faire quelques derniers pas chancelants vers moi.

— Bon vent, espèce de phénomène de foire ! dis-je en frissonnant.

Ce fut un vrai soulagement d'arriver sur le chemin en gravier, et j'accélérai à fond pour faire voler les gravillons autour de moi. Un dernier coup d'œil au rétro m'apprit que Papa Maïs se tenait au milieu du chemin et me regardait fixement m'éloigner. Son avertissement au sujet de la météo me revint à l'esprit. J'examinai le ciel à mon tour.

— Génial. Il ne manquait plus que ça !

De lourds nuages noirs s'accumulaient à l'horizon comme autant d'ecchymoses sur le ciel bleu. Je roulais vers le sud-ouest, vers Tulsa et apparemment tout droit dans un magnifique orage d'été.

— Eh bien, chers auditeurs, chers auditrices, voyons ce qu'en pensent les météorologues du coin.

Zappant d'une radio à l'autre je tombai sur une station de musique country, une émission agricole où il était question du nombre important de tiques cette saison (je n'invente pas), et un prédicateur qui s'époumonait au sujet de l'adultère (je n'écoutai pas assez longtemps pour savoir s'il était pour ou contre). Pas de jazz, pas de pop et surtout pas de bulletins météo.

— Et si on rentrait tout simplement à la maison dans la Batmobile ? dis-je à la boîte.

Je venais d'adresser la parole à cette maudite boîte. De mieux en mieux. J'étais perdue en pleine cambrousse, je fonçais tout droit dans un orage (un coup d'œil à gauche et à droite suffirent à me le confirmer) et je discutais avec une boîte contenant un vase qui me faisait l'effet de plusieurs amphétamines et d'un triple cappuccino réunis.

— Ça, c'est la goutte d'eau, dis-je à haute voix. A la première station-service, je m'arrête, je mange du chocolat et je laisse passer ce maudit orage.

Je lançai un regard oblique en direction de la boîte.

— Et je prends l'air, ajoutai-je sur un ton un peu agressif.

Pour une fois, je regrettai presque ma phobie des téléphones portables. Je n'en ai jamais possédé. Tous mes amis en ont, bien sûr — le plus grand nombre possible, et les plus minuscules, comme s'ils étaient motivés par une sorte de complexe phallique inversé. Ma meilleure amie (la prof d'université snobinarde) en a un spécialement conçu pour la voiture, qui lui permet de bavarder sans lâcher le volant. Un deuxième modèle microscopique est constamment niché dans son sac à main. Je tolère les railleries de mes contemporains et je leur explique inlassablement que je ne suis pas une Néandertalienne déconnectée du monde actuel. Simplement, je n'éprouve pas le besoin d'avoir un téléphone dans ma voiture, dans mon sac à main, sur mon bureau, dans mon sac de sport, et ainsi de suite. Et que je viendrai leur rendre visite quand ils dépériront, rongés par des tumeurs de la taille de ballons de basket causées par les radiations dont leur boîte crânienne est constamment bombardée pendant qu'ils discutent du meilleur endroit pour boire un café ou duquel d'entre eux a les enfants les plus ratés.

Bref, je n'allais pas mourir pas d'un cancer du cerveau, mais le mur de nuages devant moi me rendait un peu nerveuse. Et cela n'allait pas en s'améliorant. Dans l'Oklahoma, les orages ont des personnalités fortes et désagréables. J'ai toujours été stupéfaite par la vitesse à laquelle le temps change. Un jour, par exemple, je me prélassais au soleil au bord de la piscine de mon petit ami de l'époque. Comme l'exige le cérémonial du bain de soleil, j'étais étendue face au soleil, les yeux fermés, dérivant dans cette dimension parallèle, incroyablement reposante, du bronzage (le petit ami en question était évidemment absent ; impossible de dériver dans une dimension parallèle quand quelqu'un ne cesse de parler de vos seins). D'un coup, un vent frais s'est levé. J'ai laissé un mot de remerciement à l'intention de mon petit ami, j'ai pris mes affaires et je suis partie. Je n'habitais qu'à quinze minutes de chez lui, mais je n'ai pas eu le temps d'arriver avant que le ciel ne me tombe sur la tête. Les nuages gris ont viré au jaune, puis au noir. Le vent glacé s'est mis à tordre les arbres. Des rafales de pluie m'empêchaient de conduire. Par chance, j'ai pu me réfugier dans le petit hôpital de Broken Arrow ; je venais de passer en courant l'entrée des urgences quand l'ouragan s'est abattu sur le centre-ville.

Bon, je vous l'accorde : j'étais sérieusement inquiète. Et ce maudit vase ne m'aidait pas à garder mon calme.

« Leach, 10 miles », indiquait un panneau vert et blanc. Il y avait d'autres panneaux en dessous, mais je n'eus jamais l'occasion de les lire, parce qu'à cet instant, les cieux s'ouvrirent et écrasèrent ma Mustang sous des cordes d'eau.

J'adore ma voiture. Mais la pauvre petite n'est vraiment pas idéale par temps de pluie. Elle a une regrettable tendance à glisser et à faire de l'aquaplaning. Je rétrogradai donc, réglai les essuie-glaces sur rapide et fis de mon mieux pour rester à droite.

La radio n'émettait que des grésillements parasites. Les arbres que j'arrivais à distinguer, le long de la route, étaient inclinés à des angles invraisemblables. J'allumai mes phares, ce qui n'améliora en rien la visibilité. Le vent giflait la voiture, la poussant d'un côté à l'autre : mes deux mains moites suffisaient à peine à retenir le volant.

Mes deux mains moites ?

— Nom de…

Il faisait chaud dans la voiture. Pourquoi ? De l'air froid soufflait des conduits, et, pourtant, j'étais sur le point d'étouffer.

C'est alors que je compris. La chaleur venait de la boîte. Cette foutue boîte ! Mes yeux allaient et venaient entre la route désormais invisible, et la boîte. Elle luisait, je vous le jure, comme si elle avait contenu une lampe chauffante et qu'on avait appuyé sur l'interrupteur.

Je me forçai à détourner mon regard de la boîte pour me concentrer sur…

— Oh mon Dieu !

Il n'y avait plus du tout de route. J'entendis le crissement des pneus sur le gravier du bas-côté, et virai abruptement vers la gauche. Trop tard, trop abruptement : la voiture se mit à déraper, tandis que je tentais frénétiquement de redresser la barre. Impossible. J'étais complètement désorientée. Je luttai pour garder le volant droit, mais, dans un crissement de pneus, la voiture roula sur elle-même. Puis le monde entier se renversa.

A l'instant précis où un éclair de douleur m'atteignait à la tempe, une odeur de fumée me picota les narines. Je me forçai à ouvrir les yeux… et me retrouvai au centre d'un grand astre incandescent. Le vase était sorti de sa boîte et s'était transformé en une immense boule de feu et de lumière. Le temps s'arrêta ; j'étais coincée dans une sorte de banlieue de l'enfer. Le globe lumineux me renvoyait un reflet bizarre, comme si je me regardais dans une flaque d'huile enflammée. Mon reflet se précipita vers moi, nue, bras tendus, tête rejetée en arrière, comme une danseuse païenne sur le point de se jeter dans un brasier. Puis les flammes m'entourèrent, et je compris que j'allais mourir. En dernier lieu, je n'eus pas de flashes du passé, ni de regrets à l'idée de quitter ma famille et mes amis. Ma seule pensée fut la suivante : *J'aurais dû arrêter les gros mots ! Et si Dieu était vraiment évangéliste ?*

Deuxième partie

1.

Je ne revins pas tout à fait à moi ; j'étais dans un état intermédiaire entre la veille et le rêve. Le genre de rêve que je fais lorsque j'ai des règles particulièrement douloureuses. En général, mes crampes d'estomac se transforment en douleurs d'accouchement, puis je donne naissance à un petit gâteau à la crème, et je me sens beaucoup mieux. Je sais, je sais. Freud m'aurait adorée.

J'avais mal à la tête. Très mal. C'était pire qu'une sinusite, pire qu'une gueule de bois à la tequila. Mon corps... Non. Mon corps avait disparu. Je ne le sentais plus. Je n'arrivais plus à ouvrir les yeux. Evidemment, j'étais morte. Pas étonnant...

L'inconscience m'emporta dans ses bras, comme un ami.

Quand je m'éveillai de nouveau, j'avais toujours mal à la tête. A mon grand regret, les sensations étaient revenues dans mon corps. Toutes mes articulations étaient endolories, comme si j'avais attrapé une grippe venue de l'enfer. Bon Dieu, et si j'étais vraiment en enfer ? Si l'on venait me hurler des problèmes de maths dans les oreilles, cela se confirmerait, pour sûr. Mais à présent, je n'entendais rien d'autre que le bourdonnement à l'intérieur de ma tête. J'ordonnai à mes yeux de s'ouvrir, mais ils refusèrent de m'obéir. C'était sans doute normal, pour un cadavre. Si je n'avais pas été morte, mon cœur aurait battu à tout rompre. Les cadavres peuvent-ils paniquer ? D'évidence, oui. Cette fois, l'inconscience me parut non seulement amicale, mais franchement séduisante, et je me jetai dans ses bras.

— Ne vous agitez pas, maîtresse, dit une voix douce et familière. Vous avez besoin de repos.

Familière, oui… si ce n'était ce curieux accent chantant. Ma tête était lourde et brûlante ; j'avais mal partout, comme si j'avais été rouée de coups. Un objet frais et d'humide était posé sur mon front. Une compresse. Je la touchai du bout des doigts, mais une main repoussa délicatement la mienne.

— Tout va bien, maîtresse. Je suis à vos côtés.

Encore cette voix quasi familière.

— Qu'est-ce qui s'est…

Ma gorge était à vif, et cela me faisait atrocement mal de parler. La fumée ! Les flammes ! Les souvenirs me revinrent d'un seul coup, m'emplissant d'effroi. Cette fois, quand je demandai à mes yeux de s'ouvrir, ils m'obéirent. Enfin, presque. Je ne voyais que des images confuses, des éclats de lumière flous. Puis une grande ombre s'étira et se fit plus nette…

Grâce à Dieu, c'était Suzanna. Si elle était là, alors je n'étais sans doute pas morte. Peut-être même allais-je m'en tirer. Je me concentrai sur elle et clignai des yeux pour essayer d'y voir plus clair. La pièce tangua autour de moi. Suzy me tenait la main mais quand elle vit mes yeux ouverts, elle tenta inexplicablement de se dégager. Je m'agrippai à elle pour la retenir. Il me sembla la voir pâlir, mais bon, il me semblait aussi la voir en double, puis en quadruple, puis en quadruple de nouveau… bref, je ne pouvais pas trop me fier à mes yeux.

— Ne vous agitez pas, maîtresse. Vous avez traversé des

épreuves difficiles, pour votre corps autant que pour votre âme. Mais vous êtes en lieu sûr, à présent.

« Qu'est-ce qui te prend, nom d'un chien ?» essayai-je de dire, mais les sons qui sortirent de ma gorge ressemblaient plutôt à des sifflements de serpent… ou d'opossum (non, ces horribles petites bêtes ne se contentent pas de dormir pendues la tête en bas, elles aiment aussi siffler pour effrayer les femmes innocentes qui ont le malheur de s'arrêter en rase campagne, la nuit, à la recherche d'un coin tranquille pour faire pipi). Bref, je ne me comprenais pas, Suzanna n'avait donc aucune chance d'y arriver.

Elle libéra sa main de mon étreinte. Quelqu'un de flou s'avança et lui tendit un verre à pied. Un verre à pied ? Un verre à pied doré dans un hôpital ?

— Buvez, maîtresse. Cela soulagera votre gorge et vous aidera à trouver le repos.

Avec douceur, elle me releva la tête, puis tint le verre doré devant mes lèvres pendant que j'aspirais quelques gouttes d'un liquide sirupeux.

De nouvelles vagues de douleur traversèrent mon crâne. Avant que tout ne s'obscurcisse de nouveau, je tentai de faire la mise au point sur mon amie. Elle retira la compresse de mon front, et l'échangea contre une compresse fraîche tendue par une infirmière incroyablement jeune, vêtue d'un drôle d'uniforme fluide, tout en drapés. Un uniforme qui aurait semblé plus à sa place au milieu d'une prairie en fleurs qu'aux urgences, ou aux soins intensifs, ou…

Cette fois, les ténèbres avaient le goût sucré-amer du sirop contre la toux. Et elles se dissipèrent abruptement. Tellement abruptement que…

— Je suis là, maîtresse. Laissez-moi vous aider.

Suzanna mit une main derrière mon dos, et retint mes cheveux pendant que je me penchais hors du lit et vomissais (c'est vraiment une bonne amie, je regrette de l'avoir traitée de snobinarde, tout à l'heure). Quand j'eus vidé mes entrailles, elle me repoussa doucement vers l'oreiller et essuya mon visage.

J'ai horreur de vomir. Cela me bouleverse de perdre ainsi le contrôle de moi-même. Heureusement, cela ne m'arrive pas très souvent, parce qu'à chaque fois, je me conduis comme une gamine. A présent, je tremblais convulsivement, et je me sentais désorientée et désespérée. Evidemment, ces sentiments pouvaient être liés au fait que j'étais morte.

— De... de l'eau..., réussis-je à articuler.

Suzanna fit signe à une infirmière à l'autre bout de la pièce ; un nouveau verre à pied doré apparut. Mon amie me le tint devant la bouche.

— Beurk !

Je recrachai une grande bouchée de liquide : ce n'était pas de l'eau, mais du vin ! Entre nous, j'adore le vin, mais pas quand je viens de vomir.

— Suze... de *l'eau* !

— Tout de suite, maîtresse !

Elle pâlit de nouveau et rendit le verre à l'infirmière.

Drôle d'hôpital ! me dis-je. On n'a jamais vu ça, des infirmières qui donnent du vin aux patients !

— Va immédiatement chercher de l'eau pour dame Rhiannon !

La nymphe disparut. Suzanna se retourna vers moi, les yeux baissés.

— Pardonnez-moi, maîtresse, j'avais mal compris. C'est ma faute, pas celle de la jeune fille.

Elle joignit les mains devant la poitrine, comme en prière.

Bon, assez plaisanté, pensais-je. Que se passait-il ? J'attrapai la main de Suzanna et l'attirai vers moi pour la forcer à soutenir mon regard. C'est à ce moment-là que je remarquai ses cheveux. Ils avaient leur habituelle teinte blonde rehaussée de reflets presque blancs, mais à présent, *ils lui arrivaient à la taille.*

— Non ! dis-je. Comment as-tu…

Depuis que je la connais, Suzanna porte une coupe courte ultrasexy. J'adore la taquiner à ce sujet, lui dire qu'elle a l'air de sortir du lit avec ses petits épis fantaisistes. « Ah, je te remercie ! » répond-elle toujours, l'air d'un chat qui vient de laper un bol de crème. Comment a-t-elle pu se les faire pousser jusqu'à la taille du jour au lendemain ? Une idée effroyable me traversa l'esprit. Et si je sortais d'un coma ? Et si je dormais depuis des années et que Suzanna, folle de chagrin, s'était laissée aller à un style hippy ? Privée de mes bons conseils, elle s'était stupidement laissé pousser les cheveux jusqu'aux fesses…

A bien y regarder, elle n'avait pas pris une ride. Elle n'avait pas non plus l'air tellement folle de chagrin.

Elle baissa les yeux pendant que je l'examinais. C'était Suzanna, aucun doute à ce sujet. Même ossature délicate, même beau visage rayonnant d'innocence (à première vue). Ses longs cheveux étaient ramenés derrières ses petites oreilles parfaites, exactement comme lorsqu'elle avait les cheveux courts. Mêmes taches de rousseur sur le nez et les pommettes. Nul doute que si elle souriait (ce qui semblait assez improbable), les mêmes fossettes apparaîtraient de part et d'autre de sa jolie bouche.

— Suzy…

Je tirai sur sa main pour attirer son attention. Lorsqu'elle leva enfin les yeux, je croisai le même regard brun doré que toujours.

— Qu'est-ce qui s'est…

Je devais avoir l'air réellement désespérée, car son expression se radoucit, mais à cet instant, l'infirmière entra en trombe (je n'exagère pas), un verre d'eau à la main.

— Voilà, maîtresse.

C'était vraiment de l'eau, grâce à Dieu. De l'eau fraîche et pure.

— Merci, dis-je d'une voix râpeuse.

Suzanna rougit subitement, puis elle prit un linge doux et propre, et tamponna mon visage humide.

A mon grand étonnement, j'étais à bout de forces. Je n'avais pourtant fait que vomir, essayer de prononcer quelques mots et boire un verre d'eau. Mon amie repoussait doucement mes cheveux de mon visage en fredonnant un air que je ne reconnaissais pas.

— Reposez-vous, maîtresse. Tout va bien, maintenant.

Nom d'un chien ! Qu'avait-elle sur le dos ?

Avant que je n'aie pu répondre à cette question, mon autre amie, l'obscurité, m'emporta brusquement.

2.

— Excusez-moi, maîtresse. Il faut vous réveiller…

Non, non. Je suis malade, j'ai demandé à ce qu'on me remplace. Laisse-moi dormir.

Ce devait être un cauchemar. Si je fermais les yeux très fort et me concentrais sur l'image d'un Hugh Jackman transi d'amour pour moi, mon rêve évoluerait sans doute vers quelque chose de plus agréable.

C'est alors que je fis l'erreur d'avaler ma salive.

Nom d'un chien, ce que j'avais mal à la gorge… Ah oui, c'est vrai, j'étais morte. J'ouvris les yeux.

Deux nymphes se tenaient de part et d'autre de la Suzanna aux cheveux longs. L'une tenait un tissu vaporeux dans les bras ; l'autre, des peignes et des brosses, et un joli petit diadème doré (diadème me semblait le mot approprié, mais je n'en étais pas sûre). L'enfer ne pouvait être si affreux que cela, si les bijoux y étaient autorisés.

— Maîtresse, le messager de votre père vient d'arriver. Je suis chargée de vous dire que les bans ont été annoncés et que votre promis vient vous retrouver ici pour la cérémonie.

Quoi ?

— Il sera bientôt là. Je vous en prie, réveillez-vous, nous devons vous préparer. La cérémonie de mariage a lieu aujourd'hui.

Je la fixai en clignant des yeux. Mon *promis* ? Nom d'un chien, je n'avais même pas de *petit ami régulier* ! J'avais congédié le dernier candidat en date à la moitié de notre premier rendez-vous arrangé par connaissances mutuelles (toujours une mauvaise idée, soit dit en passant).

Suzanna paraissait troublée.

— Maîtresse, vous n'avez pas retrouvé votre voix ?

— Qu'est-ce que…

Doux Jésus, pourquoi persistait-elle à m'appeler *maîtresse* et *madame* ?

Le son de ma voix éraillée mit les jeunes filles dans un état de panique. L'air exaspérée, Suzy leur arracha la robe mousseuse, les peignes et le diadème.

— Vous pouvez disposer.

Bon sang, ce qu'elle pouvait être sèche !

— Je me charge de préparer notre maîtresse.

Les filles déguerpirent avec un soulagement évident. Les infirmières n'étaient apparemment plus de la même trempe qu'avant.

— Venez, maîtresse, prenez mon bras. Je vais vous conduire aux bains.

Se lever pour aller prendre un bain, cela ne paraissait pas tellement difficile… et je m'en serais bien tirée si seulement cette maudite pièce avait cessé de tanguer.

— Euh…, râlai-je.

Je me faisais l'effet d'une vieille sorcière recroquevillée dans *Macbeth,* acte I — Dieu sait que je devais être assez mal peignée pour décrocher le rôle.

— C'est très bien, madame. Du courage, nous y sommes presque.

Nous progressions dans un couloir faiblement éclairé. Je levai les yeux et m'aperçus que s'il faisait aussi sombre, c'était parce que — je m'arrêtai net, éberluée — le peu de lumière qu'il y avait provenait de torches accrochées à des supports en fer forgés. J'ai un diplôme universitaire, moi, on ne me la fait pas ! Des torches enflammées dans un hôpital, ce n'est pas normal ! Et je n'étais pas fiancée, non plus, nom d'un chien !

— Maîtresse, avez-vous besoin de faire une pause ?

Qu'était-il arrivé à Suzanna ? Avait-on interrompu la production de Prozac durant mon coma, plongeant mon amie dans une sorte d'hystérie médiévalisante ? Je lui tenais déjà un bras, je n'eus donc aucun mal à attraper l'autre. Je la forçai à se tourner vers moi et à me regarder droit dans les yeux. Puis je déglutis plusieurs fois.

— Que s'est-il passé ? réussis-je enfin à dire.

Elle voulut se détourner, mais je la secouai brièvement, et elle me regarda de nouveau dans les yeux.

— Madame…

Elle s'interrompit, jeta un coup d'œil craintif par-dessus son épaule puis chuchota :

— Comment vous appelez-vous ?

Je n'avais pas le choix : il fallait que je joue le jeu. Du moins, jusqu'à ce que Sean Connery fasse son apparition au détour d'un couloir, ou qu'un autre signe de ce genre vienne confirmer que ces idioties n'étaient rien d'autre qu'un Rêve Très Bizarre.

— Je m'appelle Shannon, articulai-je.

Elle ne cilla pas.

— Et moi, poursuivit-elle, qui suis-je ?

Nom d'un chien… On avait dû la faire boire ; la pauvre petite n'a jamais tenu l'alcool. Une simple bouffée de tequila suffit à l'envoyer au royaume délirant des blondes bourrées. J'inspirai profondément, mais ne détectai aucune odeur d'alcool.

— Tu t'appelles Suzanna, dis-je.

Elle approcha son visage du mien et secoua lentement la tête de droite à gauche. A présent, elle ne craignait plus de soutenir mon regard. Je ne pus m'empêcher de noter qu'en s'effaçant, sa peur avait laissé place à une expression de pitié.

— Non, maîtresse.

Cette réponse, et son accent étrange, me troublèrent sérieusement.

— Je ne m'appelle pas Suzanna, mais Alanna. Et vous n'êtes pas Shannon. Vous êtes Rhiannon, ma maîtresse, Grande Prêtresse de la Déesse Epona, fille du clan MacCallan, fiancée et bientôt mariée au Grand Chaman ClanFintan.

— N'importe quoi !

— Je me rends compte que cela doit être difficile à accepter, madame, mais si vous voulez bien me suivre, je vais vous aider à vous préparer, et essayer de vous expliquer ce qui s'est passé.

Nous avançâmes vers le bout du couloir et franchîmes une porte entrouverte sur la droite.

La scène qui s'offrit à ma vue m'évoqua immédiatement ces reportages qui présentent des ruines en leur état actuel, fouillis désordonné de vieilles pierres et de colonnes en décomposition, pour leur superposer ensuite une image de synthèse les représentant dans toute leur splendeur d'origine. Cette pièce ressemblait franchement à une de ces images de synthèse. Les sols et les plafonds étaient en marbre — difficile de dire si leur teinte dorée venait de la pierre ou de la lumière des flambeaux. De gros bougeoirs dorés (on ne lésinait pas sur l'or, ici) embrasaient de petites niches qui ressemblaient à autant de joyaux étincelants incrustés dans les murs. Une immense coiffeuse occupait tout un pan de mur : son miroir était embué par la vapeur s'élevant du bassin d'eau claire au milieu de la pièce. L'eau débordait en bouillonnant de ce bassin et ruisselait vers un autre bassin dans une pièce adjacente, à peine visible à cause de la vapeur. L'air était doux, humide, caressant. Le simple fait de respirer me détendait, et ce parfum me rappelait quelque chose…

— Une source thermale !

— Oui, maîtresse. Laissez-moi vous débarrasser de votre peignoir.

Après m'avoir déshabillée avec des gestes rapides et experts, elle me fit signe de descendre les marches en pierre et d'entrer dans l'eau fumante. Le bassin était profond, mais des rebords lisses avaient été aménagés en escalier le long de la paroi. Je m'installai sur l'un de ces rebords et poussai un soupir de bien-être. J'étais vraiment très sale. Par les fentes de mes paupières, je vis Suzanna/Alanna rassembler des éponges, des pots et des fioles, remplir un verre à pied doré d'un liquide rouge foncé et s'agenouiller au bord du bassin, près de moi.

J'acceptai de bon gré le verre qu'elle me tendait, et, après l'avoir goûté, soupirai d'aise de nouveau : c'était un délicieux vin rouge qui ressemblait à un cabernet. Puis, d'un air très dégagé, mon amie me prit le bras qui ne tenait pas le verre et se mit à le frotter avec une éponge savonneuse. J'émis un petit cri d'indignation et me dégageai.

— Madame, protesta-t-elle, il faut vous préparer à rencontrer votre fiancé !

— Je suis encore capable de me laver toute seule, merci beaucoup !

Je pris une profonde inspiration, expirai par les narines, reposait brutalement mon verre et ajoutai dans un chuchotement :

— Ne crois pas que tu vas me faire gober ces foutaises que tu m'as racontées tout à l'heure ! Je veux que tu me dises la vérité, et tout de suite, Suzanna Michelle !

Les meilleures amies n'utilisent leur deuxième prénom qu'en cas de dispute grave ou de discussion sur des pratiques sexuelles déviantes. Aussi devait-elle savoir que je ne plaisantais pas.

— Pardonnez-moi, maîtresse. Je n'avais pas l'intention de me dérober à vos questions.

De nouveau, elle inclina la tête et joignit les mains dans l'attitude d'un enfant qui attend sa punition.

J'étais complètement désemparée. Quelque chose ne tournait pas rond, c'était sûr... Ce délicieux cabernet pouvait peut-être m'aider à y voir plus clair. La deuxième gorgée m'apaisa ; la troisième m'arracha un gros soupir. Suzanna, elle, n'avait pas bougé.

— Suzy ! chuchotai-je.

Elle releva le menton et affronta mon regard.

— Je ne suis pas fâchée contre toi, tu le sais bien !

Une sorte de stupéfaction traversa son visage, puis elle se recomposa une façade impassible.

— Mais je ne sais plus où j'en suis, là.

Je repris une inspiration et m'éclaircis la gorge.

— Tu pourrais tout reprendre depuis le début ? Où sommes-nous ?

— Nous sommes dans votre salle de bains, dans le haut temple d'Epona.

Je levai mentalement les yeux au ciel. Un hôpital qui avait le nom d'une déesse païenne, en plein Sud évangéliste ? Sûrement pas. Peut-être n'avais-je pas été assez précise.

— Dans quel Etat suis-je ?

— Vous avez été légèrement blessée, mais vous semblez vous remettre remarquablement vite.

Elle posa sur moi ce que j'appelais son regard de petit lapin innocent.

— Suzy, je ne te parle pas de mon état de santé !

Même regard de lapin idiot.

— Dans quel Etat sommes-nous ? Lequel des cinquante Etats de l'Union ?

Je regrettais amèrement de ne pas pouvoir élever la voix.

— Vous faites référence à notre situation géographique ?

Je vis presque une ampoule s'allumer au-dessus de sa tête.

— Absolument, chère amie.

Dès que j'irais mieux, me promis-je, j'allais lui préparer sa recette de *brownies* préférée en y ajoutant une boîte entière de Prozac.

— Le temple d'Epona règne sur toutes les terres environnantes. En tant que grande prêtresse d'Epona, vous êtes la maîtresse de ces terres.

Enfin une bonne nouvelle. Je traversais une phase psychotique, ma meilleure amie était en dépression nerveuse, mais, au moins, c'était moi qui commandais !

— Suzanna, je ne veux pas te froisser, et je ne veux surtout pas que tu te mettes à pleurer (elle a toujours été une pleurnicheuse), mais je ne comprends absolument pas de quoi tu parles.

— Madame, dit-elle timidement, c'est peut-être parce que vous n'êtes plus dans votre monde.

Là, je tendis l'oreille.

— Suzanna, tu viens de dire que je suis la *maîtresse* de cet endroit, et que mon *fiancé* est en route. Tu peux m'expliquer ce que tu entends par là, nom d'un chien ? Puis, ressers-moi un verre de vin, je sens que je vais en avoir besoin.

Une nouvelle explication se faisait jour en moi : et si tout ceci n'était qu'une mise en scène élaborée pour me faire payer l'oubli de son anniversaire, le mois dernier ? Je savais bien qu'elle ne me le pardonnerait pas aussi facilement !

— Les choses sont assez compliquées, madame.

— Suzy, cesse de m'appeler madame, on dirait que tu

joues dans un vaudeville. Contente-toi de m'expliquer ce qui se passe, et je m'occupe du reste.

Sous-entendu : dès que possible, on consulte un psychiatre.

— Ma véritable maîtresse s'appelle Rhiannon. C'est elle qui vous a fait venir ici et qui vous a remplacée dans votre monde. Elle rêvait d'y vivre, et, pendant l'un de ses Sommeils magiques, elle s'y est rendue et vous a trouvée. Elle dit que vous êtes son double, son reflet miroir ; elle n'a eu qu'à vous attirer ici pour prendre votre place dans votre monde. Elle croyait pouvoir laisser une part de sa conscience ici, comme elle le fait quand elle entre dans la Clairière Sacrée, pour vous aider et vous guider.

Elle scruta mon visage, et parut hésiter.

— Mais je ne crois pas que cela ait marché. Je ne sens pas sa présence. Vous lui ressemblez physiquement, bien sûr, mais vous n'avez pas son…

Elle s'interrompit brusquement.

— Vous n'avez pas les mêmes manières, reprit-elle. En tout cas, puisqu'elle a pris votre place, vous devez prendre la sienne.

— Je ne te crois pas.

— Dame Rhiannon s'attendait à votre réaction. Elle m'a demandé de vous poser une question.

Je levai les sourcils à la manière de Spock, et attendis.

— N'avez-vous jamais entendu parler, dans votre monde, de dieux et de déesses, de mythes et de magie, de sortilèges et de magie noire ?

Elle me regarda avec l'air d'attendre une réponse. D'évidence, elle n'allait pas se contenter d'un sourcil levé.

— Bien sûr que j'en ai entendu parler ! Je suis prof ! Je suis payée pour enseigner ces légendes aux gamins.

— Dame Rhiannon m'a chargée de vous dire qu'à l'origine, ces histoires viennent d'ici. Elles ont traversé la Grande Faille et se sont glissées dans votre monde comme des ombres ou de la fumée, cherchant leurs reflets miroirs. C'est ainsi que ma maîtresse, elle aussi, s'est glissée dans votre monde et a trouvé son double. Vous.

— Tu ne t'attends quand même pas, Suzy, à ce que je gobe ces bêtises tout droit sorties d'un mauvais roman de science-fiction ?

— Dame Rhiannon m'a expliqué qu'elle utiliserait une image d'elle qui se trouvait déjà dans votre monde, et qu'elle déploierait un mur de feu pour traverser la Grande Faille.

— Ah, ce fichu vase !

J'en étais sûre ! Mais, tout de même, cela n'expliquait pas tout…

— Comment a-t-elle pu traverser un mur de feu ? Et moi, pourquoi je ne suis pas carbonisée ?

Suzanna blêmit mais ne répondit pas.

— Encore du vin, maîtresse ?

— Avec plaisir, mais ça ne te dispense pas de répondre à ma question.

A cet instant, on frappa deux coups à la porte. Mon amie me lança un regard insistant… mais s'obstina à garder le silence. C'était exaspérant, à la fin !

— Entrez, dit-elle finalement.

Une nouvelle jeune fille fit son apparition et s'avança vers nous en faisant la révérence. Suzanna continuait à me fixer d'un air entendu. Ah ! Bien sûr ! J'étais la maîtresse : c'était donc à moi de donner les ordres.

— Qu'y a-t-il ? dis-je dans un chuchotement que je tentai de rendre autoritaire.

La nymphe s'inclina de nouveau.

— Maîtresse, votre fiancé est là.

Je lançai un coup d'œil à Suzanna. Elle ne me fut d'aucun secours : ses yeux étaient fermés, et ses lèvres se mouvaient en silence comme si elle priait. Quelle comédie !

— Très bien, soufflai-je. Dis-lui… dis-lui… euh…

Les yeux de la jeune fille s'écarquillèrent. Apparemment, les grandes dames dans mon genre ne disaient pas « euh ».

— Dis-lui que je viendrai le saluer dès que j'aurai fini de m'habiller.

Le tour était joué ! Quelles que fussent les coutumes de ce monde étrange où je m'étais égarée, les hommes devaient avoir l'habitude de patienter pendant que les femmes s'habillaient.

— Oui, maîtresse.

Elle repartit en s'inclinant de plus belle. Ma ruse avait fonctionné ! Je me prenais presque pour Pénélope.

— Alors, Suzy ? Tu as vu comme j'ai assuré ?

— Nous sommes engagées dans un jeu périlleux, maîtresse.

— Allez, ma vieille, détends-toi ! Tu vois bien que tout ça n'est qu'un rêve !

— Je vous en supplie, maîtresse — elle me prit les deux mains et les serra — si vous aimez vraiment votre Suzanna, écoutez-moi et croyez-moi. La manière dont vous agirez aujourd'hui sera déterminante, et il n'en va pas seulement de votre vie.

— D'accord, d'accord, Suzy. Je t'écoute.

— D'abord, vous ne devez plus m'appeler ainsi. Vous devez m'appeler Alanna à tout moment. Et vous devez accepter de recevoir ClanFintan. Vos fiançailles sont terminées, il est temps de procéder à la cérémonie d'engagement par la main.

Quelque chose dans son expression me retint de lui répondre par une pique. Elle était véritablement persuadée de ce qu'elle disait ! Elle ne plaisantait pas, ne jouait pas la comédie. En fait, elle avait l'air terrifiée.

— Tu sais que je ferais n'importe quoi pour t'aider, fifille…

— Alanna ! Appelez-moi Alanna ! Vous avez compris ?

— Oui, Alanna.

Suzy avait un grave problème, cela ne faisait aucun doute, mais je ne pouvais le régler seule. Pour l'heure, je n'avais plus qu'à faire semblant de coopérer.

— Bon, dis-je. Cet « engagement par la main », comme tu dis, est un mariage temporaire, n'est-ce pas ?

— Oui, maîtresse. Il vous lie l'un à l'autre pendant un an.

De nouveau, elle refusait de soutenir mon regard.

— Pourquoi un an seulement ?

— Telle est la nature de l'accord que dame Rhiannon a passé avec son fiancé.

D'un coup, Alanna parut se passionner pour la petite fiole qu'elle sélectionna dans une niche au-dessus du bassin, et dont elle versa quelques gouttes dans l'eau. Un parfum de chèvrefeuille flotta dans l'air. C'était sûr, elle me cachait quelque chose. Plusieurs choses, même, à vue de nez.

— Dis-moi, Alanna, comment veux-tu que j'épouse, même temporairement, un homme que je n'ai jamais rencontré ?

— Dame Rhiannon l'a rencontré.

L'expression d'Alanna me semblait de mauvais augure.

— Je lui expliquerai que vous avez perdu la voix pendant le dernier rituel de la lune, dit-elle. Je parlerai à votre place.

Elle m'aida à sortir du bassin avec une efficacité et une froideur professionnelles. Je décidai de faire comme si ma meilleure amie n'était pas en train de sécher mon corps nu.

— Bon, d'accord, mais... euh... comment ça va se passer dans l'intimité ? Je ne vais sûrement pas consommer quoi que ce soit avec un type que je ne connais pas !

Et s'il se révélait être le reflet miroir de mon ex-mari, ajoutai-je à part moi, je déclarais forfait sur-le-champ.

— Rappelez-vous que vous êtes Rhiannon, grande prêtresse

de Partholon, incarnation de la déesse Epona. Personne ne se permet de vous toucher sans votre accord.

— Même pas mon mari ?

— Certainement pas.

C'était dit sur un ton catégorique. La vraie Rhiannon devait être une sacrée chipie ! Je me forçai à sourire.

Alanna me présentait maintenant l'espèce de petite robe en voile mousseux apportée par les jeunes filles. C'était tout de même très mignon, j'étais obligée de le reconnaître. Le voile était teinté de ma couleur préférée, un orange doré qui ondulait et dansait avant même d'être porté.

— Ecartez les bras, madame, s'il vous plaît.

Comme en transe, je me laissai habiller. Après avoir drapé le tissu diaphane sur mon corps nu, Alanna le ferma par deux magnifiques anneaux en étoffe dorée, un à la taille, un deuxième à l'épaule. C'était un peu le même système que pour les kilts — sauf que je n'avais jamais vu de kilts en mousseline orange. Puis elle recula d'un pas, me jaugea du regard, et apporta quelques petites modifications çà et là.

— Bon sang, ce truc est complètement transparent !

C'était un fait ; pourtant, je ne sais comment, cette robe réussissait à ne pas être vulgaire. Elle me donnait plutôt un petit air d'Elizabeth Taylor dans *Cléopâtre.*

— Excusez-moi, maîtresse, j'ai oublié ceci.

Elle se tourna et prit sur la coiffeuse un triangle taillé dans le même tissu mousseux. Je crus d'abord que c'était un mouchoir, mais elle le tint devant moi pour que je l'enfile. C'était un string minuscule ! Avec ça, j'étais nettement plus couverte, c'était sûr !

— Si vous voulez bien vous asseoir, maîtresse, je vais vous coiffer.

Elle examina mes cheveux humides, fronça les sourcils et entreprit de les démêler avec un peigne à dents écartées.

— Vos cheveux sont plus courts que les siens. Très

semblables, mais plus courts. Il va falloir les porter attachés jusqu'à ce qu'ils repoussent.

Elle semblait s'adresser à mes cheveux plus qu'à moi. Je me détendis, décidée à profiter au maximum de la séance de coiffure.

Je ne sais pas comment ça se passe pour vous, mais lorsqu'on me touche les cheveux, cela me procure un plaisir quasi sexuel, que seul surpasse un excellent massage des pieds. Quelques minutes plus tard, j'étais en transe ; je n'en sortis que lorsque Alanna posa la brosse à cheveux et prit le diadème sur la coiffeuse.

Elle disposa le cercle doré sur ma tête et, du bout des doigts, fit bouffer mes cheveux pour mettre en valeur les joyaux. Je pivotai lentement la tête devant le miroir pour juger de l'effet. La lumière des bougies se reflétait sur l'or poli, et convergeait vers une pierre en forme de losange sertie au centre du diadème. Je me penchai pour mieux la regarder.

— C'est un grenat ?

— Oui, maîtresse. Votre pierre préférée.

— Ah, vraiment ? dis-je en haussant les sourcils.

Je fus surprise de voir Alanna sourire — on aurait presque dit la vraie Suzanna.

— Du moins, dit-elle, la pierre préférée de Rhiannon.

— Moi, je préfère les diamants, dis-je en souriant.

Elle reprit rapidement son sérieux.

— Néanmoins, maîtresse, n'oubliez pas que désormais, vous *êtes* Rhiannon.

— Pas de problème.

Apparemment soulagée, elle continua à détacher de mon chignon de petites boucles dorées qu'elle arrangeait pour encadrer mon visage et ma nuque.

— Maintenant, je vais m'occuper de votre visage.

Après m'avoir examinée de près, elle prit l'air grave et se mit au travail, m'enduisant de crèmes et de poudres prises dans les magnifiques bocaux de verre taillé qui s'éparpillaient sur la coiffeuse.

— Euh… dis-je, je te fais confiance pour le reste, mais j'aimerais du brillant à lèvre brun doré. Et j'en veux beaucoup.

— C'est exactement ce que dame Rhiannon aurait voulu.

— Bizarre.

— Elle m'avait bien dit que vous étiez sœurs dans l'âme.

Alanna accompagna cette remarque d'un regard furtif. Il fallait que je mette les choses au clair, dès maintenant, et pour de bon.

— Elle a menti.

— Pardon, maîtresse ?

— J'ai dit qu'elle avait menti. Je ne suis pas elle — je suis Shannon, prof d'anglais au lycée de Broken Arrow, Oklahoma, empêtrée contre ma volonté dans un monde plus bizarre que celui des ados de ma classe, ce qui n'est pas peu dire. Je vais faire de mon mieux, Alanna, pour donner le change. Mais que ce soit clair entre nous : je ne suis pas elle.

Je la regardai droit dans les yeux d'un bout à l'autre de cette déclaration.

— Entendu ?

— Oui, maîtresse. Mais tout cela est difficile…

— Je ne te le fais pas dire !

Elle sourit de nouveau.

— Vous avez une façon très curieuse de vous exprimer.

— Je te retourne le compliment ! On dirait Deanna Troi dans Star Trek, avec l'accent écossais en plus.

A présent, mon interlocutrice était vraiment perplexe.

— Laisse tomber, dis-je. Ça n'a aucune importance.

Elle continua à me tamponner le visage, interdite. Mon regard erra sur cette pièce étrange. Il ne cessait de revenir vers les bougies placées dans les niches du mur satiné. Pourquoi m'intéressaient-elles tant ?

— Ces bougeoirs sont vraiment curieux, dis-je. On dirait presque... Oh ! Des crânes ! Pas des vrais, j'espère ?

— Bien sûr que si, maîtresse. Les crânes jouent un rôle très important dans le culte d'Epona.

Elle me lança un regard d'institutrice.

— Même dans votre monde, on doit savoir que toute magie provient de la tête, siège de la connaissance et de la puissance ?

En l'absence de réponse de ma part, elle s'éclaircit la gorge et poursuivit :

— Quoi de plus normal, pour une prêtresse, que de s'entourer d'objets de pouvoir ?

— Mais... ce sont de vrais crânes enduits d'or ?

— Evidemment. Pour l'Elue d'Epona, seul le meilleur convient.

Elle me regardait comme si j'avais eu le mauvais goût de suggérer qu'ils fussent en toc. Eh bien, même recouverts d'or vingt-quatre carats, ces crânes ne me disaient rien.

— Parlons plutôt de mon fiancé, dis-je. Comment s'appelle-t-il ?

Alanna s'acharnait sur mon maquillage, déterminée à rendre présentable mon visage épuisé.

— Il s'appelle ClanFintan. C'est un Grand Chaman puissant et respecté.

Elle se tut. Heureusement que je n'étais pas Hamlet, me dis-je, parce qu'il y avait décidément quelque chose de pourri au royaume du Danemark.

— Et, euh... je suis amoureuse de lui ?

— Non, maîtresse.

Elle avait l'air gênée de nouveau.

— Ce mariage a été arrangé par votre père.

— Eh ! Je croyais que c'était moi qui commandais, ici !

— Bien sûr. Mais parfois le bien de tous doit l'emporter sur les désirs individuels.

Pour qui se prenait-elle ? Spock ?

— Crache le morceau, Alanna. Je veux savoir la vérité. Il est hideux, n'est-ce pas ?

— Non, maîtresse.

Son visage était empreint d'une sincérité très convaincante. C'était une bonne petite actrice, quand elle le voulait.

— Alors quel est le problème ?

Herpès, calvitie précoce, pénis minuscule ? Ou, pire que tout, radinerie aiguë ?

— A ma connaissance, il n'y a aucun problème.

Bien. Elle ne parlerait pas. Bah ! Je découvrirais la vérité bien assez vite…

— Votre toilette est terminée, maîtresse.

Elle fixa à mes oreilles percées des cascades de grenats et passa un bracelet doré, lui aussi incrusté de pierres rouges, à mon bras.

— Vous êtes ravissante, comme toujours.

Je crus détecter une note de suffisance dans sa voix. Elle avait raison : pour une femme aux portes de la mort quelques heures plus tôt, j'étais réellement resplendissante. Légèrement vêtue, mais resplendissante.

— Que le spectacle commence, marmonnai-je.

— Plaît-il, maîtresse ?

— Aucune importance. Allons-y, qu'on en finisse — je commence à avoir faim.

— Suivez-moi.

Je lui emboîtai le pas. Tout en marchant, elle continua à parler à voix basse.

— Normalement, c'est vous qui devriez me précéder, bien sûr. Mais aujourd'hui, je vais passer devant pour vous montrer le chemin.

Elle me lança un regard par-dessus son épaule.

— C'est bien, vous reprenez des forces. Mais n'oubliez pas que dame Rhiannon ne se presse jamais ; marchez doucement, avec langueur, en donnant l'impression de régner sur tout ce qui vous entoure.

— Est-ce le cas ? demandai-je pour rire.

— Bien sûr, madame.

Quoi ? Je régnais sur tout ce que je voyais ! M'efforçant de ne pas laisser paraître ma stupeur et de me déplacer avec langueur, je me laissai mener par Alanna vers cet inconnu que j'allais épouser. Nous retraversâmes en sens inverse le couloir menant aux bains. Alanna se tenait très droite. A vrai dire, elle marchait comme si elle avait eu un manche à balai à la place de la colonne vertébrale ; je décidai de l'imiter. Nous tournâmes un coin et débouchâmes devant d'immenses portes doubles ornées de fastueux motifs géométriques qui ressemblaient fort à des anneaux celtiques entrelacés. Je clignais des yeux : l'espace d'un instant, les anneaux prirent l'apparence de crânes. Quelle horreur ! Mais les portes sculptées ne retinrent pas longtemps mon attention, car de part et d'autre de l'entrée se tenaient deux hommes très séduisants, aussi légèrement vêtus que moi.

A notre approche, ils saluèrent en frappant de vilaines épées tranchantes contre leurs adorables poitrines musclées. L'un d'eux s'empressa de m'ouvrir la porte (voilà ce qui cloche dans l'Amérique d'aujourd'hui : les hommes se croient définitivement dispensés d'ouvrir les portes aux femmes). Hélas, je ne pus leur consacrer toute l'attention qu'ils méritaient, car Alanna me poussait de l'avant.

Une pièce immense s'ouvrait devant nous. Hauts plafonds, colonnes sculptées (de nouveau toutes sortes d'horribles têtes de mort partout), fresques éblouissantes représentant des nymphettes s'ébattant dans les prés… et moi-même, chevauchant un grand cheval blanc, légèrement vêtue, bien entendu. (ne faisait-il jamais froid ici ? Sur une estrade au centre de la pièce se dressait un magnifique trône doré. Comme il se devait, plusieurs jeunes filles se prélassaient sur les marches de l'estrade ; en me voyant apparaître, elles sautèrent sur leurs petits pieds nus et inclinèrent leurs jolies petites têtes.

Je me sentais sur le point d'être nominée par l'Académie gréco-celte pour l'oscar de la meilleure ascension voluptueuse vers un trône. Bon sang, cela faisait du bien de s'asseoir !

Avant que le silence ne devînt gênant, Alanna, qui s'était placée à ma droite, intervint.

— Va dire au Chaman ClanFintan que dame Rhiannon est prête à le recevoir.

L'une des jeunes filles disparut sous une énorme porte voûtée. Les hommes qui la gardaient étaient-ils en proportion ? me demandai-je.

Je croisai brièvement le regard d'Alanna, qui me lança un petit sourire d'encouragement. Je lui fis un petit clin d'œil rapide, puis les portes se rouvrirent et la nymphe revint, vêtue d'un nuage de tissu vaporeux censé passer pour une robe.

— Le voilà, maîtresse.

Les joues roses, l'air tout excitée, la nymphe se fraya un chemin vers le trône. Fallait-il en déduire que mon futur époux n'était pas un repoussoir ? Ou bien était-ce sa tenue impossible qui mettait la jeune fille en émoi permanent ?

Tous les regards s'étaient tournés vers la porte voûtée. Un bruit particulier résonna au loin, puis s'intensifia. Cela me rappelait quelque chose. Des sabots de chevaux ! Mon futur époux arrivait à cheval dans la salle du trône ! Epona avait beau être la déesse des chevaux, il y avait tout de même des limites. Une petite conversation au sujet des règles de bienséance s'imposait d'urgence.

Les bruits de sabots se firent presque assourdissants. Ils étaient plusieurs, les rustres !

Mon fiancé devait être l'équivalent d'un vrai plouc de

l'Oklahoma. Je voyais ça d'ici : il m'appellerait *ma douce* et m'asséncrait des tapes amicales sur les fesses.

Les deux gardes s'avancèrent (ils étaient effectivement proportionnels à la porte) et dégainèrent leurs épées pour saluer le cortège. Les chevaux arrivèrent devant la porte et pénétrèrent dans la…

Mon cœur cessa de battre. Le temps se suspendit. Comme au cinéma. Je n'arrivais plus à respirer ; j'étais même sur le point de m'étouffer.

Il entrèrent deux par deux. Je fis rapidement le compte tout en m'étonnant d'être encore capable de compter. Dix en tout.

— Ce sont des centaures !

Ma voix était éraillée à force de chuchoter, et je ne réussis à produire qu'un glapissement à peine audible, mais à en croire l'expression d'Alanna, elle m'avait entendue.

Les deux centaures en tête du cortège s'avancèrent vers le trône pendant que les autres se déployaient en éventail. Quand les premiers arrivèrent devant les marches, l'un d'eux resta en arrière, tandis que l'autre nous salua en baissant la tête et en faisant une sorte de moulinet du bras.

— Mes hommages, dame Rhiannon.

Son timbre de voix était étonnant, à la fois sombre et suave, comme du chocolat noir, et il avait le même accent pseudo-écossais qu'Alanna.

Une chose au moins était claire : cet être n'avait rien à voir avec mon ex-mari.

Avant que je n'aie pu réagir, Alanna fit une petite révérence et s'adressa au centaure.

— Seigneur ClanFintan, j'ai le regret de vous apprendre que dame Rhiannon souffre d'une extinction de voix.

Il plissa les yeux avec méfiance, mais ne l'interrompit pas.

— Dame Rhiannon m'a demandé de vous accueillir et de vous annoncer qu'elle est prête à officialiser votre pacte.

— Cet accident arrive à un moment très… *inopportun*, dame Rhiannon.

Etait-ce de l'ironie ? Cela y ressemblait drôlement, en tout cas. Sans doute n'étais-je pas la seule éprouver des réticences au sujet de ce mariage arrangé.

— Absolument, dit Alanna sans hésiter. Dame Rhiannon est consternée.

— Comment est-ce arrivé ?

Il ne regardait même pas Alanna, mais me fixait moi, comme si les mots qu'elle prononçait sortaient de ma bouche. Quant à moi, je soutenais son regard, n'osant pas me risquer à laisser errer mes yeux sur le reste de son corps, de peur que ma mâchoire ne se décroche de nouveau.

— Ma maîtresse a eu un malaise au cours du Rite de la Lune, mais par dévouement envers la Déesse, elle a refusé d'interrompre la cérémonie. Après le rite, elle est restée plusieurs jours alitée, et vient à peine de se lever. Elle se remet petit à petit, mais sa voix n'est pas encore rétablie.

Alanna prit un ton rassurant, et, sans la regarder, je l'entendis sourire.

— Ne vous inquiétez pas, seigneur, ce n'est que passager. Elle guérira rapidement, du moment qu'elle ne se fatigue pas de nouveau.

— Je comprends, dame Rhiannon.

A vrai dire, il semblait plutôt en rogne.

— Mais j'espère que ce… regrettable incident ne nous retardera pas dans nos affaires.

Nos affaires ! Drôle de manière de parler d'un mariage, même temporaire. Décidément, son ton de voix ne me plaisait pas du tout. Je n'avais pas la moindre idée de ce que Rhiannon aurait fait dans les circonstances, mais Shannon Parker, elle, n'eut aucune hésitation. Posant ma main sur le bras d'Alanna pour l'empêcher de répondre à ma place, je regardai M. Ronchon droit dans les yeux et secouai lentement la tête de droite à gauche. Une seule fois.

— Bien, dit mon futur époux. Ravi de l'entendre. Votre père vous envoie sa bénédiction, et vous prie de l'excuser : il a été retenu, et ne pourra se joindre à nous pour la cérémonie.

Quel dommage ! pensai-je. Mon père aurait eu une attaque s'il avait assisté à cette cérémonie.

— Comptez-vous descendre jusqu'à moi, ou dois-je monter sur votre (il fit une pause sarcastique)… piédestal ?

Je serrai les dents, furieuse, mais avant que je n'aie pu réagir, Alanna me prit par la main et m'aida à me lever.

— Dame Rhiannon va vous rejoindre, comme le veut la coutume, dit-elle.

Lentement, nous descendîmes toutes deux les marches de l'estrade. ClanFintan recula d'un pas pour me laisser une place, mais resta néanmoins très près de moi. Il me dominait nettement : il était vraiment très grand ! Son parfum picota mes narines, mélange un peu corsé mais pas désagréable d'herbe fraîchement coupée et de peau d'homme.

Il prit ma main droite et la serra de toutes ses forces. Je poussai un glapissement de surprise qu'Alanna dissimula en annonçant à voix forte :

— Dame Rhiannon est prête.

Rien n'était plus faux !

La main de mon fiancé était ferme et tiède. Je baissai les yeux et m'aperçus qu'elle recouvrait entièrement la mienne, et qu'elle était du même bronze lustré que le reste de la partie humaine de son corps. Au son de sa voix, mes yeux remontèrent brusquement vers son visage.

— Moi, ClanFintan, je vous prends aujourd'hui, Rhiannon MacCallan, comme épouse et compagne. Je m'engage à vous protéger du feu si le soleil tombe du ciel, de l'eau si les océans ragent et de la terre si elle tremble, et je promets d'honorer votre nom comme si c'était le mien.

Toute trace de sarcasme avait disparu de sa voix grave, presque hypnotique, qui semblait tisser dans l'air des images de notre vie commune.

Puis, d'une voix douce, Alanna parla pour moi.

— Moi, Rhiannon MacCallan, Grande Prêtresse de Partholon, Elue de la Déesse Epona, je vous prends aujourd'hui, ClanFintan, comme époux et compagnon. Ni feu, ni flammes, ni océans, ni montagnes ne nous sépareront, et j'honorerai votre nom comme si c'était le mien.

— Etes-vous d'accord, dame Rhiannon ?

En me posant cette question, ClanFintan serra ma main si fort que c'était presque douloureux.

— Seigneur ClanFintan, elle ne peut vous répondre, dit Alanna sur un ton d'inquiétude.

— Je ne lui demande pas de réciter le serment d'un bout à l'autre. Un seul mot suffira à exprimer son accord.

Il resserra son étreinte autour de ma main.

— Consentez-vous à respecter ce serment, dame Rhiannon ?

— Oui, chuchotai-je d'une voix délibérément étranglée.

Sans ciller, il relâcha la pression sur ma main et la pivota pour qu'elle repose sur la sienne, paume vers le haut.

— Alors notre pacte est conclu. Pendant un an, nous appartiendrons l'un à l'autre.

Sans me quitter des yeux, il leva ma main vers sa bouche. Avec douceur, il prit la partie charnue en dessous du pouce entre ses dents… et me mordit. Ce fut rapide et, à vrai dire, plus surprenant que douloureux.

Quand je libérai ma main de son étreinte, mes yeux devaient être ronds comme des soucoupes.

J'avais épousé un cheval.

Et il mordait.

D'accord, je viens de l'Oklahoma, j'adore les chevaux, je suis fan de John Wayne et j'apprécie les hommes bien charpentés… mais là, ça dépassait les bornes.

Il mordait, bon sang ! Vous vous rendez compte ?

3.

— Seigneur, permettez-moi de vous escorter, vous et vos guerriers, jusqu'à la salle de réception. Nous avons préparé un festin en l'honneur de votre mariage.

Alanna, tout sourire, s'avança pour nous guider hors de la salle du trône. ClanFintan inclina la tête vers moi, puis m'offrit son bras. Je posai une main sur son poignet et nous emboîtâmes le pas à ma gouvernante. Derrière nous, les hommes (pour ainsi dire) de mon époux suivaient dans un fracas de sabots.

— Je sais combien cet engagement vous déplaît, Rhiannon, mais je vous suis reconnaissant d'avoir enfin mis de côté vos désirs personnels pour accomplir votre devoir.

Il parlait à voix basse, à mon oreille, sans me regarder. Je lui glissai un regard oblique : son visage s'était figé en un masque indéchiffrable.

Bon sang, dans quelle situation impossible m'étais-je fourrée ?

— Nous avons juré de nous respecter l'un l'autre pendant l'année à venir. Aussi oublierai-je le déshonneur que vous m'avez causé en refusant de me rencontrer pendant nos fiançailles, en retournant mes cadeaux et en me contraignant à me déplacer jusqu'ici pour finaliser notre accord.

Il parlait d'une voix de plus en plus forcée, comme s'il

peinait à retenir sa colère. Cheval ou pas, pensai-je, je n'allais pas me laisser impressionner.

— Parfait, dis-je. De mon côté, j'oublierai le déshonneur que vous me causez maintenant, en me critiquant au beau milieu du temple de ma déesse, le jour de notre mariage.

Pan ! Prends-toi ça dans les dents !

Le centaure, qui s'était penché vers moi pour entendre mon chuchotement étranglé, recula brusquement. Une expression de surprise s'afficha sur son visage.

— Vous avez raison, Rhiannon. En vous manquant de respect, je brise mon serment et je me déshonore moi-même. Je vous prie de me pardonner.

Son regard sombre et perçant se posa sur moi. Je m'éclaircis la gorge, et dis d'une voix étranglée :

— Je vous pardonne.

Le centaure garda l'air renfrogné, mais, à présent, son humeur semblait surtout dirigée contre lui-même. Pour l'instant, les choses étaient réglées : il reprit mon bras et nous rejoignîmes Alanna.

Celle-ci venait juste de franchir une nouvelle porte voûtée (gardée, elle aussi, par deux hommes ensorcelants ; cette Rhiannon avait certainement l'œil en ce qui concernait le recrutement) qui s'ouvrait sur une immense salle de banquet.

Tout cela était tellement étrange… C'était forcément un rêve, mais même moi, je fais rarement des rêves aussi étranges et aussi coquins.

Une douzaine de chaises longues rembourrées étaient disposées dans la pièce. Chacune avait un accoudoir latéral et un dossier, près duquel une colonne de marbre tronquée servait de table. Un verre à pied doré était posé sur chaque pilier. De ravissantes nymphes circulaient de chaise en chaise, remplissant les verres d'un vin à la robe grenat. J'en salivais d'avance. Ce rêve étrange devenait décidément de plus en plus cool !

Alanna nous indiqua deux divans disposés côte à côte au centre de la salle. Le reste des chaises longues était disposé en cercle autour des nôtres.

— Voulez-vous dîner, maîtresse ?

Je n'avais pas vraiment le choix, non ? Par ailleurs, je mourais de faim. Aussi hochai-je la tête en me dirigeant avec réticence vers les fauteuils relax où nous étions censés nous repaître. Ça sentait la Rome antique à plein nez, une ambiance dont je ne raffole pas. Je sais, je sais... les Romains commandaient le monde ; n'empêche qu'ils passaient leur temps à dîner allongés, à trop manger et à tout régurgiter. Ils n'ont jamais été assez malins pour inventer une table de salle à manger ! Qu'on arrête de délirer à leur sujet.

Le seul point positif, c'était qu'allongée, je paraissais plus mince.

A l'instant où mes fesses se posèrent sur mon divan, chacun prit un air gêné, comme si j'étais sortie des toilettes avec un morceau de papier accroché au talon de ma chaussure. Pourvu qu'Alanna, elle, fût au courant de ce qui posait problème ! Me relevant avec autant de dignité que possible, je l'attrapai par la manche de sa robe et l'attirai vers moi.

— Qu'est-ce qui ne va pas ?

Elle sourit et fit une révérence, comme si je suivais le protocole... ce qui n'était certainement pas le cas.

— Dame Rhiannon vous prie de lui pardonner son problème de voix. Elle regrette de ne pouvoir bénir son propre festin de mariage, mais elle ne peut faire porter sa voix épuisée.

Avec un sourire figé, elle m'aida à me rallonger sur le divan.

— Ne peut-elle te souffler sa bénédiction pour que tu la répètes, comme tu l'as fait auparavant ?

C'était dit sur un ton de défi ouvert. Décidément, ce drôle d'hybride commençait vraiment à me casser les pieds (en plus de m'avoir mordu). Me croyait-il incapable d'improviser une bénédiction à la noix de coco ?

Dans ce cas, il allait avoir une drôle de surprise. Un sourire s'étendit sur mon visage, et je posai de nouveau la main sur le bras d'Alanna pour l'empêcher d'intervenir.

— Répète ce que je te dis, chuchotai-je.

— Maîtresse ! dit-elle sur un ton qui frisait la panique.

De toute évidence, elle ne se rendait pas compte à qui elle avait affaire. Nous, profs de lycée, gagnons notre vie en faisant constamment face aux défis en tous genres, tout en nous efforçant de sortir nos étudiants de l'ignorance *et* d'influer de manière positive sur leur avenir. Bref, le problème actuel, c'était du gâteau. Improviser des réponses du tac au tac, c'est mon lot quotidien. On peut même dire que cela m'amuse.

— Fais-moi confiance, murmurai-je en lui faisant un clin d'œil discret.

Alanna hocha la tête dubitativement.

— Pardonnez-moi, seigneur, dit-elle à l'intention de mon époux. Je vais répéter la bénédiction souhaitée par ma maîtresse en cette heureuse occasion.

En scène, Shannon Parker ! Je savais bien que tous ces cours de littérature européenne me seraient utiles, un jour ou l'autre — seulement j'avais toujours cru que ce serait sur le plateau de *Qui veut gagner des millions ?* Dans un geste théâtral, je me penchai vers Alanna (offrant au passage à mon époux une vue plongeante sur mon décolleté) et chuchotai à son oreille une ancienne bénédiction irlandaise apprise par cœur dans le cadre de je ne sais plus quel cours d'université assommant.

— Je vous souhaite toujours...

— Je vous souhaite toujours...

De sa voix mélodieuse, Alanna répéta la première phrase de l'ancienne prière. Le silence se fit ; la foule nous fixait du regard, captivée. Un sourire se dessina sur les lèvres de mon assistante.

— Des murs contre le vent,
Un toit contre la pluie,
Un coin du feu où boire le thé…

J'eus un moment de panique : y avait-il du thé dans ce monde ?

— Un coin du feu où boire le thé, répétait Alanna.

Des sourires s'épanouirent sur les visages devant moi. Ouf !

— Des rires pour vous égayer…

Et maintenant, le coup de grâce. Je me tournai vers mon nouvel époux temporaire et le regardai droit dans les yeux en chuchotant la conclusion de ma prière. Quand Alanna répéta mes paroles, les yeux du centaure s'écarquillèrent.

— Et ceux que vous aimez près de vous, et tout ce que votre cœur désire !

Des acclamations fusèrent de toutes parts. Il me sembla voir ClanFintan faire une petite moue cynique… mais peu importait. J'avais remporté cette manche. Comme disait un de mes profs de fac préférés : « N'allez pas chercher de noises aux diplômés en littérature. Ils ont tout un tas de trucs inutiles en tête, et de temps en temps, ils ouvrent les vannes et vous bottent les fesses. »

Le visage rayonnant d'Alanna confirmait ma victoire, et les effluves qui s'élevaient des plateaux de victuailles portés par les serviteurs me montaient à la tête presque au point de m'étourdir… A quand remontait donc mon dernier repas ?

— Veuillez prendre place, madame.

Les amis de mon nouvel époux m'imitèrent, et le personnel de cuisine disposa aussitôt d'alléchantes assiettes devant nous.

Quant à l'objet supposé de mon affection, il s'inclina rapidement devant moi puis se détourna pour s'entretenir avec un ami, un assistant ou quelqu'un de ce genre (nous ne fûmes pas présentés). Sirotant mon vin, un excellent millésime, plus proche cette fois, par sa souplesse et sa richesse, d'un merlot que d'un cabernet, je profitai du fait que ClanFintan ne fît pas attention à moi pour l'observer à mon aise.

Si j'avais dû choisir un seul adjectif pour le décrire, j'aurais dit *puissant*. Il était immense et musclé — très musclé, ce qui ne jouait certainement pas contre lui ! Je suis pour l'égalité des chances : j'essaie de ne pas pénaliser les mauviettes aux bras en fil de fer, et de ne pas aduler les Musclor genre Schwarzenegger (j'ai bien dit que *j'essayais*). ClanFintan paraissait absorbé par sa conversation, aussi pris-je mon temps pour l'examiner de la tête aux pieds.

Ses cheveux, retenus derrière sa nuque par une lanière de cuir, étaient épais, sombres, traversés par des ondulations rebelles. Son visage possédait une certaine beauté virile — pommettes saillantes, nez droit et bien dessiné, menton marqué d'un profond sillon — un peu comme celui de Cary Grant, que Dieu le bénisse ! Son cou musclé sans être bovin aboutissait à une paire de larges épaules et — autant l'avouer carrément — un torse magnifique, orné de juste ce qu'il fallait de poils noirs frisés. Sa peau d'un beau bronze uniforme lui conférait un aspect lisse et parfait, quasi sculptural. Sa veste en cuir sombre, ouverte, m'offrait une vue somptueuse sur ses pectoraux bien sculptés (j'ai toujours été la première de la classe en anatomie) et (mon cliché préféré en matière de beauté masculine) d'impressionnantes tablettes de chocolat.

Bref, la partie humaine de son corps, laquelle s'arrêtait grosso modo au niveau des hanches, était celle d'un beau gosse dans la fleur de l'âge — dix-huit ans… je plaisante ! il en avait plus de trente.

A partir de la croupe, c'était un magnifique cheval bai, dont la robe évoquait la couleur des glands murs ou des anciennes reliures en cuir. Sa tête et le bas de ses jambes, des sabots aux genoux, étaient teintés du même brun foncé que ses cheveux. Toujours absorbé par sa conversation, ClanFintan changea de position, et des ondes de lumières parcoururent son poil chatoyant. Ce type était grognon, mais ce n'était certainement pas un rustre mal lavé ! Je l'ai dit, il était grand : sans doute quinze ou seize mains au garrot. Sa carrure toute en muscles, faite pour les accélérations subites, évoquait un cheval de course plutôt qu'un pur-sang.

A mesure que je l'examinais, je me rendais compte que je n'étais ni effrayée, ni dégoûtée par cet être mi-homme, mi-animal. En soi, ma réaction n'était pas tellement surprenante. Comme la plupart des filles de l'Oklahoma, j'ai été obsédée par les chevaux dès mon plus jeune âge : j'ai toujours eu mon propre cheval, et mon père aime à dire que j'ai appris à monter avant d'apprendre à marcher. (Une bonne connaissance de l'équitation était-elle un plus, dans le genre de mariage que je venais de conclure ? Cela ne pouvait sans doute pas faire de mal.) Pour tout vous dire, si mon époux n'avait pas été si ronchon, je l'aurais presque trouvé séduisant, dans le genre être-fabuleux-ne-pouvant-raisonnablement-exister.

La conversation entre les deux centaures prenait fin. L'inconnu salua ClanFintan et, après s'être rapidement incliné devant moi, s'éloigna vers la porte. Mon époux s'installa sur son divan et se retourna vers moi. Il fallait avouer que pour un cheval, enfin un centaure, il se mouvait avec beaucoup de grâce.

D'une voix solennelle, un peu empruntee, il se pencha vers moi et dit :

— Je vous prie de m'excuser pour cette interruption. Mon

lieutenant avait des informations de la plus haute importance à me communiquer.

On aurait vraiment dit qu'il avait avalé un manche à balai !

— Aucun problème. Trinquez donc avec moi, ce vin est délicieux, chuchotai-je en lui faisant un grand sourire.

— Merci de votre compréhension, Rhiannon.

Peut-être qu'après un verre ou deux, il se détendrait et se comporterait davantage comme un être humain (enfin, vous me comprenez).

D'une porte au fond de la salle, des hordes de serveurs surgissaient, munis de plateaux si lourdement chargés que leurs jambes en ployaient presque sous eux. On eût dit une armée de crabes. D'appétissants effluves me chatouillaient les narines ; mon ventre gargouilla si fort qu'il me sembla voir ClanFintan réprimer un sourire.

Bientôt ces serveurs adorables (je regrettais déjà de les avoir comparés à des crabes) s'approchèrent pour nous proposer des plats fumants : poisson en sauce, tendre volaille (on aurait dit du poulet, mais comment en être sûr ?) parfumée au poivre et au citron, mélange de pois mangetout, de champignons et de petits oignons entiers. En jeune femme bien élevée, je me servis généreusement de tout et fit signe qu'on remplît de nouveau mon verre. J'avais bien conscience d'abuser un tout petit peu, en ce qui concernait les liquides, mais après tout, c'était thérapeutique : je venais à peine de ressusciter !

Le repas acheva de balayer mes doutes. Si j'avais vraiment été en enfer, la cuisine aurait été moins bonne. Entre les bouchées, je lançais des regards furtifs en direction de mon compagnon de table (pour ainsi dire). Lui aussi, notai-je, mangeait avec enthousiasme, et pas seulement les légumes ! Les centaures étaient apparemment des omnivores. Bon à savoir : mon mari mordait, et il aimait la viande !

Au bout d'un moment, il dut sentir mon regard insistant.

— Un bon appétit est un signe de rétablissement, dit-il avec un sourire sarcastique.

— Merci, docteur.

Les yeux de ClanFintan s'écarquillèrent comme si j'avais recraché du vin par les narines. Il paraissait véritablement horrifié.

— Je ne suis pas docteur, dit-il, je suis le Grand Chaman des Centaures.

J'avalai précipitamment une bouchée de poulet et chuchotai :

— Je plaisantais.

— Ah. Je… Ah, d'accord.

Il émit un rire un peu chevalin avant de baisser les yeux, visiblement surpris. Je commençais à croire que cette Rhiannon n'avait pas le moindre sens de l'humour.

— Dame Rhiannon, seigneur ClanFintan, chers invités, en signe de la bienveillance des Muses envers cette union, Terpsichore, Muse incarnée de la Danse, va se produire devant vous.

Les centaures dressèrent l'oreille (au sens figuré) ; Alanna tapa deux fois dans ses mains, et la musique commença. Je n'avais pas remarqué les trois femmes assises dans un coin de la pièce, mais les sons de la harpe, de la flûte et du tambour étaient enchanteurs. Puis, dans la porte voûtée près des musiciens, la danseuse apparut. Tête baissée, bras en cercle comme une ballerine, elle s'avança vers le centre de la pièce et se plaça en face de nous. D'évidence, quand on était Grande Prêtresse, on avait toujours la meilleure place. Sans relever la tête, la danseuse fit une profonde révérence et les musiciennes marquèrent une pause. Quand le tempo reprit et qu'elle redressa enfin la tête, je recrachai bel et bien ma gorgée de vin par les narines. Grâce au ciel, tous les regards étaient rivés sur la danseuse ; je pus me moucher discrètement et me redonner une contenance sans que personne ne le remarquât.

Nom d'un chien ! Cette danseuse, c'était Michelle, l'une de mes collègues et proches amies depuis dix ans ! Et voilà qu'elle était promue Muse incarnée de la Danse… c'était bien son genre, remarquez. En temps normal, Michelle et moi adorons plaisanter sur ses trois passions dans la vie. La première, c'est la danse ; la deuxième, la science (elle aime par-dessus tout les reptiles, ce qui m'a toujours angoissée, étant donné que ma salle de classe jouxte la sienne et qu'au moins deux ou trois fois par année scolaire, un des serpents s'évade de sa cage et se « perd » dans l'école). Elle a réussi à combiner ses deux centres d'intérêt en obtenant une bourse pour étudier la danse à la Northeastern Oklahoma University, puis en s'y spécialisant dans la chimie. Dans notre lycée, elle enseigne la physique tout en assurant la chorégraphie des spectacles de fin d'année. Drôle de fille.

A présent, elle se mouvait avec langueur au rythme de la musique. Je pris une grande gorgée de vin et lançai un regard suppliant en direction du serviteur le plus proche ; il s'empressa de remplir mon verre. Aucun doute n'était permis, c'était bien Michelle, ou plutôt, comme n'eût pas manqué de le préciser Alanna, *le reflet miroir de Michelle*. Même lourde chevelure brune ; comme pour Alanna, son carré effilé avait laissé place à de longues boucles qui lui descendaient jusqu'aux reins. Ondulant au moindre mouvement, ils dissimulaient son corps svelte de danseuse bien plus efficacement que le voile de mousseline transparente qui lui servait de vêtement. Celui-ci, fait de multiples pièces de gaze flottantes, offrait des aperçus plus qu'alléchants de son petit corps musclé. Michelle a toujours eu une ligne enviable. Elle mange comme un oiseau… c'est-à-dire dix fois son poids corporel par jour. C'est la seule personne de ma connaissance capable de manger tous les jours un menu complet de cafétéria scolaire comprenant toutes les matières grasses et glucides existant au monde, sans jamais vomir ni prendre un gramme. La garce.

Le rythme de la musique s'accélérant, Michelle/Terpsichore intensifiait ses mouvements lascifs tout en louvoyant entre les chaises longues. Les centaures n'en perdaient pas une miette — ils avaient cessé de manger pour la fixer, béats. C'était vraiment une danseuse hors pair, et ce soir, elle présentait un numéro exceptionnel, cocktail détonant de grâce et de sensualité. Ses déhanchements semblaient concentrer autour d'elle toute l'énergie érotique de la salle ; elle regardait chacun des spectateurs mâles dans les yeux, l'un après l'autre… et la coquine venait d'esquisser un geste très impudique !

Ce qui m'amène à la troisième de ses passions. Les hommes. Michelle adore les hommes. Grands ou petits, poilus ou imberbes, musclés ou maigrichons… elle les aime tous, pourvu qu'une certaine partie de leur anatomie soit assez généreuse (non, je ne parle pas de leur portefeuille). Elle apprécie un beau phallus en érection plus que toute autre femme que je connaisse ; de son point de vue, c'est une œuvre d'art. On ne peut pas la qualifier de coureuse ni de fille facile : disons que les hommes constituent son hobby, et qu'elle s'ennuie rarement.

La chorégraphie atteignait son point culminant, et la danseuse revenait vers le centre de la salle. Elle était décidément très sexy. Un rapide coup d'œil à mon voisin (et époux) confirma mon impression : toute son attention était concentrée sur Michelle. Quant à cette dernière, le regard plongé dans celui de ClanFintan, elle rapprochait ses hanches (et son entrejambe à peine couvert) du centaure à chaque battement de tambour.

N'éprouvant aucun sentiment envers ClanFintan, ce fut avec détachement que je regardai la danseuse tisser autour de lui un sortilège d'hormones. C'était ainsi, pensai-je, que Salomé avait convaincu Hérode de couper la tête à saint Jean-Baptiste. Quand l'accord final résonna, Michelle s'effondra sur le sol, repue de plaisir, tandis qu'éclatait un tonnerre d'applaudissements. Elle se redressa, liquéfiée, et salua la foule avec lassitude. Un grand sourire aux lèvres, je cherchai son regard pour lui lancer un clin d'œil complice. Mais quand ses yeux croisèrent enfin les miens, je me figeai, glacée par son expression hostile et possessive.

— Que les dieux bénissent ton mariage, Elue d'Epona, dit-elle.

Elle avait la même voix que Michelle, mais plus dure, plus plate, totalement dépourvue de sa chaleur familière.

— Que cette union t'apporte tout le bonheur que tu mérites.

Lançant une dernière caresse visuelle à celui à qui j'étais censée m'unir, elle pivota sur ses talons et flotta hors de la salle.

Bon sang ! Si je ne me trompais pas, je venais de me faire poliment insulter. Je me demandais vraiment ce que Rhiannon avait fait pour mériter tant de haine. Mon petit doigt me disait qu'elle n'était peut-être pas quelqu'un de très sympathique. Je coulai un regard à ClanFintan : il suivait Michelle des yeux.

— Elle est vraiment douée, vous ne trouvez pas ?

Il eut un petit sursaut coupable.

— En effet, elle évoque à merveille la présence de la déesse Terpsichore.

Sa voix était devenue bien plus profonde, presque rauque. L'émotion, sans doute. Cette voix éraillée, ce regard voilé par le désir auraient pu m'agacer mais, curieusement, ils m'intriguèrent. Sous prétexte de me pencher vers lui pour qu'il pût entendre mon chuchotement, je pénétrai dans son espace personnel.

— Quelle belle façon de bénir notre mariage ! dis-je.

Mon mari avait vraiment très chaud ! Sans même l'avoir touché, je sentais des ondes de chaleur rayonner de son corps. Pour une raison ou une autre, cela me donna envie de glousser.

Il se pencha à son tour vers moi : un gloussement m'échappa pour de bon. (Alerte orange, me dis-je, trop de vin ! Bah, après tout, je n'en étais qu'à l'orange…)

— La danse nuptiale est bien plus qu'une bénédiction, dit mon époux.

Je levai un sourcil en silence.

— En général, c'est plutôt une incitation.

Il baissa encore la voix.

— Mais en tant que Déesse Incarnée, vous savez sûrement tout cela.

Bonté divine !

Je détachai mon regard du sien et parcourus son corps des sabots à la tête. Il en fit de même pour moi.

Avais-je oublié qu'il était un cheval ?

De sa propre initiative, mon corps se raidit, se redressa et évacua l'espace personnel de ClanFintan. Ce mouvement trop brusque déclencha en moi une sensation de vertige, des troubles de la vision et une pointe de douleur à la tempe. L'alerte rouge se profilait à l'horizon à toute vitesse.

— Hum, hum !

Je voulus poser mon verre, mais ratai la table. Du vin s'éparpilla partout, tandis que le verre doré roulait sur le sol dans un fracas métallique. Tous les yeux se tournèrent vers moi.

— Maîtresse, est-ce que tout va bien ?

Dieu bénisse Alanna, qui n'avait pas bu une goutte !

— Je crois que j'ai, euh, un peu trop bu…

Si seulement elle pouvait cesser de se dédoubler… Je clignai des yeux et elle se résorba en une seule Alanna. Je m'épongeai le front et hasardai un regard en direction de ClanFintan. Il m'observait attentivement.

— Vous avez effectivement l'air surmenée, Rhiannon, dit-il sur un ton sceptique. Pour une convalescente, cette journée a dû être très éprouvante.

C'était le moins qu'on puisse dire !

— Peut-être devrions-nous nous retirer.

Détectai-je l'ombre d'un sourire moqueur sur ses lèvres ?

— Euh…

C'était à mi-chemin entre un hoquet de surprise et un murmure d'horreur. Nous retirer ? C'est-à-dire, aller au lit ensemble ? Au sens propre *et* figuré ? Comment n'y avais-je pas réfléchi plus tôt ? D'un coup, je me rendis compte que je n'avais pas prévu toutes les conséquences de ce pacte. J'avais bien soulevé le problème de la consommation du mariage avec Alanna, mais, à ce moment-là, je ne savais pas que mon fiancé était à moitié cheval ! Toute à mon inquiétude de devoir coucher avec un inconnu, je n'avais même pas envisagé qu'il pût être question d'actes sexuels contre nature ! Mon estomac se contracta. Mon Dieu, priai-je, faites que je ne vomisse pas ce repas délicieux sur ma chaise longue.

— Euh…

Pourquoi n'avais-je pas pensé une seconde, depuis le début de la cérémonie, au problème des rapports sexuels ? Le jour de mon dernier mariage, celui avec mon imbécile d'ex, je n'avais pu penser à rien d'autre ! Après tout, je n'étais plus une jeune fille innocente qui n'avait aucune idée de ce qu'impliquait une nuit de noces !

— Euh…

Apparemment, frôler la mort et changer d'univers pouvait avoir des effets très néfastes sur la capacité à raisonner normalement. Sans parler du vin, qu'il fût thérapeutique ou non.

Eh bien, j'avais intérêt à réfléchir maintenant, à toute vitesse.

J'allais devoir consommer mon mariage.

Avec un demi-cheval.

Qui mordait.

4.

— Je crois que je vais me trouver mal, dis-je.

— Voulez-vous que je vous raccompagne jusqu'à votre chambre, maîtresse ?

Au moins l'inquiétude d'Alanna était-elle sincère. De ses mains douces et fraîches, elle repoussa les cheveux qui tombaient sur mon front moite.

— Je veux bien, merci.

Je me relevai… et me retrouvai aussitôt en pleine mer. Le sol tanguait de droite à gauche, se soulevait… mon cœur remontait vers ma gorge… je fermai les yeux…

— Oh là là…

Juste au moment où j'allais m'étaler sur le sol en marbre, je me sentis soulever et emporter.

— Vous permettez, dame Rhiannon ?

Bonté divine, un cheval venait de me prendre dans ses bras ! J'entrouvris un œil : son visage était tout près du mien. Lui ne faisait nullement attention à moi, mais hochait la tête en direction d'Alanna. Laquelle le remercia d'un sourire rayonnant et nous mena vers la porte par laquelle nous étions entrés. Je la suivis du regard : mon point de vue plongeant me rappela combien ClanFintan était immense, et à quelle distance je devais me trouver et…

— Argh !

Peut-être ferais-je mieux de garder les yeux fermés, après tout.

— Vous vous sentirez mieux après une bonne nuit de sommeil.

Lorsqu'il parlait, cela faisait vibrer sa large poitrine. Ce n'était pas sans me déplaire ; je dus réprimer un nouveau gloussement.

— Je ne m'étais pas rendu compte que j'avais autant bu, murmurai-je.

— Je peux vous assurer que c'est le cas, dit-il sur un ton un peu désapprobateur.

— Vous savez que vous vibrez quand vous parlez ?

— Plaît-il ?

— Ce n'est pas grave. Je n'ai rien contre les vibrations, au contraire…

A m'entendre, pensai-je, on aurait dit que j'étais complètement pompette… et c'était sans doute vrai, parce que ma tête me semblait tout d'un coup insupportablement lourde. Avec un gros soupir, je la laissai tomber sur l'épaule de ClanFintan.

— Hum, vous sentez bon, dis-je sans réfléchir.

Oui, oui, je sais… J'étais sur une pente glissante, et j'allais avoir une sacrée migraine au réveil. Mais pour l'instant, je n'y pouvais pas grand-chose. A part glousser.

— Vous avez vraiment trop bu ! dit mon époux.

— A qui le dites-vous !

Un petit grognement lui échappa, fit trembler sa poitrine et m'arracha un nouveau gloussement nerveux. Puis, m'apercevant que sa poitrine continuait à vibrer, mais que les grognements avaient cessé, j'ouvris les deux yeux.

Il riait. De moi, bien sûr, mais il riait de bon cœur. Son visage beau et froid s'était métamorphosé pour devenir beau et très sympathique.

C'est à cet instant, évidemment, que mes gloussements

laissèrent place à une crise de hoquet, ce qui le fit rire de plus belle.

Alanna s'arrêta devant une porte qui me semblait vaguement familière et se tourna vers nous. Elle semblait avoir elle aussi du mal à garder son sérieux. Entre deux hoquets quasi hystériques, je lui lançai un regard complice : son visage s'empourpra, et elle s'empressa d'ouvrir la porte. C'était bien ce que je pensais : cette fichue Rhiannon n'avait pas une once d'humour.

— Bon sang ! *Hic !* J'ai un lit… *hic !*… immense !

ClanFintan me déposa sur le dit lit et me regarda en continuant à sourire.

— Merci… de m'avoir portée. *Hic !*

M'écroulant sur mes oreillers moelleux, je fus prise d'un fou rire.

— Vous êtes différente de la dernière fois, dit ClanFintan.

Son sourire était toujours en place, mais une note pensive s'était glissée dans sa voix. Je lançai un regard à Alanna : le sang reflua abruptement de ses joues écarlates.

Je luttai pour reprendre mes esprits.

Mon hoquet disparut.

— Je suis, euh, moi-même, dis-je. Comme d'habitude.

— Rien n'est jamais comme d'habitude avec vous, Rhiannon.

Son sourire s'effaça ; l'espace d'un instant, je le regrettai. Puis je me rappelai qu'il était un cheval et que c'était notre nuit de noces… et qu'à en croire le visage contrit d'Alanna, il se passait toutes sortes de choses louches dans ce monde, des choses dont je n'avais pas la moindre idée.

Je fermai les yeux et dis d'une voix endormie :

— Bref…

Puis je poussai un profond soupir. Alanna comprit mon signal.

— Seigneur, voulez-vous que je vous montre votre chambre ?

Dans le silence qui suivit, j'eus envie d'ouvrir les yeux, mais, sentant le regard de mon époux peser sur moi, je pris une profonde inspiration et émis un ronflement peu distingué.

— Elle est tout près d'ici, dit Alanna avec insistance.

— Oui, je suis prêt à me retirer, répondit-il sur un ton froid et cérémonieux.

Il quitta la pièce à pas bruyants. Si bruyants, en fait, qu'ils estompèrent presque la voix d'Alanna.

— Seigneur, dit-elle, ma maîtresse a été fort éprouvée ces derniers temps.

La douceur de sa voix évoquait tant celle de ma Suzanna chérie que je fus subitement submergée par le mal du pays.

— Qui d'entre nous ne l'a pas été ? demanda sèchement ClanFintan.

Puis la porte se referma avec un petit claquement définitif.

— Il est parti, maîtresse.

Mon ivresse et mon hilarité aussi. Rien de tel qu'une dispute conjugale dans un monde parallèle pour vous dessoûler.

De retour au pied de mon lit, Alanna trempa un linge dans la bassine d'eau posée sur la table basse. Je remarquai que ses mains tremblaient légèrement.

— Il sait que je ne suis pas Rhiannon.

Elle essuya mon front moite d'une main encore tremblante.

— Non, maîtresse, il vous trouve simplement différente de la femme qu'il croyait épouser.

— Parle-moi d'elle.

Les mains d'Alanna se figèrent.

— Elle est ma maîtresse, la Grande Prêtresse de Partholon, l'incarnation de la déesse Epona.

— Oui, oui, je sais. Dis-moi plutôt quel genre de personne elle est.

— Quelqu'un de très important.

— Alanna, dis-je en soupirant, ce n'est pas ce que je te demande. Je parle de son caractère. Tu m'as dit qu'elle était différente de moi, j'aimerais savoir en quoi.

Silence.

— Tu devrais savoir, maintenant, que tu peux me parler librement.

— C'est difficile, maîtresse.

— Bon. Je vais t'aider. Dis-moi ce que ClanFintan a contre elle.

— Elle n'a jamais voulu de lui comme époux, et elle l'a évité autant que possible. Quand elle ne pouvait pas l'éviter, elle s'est montrée froide avec lui.

Alanna détourna les yeux.

— Pourquoi n'a-t-elle pas tout simplement rompu les fiançailles ?

— Par devoir. La tradition veut que la Déesse Incarnée s'unisse avec le Grand Chaman des Centaures. Pour garder sa place de Grande Prêtresse, Rhiannon devait rester mariée à ClanFintan pendant au moins un an… même si la plupart des unions entre Elues d'Epona et Chamans des Centaures durent toute la vie.

Ce sujet semblait la mettre très mal à l'aise. Il y avait certainement de quoi !

— Alanna, je sais que je ne suis pas d'ici, mais… on peut difficilement lui reprocher de ne pas avoir voulu coucher avec un cheval !

Alanna cligna des yeux, l'air abasourdie.

— Enfin, réfléchis un peu ! Moi non plus, ça ne me fait pas envie, mais pas du tout !

Elle voulut m'interrompre, mais je posai une main sur

son bras et poursuivit. J'étais de plus en plus lucide, et j'avais de plus en plus de choses à dire.

— Par ailleurs, je n'apprécie pas le fait que tu ne m'aies pas prévenue. D'accord, il présente bien, et il serait sans doute sympathique s'il se déridait un peu, mais enfin, qu'est-ce qui vous a traversé l'esprit, à tous ? Comment voulez-vous que je… que nous… enfin… rien que la logistique, c'est tout simplement effarant !

— Maîtresse, vous ne comprenez pas, dit Alanna, les joues très roses. ClanFintan est un Grand Chaman.

Comme si cela suffisait à régler tous les problèmes !

— D'accord, mais c'est un cheval, bon sang ! Veux-tu dire que nous ne sommes pas censés consommer notre mariage ?

— Non, bien sûr que non, dit Alanna, l'air choquée.

— Non, nous ne sommes pas censés le consommer, ou non, ce n'est pas ce que tu as voulu dire ?

Ma migraine était revenue.

— Vous devez consommer votre mariage, évidemment.

— Qu'on m'explique comment ! Si je ne m'abuse, mon époux est doté d'un corps de cheval *en dessous de la taille*, non ?

Bon Dieu, ce que je pouvais avoir mal à la gorge !

— Oui, maîtresse. Sous sa forme actuelle.

Le rouge lui descendait jusqu'au cou, à présent.

— Alanna, je ne comprends pas un traître mot de ce que tu me racontes ! Quelle autre forme pourrait-il avoir ?

— Les Grands Chamans sont capables de prendre de nombreuses formes différentes, notamment une forme humaine.

— C'est impossible.

Ça l'était, non ?

— Pas pour ClanFintan.

C'était dit sur un ton prosaïque, comme j'aurais dit que les corps solides subissent l'attraction de la gravité, ou que l'abus d'alcool provoque le hoquet et le fou rire.

— Donc, je ne vais pas devoir coucher avec un cheval ?

— Non, maîtresse.

— Tu m'en vois soulagée.

— En effet, maîtresse. Laissez-moi vous aider à vous mettre à l'aise.

Elle tourna autour de moi, m'enlevant mes bijoux, mon diadème, mon maquillage...

— Tu ne m'as toujours rien dit au sujet de Rhiannon.

C'était au tour d'Alanna de soupirer.

— Savait-elle que ClanFintan pouvait se changer en humain ?

— Bien sûr.

— Arrête de rôder autour de moi, tu veux ? Je suis parfaitement à l'aise, maintenant ! Assieds-toi, bavardons un peu toutes les deux.

Elle se percha au bord du lit, raide et gênée.

— Ce n'était pas ClanFintan qu'elle rejetait, dit-elle enfin, mais l'idée de s'unir à un homme.

— Pourquoi ?

Il ne manquait plus que ça : j'étais lesbienne. Je ne suis pas homophobe, loin de là, mais dans la situation déjà insensée où je me trouvais, je n'avais pas besoin de complications supplémentaires.

— Dame Rhiannon lui a clairement fait comprendre qu'elle ne souhaitait pas se restreindre à un seul homme, dit Alanna d'une voix un peu triste. Ne serait-ce que pour un an.

— Pas étonnant qu'il ne m'apprécie pas.

— En effet, maîtresse.

— Toi non plus, tu n'aimais pas trop sa façon de se comporter, à Rhiannon, hein ?

— Je n'ai pas à l'aimer ou non. Ce n'est pas mon rôle.

Sa voix était redevenue plate et impersonnelle.

— Pourquoi ? Tu n'es pas son assistante ?

— Assistante ?

— Sa secrétaire personnelle, si tu préfères. La personne qui s'occupe de son emploi du temps. Son employée, quoi.

— Je suis sa servante.

— On dirait qu'elle ne t'estimait pas à ta juste valeur, sinon elle ne t'aurait jamais collé ce titre ringard. Je parie que c'est mal payé, en plus.

— Vous ne comprenez pas, maîtresse. Je lui appartiens. Je suis sa propriété.

Bonté divine !

— Tu veux dire son esclave ?

— Oui. Sauf que maintenant, je suis votre esclave à vous.

— Ça ne va pas, non ? Je ne veux pas avoir d'esclaves, moi ! Je vais te libérer sur-le-champ ! Va chercher tes papiers, ou je ne sais quoi, ce sera vite fait… C'est tout simplement ridicule.

— Vous ne comprenez pas.

Le visage d'Alanna avait pâli de nouveau, et une note de panique vibrait dans sa voix.

— Je suis la servante de Rhiannon depuis toujours. Le chef des MacCallan m'a achetée pour sa fille quand j'étais toute petite. C'est ainsi que cela se passe, dans notre monde.

— Pas dans le mien.

— Vous n'y êtes plus, maîtresse.

Une vague d'épuisement déferla sur moi. Que faisais-je ici ? D'ailleurs, y étais-je vraiment ?

— Dormez, maîtresse. Demain matin, tout sera plus clair.

— Tout sera encore complètement détraqué, oui, bougonnai-je en fermant les yeux.

Le vin et le stress de la journée combinés constituèrent un

excellent somnifère. Mes paupières étaient lourdes comme du plomb, et je n'avais aucun désir de les rouvrir. L'inconscience m'offrait un répit bienvenu.

Après l'Ecosse d'Anne Gabaldon et le Pern d'Anne McCaffrey, le Pays des Songes est ma destination préférée. Mes rêves se déroulent toujours dans de merveilleux décors en Technicolor peuplés de héros ailés qui s'amourachent de moi, sauvent le monde et transforment du charbon en diamants multifacettes à la seule force de leurs mains puissantes (et douces en même temps). Systématiquement, le plus séduisant de mes prétendants me supplie de l'autoriser à me prouver son amour en remboursant l'énorme dette accumulée sur ma carte de crédit. Entre deux scènes de flirt avec Pierce Brosnan (lui aussi doté d'ailes), je me prélasse dans un ciel lilas, étendue sur un gros nuage en barbe à papa dorée (non collante), grattant les oreilles de gros matous noirs et blancs à poils longs, buvant du scotch single malt cinquante ans d'âge et soufflant sur des pissenlits, dont les petites plumes blanches s'envolent et se transforment en flocons de neige.

Vous comprendrez aisément qu'après le stress que je venais de subir, la perspective de dériver vers ce Pays des Songes ait pu m'allécher. Pelotonnée dans mon grand lit, les yeux fermés, je respirais profondément, me réjouissant d'avance du nouveau scénario mijoté par mon subconscient.

Vous comprendrez aussi que, dans les circonstances, je ne me sois pas alarmée outre mesure d'éprouver une sensation de flottement, ni d'ouvrir les yeux et de me rendre compte que mon âme quittait mon corps endormi pour flotter vers le plafond.

Léviter et voler font partie des effets secondaires appréciables de mes excursions au Pays des Songes. Evidemment, dans mes rêves je suis généralement obligée de m'élancer en courant, les bras tendus, avant de décoller, mais bon, je n'allais pas me plaindre... Revenons à mon rêve. Je traversai le plafond et, alors que je m'élevais au-dessus des toits du temple d'Epona, éprouvai un petit accès de vertige inattendu. Cela me parut curieux — d'habitude, dans mes rêves, voler est une activité purement agréable — mais mon malaise fut passager, et je ne m'y attardai pas.

Bientôt parfaitement détendue, je flottais dans l'air nocturne en admirant les beaux nuages qui passaient l'un après l'autre devant la lune presque pleine. Ce n'étaient pas les habituels nuages en barbe à papa dorée ; cela aussi, c'était curieux. Il y avait encore autre chose : ce soir, pour la première fois, je percevais le parfum de l'air. Mes rêves, cependant, sont toujours très réalistes et détaillés, aussi notai-je ces anomalies sans trop m'en soucier. Après tout, je venais de changer de monde ; il était normal que mes rêves s'en ressentent.

Je baissai les yeux vers la terre : mon imagination avait érigé toute une série de bâtiments somptueux formant un plan hélicoïdal autour du temple central. Dans un corral jouxtant un bâtiment luxueux (qui devait pourtant correspondre aux écuries), quelque chose bougea. Que les écuries jouxtent le bâtiment central du temple ne m'étonna pas outre mesure. Ce temple était dédié à la déesse des chevaux ; par ailleurs, dans mes rêves j'accorde toujours des privilèges aux chevaux. Je ne veux pas me vanter, mais ils me le rendent bien : il m'est déjà arrivé plusieurs fois de chevaucher un Pégase ailé.

Attirée par un nouveau mouvement, je descendis vers le corral et vins flotter juste au-dessus de son enceinte en pierre. A cet instant, un souffle de vent chassa les nuages de devant la lune. Un sourire s'épanouit sur mes lèvres : une jument blanc argenté paissait au milieu de l'enclos. A mon approche, elle leva la tête et souffla doucement dans la nuit.

— Salut, beauté

Au son de ma voix, la jument tendit le cou. A mon grand ravissement, elle ne paraissait pas effrayée par mon corps en lévitation ; au contraire, elle caracolait vers moi comme si elle m'avait reconnue. Je tendis les mains vers elle, et elle approcha doucement son museau.

Sa beauté époustouflante me rappelait les étalons lipizzans de l'Ecole espagnole de Vienne, venue en tournée à Tulsa quelques années auparavant. La jument devait faire près de quinze mains de haut. De loin, sa robe semblait d'une couleur argentée uniforme, mais à mesure qu'elle s'approchait de moi, je vis que son museau était aussi sombre que du velours noir, comme l'était le contour de ses yeux et ses jarrets. Je n'avais jamais vu une jument pareille ; je souris à cet être né de mon imagination. Elle se remit à paître tranquillement. Après lui avoir lancé un dernier regard amoureux, je flottai vers le ciel nocturne. Peut-être pourrais-je revenir avant la fin de mon rêve ; nous irions galoper toutes les deux sous les étoiles.

Le ciel s'était dégagé pour de bon ; en tournant lentement sur moi-même, je voyais à des dizaines de kilomètres à la ronde. Les bâtiments du temple étaient entourés d'un haut rempart en marbre. Au-delà de ces murs, des collines ondulantes s'étendaient à perte de vue ; cela me rappelait un peu l'Ombrie. (Il y a quelques années, j'ai emmené un groupe de lycéens en voyage scolaire en Italie. Ils ont été des chaperons hors pair.) Ces collines semblaient êtres plantées de vignes. Rien de très étonnant : tous mes rêves avaient un lien avec l'alcool. Avec un peu de chance, un Pierce Brosnan ailé viendrait bientôt me servir un verre de mon merlot préféré.

Hélas ! Sans doute avais-je assez bu de vin pour ce soir, car Pierce ne fit pas son apparition. Peut-être un peu plus tard ?

Tout au plaisir d'explorer mon nouveau Pays des Songes, je dérivais paisiblement, profitant du paysage. A l'horizon, sans doute au nord du temple (je dis ça un peu au hasard, je n'ai aucun sens de l'orientation), se découpait une vaste chaîne de montagnes. Flottant en direction de cette chaîne, je fus de nouveau frappée par le parfum de l'air. Une douce brise soufflait de l'ouest ; je tournai la tête et humai le vent. Cela me rappelait quelque chose… Le sel, je crois. Longeais-je une côte imaginaire ?

Ce déplacement d'attention modifia du même coup ma trajectoire : je me mis à voler dans le sens de la brise. En plissant les yeux, je distinguai au loin quelques lueurs vacillantes et, peut-être, le reflet de la lune sur l'eau. Ravie de toutes les possibilités qu'offre le monde des rêves, je décidai de partir vers ce reflet — et fus stupéfaite de la vitesse à laquelle mon corps rêvé m'obéit.

Le paysage qui défilait en contrebas était émaillé de petits villages nichés aux creux des collines. Une rivière scintillante coulait au milieu du pays ; à proximité des villages, on apercevait quelques barques amarrées. Le parfum de la mer s'intensifiait, et un vaste plan d'eau s'ouvrait à l'horizon, lequel se rapprochait à toute vitesse. D'ici, on voyait déjà la côte verte, découpée et rocheuse : cela me rappela aussitôt les falaises de Moher, en Irlande. (Un été, j'ai emmené des élèves en Irlande. Plus tard, nous avons surnommé ce voyage la Tournée Pédagogique des Pubs.) La côte s'étendait à perte de vue sous le clair de lune, et, à l'endroit où l'horizon sombre et liquide rencontrait le ciel nocturne, j'aperçus la silhouette des montagnes que j'avais vues plus tôt.

Mon corps continuait à filer vers l'avant ; je me dirigeais apparemment vers un édifice immense construit au bord d'une falaise abrupte. Un peu comme le château d'Edimbourg. (Vous l'avez deviné, j'ai également accompagné des élèves en Ecosse. Et je ne leur ai pas trop causé d'ennuis, quoi qu'ils aient pu raconter par la suite.) A mesure que je m'approchais, je me sentais ralentir : bientôt tous les détails du bâtiment m'apparurent et je pus l'examiner à loisir.

C'était un magnifique château fort. L'entrée principale, qui tournait le dos à la mer, se trouvait juste en dessous de moi. A la différence de la plupart des châteaux médiévaux que j'ai pu visiter en Europe, celui-ci était parfaitement préservé. A chacune de ses quatre tours massives flottait un drapeau orné d'une jument argentée. Comme par hasard, elle ressemblait exactement à celle que j'avais vue au temple.

La façade arrière du bâtiment donnait sur le bord d'une falaise extrêmement abrupte ; les occupants devaient jouir d'une vue extraordinaire. La façade principale, au-dessus de laquelle je flottais, surplombait un plateau boisé qui descendait doucement vers un gentil village niché dans une combe. Les bois étaient traversés par un chemin fortement battu qui reliait le village au château et témoignait de la relation cordiale entre les deux. Côté château, le chemin aboutissait à un immense portail d'entrée percé dans les remparts crénelés. Ce portail était entrouvert, et les nombreuses fenêtres illuminées du bâtiment incitaient à entrer. Si ce château avait vraiment servi de forteresse militaire, le portail aurait été fermé et gardé, et les bois rasés pour plus de visibilité. Le château de mon rêve ne jouait, de toute évidence, aucun rôle défensif. D'ailleurs, j'étais prête à parier qu'il appartenait à Pierce Brosnan en personne ! Il m'y attendait, j'en étais sûre ; dès que j'entrerais, il m'enduirait le corps d'huile solaire à la fraise, qu'il épongerait ensuite du bout de sa langue... Miam-miam ! Mais pourquoi restai-je suspendue en altitude ? Bon, m'intimai-je, assez volé ; j'étais prête à passer à la partie plus... intime de mon rêve.

J'en salivais d'avance.

Rien ne se passa.

Je flottais toujours.

Assez volé, maintenant ! Je veux descendre !

Rien. Qu'est-ce que ça signifiait, nom d'une pipe ? Le Pays des Songes était *ma* création ; tout devait s'y dérouler selon *ma* volonté.

Je me souviens du jour où j'ai appris que tout le monde n'avait pas le pouvoir de contrôler ses rêves. C'était un lundi matin, vers la fin de l'école primaire. Une copine à moi était arrivée pâle et bouleversée ; à la récréation, je lui demandai ce qui s'était passé. Sa réponse me stupéfia. Elle avait fait un horrible cauchemar pendant la nuit. Pourquoi, lui demandai-je, n'avait-elle pas changé son rêve ? Elle m'avait regardée avec un mélange d'inquiétude et de condescendance avant de m'expliquer que c'était impossible. Les rêves suivaient leur cours comme bon leur semblait ; on n'avait aucun contrôle sur eux. Jusque-là, cette possibilité ne m'avait pas effleurée. Dès que mes rêves devenaient effrayants ou même seulement ennuyeux, je leur donnais l'ordre de changer. Et ils s'exécutaient. En trente-cinq ans, je n'ai jamais eu de rêve retors. Mes copines trouvent ça génial, mes petits amis croient que je fabule. Voilà comment ça s'est toujours passé.

Jusqu'à ce soir.

Je planais au-dessus du château, de plus en plus troublée. On ne pouvait pas vraiment qualifier ce rêve de « mauvais » ; il était seulement agaçant. Et j'avais bien envie qu'il cesse…

Tout se transforma. La peur m'étreignit. Je n'avais jamais rien ressenti de pareil. C'était pire qu'un accident de voiture, pire que de se retrouver nez à nez avec un serpent (j'ai la phobie des reptiles). C'était une peur brute que l'on ressent lorsqu'on est en présence du Mal absolu.

Essayant de ne pas paniquer, je respirai profondément et me rappelai que c'était un rêve… juste un rêve. Mais ma peur refusait de se dissiper. Je baissai les yeux vers le château, cherchant un indice qui pût expliquer ma terreur. Rien. L'édifice était endormi et innocent. Près du portail, dans une petite pièce aménagée dans une tour, deux hommes en uniforme se tenaient autour d'une table : sans doute des gardes ou des veilleurs de nuit. Par la fenêtre entrouverte, on les voyait jouer aux dés. Rien de maléfique là-dedans :

tout au plus un peu de laisser-aller. Dans d'autres pièces du château, d'autres silhouettes se découpaient en passant devant les fenêtres : pour autant que je pus voir, personne ne commettait de meurtres, de viols ou de pillages. Du côté de la mer, un homme se tenait debout sur le chemin de ronde, mais il ne découpait pas d'enfants en bas âge ni ne violait de grands-mères. Rien de spécial, quoi.

Pourtant, le Mal était là, tout près. Sa présence était si forte qu'elle en devenait presque tangible, odorante. Je basculai doucement sur moi-même et me tournai vers la forêt...

C'était ça ! Aucun doute n'était possible : le mal se terrait quelque part au nord de cette forêt, près des contreforts de la montagne. C'était si intense que je peinais à fixer les yeux sur cette région ; mon regard ne cessait de se décaler, comme si j'essayais de regarder une image en 3-D sans y arriver.

C'est pendant que je balayais les arbres du regard, essayant de faire la mise au point, que cela m'apparut. Quelque chose ondulait dans les ténèbres de la forêt, tache d'encre noire imprégnant une page vierge, ombre épaisse, rampante et poisseuse. Une force redoutable se glissait entre les arbres, singulière et décidée, avançant à toute vitesse et en ligne droite.

Ma mâchoire se décrocha. Cette chose ne laissait aucun doute quant à ses intentions — elle venait attaquer le château endormi.

5.

Il n'y avait rien à faire. Impossible de venir en aide aux occupants du château. J'essayai bien de hurler pour alerter les gardes qui jouaient aux dés, mais ma voix fut emportée par le vent. Mon corps refusait toujours de descendre ; l'espace d'un instant, j'en fus honteusement soulagée, terrifiée par l'idée d'être piégée dans ce château alors que la chose noire approchait. Je lançai un coup d'œil vers le nord : les ténèbres avançaient à une vitesse effarante. A mesure que cette armée ténébreuse avançait, le mal qui rayonnait d'elle devenait plus sensible. Comment les habitants du château pouvaient-il dormir, jouer aux cartes ou se détendre, insensibles au danger qui les menaçait ?

D'un coup, je n'eus plus du tout l'impression de rêver. Cet endroit et cette terreur sans nom étaient devenus ma réalité.

Comme en réaction à mes pensées, mon corps s'approcha davantage de la masse noire. J'avais peur, mais je devais à tout prix essayer de savoir ce qui se passait. Quand la première rangée sortit des arbres, je me trouvais tout près d'elle.

Au début, je crus voir des hommes de haute taille vêtus de longues capes volantes. Ils couraient à pas incroyablement longs et sautaient comme des champions olympiques, atterrissant non seulement sur les deux pieds, mais se remettant aussitôt à courir. Grâce à ce mode de déplacement étrange, ils dévoraient l'espace qui les séparait du château, et avaient presque l'air de voler. Comme s'ils n'avaient pas été tout à fait humains, mais plutôt des ombres ou des spectres.

J'étais fascinée par leurs longues capes amples qui ondulaient au vent… jusqu'au moment où je compris que ce mouvement était volontaire, articulé. Tandis que d'autres hordes surgissaient, je vis que ces capes n'étaient rien d'autre que des ailes, d'immenses ailes sombres qui se déployaient pour prendre le vent et permettaient à ceux qui les portaient de planer au-dessus du sol.

Un frisson me parcourut des pieds à la tête. Les monstres sortaient d'entre les arbres par centaines. On aurait dit d'immenses chauves-souris humanoïdes, ou des cafards géants. Je distinguais mieux leurs traits, à présent : c'étaient ces ailes, si noires et si grandes, qui leur donnaient l'air sombre. En réalité, sous les ailes, les corps de ces immondes soldats étaient d'une pâleur effrayante, presque translucide. Ils n'étaient vêtus que de pagnes, et leurs longs torses étaient squelettiques. Leurs cheveux étaient blonds ou argentés, et leurs membres anormalement longs, comme s'ils avaient été issus d'unions contre nature entre humains et araignées.

Ils avançaient vers le portail ouvert du château, se répandant comme un virus dangereux… puis ils entrèrent. Sans un bruit, ils se coulèrent à l'intérieur du château ; les joueurs de dés ne levèrent pas les yeux. Aucune porte ne claqua, aucune fenêtre ne se referma. Silence.

Silence.

Silence.

Mais je sentais encore leur présence. Je ne sais comment, je sentais l'ampleur du Mal qu'ils amenaient avec eux. Je ne pouvais voir ce qui se passait dans les nombreuses pièces en dessous de moi, mais je sentais la terreur et la souffrance se propager à travers le château comme un cancer envahissant un corps malade.

Je cherchai désespérément un moyen d'avertir les habitants du château, de leur venir en aide. De sa propre initiative, mon corps se mit à flotter dans une nouvelle direction. Je voguais cette fois vers la silhouette solitaire sur le chemin de ronde. En m'approchant, la silhouette prit des contours familiers.

Mon Dieu !

Mes poumons se vidèrent brusquement d'air tandis qu'un cri étranglé sortait de ma gorge.

— Papa !

Au son de ma voix, il se retourna et regarda autour de lui, comme s'il cherchait quelqu'un. Au clair de lune, je distinguais parfaitement ses traits. C'était papa. Au diable ces bêtises de « doubles » et de « reflets miroirs » ; au diable ces histoires de mondes parallèles. Ce type était mon père.

A cinquante-cinq ans, sa carrure de footballeur était toujours aussi impressionnante. Un jour, un des mes cousins m'a dit que lorsqu'il était enfant, il croyait que mon père était l'homme le plus fort du monde. A présent qu'il était adulte, ajouta mon cousin, il en était sûr. Non que mon père soit un géant, loin de là. Il doit mesurer un mètre soixante-quinze, grand maximum. A l'époque où il est sorti de son petit lycée de cambrousse, on lui a expliqué qu'il était trop petit pour jouer dans la prestigieuse équipe de football de l'université de l'Illinois. C'était sans compter sur sa ténacité. Comme un bouledogue, il s'accrocha, serra les dents de toutes ses forces et refusa d'être mis sur la touche. Après un parcours brillant au sein de l'équipe de football de l'université, il fut recruté comme entraîneur par le plus grand lycée de l'Oklahoma, et devint une légende vivante : celui qui avait emmené sept années de suite son équipe en finale nationale… et remporté sept victoires consécutives.

J'ai toujours été une fille à papa. J'ai grandi en me sentant protégée par sa force. Petite, je savais qu'il n'y avait aucun dragon qu'il ne pouvait terrasser, aucun démon qu'il ne pouvait bannir.

— Papa ! hurlai-je.

Il leva brusquement la tête, l'air troublé. Pouvait-il vraiment m'entendre ?

— Rhiannon ? Est-ce toi, ma fille ?

Peut-être ne percevait-il que l'écho de mon âme. Je me concentrai et hurlai un seul mot de toutes mes forces !

— Danger !

Puis un sanglot m'échappa.

— Je sais, ma fille. Je l'ai senti approcher dans la nuit.

La confusion s'effaça de son visage, et il partit à grands pas vers le bord du chemin de ronde. Sautant sur l'étroite passerelle de bois qui faisait le tour intérieur des remparts, il se mit à courir. Je flottais à quelques mètres derrière lui quand il fit irruption dans la salle de garde, s'époumonant d'une voix très semblable à celle de mon père, si ce n'était l'accent simili-écossais.

— Armez-vous et donnez l'alerte ! Epona vient de m'avertir d'un danger. Dépêchez-vous, mes braves, quelque chose me dit que le temps nous est compté.

Par la fenêtre, je vis les traits des gardes se figer, puis ils s'empressèrent de suivre l'homme qui ressemblait tant à mon père. Saisissant leurs armes, ils se ruèrent dans les boyaux de la tour pour réveiller leurs camarades. Bientôt l'air nocturne résonnait de cris d'hommes et de fracas métallique des armes…

Et de hurlements s'élevant du bâtiment principal.

Vêtus de kilts noués à la hâte, les hommes se jetèrent hors des baraquements vers le cœur du château… où l'ennemi les avait devancés. Impuissante, je vis les créatures resurgir du bâtiment principal, envahir la cour et attaquer les gardes. Le sang de leurs premières victimes avait terni la phosphorescence de leurs corps diaphanes. Pour autant que je pus voir, ils ne portaient aucune arme ; pourtant, dès les premiers instants du combat, il fut évident que les soldats n'avaient aucune chance. Leurs épées et leurs boucliers étaient inutiles face aux dents et aux griffes des humanoïdes, dont le nombre et la férocité étaient écrasants. De nombreuses créatures prenaient le temps de se pencher sur leurs victimes encore vivantes pour aspirer leur sang chaud et goûter à leurs entrailles ; les autres monstres les contournaient tranquillement et poursuivaient le massacre. Le bruit de la peau et des chairs déchirées ne ressemble à aucun autre ; de mon poste d'observation, je sentis mon âme trembler.

J'avais perdu papa de vue ; j'essayais d'ordonner à mon corps de se rapprocher, mais il refusait de m'obéir. Puis, d'un coup, toute négociation fut inutile — je le voyais. Il était cerné par l'ennemi. Du sang s'écoulait de grandes entailles à ses bras et à sa poitrine, mais son épée décrivait encore des moulinets meurtriers. A ses pieds gisaient deux monstres décapités, et les créatures qui l'entouraient restaient à bonne distance de sa lame.

— Approchez donc, bande de couards !

Sa voix flotta jusqu'à moi, et je reconnus le défi qui vibrait en elle. Je ne l'avais entendu qu'une seule fois auparavant. Papa avait mis sur la touche le meilleur défenseur de l'équipe, lequel venait d'être pris en flagrant délit de vol à l'étalage. Le joueur en question avait expliqué à papa que son comportement hors du terrain ne le regardait pas, et que papa devait lui permettre de jouer quoi qu'il arrive, parce qu'il était le meilleur. Papa l'avait emmené au milieu du terrain et, devant toute l'équipe, lui avait dit : « Tu joueras demain soir si tu arrives à me mettre par terre. » Le gamin faisait presque vingt centimètres et vingt kilos de plus que mon père (ainsi que trente ans de moins), mais il ne réussit pas à le renverser. D'ailleurs, il ne rejoua pas de toute la saison.

L'homme qui affrontait les monstres avait la même attitude, et la même force physique. Une fois de plus, il avait sa conscience pour lui, mais, cette fois, je le savais, cela ne changerait rien. Son cri de défi attira l'attention de nouveaux monstres, lesquels se joignirent, l'un après l'autre, au cercle. Bientôt ils étaient une vingtaine autour de lui, ailes déployées, bouches sanguinolentes tremblant de haine et d'appétit.

De toute ma vie, jamais je n'oublierai ce spectacle. Mon père n'a pas paniqué. Il est resté calme et sûr de lui jusqu'à la fin. D'un coup, les monstres ont convergé vers lui. J'ai vu sa lame darder un éclair, l'ai entendue trancher la chair du premier, du deuxième, du troisième... puis elle fut incapable de suivre. C'est à ce moment-là qu'ils se sont jetés sur lui, toutes dents et griffes dehors. Mon père a continué à se battre avec ses poings nus et ensanglantés. Même lorsqu'il est tombé à genoux, il n'a pas poussé un cri.

Jusqu'à la fin, il n'a jamais cessé de lutter.

Moi, en revanche, je n'en pouvais plus. Mon âme était sur le point d'éclater de douleur, et je hurlais dans la nuit, agonisante...

J'ouvris brusquement les yeux.

— Non, papa, pas toi !

Je tremblais violemment et mes joues étaient inondées de larmes.

Surgissant chacun d'une porte différente, Alanna et ClanFintan firent simultanément irruption dans la chambre.

— Maîtresse ! Mon Dieu, maîtresse, que s'est-il passé ?

Alanna se rua vers moi. Oubliant qu'elle n'était pas vraiment Suzanna, je l'entourai de mes bras et pleurai sur son épaule.

— C'était horrible, dis-je entre deux sanglots. Ils ont

tué mon père ! Ils ont tué papa, et je n'ai rien pu faire pour l'aider !

Alanna me caressait le dos en émettant de petits bruits réconfortants.

— Y a-t-il un danger ? Dois-je appeler les gardes ?

ClanFintan avait parlé d'une voix de guerrier, et j'eus soudain la certitude que sur le champ de bataille, il serait aussi courageux que mon père.

— Non, dis-je.

Mes sanglots convulsifs se calmaient, mais des larmes silencieuses continuaient à couler sur mon visage.

— Ce n'était qu'un rêve.

Je sentis Alanna se figer. Avec douceur, elle se libéra de mon étreinte, juste assez pour pouvoir me regarder dans les yeux.

— Il faut que vous nous disiez ce que vous avez vu, maîtresse.

C'était dit sur un ton calme, mais qui ne parvenait pas tout à fait à dissimuler l'angoisse sous-jacente.

Par-dessus son épaule, je vis ClanFintan arpenter la pièce, le visage marqué par une expression que je n'arrivais pas à identifier.

— Que vous a révélé Epona, dame Rhiannon ?

Je fermai les yeux, troublée.

— *Ce n'était pas un rêve*, chuchota Alanna à mon oreille.

Des frissons de terreur parcoururent mon corps épuisé. Bon Dieu, que se passait-il encore ?

Me forçant à redresser les épaules et à cesser de trembler, je levai les yeux vers ClanFintan.

— J'ai besoin de quelques instants pour me remettre, dis-je. Ensuite je vous dirai tout.

Un éclair de compassion brilla dans ses yeux, et d'un coup, je devinai derrière sa façade sévère une immense générosité. Après tout, c'était le chef spirituel de son peuple, non ?

— Bien sûr, Rhiannon, dit-il. Que votre servante me prévienne lorsque vous serez prête.

Faisant fi de toute prudence, je rétorquai :

— Ce n'est pas ma servante. C'est ma meilleure amie.

J'entendis Alanna inspirer vivement.

— Excusez-moi, dit ClanFintan. Que votre *amie* me prévienne, dans ce cas.

Son sourire me parut sincère et, curieusement, il me réconforta un peu.

Quand la porte se referma derrière lui, je me remis à trembler.

— Maîtresse, dit Alanna d'une voix pleine d'effroi, je ne suis pas votre amie. Je ne peux pas l'être.

— Tu te trompes, Alanna. Tu n'es pas l'amie de *Rhiannon.* Tu étais sa servante, son esclave. Mais elle et moi sommes différentes.

Je m'essuyai les yeux du revers de la main. Elle me tendit un mouchoir, et je la remerciai d'un sourire.

— J'ai compris, maintenant, que tu n'es pas Suzanna, mais je ne peux m'empêcher de la voir en toi… et elle est ma meilleure amie. Je te demande juste d'essayer de me comprendre ; peut-être qu'au bout d'un moment, tu en viendras à éprouver toi aussi de l'amitié pour moi. Et en ce moment, Alanna, j'ai plus besoin d'une amie que jamais.

Je me remis à pleurer de plus belle.

— Ce que vous dites est vrai, maîtresse : vous êtes très différente de Rhiannon.

A présent, les yeux d'Alanna aussi brillaient de larmes ; elle repoussa mes cheveux de mon visage et, subitement, me serra dans ses bras.

— En tout cas, votre voix est redevenue normale.

— Ah, tu l'as remarqué ! dis-je avec un sourire maladroit.

— Puis-je vous apporter quelque chose à boire pour apaiser votre gorge et prévenir une rechute ?

— Du thé, peut-être. Je crois que je vais essayer d'éviter l'alcool pendant quelque temps.

Alanna frappa deux fois dans ses mains, et une adolescente endormie apparut dans l'encadrement de la porte. (Nom d'un chien, était-elle mon esclave, aussi ?) Mon désespoir reflua ; à mon grand écœurement, mes yeux se remplirent de nouveau de larmes.

— Alanna, aide-moi à comprendre ce qui s'est passé.

Me mouchant de nouveau, je réprimai ma dépression naissante.

— Tu as dit que ce n'était pas un rêve. Pourquoi ?

— C'est ce qu'on appelle le Sommeil magique, un des dons qui caractérisent les Grandes Prêtresses élues par Epona. Dès le plus jeune âge, vous avez été capable d'envoyer votre âme loin de votre corps endormi, parfois même de communiquer avec d'autres personnes. Vous ne possédiez pas ce don dans votre ancienne vie ?

— Euh… pas exactement. Mais j'ai toujours pu contrôler mes rêves, ce qui est inhabituel dans mon monde. Je visitais des endroits imaginaires et faisais toutes sortes de trucs amusants.

A présent, fini l'insouciance, me dis-je en frissonnant. Le Pays des Songes ne serait plus jamais mon jardin des délices personnel. Pas après cette nuit.

— C'est sans doute ainsi que votre don s'est manifesté dans un monde où Epona n'existe pas, dit Alanna sur un ton chagrin.

Après les horreurs auxquelles je venais d'assister, je trouvais qu'il n'y avait pas vraiment de quoi se réjouir de l'existence d'Epona, ni de mes nouveaux pouvoirs.

— Mais… comment est-ce arrivé ? Je n'ai certainement pas « envoyé » mon âme où que ce soit. Je te rappelle, Alanna, que je ne suis pas Rhiannon. Comment ai-je pu faire un Sommeil magique sans même savoir que cela existait ?

Mes yeux se remplirent de larmes.

— C'était affreux, Alanna ! Pourquoi m'a-t-on forcée à assister à ces horreurs ?

— Epona voulait sans doute que vous les voyiez.

— Votre déesse est donc si cruelle ?

— Non, maîtresse, elle combat le mal de toutes ses forces.

La jeune fille revint avec un plateau chargé d'un service à thé en porcelaine. Je la remerciai d'un sourire qu'elle me rendit timidement. Comme elle se retournait pour partir, je remarquai qu'elle n'avait apporté qu'une seule tasse.

— Excuse-moi…

La nymphe se figea.

— Peux-tu apporter une tasse pour Alanna ?

— Euh… oui, bien sûr, maîtresse.

— Merci.

L'air profondément troublée, la jeune fille s'éloigna à toute vitesse. Alanna, quant à elle, me fixait d'un air qui commençait à devenir familier, et qui signifiait « Quel nouvel impair va-t-elle commettre maintenant ? »

— Ah, ne commence pas, dis-je avant qu'elle n'ait pu intervenir. Je suis trop stressée pour discuter de ces histoires d'esclavage. Il va falloir que tu t'habitues à être traitée comme une amie, voilà tout. Comme dirait le capitaine de l'Enterprise, en avant toute !

— Que…

— T'occupe, c'est juste une expression.

La chaleur du thé s'étendait à tout mon corps, et je cessai progressivement de trembler. La jeune fille revint et tendit une tasse à Alanna. Elle avait toujours l'air perplexe, mais, au moment de s'incliner et de quitter la pièce, elle me lança un sourire enthousiaste. Alanna, très mal à l'aise, se servit une tasse de thé.

— Bon. Selon toi, ce que j'ai vu n'était ni un rêve, ni une vision. C'était la réalité, la vraie vie, et mon âme, ou je ne sais quoi, flottait au-dessus ?

— Oui, maîtresse, dit Alanna avec tristesse.

— Alors, dis-je en inspirant profondément, il est vraiment mort ?

— Je suis profondément désolée, maîtresse.

D'une main tremblante, je reposai ma tasse sur la soucoupe. Subitement, une idée atroce me vint à l'esprit.

— Ma mère. Où est ma mère ?

Quelque chose se contracta dans ma poitrine. Faites qu'elle au moins soit saine et sauve !

— Je ne l'ai pas vue, mais elle devait sûrement être avec lui, non ?

— Maîtresse, votre mère est morte peu après votre naissance.

Alanna posa sa tasse à son tour et me prit la main.

— Ah ! dis-je d'une voix éraillée. Eh bien, tant mieux !

Ma compagne écarquilla les yeux.

— Je ne comprends pas, maîtresse.

— Je ne me réjouis pas de sa mort, Alanna. Seulement, je préfère qu'elle n'ait pas été tuée par ces créatures. Dans mon monde à moi, mon père et elle ont divorcé quand j'étais enfant.

Alanna prit l'air scandalisé.

— C'était la bonne décision, en fait. Ils sont tous les deux remariés et très heureux.

— Si vous le dites, maîtresse.

— Le divorce n'existe pas, ici ?

— Si. Mais c'est un grand déshonneur.

— Ouais... Je vois. Bref, je suis heureuse que ma mère n'ait pas eu à endurer ce qui s'est passé cette nuit.

C'était plus facile de me dire qu'elle était morte trente-cinq ans auparavant, que de l'imaginer déchiquetée par ces vampires. Comme l'avait été papa.

Je pris une profonde inspiration et, encore tremblante, posai la question qui me brûlait les lèvres depuis un moment.

— Rhiannon était-elle… euh… proche de son père ?

— C'est sans doute le seul homme qu'elle ait jamais aimé. Après la mort de sa femme, il ne s'est pas remarié, et a élevé sa fille seule, au lieu de la confier à quelqu'un de sa famille, comme l'auraient fait la plupart des chefs de clan.

De nouveau, elle me lança un sourire triste.

— MacCallan était extrêmement fier de sa fille. C'était la prunelle de ses yeux. Je crois qu'il voyait un aspect d'elle qu'elle ne montrait à personne d'autre. Rhiannon s'est toujours mieux tenue en présence de son père.

Ma gorge se serra.

— Alors nous avons un point commun, finalement. L'amour que nous éprouvons pour nos pères.

— Il faut que vous expliquiez à ClanFintan ce qui s'est passé cette nuit. Il vous aidera. Faites-lui confiance, maîtresse. Il pourrait être un précieux allié.

Elle prit mes mains dans les siennes et parla d'une voix franche.

— A l'exception de son père, Rhiannon n'aimait que les gens qui lui apportaient du plaisir ou qu'elle pouvait manipuler à son gré.

Elle me fouilla du regard.

— Vous lui ressemblez. Vous avez sa fougue, son humour et sa passion, mais à cause du monde où vous avez grandi, et des choix que vous avez faits au cours de votre vie, vous êtes devenue quelqu'un de très différent. Je ne crois pas que vous soyez son double exact. Vous avez beaucoup plus de cœur. Je vous supplie, maîtresse, de faire également preuve de sagesse. Rappelez-vous que votre père désirait ce mariage.

ClanFintan est sage et puissant ; il saura vaincre ce terrible ennemi qui nous menace.

— Dis-lui qu'il peut entrer, dis-je en serrant rapidement les mains d'Alanna.

Elle me sourit franchement avant de taper de nouveau dans ses mains, et d'informer la nymphe de service que madame était prête à recevoir son époux. Me rendant subitement compte que je devais être complètement débraillée, je passai mes mains dans mes cheveux et tentai de leur donner un semblant d'ordre. Alanna ôta mes mains de ma tête, prit un peigne sur ma table de nuit et, en un rien de temps, rassembla mes cheveux en une impeccable tresse anglaise.

— Merci, chère amie.

Son sourire me réchauffa le cœur.

ClanFintan entra sans bruit et referma la porte derrière lui. Sans hésiter, il s'avança droit vers mon lit et me prit la main.

— Permettez-moi de vous offrir mes plus sincères condoléances. MacCallan était un grand chef, et un grand ami pour moi. Tout Partholon connaît l'amour que vous lui portez, ajouta-t-il en imprimant une dernière pression à ma main.

— Je… euh… merci.

Délivrée de l'étreinte chaude du centaure, ma main me paraissait soudain glacée.

— Etes-vous prête à me dire ce que vous avez vu, Rhiannon ?

— Oui, dis-je en redressant les épaules. Le rêve a commencé ici. Je suis sortie par le plafond, et j'ai rendu visite à une jument magnifique.

Alanna et ClanFintan sourirent tous deux comme s'ils voyaient exactement de quoi je parlais.

— Ensuite, j'ai continué à monter. La nuit était très belle, et j'étais attirée par la lumière de la lune…

— Oui, dit ClanFintan sur un ton mélancolique, l'appel de la lune…

— Euh…

Le regard qu'il posait sur moi était attentif et bienveillant. Bon sang, me sermonnai-je, ce n'était pas le moment de se laisser distraire par un joli visage !

— Eh bien ! poursuivis-je, je suis partie vers la côte. Et je suis arrivée à ce château surplombant la mer, au bord de la falaise.

Mon époux hocha la tête d'un air entendu.

— Dès le départ, j'ai compris qu'il se passait quelque chose de bizarre. Non, pas bizarre — quelque chose de maléfique. Je ne le voyais pas, mais je le sentais.

Nouveau hochement de tête.

— En cherchant la source de mon pressentiment, je me suis tournée vers la forêt, dis-je. C'est de là qu'ils sont sortis.

Je m'interrompis et frissonnai. Alanna, restée tout près de moi, posa une main rassurante sur mon épaule.

— Ils étaient atroces ! Au début, j'ai cru que les arbres de la forêt s'étaient mis à bouger ; c'était une grande masse sombre qui ondulait vers moi. Mais j'ai vite compris que ce n'était pas la forêt qui marchait, mais d'horribles créatures qui passaient entre les arbres. Et puis je les ai vues de près. Elles étaient ailées, mais leurs corps étaient humains.

— Des Fomores ! cracha ClanFintan d'une voix incrédule.

Avant que je n'aie pu poser de question, la main d'Alanna se crispa autour de mon épaule en guise d'avertissement. Je lui lançai un regard : elle hochait gravement la tête, apparemment d'accord avec le diagnostic de ClanFintan.

— Quand j'ai compris ce qui allait se passer, je me suis mise à crier pour prévenir mon père… et il a même réussi à m'entendre. Mais c'était trop tard. Les monstres ont envahi le château. Ils ont massacré les soldats et les habitants.

Je me couvris le visage de mes mains.

— Je les ai vus tuer mon père.

— Dame Rhiannon, dit doucement ClanFintan, pourriez-vous nous dire combien ils étaient ?

— Plein. On aurait dit une nuée d'insectes assoiffés de sang. Ils ont dévoré tout le monde.

— Je suis vraiment désolé de vous demander cela, Rhiannon, mais il faudrait que vous me les décriviez en détail.

Je m'éclaircis la gorge et bus un peu de thé.

— Ils étaient plus grands que les soldats du château, dis-je.

Je dus m'interrompre pour repousser les images des démons ailés se ruant sur les courageux gardes.

— Ils avaient d'énormes ailes sombres dans le dos. Ils ne volaient pas, mais ils couraient et sautaient. Ils se déplaçaient à une vitesse incroyable, bien plus rapide que celle d'un coureur normal. Leurs bras et leurs jambes étaient très longs, très pâles, leurs cheveux aussi…

Je m'arrêtais, cherchant d'autres détails dans ma mémoire.

— Le plus affreux, c'est qu'ils avaient l'air humain. Si on leur avait retiré les ailes et distribué des vêtements, ils auraient pu passer pour des hommes.

— Etaient-ils armés ? demanda ClanFintan.

— Seulement de leurs griffes et de leurs dents.

Frissonnante, je me forçai à ajouter :

— Ils se sont arrêtés pour dévorer les gardes avant même d'avoir pris le château — avant même que leurs victimes ne soient mortes.

Ma voix plate et monotone était loin d'exprimer l'horreur que j'avais éprouvée à la vue de ce spectacle terrifiant.

— Jusqu'à aujourd'hui, j'ai toujours refusé d'y croire, dit le centaure.

Il marchait de long en large devant mon lit, passant ses doigts dans ses longs cheveux détachés.

— Je croyais que ces histoires au sujet des Fomores n'étaient que des contes pour faire peur aux enfants.

— Je ne comprends pas.

La vraie Rhiannon savait sûrement à quoi il faisait allusion, mais j'estimais que ce n'était pas le moment de faire semblant (de toute façon, ce n'est pas trop mon genre).

— Vous connaissez les vieilles légendes, bien sûr...

Il semblait trop absorbé par ses propres pensées pour s'étonner de mon ignorance.

— Depuis des générations, les mères de famille de Partholon disent aux enfants que s'ils partent trop loin de la maison, des démons ailés les emporteront et les dévoreront.

— Oui, oui, dis-je d'un air blasé, mais je ne me souviens pas des détails. D'où sont-ils censés venir ?

— De l'autre côté de la Grande Chaîne des Montagnes, je crois. On n'entend jamais trop parler de leurs origines.

— Que leur est-il arrivé ?

— Les bardes chantent l'histoire d'une grande guerre menée contre eux par nos ancêtres. Bien que dotés d'un pouvoir maléfique immense, les Fomores étaient relativement peu nombreux. Aussi furent-ils vaincus, et les survivants repoussés de l'autre côté des montagnes. On dit que c'est ainsi que le Donjon du Gardien a été érigé à l'entrée de la passe montagneuse, et que c'est de cette menace qu'il tient son nom...

Il me décocha soudain un regard perçant.

— Mais vous, l'Elue d'Epona, vous devez déjà savoir tout cela...

— Epona évite tout contact avec le Mal, dis-je.

Dès que cette phrase fut sortie de ma bouche, j'eus l'intuition que c'était vrai. Mais mon intuition, hélas, n'était pas toujours fiable à cent pour cent… surtout en ce moment. Bon. Je n'avais plus qu'à avancer à tâtons.

— Puis, pourquoi m'intéresserais-je à des contes pour enfants ?

Je lançai à Alanna un appel au secours muet, mais elle ne broncha pas.

— Epona a d'autres chats à fouetter, comme vous l'imaginez aisément.

A vrai dire, je nageais complètement. Les Fomores ? Partholon ? La Grande Chaîne des Montagnes ? Pardon ?

— C'est peut-être pour cette raison qu'elle a voulu que vous assistiez à ce massacre, maîtresse, suggéra Alanna en me prenant doucement la main. Est-il possible qu'elle ait tenté de vous avertir d'une menace à laquelle vous n'étiez pas préparée ?

Pour elle et moi, ces paroles étaient à double sens : nous savions toutes deux que je n'avais été préparée à *rien* de tout ce qui venait d'arriver.

Alanna leva les yeux vers ClanFintan.

— Peut-être est-ce pour cela qu'Elle vous a unis tous les deux — parce qu'elle savait que son Elue n'était pas préparée à ce mal, mais que son Grand Chaman était plus au fait des légendes, et plus à même de combattre cet ennemi.

— C'est aussi mon opinion, Alanna, ajoutai-je hâtivement.

Une fois de plus, elle venait de me sauver la mise.

— Ce n'est pas impossible, en effet.

Dieu merci, ClanFintan était manifestement trop inquiet pour réfléchir correctement. Après tout, cheval ou pas, il restait tout de même un homme. Et les hommes, comme chacun le sait, sont incapables de faire plusieurs choses en même temps.

— Bref, Epona a voulu me prévenir d'un danger imminent.

C'était comme si une énorme ampoule venait de s'allumer au-dessus de ma tête. Je me redressai dans le lit et cessai de pleurer.

— Ces sales monstres ne vont pas se contenter de massacrer les habitants du château de mon père.

Je regardai tour à tour mes deux interlocuteurs.

— Je crois que ce qu'Epona veut nous dire, c'est que nous ne sommes pas en sécurité.

Aussi bizarre que cela paraisse, j'en étais convaincue. Rhiannon éprouvait-elle la même chose, dans l'Oklahoma — une étrange capacité à saisir d'intuition des choses dont elle ne savait rien ?

— Absolument, dame Rhiannon. Aucun doute n'est permis ; la déesse vient de nous avertir d'un grave danger.

ClanFintan avait repris son ton brusque et professionnel.

— Avec votre accord, je vais faire venir mes guerriers Fintan pour aider vos gardes à évacuer les fermes entre le temple et le château des MacCallan, et à diriger les réfugiés vers ici. Comme vous le savez, Epona a choisi ce site pour ses qualités défensives ; on y sera en sécurité. J'imagine que vous avez des provisions en cas de siège ?

Alanna hocha imperceptiblement la tête.

— Bien. Le château des MacCallan est à deux bonnes journées d'ici.

Le centaure se remit à arpenter la pièce, complètement absorbé par ses plans.

— Il faut espérer que les Fomores prendront le temps de savourer leur victoire avant de repasser à l'attaque. Cela devrait nous donner le temps de faire venir des renforts de ma tribu, de rassembler les villageois dans le temple et de prévenir Partholon.

— Mais…

— Pardonnez-moi, dame Rhiannon ! Je ne voulais pas

usurper vos responsabilités. En tant qu'époux, je souhaitais simplement vous aider à faire face au danger dont Epona vous a prévenue.

Il paraissait sincèrement contrit — mais, je le répète, c'était un homme, et, comme d'habitude, il passait à côté de la question.

— Et mon père ?

— Je suis vraiment désolé, dame Rhiannon, mais il est mort.

Il ne comprenait toujours pas !

— Je sais ce que j'ai vu, dis-je en avalant une gorgée rapide de thé. Mais je ne l'ai pas vraiment vu mourir.

ClanFintan et Alanna échangèrent un regard circonspect.

— Et s'il était encore vivant ? S'il souffrait…

Je repris une gorgée de thé. Je n'allais pas pleurer, c'était hors de question.

— Rhiannon, dit mon époux d'une voix grave, vous vous rendez compte qu'il n'a aucune chance d'avoir survécu, n'est-ce pas ?

— Je… je sais qu'il doit être mort, oui. Mais, euh… on ne peut pas les abandonner comme ça, lui et ses hommes.

Je le regardai droit dans les yeux.

— Si vous aviez vu comme ils étaient courageux…

— Bien sûr. C'étaient de vaillants guerriers, dit ClanFintan, perplexe.

— Exactement. C'est pour ça que je dois aller les enterrer.

C'était tout de même évident, non ? Mon père et ses hommes n'allaient pas servir d'appâts aux corbeaux.

De nouveau, la main d'Alanna se crispa autour de mon épaule.

— Maîtresse, vous ne pouvez pas vous rendre au château des MacCallan !

— Bien sûr que je peux. Il a dit que ce n'était qu'à deux jours de voyage et...

Prise au piège, j'ajoutai :

— De toute façon, j'y suis déjà allée, non ?

Cette fois, Alanna et ClanFintan paraissaient carrément inquiets.

— Rhiannon, vous ne pouvez pas prendre ce genre de risque, dit mon époux.

Il leva la main pour m'empêcher de protester.

— Le peuple compte sur vous pour le guider. Vous êtes l'Elue d'Epona ! Il ne doit vous arriver aucun mal, surtout en ce moment ! Aux époques où le Mal rôde, chacun se tourne vers Epona pour le consoler et le conseiller.

— Non seulement votre peuple, maîtresse, mais aussi vos soldats, humains comme centaures, ajouta Alanna. N'oubliez pas que vous êtes la Déesse Incarnée des guerriers ! La mort de MacCallan va leur porter un coup terrible. Si en plus l'Elue d'Epona est en danger, ils perdront tout espoir !

Génial. J'étais responsable du moral des troupes, et je n'étais même pas Marilyn Monroe. Il n'y avait pas de justice.

— Pensez à ce qu'il adviendrait à votre peuple si vous étiez blessée ou capturée, dit ClanFintan en me prenant la main.

Sa main était chaude, son étreinte puissante. Bon Dieu, c'était un sacré type... enfin un sacré centaure ! J'étais prête à parier qu'il ferait des merveilles sur un terrain de football...

Mon père l'aimerait bien. Cette pensée me fit presque sourire.

— Seigneur ClanFintan a raison, maîtresse. Et si les Fomores étaient encore dans le château ? Votre père n'aurait pas voulu que vous risquiez votre vie, même pour lui.

— Mais je ne peux quand même pas le laisser pourrir là-bas !

Des larmes de frustration me montaient aux yeux.

— Dame Rhiannon…

La voix profonde de ClanFintan me parvint à travers un tourbillon d'émotions.

— Demandez-vous, dit-il, ce que MacCallan aurait voulu que vous fassiez.

Je fermai les yeux. Bien sûr, papa ne voudrait pas que je mette ma vie en péril. Si seulement c'était aussi simple…

La partie rationnelle de mon esprit savait que l'homme que j'avais vu se faire attaquer n'était pas vraiment mon père. Il n'était pas Richard Parker, prof de biologie au lycée de Broken Arrow, dans l'Oklahoma, entraîneur de football, spécialiste des chevaux, artiste amateur, excellent cuisinier et plombier occasionnel. Papa, quoi. L'homme que je préférais au monde.

Enfin, dans *mon* monde… ce monde dont tout indiquait que je l'avais quitté. Mais mon cœur, lui, me disait que cela n'avait aucune importance. Ce type ressemblait à papa. Il parlait comme papa. Et, aussi bizarre et troublante que fût la situation dans laquelle j'avais été parachutée, je savais que Rhiannon, elle aussi, aimait cet homme.

C'était peut-être une garce et certainement une catin. Sans doute était-elle carrément infréquentable. Mais, tout comme moi, c'était une fille à papa. Elle adorait son père. Jusqu'ici, je n'avais pas trop réfléchi aux complications familiales qui avaient pu se produire dans mon monde. J'avais été… comment dire ? assez occupée. Mais j'étais absolument certaine que si quelque chose arrivait à mon père, Rhiannon, si perdue fût-elle dans ce nouveau monde, ne le laisserait pas tomber.

Pas plus que moi, je n'allais laisser tomber son père à elle. Je portais la responsabilité d'une fille dévouée. Je ne pouvais y échapper, et même si j'avais pu le faire, je n'en aurais pas eu envie.

Mais cela, Alanna et ClanFintan étaient loin de le comprendre.

J'ouvris les yeux. Enfin, j'y voyais clair.

— Vous avez raison, dis-je en souriant docilement.

Ils se détendirent visiblement.

— Oh, soupirai-je en feignant de bâiller, je suis tellement fatiguée... Est-ce déjà le matin ?

En voyant leurs expressions inquiètes, j'éprouvai un petit pincement coupable. Alanna me répondit la première, mais ClanFintan resserra ses doigts autour de ma main.

— Le jour n'est pas encore levé, maîtresse.

— Reposez-vous, Rhiannon, dit mon mari. Je m'occupe d'envoyer un premier bataillon évacuer les villageois des environs.

Sa main libre frôla brièvement ma joue. Dans le genre cheval, il était décidément très mignon.

— C'est juste que... je suis tellement épuisée !

Je fis ma meilleure imitation de Lana Turner, me laissant retomber sur l'oreiller, ma main libre frôlant mon front, l'autre serrant encore celle de ClanFintan. (Oui, j'aimais bien lui tenir la main !)

— Essayez de vous rendormir, maîtresse, dit Alanna en réorganisant mes oreillers.

— Je vous laisse, Rhiannon. Je vais faire prévenir mes guerriers.

ClanFintan s'inclina au-dessus de ma main, puis la retourna vers le haut. Mes yeux se rouvrirent tout seuls ; l'espace d'un instant, je crus qu'il allait encore me mordre. Mais non : il me lança un regard insistant, puis déposa un baiser au milieu de ma paume. Bon sang, ce qu'il pouvait avoir les lèvres chaudes !

Oui, ces baisemains aussi, je les aimais bien. J'en étais sûre maintenant, papa adorerait ce type. Il a toujours eu un faible pour les hommes qui ne me laissaient aucun répit.

ClanFintan lâcha ma main et s'éloigna rapidement vers la porte. Je l'entendis demander aux gardes de réveiller ses centaures et de les lui envoyer immédiatement, puis la porte se referma, et je restai seule avec la chaleur persistante de ses lèvres sur ma paume.

A vrai dire, Alanna aussi était encore là, à retaper mes oreillers avec des airs de maman poule.

— Tout va bien, maîtresse ?

— Oui, Alanna, je te remercie. Je crois que j'ai simplement besoin de me reposer un peu. Il s'est passé tellement de choses aujourd'hui…

Je me blottis dans mon lit moelleux.

— Tu as besoin de repos, toi aussi. Je vais bien, tu peux me laisser.

Elle me lança un regard dubitatif.

— Vous ne voulez pas que je vous fasse apporter un peu de vin chaud ou que je vous brosse les cheveux ?

Bon sang ! Elle connaissait drôlement bien mes goûts !

— Non, merci. Tu es un ange, mais j'ai juste envie de dormir.

— Je vous laisse.

Elle repoussa les cheveux de mon visage, dans un geste qui commençait à m'être familier. Puis, juste après que j'eus fermé les yeux, je sentis ses lèvres frôler mon front, et l'entendis murmurer :

— Bonne nuit, Shannon.

Comme elle s'éloignait, je ne pus m'empêcher de lui poser la question qui me hantait.

— Alanna, est-ce que Rhiannon t'a parlé de comment elle allait faire pour revenir ici… et pour me renvoyer là-bas ?

J'avais les yeux fermés, mais j'entendis la jeune femme se figer sur place, puis se retourner.

— Elle m'a dit qu'il était impossible de revenir. Personne ne peut survivre à plus d'une traversée de la Grande Faille.

Sa voix était un peu triste.

— Je suis désolée, Shannon. Cela ne doit pas être facile.

— Ne t'inquiète pas. Ce n'est pas de ta faute.

Entendait-elle, depuis l'autre bout de la pièce, les battements affolés de mon cœur ? Je n'allais jamais rentrer chez moi ? Je m'interdis sévèrement d'ouvrir les yeux.

D'un coup, pour la première fois, je compris l'attitude de Scarlett O'Hara. Il m'était insupportable de penser à tout cela aujourd'hui. J'y penserai demain. Un jour après l'autre.

Les pas d'Alanna s'estompèrent. Quand j'entendis la porte se refermer avec un petit cliquetis, j'ouvris les yeux. Puis je m'assis dans le lit et avalai d'une gorgée le reste du thé (la caféine, c'est bon pour l'âme). J'avais des choses à faire et des gens à enterrer. Toutes ces précautions, c'était peut-être très bien pour Rhiannon, mais ce n'était pas du tout mon genre.

Abandonner mon père, c'était hors de question.

6.

Bon sang, ce que ma Mustang pouvait me manquer ! La mobilité est la clé de l'émancipation féminine. Comment peut-on être opprimée quand il suffit de sauter dans sa voiture pour se dégoter un nouveau boulot, un nouveau type, une nouvelle vie ?

En attendant, je devais trouver le moyen de rejoindre un château quelque part au nord-ouest d'ici. Au beau milieu de la nuit. Avec des hordes de vampires ailés qui traînaient dans les parages. Sans voiture.

Evidemment, personne n'avait de voiture, ici.

Dans le doute, m'intimai-je, occupe-toi de ta garde-robe. Je devais trouver d'autres vêtements de toute urgence. Impossible de voyager dans l'espèce de rideau transparent qui m'avait servi de robe de mariée ; même dans les mondes parallèles, les nuits devaient être fraîches. Puis, en l'absence de ma Mustang — une nouvelle ampoule s'alluma au-dessus de ma tête — le mieux serait encore de me trouver un *vrai* mustang. Selon Alanna, tout ce que j'avais vu en rêve était vrai. Cette magnifique jument argentée devait donc exister… peut-être même qu'elle m'appartenait !

Plusieurs armoires géantes aux portes sculptées s'alignaient le long des murs de ma vaste chambre. Une rapide inspection révéla non seulement des vêtements, mais des *tonnes* de vêtements. Sans blague, j'avais l'impression d'être une Barbie. Et pas juste une Barbie ordinaire, mais aussi Barbie Western, Barbie fait du Camping, Barbie Prof de Danse… et ainsi de suite. Rhiannon avait une garde-robe impressionnante — ce qui, pour moi, ne constituait en aucun cas un défaut.

Essayant de ne pas me laisser distraire (ni hypnotiser ; nous avions apparemment un autre point commun que l'amour pour nos pères), je fouillais dans les différentes armoires jusqu'à trouver enfin celle consacrée au vêtements de sport. Elle était remplie à craquer de fuseaux en cuir souple et de hauts moulants. Les fuseaux, tous de la même couleur beurre frais, étaient ornés de motifs en cuir repoussé, parmi lesquels des nœuds celtes et — je l'aurais parié ! — de minuscules têtes de morts. Ces pantalons aux jambes étroites se fermaient par un système de lacets à la cuisse gauche (apparemment, les fermetures Eclair n'avaient pas encore fait leur apparition dans ce monde). Je les examinai d'un œil dubitatif. Pourvu que je n'aie pas trop fait de rétention d'eau, ces derniers temps ! Finalement, je choisis celui aux motifs les moins morbides, commençai à l'enfiler… et fus stupéfaite de la douceur et de la souplesse du cuir. Le fuseau m'allait comme un gant, s'adaptant parfaitement à mes fesses et à mes cuisses. Décidément, cette Rhiannon était très gâtée.

Elle allait avoir une drôle de surprise en découvrant le prix des vêtements dans mon monde… et l'état limité de ma garde-robe.

Je sélectionnai ensuite une veste assortie à mon fuseau Celle-ci était également fermée par un système de lacets dans le dos, que j'eus un mal de chien à fermer. Voilà sans doute pourquoi Alanna avait l'habitude d'aider Rhiannon à s'habiller… Mais je n'avais pas envie de la réveiller maintenant, aussi me tortillai-je frénétiquement, et finis par y arriver. A vrai dire, j'étais d'excellente humeur : en plus d'être extrêmement seyant, cet ensemble était manifestement conçu pour monter à cheval. Les vêtements s'adaptaient à mes mouvements tout en m'offrant un soutien appréciable. (Soyons sérieux : pour une femme de trente-cinq ans pourvue d'un généreux bonnet C, la gravité est une Force du Mal.) Aussi étais-je ravie de constater que je portais l'équivalent celtique d'une brassière de sport, laquelle me permettrait sans doute de grimper aux arbres ou de tuer des dragons sans perdre ma dignité (même si j'espérais de tout cœur que ni l'une ni l'autre de ces activités ne serait nécessaire).

Tout au fond de l'armoire, je trouvai plusieurs paires de bottes fantastiques. Elles étaient taillées dans le même cuir souple et riche que les fuseaux, et dotées de semelles épaisses et pliables, un peu comme celles des mocassins indiens. En les retournant, je remarquai qu'une étoile à cinq branches était gravée dans la semelle.

Génial ! Partout où j'irais, j'imprimerais des étoiles sur mon passage. Des bottes comme ça, même Barbie n'en avait pas !

Ça y est, j'étais habillée. Etape suivante.

J'essayai de me rappeler mon rêve, en particulier les images du temple vu du ciel. Si je me fiais à mon piètre sens de l'orientation, le temple était orienté à l'ouest. Les montagnes étaient situées au nord du temple et se jetaient dans la mer. En suivant la côte vers le sud, on arrivait au château de papa. Je revoyais clairement un grand fleuve qui décrivait une boucle autour du temple avant de filer plus ou moins tout droit vers la mer. Je n'avais donc qu'à suivre le fleuve jusqu'à son embouchure, puis à tourner à droite pour arriver au château.

Du moins en théorie.

Je savais aussi que l'étable dans laquelle se trouvait la jument jouxtait la façade nord du temple. Mais comment y arriver ? Je pouvais difficilement errer au hasard en humant l'air, à la recherche d'une odeur de crottin. Dans mon rêve, j'étais passée par le plafond, mais je n'avais pas la moindre idée du chemin normal à emprunter.

Génial.

Enfin, je trouvai une idée. Les charmants gardes que j'avais reluqués au début de la soirée me revinrent à l'esprit et me rappelèrent l'une de mes devises préférées : dans le doute, persuadez un type de vous aider.

Je me lissai les cheveux, et aspirai les dernières gouttes de thé. Puis je m'avançai vers la porte donnant sur le couloir, l'ouvris brusquement et fis sursauter les gardes.

Bon sang, ce qu'ils pouvaient être mignons, avec leurs ventres plats, leurs torses nus, leurs maxillaires saillants… et leurs minuscules cache-sexes dissimulant à grand-peine des attributs masculins de belle taille (bien sûr que j'y ai jeté un coup d'œil ; après tout, je devais incarner Rhiannon la Mangeuse d'hommes).

Ils réitérèrent leur adorable salut consistant à se frapper la poitrine du plat de l'épée. Je m'étirai de toute ma hauteur, m'efforçai de ne pas saliver, et regardai le plus grand des deux droit dans les yeux.

— J'aimerais faire une promenade à cheval.

Il cligna des yeux.

— Maintenant.

Nouveau clignement stupéfait ; toujours pas de réponse. Pourquoi fais-je toujours l'erreur de croire que les plus grands sont les plus intelligents ? (A retenir : ils ne sont pas plus intelligents, seulement plus mignons).

— Peux-tu demander aux… euh… aux palefreniers de seller ma jument ?

J'étais en terrain glissant. Pourvu que Rhiannon et ses contemporains n'aient pas l'habitude de monter à cru ! J'inspirai profondément et tentai de prendre l'air hautaine et désagréable.

— Maîtresse, dois-je réveiller votre escorte ? demanda M. Muscles, l'air désemparé.

— Non ! dis-je d'une voix paniquée et suraiguë.

Il fallait à tout prix que je me maîtrise.

— J'ai envie d'être seule, dis-je sur un ton plus raisonnable. Ne réveille surtout pas mes gardes. Contente-toi de faire préparer ma jument, comme je viens de te le demander.

— Tout de suite, maîtresse.

Il pivota sur ses talons et se dirigea vers le bout du couloir. En m'entendant lui emboîter le pas, il me jeta un coup d'œil stupéfait par-dessus son épaule, puis continua son chemin comme si de rien n'était. Bah ! Il devait être habitué aux caprices de Rhiannon, cette sale garce nymphomane — nul doute que mes petites excentricités ne fussent négligeables, comparées aux exploits de mon alter ego.

Je suivis le beau gosse le long d'un corridor sinueux qui s'éloignait dans la direction opposée à la salle de festin. Quelques minutes plus tard, nous arrivâmes devant une double porte massive. Musclor murmura quelques mots aux gardes, lesquels s'empressèrent d'ouvrir les lourdes portes et d'aller réveiller les garçons d'écurie.

Dès que je posai le pied dans l'écurie, mon petit cœur d'Oklahomienne se mit à palpiter de toutes ses forces.

Cette écurie était digne d'héberger une reine… ou mieux. Une vingtaine de boxes, construits dans le même marbre laiteux que le temple et ses remparts, s'alignaient de part et d'autre de la vaste allée centrale où j'avançais. Je ne pus m'empêcher de m'arrêter devant chaque box pour murmurer quelques mots tendres à leurs occupantes. Ces filles-là (il n'y avait que des juments) étaient effectivement de souche royale : délicates bêtes baies aux allures arabes, pur-sang alezans aux fines jambes… Elles faisaient preuve envers moi d'attentions touchantes : elles me reconnaissaient visiblement. A mon passage, elles levaient l'une après l'autre leurs museaux soyeux et soufflaient pour réclamer des caresses et des compliments chuchotés.

— Hé, salut, beauté !

— Comment ça va, ma jolie ?

— Toi aussi, tu es ravissante, tu le sais ?

Les juments me répondaient par des hennissements jaloux, rivalisant pour attirer mon attention. Un langage bien familier, pour qui avait grandi au milieu des chevaux. Quels qu'aient pu être les défauts de Rhiannon par ailleurs, elle adorait ses chevaux, c'était évident. Et ils le lui rendaient bien. Cela nous faisait un point commun supplémentaire — mais j'allais veiller à ce que la liste ne s'allonge pas trop.

Au bout de l'allée, je tournai à gauche et débouchai devant un vaste box ouvrant sur un corral privé. C'était ici que j'étais venue en rêve. Dans ce box immense (qui ressemblait étrangement à la chambre de Rhiannon), trois nymphes ravissantes mais endormies et ébouriffées préparaient la jument argentée. Elles s'interrompirent pour me faire une révérence, puis continuèrent à panser la jument.

Je ne pus retenir un soupir de bonheur. Cette jument était d'une beauté incroyable, éblouissante, plus exceptionnelle encore que je ne l'avais cru. Remarquant ma présence, elle inclina sa tête parfaite vers moi et me salua d'un hennissement qui me fit rire de joie.

— Salut à toi, princesse !

Je m'avançai vers elle, pris une brosse à l'une des jeunes filles et me mis à panser moi aussi la jument en savourant le contact de sa robe lisse.

J'adore m'occuper des chevaux. Trop nombreux sont les propriétaires de chevaux qui refusent de brosser leurs bêtes ou de nettoyer leurs boxes : ces tâches quotidiennes et répétitives (pourtant indispensables au bien-être des bêtes) leur font horreur. Cela n'a jamais été mon cas. Depuis toute gamine, j'aime l'odeur des écuries et le sentiment que procure un box bien propre et un cheval pansé. C'est un travail que l'on fait pour le plaisir, par amour — comme s'étendre au soleil ou désherber des plates-bandes de rosiers, cela nettoie l'esprit et remplit l'âme.

La jument argentée frotta son museau contre mon épaule et mon visage pendant que je brossais son cou déjà luisant.

— Oui, ma toute belle, tu es adorable, gazouillai-je, complètement gaga.

Humant son odeur, sentant sa respiration chaude sur mon cou, j'avais l'impression de redevenir une petite fille.

Elle tendit docilement le cou lorsque une servante apparut avec un hackamore élégant (vous vous doutez bien que cette jument miraculeuse n'avait pas besoin de mors). Je m'écartai pendant que deux autres écuyères sanglaient sur le dos de la jument une couverture de selle qui ressemblait à une couverture de siège baquet en peau de mouton des années 1970… sauf qu'elle était munie d'étriers.

L'une des jeunes femmes resserra la sangle et recula d'un pas. Puis les deux autres nymphes se rangèrent à côté d'elle et me fixèrent sans rien dire.

Je mesurai du regard la hauteur des étriers et celle de la jument. Jamais mon corps de trentenaire ne m'avait paru si vieux.

Il ne manquait plus que ça : j'avais remplacé au pied levé une championne de gymnastique !

Non, attendez… j'avais remplacé une belle garce. C'était un rôle nettement plus facile à interpréter… certains auraient même jugé qu'il était fait pour moi.

— Eh bien ! Vous allez rester toute la nuit à me regarder, ou vous allez m'aider à monter ?

Ouaouh, ce que je pouvais être désagréable ! Un sourire antipathique aux lèvres, je m'avançai vers la jument d'un pas arrogant et, savourant ce moment à la John Wayne, attrapai une poignée de crinière argentée et levai le pied en priant pour qu'une nymphette s'avance pour l'attraper. Dieu merci, l'une d'elles obéit à ma prière, et je réussis à me hisser en selle. Je calai mon autre pied dans l'étrier et redressai les épaules comme s'il ne s'était rien passé.

Maintenant, restait à trouver la sortie.

— Eh bien, ouvrez-moi donc le portail !

Le ton méprisant me venait de plus en plus naturellement.

Pendant que l'une des jeunes femmes m'ouvrait la porte à l'autre bout du box, une deuxième s'avançait devant elle pour pousser une porte presque invisible dans les remparts extérieurs du temple. Je fis claquer ma langue deux fois, espérant que le langage des chevaux était universel, et la jument miraculeuse se mit en marche. Sous la deuxième porte, je tirai sur les rênes et me retournai vers les servantes.

— Merci. Vous pouvez retourner vous coucher. Faites la grasse matinée, je soignerai moi-même la jument à mon retour.

Je serrai les jambes contre la couverture de selle souple, basculai mon poids vers l'avant, et la jument partit au petit galop.

Enfin libres ! La lune était haute et brillante, la visibilité tout à fait correcte. Je ralentis la jument et jetai un coup d'œil autour de moi : je n'avais aucune idée d'où j'étais ni d'où j'allais. La première chose que je remarquai, c'est que le temple occupait une position stratégique au sommet d'une colline, et que le parc qui l'entourait, bien que vert et luxuriant, était dépourvu d'arbres. Le temple lui-même, bâti selon un plan circulaire, offrait une façade imposante, avec sa colonnade à travers laquelle on apercevait une fontaine (avec cheval géant se cabrant au-dessus d'un faux océan et eau fumante jaillissant de divers orifices, style Fontaine de Trevi).

Me rappelant ce qu'avait dit ClanFintan, je regardai le bâtiment d'un autre œil, et compris qu'il avait effectivement été construit pour la défense. L'immense rempart qui l'entourait ne laissait aucun doute quant à cela. Massif, impénétrable, il était hérissé des sempiternels mâchicoulis, ainsi que d'un créneau idéal pour positionner des archers (ou, selon les circonstances, prendre un bain de soleil). Cette muraille était également très belle. On l'aurait dite taillée dans un seul bloc de marbre blanc géant. Au clair de lune, elle luisait d'un éclat presque surnaturel. En fait, sans sa muraille, le temple aurait ressemblé au Panthéon romain — sauf que le toit était en parfait état.

Le reflet de la lune sur l'eau attira mon attention sur le fleuve, qui décrivait une boucle autour du bâtiment, passant assez près pour que les habitants puissent y amarrer des barques, mais assez loin pour ne jamais inonder le temple. Très pratique. Si ce n'étaient les horribles humanoïdes avides de chair fraîche, ç'aurait été un petit coin très agréable.

Ce qui me rappelait qu'au lieu de rester plantée là comme une touriste japonaise devant le Vatican, je devais me dépêcher de suivre ce fleuve jusqu'à la mer. J'avais autre chose à faire qu'admirer l'architecture. De toute façon, je n'avais même pas mon appareil photo.

Je fis tourner la jument vers le fleuve. Quelle chance que la nuit fût aussi claire et paisible ! Quelque part à l'intérieur du temple, cependant, ClanFintan devait être en train de réveiller les centaures pour qu'ils aillent évacuer les fermes et les villages des alentours. Aussi me penchai-je en avant et serrai-je les genoux pour que la jument partît au galop. Je ne voulais ni me faire prendre en flagrant délit de fuite, ni avoir une scène de ménage embarrassante au sujet de mes projets secrets. Sans compter que je n'étais pas du tout sûre de l'emporter. Rhiannon semblait exercer un pouvoir presque illimité sur ses sujets, mais qu'en serait-il si ses désirs mettaient en danger la vie de l'Elue d'Epona ?

Bientôt la jument arriva au bord de l'eau, et nous tournâmes vers l'ouest. Le fleuve était impressionnant. Je n'avais aucun moyen de mesurer sa profondeur, mais son lit était large et son courant puissant. Un parfum agréable s'en élevait, non pas vaseux et croupi comme celui du Mississipi, mais clair et pur. Des arbres bordaient les berges ; à ma grande satisfaction, la jument trouva un étroit sentier, probablement laissé par des cerfs, tout près du bord de l'eau, ce qui nous permit d'avancer rapidement et discrètement. Je n'avais aucune intention d'emprunter la route que j'avais aperçue depuis le temple. Ce n'était pas une quatre-voies, d'accord, mais j'étais quasiment sûre que, dès l'aube, elle serait bondée de voyageurs et de centaures. De toute façon, même si la route n'était pas très fréquentée, l'Elue d'Epona et sa jument argentée avaient-elles une chance de passer inaperçues ?

En parlant de jument, je tirai sur les rênes pour la freiner un peu. Elle semblait en excellente forme physique, mais il nous restait encore deux jours de voyage. Or, aucun cheval n'est capable de galoper pendant deux jours d'affilée. Elle adopta un trot souple et rapide : tout en caressant son cou soyeux, je me détendis et trouvai mon assise.

— Ecoute, princesse, quel est ton petit nom ?

Ses oreilles délicates s'inclinèrent vers moi.

— Je ne peux tout de même pas t'appeler Jument, c'est très impoli. C'est comme si on m'appelait Femme… enfin, disons plutôt Garce, vu ma façon de me conduire en ce moment.

La jument secoua sa crinière, manifestement d'accord. Qui sait ? Peut-être qu'ici, dans ce monde, elle me comprenait vraiment…

— J'ai bien vu que tout le monde t'appelait Epona, mais c'est un peu trop vieux jeu pour moi.

Je passai ma main dans sa crinière.

— Et si je t'appelais Eppy ? Ça manque peut-être un peu

de dignité, mais dans mon monde, la dignité, c'est bon pour les politiciens.

Eppy avait-elle vraiment envie d'entendre un exposé déprimant sur la décadence de la politique américaine à l'ère contemporaine ? Sans doute pas, mais le voyage risquait d'être long, aussi rangeai-je le sujet dans un coin de ma tête, prête à le ressortir en cas de besoin.

La jument s'ébroua avec espièglerie et caracola sur le côté, ce qui, pour moi, signifiait « O.K. ».

— Va pour Eppy, dis-je.

Laissant mes doigts traîner sur sa crinière soyeuse, je me recalai confortablement en selle et me préparai à une longue chevauchée. Dès le départ, j'avais compris qu'Eppy n'était pas de ces montures qui nécessitent une attention constante de la part de leur cavalier. Elle était intelligente et parfaitement capable de se frayer un chemin entre les arbres sans mon intervention. Aussi profitai-je du paysage. C'était assurément un coin pittoresque. Au loin, derrière le rideau d'arbres, on distinguait çà et là de petites maisons adorables aux toits en chaume — même si l'idée de tous les insectes qui devaient y élire domicile me les rendait un peu moins romantiques.

Entre les fermettes s'étendaient des hectares de vignes et de champs. Je crus reconnaître du maïs et des haricots, mais ne pus en être certaine dans l'obscurité. Nous dépassâmes quelques bêtes endormies, surtout des vaches et des brebis, de temps à autre un cheval ; j'étais impressionnée par le silence d'Eppy à chacune de ces rencontres. Au loin, j'apercevais parfois le reflet sombre de la route qui serpentait entre les fermes, mais elle était loin de nous, et les arbres nous dissimulaient des regards.

Ce fut, en fin de compte, un voyage très agréable. Il y a des gens qui auraient peur de se retrouver tout seuls dans un lieu inconnu, au beau milieu de la nuit, mais je n'ai jamais eu peur ni de l'obscurité ni de la solitude. Il est vrai que ma destination finale n'était guère rassurante, et je n'étais même pas sûre de ce que je ferais quand j'y arriverais (si j'y arrivais), mais étant en plein déni de réalité à la Scarlett O'Hara, je n'eus aucun mal à refouler ces questions alarmantes et à savourer la nuit douce et claire.

Peu à peu, le jour se leva. A peu près au même moment, les arbres s'espacèrent et le chemin s'effaça. Cela ne semblait pas, toutefois, déranger Eppy ; je la laissai se débrouiller, et nous descendîmes lentement vers le lit caillouteux du fleuve. C'est aussi à ce moment-là que je compris que j'avais commis une grave erreur. Toute à l'interprétation de mon rôle de Garce en Chef, j'avais négligé de songer au petit déjeuner, au déjeuner, au dîner, à l'eau et au papier toilette. Dieu seul savait quelle heure il pouvait être, mais bien avant que le soleil n'eût dépassé la cime des arbres, mes fesses et mon estomac me disaient que nous voyagions depuis *un bon bout de temps*.

Dans l'Oklahoma, un « bon bout de temps » est généralement compris entre cinq heures et cinq jours. Mon cerveau me disait que j'étais en selle depuis cinq heures environ ; mes fesses et mon estomac, eux, estimaient plutôt que cela faisait cinq jours. Et, admettons-le, mes fesses et mon estomac sont beaucoup plus gros que mon cerveau. Ce furent donc eux qui l'emportèrent.

Eh bien ! Au moins, ça ne manquait pas d'eau, par ici ! Je n'avais qu'à sauter à terre, mener Eppy vers la rivière scintillante et (tel John Wayne) me pencher pour boire une gorgée d'eau fraîche. Je pourrais peut-être même marcher quelque temps, histoire de laisser Eppy se reposer.

Plus facile à dire qu'à faire.

Avez-vous déjà voyagé à cheval pendant un « bon bout de temps » ? Et je ne parle pas de tours de manège sous le regard encourageant d'un moniteur. Je ne parle pas non plus de dépenser cinquante dollars pour poser vos fesses sur une bête en état de mort cérébrale et parcourir à la queue leu leu, derrière quinze autres canassons zombiaques, un « circuit randonnée » qui dure exactement trente-cinq minutes et demie.

Je parle de voyager à cheval (sur un cheval vivant) pendant plusieurs heures, en alternant entre le trot, le petit galop, le pas, et de nouveau le trot. Tout ça avec une paire de fesses de trente-cinq ans. Sans avoir petit-déjeuné.

Eh bien ! Ce n'est pas aussi facile qu'au cinéma… même si je suis sûre que John Wayne (que Dieu le bénisse !) montait très régulièrement à cheval. Il devait avoir des fesses en acier, voilà tout.

Quand j'atterris sur le sol, je ne sentis plus mes pieds ni mes jambes. Mes fesses, elles, se trouvaient toujours au même endroit, sauf qu'elles me donnaient l'impression d'être plus grosses et plus plates qu'avant. Exactement ce qu'il me fallait !

Je restai paralysée, essayant de restaurer la circulation dans mes extrémités, soulagée qu'Eppy fût le seul témoin de ce spectacle pitoyable. Au bout d'un moment (presque « un bon bout de temps »), je réussis à partir en boitillant (et en lançant des jurons dans la plus pure tradition du Far West) vers le bord de l'eau.

— Au moins, elle n'est pas trop boueuse, grommelai-je.

Je tapotai le cou de ma jument pour lui indiquer de boire la première, puis me redressai en écoutant mes vertèbres craquer. Eppy trempa les lèvres dans l'eau, puis aspira quelques grandes goulées bruyantes qui signifiaient, en langage chevalin, « drôlement bonne, cette eau ! ». Je titubai en amont de quelques pas et m'accroupis (à grand renfort de grincements de genoux) pour me laver les mains.

— Bon sang, ce que ça peut être froid !

Loin d'être à une agréable température ambiante, l'eau

était glacée, ce qui semblait indiquer que le fleuve prenait sa source dans les montagnes voisines. Eh ! j'ai un diplôme d'université, moi, on ne peut rien me cacher. Je mis mes mains en coupe et bus une grande gorgée d'eau froide et pure.

On aurait dit l'eau du puits de ma grand-mère. Rien n'étanche la soif comme l'eau froide sortie de la terre. Enfant, je croyais que le puits de ma grand-mère était une fontaine de jouvence. Je pompais de toutes mes forces, puis faisais le tour de la pompe en courant pour avaler d'immenses gorgées d'eau claire. Mes genoux grinçants discréditaient la théorie de la fontaine de jouvence, mais, comme autrefois, cette eau me désaltéra et me rasséréna. J'avais même un petit peu moins faim.

— Ecoute, princesse... Que dirais-tu si je marchais un peu pour te laisser respirer ?

Je lissai son toupet et caressai son grand front pendant qu'elle mordillait le devant de ma chemise et frottait son museau humide contre mon menton. Les chevaux sont des animaux extraordinaires. En me retrouvant seule avec cette jument, je me rendais compte à quel point leur fréquentation m'avait manqué. Leur odeur, leur beauté et leur bonté intelligente sont des qualités uniques à leur race, que l'on ne retrouve ni chez les chiens, ni chez les chats, même si ces derniers se croient les maîtres de l'univers (il faut admettre qu'ils sont plus cools que les chiens ; en tant que snobs absolus du règne animal, ils imposent le respect). Les chevaux, eux, possèdent une vraie noblesse d'âme. Vous vous rappelez la scène, dans *Cent dollars pour un shérif*, où Little Blacky accepte que John Wayne (Rooster Cogburn) le fasse galoper à mort pour sauver sa petite sœur ? Snif. Quel autre animal (excusez-moi pendant que je me mouche) serait capable de cela ?

Pas étonnant que ClanFintan me plût autant — j'étais à la fois en manque d'homme et en manque d'animal de compagnie. Avec lui, je faisais d'une pierre deux coups.

Sauf qu'à mon retour, il allait être furieux contre moi. Et qu'il me prenait pour une garce.

Après une dernière caresse sur le cou d'Eppy, je me résolus à tourner le dos au fleuve. Passant les rênes autour de mon épaule, je repartis en direction du chemin, lequel avait presque disparu. Eppy me suivit poliment ; de temps en temps elle baissait la tête pour arracher une bouchée d'herbe.

Je me mis à siffler la chanson des nains dans *Blanche-Neige*. Eppy souffla par les narines ; je le pris comme un compliment. On s'amusait vraiment comme des folles.

Les arbres se faisaient de nouveau plus denses, et les maisons au loin de plus en plus rares. J'essayai de me rappeler la topographie de mon rêve, mais je m'étais déplacée à une telle vitesse que je n'avais rien repéré d'autre que la rivière, les terres verdoyantes qui l'entouraient, et le fait qu'elle reliait plus ou moins le temple au château. Je m'imaginais presque en Marianne perdue dans la forêt de Sherwood… Sauf que Robin des Bois, j'en étais quasiment certaine, n'allait pas venir me sauver (et qu'entre nous, je ne suis plus une jeune vierge innocente).

Ce n'était pas pour jouer les trouble-fête, mais je mourais de faim ! Rapidement, je laissai tomber les rires, les chansons et les sifflements pour me consacrer à la Quête de N'importe Quoi de Vaguement Comestible.

— C'est tout de même dingue ! pestai-je.

Eppy dressa l'oreille, attentive à mes ronchonnements.

— On est en pleine nature, ici ! Il pourrait au moins y avoir quelques fraises des bois ! Ou des myrtilles ! Des mûres ! Je ne sais pas, moi !

Eppy arracha tranquillement une nouvelle bouchée d'herbe.

— C'est bon, ça ?

J'étais plutôt prête à parier que ça donnait la courante… et je n'avais même pas emporté de papier toilette.

J'ai une sainte horreur du camping. Avant leur divorce, mes parents me forçaient à en faire avec eux (ils devaient s'imaginer passer de bons moments en famille. Quelle blague !) et, depuis, je nourris une haine féroce contre cette activité. Non que je n'apprécie pas les Grands Espaces Naturels. Au contraire, la nature m'inspire et me remplit de bonheur. J'aime randonner, et je suis prête à m'étendre au soleil avec un bon livre pendant que l'homme que j'accompagne sort sa canne à pêche. Mais la nature, je l'apprécie pendant la journée ; le soir, j'ai envie d'un vrai lit, d'eau courante et d'un restaurant quatre étoiles. Vivre à la dure, très peu pour moi.

Dans ce cas, que faisais-je ici ? Excellente question. Eppy mordilla ma tresse du bout des lèvres, et je lui donnai une petite tapette sur le museau.

— Ne touche pas à mes cheveux, Eppy. Je ne suis pas le genre de fille capable de fabriquer un peigne à partir d'une branche d'arbre. On n'a même pas de canif.

En plus de tout le reste, je commençais à avoir mal aux pieds. Les bottes de Rhiannon étaient extrêmement confortables, mais je crois qu'elles étaient faites pour être portées avec des chaussettes, et, euh… j'avais oublié de chercher le tiroir à chaussettes avant de partir. Un peu comme j'avais oublié de chercher les cuisines.

— Eppy, je crois que j'ai une ampoule de la taille de l'île de Manhattan.

Je m'arrêtai, reposai ma tête contre son cou et lui parlai à l'oreille.

— Il va falloir que je remonte en selle, dis-je à regret. J'espère que ça ne t'ennuie pas.

Elle me donna un petit coup de museau rassurant.

— D'abord, rebuvons un coup. C'est ma tournée.

Elle me regarda et s'ébroua.

— Je prends un margarita glace, avec beaucoup de sel, et toi ?

Nous retournâmes vers la rivière, qui se trouvait à présent à quelques mètres du chemin. La berge paraissait beaucoup plus rocheuse et escarpée qu'avant. Avec précaution, je cherchai un chemin jusqu'à l'eau et finis par dévaler la pente dans une pluie de gravillons. Après tout cela, j'eus la satisfaction de constater que l'eau était aussi froide et claire qu'avant, car la température de l'air, elle, ne cessait de grimper. Pour mettre les choses en perspective, je me dis que ce n'était rien, comparé à la chaleur d'une journée d'été normale dans l'Oklahoma : trente-sept degrés à l'ombre et deux cents pour cent d'humidité, de quoi faire fondre le soutien-gorge de Wonder Woman.

En changeant de monde, j'avais perdu ma réputation, mais j'avais gagné sur le plan du climat. Dans un sens, je pouvais m'estimer heureuse.

Un petit coup de tête d'Eppy me ramena à la réalité.

— Prête, princesse ?

La voyant acquiescer du regard, je la conduisis vers un rocher assez haut pour m'aider à monter en selle. La jument inclina la tête et me regarda d'un air bizarre.

— Oui, Eppy, tu l'as deviné : je ne suis pas Rhiannon. Elle devait être capable de sauter en selle sans l'aide de personne.

Eppy me lança un regard entendu, et j'eus subitement besoin de me justifier.

— Ce n'est pas pour être médisante, ajoutai-je, mais ton ancienne propriétaire pratiquait une sorte de gymnastique assez particulière. C'est sans doute ce qui la gardait en forme.

Eppy tendit le cou et me fixa de ses beaux yeux sombres en clignant des yeux.

— Comprends-moi bien, Eppy. Je ne suis pas contre ce genre de gymnastique, au contraire. Mais j'aime à penser que je privilégie la qualité par rapport à la quantité.

La jument rejeta sa tête en arrière et émit un hennissement

très particulier. On aurait vraiment dit un petit rire chevalin. En me hissant en selle, je me mis moi aussi à rire.

— Alors, tu me comprends ? demandai-je.

Eppy tourna la tête et poussa doucement mon pied gauche, qui pendouillait hors de l'étrier.

— Je vais prendre ça comme un oui.

En souriant, j'enfilai mon pied dans l'étrier avant de donner à cette jument hors du commun le signal du départ (comme si elle en avait besoin !). Puis je me penchai pour lui donner une petite tape affectueuse sur le cou. A certains égards, le nouveau monde dans lequel je me trouvais était décidément très cool.

Nous remontâmes vers la berge ; vue d'en bas, la pente paraissait encore plus abrupte et rocheuse. Je me penchai en avant et encourageai Eppy à monter vers le sentier…

Subitement, les rochers cédèrent sous ses sabots, et la jument se fendit pour garder l'équilibre. Je fus projetée vers l'avant et dus m'agripper à son cou pour ne pas tomber. Elle luttait pour retrouver l'équilibre ; on eut dit qu'elle se trouvait prise dans des sables mouvants. Terre et rochers pleuvaient autour de nous. Je ne pouvais rien faire à part m'accrocher de toutes mes forces et éviter de pencher d'un côté ou de l'autre, sous peine de faire perdre à ma monture son équilibre déjà précaire.

Puis, d'un coup, ce fut terminé. Eppy franchit en titubant les quelques mètres qui restaient et gagna la terre ferme. Le ventre serré, je me laissai glisser à terre et passai mes mains sur les jambes de la jument haletante et tremblante. Tout autre cheval aurait paniqué, mais Eppy, calme et immobile, me laissa terminer mon examen frénétique.

— Très bien. Tu t'es comportée comme une chef !

Je ne cessai de lui parler, autant pour la calmer que pour me calmer moi-même.

— Tu as été tellement courageuse ! Je suis fière de toi.

Je finis l'inspection de ses jambes. Pas de fractures, pas de lacérations. En apparence, tout allait bien.

Je savais, cependant, pour avoir côtoyé des chevaux dès mon plus jeune âge, combien leurs jambes sont fragiles. Dans une course de chevaux, il suffit qu'un cheval place mal son pied à la sortie d'un tournant pour que sa jambe se brise net. J'avais dix ans lorsque j'ai vu pour la première fois un cheval se casser la jambe. Elle s'est fendue en deux entre les genoux et le sabot, et le cheval essayait de terminer la course alors que l'os de sa jambe lui transperçait la peau.

Un seul faux mouvement suffit.

Je laissai Eppy appuyer son front contre ma poitrine, lui caressai la tête, démêlai sa crinière.

— Tout va bien, Eppy. Tout va bien. Tu es la meilleure.

Je continuai à lui murmurer des mots tendres et idiots jusqu'à ce que nos cœurs et nos respirations aient retrouvé un rythme normal. Au bout d'un moment, Eppy leva la tête et me frôla les joues du bout du museau. Mon visage était couvert de larmes. Je m'essuyai les yeux, reculai d'un pas et regardai la jument d'un œil critique.

— Je crois que tu n'as rien.

Pendant que je faisais le tour de ma monture, elle baissa la tête et souffla en direction d'une touffe d'herbe luxuriante. Cela me fit sourire.

— Si tu as faim, c'est que tu n'es pas blessée.

Elle arracha une bouchée d'herbe et m'adressa un petit soupir.

— Evitons ce genre de truc, à l'avenir, d'accord ?

Elle hocha la tête.

— Eh bien, maintenant, il faut que je te remonte sur le dos sans la moindre aide.

Eppy cessa de mâcher ; j'aurais juré qu'elle avait soufflé d'une façon un peu moqueuse.

— Ne bouge pas, et ne rigole pas, s'il te plaît !

Avec force grognements et mouvements ridicules, je réussis à grimper en selle. Nous partîmes au pas ; Eppy marchait parfaitement normalement. Poussant un soupir de soulagement, je claquai de la langue pour passer au trot. Au cours de cet interlude, mes cheveux s'étaient bien évidemment échappés de la tresse de fer concoctée par Alanna ; j'essayai en vain de mater mes mèches rebelles tout en fredonnant le thème de *La Petite Maison dans la prairie.*

— Oh, tant pis. J'abandonne.

Intéressée, Eppy pencha les oreilles en arrière.

— Je sais que c'est le comble du ringard, mais je donnerais n'importe quoi pour avoir un chouchou.

Environ la moitié de mes cheveux s'entortillait autour de mon visage comme si j'avais été la sœur rousse et folle de Méduse. L'autre moitié restait vaguement retenue par ma tresse.

— Qui sait, je pourrais lancer une mode ?

Par politesse, sans doute, Eppy ne fit aucun commentaire.

C'était le moment de passer à un nouveau thème musical.

J'en était à la moitié de *Ma sorcière bien-aimée* quand Eppy cessa de trotter et se mit à marcher d'une façon très étrange. C'était comme si elle essayait d'avancer sur la pointe des sabots. Je tirai sur les rênes et me précipitai à terre.

— Qu'est-ce qui se passe, Eppy ? Laisse-moi jeter un coup d'œil.

Règle numéro un, en ce qui concerne les blessures de cheval : en cas de doute, vérifier les sabots. J'attrapai le bas de sa jambe gauche et dis :

— Lève le pied, fifille.

Gentiment, docilement, elle leva son sabot à l'horizontale. En dessous, tout paraissait normal. Du bout des doigts, je retirai quelques graviers de la base de son pied, puis une petite motte de terre. Enfin, doucement mais fermement, je lui palpai la fourchette.

Oui, les chevaux ont des fourchettes. Ne cherchez pas l'étymologie, croyez-moi sur parole. Un jour, si vous en avez l'occasion, regardez sous le sabot d'un cheval. Vous verrez une corne souple et élastique, en forme de triangle pointé vers l'avant : c'est la fourchette.

En tout cas, cette fourchette paraissait intacte. Il n'en alla pas de même, hélas, pour celle de son sabot avant droit. Quand je la pressai du bout du pouce, la jument tressaillit et émit un grognement de douleur. Je lui caressai le cou pour la rassurer et enlevai la terre et les herbes collées à sa sole. Puis je déplaçai mon pouce vers la pointe du triangle et appuyai de nouveau. Eppy grogna encore plus fort, et je sentis une chaleur et une mollesse anormales, comme si la corne avait été gorgée d'eau. Avec précaution, je reposai son pied.

— Eppy, je ne suis pas vétérinaire, mais je crois que tu as la fourchette un peu irritée.

J'essayai de prendre un ton léger afin de ne pas montrer à cette jument exceptionnellement intelligente combien j'étais inquiète. Je m'éloignai de quelques pas et regardai sa posture : d'évidence, elle mettait le moins de poids possible sur son pied droit.

— Dis-moi si je me trompe, mais j'ai l'impression que tu as mal au sabot.

Elle frotta son museau contre mon épaule d'un air chagrin.

— C'est bien ce que je pensais. Il vaudrait mieux que je ne remonte pas sur ton dos. Et si nous cherchions une petite clairière où nous reposer, en aval, par exemple, là où la berge est moins raide ?

Je passai devant ; Eppy me suivit en boitant. Je continuai à monologuer sur un ton de gaieté forcée, tandis que la jument reposait son front sur mon dos, entre mes deux omoplates.

Cela lui évitait, heureusement, de me voir balayer frénétiquement le paysage du regard, cherchant un moyen de descendre vers l'eau. Il fallait absolument que nous arrivions à la rivière, et pas seulement pour boire.

Ce sabot blessé nécessitait des soins. Je cherchais de vieilles informations sur les blessures de cheval que j'avais rangées dans un coin de ma mémoire — j'espérais qu'elles n'avaient pas été cataloguées dans les cellules que mon goût pour le vin rouge avait ravagées. Il me semblait que, dans les circonstances, le froid était recommandé. Si je pouvais convaincre la jument de se tenir dans l'eau glacée pendant une dizaine de minutes, cela pourrait peut-être désenfler sa fourchette et soulager la douleur. Ensuite, elle n'aurait qu'à se reposer pendant que je réfléchissais à la suite des opérations.

Pendant une fraction de seconde, j'en vins presque à souhaiter que ClanFintan et toute sa bande vinssent à notre rescousse. Puis la réalité reprit ses droits. Le centaure était occupé à rassembler les villageois et à faire face à l'invasion des monstres. Que sa jeune épouse, de toute façon ambivalente par rapport à lui, s'absente sans permission, il n'allait pas en faire tout un plat. Encore moins organiser une opération de sauvetage. En tout cas, je n'ai jamais été du genre à attendre qu'un prince charmant monté sur un cheval blanc vienne résoudre tous mes problèmes. Surtout un prince charmant qui fût en même temps cheval ; je m'embrouillais dans mes métaphores, et cela me donnait la migraine. Déformation professionnelle.

Mais la chance était avec moi, et bientôt nous arrivâmes à un virage où les arbres étaient moins nombreux et où la berge herbeuse descendait en pente douce vers la rivière. Avec précaution, je conduisis Eppy vers le bord de l'eau.

Nous y arrivâmes sans problème. Posant une main sur le flanc de la jument pour garder l'équilibre, j'ôtai mes bottes et remontai mon pantalon en cuir jusqu'aux genoux. Eppy, qui avait déjà fini de boire, me poussa de son museau froid et mouillé.

— Ce qu'il nous faudrait vraiment, tu vois, c'est une bonne pédicure. Mais c'est le coup classique : quand tu en as vraiment besoin, il n'y a jamais le moindre institut de beauté dans les parages.

Avec douceur, j'entraînai la jument dans l'eau glacée.

— Bref, dans l'immédiat, on va devoir se contenter d'un bain de pieds glacé.

Eppy me suivit à pas circonspects tandis que je me frayais un passage entre les gros rochers luisants et m'aventurais dans le courant rapide du fleuve.

Bon sang ! Ce que ça pouvait être froid !

Mieux valait penser à autre chose.

— Euh, Eppy, tu connais la ballade du Loch Lomond ? Une chanson d'amour écossaise très très triste ?

La jument leva impatiemment le sabot droit ; je m'appuyai de tout mon poids sur son épaule gauche pour qu'elle soit obligée de reposer son pied. Elle me lança un regard sceptique, mais remit le pied sous l'eau.

— C'est l'histoire de deux soldats du prince Charles Edouard Stuart faits prisonniers pendant une insurrection. L'un d'entre eux a été libéré, l'autre exécuté. On dit que cette chanson a été écrite comme lettre d'adieu du dernier à son amoureuse.

Eppy ne semblait pas du tout au courant.

— Tu ne la connais pas, hein ?

Froid, froid, froid !

— Eh bien, c'est ton jour de chance. Je ne veux pas dire que je sache chanter — tu sais déjà que je n'ai aucune oreille — mais je connais toutes les paroles. Et, oui, puisque tu me le demandes si gentiment, je suis prête à te les apprendre.

La jument soupira et, je crois, leva les yeux au ciel. Comme j'entonnais la première strophe, je commençai à ne plus sentir mes pieds. Prenant mon meilleur accent écossais, je chantai à pleins poumons.

Le long des jolies rives et des jolis bois
Là où le soleil brille sur le Loch Lomond
Là où avec mon amour je n'irai plus marcher,
Le long des jolies, jolies rives du Loch Lomond…

A mesure que je progressais dans l'interprétation minable de l'une de mes ballades préférées, je remarquai que l'attention d'Eppy déclinait.

— Allez ! On reprend une dernière fois, tous en chœur !

Prends ta route, je prendrai la mienne
Je serai en Ecosse bien avant toi.
Mais je ne marcherai plus jamais avec mon amour
Le long des jolies rives du Loch Lomond !

Je poussai un soupir théâtral, fis mine de laisser échapper un sanglot et m'essuyai les yeux.

— C'est beau, hein ?

La jument souffla par les narines, l'air écœurée. Elle s'impatientait visiblement ; je n'en avais plus que pour quelques minutes avant qu'elle ne sorte de l'eau. En désespoir de cause, je farfouillai dans mon cerveau, essayant de ne pas penser à mes pieds gelés. Soudain, une lumière se fit en moi.

— Eh ! Je connais un truc qui va te plaire.

Eppy s'efforçait de m'ignorer, bien que je fusse appuyée de tout mon poids contre son épaule, et elle donnait de petits coups de pied nerveux des jambes arrière.

— Je sais, ce n'est pas drôle. Encore une histoire, et je te promets qu'on dégage de cette glacière.

Je m'éclaircis les idées et plongeai au plus profond de ma mémoire. Ma prof de littérature biblique était un drôle de spécimen : à la fois excentrique et parfaitement représentative d'une longue série de Profs d'Université Mal Habillés. Pour l'examen final, elle nous avait fait apprendre par cœur et commenter les sections de l'Ancien Testament traitant des animaux. C'était ma troisième année de fac : des siècles se sont écoulés depuis lors. Mais dès que j'eus prononcé les premiers mots, les autres suivirent dans un grand flot, comme heureux d'être enfin libérés des tréfonds poussiéreux de mon esprit.

Est-ce toi qui donnes la vigueur au cheval ?

Et qui… machin machin… *d'une crinière* je-ne-sais-plus-comment… Ah, si, voilà !

Son fier hennissement répand la terreur.
Il creuse le sol et se réjouit de sa force,
Il s'élance au-devant des armes.
Il se rit de la crainte, il n'a pas peur ;
Il ne recule pas en face de l'épée.
Sur lui retentit le carquois, brillent la lance et le javelot.
Bouillonnant d'ardeur, il dévore la terre :
Il ne peut se contenir au bruit de la trompette.
Quand la trompette sonne, il dit : En avant !
Et de loin il flaire la bataille,
La voix tonnante des chefs et les cris de guerre.

Cette fois, au moins, Eppy montra un semblant d'intérêt.

— Le Livre de Job, dis-je, chapitre chaipasquoi, verset chaipasquoi.

Les oreilles de la jument étaient tendues vers moi, et elle secoua brièvement la tête en poussant un ébrouement qui, je l'espérais, indiquait son appréciation. Mais le plus important, c'est que son sabot droit était encore submergé.

— Merci, chers auditeurs, de nous avoir suivis.

Je fis une révérence aussi gracieuse que possible, étant donné mes pieds paralysés.

— Cet extrait vient clore notre interlude littéraire. A demain à la même heure, pour un nouvel épisode de Souvenirs Hasardeux. Allez, fifille, on lève les voiles.

Eppy et moi avançâmes doucement vers la berge. Quand ils sont gelés, les pieds se transforment en drôles de petits appendices gênants. Je me faisais l'effet d'un Quasimodo aquatique cherchant refuge sur la terre ferme.

Sur la berge, des mousses poussaient entre les herbes luxuriantes. En réalité, c'était un coin parfait pour faire étape. De l'herbe poussait à profusion à portée de la jument, laquelle avait vraiment besoin de repos. J'ôtai la selle de son dos et l'observai de près tout en faisant comme si de rien n'était.

— Dommage qu'on n'ait pas d'étrille. Tu aurais bien besoin d'un coup de peigne.

Improvisant, j'arrachai un morceau d'écorce à une branche morte et le frottai sur le corps fatigué de la jument, lui grattant le flanc, les jambes et le dos. Elle soupira et ferma les yeux.

— Ça fait du bien, pas vrai ? Un peu comme un bon massage des pieds.

Je lui tapotai la croupe.

— Ecoute, si tu broutais un peu d'herbe et que tu te reposais ? Je regarderai ton sabot un peu plus tard.

Eppy fit basculer le poids de son corps vers son côté gauche et se mit docilement à paître.

Quant à moi, à ma grande horreur, je ressentis subitement l'Appel de la Nature.

— Eppy, je vais faire un tour.

Elle me lança un coup d'œil rapide avant de se reconcentrer sur la touffe d'herbe.

— A tout de suite.

M'enfonçant vers les arbres, je cherchai du regard un buisson de bonne taille et une plante aux larges feuilles non irritantes. Je haïssais toujours autant le camping. Quittant le chemin, je me mis bientôt à tâter des feuilles, comparant leur résistance et leur douceur comme dans une publicité pour papier toilette.

Tout d'un coup, je tombai sur un petit coin de paradis. Des raisins ! De lourdes grappes de raisins noirs et murs. Après avoir réglé mes petites affaires personnelles à la hâte (note personnelle : ne pas oublier de se laver les mains !), je fourrai (délicatement) d'énormes grains dans ma bouche. Un délice !

Après avoir arraché aux vignes autant de grappes que je pouvais porter, je me pressai vers l'endroit où j'avais laissé la jument.

— Eppy ! Regarde ce que j'ai trouvé !

Elle ne parut pas impressionnée, mais au moins elle ne piaffa pas. Bientôt elle se remit à brouter. Après avoir posé ma récolte de raisin près de la couverture de selle, je descendis à la rivière récupérer mes bottes et me laver les mains. Puis enfin je posai mes fesses fatiguées et aplaties sur le sol, calai mon dos sur la selle et me régalai du meilleur aphrodisiaque naturel qui soit (c'est Michelle qui m'avait un jour dit cela au sujet du raisin ; elle était bien placée pour le savoir).

Les fruits étaient succulents, et pas seulement parce que j'étais affamée. C'était drôlement agréable d'avoir le ventre plein ! Et je ne sentais aucun effet secondaire aphrodisiaque... du moins pas pour l'instant. Ce que je sentais, en revanche, c'est que mes paupières étaient extra-lourdes.

Me traînant debout — Bon Dieu, mes cuisses étaient aussi endolories que si j'avais chevauché l'équipe des Dallas Cowboys au grand complet — je boitai jusqu'à la jument somnolente.

— Fais-moi voir ce sabot.

Elle se secoua juste assez pour lever le pied. Sa fourchette n'avait pas continué à gonfler, et elle était nettement moins chaude qu'avant : c'était sans doute bon signe. Je lui mis les bras autour du cou.

— Comme dirait John Wayne à son cheval : On s'arrête ici. Normalement, au moment de dire ça, je devrais me laisser tomber de selle, mais tu m'excuseras, je n'en ai pas la force.

Eppy ne cligna même pas des yeux. Signe qu'elle s'habituait à moi et à mon piètre sens de l'humour.

— Faisons une sieste, d'accord ? Tu me réveilleras si je ne me lève pas à temps pour l'école.

Je retournai vers la selle et, avec précaution, reposai mon corps à terre. Je ne sais comment un sol caillouteux et une couverture de selle pouvaient être aussi doux, mais c'était extrêmement agréable. Pas assez agréable pour me faire revenir sur mon aversion pour le camping, bien sûr, mais néanmoins très agréable. Comme mes yeux se fermaient, je réglai mon réveil interne sur « un bon bout de temps ».

7.

Quand j'ouvris les yeux, le crépuscule était tombé. C'était comme si le soleil m'avait réveillée en allant se coucher. La chaleur de la journée avait laissé place à une brise légère, chargée du parfum frais et pur de la rivière. Je m'étirai, changeai de position, passai la main sous ma fesse gauche pour en retirer un caillou particulièrement pointu… et poussai un soupir de mécontentement. J'avais envie de faire pipi.

Me relever ne fut pas une partie de plaisir. J'étais raide, engourdie de sommeil, et j'avais mal partout.

Non loin de ma couche de fortune, Eppy dormait debout, à la manière des chevaux. C'est une faculté que je leur ai toujours enviée ; je m'y suis essayée un jour, sur un vol transatlantique qui m'avait causé de sérieuses crampes dans les jambes. Debout près de la sortie de secours, j'avais tenté de sommeiller… mais n'avais eu que peu de succès. Chaque fois que je commençais à me détendre, ma tête tombait brusquement et je me réveillais en sursaut ; par ailleurs, le sommeil debout s'accompagnait chez moi d'une désagréable tendance à baver. Eppy, en revanche, semblait parfaitement à l'aise. Sa jambe avant droite était encore repliée, mais la jument dormait paisiblement ; sans doute n'avait-elle pas envie que je la dérange de nouveau pour regarder son sabot. Quand elle se réveillerait, j'essaierais de la convaincre de le retremper dans la rivière, mais, pour l'heure, j'étais trop fatiguée pour réciter quelque poème romantique ou ballade déprimante que ce fût.

Je voulais simplement faire pipi et me rendormir.

Mon deuxième réveil fut plus brusque et nettement plus désagréable. Je m'agitai de tous côtés, cherchant mon réveille-matin. Bien qu'il fît nuit noire, j'étais sûre d'être en retard pour l'école. Vous connaissez ce sentiment affreux, cette certitude d'avoir dépassé l'heure… Puis la désorientation s'installa en moi. J'avais beau être endormie, je me rendais tout de même compte que je n'étais pas dans mon beau lit en noyer, sous ma couette en plumes. Me redressant en position assise, je clignai des yeux en essayant de m'accoutumer à l'obscurité.

Puis le bruit de l'eau s'écoulant sur les rochers me ramena au présent.

— Eppy ? Tu es là ?

Un soulagement immense s'empara de moi quand je sentis son museau frôler ma joue. Petit à petit, je parvins à distinguer la silhouette de la jument dans la nuit. Elle était étendue à ma gauche, tout près de moi ; son haleine sentait l'herbe sucrée.

— Tu vas mieux, ma belle ?

Incapable, pour le moment, de me mettre debout, je roulai vers elle et passai mes mains sur son cou et son dos. Ses jambes étaient repliées sous son flanc, aussi ne pus-je tâter son pied blessé, mais sa peau n'était pas chaude, et son comportement n'indiquait certainement pas qu'elle souffrait.

— Je me demande si la lune va se lever.

Je m'adossai au cou de la jument. Bon sang ! Cet air frais ne faisait aucun bien à mes muscles endoloris !

— Ce que je ne donnerais pas pour un bon bain chaud !

Mon ventre gargouilla fortement.

— Je suppose qu'il n'y a rien à faire avant l'aube.

Eppy me répondit par un léger ronflement.

De toutes façons, même quand il ferait jour, que croyais-je pouvoir faire ? Je n'avais aucune idée de la gravité de la blessure d'Eppy, mais je ne pouvais plus monter sur son dos, c'était sûr. Réfléchissons… D'après mon horloge interne (peu fiable), nous avions voyagé dix ou douze heures avant de nous arrêter. Il devait y avoir huit heures que nous dormions. Donc, avec un peu de chance, nous en étions à mi-parcours. A mi-parcours, affamées, épuisées et blessées.

Je fermai les yeux et essayai de me détendre, d'oublier ma faim, de conserver ma chaleur corporelle et de réfléchir.

La seule solution raisonnable était de ramener Eppy au temple. Cela prendrait du temps… mais peut-être que les habitants de ces petites maisons aux toits de chaume accepteraient de nous nourrir, Epona et son élue. Il devait tout de même y avoir quelques à-côtés avantageux à être Déesse Incarnée, non ? Puis, un régime uniquement constitué de raisin aurait forcément des effets néfastes sur mon organisme… Je voyais ça d'ici : j'allais me métamorphoser en nymphomane pathétique souffrant de violentes diarrhées, et je n'aurais toujours pas de papier toilette.

Donc, nous partirions au point du jour. J'essayerais de convaincre Eppy de tremper de nouveau son sabot dans la rivière, puis nous reprendrions le chemin du temple. Pour l'heure, je m'intimai de suivre l'exemple de la jument et de me reposer — les prochains jours allaient être très longs. Je me pelotonnai contre elle et, me réchauffant et m'assoupissant au contact de son corps, je l'imaginai bientôt comme une immense bouillotte argentée en forme de cheval.

Au début, je distinguai à peine les bruits. A peine. C'étaient de petits craquements furtifs qui ne provenaient ni de la brise dans les feuilles, ni de l'eau sur les rochers. Non, cela venait d'ailleurs.

Une branche craqua. Je me figeai et tentai de ne pas bouger un muscle pour ne pas nous faire repérer. Mais j'étais sûre que les battements frénétiques de mon cœur s'entendaient à des kilomètres à la ronde.

Nouveau craquement. Cette fois, je sentis Eppy remuer, et lever la tête en direction des arbres.

Puis je me rappelai les monstres. Les créatures semi-humaines qui avaient fait vibrer la forêt de leur violence. Comment avais-je pu les oublier ?

Décidément, je n'étais plus dans mon monde. Ici s'affrontaient des forces auxquelles je n'entendais rien. En plein déni, j'avais complètement occulté ce qui rendait nécessaire ma présence au château des MacCallan. Des humanoïdes vampires en avaient massacré tous les habitants. Des hommes forts et courageux s'étaient inclinés devant eux. Et moi, j'étais partie au hasard dans la nuit, seule et sans défense, la tête dans les nuages.

Enterrer papa, ç'avait été une bonne idée. M'assurer qu'il était mort, encore plus. Mais me faire tuer en compagnie de ma jument alors que j'essayais de me prouver mon dévouement filial, c'était complètement débile. Je ne méritais pas de vivre, papa aurait été le premier à me le faire remarquer.

Les buissons craquèrent de nouveau. Quelque chose de lourd se dirigeait tout droit vers nous. Je revis les affreuses créatures, leurs ailes déployées et gonflées d'air, leurs immenses foulées fluides. Les silences devaient correspondre aux flottements, et les craquements, au contact avec le sol. Bon sang, ce que je pouvais être idiote ! Non seulement je n'allais pas réussir à enterrer mon père, mais j'allais moi-même connaître une fin tragique, et laisser derrière moi un cadavre en charpie.

D'évidence, j'aurais dû réfléchir un peu plus avant de passer à l'action.

Soudain, Eppy se leva en frissonnant. Je me redressai sans bruit et lui caressai le cou pour qu'elle se tînt tranquille. Je cherchai désespérément un plan. Ni mes études universitaires, ni mon expérience ultérieure ne n'avaient préparée à cette peur paralysante. Quand les grandes silhouettes noires se détachèrent des arbres et avancèrent vers nous, je fis ce que j'avais toujours espéré ne pas faire en cas d'urgence : je me figeai. Comme une biche éblouie par les phares attend qu'un poids lourd vienne l'aplatir, je restai plantée là, accablée par mon destin. Eppy, en revanche, fit preuve d'un courage admirable. Oreilles tendues, soufflant doucement par les narines, elle affronta l'ennemi sans peur aucune. Les chevaux sont des animaux nobles, il n'y a rien à y faire. J'étais honorée d'avoir la jument à mon côté au moment de mourir.

— Dame Rhiannon ? dit une voix vaguement familière.

L'espace d'un instant, je fus trop éberluée pour répondre. Ces vampires dégoûtants avaient la même voix que ClanFintan ?

Puis Eppy poussa un petit hennissement de reconnaissance, et le sortilège de stupidité qui s'était emparé de moi fut brisé — du moins pour le moment.

— ClanFintan, c'est vous ?

— Elle est ici ! lança-t-il d'une voix plus forte.

Des silhouettes de cavaliers apparurent sur la berge.

— Du feu, vite ! Il fait aussi sombre qu'aux Enfers ici !

J'entendis déplacer des rochers et des branches, peut-être même gratter une pierre à feu. Je ne voyais rien, non à cause de l'obscurité, mais parce qu'une grande forme opaque se dressait devant Eppy et moi. Puis la forme se mit à parler. Elle semblait sérieusement agacée.

— Rhiannon, êtes-vous blessée ?

— Non, je n'ai rien. C'est Eppy qui s'est fait mal au sabot.

— Eppy ?

— Euh, je veux dire, la jument d'Epona.

Du moins j'espérais que c'était ainsi qu'elle s'appelait vraiment.

Des flammes jaillirent à quelques mètres en aval, puis la lumière se fit. ClanFintan se tenait devant moi, les mains sur les hanches, le front plissé par la contrariété.

— Quel sabot ? demanda-t-il d'un ton brusque et froid.

— L'avant droit.

Je passai sous le cou d'Eppy, m'accroupis et lui tâtai la jambe.

— Ce n'est pas gonflé ni chaud. Je crois qu'elle s'est juste fait mal à la fourchette.

Je lui glissai un regard furtif ; il semblait savoir de quoi il s'agissait. (Evidemment qu'il savait ! C'était un cheval !)

— Vous voulez jeter un coup d'œil ?

Eppy leva docilement le pied quand ClanFintan se pencha pour l'examiner. De ses grands doigts musclés, il palpa les mêmes endroits que j'avais palpés quelques heures auparavant. Quand il arriva à l'endroit douloureux, Eppy émit un petit grognement étouffé. Aussitôt ClanFintan cessa d'appuyer sur son sabot et lui caressa le cou en murmurant des mots apaisants et incompréhensibles — une langue musicale et accentuée, un peu comme le gaélique. Eppy se détendit visiblement, et soupira tandis qu'il reposait son pied.

— Une mauvaise blessure.

Je sentis une note d'accusation dans sa voix.

— Comment est-ce arrivé ?

Je m'étirai de toute ma hauteur et reculai d'un pas en direction d'Eppy. Bon sang, ce qu'il pouvait me faire culpabiliser !

— Là-bas, en aval, la berge s'est effondrée pendant que nous essayions de descendre vers l'eau. Elle a dû poser le pied sur une pierre coupante.

— Elle aurait pu se casser une jambe.

— Je sais ! Je me sens assez mal comme ça, vous n'avez pas besoin d'en rajouter.

J'étais au bord des larmes. Eppy me donna un petit coup de museau amical, et j'enfouis mon visage dans son cou.

— Elle va s'en sortir, dit ClanFintan d'une voix adoucie.

— Je sais !

Enfin, je le savais maintenant.

— Venez près du feu. Vous avez l'air glacée.

Il me prit par l'épaule tout en murmurant quelques mots à l'oreille d'Eppy, et la jument et moi le suivîmes vers le feu comme deux enfants perdues. ClanFintan me conduisit vers un rocher plus ou moins confortable, tout près du feu, et se mit à distribuer des ordres à ses hommes. Sortie de nulle part, une couverture fut drapée autour de mes épaules. De l'autre côté du feu, deux centaures frottaient la robe d'Eppy, qui se tenait tranquille, manifestement ravie de ces soins. Un autre centaure préparait un deuxième feu de camp à quelques mètres du nôtre. A ma grande joie, il se mit bientôt à décharger des sacoches de selles remplies de… oui, de nourriture ! ClanFintan me tendit une espèce de sac mou et ovale que je fixai bêtement sans savoir qu'en faire.

— Buvez, Rhiannon, dit-il en enlevant le bouchon. Cela vous redonnera des forces.

Et peut-être un brin de bons sens, l'entendis-je presque ajouter, mais je n'étais pas en position de me défendre.

L'outre contenait un excellent vin rouge, bien structuré et long en bouche.

Eppy, de son côté, broutait avec satisfaction le contenu d'un sac de nourriture qu'un centaure lui avait attaché autour du cou. Du feu montait un délicieux parfum de viande grillée ; bientôt mon estomac produisit un rugissement assourdissant du plus mauvais effet.

— Vous n'avez pas pensé à prendre des provisions ?

ClanFintan me regardait avec une expression d'incrédulité totale. Croyez-moi, les profs d'anglais sont très souvent confrontés à l'incrédulité, mais je n'avais jamais vu quelqu'un d'aussi incrédule de ma vie.

— Non. Je, euh… Je n'y ai pas pensé.

— Je vois.

Il me tourna le dos et s'éloigna de quelques pas, comme si une affaire de la plus haute importance l'attendait devant le feu numéro deux.

Me sentant idiote et lamentable, je me recroquevillai sous ma couverture, les mains crispées autour de mon outre à vin, essayant de ne pas penser au fait que ce délicieux vin était en contact avec du cuir. Bientôt ClanFintan revint avec un morceau de pain dur fourré d'un morceau de viande grillée brûlante et d'une tranche de fromage jaune. De toute ma vie, je n'avais jamais rien vu d'aussi appétissant.

— Tenez, vous devez avoir faim.

— Merci.

D'impatience, je lui arrachai quasiment le sandwich des mains. Tout en mâchant goulûment, je regardai ClanFintan s'installer face à moi. Les autres centaures — une dizaine en tout — s'étaient regroupés autour du feu, et leur conversation amicale constituait un contrepoint plaisant au chuchotement de la rivière.

J'avalai une bouchée de pain et de fromage, et pris une rapide gorgée de vin.

— Il fallait que je m'occupe de mon père.

— Dans ce cas, pourquoi ne m'avez-vous pas demandé de vous accompagner ?

— Je… eh bien, je…

— Je sais, bien sûr, que vous êtes opposée à notre union depuis le départ.

Il leva la main pour m'empêcher de l'interrompre.

— Je sais aussi que vous ne m'estimez pas digne de votre

main. Mais j'ai tout de même juré de vous protéger, de vous respecter et de vous honorer par-dessus tout.

Il tourna les yeux vers le fleuve.

— Me fuir ainsi, c'est une insulte que je n'ai pas méritée.

Crotte ! Je n'avais même pas pensé à ça. Bon sang, les hommes et leurs ego…

— Je ne vous fuyais pas.

— Ah oui ? Dans ce cas, que faisiez-vous, au juste ?

— Je croyais faire mon devoir. Je ne pensais pas que vous accepteriez de m'accompagner.

ClanFintan reporta sur moi un regard outré.

— Vous êtes l'Elue d'Epona, et mon épouse ! Evidemment que j'aurais accepté.

— Vous ne vouliez pas que j'y aille, rappelez-vous… Et Alanna ne le voulait pas non plus, ajoutai-je pendant que j'y étais.

— Rhiannon ! Nous n'avions bien sûr aucune envie de vous voir entreprendre un voyage aussi long et dangereux… mais enfin, vous êtes la Grande Prêtresse d'Epona ! Est-ce qu'on vous a déjà refusé quelque chose ?

Sa perplexité me fit comprendre que je venais de commettre un énorme impair. Baissant les yeux, je tiraillai un fil qui dépassait de la couverture.

— Je n'avais pas les idées claires. Je voulais juste m'occuper de papa.

Levant les yeux, je vis les coins de sa bouche se détendre un peu.

— Je suis désolée, ajoutai-je. Je n'aurais pas dû me sauver comme ça, sans vous prévenir.

Il cligna des yeux, plus surpris encore. D'évidence, Rhiannon la Grande n'avait pas l'habitude de s'excuser.

— Je vous pardonne. Je suis heureux de vous avoir retrouvée saine et sauve.

Mon regard se porta vers Eppy, qui continuait à manger avec satisfaction.

— Elle va vraiment s'en remettre ?

— Vraiment. Elle a juste besoin de repos. Dans quelques jours, vous pourrez préparer une nouvelle fugue toutes les deux.

— Mais je…

Il souriait. Ah, c'était une blague !

— Celle-ci, je ne l'avais pas préparée, dis-je sur un ton penaud. Du moins, pas très sérieusement.

— C'est aussi mon avis.

Il avait l'air content de lui… mais cela lui allait bien.

— Je suis désolée de vous avoir causé tant d'ennuis.

— C'est oublié.

Ses yeux scintillaient à la lumière du feu, et les flammes vacillantes éclairaient à merveille son torse, du moins ce qu'on en apercevait quand il changeait de position et que sa veste en cuir moulante s'ouvrait un peu.

Bon sang, je n'étais pas seulement affamée de nourriture ! Peut-être subissais-je, malgré moi, l'influence de Rhiannon. Je tentai de me concentrer sur mon sandwich en faisant semblant de ne pas sentir le regard de ClanFintan sur moi. Non, à bien y réfléchir, ce n'était pas une crise de nymphomanie : je n'avais pas envie de sauter sur le premier homme (ni le premier centaure) venu. C'était cet homme-là (disons plutôt ce centaure-là) qui me donnait envie de me comporter comme une traînée. A moins que ce ne fussent ces maudits raisins.

Dans le doute, changer de sujet.

— Avez-vous réussi à faire évacuer la région ?

Bien vu. ClanFintan cessa les caresses visuelles et revint aux affaires courantes.

— Oui, dit-il. J'ai déployé vos gardes et mes centaures

pour porter la nouvelle aux gens et les ramener en sécurité dans l'enceinte du temple.

— Y a-t-il du nouveau au sujet des créatures ?

— Non. On a envoyé des pigeons voyageurs prévenir tous les chefs de clan et leur demander de nous alerter au premier signe de danger. Tous nous ont répondu...

Il s'interrompit et me regarda.

— Sauf le château des MacCallan et le château des Gardiens.

— Croyez-vous qu'ils soient encore dans le château de mon père ?

— Je ne puis le dire, Rhiannon.

Je baissai les yeux vers mon sandwich à moitié mangé.

— Vous êtes d'accord pour m'y accompagner, sachant que ces monstres s'y trouvent peut-être encore ?

— Dame Rhiannon, pendant un an, je vous accompagnerai où vous voudrez. Il suffira de me le demander.

Il plongea son regard dans le mien.

— Par devoir ? demandai-je.

Je commençais à me rendre compte que j'aurais préféré que ce ne fût pas par devoir.

— J'ai fait le serment de vous protéger, dit-il d'une voix hypnotisante.

— Alors je vous le demande : acceptez-vous, s'il vous plaît, de m'aider à enterrer mon père ?

— Oui, Rhiannon. Je vous aiderai et vous protégerai.

— Et vous resterez près de moi ? ne pus-je m'empêcher d'ajouter.

— Aussi près que vous le désirerez, dit-il sur un ton insidieux.

Bon sang, quelle situation inextricable ! Comment faisait-on, me demandai-je, pour demander poliment à un centaure de se changer en homme ? Comment cela se passait-il ? Etait-ce un peu comme s'excuser pour mettre un diaphragme ou chercher un préservatif ?

Un fracas métallique d'instruments de cuisine me ramena brusquement à la réalité, et je fus profondément vexée de me sentir rougir… jusqu'à ce que je remarque la réaction de ClanFintan. Le doux sourire qu'il me lança me récompensa amplement de toute une vie de rougissements inopinés. Bon sang, je me comportais comme une adolescente empotée (c'est un peu pléonastique, je sais) !

— Vous devez être fatiguée, dit ClanFintan.

Eh bien, je pensais au lit, c'était sûr ! Il sourit comme s'il avait lu dans mes pensées. Je crois bien avoir rougi de nouveau.

— Reposez-vous pendant que j'informe les autres de nos plans.

Il me tourna le dos et allait s'éloigner quand je dis :

— Euh, excusez-moi… mais quels sont nos plans, au juste ?

Bon sang, ce que ça lui allait bien, la lumière du feu !

— Nous allons vous escorter jusqu'au château des MacCallan.

Ça, je l'avais compris, mais…

— Que va-t-on faire d'Eppy ? Je veux dire de la jument d'Epona ?

Elle leva les oreilles en m'entendant prononcer son nom, et je lui envoyai rapidement un baiser.

— Je vais laisser deux centaures ici pour la protéger en attendant notre retour. A ce moment-là, elle sera sans doute en état de voyager, même si elle ne pourra probablement pas vous porter.

— Alors… comment vais-je aller jusqu'au château et revenir ? Vous avez amené un cheval pour moi ?

— Non, dit ClanFintan avec un grand sourire.

— Je ne suis pas censée marcher, quand même ?

— Non.

Pourquoi souriait-il comme ça ? Il se prenait pour le chat du Cheshire, ou quoi ?

— Eh bien, qu'est-ce que vous proposez ?

— Vous allez monter sur mon dos.

Il fit une petite révérence ironique, pivota sur lui-même à toute vitesse (comme tout cheval de retranchement qui se respecte) et s'éloigna vers le feu.

Quant à moi, je restai sans voix. Pour une fois, je ne trouvais absolument rien à dire.

Monter sur son dos ? Eh bien, au moins je savais déjà qu'il avait tendance à mordre.

Restait à espérer qu'il ne ruait pas.

Je me demandais bien ce qu'aurait fait John Wayne dans une situation pareille.

8.

Le vin, la nourriture et la chaleur exercèrent sur moi leurs effets magiques. Quand ClanFintan posa la selle d'Eppy près de moi et m'aida à descendre du rocher, j'eus à peine le temps de le remercier avant de plonger dans un sommeil profond et sans rêves.

Quelques secondes plus tard, me sembla-t-il, un parfum de viande rôtie me fit ouvrir les yeux. Je m'étirai… et le regrettai aussitôt. Comment était-il possible d'avoir mal à tous les muscles à la fois ? Même mes cheveux me semblaient endoloris.

— Ahhhh…, grognai-je.

Me relever ne fut pas une mince affaire. Alors que j'essayais de redresser mon vieux corps malmené à la verticale, je fis l'erreur de lever les yeux. Onze paires d'yeux de centaures et une paire d'yeux de jument argentée étaient fixées sur moi. Les onze premiers exprimaient un immense amusement. Celui d'Eppy, je fus rassurée de le constater, n'exprimait que son habituelle adoration à mon égard.

— Quoi ? demandai-je brusquement.

— Rien, rien, dame Rhiannon…

Au moins eurent-ils le bon goût de paraître gênés.

— Foutus bonshommes !

Marmonnant des injures, je tapotai le front d'Eppy et me

dirigeai vers le bord de l'eau. J'aurais vraiment, vraiment aimé avoir une brosse à dents. Me pencher se révéla très douloureux, mais après m'être éclaboussé le visage et rincé la bouche (en utilisant mon doigt comme brosse, quelle horreur !), je me sentais un peu mieux. Sauf que j'avais de nouveau envie de faire pipi.

Je marchais à pas décisifs en suivant la rivière (pour autant que l'on puisse marcher à pas décisifs quand on a les cuisses en charpie) quand tout à coup, je m'arrêtai et me retournai. Douze centaures me fixaient du regard, et l'un d'entre eux, le plus mignon de la bande, qui se trouvait par coïncidence être mon époux, se préparait manifestement à me suivre. Ça alors, pas question ! Déjà que je n'avais pas de papier toilette !

— Je vais juste… euh… vous savez, quoi ! dis-je en hochant la tête en direction des arbres.

— Appelez-moi si vous avez besoin de quoi que ce soit.

ClanFintan et ses compagnons tentèrent en vain de réprimer leurs sourires.

— Plutôt mourir, bougonnai-je en titubant vers les buissons et en grattant les piqûres d'insecte sur mes jambes.

Ai-je déjà dit que je détestais le camping ?

L'exercice physique est censé détendre les muscles courbaturés ; aussi, pendant que je remontais vers le campement, attendis-je que mes cuisses et fesses se décrispent. Elles n'en firent rien, évidemment. Elles n'étaient même pas au courant de cette légende ; elles ne cessaient de me hurler « Tu es folle, ou quoi ? Te rends-tu compte que nous avons trente-cinq ans ? Veux-tu bien t'asseoir et manger des sucres rapides ? »

La journée allait être longue.

Les centaures avaient déjà éteint les feux de camp. L'un d'eux (un adorable palomino) me tendit un nouveau sandwich à la viande et au pain dur.

— Merci, dis-je en souriant.

Il me salua en s'inclinant très gentiment. Ces types étaient tout de même très gentils.

ClanFintan s'approcha, et les centaures s'écartèrent pour qu'il pût s'asseoir à côté de moi.

— Comment vous sentez-vous, dame Rhiannon ? s'enquit-il.

— J'ai mal aux fesses.

Le palomino faillit s'étrangler et plusieurs autres centaures furent pris de quintes de toux. Je leur décochai un grand sourire ; ils eurent l'air soulagé, puis m'examinèrent avec intérêt. Rhiannon était une vraie garce, je ne cessais de l'oublier.

Les yeux de ClanFintan scintillaient.

— Puis-je faire quelque chose pour vous aider ?

Un vigoureux massage des fesses aurait été idéal, mais je n'avais pas envie d'en parler en présence de son troupeau.

— Je ne crois pas.

Je posai un regard insistant sur le large dos de mon époux, sur lequel j'allais bientôt devoir poser mes fesses endolories.

— A moins que vous ne puissiez vous transformer en charrette, et que vos amis nous tirent jusqu'au château.

Les centaures se mirent à rire, et l'un d'eux tapa ClanFintan dans le dos en disant :

— Elle vous a bien eu, chef !

ClanFintan ne s'offusqua pas, et les centaures m'inclurent dans leur bonne humeur. Je commençais à me rendre compte de tout ce que Rhiannon avait raté en se rendant aussi insupportable.

— Désolé, dit enfin mon époux, mais je ne peux prendre la forme d'un objet inanimé.

— Je comprends, dis-je. Seulement, essayez de ne pas trop me secouer, tout à l'heure, d'accord ?

— C'est promis.

Il tendit la main et, avec douceur, repoussa une mèche

rebelle derrière mon oreille. Par-dessus son épaule, je vis les centaures se lancer des regards entendus.

Moi, j'étais simplement soulagée de savoir que les dégâts commis par Rhiannon n'étaient pas irréparables. J'avais franchement envie de m'attirer la sympathie des centaures. Bon, d'accord, je voulais plus que de la sympathie de la part de leur chef, le Grand Chaman. Néanmoins, les autres étaient aussi des types (si on peut dire) bien, et leur amitié n'était pas à mépriser.

— Pouvez-vous finir de déjeuner en route ? demanda ClanFintan. Nous devons partir sans tarder.

— Oui, dis-je avec hésitation.

— Quelque chose vous tracasse ?

Je lançai un regard en direction d'Eppy.

— Non, mais… je suis inquiète pour la jument.

— Vous n'avez aucune raison de l'être. Elle va se reposer tranquillement pendant notre absence.

— Elle sera en sécurité ?

Des images des humanoïdes ailés défilèrent dans ma tête.

— Nous donnerions tous notre vie pour elle… comme pour vous, dame Rhiannon.

Il semblait parfaitement sérieux. Je ne voulais voir personne donner sa vie pour moi ou pour ma jument, mais cette déclaration me donnait tout de même la chair de poule. L'espace d'un instant, j'eus l'impression d'être John Wayne dirigeant un escadron de marines sous le feu de l'ennemi.

Je ne savais que dire. C'était la deuxième fois que j'étais réduite au silence en moins d'un jour — mes élèves en auraient été stupéfaits.

— Voulez-vous prendre un moment pour lui dire au revoir et lui expliquer que vous allez revenir ?

Il était décidément très prévenant. Je marmonnai quelques mots de remerciements et partis en boitillant, mon sandwich entamé à la main, en direction de la jument, qui paissait tranquillement. Elle dressa les oreilles et me salua par un doux hennissement.

— Bonjour, ma toute belle.

Je lui frottai la mâchoire en lui murmurant des mots doux, puis, reposant mon front contre son cou, je lui parlai à l'oreille.

— Je vais devoir partir pendant quelques jours. ClanFintan va m'accompagner jusqu'au château.

Elle tourna la tête pour me regarder dans les yeux.

— Ne t'inquiète pas, il laisse quelques centaures ici pour prendre soin de toi. Et lui, il va se charger de me protéger.

Elle paraissait rassurée. Je baissai encore plus la voix.

— Il faut que je te dise, je suis un peu nerveuse à l'idée de monter sur son dos. Comment suis-je censée contrôler mes hormones avec un type entre mes jambes toute la journée ?

Eppy poussa un doux soupir chevalin qui semblait dire « Ne les contrôle pas, alors… »

— Merci du conseil !

Je déposai un baiser sur son museau.

— Sois sage, d'accord ?

Elle prit une mèche de mes cheveux entre ses lèvres, puis la relâcha et se remit à brouter.

D'un coup, je me sentis abandonnée, comme une mère dont le bambin vient de partir joyeusement à la maternelle.

— Dame Rhiannon ? lança ClanFintan avec une pointe d'impatience.

— Je suis prête.

C'était parfaitement faux, mais je m'avançai tout de même vers lui en essayant de prendre l'air dynamique. Pendant que je dormais, les centaures s'étaient activés. Les huit d'entre eux qui allaient nous accompagner étaient chargés de bagages et prêts à partir. La veille, dans l'obscurité, je n'avais pas remarqué qu'ils portaient chacun plusieurs sacs sur leurs selles de cheval, ainsi que de longues épées inquiétantes, qui ressemblaient fort à des glaives, sanglées sur leurs dos humains. Très déroutant. Quoi qu'il en fût, ces sacs de selle devaient contenir la nourriture et les couvertures apparues hier soir par magie. Je me demandais bien ce qu'ils renfermaient d'autre… Un peu à l'écart du groupe, ClanFintan achevait de fixer ma couverture de selle sur son propre dos. Je fourrai le reste de mon sandwich dans ma bouche et décidai de prendre le taureau par les cornes (pour ainsi dire).

En m'entendant approcher, il finit d'attacher la sangle et abaissa les étriers.

— Prête ?

— Euh, oui, bien sûr…

Je restai plantée devant lui à le fixer du regard. J'avais du mal à monter sur le dos d'Eppy sans aide, et ClanFintan était encore plus grand.

— Avez-vous besoin d'aide pour monter ?

Il s'amusait follement, de toute évidence. Je lançai un regard furtif aux autres centaures : ils se passionnaient tous subitement pour la flore et la faune locales.

— Oui, dis-je en souriant. Juste pour cette fois.

Il me rendit mon sourire, tendit le bras gauche et m'attrapa sous le coude.

— A trois, d'accord ? Un, deux, trois !

Je volai en l'air. ClanFintan était beaucoup plus fort que je ne l'avais cru, ou alors j'étais beaucoup plus légère qu'il ne l'avait pensé, car je dus me raccrocher à ses épaules pour éviter de retomber de l'autre côté.

— Ouf ! dis-je gracieusement.

— Vraiment désolé.

Son ton narquois indiquait plutôt le contraire.

— Ne vous en faites pas. Tout le monde ne peut pas être aussi facile à monter qu'Eppy.

— Vous seriez surprise.

Je m'occupai de mettre mes pieds dans les étriers et fis comme si je n'avais pas entendu. Il me sembla sentir son torse vibrer d'un rire contenu.

— Euh, dis-je, dois-je vous pousser du genou ou claquer de la langue, quelque chose comme ça ?

— Contentez-vous de vous accrocher à moi, je m'occupe du reste.

J'eus à peine le temps d'agiter la main en direction d'Eppy, que nous étions partis. Les autres centaures nous emboîtèrent le pas. Tandis que ClanFintan escaladait la berge, je cherchai en vain une poignée de selle. Ça y est, les problèmes commençaient.

— Euh… à quoi, exactement, dois-je m'accrocher ?

Il se retourna pour me sourire malicieusement. Manifestement, cette situation gênante n'était pas pour lui déplaire.

— Mettez vos mains sur mes épaules, ou vos bras autour de ma taille… Accrochez-vous à ce que vous voulez, du moment que vous ne tombiez pas.

J'agrippai son épaisse queue-de-cheval. Sans jeu de mots !

— Ça va comme ça ?

Des rires étouffés s'élevèrent derrière nous.

— Je préférerais que vous trouviez autre chose.

Il ne faisait plus autant le malin, à présent. Une fois la berge dépassée, il partit au petit galop. Je posai mes mains sur ses épaules, savourant le contact de ses muscles sous mes paumes (et, pour tout vous dire, entre mes cuisses). Son allure était souple et agréable pour un cavalier ; bientôt je me détendis et regardai la forêt défiler à toute vitesse.

Je me penchai en avant pour lui parler à l'oreille.

— Combien de temps pouvez-vous maintenir cette allure ?

— Assez longtemps.

Je me serrai davantage contre lui ; j'aimais bien le contact de son dos contre mes seins — ah, lâchez-moi ! nous sommes mariés, non ?

— Eppy serait épuisée au bout d'une heure.

A ma grande joie, ses bras nus se couvrirent de chair de poule en réaction à mon souffle dans son oreille. A moins que ce ne fût en réaction au contact de mes seins contre son dos. Ce garçon était extrêmement sensible !

— Les centaures ont beaucoup plus d'endurance que les chevaux, dit-il.

Il fit une petite pause dramatique.

— Ou que les hommes, d'ailleurs.

Sa voix était devenue plus profonde. Un petit frisson électrique parcourut ma colonne vertébrale et, l'espace d'un instant, j'eus l'impression de me trouver dans un roman érotique. Non que cela m'eût gênée !

— Bonne nouvelle, dis-je à son oreille en resserrant mes mains autour de ses épaules.

J'en étais sûre, à présent : Rhiannon était une idiote.

9.

Au lieu de reprendre le petit chemin qui longeait la rivière, ClanFintan se fraya un passage à travers la forêt. Au bout d'un moment, nous débouchâmes sur une large route bien entretenue (celle que j'évitais depuis le début). Arrivés à une bifurcation, nous nous engageâmes sur une branche qui s'éloignait franchement de la rivière. Ce devait être un raccourci, me dis-je en essayant de me rappeler mon voyage aérien. Après tout, lorsque l'on connaissait le pays, on n'était pas obligé de suivre tous les méandres du fleuve. Le plus incroyable, c'était que les centaures avaient encore accéléré. Apparemment infatigables, ClanFintan et ses copains filaient à toute allure en direction du château. D'évidence, ils avaient été considérablement ralentis jusqu'ici par la nécessité de me suivre à la trace.

Cette route était très fréquentée, mais personne n'allait dans le même sens que nous. Il s'agissait surtout de grandes familles : femmes et enfants affalés sur des charrettes, hommes marchant ou chevauchant à côté, animaux de basse-cour fermant la marche. Je m'étais imaginé des paysans miséreux aux dents pourries et aux cheveux infestés de poux, mais ces gens-là paraissaient prospères et en bonne santé. A vrai dire, ils étaient carrément magnifiques… presque autant que leurs chevaux. Dans ce pays, on aimait visiblement les beaux chevaux ; de toute la journée, je ne vis pas une seule monture médiocre.

Je ne pus m'empêcher, toutefois, de noter avec satisfaction qu'aucune de ces bêtes somptueuses n'arrivait à la cheville d'Eppy. Aucune n'égalait non plus ClanFintan, mais, ce dernier n'étant pas, à strictement parler, un cheval, ma satisfaction à cet égard était sans doute injustifiée.

Depuis notre départ du campement, je m'étais demandé si les gens du coin me reconnaîtraient. J'en eus rapidement le cœur net. En m'apercevant, la première famille que nous croisâmes se désintéressa totalement des centaures, et interrompit ses salutations polies pour laisser éclater sa joie.

— C'est Epona !

La mère, qui tenait les rênes de la charrette remplie d'adorables enfants et de sacs de provisions, me reconnut la première. Ses enfants se mirent à crier à leur tour et à agiter les mains.

— Epona, Epona !

— Que les dieux vous bénissent, dame Rhiannon !

— Qu'ils veillent sur vous pendant votre voyage !

Mal à l'aise, je souris et agitai la main comme une Miss Amérique fraîchement élue. Mais, n'ayant jamais été du genre empotée ni introvertie, je commençai rapidement à trouver cela plaisant. Ces gens étaient tellement sympathiques ! Ils n'avaient pas l'air de savoir que Rhiannon, elle, était une vraie garce. Tant mieux pour moi.

Le reste de la matinée se déroula à l'avenant. Les centaures maintinrent une allure constante, et nous ne cessâmes de croiser des voyageurs en direction du temple.

Nous ne parlâmes pas beaucoup. Je passai mon temps à admirer la vue, à saluer mes adorateurs et à me concentrer pour garder une assise confortable et équilibrée.

Un paysage luxuriant défilait devant nous : collines ondulantes couvertes de vignes, ponctuées de parcelles cultivées et de fermes aux toits de chaume ; champs verts où éclataient des fleurs sauvages orange, mauves et jaunes. De petits ruisseaux irriguaient en murmurant cette région riche et verdoyante. Vu du ciel, la nuit, cela m'avait rappelé l'Ombrie ; de près, cela évoquait davantage la région des Lacs, en Angleterre — en moins sauvage, plus chaud, et sans Anglais. L'un dans l'autre, c'était un pays que l'on pouvait être fier d'appeler le sien.

Au milieu de la matinée, je repérai un excellent couvert broussailleux (où poussaient aussi des plantes à grosses feuilles souples) près d'un ruisseau qui traversait notre route.

— Est-ce qu'on peut s'arrêter pour recharger les batteries ? demandai-je en me plaquant contre le dos de ClanFintan.

Je m'avouai quasiment sans vergogne que n'importe quelle excuse était bonne pour me coller contre lui.

— Que voulez-vous dire ? demanda-t-il.

Les bras de ClanFintan étaient couverts d'une fine rosée de sueur, mais sa respiration paraissait normale. Il était vraiment en excellente forme physique. (*Miam-miam !* me dis-je à part moi.)

— Euh… s'arrêter pour reprendre des forces et… euh… s'occuper de quelques petites nécessités.

Les excrétions et autres sujets délicats deviennent moins gênants avec le temps. Le fait que nous n'étions mariés que depuis la veille, ajouté à l'absence de toute aire de repos, aussi glauque fût-elle, rendait la situation très embarrassante. Pour ne rien arranger, je rougis de nouveau.

— En plus, j'ai soif.

— Bien sûr ! Je suis idiot, j'aurais dû y penser.

Devant le ruisseau, il ralentit et se retourna par-dessus son épaule pour parler à ses centaures.

— Nous allons faire une courte pause pour recharger les batteries, dit-il.

Ils essayèrent de dissimuler leur confusion, ce qui selon moi était tout à leur honneur.

ClanFintan fit une torsion, glissa un bras autour de ma taille et me fit descendre de la selle. A ma grande humiliation, mes jambes ployèrent sous moi dès qu'elles touchèrent le sol. Je me rattrapai au bras musclé du centaure, qui comprit immédiatement le problème, et me repassa son bras autour de ma taille pour me soutenir. Mes pieds touchaient à peine le sol.

— Je suis désolée, je dois avoir des fourmis dans les jambes.

Je levai les yeux avec appréhension. Allait-il se moquer de cette nouvelle faiblesse de ma part ?

— Vous n'avez pas à vous excuser. Comme vous ne vous êtes pas plainte, j'en ai profité pour accélérer.

Il n'avait absolument pas l'air de se moquer de moi. Et qu'est-ce qu'il était mignon !

— J'aurais dû faire plus attention. Allez vous asseoir là-bas, je vais essayer de rétablir la circulation dans vos jambes.

Il me conduisit vers un arbre tombé et m'installa sur une branche assez haute pour que mes pieds ne touchent pas le sol. Il m'enleva mes bottes, l'une après l'autre, sans se pencher. Puis, commençant par mon pied droit, il se mit à masser et à frotter mes jambes des orteils jusqu'aux genoux, en passant par la plantes de mes pieds et mes mollets engourdis.

Au début, je me pris pour Marilyn Monroe dans *La Rivière sans retour*… puis mes paupières se fermèrent à moitié et je laissai échapper un petit grognement satisfait.

— Je vous fais mal ?

— Ne dites rien. Ma jambe est en train d'avoir le coup de foudre pour vos mains, il ne s'agit pas de les interrompre.

— Sentez-vous vos jambes de nouveau ?

— Je sens toutes sortes de choses partout.

ClanFintan se contenta de sourire et de passer à l'autre jambe.

— Hmm, c'est très agréable. Vous êtes doué, vous savez.

J'ai toujours eu la conviction, sans doute blâmable, que la psychologie de l'homme est proche de celle du jeune chiot : il faut le féliciter et le récompenser dès qu'il réussit quelque chose.

— Merci *beaucoup*, ajoutai-je.

Ayant achevé la partie félicitations, j'anticipais avec bonheur l'étape de la récompense, quand mon compagnon dissipa brusquement mes fantasmes pornographiques en me décochant une claque résonnante sur chaque mollet.

— Vous devriez pouvoir marcher, maintenant.

Il me souleva dans ses bras et me déposa sur le sol. En effet, mes jambes fonctionnaient normalement — même si, l'espace d'un instant, j'envisageai de simuler le contraire.

— Ça va mieux, dis-je à regret. Mais avant de remettre mes bottes, je peux aller me tremper les pieds dans la rivière ?

— Pas longtemps. J'aimerais arriver en vue du château des MacCallan avant le coucher du soleil.

— Il nous reste encore beaucoup de chemin à faire ?

Le cœur lourd, je songeai à ce que nous allions trouver au château.

— Si vous le désirez, vous pouvez nous attendre ici, dit ClanFintan d'une voix douce. Je m'occuperai du nécessaire.

— Merci, mais c'est impossible. Il s'agit de mon père. Il faut que je voie de mes propres yeux ce qui lui est arrivé.

— Je comprends. Je serai à vos côtés, Rhiannon.

Lentement, presque avec réticence, il s'avança vers moi et me prit la main.

Je songeai subitement qu'il n'avait sans doute aucune envie d'être gentil avec moi. Pour autant qu'il sache, je pouvais me retransformer d'une minute à l'autre en peau de vache nymphomane totalement dépourvue de sentiments à son égard et ne voulant surtout pas de lui comme époux, ne fût-ce que de façon temporaire. Sa prévenance envers moi témoignait d'une immense grandeur d'âme. Le simple fait de me prendre la main avait dû être très difficile pour lui.

Aussi lui décochai-je un sourire de félicitations et d'encouragement, et serrai sa main dans la mienne.

— Je suis heureuse de vous avoir près de moi. Mais là, j'ai besoin d'un peu d'intimité pour, euh, régler des affaires personnelles.

Ce fut à son tour de sourire et de me serrer la main, avant de s'éloigner en direction des autres centaures.

— Je ne serai pas loin, dit-il par-dessus son épaule. Appelez-moi si vous avez besoin de quoi que ce soit.

— C'est ça, comptes-y, marmonnai-je en me frayant un chemin vers un gros buisson.

Quelques minutes plus tard, de retour auprès des gars, je m'accroupis au bord de l'eau et bus de grandes gorgées d'eau pure. Puis je me lavai le visage et passai mes mains mouillées dans mes cheveux. Les fesses posées sur la berge sèche, les pieds dans l'eau fraîche, je tentai vainement de mettre de l'ordre dans ma tignasse ébouriffée.

— Vous permettez ?

Je me retournai vivement : ClanFintan s'accroupit derrière moi, une lanière en cuir dans une main, un peigne à grandes dents dans l'autre. La lanière était celle qu'il utilisait pour attacher sa crinière (désolée, je ne trouve pas d'autre mot). Sans attendre ma réponse, il défit ce qui restait de la tresse d'Alanna et passa doucement le peigne dans mes cheveux emmêlés. Je soupirai de bonheur et fermai les yeux. Bien trop rapidement à mon goût, il acheva d'attacher mes cheveux derrière ma nuque.

— Ils ne devraient plus vous gêner, dit-il.

Je réussis à articuler quelques mots de remerciement.

— Il faudrait que vous commenciez à vous sécher les pieds, dit-il sur un ton d'excuse. Nous allons bientôt repartir.

Ses mains s'attardèrent brièvement sur mes épaules, puis il se redressa.

— Entendu. Je serai prête.

Je sortis mes pieds de l'eau et les séchai dans les hautes herbes qui poussaient le long de la route. Un jeune et séduisant centaure rouan s'approcha et, avec un sourire timide, me proposa quelque chose qui ressemblait à du bœuf séché.

— Merci, dis-je en remerciant (une fois de plus) le ciel que les centaures ne fussent pas des herbivores.

— Tout le plaisir est pour moi, dame Rhiannon.

Il rougit adorablement avant de rejoindre ses compagnons, lesquels étaient déjà regroupés pour le départ.

Je coinçai le morceau de viande entre mes dents, enfilai mes bottes et titubai vers ClanFintan. Lui aussi mâchait un morceau de viande tout en resserrant la sangle de ma selle.

— O.K., je suis prête.

Je lui tendis les bras ; en moins de temps qu'il ne faut pour épeler le mot *équitation*, je fus sur son dos.

— En avant toute !

Je tendis le bras, imitant de mon mieux Jean-Luc Picard, capitaine de l'Enterprise-D, et riant de ma propre plaisanterie. ClanFintan secoua la tête, incrédule, et s'élança vers l'horizon.

Le reste de la journée se déroula de la même manière. Nous voyagions jusqu'à ce que je ne sente plus mes pieds, ou que j'aie besoin de faire pipi ; nous nous arrêtions alors pendant dix secondes (bon, disons dix minutes grand maximum). J'avais droit à un rapide massage des pieds pour remettre ma circulation en route, puis nous repartions en mastiquant des bouts de bœuf séché.

Je fus bientôt épuisée, mais, en l'absence de tout signe

de fatigue de la part des centaures, j'avais l'impression d'être une chochotte. Je luttai pour réprimer mes plaintes : Rhiannon devait être une râleuse, et je ne voulais surtout pas lui ressembler.

D'un coup, je me rendis compte que nous n'avions plus croisé d'autres voyageurs depuis longtemps, et que le soleil commençait à descendre vers l'horizon. Inspirant profondément l'air frais du soir, je sentis un parfum de saule. A droite de la route, les vignes avaient disparu, remplacées par des bois. Nous nous approchions sans doute du château par l'est.

— Nous y sommes presque, dis-je d'une voix anormalement calme.

— Oui.

ClanFintan ralentit et se mit au trot.

— Vous avez bien dit que ces créatures étaient arrivées par le nord-est ?

— Je crois, oui, murmurai-je.

Les images du massacre se mirent à repasser dans mon esprit.

— Dans ce cas, nous allons faire le tour du château pour arriver par le sud-ouest. Si l'ennemi est encore là, l'éclat du soleil couchant pourra peut-être nous dissimuler à ses yeux.

Cela ne me semblait pas très probant, comme stratégie, mais les profs de lycée n'ont pas la réputation d'être des génies militaires, aussi décidai-je de ne rien dire.

Sur un geste de ClanFintan, tous les centaures quittèrent la route et s'engagèrent dans les bois derrière lui, en direction du soleil couchant. Ses muscles se contractaient et travaillaient sous moi : la pente jusque-là douce devenait plus raide. Nous montions rapidement vers la cime d'une grande colline. L'air était chargé de sel, et l'on entendait au loin les vagues se fracasser contre le rivage. En galopant entre les arbres, les centaures faisaient craquer les épines de pin qui jonchaient le sol. Les chênes et les érables avaient complètement disparu, à présent : cela sentait le sapin de Noël et autre chose… une drôle d'odeur lourde et collante.

D'un coup, nous nous arrêtâmes. Devant nous, les arbres avaient disparu, laissant apparaître la falaise hérissée de rochers, et l'océan en contrebas. Le souvenir que j'avais gardé de mon rêve n'était pas si déformé que cela : cette côte ressemblait vraiment à celle de Moher. Elle s'étendait devant nous à perte de vue ; au nord, perché au bord de l'abîme, s'élevait l'imposant château des MacCallan.

Le soleil éclairait la façade ouest de l'édifice, teintant ses pierres grises de reflets argentés. J'en eus le souffle coupé, et je sentis une émotion inattendue m'étreindre. Si j'étais vraiment née dans ce monde, me dis-je, j'aurais grandi dans cet édifice hallucinant. Je clignai des yeux pour chasser des larmes… mais c'était l'effet du vent, bien sûr.

— Seigneur ClanFintan, regardez là-bas ! dit le centaure palomino d'une voix terne. Là, devant les remparts !

Je regardai en plissant les yeux dans la direction qu'il indiquait. Tout autour du château s'éparpillaient des tas de débris ; des sacs de grain, ou des bottes de foin, ou…

— Oh mon Dieu, dis-je d'une voix tremblante. Des cadavres.

Je savais, à présent, d'où venait cette odeur si particulière.

— Dougal, va voir s'il y a du mouvement, ordonna ClanFintan.

Le palomino fit demi-tour en direction des arbres.

— Connor, accompagne-le.

Le centaure rouan disparut à son tour entre les arbres. ClanFintan se tourna vers moi.

— Rhiannon, vous m'avez dit avoir senti une présence maléfique avant même d'apercevoir les créatures. La sentez-vous maintenant ?

Je fixai le château du regard et tentai de calmer les battements affolés de mon cœur.

— Non, je ne sens rien.

— En êtes-vous sûre ?

Je fermai les yeux et me concentrai. Je me forçai à me rappeler la terreur de cette nuit, le mal presque tangible qui s'était glissé hors de la forêt pour envahir le château comme un brouillard toxique.

— J'en suis certaine. C'est un sentiment qui ne ressemble à aucun autre.

Mes mains reposaient encore sur les épaules de ClanFintan ; il leva un bras et prit l'une de mes mains dans la sienne.

— Bien, dit-il.

A cet instant, Dougal et Connor réapparurent.

— Qu'avez-vous vu ?

— Aucun mouvement à signaler, si ce n'est celui des oiseaux charognards, dit Dougal d'une voix calme et professionnelle. Pas de fumée ni d'odeur de feu.

— Dame Rhiannon ne sent pas, elle non plus, la présence des créatures. Je crois que nous pouvons entrer en toute sécurité.

Mon époux se tourna de nouveau vers moi.

— Rhiannon, rien ne vous oblige à nous suivre jusqu'au château. Vous pouvez nous attendre ici ; je vous rapporterai des nouvelles de votre père. N'ayez crainte, je ferai honneur à sa dépouille.

— Je vous fais confiance, ce n'est pas le problème. C'est juste… c'est juste qu'il faut que je le fasse moi-même.

Ma bouche était devenue très sèche.

— Il faut que je le voie pour le croire vraiment.

Réprimant visiblement un soupir, ClanFintan hocha la tête.

— Eh bien, dit-il, allons-y. Tous ensemble. Restez près de moi, les centaures, et soyez vigilants.

ClanFintan partit au trot en direction du château, flanqué de quatre centaures de chaque côté. Je m'accrochai à ses épaules et répétai dans ma tête : « Tu peux le faire, tu peux le faire, tu vas y arriver, tu en es capable… »

A mesure que nous approchions, le vent portait vers nous cette même odeur poisseuse. Au début, cela restait léger, comme lorsqu'on ouvre la porte du frigo et constate que quelque chose a tourné. Puis, d'un coup, cela s'intensifia. Je fus prise d'un haut-le-cœur, et ma bouche s'emplit de bile.

— Respirez par la bouche, dit ClanFintan, c'est plus facile à supporter ainsi. La dernière fois que vous avez vu votre père, où se trouvait-il ?

— Devant l'escalier des baraquements.

Le centaure s'arrêta ; sa garde fit de même.

— Rhiannon, laissez-moi examiner les corps. Je reconnaîtrai votre père ; quand nous l'aurons retrouvé, je vous appellerai. Restez ici et fermez les yeux si vous vous sentez mal.

— Ne vous inquiétez pas pour moi. Allons-y, qu'on en finisse.

J'essayai de prendre l'air courageux, mais ma voix était faible et tremblotante.

Nous repartîmes. Bientôt nous fûmes devant le premier corps. A notre approche, des oiseaux noirs décollèrent dans un grand bruissement d'ailes. Je me forçai à détourner le regard pour ne pas voir ce qu'ils emportaient dans leurs becs pointus. Les corps étaient rassemblés par petits groupes : deux ou trois ici, deux ou trois à quelques mètres plus loin. Au milieu de toute cette horreur, le fait qu'ils ne fussent pas morts seuls était curieusement réconfortant. Je m'ordonnai de ne pas m'attarder sur les corps, mais mes yeux refusaient de se détourner, préférant obéir aux ordres de mon cœur. Le sacrifice de ces valeureux soldats m'émouvait ; il me semblait que si j'affrontais leurs dépouilles du regard, au lieu de les éviter, les morts sentiraient mon respect et mon admiration, et que cela les consolerait un peu.

Je lançai un coup d'œil aux centaures qui m'entouraient. Leurs visages s'étaient figés en des masques inexpressifs que j'essayai d'imiter. Ils inspectèrent chacun des hommes pour être certains qu'ils étaient bien morts. Nous contournâmes lentement le bâtiment pour arriver enfin devant la façade principale. Les immenses portes en fer forgé étaient ouvertes ; devant l'entrée s'entassaient des corps inertes entourés d'oiseaux charognards.

— Aux baraquements !

La voix impassible de ClanFintan ricocha sur les murs silencieux. Nous franchîmes le portail, traversâmes un petit passage voûté et débouchâmes dans une vaste cour.

Une vision de cauchemar s'offrit à nous. Des cadavres tordus, figés dans des attitudes grotesques, gisaient dans des mares de sang noirci. Pourtant, en dépit de l'horreur que j'éprouvais, je fus capable de percevoir la magnificence des colonnes qui bordaient la cour et de la fontaine qui continuait à gargouiller joyeusement alors que son eau s'était teintée de rouge. Pour une raison ou une autre, cette fontaine retint mon attention. Cette fille qui remplissait d'eau une urne richement décorée, compris-je avec une sorte de stupeur détachée, cette fille, c'était moi ! Et l'urne, c'était ce foutu vase. La scène qui l'ornait m'était familière, à présent. La prêtresse aux cheveux roux me tournait le dos en tendant le bras vers ses suppliants. Je savais que si je l'examinais de plus près, je verrais une cicatrice sur sa main droite. La même que celle qui, sur ma main, devenait floue et se mettait à tournoyer…

— Rhiannon !

ClanFintan pivota sur lui-même et me rattrapa.

— Tu peux le faire, tu peux le faire, tu es en capable… murmurai-je à moi-même.

— Je vais vous emmener hors d'ici, Rhiannon.

— Non ! Pas maintenant. Laissez-moi encore quelques minutes.

Je retrouvai l'équilibre et redressai le dos. Avec réticence, ClanFintan lâcha mon bras.

— Allons-y, dis-je.

Il émit un petit grognement et repartit en avant. Les autres nous suivaient lentement, continuant à vérifier l'un après l'autre chacun des cadavres. Nous passâmes entre deux grands piliers et traversâmes un long couloir clair dont les fenêtres allaient du sol au plafond. Les sabots des centaures résonnaient sur les dalles en pierre. Dehors, les oiseaux criaient. L'on n'entendait aucun autre bruit. Au bout du couloir, nous pénétrâmes dans une pièce remplie de longues tables jonchées de corps, tournâmes à gauche de nouveau et passâmes une nouvelle porte menant vers une petite cour intérieure. A l'autre bout de cette cour, un escalier en pierre montait vers une pièce sous les toits. Les baraquements dont les hommes étaient sortis lors de cette nuit fatidique.

Même si je n'avais pas reconnu l'endroit d'après ma vision nocturne, les cadavres à demi vêtus qui jonchaient l'escalier et la cour témoignaient de la nature du bâtiment. Dans un coin, vers le bas des marches en pierre, un corps solitaire dormait dans une mare de sang.

— Il est là-bas.

Je tendis la main vers la dépouille ; à mon grand étonnement, je ne tremblais pas.

ClanFintan acquiesça d'un hochement de la tête et nous avançâmes en direction du corps.

C'était bien mon père. Il reposait sur le dos, son torse écrasé contre le sol. Son bras droit était déchiqueté, et l'os de son poignet dénudé, mais il serrait encore son épée dans sa main. Son kilt raidi par des taches de sang noir ne dissimulait pas les profondes entailles dans son dos et sa poitrine : il avait été éviscéré. Arrachant mon regard à ces plaies béantes, je me tournai vers son visage. Sa tête reposait sur le sol, tournée vers l'horizon. La mort avait déjà enfoncé ses yeux dans leurs orbites et teinté sa peau de gris, mais sa bouche n'était pas déformée, ni même crispée. Son visage exprimait au contraire la paix et la sérénité, comme si, après avoir accompli une tâche difficile, papa s'était étendu dans l'herbe pour prendre un repos bien mérité.

— Comment a-t-on pu le laisser mourir seul ? demanda ClanFintan sur un ton de tristesse et d'indignation.

— Il n'était pas seul. Ses hommes étaient là pour l'aider, mais ils sont tous tombés avant lui.

Je me rappelai la manière héroïque dont il avait défié l'armée des monstres.

— Il a tué beaucoup d'ennemis avant de mourir. Voilà pourquoi il est entouré d'un cercle de sang : c'est le sang de ces monstres. Visiblement, ils ont emporté leurs morts.

— Puis-je vous faire sortir d'ici, maintenant ?

— Oui.

D'un coup, je sus ce qu'il fallait faire.

— Brûlez-les.

ClanFintan se retourna vers moi.

— Faites un grand bûcher dans la cour, et brûlez tous les cadavres. Nettoyez tout par les flammes.

Je fis un dernier sourire à la dépouille de celui qui avait été le reflet miroir de mon père.

— Libérez-les, murmurai-je.

— Votre volonté sera faite, Rhiannon.

ClanFintan salua lui aussi le corps de mon père en inclinant la tête, puis nous nous dirigeâmes rapidement vers l'entrée principale du château. J'entendis à peine les ordres qu'il distribuait aux centaures ; j'étais occupée à regarder une dernière fois les cadavres qui m'entouraient, gravant leurs visages dans ma mémoire, me remémorant leur courage…

Subitement, une idée terrible me traversa l'esprit et me coupa le souffle. ClanFintan se retourna brusquement ; agrippant son bras, je le regardai droit dans les yeux.

— Les femmes ! Où sont les corps des femmes ?

Je croyais hurler, mais ce qui sortit de ma gorge n'était qu'un chuchotement étranglé.

ClanFintan se figea sur place.

— Dougal ! s'écria-t-il.

Le palomino apparut devant nous, le visage pâle et le regard voilé.

— As-tu vu des corps de femme ?

Au début, Dougal ne comprit pas, puis, horrifié, il écarquilla les yeux.

— Non, dit-il, ni femmes ni jeunes filles. Seulement des hommes et de jeunes garçons.

— Rassemble les autres. Qu'on fouille tous les bâtiments de fond en comble. Pendant ce temps, je vais emmener dame Rhiannon hors d'ici. Tu viendras me faire ton rapport là-haut, sur la falaise, à l'endroit où nous avons quitté la pineraie.

Dougal fit volte-face et partit en appelant à lui les autres centaures.

— Accrochez-vous, me dit ClanFintan.

Je mis mes bras autour de son torse, nichai mon visage au creux de son dos et inspirai profondément le parfum de son corps pour ne pas sentir la puanteur de la mort. Les yeux fermés, je me concentrai sur les muscles du centaure, que je sentais successivement se contracter puis se détendre. Le vent sifflait dans mes oreilles, et je savais que chacun de nos pas de géant nous éloignait du massacre. Quand nous arrivâmes à la lisière de la forêt, ClanFintan s'arrêta en souplesse. Il posa ses bras sur les miens, qui étaient croisés sur sa poitrine. Nous ne prononçâmes pas un mot.

Enfin, me sentant desserrer mon étreinte, il se retourna vers moi et me souleva avec douceur. Cette fois, quand mes pieds touchèrent le sol, il ne me lâcha pas. C'était une bonne chose, car je n'avais aucune envie de quitter ses bras. Mon visage n'arrivait qu'au milieu du torse ; je posai ma joue contre sa peau nue, absorbant la chaleur de son corps. Je me rendis compte que je tremblais ; je claquais même des dents. J'étais tellement glacée par l'horreur que je doutais sérieusement d'avoir un jour chaud de nouveau.

— Vous avez été très courageuse, dit ClanFintan. Votre père aurait été fier de vous.

— J'ai eu une trouille bleue ! J'ai cru que j'allais m'évanouir.

— Mais vous ne l'avez pas fait.

— Non, mais j'ai bien failli tomber de selle, dis-je en frissonnant.

— Je vous aurais rattrapée.

— Merci.

Je serrai mes bras autour de sa taille et le sentis se pencher doucement et frôler du bout des lèvres le sommet de mon crâne.

Je relevai la tête et regardai ses beaux yeux sombres. Je ne savais vraiment que penser de cette créature fantastique à laquelle j'allais être liée pendant un an. Il m'intéressait, c'était indéniable. Après tout, je n'avais jamais rencontré personne de semblable. Il n'y a pas beaucoup de centaures en liberté dans l'Oklahoma — du moins pas à Tulsa ; ce qui se passe dans la partie nord-ouest de l'Etat, Dieu seul le sait... Quoi qu'il en soit, le simple fait de toucher cet être me remplissait de bien-être et ça, c'était une première.

Sans prendre le temps de réfléchir à mes motivations ni aux conséquences de mes actes, je laissai ma main descendre le long de sa veste en cuir... puis la glissai à l'intérieur. ClanFintan, qui n'était pas un imbécile, comprit aussitôt où je voulais en venir. Je fus surprise par le contact de ses lèvres, plus chaudes que celles d'un homme. Et, bon sang ! ce qu'il pouvait être grand ! Ses bras m'encerclèrent, et le monde autour de nous disparut. L'espace de quelques instants, j'oubliai tout à part ses bras, ses lèvres et sa langue qui caressait la mienne.

Un bruit de sabots rompit le sortilège. ClanFintan me relâcha — à contrecœur, espérais-je — et nous nous retournâmes tous deux vers Dougal.

— Nous n'avons trouvé aucun corps de femme, seigneur ClanFintan.

Le centaure semblait avoir vieilli de dix ans en quelques minutes.

— Mais nous avons trouvé des traces menant vers le nord de la forêt. Des traces de ces créatures, mais aussi d'autres empreintes, plus petites, celles de sandales à bout rond...

— Comme en portent les femmes et les enfants, acheva ClanFintan.

— Exactement. Ils n'ont fait aucun effort pour effacer leurs traces. C'est comme s'ils voulaient que nous sachions ce qu'ils ont fait, et où ils sont allés.

— Ils ne se cacheront plus, à présent.

Son assurance me surprit. Je levai les yeux vers lui.

— Comment le savez-vous ?

— Je vous l'expliquerai plus tard.

Il avait plutôt intérêt !

Se retournant vers Dougal, il ajouta :

— Reste ici avec dame Rhiannon pendant que je m'occupe du nécessaire au château.

J'ouvris la bouche pour protester, mais, d'un doigt posé sur mes lèvres, il me réduisit au silence.

— Sans vous, Rhiannon, cela ira plus vite. Et je veux quitter cet endroit avant le coucher du soleil.

J'étais entièrement d'accord.

— Veille sur elle ! ordonna ClanFintan à Dougal.

Puis, après m'avoir rapidement baisé la main, il se retourna et disparut en direction du château. Je ne lui enviais pas la tâche qui l'attendait.

— Dame Rhiannon, dit Dougal d'une voix jeune et hésitante, puis-je vous offrir un peu de vin ?

— Merci, dis-je en acceptant l'outre qu'il me tendait.

Je pris une grande gorgée de vin et me tournai vers le château au loin. D'ici, je pouvais voir les centaures traîner les cadavres à l'intérieur des murs. Les oiseaux, dépités par l'interruption inopinée de leur festin, décrivaient à présent de grands cercles au-dessus de l'édifice. Leurs croassements gloutons flottaient dans la brise. Les corbeaux m'avaient toujours donné la chair de poule — maintenant, je savais pourquoi. J'avalai une nouvelle gorgée de vin et me forçai à détourner mon regard du spectacle macabre au loin pour le fixer sur la mer moutonneuse. Tout près du bord de la falaise, de hauts rochers escarpés jaillissaient de l'eau ; j'eus soudain envie d'y grimper et de m'offrir au vent de l'océan pour qu'il me lave de l'odeur de la mort.

J'avais à peine fait quelques pas que les sabots de Douglas résonnèrent derrière moi.

— Je vais juste m'asseoir sur un de ces rochers, lançai-je par-dessus mon épaule.

Il ne paraissait pas convaincu.

— Je resterai en vue. Promis.

Les rochers, beaucoup plus lisses qu'ils ne le paraissaient de loin, n'offraient que peu de prises pour les pieds et les mains. Aussi finis-je par me percher sur l'un des moins hauts. Assise face à l'océan, je défis la lanière en cuir qui retenait mes cheveux, secouai la tête et fermai les yeux. La brise marine fouetta mes cheveux et les fit voler en arrière. Je passai les doigts dans les boucles emmêlées, essayant de repousser par la force de la pensée l'horrible odeur poisseuse. Prenant une grande gorgée de vin, j'offris mes remerciements les plus chaleureux à celui qui avait inventé le raisin — qu'il s'appelât Dieu, Epona ou autre chose.

Lentement, je rouvris les yeux. Loin au-dessous de moi, les vagues se brisaient violemment sur des rochers râpeux ; il n'y avait pas de plage. Le soleil descendait vers l'horizon à toute vitesse : sous mes yeux, je le vis toucher l'eau, laquelle s'embrasa aussitôt de rouge et de violet. La beauté inattendue de ce coucher de soleil me coupa le souffle.

Refermant les yeux, je me concentrai sur toutes les merveilles de la vie, plutôt que les horreurs qui dépassaient l'entendement. Les couchers de soleil sur l'océan, les hommes grands et élancés, le vin rouge... D'un coup, des images se mirent à défiler sous mes paupières. Elles dataient de la dernière fois que j'avais vu papa : nous étions tous deux affalés dans les vieux fauteuils en fer forgé qu'il laisse rouiller sur la terrasse. Nos pieds reposaient sur le dessus d'un bloc de grès plat qui fait fonction de repose-pied parce qu'il est trop lourd pour être déplacé. C'était le dimanche soir précédant la dernière semaine de classe avant les grandes vacances. Pour le mois de mai, il faisait déjà chaud. Les bières, je m'en souviens, étaient glacées, et avaient un goût de pluie de printemps. La brise tiède portait vers nous le parfum des arbres aux papillons que papa avait plantés tout autour de la terrasse deux ans auparavant. Je venais de lui demander pourquoi les miens ne poussaient jamais aussi bien, et il m'expliquait succinctement que c'était parce que je ne leur donnais pas assez de crottes de cheval à manger.

Cela m'avait fait rire, et cela me faisait encore sourire maintenant. « Tu vois, disait mon cœur à mon cerveau, il vit encore. Dans un autre monde, il continue à vivre.

Je sentis de la fraîcheur sur mes joues : elles étaient trempées de larmes. J'ouvris les yeux et me tournai de nouveau vers le château.

Le magnifique coucher de soleil qui avait embrasé l'océan

teignait à présent le paysage de couleurs plus sinistres. Le haut des remparts était tacheté de reflets rouges et orange, le reste du bâtiment était plongé dans l'ombre. A travers mes larmes, le château prit l'apparence d'une grande bête tapie dans l'obscurité, ses crocs encore dégoulinants de sang. J'en connaissais un rayon sur les métaphores et le pouvoir du langage, mais cette image n'était pas imprimée sur du papier, et je n'étais pas pelotonnée sur le canapé, un verre de vin à la main, en train de me perdre dans le monde imaginaire de l'un de mes auteurs préférés. Ce monde était bien réel, et j'en faisais partie. Néanmoins, je n'étais pas obligée de me laisser pourrir la vie par l'image maléfique qui se dressait devant moi. Tournant le dos au château, je me concentrai sur la mer et le coucher de soleil, inspirant de grandes bouffées d'air pur vespéral.

10.

Le soleil avait quasiment disparu quand je redescendis du rocher. En me voyant approcher, le jeune centaure qui m'attendait sursauta, et le soulagement se peignit sur son visage.

— Ne crains jamais que je fasse une bêtise, dis-je. Je ne suis pas du genre à baisser les bras.

— Bien sûr que non, dame Rhiannon, dit Dougal d'un air confus.

C'était vraiment un chic type… enfin un chic centaure.

— C'est gentil, en tout cas, de t'être inquiété, dis-je en souriant.

Cela le fit rougir. Je lançai un coup d'œil en direction du château. Le soleil n'était plus qu'une lueur à l'horizon, et je n'y voyais plus très clair, mais il me sembla qu'il ne restait plus de corps devant les remparts.

— Tu crois qu'ils en ont encore pour longtemps ?

Comme l'avait prévu ClanFintan, je n'avais aucune envie de m'attarder ici après la tombée de la nuit.

— Ils seront bientôt là, dame Rhiannon. Ils doivent avoir presque fini.

Lui aussi surveillait de loin l'activité autour du château.

A cet instant, il me sembla voir un mince ruban noir flotter au-dessus du bâtiment.

— C'est de la fumée ?

— Oui. Regardez, ils arrivent.

Illuminées par les torches qu'elles portaient, de minuscules silhouettes de centaures se découpèrent contre les murs du château. Les centaures lancèrent leurs torches à l'intérieur de l'enceinte, et des flammes jaunes et orange s'en élevèrent. Les sept silhouettes s'éloignèrent lentement, à reculons, puis baissèrent la tête pour saluer les morts. Enfin ils se retournèrent tous et revinrent vers nous au galop.

Mon cœur bondit dans ma poitrine lorsque ClanFintan arriva près de moi. Son visage était sombre et figé, comme ceux de ses compagnons, mais quand nos yeux se croisèrent, la chaleur de son regard m'embrasa.

— Partons, Rhiannon.

Il me tendit le bras et m'emporta dans sa course. Les centaures s'étaient à peine arrêtés. Tandis que nous nous enfoncions dans la forêt de pins, je me retournai une dernière fois vers le château. De gros nuages de fumée s'en échappaient, et les flammes léchaient déjà le haut des murs.

— Nous allons nous reposer dans une grange près du dernier ruisseau que nous avons traversé.

Je me retournai et m'accrochai à ses épaules. Il me semblait en effet me rappeler une sorte de remise, entraperçue juste avant de quitter la grand-route.

Je ne voulais pas me plaindre, mais…

— On ne pourrait pas plutôt dormir dans une vraie maison ? Il y a un village au sud du château, non ?

Un vrai lit et un bain chaud… voilà ce dont j'avais besoin !

— Rhiannon, de tous les villages de Partholon, Loth Tor a été évacué le premier.

— Je suis sûre que les villageois ne nous tiendraient pas rigueur de leur avoir emprunté un logement pour la nuit.

— Bien sûr qu'ils ne nous en tiendraient pas rigueur !

Il se retourna pour me regarder comme si j'avais perdu toutes mes facultés mentales.

— Ils seraient honorés d'avoir pu vous aider, ce n'est pas le problème. L'incendie du château va se voir de loin, et ne manquera pas d'attirer l'attention de l'ennemi.

Il s'arrêta et sembla chercher ses mots.

— Si ces créatures devaient revenir, le village serait le premier à être attaqué.

— Oh ! Je n'avais pas pensé à ça. Au fond, la grange me convient très bien.

— Je suis certain que vous la trouverez agréable.

Evidemment qu'il trouvait les granges « agréables » ! Quoi de plus normal, pour un cheval ? Songeant avec nostalgie à ma source thermale personnelle dans le temple d'Epona, je me grattai la tête et essayai (en vain) de ne pas penser aux parasites. Au fait, les chevaux pouvaient-ils avoir des puces ?

Il ne faisait pas encore nuit noire quand nous quittâmes le couvert des arbres et traversâmes un ruisseau gargouillant près duquel se dressait une petite grange. ClanFintan me déposa doucement à terre, et Dougal ouvrit la porte du bâtiment. J'entraperçus des masses sombres qui sentaient le foin frais — un parfum en fait très agréable. Mais, sachant d'expérience que les serpents (tout comme les souris et les rats) apprécient eux aussi ce parfum, je m'attardai près de la porte, l'air de rien, pendant que le centaure nommé Connor faisait un grand feu à l'extérieur. Autour de lui, les autres dressaient le camp. Ce soir, ils étaient plus silencieux que d'habitude. Puis, il y avait autre chose…

— ClanFintan ! m'exclamai-je.

Il se redressa et vint vers moi, l'air très inquiet.

— Il vous manque deux centaures.

Je n'aime pas annoncer de mauvaises nouvelles, mais il valait mieux le mettre au courant, non ? Ces horribles Fomores nous suivaient peut-être, attendant que l'un de nous traîne derrière pour l'emporter et le dévorer…

L'expression de ClanFintan s'adoucit, et il se mit à sourire.

— Ils sont partis chasser pour le repas du soir. Ils reviendront bientôt.

Les autres me sourirent avec la même gentillesse, ce qui atténua un peu ma gêne.

— Hum, dis-je en rougissant, je m'en doutais.

Je pris une grande bouffée d'air frais… et mes narines s'emplirent d'une odeur atroce. J'inspirai de nouveau. Cela venait de moi… et (compris-je en humant l'air) aussi de ClanFintan.

— Pouah !

C'était l'odeur de ma transpiration mêlée au relent persistant de la mort, au fumet de l'huile (sans doute celle qui avait servi à enflammer les bûchers) et, autant l'admettre, à une forte odeur chevaline.

— Je pue !

ClanFintan prit l'air choqué ; derrière moi, j'entendis plusieurs centaures s'ébrouer.

— Il me semble qu'en aval, la rivière forme un bassin assez profond. Si vous supportez l'eau froide, vous pourriez vous y rafraîchir.

— Rafraîchir, mes fesses ! J'ai besoin d'un vrai bain !

Flairant l'air en direction de mon époux, j'ajoutai :

— Et je ne suis pas la seule !

Cette fois, Dougal éclata carrément de rire.

— Et je ne parlais pas de lui, dis-je en désignant le jeune centaure rougissant.

ClanFintan se mit à rire à son tour ; ma décision fut prise.

— Prenez une couverture et suivez-moi, lui dis-je.

Je partis d'un pas décidé en direction du ruisseau. N'entendant aucun bruit derrière moi, je me retournai.

— Vous ne croyez tout de même pas que je vais aller me baigner toute seule dans l'obscurité ?

Le centaure restait figé sur place, l'air confus et désarmé. On aurait vraiment dit un homme normal !

— Vous n'aviez pas juré de me protéger ?

J'avais enfin trouvé les mots pour lui parler : il arracha une couverture aux mains d'un centaure qui espionnait notre conversation, et s'élança derrière moi. L'idée me vint soudain de faire bon usage des mauvaises manières de Rhiannon, et je me retournai vers le reste du troupeau.

— Ce serait très agréable d'avoir un repas chaud à mon retour.

Je leur fis un grand sourire et un petit clin d'œil.

— Quelque chose me dit que je vais avoir faim.

Puis je m'éloignai vers l'eau, ravie des rires sonores qui me parvenaient dans la nuit.

— Où est ce fichu bassin ?

Comme d'habitude, je n'avais pas la moindre idée d'où j'allais.

— Un peu plus loin, en aval. Regardez, un petit barrage de castors.

De fait, un monticule de branches et de feuilles mortes traversait le ruisseau d'une rive à l'autre.

De l'autre côté du barrage, comme prévu, se trouvait un joli bassin rond. Nous nous arrêtâmes au bord de l'eau. L'obscurité s'était épaissie, et le feu de camp des centaures éclairait la grange d'une lueur bizarre. Cette lumière se reflétait sur l'eau et atténuait un peu les ténèbres autour de nous ; aussi distinguais-je clairement le bassin devant moi.

L'eau s'écoulait d'une crevasse dans le barrage, formait une retenue d'eau qui devait m'arriver à la taille, puis s'évacuait par une minuscule chute d'eau gargouillante.

— Hem, hem !

Je m'éclaircis succinctement la gorge, et sentis le regard de ClanFintan sur moi.

— Elle a l'air froide.

— Elle l'est, dit-il avec une sorte de satisfaction.

— Pas la peine de frimer, hein ! Vous non plus, vous ne sentez pas très bon. Si vous avez envie que je remonte sur votre dos demain matin, vous avez intérêt à prendre un bain vous aussi.

— Ah.

Le silence s'installa. Bon sang, c'était complètement ridicule ! Cet homme, enfin ce centaure, était tout de même mon mari ! Et ce n'était pas la première fois que je me baignais toute nue, loin de là... Prenant une profonde inspiration, je me rappelai que je n'ai jamais été timide — oui, rétorqua une petite voix en moi, mais tu n'as jamais couché avec un cheval, non plus ! Une deuxième inspiration, et je pris appui sur son garrot pour enlever mes bottes.

— Quand il faut y aller, faut y aller, dis-je. Elle ne va pas se réchauffer, c'est sûr.

Je secouai la tête pour libérer mes cheveux, tendis le lien en cuir à ClanFintan, défis les lacets de mon pantalon, l'enlevai et le posai sur un grand rocher lisse. J'envisageai de garder mon string, décidai que c'était ridicule, et l'ôtai avec autant d'élégance que possible. Sans lever les yeux vers le centaure, je passai une main dans mon dos et tentai de délacer ma chemise. ClanFintan s'avança derrière moi.

— Laissez-moi vous aider.

Sa voix profonde avait ce timbre caressant que je commençais déjà à connaître et à espérer. Sa main remplaça la mienne ; je sentis la chaleur de sa peau à travers le cuir de ma tunique. Bien trop rapidement à mon goût, le lacet fut défait et je pus retirer ma chemise en la faisant passer au-dessus de ma tête.

En marchant vers la rivière, je me demandai rapidement à quoi ressemblaient mes fesses (et priai avec ferveur pour qu'elles ne se trémoussent pas trop)… mais toute pensée de cellulite disparut dès l'instant où je mis le pied dans l'eau.

— Bon sang ! Elle est carrément glacée !

ClanFintan se mit à rire.

M'interdisant de réfléchir (je me connaissais, si j'hésitais ne serait-ce qu'un instant, j'allais me dégonfler), j'avançai maladroitement vers le centre du bassin. Le sol de la rivière était couvert de galets ronds et pour la plupart lisses (Dieu merci). Me rappelant à quel point je sentais mauvais, je pris une grande bouffée d'air et m'enfonçai dans l'eau jusqu'aux épaules.

— Brrr !

A vrai dire, une fois sous l'eau, ce n'était pas si terrible… surtout dans la mesure où cette eau glacée dissimulait à ClanFintan une grande partie de mon corps nu. A moitié assise sur un caillou, à moitié accroupie — mais en tout cas submergée jusqu'au cou — je me retournai vers mon mari.

Son visage était dans l'ombre, mais son sourire découvrait ses dents blanches et brillantes.

— Dommage qu'on n'ait pas de shampooing. J'aurais bien besoin de me laver les cheveux.

Sans dire un mot, le centaure partit le long de la rivière, tête baissée, dans l'attitude de quelqu'un qui cherche quelque chose. Croyait-il que des savonnettes Zest traînaient sur la berge ? D'un coup, il leva un sabot et frappa à plusieurs reprises une pierre plate et sombre.

Bon sang, que lui arrivait-il ? Son désir pour moi lui avait-il fait perdre les pédales ?

— Cela ira ?

Il indiqua d'un geste les éclats de rocher entourés de bulles savonneuses.

Je ne répondis pas. Pour autant que je sache, on ne trouve pas, dans l'Oklahoma, de pains de savon au bord des rivières.

— Je sais qu'il n'est pas parfumé, mais le sable est un excellent détergent, même sous sa forme naturelle.

Que j'étais bête !

— Euh, oui, bien sur ! Mais, euh… je vais me geler si je sors de l'eau. Vous ne pourriez pas m'en apporter une poignée ?

Mieux valait encore qu'il me rejoigne dans l'eau, plutôt que de faire étalage de ma nudité dégoulinante.

Il se pencha pour ramasser une poignée de sable.

— Vous feriez mieux d'enlever votre veste, dis-je en souriant.

Je ne crois pas avoir déjà vu quelqu'un se déshabiller aussi rapidement. Le moins qu'on puisse dire, c'est qu'il était enthousiaste. Quelques instants plus tard, il pataugeait vers moi en faisant des vagues. Avec gratitude, je pris une poignée de sable dans sa paume (le sable s'était chauffé au contact de sa peau !) et me mis à récurer mes bras, mes aisselles, mon dos et… quelques autres endroits. Je dus sortir un peu de l'eau pour accéder à ces derniers ; j'essayai de rester dans l'ombre autant que possible. Devant moi, ClanFintan me fixait du regard en frottant lentement une poignée de sable sur son torse nu et musclé. Heureusement que l'eau était froide, en fin de compte, parce que je commençais à avoir chaud, aussi étonnant que cela puisse paraître.

Pour me changer les idées, je m'enfonçai totalement sous l'eau et secouai la tête jusqu'à ce que mes cheveux fussent trempés. J'émergeai en m'efforçant de ne pas crachoter, pris une nouvelle poignée de sable à mon séduisant porte-savon et me frottai furieusement les cheveux. Le contact du sable était étonnamment agréable, et un parfum particulier, très léger, se dégageait des grains. Cela ressemblait à de la vanille ou à du miel, avec des arômes de noisette.

— Laissez-moi faire.

Je m'accroupis dans l'eau et sentis ClanFintan s'installer derrière moi. Il prit le contrôle de mes cheveux, massant mon crâne et empêchant soigneusement les bulles de couler dans mes yeux. Son corps était tout près du mien, si près que sa chaleur rayonnait jusqu'à moi à travers l'eau froide.

— Hmm, c'est très agréable.

C'était censé être dit sur le ton de la camaraderie, mais cela ressemblait plutôt à un gémissement langoureux. Ses doigts chauds et glissants errèrent vers ma nuque et firent un détour par mes épaules avant de revenir vers la base de mon crâne. Je m'inclinai en arrière pour me caler contre sa poitrine brûlante. Ses mains se figèrent sur mes épaules. Je plaçais mes mains sur les siennes, puis remontai le long de ses avant-bras savonneux. J'adorais le contact de ses muscles tendus.

— Hmm, murmurai-je.

Dans mon dos, je sentis les battements de son cœur s'accélérer tandis que ses mains s'avançaient à travers l'eau pour prendre mes seins en coupe, et les serrer doucement en m'attirant contre lui.

A présent, je ne pensais plus du tout à simuler une quelconque camaraderie. Combinées à l'eau froide, la chaleur de sa peau et la douceur du savon faisaient fondre tout l'intérieur de mon corps. Me retournant dans ses bras, je me redressai juste assez pour que mon visage soit à la hauteur du sien. Ses mains se posèrent sur ma taille et je levai les bras pour empiler mes cheveux savonneux sur le dessus de ma tête. Sans quitter ses yeux du regard (ce qui se révéla difficile, tant j'étais attirée par son corps extraordinaire), je me mis à savonner sa poitrine.

— Laissez-moi faire, murmurai-je.

En m'entendant répéter ses propres paroles, ClanFintan sourit. Je fis mousser le sable sur sa poitrine, montai jusqu'à ses épaules puis redescendis le long de ses magnifiques bras musclés. Enfin, je passai les mains sur le devant de son corps pour récolter de la mousse, que j'utilisai pour lui laver le dos. Les extrémités de mes seins frôlaient son torse au rythme des mouvements de mes bras.

Il me semblait que sa respiration s'était accélérée, mais je ne pouvais en être sûre, car les martèlements furieux de mon cœur m'empêchaient de percevoir quoi que ce fût — sauf le gémissement qu'il laissa échapper en se penchant pour poser sa bouche sur la mienne. Quittant ma taille, ses mains se glissèrent vers mes fesses ; quant à moi, je pressai mes seins contre son torse, entourai ses épaules de mes bras et me plaquai contre lui.

Evidemment, c'est ce moment précis que mes cheveux décidèrent de se libérer de leur chignon savonneux, et tombèrent brutalement dans l'espace entre nos deux visages.

Nous nous séparâmes en crachotant, yeux et bouches pleins de savon.

— Je ferai peut-être mieux de me rincer.

C'était dit d'un ton rauque et sensuel, dont l'effet fut rapidement gâché lorsque je recrachai une grosse bouchée de bulles sablonneuses sur le torse de ClanFintan.

— Oh, je suis désolée !

— Urmf ! articula-t-il, occupé à chasser le savon de ses yeux et de ses narines.

Je plongeai sous l'eau et me rinçai longuement. Puis je refis surface et, de nouveau immergée jusqu'au cou, regardai mon compagnon se débattre dans l'eau.

Cela valait vraiment le déplacement. Agenouillé dans

l'eau, sa partie chevaline à moitié immergée, ClanFintan s'aspergeait furieusement le visage, ce qui ne faisait que créer de nouvelles bulles. On aurait dit qu'il avait été plongé dans un bain moussant contre son gré. Un gloussement m'échappa.

Il cligna des yeux et tenta, à travers le savon, de me lancer un regard noir.

Nouveau gloussement.

— Je ne vois pas ce qu'il y a de…

Au moment où il allait prononcer le mot *drôle*, une grande bulle sortit de sa bouche. C'était un comble : à la vue de cette immense bulle au milieu de son visage renfrogné, je fus prise d'un fou rire.

Au début, il se contenta de me dévisager froidement, mais quand mes gloussements se transformèrent en ronflements hystériques, il se mit lui aussi à rire. Bientôt, pliée en deux, je m'agrippais à son bras pour ne pas me noyer. Enfin nous réussîmes à nous calmer et à nous sourire tranquillement. Je fus prise d'un frisson : comment pouvais-je avoir si chaud à l'intérieur, quand ma peau tout entière était gelée ?

— Vous avez froid, dit ClanFintan en lissant une boucle de cheveux derrière mon oreille.

— Oui. Nous ferions mieux de nous sécher.

— En effet.

Ni l'un ni l'autre ne fit un geste. Nous continuâmes à nous sourire comme si nos cerveaux étaient aussi figés par le froid que nos pieds (enfin, mes pieds et ses sabots). Debout dans l'eau qui m'arrivait juste en dessous des dernières côtes, je m'avançai doucement vers lui, sentant son regard parcourir mon corps mouillé. Je rentrai le ventre ; je savais que la lumière des flammes lointaines se reflétant sur l'eau mettait en valeur mes courbes voluptueuses. Dans le regard sombre de mon compagnon, je lus du plaisir et de l'approbation, et je remerciai le ciel de n'avoir jamais été une de ces femmes qui croient devoir se laisser mourir de faim pour être belles.

Me penchant vers lui, je déposai un baiser léger sur ses lèvres et chuchotai :

— Rincez-vous, sinon vous allez avoir le poil qui gratte !

Puis je me retournai et partis en direction de la berge où nous avions laissé nos vêtements et notre couverture. Derrière moi s'élevèrent de vigoureux grognements et éclaboussements tandis qu'un très grand centaure s'efforçait de se désavonner.

Je m'entourai de la couverture et me frottai avec le tissu qui dépassait. J'étais vraiment frigorifiée, à présent : mes mains tremblaient si fort que je faillis lâcher la couverture. ClanFintan sortit bruyamment de l'eau et s'installa sur la berge près de moi.

— Sss... si jamais vous m'éc-m'éc-m'éclaboussez, je vous t-tire la queue !

Il éclata de rire et arracha la couverture de mes mains gelées. Avant que je n'aie pu protester, il se mit à me frictionner vigoureusement. J'inspirai vivement quand le contact râpeux de la couverture rétablit la circulation dans mes extrémités.

— Vous avez besoin de beaucoup d'entretien, dit ClanFintan sur le ton de la conversation.

Il avait drapé une partie de la couverture sur ma tête, et s'était agenouillé sur le côté pour sécher simultanément le devant et le derrière de mon corps. J'avais un peu l'impression d'être une pièce d'argenterie que l'on polissait.

— J'espère que vous ne faites pas partie de ces gens qui se plaignent tout le temps, dis-je.

Ou plutôt hurlai-je à travers la couverture qui couvrait mon visage. D'un coup, cette couverture disparut et le centaure me fit passer mes vêtements l'un après l'autre.

— Je ne me plaignais pas, dit-il sur un ton taquin.

— Ah ! Tant mieux.

Ayant fini de m'habiller, je retins mes cheveux mouillés sur ma tête et lui présentai mon dos. De ses mains chaudes, il refit adroitement le lacet de ma chemise. Après avoir enfilé mes bottes, je pris la couverture qu'il avait drapée sur ses épaules.

— A moi, maintenant.

Pendant qu'il remettait sa veste, je m'occupai de sécher son poil mouillé. Il y en avait vraiment beaucoup ! Je ne plaisante pas : ce type, enfin ce cheval, était immense. Le temps de le sécher à peu près, je n'avais plus froid du tout. Je pliai la couverture, la jetai sur son dos et glissai ma main dans la sienne.

Puis je humai l'air.

— Nous sentons un peu moins mauvais, à présent ? demanda le centaure en souriant.

— Oui, répondis-je en plissant le nez. Mais surtout, je crois sentir une odeur de nourriture… Hmm, c'est bon !

Ses narines frémirent.

— Du faisan.

Il fit mine de partir en direction de la grange, mais au lieu de lui emboîter le pas, je serrai ma main autour de la sienne pour le retenir. Il me lança un regard perplexe.

— Je croyais que vous aviez faim.

— Oui, mais… il faut que je vous pose une question.

De ma main libre, je tordis nerveusement ma lèvre inférieure.

— Que voulez-vous savoir ?

— C'est, euh, au sujet de cette fameuse métamorphose.

J'essayai de soutenir son regard, mais je ne cessai de détourner les yeux, comme une gamine qui se renseigne sur les choses de la vie.

— Demandez-moi tout ce que vous voudrez.

— Vous êtes vraiment capable de changer de forme ? soufflai-je.

— Bien sûr, dit ClanFintan en souriant.

— Ce soir, par exemple ?

Il se tut un instant, puis prit doucement mon menton et le remonta vers lui pour me regarder dans les yeux.

— Rien ne me ferait plus plaisir, Rhiannon. Mais ce soir, c'est impossible.

— Pourquoi ?

— Se métamorphoser exige une énergie hors du commun. Je ne peux conserver mon nouveau corps que pendant un temps limité et, surtout, lorsque je retrouve mon corps habituel, je suis très affaibli.

Il eut un sourire un peu triste.

— Je le regrette profondément, mais je dois être en pleine forme pour demain.

— Ah, je comprends.

Ma déception devait se voir, car il me récompensa en caressant ma nuque de sa main brûlante. Je frissonnai, et, cette fois, ce n'était pas à cause du froid.

— Je suis désolé, dit-il.

Il me prit la main et, comme il l'avait fait le soir de notre mariage, la retourna et mordit doucement la partie rebondie de ma paume.

Une flèche électrique partit d'entre ses dents pour se planter directement entre mes jambes.

— Attention, je pourrais vous mordre, moi aussi !

— Je l'espère, dit-il gravement.

Sa morsure se transforma en baiser. Son souffle chaud contre ma paume était irrésistible.

Nous retournâmes vers le campement, main dans la main. Mon corps était propre mais glacé — du moins, certaines parties de mon corps étaient glacées. Je lançai un regard à mon compagnon ; son profil aux traits forts me plaisait, ainsi que le fait qu'il réglât son pas sur le mien. En fin de compte, notai-je, certaines parties de mon corps étaient carrément plus chaudes qu'avant. Presque brûlantes.

En notre absence, les centaures n'avaient pas perdu leur temps. Deux grands feux crépitaient de part et d'autre de l'entrée de la grange, et plusieurs trucs de la famille du poulet tournaient sur des broches en grésillant. Du pain et du fromage firent leur apparition. J'en avais l'eau à la bouche : quand Dougal me présenta une outre à vin et un morceau de pain, je lui décochai un sourire enchanteur. Les braves petits gars avaient traîné un gros tronc d'arbre devant le feu pour me servir de banc. Je m'installai et, entre les bouchées de pain et les gorgées de vin, passai mes mains dans mes cheveux pour essayer de les démêler pendant qu'ils séchaient.

— Tenez, essayez ceci.

ClanFintan me tendit le peigne qu'il avait utilisé le matin pour me coiffer.

— Merci, dis-je en laissant mes doigts s'attarder sur sa main.

Je ne pouvais pas m'en empêcher — ce type était tellement agréable à toucher ! C'était sans doute lié à sa nature partiellement animale : cela me donnait envie de le caresser. Et pas qu'un peu.

Pendant que je me réchauffais et me coiffais, les hommes surveillaient la cuisson du dîner en bavardant. ClanFintan passait de l'un à l'autre, échangeant de menus propos et faisant des trucs d'hommes (par exemple, essuyer la lame déjà impeccable de son glaive, ou se gratter les parties intimes — non, je plaisante). De temps en temps, je sentais son regard qui revenait se poser sur moi. Vous savez sûrement ce que l'on éprouve, au début, à sentir sur soi la caresse visuelle de l'être aimé… C'était agréable mais un peu déconcertant. Mon pouvoir de concentration (qui valait ce qu'il valait en temps normal) s'en trouvait fort réduit, et j'étais soulagée de ne pas avoir de problèmes de maths à résoudre dans l'immédiat. Encore plus soulagée que d'habitude, je veux dire.

Le temps passait à toute vitesse : bientôt les centaures découpèrent les volailles rôties. La peau était dorée et grésillante, la chair délicieuse — et je ne refusai pas un deuxième morceau.

Après le dîner, nous nous installâmes autour du feu pour digérer en parlant. ClanFintan resta auprès de moi. Dougal et Connor se joignirent à nous ; les trois autres centaures se groupèrent autour du deuxième feu. Avant que je n'aie pu poser de question, Dougal m'expliqua que les deux centaures « manquants » (il me fit un sourire timide) faisaient la ronde autour du camp.

Cela doit vous paraître curieux qu'une créature à moitié chevaline puisse s'asseoir devant le feu pour bavarder après le dîner. Sans doute qu'*asseoir* n'est pas vraiment le terme qui convient. Leurs corps de cheval reposaient contre le sol, jambes repliées en dessous, ce qui donnait à leurs torses humains l'air d'être… eh bien, assis. C'était certes un peu bizarre, mais je commençais à m'apercevoir que presque tous les gestes et toutes les attitudes des centaures étaient empreints d'une sorte de grâce surnaturelle. Ce qui n'avait sans doute rien d'étonnant, s'agissant de créatures par définition surnaturelles…

D'accord, j'étais un peu fatiguée. Mais j'étais propre, sèche, détendue et j'avais chaud. De l'autre côté du feu, Dougal fredonnait une mélodie à la sonorité vaguement celtique. D'un coup, il se tut et me regarda avec l'air d'espérer quelque chose.

— Je regrettais justement que notre barde ne soit pas avec nous, dit-il, puis je me suis rendu compte que nous avions mieux.

Il avait levé la voix ; tous les centaures le regardaient.

— Nous avons la chance d'avoir avec nous la Bien-Aimée d'Epona, meilleure conteuse de tout Partholon !

Tandis que je blêmissais, tous les autres se mirent à sourire et à lancer des acclamations. Je lançai un appel au secours muet à ClanFintan, mais m'aperçus que, rayonnant de fierté, il était le premier à lancer des « Oyez, Oyez ! »

Fait peu habituel chez moi : je ne savais absolument pas quoi dire.

En l'absence de réaction de ma part, les cris s'éteignirent peu à peu. Dougal me regardait comme si je venais de le priver de dessert.

— Pardonnez-moi, dame Rhiannon, dit-il enfin. Après ce qui s'est passé aujourd'hui, vous ne devez pas être d'humeur à raconter des histoires.

Il me regardait toujours de ses grands yeux marron tristes. On aurait dit un chiot géant.

Bon sang !

— Non, non, ce n'est pas ça. Il me faut juste un moment pour, euh (je réfléchis furieusement), trouver l'histoire que j'ai envie de raconter.

Quel traquenard ! Dieu merci, mon petit cerveau de prof lança automatiquement des recherches dans un dossier mental intitulé « Trucs quasiment inutiles appris par cœur ». Quelques instants plus tard, j'étais sauvée.

Je fis un grand sourire à Dougal, qui se tortilla presque de joie. S'il avait eu une queue de chiot, nul doute qu'il l'aurait frénétiquement agitée. Peut-être même qu'il se serait fait pipi dessus. Il était vraiment adorable.

Voilà des années que je m'acharne à sensibiliser des ados de seize ans à la beauté de la ballade poétique. Plus ou moins en vain, d'ailleurs, j'en suis presque certaine. Mais mes tentatives d'éclairer les masses ont eu un effet secondaire : je suis capable de réciter *La Dame de Shalott* et *Le Bandit de grand chemin* à l'endroit, à l'envers, en dormant, et en faisant le poirier (je n'ai pas encore testé ce dernier procédé en classe). Je les adore toutes les deux, mais j'ai un petit faible pour *Le Bandit de grand chemin*, surtout mis en musique par Loreena McKennitt. Le poème tel que l'a écrit Alfred Noyes est vraiment superbe, bien sûr, mais Loreena l'a rendu magique. Sa version est très triste, très celtique, et plus facile à retenir que l'original.

Je fis mine de me lisser les cheveux (en vain) et les vêtements (idem) tout en passant rapidement les strophes en revue, remplaçant les mots gênants par d'autres plus appropriés (*glaive* à la place de *mousquet*, *lame* au lieu de *gâchette*, et ainsi de suite). Je n'avais pas vu d'armes à feu depuis le début de mon séjour ; de toute façon, me disais-je, si elles existaient dans ce monde, les centaures en posséderaient certainement.

Je me levai, redressai les épaules et lançai un regard à la ronde en prenant mon air de « c'est moi la prof et j'adore être au centre de l'attention ». Pour une fois, j'avais un auditoire vraiment attentif. Je m'éclaircis la gorge et m'élançai.

Le vent était un torrent d'obscurité parmi les arbres en rafales
La lune était un galion fantôme lancé sur la mer des nuages,
La route était un ruban de lune sur la lande couleur pourpre
Et le bandit de grand chemin arriva à cheval
A cheval, à cheval,
Le bandit arriva à cheval à la vieille porte de l'auberge.

Je n'ai pas la moindre oreille, je le sais ; je sais aussi que dans mon propre monde, je suis fichtrement douée pour raconter des histoires. Je lis et récite souvent des poèmes à mes étudiants, en faisant toutes les voix différentes : selon eux, « c'est trop cool ». Je suis loin d'être une Loreena McKennitt, avec sa voix d'une beauté obsédante, mais je n'essayai même pas de l'imiter. Je ne chantai donc pas la ballade, mais me contentai de la réciter avec fougue et passion.

Avant la deuxième strophe, les centaures étaient déjà happés par l'histoire.

Il avait au front un tricorne français, un nœud de guipure au
[menton,
Un manteau de velours bordeaux et une culotte en cuir marron,
Jamais un pli à son habit ; ses bottes lui montaient à la cuisse.
Il chevauchait paré de pierres précieuses.
Son épée scintillait sous un ciel de rubis.

Marchant à grands pas autour des feux de camp, je leur racontai l'histoire belle et tragique du Bandit de grand chemin. Mon public tressaillit de plaisir quand Bess, « la fille du propriétaire » mit « un beau nœud rouge foncé dans ses longs cheveux noirs ». Tout en m'avançant vers ClanFintan, je leur racontai encore comment le Bandit de Bess embrassa la mer de ses boucles et jura de lui revenir au clair de lune, « même si l'enfer devait l'en empêcher ».

Puis j'étirai ma colonne vertébrale, rejetai la tête en arrière, et devins Bess, ligotée au lit par les hommes du roi George, qui allaient tenter de piéger son bien-aimé. Mes yeux se remplirent de larmes quand Bess plongea vaillamment une épée dans son propre cœur et hurla une mise en garde (je substituai l'épée au coup de mousquet — je ne pensais pas que Noyes m'en voudrait, puisqu'il était un Britannique flegmatique et surtout mort) à l'intention de son Bandit.

Quand ce dernier apprit que c'était son amour qui venait de mourir pour lui sauver la vie, les yeux des centaures s'écarquillèrent.

De dos, il éperonna comme un fou, hurlant au ciel une
[malédiction
La route blanche fumait derrière lui ; son épée haut était
[brandie !

Rouge sang était l'éperon au soleil d'or de midi ; lie de vin son [manteau de velours.
Quand ils l'abattirent sur le grand chemin,
Quand ils l'abattirent comme un chien.
Il gisait dans son sang sur le grand chemin, nœud de guipure à [la gorge.

Debout dans l'ombre entre les deux feux, j'entonnai la dernière strophe.

On raconte par les nuits d'hiver, quand le vent souffle dans les [arbres,
Quand la lune est un galion fantôme lancé sur la mer des [nuages,
Quand la route est un ruban de lune sur la lande couleur [pourpre,
Qu'un bandit de grand chemin arrive à cheval,
A cheval, à cheval,
Qu'il arrive à cheval à la vieille porte de l'auberge.

Je joignis mes mains et portai mon regard au loin comme si je m'attendais à ce que le fantôme du Bandit sorte d'entre les arbres. Il y eut un silence tonitruant, puis (Dieu soit loué !) les centaures se mirent à applaudir de toutes leurs forces et à parler tous en même temps des hommes du roi George (ces sales traîtres) et de Bess (ils auraient aimé se trouver une fille comme elle).

Sous les applaudissements de la foule en délire, je revins vers ClanFintan et me rassis sur mon tronc d'arbre.

— Votre histoire m'a plu, dit-il.

Il me tendit son outre, et je bus une grande gorgée de vin.

— Merci, dis-je. C'est l'une de mes préférées.

— C'est curieux, je ne la connaissais absolument pas.

— Normal, dis-je, je l'ai inventée.

J'avais croisé les doigts derrière mon dos. Le plagiat, ce n'est pas mon truc ; j'envoyai des excuses silencieuses en direction de M. Noyes, là-haut dans le ciel.

— Au fait, qui est ce roi George ?

— Un type que j'ai inventé.

Je recroisai hâtivement les doigts et tentai de soutenir le regard du centaure, sans vraiment y arriver. Je suis incapable de mentir avec conviction. Exagérer, oui, c'est même une vocation chez moi, mais pas mentir.

— Hum.

Ce qui, en langue centaure, semblait vouloir dire « Arrête tes conneries. » Je fis comme si je n'avais pas compris.

— Ouahou, quelle journée ! dis-je en bâillant. Je crois qu'il faut que j'aille me reposer.

ClanFintan se contenta de me regarder d'un air bizarre, comme s'il essayait de mettre ensemble les pièces d'un puzzle. D'un coup, quelque chose me revint : l'insistance avec laquelle Alanna m'avait suppliée de jouer le jeu, de ne pas révéler ma véritable identité. Elle avait même laissé entendre que cela pourrait être très dangereux, pour moi et pour d'autres, et elle n'avait pas eu l'air de plaisanter. Admettons-le, elle était nettement plus au courant que moi de ce qui se passait dans ce monde. Elle devait forcément avoir de bonnes raisons d'être paranoïaque... Elle m'avait pourtant dit que je pouvais faire confiance à ClanFintan. Bah ! Mieux valait sans doute la boucler au sujet de mes origines jusqu'à ce que j'aie pu questionner Alanna.

Aussi battis-je innocemment des paupières en direction de mon séduisant mari, dans l'espoir d'apaiser sa curiosité. Puis je lançai un regard vers la grange.

— Ecoutez, avant que je n'aille me coucher, vous ne pourriez pas aller voir s'il y a des bestioles qui rampent là-dedans ?

Son expression de perplexité laissa place à un sourire.

— Bien sûr.

Il se tourna vers Dougal, parti s'installer devant l'autre feu, sans doute par respect pour notre intimité.

— Dougal, il faudra deux couvertures pour dame Rhiannon.

Dougal se leva d'un bond.

— Venez, dit ClanFintan en me tendant la main. Ne craignez rien, je ne laisserai aucune bestiole ramper sur vous.

Nous entrâmes main dans la main dans la grange sombre. Le bâtiment exigu était presque entièrement occupé par des bottes de foin attachées par des ficelles et entassées les unes sur les autres. ClanFintan se mit aussitôt à lancer certaines bottes plus loin et à en détacher d'autres. Le temps que Dougal arrivât avec les couvertures, mon époux m'avait aménagé un petit nid douillet non loin de la porte. Il étendit une couverture sur le dessus du nid et me fit signe de le rejoindre.

— Il n'y a rien qui puisse vous faire de mal ici.

— Merci, dis-je. J'ai horreur de ces petite bébêtes qui se faufilent partout.

Je me laissai tomber au milieu du lit et tirai sur une botte. ClanFintan se pencha et me déchaussa lui-même. Décidément, ses façons de faire étaient très plaisantes !

La grange était sombre, douillette et sentait bon l'herbe fraîchement coupée.

— Où vont dormir les autres ?

— Nous allons monter la garde à tour de rôle. Entre les gardes, nous nous reposerons près du feu.

— Je suis seule à dormir ici ?

— Oui.

— Alors je peux enlever mon pantalon sans être inconvenante ?

J'ai horreur de dormir en pantalon !

— Cela ne devrait poser aucun problème, dit ClanFintan sur un ton suave.

J'ôtai mon pantalon, le pliai soigneusement et me penchai en avant (faisant de mon mieux pour imiter Marilyn Monroe) pour le poser sur une botte de foin. A ma grande satisfaction, le centaure ne me quitta pas des yeux. Me pelotonnant de nouveau dans mon nid de foin, je renversai la tête en arrière et lui souris.

Il étendit la deuxième couverture et me borda.

— Bonne nuit, Rhiannon. Dormez bien.

Mais il ne se retourna pas pour partir.

— C'est quand, votre tour de garde ? demandai-je.

— Bien après le lever de la lune.

— Dans ce cas, voulez-vous rester avec moi jusqu'à ce que je m'endorme ?

— Si vous le désirez.

Je me rassis dans le foin et me décalai pour lui faire de la place. Il s'installa près de moi et s'assit. Après lui avoir laissé le temps de se mettre à l'aise, je m'adossai à lui, calant le haut de mon corps contre sa poitrine, entre ses bras. Puis, sans quitter son étreinte, je me tournai un peu pour le regarder.

Mes cheveux faisaient n'importe quoi, comme d'habitude. Le séchage à la chaleur du feu m'avait donné une coiffure à la Méduse. ClanFintan écarta quelques mèches particulièrement rebelles de devant mon visage.

— Désolée, dis-je. C'est vraiment agaçant. Je devrais me les faire couper.

— Les femmes ne se font pas couper les cheveux, dit mon interlocuteur en fronçant les sourcils.

Oh là là... J'avais encore gaffé.

— Bien sûr, mais ce serait peut-être plus pratique si elles le faisaient.

Avait-il remarqué que mes cheveux étaient plus courts que ceux de Rhiannon ? Au cas où, j'ajoutai rapidement :

— Alanna m'a fait les pointes, l'autre jour. J'aurais dû lui dire d'en couper un peu plus.

— Les cheveux courts sont sans doute plus faciles à entretenir, mais beaucoup moins attirants.

Réaction typiquement masculine. Je ne me plains pas, remarquez : je suis d'accord avec eux.

— Hmm, concédai-je.

La main libre du centaure parcourut mes cheveux et se perdit dans le fouillis de boucles emmêlées. Il leva une poignée de cheveux dorés vers son visage et inspira profondément, me plaquant au passage contre son torse. Je le sentis plutôt que je ne l'entendis émettre un murmure de plaisir.

Puis il releva le visage et me regarda dans les yeux. Nos visages étaient très près l'un de l'autre.

— Donc, mes cheveux vous plaisent ?

— Je m'aperçois que beaucoup de choses en vous me plaisent.

— Vous semblez surpris.

— Je le suis.

— Faites confiance à vos sentiments. Je suis vraiment telle que vous me voyez maintenant.

Puis, avant que je ne pusse m'épancher en confidences proscrites par Alanna, je pris la tête de ClanFintan entre mes mains et l'attirai vers moi.

M'habituerais-je jamais au contact de ses lèvres ? Il me procurait des sensations qui ne ressemblaient à rien de ce que j'avais connu jusque-là. Tandis qu'une chaleur liquide envahissait ma bouche, je songeai à d'autres endroits que j'aurais aimé qu'il explorât. Un frisson parcourut toute la longueur de ma colonne vertébrale et je laissai échapper un petit soupir.

A cet instant, il s'écarta un peu. Ce léger mouvement de recul me fit l'effet d'un souffle de vent glacial.

— Pourquoi vous êtes-vous arrêté ? demandai-je d'une voix contrariée.

— Parce que vous avez besoin de dormir, dit-il en

tapotant doucement le bout de mon nez. Et parce que si je continue, je vais finir par oublier que je ne dois pas me métamorphoser ce soir.

Son doigt quitta le bout de mon nez pour dessiner le contour de mes lèvres. Cela aussi me fit frissonner.

— Ah, c'est vrai, dis-je sur un ton de déception. C'est nul, hein ?

— Qu'entendez-vous par là ?

— Je veux dire que c'est dommage que vous ne puissiez pas vous métamorphoser.

— *C'est nul* signifie que c'est dommage ?

— Vraiment dommage.

Nous échangeâmes un sourire de complicité presque adolescente. Puis je me blottis contre lui, savourant la chaleur de son corps.

— Essayez de dormir, souffla-t-il dans mes cheveux.

— Je préférerais faire autre chose.

— Détendez-vous et pensez au sommeil.

Sa voix un peu étranglée, pas détendue du tout, me fit sourire dans l'ombre de sa poitrine.

L'une de ses mains commença à masser mes trapèzes musclés.

— Ah, bon sang, ce que ça fait du bien !

Il répondit par un grognement qui semblait signifier « Assez bavardé, à présent », et continua à pétrir les muscles de mon dos en descendant vers mes fesses nues et endolories.

— Aïe ! Ça fait mal.

— Je sais. Chut, maintenant, c'est l'heure de dormir.

Voilà qu'il me rappelait ma grand-mère ! Réprimant un gloussement, je lui obéis. Ma fatigue et son massage conjugués me firent l'effet d'un somnifère puissant : submergée par une vague de détente, je me laissai emporter par le sommeil.

Au début, ce furent de minces bribes de rêves décousus. Je me prélassais dans un Jacuzzi de jardin avec le Lone

Ranger et son cheval, Silver. En soi, c'était assez curieux de rêver du Texan masqué (si je dois rêver d'un superhéros, c'est généralement Batman ; la dichotomie brave type / mauvais garçon m'excite à fond) ; ajoutez à cela le fait que dans mon rêve, je draguais Silver et ne cessais de suggérer au Lone Ranger d'aller faire un tour, et vous aurez une idée de la bizarrerie du truc.

De toutes façons, cela ne dura pas. Silver n'étant pas doué de parole, je perdis rapidement l'intérêt. Fondu au noir sur le fiasco du Jacuzzi ; sans transition, je me retrouvai au milieu d'un grand magasin de la Cinquième Avenue, une énorme poignée de dollars à la main, entourée de plusieurs vendeuses qui salivaient d'envie de m'aider. Je m'avançais à peine vers le twin-set en cachemire pêche (529 dollars en solde) quand je fus subitement aspirée à travers le toit de…

De la grange. Voilà que ça recommençait.

Je flottai un instant au-dessus des deux feux de camp et des centaures ensommeillés. Un fin croissant de lune blanc s'était levé dans le ciel étoilé. Cette fois, je me préparai mentalement au vertige qui me prit tandis que mon corps s'élevait de plus en plus haut puis volait vers le nord-est.

Loin en dessous de moi, à ma gauche, je vis le feu qui couvait encore dans l'enceinte du château. Fermant les yeux, j'adressai une prière silencieuse à l'être ou à la chose qui tenait les rênes de ce monde : « Ne me renvoyez pas là-bas, d'accord ? » Aussitôt, un sentiment de bien-être et de sécurité s'empara de moi. Je me détendis un peu et rouvris les yeux.

De fait, je ne volais pas en direction du château, mais des montagnes lointaines. Je tentai d'infléchir ma trajectoire vers l'est, afin de jeter un œil sur Eppy, voire de faire un tour au-dessus du temple, ni vue ni connue, pour vérifier ce qui s'y passait en mon absence… mais, comme la fois précédente, je m'aperçus que je n'avais aucun véritable contrôle sur le déroulement du rêve.

Sauf que la fois précédente, je n'avais pas compris que ce n'était pas dans un rêve, mais la réalité. Cette fois, on ne me la ferait pas !

Mon corps dériva au-dessus de villages éteints. Je fouillai le sol du regard, cherchant des retardataires qui n'auraient pas suivi l'ordre d'évacuation, mais mes recherches furent rapidement écourtées. Arrivé à la lisière de la forêt, mon corps accéléra si fortement que les arbres au-dessous ne furent plus qu'une masse sombre et floue. Je filais vers l'horizon, comme propulsée par une fronde.

Au-dessus d'un édifice niché dans un étroit col montagneux, je ralentis et m'arrêtai. C'était un château, presque aussi grand que celui de mon père mais — m'aperçus-je en m'habituant à l'obscurité profonde — autant le château des MacCallan était gracieux et pittoresque, autant celui-ci était austère et imposant.

Puis, d'un coup, je le sentis. Si je m'étais tenue debout, je me serais pliée en deux sous le choc. C'était la même sensation que j'avais éprouvée le soir où j'avais été témoin du massacre des MacCallan. Du site en contrebas suintait un Mal épais et visqueux comme du sang. Des échos de la première et terrible nuit ricochaient sur les murs du château — sauf qu'il ne produisaient aucun son, seulement des sensations. Je clignai des yeux et tentai de regarder l'édifice avec des yeux neufs, mais les ombres du premier massacre teintaient ma perception. Impossible de chasser ces morts de mon esprit.

Le château semblait taillé à même la montagne. Ses hauts murs munis de portes à barreaux suivaient un tracé parfaitement quadrangulaire. Sa surface en pierre grise rugueuse lui donnait un air ancien et coriace, comme celui d'un vieil arbre noueux, noirci par d'innombrables tempêtes. Tout d'un coup, ce décor au-dessus duquel je flottais me rappela *Ligeia*, une nouvelle méconnue d'Edgar Allan Poe. La nouvelle se déroule dans un ancien monastère entouré de hauts murs en pierre. Dans ce huis clos, le personnage principal assiste au meurtre de sa deuxième femme par le spectre de la première — laquelle ressuscite pour dévorer sa rivale et faire basculer le narrateur dans la folie. Le rapprochement avec ma situation présente ne me semblait pas innocent.

Mon corps s'avança doucement jusqu'à voltiger au-dessus du milieu du bâtiment. Le château ne dormait pas. De nombreux feux ouverts brûlaient dans la grande cour principale. Bien que je fusse incapable de percevoir la température de l'air, il devait faire froid, car les silhouettes qui surveillaient les feux étaient emmitouflées dans d'épaisses couvertures et capuchons. Je frissonnai : ne me trompais-je pas en prenant, une fois de plus, ces horribles ailes pour des capes ? Non. En ajoutant une bûche au feu, l'une des silhouettes découvrit sa tête et ses épaules : elle était humaine, sans l'ombre d'un doute. C'était une femme. Mon corps s'avança vers elle de sa propre initiative. Il n'y avait dans cette cour que des femmes, mais elles ne se parlaient ni ne se regardaient, et elles se déplaçaient comme des automates.

— Les femmes du château des MacCallan !

J'avais parlé à haute voix, et, à ma grande stupeur, l'une des têtes se tourna vers moi. C'était une jeune fille de treize ou quatorze ans, aux pommettes saillantes, qui promettait de devenir une très belle femme. Ses grands yeux étaient surmontés d'épaisses paupières qui battaient comme des ailes de papillon. Luttant visiblement contre la torpeur profonde dans laquelle étaient plongées ses camarades, elle regardait fixement dans ma direction et s'efforçait en vain de discerner la source de ma voix. En se reflétant sur ses cheveux bouclés, les flammes du feu lançaient des éclats comme ceux de pierres précieuses.

La vue de cette jeune fille ravissante m'emplit de détresse. Quelque chose d'atroce se passait ici, j'en avais la certitude. Je ne savais pas encore de quoi il s'agissait, mais je savais que cela dépassait de loin l'esclavage ou le mauvais traitement des concubines.

A cet instant, un cri terrible déchira la nuit, et la fille qui luttait pour retrouver la maîtrise d'elle-même battit en retraite parmi les femmes prostrées. Ses yeux étaient redevenus vitreux. Les femmes se tapirent les unes contre les autres comme des brebis vendues au loup par leur berger. Elles tiraillaient nerveusement sur leurs vêtements, resserraient leurs capes autour de leurs corps tremblants. Toutes étaient tournées dans la même direction… et fixaient du regard une grande porte close.

Il y eut un nouveau cri. Quelques femmes s'élancèrent vers la porte, mais les autres les rappelèrent nerveusement.

De nouveau ce cri de douleur presque inhumain. C'était insoutenable. Je vibrais du désir de découvrir ce qui se passait derrière cette porte — et d'y mettre fin.

Comme en réaction à ce désir, mon corps surgit vers l'avant et, tel un cochon d'Inde happé par un aspirateur, franchit à toute allure la mystérieuse entrée. Je fus recrachée au plafond d'une salle immense. A première vue, l'on eût dit la salle de festin du temple d'Epona, en plus sombre et en plus sinistre. De grands feux brûlaient dans des cheminées assez hautes et larges pour que plusieurs personnes pussent s'y tenir debout, et des flambeaux étaient disposés aux quatre coins de la pièce. Cela ne suffisait pas, toutefois, à dissiper les ténèbres qui flottaient dans la salle. Des tables grossières, sortes de tables de pique-nique préhistoriques, étaient repoussées contre les murs, et des gens se tenaient sur tous les bancs. Bon nombre d'entre eux avaient l'air de dormir, la tête posée au creux d'un bras. Personne ne parlait.

Un nouveau cri, suivi d'un gémissement haletant, attira

mon attention vers le centre de la salle. Autour d'une table de pique-nique isolée se serrait un groupe de personnes. Je dérivai vers elles ; à mesure que je m'approchais, des vagues de maléfice vinrent se briser contre moi, coiffées d'une sorte d'écume de désespoir. Comme lors de l'attaque contre le château des MacCallan, j'éprouvais un sentiment de prémonition presque tangible. Je ne voulais pas regarder, ne voulais surtout pas voir ce qu'il y avait sur cette table, mais mes yeux refusaient de se fermer.

Toutes les personnes qui entouraient la table avaient un point commun. Elles possédaient des ailes. Des ailes qui bruissaient et s'agitaient bien que leurs propriétaires se tinssent parfaitement immobiles. Je pris une profonde inspiration et me préparai au pire tandis que mon corps s'avançait lentement au-dessus de la table.

J'avais trouvé la source des hurlements. C'était une femme nue, sans âge. La table sur laquelle elle était étendue était rouge et brillante de sang. Ses bras étaient tendus et attachés derrière sa tête, ses genoux ramenés contre sa poitrine, ses pieds plaqués et ligotés, eux aussi, contre son corps. On aurait dit qu'elle s'apprêtait à subir un horrible examen gynécologique. Son ventre énorme fut parcouru de convulsions, les muscles de son cou se tendirent et elle se remit à crier.

Les créatures qui l'entouraient ne firent pas un geste pour l'aider ou la réconforter. Ils se contentaient de l'observer en silence. Seul le mouvement nerveux de leurs ailes laissait deviner la tension qui les habitait.

Puis les hurlements reprirent. La voix de la femme vibrait de la terreur de ceux qui savent qu'ils vont mourir. Sous mes yeux, son pubis enfla et s'agrandit encore et encore... Je n'avais jamais imaginé que le corps humain fût aussi élastique. L'instant d'après, son aine explosait en une pluie de sang qui aspergea les ailes de l'assistance. Du trou béant au centre du corps de la femme dépassait un objet cylindrique enveloppé de peau épaisse, ridée, couleur de sang frais. Mon esprit se rebellait de toutes ses forces contre la scène qui se déroulait sous mes yeux, mais mes yeux refusaient de se fermer et mon corps refusait de s'éloigner. Dans le ventre dévasté de la victime, quelque chose remuait. Quelque chose brillait. Contre mon gré, mon regard fut attiré par cette brillance : l'affreux tube de chair luisait comme la lame d'un couteau que l'on vient d'affûter.

Je descendis encore. A présent, je me trouvais à moins d'un mètre au-dessus des créatures.

Le temps ralentit. Les monstres étaient figés, comme retenus par une main invisible. En m'approchant, je vis plus nettement le morceau de chair déformé coincé dans le corps de la femme morte. C'était un nouveau-né. Ce que j'avais pris pour une peau ridée était en réalité une paire d'ailes immatures qui, tel un cocon de papillon, recouvrait entièrement un corps embryonnaire. Deux appendices situés à l'extrémité supérieure des ailes brillaient à la lumière des torches. On aurait dit des serres, des serres brillantes de liquide amniotique et de sang.

— Oh mon Dieu !

Mon exclamation brisa la paralysie qui s'était emparée de l'assistance. Une tête se leva vivement vers moi et fouilla le plafond du regard.

— Emmène-le dans la caverne d'incubation !

La voix de la créature, rauque et haletante, semblait ne sortir de sa bouche qu'au prix d'un immense effort.

Une créature ailée femelle se précipita vers la table et plongea ses mains dans la plaie ouverte pour en extraire le fœtus. Avant que je n'aie pu examiner correctement le nouveau-né, elle referma ses ailes autour de lui, le dissimulant à la vue. Puis elle quitta la pièce, suivie par plus de la moitié des créatures qui avaient assisté à ce spectacle d'horreur. Les silhouettes assises sur le pourtour de la salle se recroquevillèrent sur elles-mêmes à l'approche du cortège ailé. Je les regardai mieux et pris une vive inspiration. Ces gens étaient des femmes, des femmes humaines, toutes à des stades de grossesse différents.

Un sifflement serpentin près de la table ramena mon attention vers le centre de la pièce.

Le mâle qui avait parlé me regardait toujours. Je me mis à trembler.

— Qu'y a-t-il, Nuada ? demanda l'une des créatures.

— Je ne sais pas. Je sens quelque chose. Une présence. Je l'ai déjà sentie, au château des MacCallan, quand nous avons vaincu ce guerrier solitaire.

Ses ailes s'agitèrent violemment.

— Je la vois presque…

D'un bond, il fut sur la table, ses jambes plantées de part et d'autre du cadavre. Il était juste en dessous de moi.

— Voyons si je peux la toucher.

Il tendit vers moi un long bras maigre aux griffes acérées.

Un cri de terreur gonfla ma poitrine, puis…

11.

— Aaaaaaaaaaaah !

Le hurlement surgit de ma gorge avec toute la force d'une sirène d'alarme. La panique s'empara de moi. Mes sens avaient beau me dire que l'obscurité sentait le cheval et le foin plutôt que le sang et la mort, mon cerveau était engourdi de terreur. Je me débattis de toutes mes forces, donnant des coups de pied et de dent pour me libérer.

— Rhiannon ! Calmez-vous ! Vous êtes en sécurité ici !

La voix de ClanFintan transperça ma peur glacée. Comprenant que j'étais de retour dans la grange, je cessai de lutter, mais l'adrénaline continuait à palpiter dans mes veines, et je tremblais convulsivement.

— Bon Dieu ! C'était horrible.

Les bras du centaure se resserrèrent autour de moi.

— Vous avez fait un Sommeil magique ?

Je hochai la tête contre sa poitrine.

— Vous avez revu ces créatures ?

— ClanFintan, j'ai retrouvé les femmes.

Il desserra les bras et je m'écartai pour le regarder bien en face.

— Elles sont prisonnières dans une forteresse dans la montagne.

— Le donjon du Gardien.

— Sans doute, oui.

— Vous ne l'avez pas reconnu ?

— Bien sûr que non !

Je ne pris pas le temps de me demander si Rhiannon connaissait ou non ce fameux donjon.

— Un bâtiment massif, carré, dans un col de montagne étroit.

— C'est cela.

— Les Fomores se sont installés là-bas. Avec les femmes. Et… mon Dieu… ils ont dû s'accoupler avec elles…

Je m'arrêtai et me couvris le visage de mes mains tremblantes.

Sans hésiter, ClanFintan me souleva dans ses bras, toujours entourée de ma couverture, se redressa et m'emporta hors de la grange, vers la lumière rassurante des feux de camp. Avec douceur, il me déposa sur ma bûche.

— Lance-moi cette outre, ordonna-t-il à un Dougal surpris et ensommeillé. Buvez, Rhiannon.

Il me tint l'outre pendant que j'avalais quelques gorgées de liquide rouge.

— Merci.

Je m'essuyai les lèvres et tentai de contrôler mes tremblements.

— Maintenant, racontez-moi.

Sa voix empreinte de force et de détermination me calma. Il s'assit près de moi, me prit la main et la serra doucement entre ses doigts. Les autres centaures, tous réveillés, m'écoutaient en silence. Leur présence me réconfortait, elle aussi : avec eux, j'étais en sécurité.

— Les femmes du clan MacCallan sont prisonnières dans ce château, commençai-je. Au début, j'ai seulement remarqué qu'elles se comportaient comme des zombies ou des personnes en état de choc. Puis j'ai entendu des hurlements qui m'ont amenée jusqu'à une grande salle. Une femme enceinte était ligotée à une table. Elle accouchait, entourée d'un groupe de créatures ailées. Sous mes yeux, un… une… *chose* est sortie de son ventre en la déchiquetant de ses griffes. C'était un monstre nouveau-né.

Ma voix s'érailla et ma main se crispa autour de celle de ClanFintan.

— Il y avait d'autres femmes enceintes dans cette salle. Beaucoup d'autres. Elles étaient prostrées, comme si elles avaient perdu leur âme. Puis une créature a senti ma présence. Elle a essayé de m'attraper, je me suis mise à hurler, et je me suis réveillée ici, dans la grange.

Je débitai les derniers mots d'une haleine et repris une grande gorgée de vin.

— Vous dites qu'un de ces êtres a senti votre présence ? demanda ClanFintan.

— Oui. Il a dit qu'il pouvait presque me voir. Il a parlé de la nuit où mon père est mort ; apparemment, il m'avait déjà repérée à ce moment-là.

Mon époux se releva et se mit à marcher de long en large devant le feu.

— Ça alors, dit-il, je ne les croyais pas capables de briser aussi la protection d'Epona !

— Que voulez-vous dire par « aussi » ?

ClanFintan lança un regard entendu aux centaures silencieux, puis il se retourna vers moi. Son visage était dur et froid, comme à notre première rencontre. Un mauvais pressentiment s'empara de moi, comme un doigt glacé effleurant ma colonne vertébrale, et je me rappelai les paroles qu'il avait prononcées devant le château de MacCallan. « Ils ne se cacheront plus, à présent. » Comme s'il en savait plus qu'il n'avait bien voulu me le dire.

— Parlez, ClanFintan !

— Les centaures savent depuis un certain temps déjà que le mal fomore s'est infiltré dans Partholon.

— Vous le saviez ? Mais…

Dougal se leva et s'avança vers moi.

— Dame Rhiannon, certains d'entre nous en étaient convaincus, mais les autres refusaient de voir les signes.

Je regardai tour à tour Dougal et ClanFintan.

— Quels signes ? De quoi parlez-vous ?

J'étais presque en colère, à présent. Mais ClanFintan me répondit avec détachement.

— Vous savez, Rhiannon, que j'ai pris la tête de la tribu des Fintan très récemment. Juste avant notre mariage, pour être exact. Comme vous le savez aussi, mon père fut le chef de cette tribu avant moi.

Je hochai la tête comme si je voyais très bien de quoi il parlait.

— Il y a un peu moins d'un an, poursuivit le centaure, mon père a commencé à se comporter d'une façon étrange. Au début, cela s'est manifesté par de petits changements dans ses habitudes. Par exemple, il dormait et se réveillait à des heures bizarres. Sa famille et ses proches conseillers ont été les seuls à s'en rendre compte. Puis il est devenu de plus en plus silencieux, sans cesse préoccupé ou plongé dans ses pensées. Peu à peu, à mesure qu'il se renfermait sur lui-même, chacun s'est aperçu du problème. Il vivait dans son propre monde, un monde où le mal le guettait à chaque pas. Ses meilleurs amis ne lui inspiraient plus que de la méfiance.

ClanFintan s'arrêta : le souvenir de la dégénérescence de son père était visiblement douloureux. Mais il se reprit et continua.

— Vous savez sans doute que les Fintan nomment leurs chefs de la même façon qu'ils nomment leurs chamans : par consensus, et en reconnaissance d'une vocation spirituelle. Au terme d'un long règne, un centaure peut décider de laisser sa place à un successeur plus jeune et plus compétent, et de se contenter d'une place de conseiller privilégié. Il n'y a aucune honte à cela. Mais quand un chef est destitué contre son gré en raison de…

Les yeux de ClanFintan s'assombrirent et il ne put finir sa phrase.

— Il n'existe pas de plus grand déshonneur.

Son visage se durcit et reprit l'apparence d'un masque impénétrable.

— Le clan avait perdu confiance en son chef, et mon père le savait, mais il n'était plus capable de faire face aux événements. La situation devenait impossible. Seuls l'amour et le respect qu'il leur avait inspirés pendant tant d'années ont retenu ses sujets de se soulever contre lui. Enfin, un jour, il a convoqué le Conseil des Guerriers, qui rassemble tous les chefs de famille. Il est apparu devant eux fantomatique, ne conservant que des bribes de son ancienne dignité. Il a parlé de rêves, de visions qui l'avaient suivi hors de son lit et avaient fini par l'entraîner dans leur pénombre. D'horribles visions tordues de sang et de mort, qui se déroulaient d'abord autour du donjon du Gardien, pour s'étendre ensuite à tout Partholon et à la Plaine des Centaures, qu'elles finissaient par plonger dans les ténèbres.

La voix de ClanFintan s'estompa ; il semblait très loin de nous, emporté par les souvenirs de cette douloureuse réunion.

— ClanFintan, dis-je pour le ramener au présent.

Son visage s'adoucit un instant, puis il redressa les épaules et acheva son récit.

— Après cela, tout est allé très vite. La moitié du conseil l'a pris pour un fou, et a exigé sa démission. L'autre moitié a réclamé une action immédiate contre l'ennemi. Les deux camps étaient à égalité parfaite. Pour sortir de l'impasse, ils ont dû faire un compromis.

Il eut un sourire amer.

— Ils m'ont nommé chef de la tribu à la place de mon père. Chacun s'accordait à dire que seul un chef qui fût également Grand Chaman serait capable de découvrir la vérité.

Il se tut, mais mon intuition me disait qu'il y avait autre chose.

— Avec tout ça, pourquoi étiez-vous si pressé de m'épouser ?

— Après ma nomination par le Conseil, mon père s'est entretenu en privé avec moi. Il pouvait à peine parler, mais il ne cessait de répéter que j'avais besoin de l'aide d'Epona pour vaincre le mal. Je devais m'allier, disait-il, avec sa Bien-Aimée, suivant l'ancienne tradition qui veut que le Grand Chaman des Centaures épouse l'Elue d'Epona.

ClanFintan ne me quitta pas du regard.

— Bien que votre conduite annonçât clairement votre désir de rompre avec la tradition, il m'a demandé d'aller trouver votre père et de lui expliquer la situation. Il soutenait que MacCallan me donnerait votre main, même sans votre accord, et que vous consentiriez à m'épouser par amour pour lui. Vous savez, bien sûr, que nos pères étaient de grands amis. Mon père éprouvait une immense admiration pour le vôtre. Je lui ai promis de respecter ses vœux, et c'est alors qu'il a prononcé deux mots : « les Fomores ». Après, il n'a rien pu ajouter ; il était comme muet. Le lendemain, on l'a retrouvé mort dans son lit.

— Je suis vraiment désolée, ClanFintan. Votre père était un grand centaure.

Sans l'avoir jamais rencontré, j'en avais la certitude.

— Merci.

Le visage de ClanFintan s'adoucit un peu.

— Nous voilà tous deux orphelins, à présent.

— C'est donc pour cela que vous m'avez épousée.

Son deuil me touchait, mais je ne pouvais réprimer la

déception que ses explications suscitaient en moi. C'était parfaitement ridicule, mais je me sentais trahie.

— Pourquoi ne m'en avez-vous pas parlé ?

Son regard s'assombrit.

— Je vous rappelle qu'à notre première rencontre, vous ne m'avez laissé aucune chance de vous exposer mes motivations. Vous avez refusé ma cour, m'avez insulté et vous êtes partie en claquant la porte.

« Ce n'était pas moi ! » hurlait une voix à l'intérieur de ma tête, mais je n'avais pas vraiment envie de me lancer dans des histoires de reflet miroir et de Grande Faille. Pas maintenant, devant une bande de centaures renfrognés et chagrins. Ma raison me disait que je n'avais pas le droit de me vexer. Rhiannon s'était comportée comme une véritable garce ; ClanFintan avait toutes les raisons de se méfier d'elle (et donc de moi). Mais mon cœur, lui, était meurtri.

Aussi ne trouvai-je rien à dire. Nous nous contentâmes de nous dévisager comme deux enfants qui se sont disputés et qui se demandent comment se réconcilier.

La vérité, c'est que j'avais sommeil. J'étais épuisée, écœurée par la scène à laquelle je venais d'assister, et j'avais envie d'aller au lit. Pour *dormir.* En silence, j'adressai une prière à Epona pour qu'elle ne m'envoie plus de Sommeils Trucmuches cette nuit.

— Je vais me recoucher.

Je me levai, m'entourai de ma couverture et partis en direction de la grange. Je n'osai pas croiser le regard des centaures, mais leurs gentils « Bonne nuit, dame Rhiannon » m'accompagnèrent jusqu'à la porte. Je me pelotonnai au fond de mon nid de paille et m'interdis de penser à combien je m'étais sentie bien et heureuse dans ce lit, quelques heures plus tôt. Je fermai les yeux.

Je savais déjà qu'il m'avait épousée par devoir. Pourquoi étais-je si peinée de me l'entendre dire ? D'autant que, me rappelai-je, il ne m'avait pas, à strictement parler, épousée. Il avait épousé Rhiannon, Déesse Incarnée, Bien-Aimée d'Epona. Moi, j'étais seulement Shannon Parker, prof d'anglais sous-payée au lycée de Broken Arrow, dans l'Oklahoma. Je n'avais rien à faire dans ce monde, ni avec ClanFintan.

— Rhiannon ?

Je sursautai : je ne l'avais pas entendu approcher. J'ouvris les yeux.

— Excusez-moi. Je ne voulais pas vous faire peur.

Il avait l'air soucieux. Sans doute craignait-il de me causer une crise cardiaque avant que je n'aie pu remplir mon devoir conjugal. Un obscur devoir conjugal partholonien dont je ne connaissais même pas la nature. Soupir.

Je haussai les épaules sans rien dire.

— Vous êtes partie en plein milieu de notre conversation, dit-il.

— Il n'y avait pas grand-chose à ajouter, dis-je en soupirant.

— Si. Je voulais vous dire que depuis notre première rencontre, j'ai changé d'avis à votre sujet. C'est difficile à expliquer, mais vous êtes différente.

Ses yeux s'adoucirent en reflétant les feux de camp au loin.

— Ce mal qui nous frappe a tout de même un effet bénéfique : il a réussi à nous unir. Bonne nuit, Rhiannon. Si vous avez besoin de moi, je serai tout près.

Puis il tourna les talons et sortit. J'essayai de ne pas me laisser emporter par l'euphorie. Il allait me falloir des heures pour m'endormir, pensai-je… mais trois minutes plus tard, je volais vers le Pays des Songes. Dieu merci, le reste de la nuit fut passé à visiter une merveilleuse usine de chocolat suisse doublée d'une cave à vin. Superman et

Pierce se chamaillaient pour avoir l'honneur de me masser les pieds et…

Bref, vous voyez le topo. Je dirai seulement que cette fois, c'est Superman qui l'a emporté, et que le préfixe *super* ne désigne pas seulement son pouvoir de voler.

12.

Je fus réveillée par une délicieuse odeur de poisson grillé. Bâillant et m'étirant, je me frottai les yeux, enfilai mon pantalon et secouai mes couvertures. Puis, les yeux bouffis et les bottes à la main, je partis en direction des appétissants effluves.

— Bonjour, dame Rhiannon !

ClanFintan avait l'œil qui pétillait et la queue frétillante. Littéralement !

— 'jour, maugréai-je.

Après avoir donné mon amas de couvertures à Dougal, qui me remercia en rougissant, je partis d'un pas de zombie vers le feu de camp le plus proche. Je ne suis pas, comme on dit, « du matin ». A vrai dire, je me méfie des gens qui le sont. Etre dynamique avant 9 heures, c'est épuisant. Il y a une limite au dynamisme qu'un seul individu peut déployer au cours d'une même journée. Une fois qu'ils ont épuisé leurs réserves, les gens matinaux deviennent tout simplement grognons.

Pas de poisson grillé en vue. L'odeur, en revanche, était toujours présente.

Essayant de donner un semblant d'ordre à mes cheveux et d'en détacher les nombreuses brindilles de paille, je levai un sourcil en direction de ClanFintan.

— Je rêve, ou ça sent le poisson ?

— C'est bien ça. Des rouleaux de poisson.

Il m'indiqua de grandes feuilles d'arbres posées sur les braises du seul feu qui fumait encore.

Merci pour l'explication, pensai-je avec ironie. Nul doute que mon cher époux, lui, ne fût du matin. Soupirant, j'enfilai mes bottes et m'éloignai vers le ruisseau. Sans me retourner, je lançai à ClanFintan :

— Et je n'ai pas besoin de votre aide, merci beaucoup.

Après avoir accompli diverses petites nécessités, parmi lesquelles la toilette de mon visage et le nettoyage vigoureux de mes dents à l'aide de mon index (qui aurait pensé que le fil dentaire mentholé me manquerait autant ?), je me sentis presque vivante et réveillée.

A mon retour, les centaures mastiquaient joyeusement le poisson qui avait cuit à l'étouffée dans les grandes feuilles. Ils utilisaient ces dernières comme assiettes et dépiautaient les poissons avec les doigts. Je m'installai sur ma bûche, près de ClanFintan, et Connor m'apporta à moi aussi un poisson roulé dans une feuille. C'était absolument délicieux ! On avait coupé la tête du poisson (Dieu merci : je n'aime pas que ma nourriture me regarde) et farci la cavité d'ail.

— C'est vraiment excellent.

— Merci, dame Rhiannon, dirent Dougal et Connor d'une seule voix.

— Et les autres ? Ils sont encore partis chasser ?

— Non, répondit ClanFintan. Je les ai envoyés devant pour informer les guerriers de votre dernière vision. Ils iront plus vite sans nous.

Il me sourit : apparemment, cela ne l'ennuyait pas trop que je le ralentisse ainsi.

— Ils vont porter la nouvelle à nos camarades qui sont restés avec la jument d'Epona, et nous nous retrouverons tous au temple.

— Il faut absolument arrêter ces créatures !

Le souvenir de ma vision de rêve me dégrisa totalement : je faillis m'étrangler sur mon poisson.

— Nos forces réunies les écraseront, dit ClanFintan avec une intensité égale à la mienne.

Nous finîmes de déjeuner en silence. Mes trois compagnons levèrent rapidement le camp, enterrant les braises et hissant leurs sacs sur leurs dos comme de bons petits boy-scouts. ClanFintan se sella lui-même et me tendit la main pour m'aider à monter. Ses doigts s'attardèrent quelques instants sur mon bras, ce qui me fit extrêmement plaisir.

— Accrochez-vous. Nous avons encore beaucoup de chemin à faire.

Je mis les mains sur ses épaules, et il démarra au trot. Encore une fois, je me réjouis qu'il eût une démarche aussi souple. Cela m'aurait tout de même gênée de devoir informer mon mari que son trot me faisait claquer des dents.

En retrouvant la route vers le sud-est, les centaures accélérèrent considérablement l'allure. Cette fois, il n'y avait pas de familles bien portantes pour nous saluer ; la route était déserte. Une ambiance sinistre, à la *Quatrième Dimension*, régnait. Pour ne rien arranger, il faisait un temps gris et maussade. Le ciel était bas, et des nappes de brume flottaient dans les fossés et parfois sur la route.

Notre rythme effréné exigeait plus d'effort de la part des centaures. Le torse de ClanFintan luisait de sueur, même si sa respiration demeurait calme et profonde. J'étais stupéfiée par son énergie ; je méditai longuement sur ce sujet intéressant sans jamais m'égarer dans des considérations sexuelles (enfin, presque jamais). Je fis de mon mieux pour me tenir tranquille et n'ennuyer personne, réduisant au minimum les pauses-pipi, mastiquant du bœuf séché sans descendre de selle.

La journée passant, une bruine légère se mit à tomber et la brume se fit plus épaisse. Le monde visible se réduisit aux quelques mètres qui nous entouraient, me donnant l'illusion de galoper sur place. Le temps n'existait plus. Bientôt je compris que le monde s'était arrêté et que j'allais rester pour toujours prisonnière de cet instant, chevauchant éternellement sans jamais toucher au but… Me sentant vaciller sur le côté, je me redressai en sursaut. Pourvu que ClanFintan ne se fût aperçu de rien !

Dieu merci, ce mouvement brusque semblait avoir réenclenché la marche du temps.

— Mettez vos bras autour de ma taille et reposez votre tête contre mon épaule, dit le centaure. Je veillerai à ce que vous ne tombiez pas.

Bien qu'il me parlât par-dessus son épaule tout en galopant, sa voix n'était pas forcée pour un sou. Ce type ferait un tabac dans les cours d'aérobic ! Difficile toutefois, de l'imaginer en justaucorps et en guêtres…

J'étouffai un gloussement. L'épuisement me rendait débile, compris-je… ce qui me fit aussitôt culpabiliser, parce qu'après tout, c'était lui qui faisait tout le boulot.

— Essayez de vous reposer, Rhiannon. Vous n'avez pas suffisamment dormi la nuit dernière.

Sa voix était profonde et hypnotique. Je me blottis de nouveau contre lui et calai ma tête au creux de son dos. Avec un gros soupir, je fermai les yeux et inspirai profondément, savourant le contact et l'odeur de son corps. Sa veste en cuir était douce sous ma joue ; sa chaleur me réchauffait malgré l'air froid et humide, et je plongeai rapidement dans un état de demi-sommeil, bercée par le galop du centaure comme les passagers des compartiments de nuit par le cliquetis des roues sur les rails.

Quelque temps plus tard, j'ouvris les yeux, et constatai qu'il faisait nuit. Les centaures galopaient sans relâche. La respiration de ClanFintan était devenue plus profonde encore.

Je changeai de position pour me blottir de nouveau contre lui, et il me serra le bras d'un geste rassurant.

— Rendormez-vous.

Ces mots me firent l'effet d'un sortilège, et je replongeai dans cet état étrange entre sommeil et veille.

Je repris conscience en sentant ClanFintan ralentir jusqu'au pas. Je me redressai et me frottai le visage. Il faisait encore sombre et frais, mais l'obscurité commençait à laisser place au petit jour gris qui précède l'aube, cette heure que Teresa, une copine de fac irlando-américaine, appelait « le crépuscule du matin ».

Avant aujourd'hui, je n'avais jamais compris ce qu'elle voulait dire.

— Où sommes-nous ?

Je clignai des yeux, éblouie par la magie de cette aube brumeuse, et tentai de rassembler mes cheveux en un semblant de tresse. Remarquant que celle de ClanFintan se détachait également, je me penchai en avant et défis sa lanière de cuir afin de retresser plus soigneusement ses cheveux.

— Nous ne sommes plus très loin de votre temple, dit-il pendant que je le coiffais.

Avec inquiétude, je notai que ses paroles étaient ponctuées par des halètements. Dougal et Connor soufflaient eux aussi en marchant à nos côtés.

Mes mains se figèrent dans les cheveux de ClanFintan. Oubliant la beauté de l'aube, j'examinai les trois centaures à tour de rôle.

— Vous n'êtes pas trop fatigués, tous les trois ? Et si on faisait une petite pause ?

Je tirai les cheveux de mon époux en arrière pour essayer d'examiner son visage.

— Voulez-vous que je descende et que je marche un peu ?

Les centaures éclatèrent de rire, puis Dougal et Connor

se rapprochèrent de nous et regardèrent leur chef avec inquiétude.

— C'est vrai, Dougal, dit Connor d'un air malin, ClanFintan a l'air fatigué.

Un grand sourire s'afficha sur le visage de Dougal.

— Oui, je crois que tu as raison, Connor.

Ils secouèrent tristement la tête en regardant ClanFintan, lequel tournait la tête d'un côté à l'autre pour suivre leur échange.

— Seigneur, si dame Rhiannon vous pèse, je me porte volontaire pour vous remplacer.

C'était dit sur un ton de politesse extrême, mais avec un sourire impertinent.

Je fronçai les sourcils et ouvris la bouche pour répondre.

— Seigneur, dit Connor en s'inclinant vers moi et en me saluant d'un grand geste du bras, je ne conçois pas que l'on puisse se lasser d'une passagère aussi légère et agréable, mais si toutefois cela arrivait à Dougal, je me porte volontaire pour prendre sa relève.

Connor s'inclina devant moi avec un grand geste du bras.

Je fronçai encore plus les sourcils.

— Je pensais juste que…

Les deux centaures explosèrent de rire. Au lieu de finir ma phrase, je leur décochai un regard noir, à ces deux sales canassons.

— Economisez votre souffle pour essayer de me suivre, jeunes insolents, dit ClanFintan sur un ton amusé.

Sur ce, il repartit au galop, laissant les centaures hilares le rattraper tant bien que mal. Son torse vibrait fortement ; il me fallut quelques secondes pour comprendre qu'il riait.

Je tirai de toutes mes forces sur sa tresse épaisse avant de l'attacher avec la sangle en cuir. Il me lança un sourire par-dessus son épaule.

— Rhiannon, vous avez parfois un sens de l'humour très particulier.

— J'essayais juste d'être prévenante, ronchonnai-je. Je ne veux pas être un boulet.

Il passa son bras en arrière et referma la main autour de mon mollet. De petits frissons remontèrent tout le long de ma jambe.

— Vous ne serez jamais un boulet pour moi, Rhiannon.

— Comment pouvez-vous en être sûr ? Et si un jour je fais deux fois mon poids actuel, et qu'il faut Dougal et Connor réunis pour me hisser en selle ?

— Rhiannon, dit ClanFintan d'une voix étranglée, vous êtes bien trop vaniteuse pour devenir aussi grosse.

Je ris en soufflant par le nez, à la manière des centaures. Apparemment, il commençait à me connaître un peu, après tout. Dougal et Connor nous rattrapèrent, et j'essayai de prendre l'air sévère, mais ne pus résister à leurs énormes sourires idiots.

— Sales garnements, marmonnai-je dans le dos de ClanFintan.

Celui-ci devait être d'accord, car un nouveau rire silencieux nous fit vibrer tous les deux.

Je voulus me détendre et replonger dans un demi-sommeil, mais ma fatigue s'estompait en même temps que la brume. Mon esprit ne pouvait plus s'arrêter de penser. Des images de ces affreuses créatures vampiriques me hantaient sans cesse. Comment diable pouvait-on les arrêter ? La gravité de la situation et la futilité de mes efforts me pesaient lourdement… Mais, au fait, me dis-je subitement, pourquoi me souciais-je de tout cela ? Ce foutu monde n'était pas le mien.

Pourquoi ne me concentrais-je pas sur le fait de rentrer chez moi en un seul morceau ?

— Accrochez-vous, Rhiannon, cela va monter raide.

ClanFintan posa ses bras sur les miens, qui encerclaient mollement son torse. Dans la chaleur et la force de ses bras, je me sentis protégée et chérie — des sentiments qui étaient tout à faits étrangers à la vie de Shannon Parker.

Bon sang ! Ça y est, je déraillais ! C'était la faute de ce maudit type, ou de ce maudit cheval, appelez-le comme vous voudrez. La faute d'Alanna. Et de Dougal et Connor. Sans parler de mon père, enfin de *son* père qui était mort avant l'heure.

Cet univers à la noix de coco était en train de m'avoir ! Fermant les yeux, j'enfouis mon visage dans le dos de mon mari, et m'avouai qu'une partie de moi était déjà attachée à ce monde.

Maudite soit Rhiannon et ses maudits complots ! Pourquoi n'avais-je pas tout simplement épousé un sympathique avocat et élevé 2,5 enfants inadaptés en banlieue résidentielle, tout en consacrant une importante part de nos revenus à un séduisant psy italien au sujet duquel je fantasmais mais avec lequel je n'arrivais jamais à me compromettre réellement ?

Au lieu de ça, je me retrouvais dans un monde parallèle bizarre, avec un centaure qui me faisait craquer, des monstres qui s'attaquaient aux fondements de la civilisation, des fesses extrêmement endolories, et pas plus de déodorant que de papier toilette !

Comme auraient dit mes ados : ça craignait grave.

13.

Au cours des heures qui suivirent, les centaures ne s'arrêtèrent que pour boire. Ma bouffée d'énergie s'était rapidement éteinte, et je dus lutter pour rester droite sur ma selle. Dieu merci, j'apercevais entre les arbres les reflets du soleil couchant sur la rivière qui bordait la route à notre droite. Ce qui devait signifier que le temple n'était pas loin. D'un coup, ClanFintan leva le bras comme pour saluer quelqu'un.

— Qu'est-ce qui se passe ? demandai-je d'une voix endormie.

— Encore une sentinelle.

— Nous en avons déjà croisé ?

— Bien sûr. Elles ont été postées à intervalles réguliers le long de cette route pour assurer votre protection.

— Excellente idée !

Il émit un bruit étranglé ; je décidai de ne rien ajouter. Si mes souvenirs étaient un tant soit peu fiables, Epona était également la déesse des légions romaines, et des guerriers en général. Rhiannon était-elle versée dans l'art du combat ? C'était fort possible. Et, le cas échéant, cela lui serait peut-être utile au lycée de Broken Arrow. Je dis bien *peut-être*.

Les muscles puissants de ClanFintan se contractèrent tandis que nous entamions la montée. Subitement, après un dernier virage à droite, le temple nous apparut. ClanFintan s'arrêta net, et les trois centaures firent une pause pour reprendre leur souffle. La vue du temple et du parc environnant me fit l'effet d'une gorgée d'eau fraîche après la traversée du désert. Vu sous cet angle, en plein jour, l'édifice était plus splendide encore que je ne l'avais cru.

Comme je l'avais remarqué lors de ma fuite en pleine nuit avec Eppy, le temple était bâti au sommet d'une petite colline. Contrairement au château des MacCallan, le terrain autour du bâtiment était parfaitement dégagé. Les remparts blancs étaient encore plus beaux et plus impressionnants au soleil. Au sud-est du parc, la rivière décrivait une boucle au-delà de laquelle s'étendaient des vignes chargées de raisin mûr. Çà et là dans le vignoble, l'on voyait de belles demeures aux toits en chaume, pourvues de granges et d'enclos curieusement vides. Cela sentait la classe paysanne moyenne supérieure à plein nez.

Entre le paysage nocturne que j'avais aperçu et celui qui s'étendait devant mes yeux à présent, il y avait tout de même une énorme différence. Les gens. Humains et centaures se comptaient par centaines. Bon nombre d'entre eux campaient autour des murs du temple ; les toiles de leurs tentes ondulaient dans la brise légère. Ils vaquaient à leurs nombreuses occupations, tranquilles et efficaces, surveillant bêtes et enfants tout en discutant et en cuisinant… c'était comme si j'avais été transportée dans une foire médiévale.

D'un coup, un cri s'éleva tout près de nous, répété et repris en chœur. Toutes les têtes se tournèrent vers nous, et des acclamations montèrent tandis qu'humains et centaures se levaient pour nous accueillir.

— Nous y allons ?

ClanFintan lança un regard à ses deux camarades, puis les trois centaures se tournèrent vers moi.

Il me fallut un moment pour comprendre qu'ils me demandaient la permission.

— Euh, oui, bien sûr !

ClanFintan partit aussitôt à une allure énergique. Rien ne laisser deviner que, quelques instants plus tôt, les trois centaures avaient été à bout de souffle. Je ne pus m'empêcher de sourire : les hommes sont parfois tellement mignons ! Ces trois-là avaient beau avoir des fesses de cheval, ils se comportaient à cent pour cent comme des hommes normaux.

Je songeai tardivement à me recoiffer. Tant pis, mieux valait assumer mon côté sauvage, cheveux au vent. Comme nous approchions de la foule rassemblée pour nous saluer, je me rappelai fermement que j'étais habituée à être le centre de l'attention. On pouvait même dire que j'adorais ça. Après tout, je m'étais ridiculisée à d'innombrables reprises lors des réunions d'établissement, devant des centaines de personnes qui n'avaient même pas fini leur croissance. Déesse incarnée, c'était du gâteau, à côté. Aussi fis-je comme si j'avais affaire à des ados : je rejetai mes épaules en arrière, gardai la tête haute et souris aux masses comme si j'étais extrêmement cool (ou aliénée mentale, les gamins n'arrivent jamais à se décider).

— Epona !

— Salut à vous, Elue d'Epona !

— La Déesse Incarnée est de retour !

— Bénissez-nous, Bien-Aimée des dieux !

Je réussis même à agiter calmement la main en remerciant le ciel de m'avoir fait regarder tous ces reportages sur la famille royale d'Angleterre.

Au moment de franchir les remparts, je remarquai quelque chose que je n'avais pas compris la nuit de mon départ. Le temple était bâti sur une source d'eau thermale. A la lumière du jour, je voyais l'eau fumante jaillir de la mousse et des recoins rocheux qui constituaient la fontaine. J'écarquillai les yeux, admirative : que d'imagination et de labeur il avait fallu pour sculpter dans cette formation naturelle les traits d'un cheval se cabrant ! C'était comme si la statue avait surgi, telle quelle, du flanc de la colline. Je me rappelai le délicieux bain thermal où Alanna m'avait conduite ; les architectes et bâtisseurs de ce temple avait exploité la source de plusieurs façons différentes. Pas mal, pour des types qui n'avaient pas la télévision, Internet, ni les pièces détachées japonaises pour les aider.

A propos d'Alanna, ce que je pouvais être contente de la revoir ! Elle se tenait dans l'ombre d'une entrée, vêtue d'une tunique flottante jaune pâle, les mains pudiquement croisées devant elle. Mon impatience à descendre dut être télégraphiée par mes cuisses (je me demandai brièvement quelles autres informations ClanFintan avait pu recueillir par cet intermédiaire), car le centaure se retourna aussitôt pour m'aider à descendre de son dos. Souriant et saluant de la tête mes adorateurs, je me dirigeai tout droit vers Alanna. ClanFintan et ses compagnons s'étaient écartés pour faire face à la foule et l'empêcher de m'adorer de trop près. Mon époux expliquait aux gens que j'allais bien, que j'étais simplement fatiguée, que je reviendrai les bénir le lendemain matin à la première heure, et bla-bla-bla.

Sans tenir compte de l'air réticent d'Alanna, je l'entourai de mes bras et la serrai de toutes mes forces.

— Je suis tellement contente de te retrouver !

— Ravie de voir que vous allez bien, maîtresse.

C'était dit sur un ton froid et poli, et je sentis son corps se crisper. Je la relâchai ; elle s'inclina devant moi avant de me faire franchir l'entrée. Au lieu de nous diriger vers le magnifique jardin intérieur, bondé de nouveaux adorateurs, qui s'offrait à nous, elle tourna abruptement à gauche et m'ouvrit une petite porte sans ornements. A l'intérieur se tenaient deux gardes légèrement vêtus dont je me souvenais fort bien.

Je me retournai vers ClanFintan.

— Reposez-vous et rafraîchissez-vous, dit-il. Je vais m'informer auprès de mes guerriers de ce qui s'est passé en notre absence, puis je vous rejoindrai... (il se tut un instant, probablement pour créer du suspense) dans vos appartements.

Sa voix sonnait rauque et éraillée. J'eus l'impression de rougir.

— Est-ce ce bien ce que vous souhaitez, Rhiannon ?

A présent, je rougissais vraiment, c'était sûr !

Nos regards se croisèrent et, d'un coup, je peinai à respirer. Ma fatigue, mon état débraillé, ma puanteur (soyons réalistes) disparurent. Je ne pensais plus qu'à son torse chaud et lisse, et à la sensation que me procuraient ses lèvres en se posant sur les miennes.

— Maîtresse ?

La voix d'Alanna brisa le sortilège.

— Oh ! Euh, j'arrive.

Je clignai des yeux sans quitter le regard de ClanFintan.

— Oui, lui dis-je, c'est exactement ce que je souhaite.

Il me décocha un sourire torride, et je lui répondis avec un enthousiasme égal. Puis, avant de faire quelque chose d'idiot — mordre mon mari en public, par exemple — je m'empressai de suivre Alanna.

Le garde referma la porte secrète derrière nous, et je suivis ma gouvernante le long d'un couloir qui m'était vaguement familier.

— Nous y sommes presque, maîtresse.

Nous tournâmes un coin et j'aperçus la porte de ma chambre, devant laquelle se tenaient deux nouveaux vigiles, tout aussi craquants que les premiers. Je souris en réponse à leurs saluts et, prenant la voix de Mae West, dis « Merci, les gars » avant qu'ils n'aient refermé la lourde porte derrière nous.

— Oh la la ! Tu ne devineras jamais tout ce qui s'est passé !

Pendant que je me répandais en exclamations, Alanna

fouillait dans mes armoires, tirant d'ici un petit haut vaporeux, de là une jupe transparente.

— Oui, maîtresse ?

— Eh bien ! C'était horrible (je pris une profonde inspiration) et merveilleux à la fois.

Je lui fis un grand sourire ; son visage inexpressif me déconcerta un peu.

— Quoi qu'il en soit, j'ai retrouvé mon père, enfin *son père à elle*. Bref. C'était atroce. Tous ces morts... Je n'avais jamais rien vu de pareil. Nous les avons brûlés. J'espère que c'est ce que papa aurait voulu.

— Je suis certaine que son esprit comprendra.

L'espace d'un instant, sa voix se teinta de sympathie, presque de tendresse, et elle soutint mon regard.

— Tu le crois vraiment ?

— Bien sûr, maîtresse.

Le charme était rompu. Elle se remit à fouiller dans une armoire.

— Tu es en train de choisir des vêtements propres pour que je puisse me laver ?

— Oui. Suivez-moi.

Elle partit vers la porte à toute vitesse.

La salle de bains ! Une vraie salle de bains, avec du vrai papier toilette ! Je n'ai pas honte de vous dire que j'attendais avec impatience le moment où je pourrais en faire usage.

En entrant dans les thermes, j'eus l'impression d'arriver au paradis. C'était aussi beau que la dernière fois. A la lumière des bougies, tout était vaporeux et doré (je décidai de ne pas penser aux crânes dans lesquels étaient plantées lesdites bougies). En nous apercevant, une bande de nymphes dénudées sautèrent sur leurs pieds et nous saluèrent.

— Merci, murmurai-je. Ça fait du bien de rentrer chez soi.

J'étais sincère, et elles durent le sentir, car elles me répondirent par des sourires timides mais chaleureux. Je m'adressai à la plus grande d'entre elles, dont la beauté svelte me rappela subitement celle de Staci, mon élève préférée de tous les temps. Avec toute l'affection que j'éprouvais pour son reflet miroir dans mon ancien monde, je dis :

— Va prévenir les cuisiniers que ClanFintan dînera avec moi dans ma chambre. Dis-leur bien que j'ai très, très faim !

— Tout de suite, maîtresse.

La jeune fille bondit hors de la pièce.

— Les autres, pouvez-vous nous laisser ? J'aimerais rester seule avec Alanna.

Elles sortirent à reculons, avec force révérences.

— Qu'est-ce que ça va être bon de me laver ! dis-je pendant qu'Alanna préparait mes affaires de toilette. Mais, euh, d'abord je vais…

Je hochai la tête en direction des toilettes.

— Certainement, maîtresse.

Après une expérience dont je dirais seulement qu'elle fut hautement satisfaisante, je revins et me débarrassai de mes vêtements crasseux.

— Beurk ! Ces trucs sont immondes !

Puis je m'assis au bord du bassin fumant et ôtai mes bottes maculées de boue.

— Dis donc, Alanna, tu n'aurais pas un savon qui sent comme les pierres dans la forêt ?

Elle me lança un regard narquois.

— Tu sais, un mélange d'amandes et de vanille et, euh, de savon ?

— Je vois très bien.

Parmi les bouteilles de formes diverses et variées posées sur le dessus de la coiffeuse, Alanna en sélectionna deux ou trois qu'elle ouvrit, huma et referma. Enfin, elle s'avança vers le bassin avec un nouveau flacon dont elle vida le contenu dans l'eau chaude. Aussitôt la vapeur se chargea d'un parfum subtil et apaisant.

— C'est ça !

J'inspirai profondément, arrachai mon pantalon et ôtai, avec un certain soulagement, l'ignoble string que je portais depuis mon départ. Puis, avec un soupir de délectation, je me laissai glisser dans l'eau parfumée.

— Ahhhhh… Il n'y a pas de mots pour ça.

— En effet, maîtresse.

D'un coup, malgré l'extase que me procurait l'eau chaude et propre en grande quantité, je finis par remarquer l'attitude bizarre de mon interlocutrice. J'ouvris les yeux : elle remettait de l'ordre dans les brosses et les pots de maquillage.

— Alanna ?

Sans se retourner, elle répondit sur un ton distant :

— Oui, maîtresse ?

— Laisse ces machins et viens me parler.

Alanna interpréta cette invitation comme un ordre : elle se retourna avec raideur et s'avança jusqu'au bord de l'eau.

— De quoi voulez-vous parler, maîtresse ?

— Je veux savoir pourquoi tu me traites comme une étrangère ! Ou plutôt… comme si j'étais vraiment Rhiannon !

Ma perplexité, je dois l'avouer, me rendait légèrement ronchonne.

— Comme vous le savez, maîtresse, je suis votre servante. Je ne fais que me conduire tel que l'exige mon rang.

— Foutaises.

Elle me lança un regard rapide, puis baissa aussitôt les yeux. Son visage était pâle et tendu. Bon sang, quelle mouche l'avait piquée ?

— Je croyais que nous avions réglé toutes ces idioties au sujet de l'esclavage avant mon départ.

— Comme vous voudrez, maîtresse.

— Arrête de m'appeler maîtresse ! Et arrête de me vouvoyer !

Combien de fois faudra-t-il que je te l'explique ? Je ne peux pas te considérer comme mon esclave. Tu es mon amie.

Elle releva enfin des yeux brillants de larmes.

— Votre amie, c'est Suzanna. Ce n'est pas moi.

— Mais tu lui ressembles beaucoup, et je ne peux pas m'empêcher de vouloir aussi ton amitié.

Elle prit une profonde inspiration.

— Vous seriez-vous sauvée en plein milieu de la nuit pour braver de grands dangers et de terribles souffrances sans prévenir votre Suzanna ? Sans lui demander de vous aider et de prier pour vous ?

Aïe. Tout devint clair.

— Non, dis-je à voix basse.

— Vous voyez, maîtresse, quoi que vous disiez, vos actes prouvent clairement que nous ne sommes pas amies.

— Tu as cent fois raison, Alanna.

Je n'arrivais pas à croire que j'étais responsable de ce gâchis.

— Oui, dit-elle d'une voix résignée. Vous êtes la maîtresse, moi la servante. Il vaut mieux que nous en restions là.

— Non, non ! Ce n'est pas du tout ce que je voulais dire.

Je m'éclaircis la gorge et cherchai mes mots.

— Je veux dire que tu as absolument raison d'être en rogne contre moi.

— En rogne ? répéta-t-elle, décontenancée.

— Excuse-moi. Enervée, fâchée, en colère. Tu as tous les droits d'être en colère contre moi. Je me suis comportée comme une idiote.

— Maîtresse ! Je ne pourrai jamais être fâchée contre…

— Bien sûr que si, l'interrompis-je. La preuve, c'est que tu l'es.

Elle secoua énergiquement la tête, mais je ne la laissai pas protester.

— Tu as raison, Alanna, j'aurais certainement prévenu Suzy, et j'aurais dû te prévenir toi aussi. J'ai eu tort. Je te demande de me pardonner et de me donner une nouvelle chance d'être ton amie.

Elle me dévisageait comme si un troisième œil m'avait poussé au milieu du front, mais ses yeux n'étaient plus remplis de larmes.

— Je... je...

— Je suis désolée de t'avoir fait de la peine, et d'avoir trahi ta confiance.

— Je te pardonne.

En prononçant ces mots, elle changea d'expression, et un début de sourire étira les coins de ses lèvres.

— Très bien ! La prochaine fois que j'aurais envie de faire une grosse bêtise, je te mettrai au courant. Comme ça on pourra se faire du souci toutes les deux.

— Cela me ferait plaisir.

— A moi aussi.

Avec un gros soupir, je m'immergeai de nouveau jusqu'au cou, ravie d'avoir réglé une fois pour toutes ce malentendu.

— Pourrais-tu me donner de quoi me laver ?

— Bien sûr, maî...

J'étais obligée de l'interrompre.

— Alanna, je ne supporte pas ces *maîtresse* par-ci, *maîtresse* par-là. Tu ne peux pas m'appeler autrement ?

Elle revint vers moi et me tendit un mince flacon et une grosse éponge (une *vraie* éponge, comme celle que l'on trouve dans les stations thermales de luxe). Elle posa le flacon sur le rebord qui longeait l'intérieur du bassin, s'accroupit, attrapa mon bras et se mit à le frotter vigoureusement.

— Sans vouloir t'offenser, je préférerais que tu restes tranquillement assise à discuter avec moi, et que tu me laisses me laver toute seule.

Visiblement déconcertée, elle me rendit bras et éponge.

— Donc, dis-je en me savonnant, comment pourrais-tu m'appeler à part *maîtresse* ?

— Je pourrais t'appeler Rhiannon.

— Rhiannon, répétai-je. Je n'aime pas trop ce prénom.

— Cela veut dire majestueuse.

— Je m'en serais doutée, marmonnai-je en décapant la crasse de la plante de mes pieds. Je préférerais que tu m'appelles Shannon, mais ce n'est sans doute pas très prudent.

— Pas du tout !

A en croire son expression, c'était carrément exclu.

— J'ai une idée ! Et si nous trouvions un diminutif de Rhiannon ? Rhea, par exemple.

— Rhea ? répéta-t-elle sur un ton dubitatif.

— Ouais. Ça me plaît.

— Eh bien, je vais essayer.

14.

— Alanna, tu n'aurais pas un produit pour décrasser mes cheveux ?

— Bien sûr… (elle dut se forcer) Rhea.

Elle prit une haute flasque remplie de liquide doré.

— Voici un savon pour cheveux parfumé au miel et aux amandes. C'était le préféré de Rhiannon ; je pense qu'il te plaira aussi.

— Hmm, ça sent bon ! C'est marrant comme nous avons les mêmes goûts, hein ?

Alanna laissa échapper un petit rire ironique.

— *Marrant* n'est pas un mot assez fort.

— Ecoute, je vais me mettre la tête sous l'eau pour mouiller mes cheveux. Ensuite, si tu pouvais m'aider à les laver, je t'en serais très reconnaissante.

— Avec plaisir, Rhea.

Cette fois, le surnom lui vint plus naturellement.

Je me bouchai le nez, plongeai et secouai la tête pour imprégner d'eau mes cheveux feutrés de crasse. Je refis surface en crachotant et repoussai les cheveux mouillés de mon visage. Alanna déboucha le flacon et répartit l'épaisse mixture savonneuse sur toute ma chevelure, puis nous nous attaquâmes toutes deux à ce fouillis dégoûtant. Il me fallut trois cycles de lavage-rinçage-essorage avant de me sentir vraiment propre.

Ce bain d'eau chaude était absolument remarquable. Un mécanisme incompréhensible permettait à l'eau sale et savonneuse de s'écouler d'un côté pendant que l'eau propre et chaude affluait de l'autre ; en plus, le bassin était immense, et assez profond pour que l'eau m'arrivât jusqu'au menton lorsque je me tenais au milieu.

Pour l'heure, je me prélassais devant la bouche d'eau propre, laissant le courant masser mes muscles endoloris. Alanna se tenait près de moi, agitant les jambes dans l'eau comme une gamine assise sur la berge d'un ruisseau.

— Je regrette que tu aies vu toutes ces horreurs au château des MacCallan, dit-elle tristement.

— Je devais le faire. J'ai eu très peur, mais j'y suis arrivée.

— Heureusement que ClanFintan t'a accompagnée…

— Je ne m'en serais jamais sortie, toute seule !

Une idée me fit sursauter.

— Eppy ! Je n'ai même pas demandé si elle était revenue saine et sauve.

Alanna fronça les sourcils, perplexe, puis son expression s'éclaircit.

— La jument d'Epona. Les centaures de ClanFintan l'ont ramenée jusqu'ici. Elle se repose à l'écurie.

— Elle n'a plus mal au sabot ?

— Elle ne semblait pas souffrir quand je l'ai vue.

Alanna me regarda et sourit.

— Vous êtes devenues amies ?

— Elle est géniale ! dis-je sur un ton de collégienne amoureuse. J'ai toujours adoré les chevaux.

— Dans les circonstances présentes, c'est une heureuse coïncidence.

— Tu l'as dit !

Nous restâmes un moment silencieuses, songeant aux reflets miroirs, aux mondes parallèles, aux divinités des chevaux et aux rapports sexuels avec les centaures…

— Il me plaît vraiment, tu sais.

Alanna cligna candidement des yeux.

— De qui parles-tu, maîtresse ?

— Ne m'appelle pas *maîtresse*, nom d'un chien !

Je l'éclaboussai et elle se mit à glousser.

— Tu sais très bien de qui je parle. Le grand type séduisant qui ressemble à un cheval.

— Donc, tu ne regrettes pas ce mariage arrangé ? demanda-t-elle, les yeux pétillants d'espièglerie.

— Eh bien… pour tout te dire, quand je suis avec lui, je ne pense qu'à ça !

Je crois que j'eus la décence de rougir, mais c'était peut-être seulement l'effet de l'eau chaude.

— Maintenant, tu me fais *vraiment* penser à Rhiannon.

Alanna mit les deux mains devant la bouche et tenta de réprimer un nouveau gloussement.

— Et toi à Suzanna !

Nous nous mîmes à rire toutes les deux.

— Bon sang ! Ça me fait penser que ClanFintan doit me retrouver dans ma chambre pour me faire (je m'interrompis et lui fis un double clin d'œil)… son rapport. Tu pourrais m'aider à choisir quelque chose à me mettre ? Quelque chose de très mignon ?

Alanna sauta sur ses pieds et me tendit une serviette moelleuse dans laquelle je m'enveloppai rapidement. Puis je m'installai devant la coiffeuse et nous commençâmes toutes deux à sécher mes cheveux.

— Il reste le problème de ces horribles humanoïdes, dis-je subitement.

Nos mains se figèrent et nos regards se croisèrent dans la glace.

— Alanna, j'ai encore fait un de ces rêves affreux. Les Fomores ont enlevé les femmes et les ont emmenées au Donjon du Gardien. Ils s'accouplent avec elles…

Je me retournai et lui pris les mains.

— J'ai vu une femme accoucher d'une créature qui l'a déchiquetée de ses griffes.

Je me mis à frissonner ; Alanna écarquilla les yeux et serra mes mains dans les siennes.

— Alanna, les centaures sont-ils assez puissants pour écraser ces monstres ? Il y a tellement de choses qui m'échappent, dans ce monde… Et moi, ai-je une armée pour me défendre ? Ou bien les gardes de Rhiannon ne sont-ils que des jouets sexuels ?

— Les centaures sont des guerriers redoutables, dit Alanna d'une voix ferme. Et Rhiannon n'a pas seulement choisi ses gardes pour leurs prouesses sexuelles et leur, disons… morphologie, mais aussi pour leur force et leur bravoure au combat.

Je me retournai vers la glace, pensive.

— Au moins c'était une catin intelligente.

Alanna ne répondit que par un sourire.

— En parlant d'intelligence… je me sens idiote de ne pas arriver à me repérer dans ce monde. Tu ne pourrais pas me trouver une carte ? Je n'ai même pas reconnu le Donjon du Gardien. ClanFintan doit me prendre pour une attardée mentale.

— Il y une carte de Partholon dans ta chambre.

Tout en démêlant mes cheveux mouillés, Alanna me fit un petit sourire hésitant dans la glace.

— Sais-tu que tu dois bénir ton peuple lors d'une cérémonie demain matin ?

— J'avais complètement oublié.

Comme si je n'avais pas assez de soucis comme cela !

— Tu ne pourrais pas me remplacer, par hasard ?

— Certainement pas, dit Alanna sur un ton scandalisé. Même si tu n'es pas Rhiannon, tu es la Bien-Aimée d'Epona, la Grande Prêtresse de Partholon.

J'ouvris la bouche pour protester.

— Rhea, la déesse t'a donné le pouvoir de faire des Sommeils magiques. En soi, c'est déjà une preuve suffisante de la faveur d'Epona.

J'ouvris la bouche de nouveau.

— Mais en plus, la jument argentée t'aime et t'accepte comme sa maîtresse.

Ma bouche se referma.

— En tant que Bien-Aimée d'Epona, tu es le guide spirituel de Partholon.

Son expression s'adoucit un peu, et elle poursuivit :

— Le peuple compte sur toi, sans doute de la même manière que tes élèves comptaient sur toi dans ton ancien monde. Je ne te crois pas capable de les décevoir.

Mes pensées erraient déjà. Sans doute étais-je capable d'inventer une courte bénédiction matinale lourdement teintée de sentiments celtes… Je suis une inconditionnelle de Yeats ; entre lui et Shakespeare (et tout autre auteur plagiable qui me viendrait à l'esprit), je pouvais m'en sortir sans trop m'humilier. Mon cerveau s'activait déjà à assembler des fragments de vers à moitié oubliés et de monologues anonymes…

— Relève la tête, Rhea, pour que je puisse finir tes yeux.

Je sursautai, clignai des yeux et m'aperçus que pendant que je consultais mes archives intérieures, Alanna m'avait métamorphosée en Cendrillon (au bal, *avant* minuit). Elle finit de surligner expertement mes yeux, me donna un petit pot de brillant à lèvres cuivré, et me montra deux petits riens-du-tout vaporeux.

— Tu as une préférence ?

— Oui, dis-je en déglutissant. J'aimerais laisser un peu plus de latitude à son imagination.

Elle se remit à rire.

— Parfois, tu es vraiment très drôle, Rhea !

— Hum. Je crois que je préfère le vert avec les broderies dorées.

L'autre modèle était blanc, brodé de perles argentées ; Alanna aurait beau faire des tours et des drapés, il resterait toujours aussi transparent. Comment pouvait-on se sentir à l'aise dans un accoutrement pareil ?

— Le vert s'accorde bien avec tes yeux.

Elle me tendit un minuscule morceau de soie. Je savais d'expérience, à présent, que c'était un string ; je savais aussi que ce genre de sous-vêtement n'offrait pas beaucoup de protection contre les éléments. Evidemment, ce soir, le seul élément auquel je serais confrontée était ClanFintan. J'enfilai donc rapidement le string et écartai les bras pendant qu'Alanna enroulait et entortillait la tunique soyeuse autour de mon corps.

— Ce motif doré est vraiment mignon. Qu'est-ce que c'est ?

Je me contorsionnai pour essayer de reconnaître les formes scintillantes à l'envers.

Alanna, qui tenait une broche dans sa bouche, me répondit en plissant les lèvres.

— Des crânes, bien sûr.

J'aurais pu m'en douter. La jeune femme fixa l'épingle dans l'étoffe dorée au niveau de mon épaule droite, et me tendit une paire de sandales en cuir souple couleur crème. Elles s'attachaient par des lacets qui arrivaient à mi-mollets, et, à mon grand plaisir, étaient pourvues de talons. On dira ce qu'on voudra, les chaussures plates ne seront jamais sexy.

Alanna tournait autour de moi en ajustant ma tenue. Enfin elle s'arrêta, m'examina de la tête aux pieds et hocha la tête avec satisfaction. Puis elle retourna vers la coiffeuse et ouvrit plusieurs petits coffres somptueusement ornés. Je vis des scintillements, et m'avançai pour regarder par-dessus son épaule.

Les coffres étaient remplis à ras bord de bijoux. Ma bouche se dessécha.

— Bon Dieu… tout ça est à moi ?

— Maintenant, oui.

— Je parie que Rhiannon serait furax à l'idée que quelqu'un d'autre y touche.

— C'est probable.

— Tant mieux ! Allons-y gaiement !

— *Allons-y gaiement*, répéta Alanna en articulant soigneusement.

Je l'ai déjà dit, je crois : Rhiannon et moi avions des goûts très semblables. Quelles que fussent nos différences en matière de sous-vêtements, nous nous rejoignions sur les bijoux. Les coffres posés sur la coiffeuse étaient remplis d'or. Tours de cou en maille, sautoirs sertis de diamants, broches et boucles d'oreilles en forme de nœuds et de torsades… Cet amas scintillant était généreusement garni de pierres précieuses et semi-précieuses : topazes irisées, gouttes d'eau en forme d'ambre cristallisé, et surtout des diamants. Beaucoup de diamants. On aurait dit que Rhiannon avait dévalisé la collection privée de Tiffany's.

L'eau à la bouche, je me rappelai que je me préparais à un dîner en privé avec mon mari, pas à la cérémonie des oscars. Finalement, je décidai de faire un compromis entre la modestie et le style Marilyn Monroe. Je sélectionnai un long et épais sautoir en diamants qui alla se nicher dans mon (généreux) décolleté, une ravissante paire de boucles d'oreilles dont pendaient de petites perles et gouttes dorées, et (attention, voici la touche Marilyn) enfin un bracelet fait d'immenses diamants ronds reliés par de minuscules chaînes dorées. Je tendis la main et la fis tourner d'un côté à l'autre, éblouie par les feux des diamants. Franchement, ils étaient trop cools ! Même Pammy, ma copine frimeuse qui vit à Las Vegas, aurait dû en convenir.

— Tu oublies quelque chose, dit Alanna.

Elle me tendit le somptueux diadème que j'avais porté lors du mariage. Il était vraiment magnifique… mais je ne sais pourquoi, j'hésitais à le mettre.

— Tu es sûre que ce n'est pas un peu trop ?

— Rhiannon le portait toujours. C'est le symbole de ton rang et de ta divinité. Seules les princesses qui sont aussi les bien-aimées d'une déesse ont le droit de porter un diadème.

Je décidai de me fier à mon intuition.

— Je n'ai pas envie de le porter ce soir. Ce soir, je ne veux être que la bien-aimée de ClanFintan.

Une inquiétude me traversa.

— Evidemment, je ne veux pas me mettre en froid avec Epona. Tu crois qu'elle m'en tiendra rigueur ?

Alanna passa un bras autour de ma taille et m'enlaça, un geste qui me rappela si fortement Suzanna que j'en eus le souffle coupé.

— Epona ne peut pas te tenir rigueur d'honorer ton époux. Elle ne veut que ton bonheur.

— Parfait. Revenons à ma chambre, tu veux ?

Je partis la première.

— Je passe devant toi. Il faut que j'apprenne à m'orienter. Si je me perds, je détournerai l'attention en faisant un caprice, voilà tout ; cela n'étonnera personne.

Comme nous sortions majestueusement de la salle de bains, les adorables ornements de porte se mirent au garde-à-vous. Je ne pus me retenir de pincer la joue du plus grand (je parle de la joue de son visage, bien sûr).

— Vous faites du bon boulot, les gars.

Les yeux du garde étincelèrent et ses lèvres sensuelles s'étirèrent en un sourire. Je me rendis compte que Rhiannon avait dû bien le connaître — au sens biblique, cette fois. Je devins écarlate et m'éloignai à grands pas.

Une dizaine de mètres plus loin, je ralentis.

— Psst ! Alanna ! Reste près de moi. Je ne peux pas te parler si tu traînes derrière. Ecoute, euh… tu crois que Rhiannon a fricoté avec ce garde ?

— Fricoté ? répéta-t-elle en chuchotant.

Soupir.

— Tu vois bien ce que je veux dire, dis-je en frétillant des sourcils et en clignant de l'œil. *Fricoter.*

— Oh !

Ses joues se teintèrent de rose.

— Je pense que oui. En principe, elle « fricotait » avec tous ses gardes.

— Tu ne m'as pas dit qu'elle en avait une centaine ?

— Si.

— Bon sang ! Elle ne devait pas s'ennuyer.

J'en étais abasourdie.

— Elle était dévouée à ses hommes.

— Et elle trouvait le temps de faire ses trucs de déesse à côté ?

— C'était une personne très talentueuse.

Nous arrivâmes devant la porte de mes appartements. Mon regard fut attiré par les deux hommes qui se mirent eux aussi au garde-à-vous avant de m'ouvrir la porte. C'était un peu comme lorsqu'on assiste à un accident de voiture : on ne peut s'empêcher de regarder ce qu'on n'a pourtant pas envie de voir. Les yeux rivés sur les gardes, je franchis la porte… et me heurtai violemment à la belle nymphe qui me rappelait Staci.

— Excuse-moi, maîtresse ! Pardonne-moi ma maladresse.

Elle s'inclina plusieurs fois en tremblant ; elle semblait sur le point de se prosterner pour me baiser les pieds.

Je voulus lui poser la main sur l'épaule et lui dire de ne pas s'inquiéter, mais, en me voyant tendre la main, la jeune fille se recroquevilla et mit ses mains devant sa tête pour se protéger.

— N'aie pas peur, je ne vais pas te frapper !

Toujours tremblante, elle releva la tête et me regarda à travers ses doigts. Je lançai un appel muet à Alanna, qui articula « Tarah » du bout des lèvres.

— Tarah, s'il te plaît, ne t'en fais pas. C'était ma faute : j'ai foncé sur toi sans regarder.

Elle cligna des yeux pour chasser ses larmes et, lentement, abaissa les mains qui cachaient son visage.

La ressemblance avec Staci était ahurissante. Mêmes longs cheveux châtains brillants, mêmes yeux sombres et immenses, même ossature fine et allongée à faire crever (ou du moins à rendre boulimique) de jalousie une top model. Je lui fis un sourire et m'efforçai de rester immobile, comme si j'avais eu affaire à une pouliche nerveuse. Enfin, un sourire hésitant naquit sur son visage.

— Maî… Maîtresse, je… j'ai dressé le couvert pour le dîner.

Elle essuya ses yeux.

— Je suis restée pour voir si c'était à votre goût.

Derrière elle, je vis une table ravissante avec deux couverts. De part et d'autre de la table, deux chaises longues étaient disposées de manière à ce que les dîneurs se trouvent très près l'un de l'autre.

— Formidable, dis-je. Peux-tu demander à ce qu'on nous serve le dîner dès que ClanFintan sera arrivé ?

Elle s'inclina de nouveau et s'éloigna à reculons vers la porte.

— Et aussi, Tarah…

Elle s'arrêta net.

— Je crois que je ne me suis pas très bien comportée, dans le passé.

Elle ouvrit grand les yeux tandis que je poursuivais :

— Je m'excuse pour tout cela. A partir de maintenant, les choses seront différentes.

— Oui, dame Rhiannon.

Son visage rayonnant de bonheur me rendit plus furieuse encore contre Rhiannon.

— Merci, Tarah.

En partant, elle me fit un sourire qui illumina toute la pièce.

15.

— Alanna, dis-je, Rhiannon était-elle vraiment incapable de se contrôler ?

— Elle était l'Elue d'Epona. Elle n'avait pas besoin de se contrôler.

— N'importe quoi ! C'est ce genre de raisonnement qui a entraîné Caligula, Henry VIII et, euh, certains présidents américains à se conduire comme de parfaits imbéciles.

— Je n'ai jamais entendu parler de…

— Laisse tomber. Comment Rhiannon pouvait-elle compter sur la loyauté de son entourage si elle se comportait comme une garce vingt-quatre heures sur vingt-quatre ?

Alanna me lança un regard lourd de sens.

— Oui, d'accord, dis-je, mais les femmes ?

Mes mains étaient calées sur mes hanches, et je tapotais le sol d'un pied furieux. Je devais ressembler à une caricature de prof, et à vrai dire, j'avais un désir subit d'engueuler un adolescent. (Ils ne sont jamais là, évidemment, quand on a vraiment besoin d'eux.)

— Rhiannon était une femme très puissante, dit Alanna en évitant mon regard.

Je pensai soudain à quelque chose.

— Alanna, tu ne m'as jamais raconté comment Rhiannon a réussi à m'échanger contre elle. Ni comment nous avons traversé un mur de flammes sans être carbonisées toutes les deux.

Du moins, pensai-je, à supposer que Rhiannon ait elle aussi survécu à cette épreuve.

— Je n'en suis pas sûre, dit Alanna d'une voix bizarre. Elle ne m'a pas tout dit.

— Mais tu as tout de même ta petite idée, non ?

Mon interlocutrice soupira profondément et releva les yeux.

— Elle a fait plusieurs essais préliminaires, dit-elle en frissonnant. Les premiers n'ont pas été concluants. Les personnes qu'elle a fait venir de l'autre monde sont arrivées... endommagées. Aucune n'a survécu.

Je hochai la tête en silence.

— Plus tard, elle a eu l'idée d'envoyer dans ton monde un messager qui portait un objet contenant un peu de son pouvoir.

— Le vase !

— Oui. Elle a envoyé une urne de cérémonie, utilisée depuis des générations pour les libations sur les tombes des Elues d'Epona.

Elle s'interrompit et déglutit.

— L'essai suivant a mieux marché. La jeune servante a survécu pendant quelques jours.

— Quelle horreur !

— Oui. Après cela, Rhiannon a recommencé à jeûner et à méditer. Un jour, elle trouvé la solution.

Alanna s'assit brusquement. Je lui servis un verre de vin, m'en servis un également et vins m'asseoir à côté d'elle.

— Le domestique préféré de Rhiannon s'appelait Bres, dit ma compagne. C'était un chaman, mais pas comme ClanFintan. Il vénérait des dieux sombres dont il est plus prudent de taire les noms.

— Pas de problème !

Cette conversation me fichait de plus en plus la frousse.

Alanna hocha la tête et poursuivit.

— Le jour de ton arrivée, ils avaient célébré tous deux un rituel secret. Tout a commencé par un violent orage.

— Comme celui qui s'est déclaré l'après-midi de mon accident, murmurai-je.

— Bres et Rhiannon sont partis à pied dans la région déserte des marécages d'Ufasach. Rhiannon insistait pour que je sois toujours près d'elle, je les ai donc accompagnés. Mais j'ai eu du mal à suivre tout ce qui se passait à cause de la pluie et du vent.

Ma Mustang et moi comprenions fort bien ce qu'elle voulait dire.

— Ils ont trouvé une chaumière abandonnée, et ils y ont mis le feu. Malgré la pluie, la maison s'est tout de suite enflammée : elle dégageait une lumière sinistre. Bres est entré dans la maison en feu en chantant une incantation qui m'a fait mal aux oreilles. Il a disparu. Un autre homme, qui ressemblait à Bres mais qui n'était manifestement pas lui, est sorti en courant de la maison, fou d'inquiétude et de confusion.

Alanna s'interrompit et but une longue gorgée de vin. Je fis de même.

— Rhiannon s'est glissée derrière lui et lui a tranché la gorge. Elle a recueilli le sang de l'homme dans un verre et l'a bu. Elle a passé le reste de la journée à tisser des sortilèges autour de sa dépouille. Au coucher du soleil, elle s'est déshabillée, a écarté grand les bras, puis elle s'est avancée vers la maison qui brûlait encore, comme pour embrasser les flammes.

Je frissonnai en me rappelant l'étrange reflet de moi-même que j'avais aperçu au moment où le vase s'était changé en boule de feu.

— Il y a eu une grande explosion, dit Alanna avec un

petit sourire courageux, puis je t'ai retrouvée évanouie au milieu des ruines.

— Je me demande bien si elle est arrivée en Oklahoma !

C'était bizarre de vouloir du mal à quelqu'un qui était quasiment ma jumelle… ou plutôt mon clone. Néanmoins, je souhaitais intensément qu'il lui soit arrivé quelque chose de désagréable.

— Elle a certainement réussi, dit Alanna d'une voix éteinte.

— Comment le sais-tu ?

— Elle réussit tout. Elle obtient toujours ce qu'elle désire. Je ne l'ai jamais vue se contenter de moins ou faire un compromis.

— Eh bien ! Au collège, elle va avoir un réveil brutal. J'aimerais bien être une petite souris pour assister à sa première rencontre parents/professeurs ! Enfin, l'aspect positif, c'est que nous sommes débarrassées d'elle et de cet affreux Bres.

— Oui.

Nous échangeâmes un sourire de complicité.

— Dis donc, dis-je soudain, Bres n'était pas, par hasard, supergrand et squelettique avec la peau toute blanche et une haleine de chacal ?

— Si ! Tu l'as rencontré ?

— Nous nous sommes croisés juste avant l'orage. Il m'a donné la chair de poule.

Nous frissonnâmes toutes deux.

— Alanna, je suis contente que ce soit toi qui m'aies retrouvée.

— Moi aussi.

— Et si tu me montrais cette carte avant que ClanFintan n'arrive et ne me déconcentre ?

(Du moins, j'espérais bien qu'il allait me déconcentrer !)

Elle se leva, remplit nos deux verres et s'éloigna vers une petite porte au fond de la chambre. Elle s'ouvrit sur un petit boudoir ravissant avec confidents, table de lecture, chaise longue (les chaises longues étaient très populaires dans ce monde), cheminée en marbre sculpté et rayonnages remplis de…

— Des livres ! m'écriai-je en me ruant dans la pièce, manquant renverser Alanna au passage. Je croyais que cette porte menait à un placard !

Je caressai religieusement les tranches en cuir.

— J'adore les livres !

— Rhiannon les adorait aussi. Elle ne laissait pas une minute de repos à ses pauvres scribes.

Alanna monta jusqu'à la dernière marche d'une échelle de bibliothèque appuyée contre un mur, et prit un rouleau rangé sur une haute étagère.

— Voilà Partholon.

— Ouahou !

C'était le moins qu'on pût dire. Une fois déroulée, la carte descendait quasiment jusqu'au plancher. Taillée dans une étoffe brillante et solide qui ressemblait à de la soie très épaisse, elle évoquait un écran de vidéoprojection. Sa surface douce et brillante m'attira irrésistiblement ; je m'approchai et la frôlai du bout des doigts.

— Aïe !

Je me reculai précipitamment.

— Je me suis pris une décharge !

Alanna avait l'air très satisfaite.

— La preuve, s'il en faut, de ton rang. Cette étincelle ne se produit que lorsque la Grande Prêtresse d'Epona touche la carte sacrée de Partholon.

Je reculai encore en me frottant les doigts.

— Tu aurais pu me prévenir !

— M'aurais-tu écoutée ?

— Sans doute pas.

— Voilà pourquoi je n'ai pas pris la peine de te prévenir.

— Mademoiselle je-sais-tout, grommelai-je en souriant.

J'examinai la carte en me tenant à une distance prudente.

Au sud-ouest de Partholon, le Temple d'Epona était rehaussé de fil d'or. Au sud du temple, la Guéale, un grand fleuve, s'écoulait plus ou moins d'est en ouest. Elle prenait sa source au nord-est de la Grande Chaîne des Montagnes et se divisait presque aussitôt en deux branches, dont la plus occidentale était la Calmane. La Guéale se divisait de nouveau avant de se jeter dans la mer : son affluent s'appelait la Clare. Sur la rive ouest de la Calmane, à l'endroit où les deux branches convergeaient, se nichait le Temple de la Muse. Plus loin, près des falaises découpées qui marquaient la frontière occidentale, le château des MacCallan se dressait dangereusement près du bord.

Je poussai un gros soupir et cherchai au nord le Donjon du Gardien, niché dans une passe entre de hauts massifs enneigés. Je fus surprise de constater qu'une vaste étendue d'eau bleue, le Loch Selkie, séparait le Donjon du Gardien du temple d'Epona (Loch bordé sur sa limite orientale par les marécages d'Ufasach). Au nord de ce lac, et au sud-ouest du Donjon, se dressait le château de Laragon. C'était curieux : je n'avais remarqué ni lac, ni château au cours de notre voyage. Tandis que je fixais, interloquée, la région entre le Donjon du Gardien et le château de Laragon, un petit frisson de terreur parcourut ma nuque.

Un coup frappé à la porte me ramena à la réalité.

— Voilà sans doute une servante qui vient annoncer ClanFintan.

Je me sentis devenir écarlate.

— Je vais lui dire qu'elle peut entrer, dit Alanna en souriant d'un air entendu.

Mon regard fut de nouveau attiré par la carte, et j'essayai d'enregistrer mentalement le reste des détails. Au moins trois autres châteaux étaient indiqués, mais ces trois-là se trouvaient à bonne distance du Donjon du Gardien. J'avais à peine eu le temps de remarquer que la Plaine des Centaures s'étendait tout autour de Partholon quand Alanna réapparut, suivie de Staci/Tarah. Les deux femmes souriaient.

— Dame Rhiannon, le seigneur ClanFintan vous prie de l'autoriser à vous rejoindre.

— Merci, Tarah. Fais-le entrer, et qu'on nous serve le dîner tout de suite !

— Oui, dame Rhiannon.

Alanna et moi regagnâmes ma chambre à coucher.

— Je suis un peu nerveuse, dis-je.

— Reste toi-même, dit Alanna en lissant mes cheveux. Il est déjà prédisposé à t'aimer, tu sais.

— Non, je n'étais absolument pas au courant.

— La déesse donne toujours naissance à un Grand Chaman des Centaures destiné à aimer et à épouser la Bien-Aimée d'Epona.

Un coup décidé résonna à la porte.

— Entrez ! dit Alanna.

Quand ClanFintan se découpa dans l'embrasure de la porte, mon estomac fit plusieurs tours sur lui-même. D'évidence, il avait fait une toilette minutieuse. Son poil luisait comme du caramel et ses longs cheveux soigneusement démêlés tombaient sur ses épaules comme un somptueux rideau. Il portait une veste en cuir brodée de runes moirées dont la surface était presque aussi fascinante que celle de ses muscles en mouvement.

D'ailleurs, il n'avait pas bougé d'un cil depuis que la porte s'était refermée derrière lui.

— Bienvenue, seigneur, dit une voix souriante.

— Merci, Alanna.

Le sortilège fut brisé : ClanFintan s'avança vers nous d'un pas gracieux.

— Pardonnez mon silence, dit-il, j'étais stupéfait par la beauté de dame Rhiannon.

Il prit ma main droite et la porta lentement à ses lèvres. Nos regards se plantèrent l'un dans l'autre et ma respiration s'accéléra.

Bon sang, ce qu'il pouvait être grand !

Et musclé !

Et chaud (au plein sens du terme) !

— Bonsoir, ClanFintan. Ravie de vous revoir.

Je compris subitement à quel point il m'avait manqué pendant l'après-midi.

— Moi aussi, dit-il, je suis heureux de vous retrouver.

Son souffle chauffa ma paume, et ses lèvres s'attardaient près des veines de mon poignet.

L'espace d'un instant, je me demandai s'il allait me mordre de nouveau (je n'y étais pas foncièrement opposée), puis il lâcha ma main. Un petit soupir m'échappa.

— Si tu n'as besoin de rien, Rhiannon, je vais te souhaiter une bonne soirée et…

— Non !

Alanna, qui avait commencé à battre en retraite vers la porte, s'arrêta et se retourna. ClanFintan me dévisagea avec étonnement.

— Je veux dire, euh… peux-tu rester jusqu'à ce que le dîner soit servi ? Il y a des choses dont j'ai besoin de te parler.

A présent, ils me dévisageaient tous deux avec étonnement. Sous leurs regards perplexes, je m'avançai nerveusement vers la table et remplis mon verre.

— J'aimerais qu'Alanna aussi entende votre rapport. Elle

a, euh, un point de vue très intéressant sur, euh, toutes sortes de choses.

Je lançai un regard suppliant à ClanFintan.

— C'est mon amie, et j'accorde une grande importance à ses opinions.

— Bien sûr, Rhiannon. Comme vous voudrez. Sa présence ne pose aucun problème.

Il s'installa dans l'une des chaises longues. Alanna passa derrière la colonne tronquée qui servait de table pour lui servir un verre de vin : elle retombait déjà dans son rôle de domestique. Je lui décochai un regard qui signifiait « détends-toi et aide-moi ! »

— Puis-je remplir votre verre, seigneur ?

— Oui, merci.

— Alanna, soupirai-je, prends plutôt un verre pour toi et viens t'asseoir avec nous.

Elle m'obéit en hochant la tête d'un air dubitatif. Je reportai mon attention sur le centaure.

— Donc, dis-je, les troupes sont en ordre de combat ?

J'espérais que mon ignorance totale du sujet ne transparaissait pas trop.

— Oui. J'ai envoyé un messager rassembler les centaures de la Plaine. Ils devraient arriver au cours des prochains jours. Votre garde est prête, comme toujours, à vous protéger et à défendre le temple d'Epona. J'ai convoqué en votre nom un conseil de guerre. D'ici sept jours, les chefs de tous les clans de Partholon seront sur place, et vous pourrez les informer de ce qu'Epona vous a révélé. A ce moment-là, nous pourrons mettre au point une stratégie commune pour repousser les Fomores.

— ClanFintan, j'aimerais que vous preniez la tête de ce conseil de guerre.

Le voyant prêt à m'interrompre, je poursuivis rapidement :

— Je serais plus rassurée si vous dirigiez les opérations.

— Mais, Rhiannon, c'est à vous que revient le droit de présider ce conseil !

— Peut-être, mais vous êtes mon époux, et je vous demande de me remplacer dans mes fonctions.

Je croisai mentalement les doigts. Pourvu que cette requête ne constitue pas un impair grave ! Je levai les yeux vers Alanna : elle n'avait pas l'air de flipper. Pas pour l'instant.

— Si tel est votre souhait, je ferai bien sûr de mon mieux pour vous remplacer.

C'était dit d'une voix hésitante, mais j'avais confiance en ses capacités. Surtout comparées aux miennes. Après tout, il s'agissait d'une guerre, pas d'une dissertation sur le style des traités militaires. J'étais complètement dépassée.

— Merci, dis-je. Il y a une autre chose qui m'inquiète.

Je regardai Alanna.

— Tout à l'heure, en regardant la carte, je me suis rendu compte que le château de Laragon se trouvait tout près du Donjon du Gardien. A-t-on prévenu les Laragon ?

— Oui. Dès le premier jour, nous leur avons envoyé des messages par pigeons voyageurs, et des centaures ont été déployés pour renforcer leurs défenses.

— Donc, vous aussi, vous avez l'impression que ces créatures ne vont pas se contenter d'occuper le Donjon ? Vous pensez qu'elles vont repasser à l'attaque ?

J'en avais la chair de poule.

— Je n'ai aucune certitude, dit ClanFintan sur un ton sombre, mais j'ai le sentiment qu'ils ne vont pas s'en tenir là.

— N'y a-t-il personne qui en sache davantage sur ces… ces bestioles ? dis-je d'une voix excédée.

— Ces Fomores, me reprit gentiment Alanna.

— C'est ça, ces Fomores. ClanFintan, vous ne m'aviez pas dit que vous en aviez entendu parler par l'intermédiaire de légendes ?

— Ces légendes ne s'étendent pas trop à leur sujet. On sait seulement qu'après leur défaite, il y a très longtemps, ils furent bannis de l'autre côté des montagnes. Et qu'ils frayaient avec les forces obscures et se nourrissaient de sang.

— Des vampires, marmonnai-je. La bonne nouvelle !

— Des *vampires* ? répétèrent Alanna et ClanFintan d'une seule voix.

Soupir. D'évidence, ils n'avaient jamais entendu parler de Bram Stoker.

— Des êtres qui se nourrissent du sang d'autrui, dis-je. Assez déplaisants, en règle générale.

Cela ne leur disait manifestement rien.

— Ils n'aiment pas la lumière du jour, ajoutai-je. On ne peut les tuer que d'une façon très particulière, et cetera, et cetera.

Le visage de ClanFintan, jusque-là perplexe, s'illumina.

— Si seulement les Fomores avaient une faiblesse particulière, dit-il, comme ces *vampires*...

— Comment pourrions-nous l'apprendre ? dis-je.

Nous nous regardâmes tous trois en silence. Puis une ampoule s'alluma au-dessus de ma tête. Un prof, voilà ce qu'il nous fallait !

— On n'a pas un prof d'histoire, ici ? demandai-je à Alanna. Tu sais, un spécialiste du passé et des idées anciennes ?

— Si, Rhiannon, bien sûr.

Bizarrement, elle rougit jusqu'aux oreilles. Je décidai de faire comme si de rien n'était.

— Très bien. Peux-tu lui envoyer un message pour lui expliquer ce que nous voulons savoir et lui demander de se présenter ici demain matin, *avant* la cérémonie de bénédiction ?

— C'est entendu.

Elle détourna les yeux et avala nerveusement une gorgée

de vin. Elle avait décidément un problème avec ce prof, mais lequel ? Je résolus de mener ma petite enquête.

Un nouveau coup résonna. Cette fois, j'eus la présence d'esprit de dire « entrez ».

Staci /Tarah entra d'un pas sautillant. Un grand sourire illuminait son beau visage.

— Dame Rhiannon, seigneur ClanFintan, puis-je faire servir votre dîner ?

— Avec grand plaisir.

Elle se rangea sur le côté et frappa impérieusement dans ses mains. Une foule de serviteurs envahirent la chambre, chargés de plateaux débordant de mets odorants.

Je remerciai Tarah d'un grand sourire. Tandis que les serviteurs remplissaient nos assiettes, Alanna vint s'incliner devant moi.

— Je vais m'occuper de ce dont nous avons convenu, dame Rhiannon.

Elle s'inclina devant ClanFintan.

— Que cette soirée soit bénie des dieux, Grand Chaman.

— Merci, Alanna.

— Oui, ajoutai-je, merci…

Tous les regards étaient fixés sur moi. Je poursuivis en articulant bien pour que tous entendent.

— Merci, chère amie. Comme d'habitude, tu as toute mon affection et ma confiance.

Alanna eut l'élégance de ne pas rougir ni même de montrer d'étonnement. Elle quitta simplement la pièce, la tête haute. Il y eut quelques secondes de silence absolu, puis les serviteurs ébahis sortirent derrière elle. L'adorable Staci /Tarah s'éclipsa elle aussi avec un grand sourire de Barbie au Septième Ciel.

La porte se referma derrière eux avec un petit cliquetis. A présent que je me retrouvais en tête à tête avec ClanFintan, toute ma nervosité revenait d'un coup. Je décidai de me concentrer sur le contenu de mon assiette.

— Ouah, ça a l'air délicieux !

Avec un enthousiasme non feint, je piquai de ma fourchette quelque chose qui ressemblait à du poulet, et le fourrai dans ma bouche.

— C'est très appétissant, en effet.

Ce fameux timbre rauque s'était glissé de nouveau dans la voix de ClanFintan. Tenant son verre d'une main, reposant l'autre sur l'accoudoir de sa chaise longue, il planta son regard dans le mien. Il ne faisait même pas semblant de s'intéresser au dîner.

J'avalai ma bouchée à toute vitesse.

— Vous n'avez pas faim ?

Un sourire étira les commissures de ses lèvres.

— J'ai déjà dîné.

— Déjà dîné ! m'exclamai-je en évitant de justesse de postillonner. Pourquoi n'avez-vous rien dit ? Si j'avais su, j'aurais dîné plus tôt, moi aussi.

— J'aime vous regarder manger. Vous êtes tellement gourmande !

Je ne trouvai rien à répondre.

— Mais je ne veux pas manger toute seule, dis-je enfin.

— Vous n'êtes pas seule, dit-il d'un air surpris.

— Ça, c'est sûr ! grommelai-je tout en mastiquant le truc qui ressemblait à du poulet.

ClanFintan se mit à rire.

— Rhiannon, vous avez une façon tellement curieuse de vous exprimer… Je ne m'y attendais pas du tout.

— On en apprend tous les jours, hein ?

— Absolument, dit ClanFintan d'un air lumineux.

Les bons vieux clichés semblaient fonctionner aussi bien dans ce monde que dans le précédent.

Tout en continuant à manger, j'étudiai mon compagnon.

— A vous voir, dis-je, on ne dirait pas que vous m'avez portée plusieurs jours sur votre dos, sans dormir.

La vérité, c'est qu'il paraissait frais et dispos… Non, la vérité, c'est qu'il était à croquer.

— C'était un plaisir, dit-il d'une voix plus suggestive encore. Je vous rappelle que j'ai beaucoup plus d'endurance qu'un homme ordinaire.

J'arrachai un morceau de chair à une queue de homard fendue et le glissai, dégoulinant de beurre, dans ma bouche. ClanFintan retint sa respiration. Lentement, je léchai mes doigts l'un après l'autre.

— Vous me l'avez déjà dit.

— C'est ce qu'il me semblait, répondit ClanFintan d'une voix étranglée.

C'était le moment de changer de sujet.

— Je ne crois pas vous avoir remercié de m'avoir accompagnée. Je préfère ne pas penser à ce qui me serait arrivé, sans vous. Merci.

Les petites lignes au coin de ses yeux se plissèrent.

— Je vous en prie, Rhiannon. Et la prochaine fois que vous déciderez de vous embarquer dans une aventure de ce genre, j'espère que vous m'inviterez à vous accompagner.

— Je ne partirai plus jamais sans vous, c'est sûr.

Je glissai un nouveau morceau de homard dans ma bouche, tendis la langue pour rattraper une goutte de beurre puis mâchai lentement et délibérément. Enfin, je déglutis et me passai la langue sur les lèvres.

Il ne restait plus de homard. Sans quitter le centaure du regard, je coinçai une fraise entre mes dents pour en détacher la queue. Puis je léchai une goutte de jus de fraise tombée sur mon pouce.

— Hmm, c'était bon.

— Délicieux, dit ClanFintan, l'air hypnotisé.

Oh, là, là ! Je commençais à lui faire perdre les pédales !

Nous sirotâmes notre vin en silence. Je tentai de prendre un air pudique et retenu (sans y arriver vraiment, je crois). Tandis que nous nous observions en silence, je sentis l'alcool affluer dans mon cerveau et effacer mes inhibitions. Bon, d'accord, je n'ai jamais eu beaucoup d'inhibitions. Mais au départ, la problématique homme/cheval m'avait un peu alarmée.

Mais à présent… C'était donc ça ! Il avait subitement cessé, pour moi, d'être une créature étrange, mi-homme, mi-cheval. Je compris ce que la Belle avait éprouvé en craquant pour sa Bête. Cet être n'était pas un monstre : c'était mon époux, et je le désirais. Pour l'obtenir, je n'avais qu'à tendre la main.

Je posai mon verre à vin. Le bras droit de ClanFintan reposait encore sur l'accoudoir. Je tendis le bras et, du bout des doigts, descendis lentement le long de son biceps, parcourut son avant-bras et atteignit sa paume. Sa main brûlante se referma sur la mienne, mais il ne m'attira pas à lui comme l'aurait fait un humain. Il se contenta de caresser mon poignet en attendant que je prenne ma décision.

Il ne me fallut pas longtemps. Je me levai et fis le tour de sa chaise longue. Il changea de position pour me faire face. Ai-je déjà dit qu'il était grand ? Bien que je fusse debout et lui étendu, il me dépassait d'une bonne tête. Je fis un pas vers lui et fus aussitôt enveloppée par l'incroyable chaleur qui émanait de son corps. Sans réfléchir, je posai les mains sur ses épaules… puis les ramenai lentement l'une vers l'autre, savourant d'abord le contact soyeux de sa veste en cuir, puis celui, plus rebondi, des poils de son torse. Je levai le regard vers lui : il me contemplait avec une intensité liquide.

— J'adore vous toucher, soufflai-je.

— Quelle chance !

Cette voix… je n'avais jamais rien entendu d'aussi sensuel. Un brasier s'allumait en moi. Glissant les mains sous les pans de sa veste, j'explorai sa large poitrine puis descendis enfin vers les muscles de son ventre, m'attardant sur chaque muscle, savourant les petits tressaillements que mes caresses déclenchaient en lui.

Arrivées à l'endroit où l'humain laissait place au cheval, mes mains se figèrent et refusèrent net de continuer. Contre toute attente, j'étais paralysée par la peur de l'inconnu. Troublée, je levai les yeux vers ceux de mon époux.

— Rhiannon, je vais vous dire quelque chose de très important.

Dans le silence qui s'était installé entre nous, ClanFintan parla d'une voix chargée d'émotion retenue.

— Je ne ferais jamais rien qui puisse vous blesser ou vous mettre mal à l'aise. Vous n'avez aucune raison d'avoir peur de moi.

— Tout ceci est tellement nouveau…

Je baissai la tête et détournai les yeux. Si seulement il savait à quel point ce monde tout entier était nouveau pour moi !

Il prit mon menton en coupe et releva doucement mon visage pour me regarder dans les yeux.

— Faites-moi confiance, Rhiannon.

— Me désirez-vous ?

Ma voix trembla un peu. Redoutais-je davantage un oui ou un non ? J'étais incapable de le dire.

— Plus que vous ne pouvez l'imaginer.

Son timbre doux et sensuel avait laissé place à une sorte de résignation mélancolique. Sa main quitta mon menton et, sans toucher ma peau, suivit le contour de mon épaule et de mon bras, jusqu'à l'endroit où ma main s'était figée sur sa taille. Puis il poussa un soupir et laissa sa main pendre le long de ses hanches. Cette caresse immatérielle couvrit mon corps tout entier de chair de poule.

Son ton calme et résigné acheva de balayer les derniers vestiges de ma peur. Je me faisais l'impression d'un plongeur s'apprêtant à sauter du bord d'une falaise.

— Pourriez-vous enlever votre veste ?

Il sourit puis, sans me quitter du regard, il leva un sourcil, enleva sa veste et la laissa tomber sur le sol (exactement comme l'aurait fait un homme).

Bon sang, il était magnifique, avec ses muscles sculptés et bronzés ! Mes mains revinrent vers sa poitrine ; du bout des doigts, je fis le tour de ses mamelons. Il émit un petit gloussement et m'attrapa les mains.

— Vous êtes chatouilleux ?

— Seulement à cet endroit.

Je ne sais pourquoi, cela nous parut très drôle. Nous nous mîmes tous les deux à rire. Cela nous détendit et, quelques instants plus tard, je poursuivais mon exploration, descendant le long de son torse vers son ventre musclé, et au-delà. Sentant sous mes doigts la limite de son poil épais, je levai les yeux vers son visage. Son expression était détendue et chaleureuse ; un sourire d'encouragement flottait sur ses lèvres. Je baissai les yeux de nouveau. La taille de ClanFintan, fine et musclée, fusionnait avec ses gracieuses et sensuelles courbes chevalines. Sans plus d'hésitation, ma main s'engagea sur son poil.

— Vous êtes très beau.

Je m'avançai d'un pas, mis mes bras autour de son cou et chuchotai contre ses lèvres :

— Des pieds jusqu'à la tête.

Il me répondit par un son inarticulé, m'entoura de ses bras et m'attira contre son torse nu. Nos lèvres se rencontrèrent et je plongeai dans le parfum et la chaleur de son corps.

Je suis une farouche partisane des longs baisers. Il y a quelque chose d'incroyablement érotique dans le fait de prendre la langue d'un homme dans sa bouche, puis d'explorer sa bouche à lui ; le simple fait d'y penser me donne des frissons partout. Je pris donc mon temps. Apparemment, cela ne dérangeait pas ClanFintan.

La température de son corps avait sur moi un effet hypnotisant. Tout en mordillant ses lèvres et sa langue, je le sentis faire des efforts pour contenir sa passion. Sa respiration se fit plus profonde, ses muscles continuèrent à se contracter et à frémir au contact de mes mains baladeuses. Lui gardait ses mains immobiles au creux de mon dos : il attendait que je m'habitue à lui pour me toucher. D'aucuns pourraient penser que cette réticence desservait son objectif (que je supposais être celui de tout mâle normalement constitué). En réalité, cette stratégie, que l'on pourrait qualifier de « non peloteuse », se révélait *extrêmement* efficace. La preuve : bientôt je me frottai contre son torse, puis lui pris carrément la main (restée sur mes reins) pour la poser sur l'un de mes seins.

Entre nous, ce type aurait pu faire fortune en organisant des séminaires et des stages de stratégie non peloteuse pour des quadragénaires divorcés et dégarnis.

La chaleur de sa peau et la rugosité de sa paume firent durcir la pointe de mon sein. Il s'amusa encore quelques instants avec mon mamelon, puis sa bouche descendit le long de mon cou en le parsemant de baisers brûlants. Il s'attarda un temps sur le creux de ma clavicule, puis ses lèvres partirent à l'ascension de mon sein et trouvèrent mon tétin. La chaleur et la moiteur de sa langue traversèrent ma tunique de soie légère et m'arrachèrent un soupir qui ressemblait à un gémissement. Puis il entrouvrit les lèvres, prit le téton recouvert de tissu dans sa bouche, et le mordit doucement.

— Oh, là, là !

Je m'arc-boutai contre sa bouche. Mon corps se liquéfia.

— Hmm…

Il leva la tête et pressa ses lèvres sur les miennes. Ses bras se serrèrent autour de moi, et je répondis à son baiser avec enthousiasme.

A l'instant précis où je commençais à avoir le vertige, il interrompit notre baiser, mais ne desserra pas son étreinte. Nos regards se croisèrent. Mes joues étaient brûlantes, mes lèvres mouillées et agréablement meurtries.

— Avez-vous encore peur ?

— Non, dis-je sans hésiter.

Je reculai d'un pas. Il eut l'air surpris, mais ne fit rien pour me retenir. Sans le quitter des yeux, je défis la broche qui retenait ma tunique. Il me suffit d'un haussement d'épaules pour dénuder mes seins ; je tirai sur le nœud qui ceignait ma taille et me retrouvai nue au milieu d'une flaque de soie, vêtue seulement d'un string, de sandales à talons et d'un grand sourire.

Je rentrai le ventre et restai ainsi quelques instants, laissant le centaure me regarder, savourant son expression gourmande.

D'un coup, il tendit les bras et me ramena contre lui. Puis il passa une main sous mes fesses et m'emporta dans ses bras jusqu'au grand lit. Exactement comme dans *Autant en emporte le vent*.

Arrivé au bord du lit, il changea de position ; je me laissai glisser contre lui et m'assis au bord du lit. Il délaça lentement mes sandales en déposant un baiser sur la voûte de chaque pied. Puis il me prit par la taille et me remit debout. Ses mains glissèrent le long de mon corps jusqu'à la lanière de mon string et continuèrent à descendre en emportant le bout de tissu vaporeux avec elles. Je levai un pied après l'autre pour lui permettre de me dénuder, puis il me souleva de nouveau et m'embrassa avec douceur. Enfin, il me posa sur le lit et, avec une expression de regret, fit quelques pas en arrière.

— Cela ne prendra pas longtemps, mais je dois vous

demander de ne pas me parler tant que la transformation ne sera pas complète.

J'acquiesçai, intriguée.

Il ferma les yeux et inclina la tête. Ses lèvres remuaient rapidement comme s'il se parlait à lui-même. Au début, je n'entendis rien, puis sa voix augmenta progressivement, et le tempo déjà rapide de sa litanie s'accéléra. Sans ouvrir les yeux, il redressa lentement la tête, puis ses bras se levèrent au-dessus de son crâne et s'agitèrent au rythme de sa prière.

Il scandait maintenant son incantation à voix forte et à toute vitesse. Je ne comprenais pas ce qu'il disait, mais tout cela avait une sonorité ancienne et mystérieuse, et certaines paroles étaient sans cesse répétées. Il leva la tête et les bras de plus en plus haut, jusqu'à ce que son visage fût incliné vers le plafond. Tous les poils de ma nuque et de mes bras se dressèrent.

Puis une espèce de scintillement s'étendit à tout son corps. Au début, je crus qu'il s'était mis à luire, mais les lueurs se déplaçaient. Puis je me rendis compte que ce n'était pas la lumière qui bougeait, mais sa peau. Des ondes parcouraient la surface de son corps tandis que ses muscles semblaient se liquéfier. Je redressai rapidement les yeux : son visage était déformé par la douleur. Je voulus crier, lui dire d'arrêter, mais, me rappelant sa mise en garde, je n'ouvris pas la bouche.

Ensuite, tout alla très vite. Tel un transporteur dans Star Trek, son corps explosa en une pluie de particules dorées. Eblouie, je dus me cacher les yeux. Un hurlement de douleur ricocha contre les murs de la chambre.

La lumière s'estompa. Il me fallut un moment pour me réhabituer à la pénombre. A mesure que ma vue se rétablissait, une silhouette prit forme. Un homme, un humain. Il était agenouillé à l'endroit précis où s'était tenu ClanFintan. Sa tête était inclinée, et de longs cheveux épais masquaient ses traits. L'une de ses mains reposait sur le sol, l'autre était encore tendue au-dessus de sa tête. Son corps était brillant de sueur, et il haletait comme s'il venait de courir un marathon.

Relevant la tête, il repoussa ses cheveux en arrière et chercha mon regard. Ses traits encore marqués par la douleur lui donnaient l'air plus âgé, plus vulnérable. Puis il me sourit.

— J'aurais dû vous prévenir, dit-il d'une voix éraillée, au sujet de la lumière.

— La lumière !

Il y avait bien d'autres choses, pensai-je, dont il aurait dû me parler ! Je me précipitai vers lui, puis m'arrêtai brusquement ; j'avais peur de le toucher.

— Comment vous sentez-vous ? demandai-je.

Il prit une profonde inspiration et se releva. Son premier pas fut un peu chancelant, mais à mesure qu'il avançait vers moi, ses jambes cessèrent de trembler et il reprit ses forces.

— Je suis intact.

Il caressa doucement le bout de mon nez.

— Se métamorphoser n'est pas facile.

— C'est le moins qu'on puisse dire !

Je touchai son torse avec hésitation. Il était chaud, solide, rassurant.

— J'ai eu l'impression que vous en avez beaucoup souffert.

— Le jeu en vaut la chandelle, dit-il en me prenant la main.

Réfléchissant à cela, j'examinai sa nouvelle forme humaine. Il s'était métamorphosé en un homme incroyablement grand : il devait mesurer près de deux mètres. Sa peau avait conservé sa teinte de bronze cuivré — sauf que cette fois, elle recouvrait son corps tout entier. Ses jambes étaient longues et musclées. Et il était nu. Mes yeux descendirent le long de son torse jusqu'à sa taille, et plus bas encore. Il était *très nu.*

Il était bâti exactement comme un humain, et il était manifestement *très* heureux d'être là. Bon sang, il récupérait rapidement ! On dit parfois qu'on peut deviner la taille du sexe d'un homme d'après celle de ses doigts. Je dirais simplement ceci : ce type devait avoir des mains géantes.

Il s'éclaircit la gorge. Je me forçai à relever les yeux vers son visage.

— Mon corps d'homme vous convient-il ?

Je fus ravie d'entendre qu'il avait repris son ton badin et sensuel.

— Tout à fait.

J'avais envie de m'écrier « Plutôt deux fois qu'une, mon gars ! » Mais ClanFintan ne venait pas de l'Oklahoma, aussi jugeai-je préférable de me lever, de l'entourer de mes bras et de plaquer mon corps contre le sien.

Il me souleva dans ses bras et s'assit sur le lit en m'installant sur ses genoux. Prenant l'un de mes seins en coupe, il baissa la tête vers le mamelon maintenant dénudé. Bien trop tôt à mon goût, il releva la tête et me regarda dans les yeux.

— Dites-moi, souffla-t-il, si vous avez envie de quelque chose de particulier. Je n'ai jamais fait l'amour dans un corps d'homme.

Je mis mes bras autour de son cou et l'attirai vers moi.

— Moi non plus, dis-je, je n'ai jamais fait l'amour dans un corps d'homme. Mais mon petit doigt me dit que ça va bien se passer.

Il se mit à rire, voulut répondre, et en fut empêché par un baiser. Puis je guidai sa main entre mes jambes, et ses paroles se transformèrent en un gémissement.

En fin de compte, je m'étais un peu trompée. Cela ne se passa pas bien : ce fut beaucoup mieux que cela.

16.

— Heureusement que cette métamorphose devait t'épuiser, dis-je d'une voix essoufflée.

Cela venait de très bien se passer… pour la troisième fois. Blottie contre ClanFintan, je reposai ma tête contre son torse. Il repoussa une mèche de ses cheveux sombres qui lui chatouillait les lèvres.

— Les effets ne se font sentir qu'après avoir repris ma forme naturelle. Et je ne peux me métamorphoser que pour la durée d'une nuit.

Il se tourna vers moi et prit l'air soucieux.

— Tu sais, n'est-ce pas, que je ne peux pas garder ma forme humaine ?

— Bien sûr.

Je caressai sa joue, un peu surprise de ne pas sentir de barbe naissante, puis je me rappelai que pendant le voyage, aucun des centaures n'avait eu besoin de se raser.

— Tu n'es pas humain, tu es un centaure. Je le sais.

Nous nous regardâmes un instant. L'intimité qui s'était créée entre nous allait-elle se dissiper ? La vérité, c'est que j'étais complètement dépassée. Les métamorphoses tout droit sorties d'un mauvais roman de science-fiction étaient étrangères à ma façon de penser et au monde d'où je venais. *Lui*, en revanche, ne m'était pas étranger du tout.

— Tu es mon époux, que tu prennes la forme d'un humain ou d'un centaure.

Je lui fis un petit sourire maladroit.

— Ainsi que toute autre forme que tu pourras adopter, ajoutai-je rapidement.

J'espérais simplement qu'il m'avertirait à l'avance !

Une expression de soulagement passa sur son beau visage, et il se pencha pour m'embrasser doucement sur le front.

— Oui, je suis ton époux.

— Tu m'en vois ravie, dis-je en me pelotonnant contre lui avec satisfaction.

— Moi aussi.

Je passai ma jambe sur la sienne, et il posa sa main derrière ma cuisse. Une caresse lente et chaude partit du point sensible à l'arrière de mon genou, remonta jusqu'au galbe de mes fesses et redescendit. Mes paupières se fermèrent : ce massage me faisait l'effet d'une drogue. Je luttai contre le sommeil, réticente à gaspiller une minute de cette précieuse nuit où mon époux avait une forme humaine.

— Chut, dit-il. Repose-toi. Je suis là, avec toi.

Je hochai la tête et plongeai dans un délicieux et profond sommeil.

Je fus réveillée par des lèvres chaudes sur ma joue. A travers mes paupières closes, je percevais la lumière douce et claire de l'aube. Un nouveau baiser se posa sur ma joue ; quand je m'étirai, des courbatures intimes me rappelèrent où et avec qui j'étais. Je me mis à sourire, bâillai et ouvris les yeux avec précaution.

Fait des plus bizarres : la lumière entrait à flots par un mur situé à ma gauche ! A bien y regarder, ce mur était percé d'immenses fenêtres ouvrant sur un jardin planté de roses et manifestement orienté vers l'est, car l'aurore mauve se levait au-dessus des fleurs.

Puis une montagne sombre au pied du lit se déplaça et

se pencha pour m'embrasser une troisième fois. Encore endormie, je caressai le poil soyeux sur sa jambe avant... puis lui tirai le poil d'un air espiègle.

— Bonjour, dis-je d'une voix ensommeillée. Quelle bonne surprise ! Je croyais que ces grands rideaux cachaient un mur, pas des fenêtres et un jardin !

— Comment ? Rhiannon, tu ne reconnais pas ta propre chambre ?

Soudain éveillée, je compris que je venais de faire une grosse bourde. Encore une. Je me redressai dans le lit, me frottai les yeux et réfléchis à toute vitesse. Entre les fentes de mes doigts, je lançai un regard oblique à ClanFintan : il me fixait avec inquiétude.

— Oh, là là, je crois que j'ai fait un rêve superbizarre. Ma chambre était complètement différente et, euh, c'était tellement réaliste que j'y ai vraiment cru...

Il ouvrit la bouche pour me poser une autre question. Une diversion s'imposait. Je me relevai d'un bond sur le lit et lui sautai au cou. Il me rattrapa sans réfléchir, et je me mis à l'embrasser et à lui mordiller le cou.

— Ça y est, je suis réveillée, dis-je.

Un rire fit vibrer sa poitrine. Ouf ! Il fallait que je m'entretienne d'urgence avec Alanna pour savoir ce qui m'empêchait de révéler ma véritable identité à mon époux.

Deux coups sonores résonnèrent à la porte. ClanFintan me déposa sur le lit et je m'entourai d'un drap avant de répondre : « Entrez ! »

Alanna apparut dans l'embrasure de la porte, nous jaugea du regard et se mit à sourire.

— Dame Rhiannon, seigneur ClanFintan, j'espère que vous avez passé une bonne nuit.

ClanFintan s'ébroua (ce qui semblait vouloir dire oui) et je me mis à rougir comme une vierge (que je n'étais certainement pas). Le sourire d'Alanna s'élargit.

— Rhea, j'ai pensé que tu voudrais peut-être te rafraîchir avant la cérémonie de bénédiction.

Les joues encore brûlantes, je hochai la tête en silence.

Une lueur espiègle brilla dans les yeux d'Alanna, et elle se tourna vers ClanFintan.

— ClanFintan, voulez-vous vous joindre à nous ? Les jeunes servantes sont tout à fait capables de vous laver et de vous panser…

Elle s'interrompit, peinant manifestement à contenir son hilarité.

— A vrai dire, plusieurs d'entre elles se sont déjà portées volontaires pour cette tâche.

Un sourire féroce détendit les lèvres du centaure. Je sautai sur mes pieds, m'avançai vers lui en prenant garde de ne pas trébucher sur mon drap, et lui assénai une grande claque sur son ventre musclé.

A ma grande satisfaction, le centaure cessa de rire et émit un petit grognement de surprise. Il passa son bras autour de moi et me serra contre lui (probablement pour m'empêcher de le frapper encore). Sans me regarder, il dit :

— Je vais plutôt faire ma toilette dans l'aile des guerriers. Je dois m'entretenir avec la ronde de nuit avant la cérémonie.

— C'est ça, grommelai-je.

Me libérant de son étreinte, je partis en direction de la porte d'un pas décidé.

— Allons-y, dis-je. J'ai des choses à faire, moi.

J'avais la nette impression qu'ils riaient tous deux dans leur barbe. En passant devant les fenêtres qui donnaient sur le jardin, j'aperçus mon reflet : entourée d'un drap froissé, les cheveux en bataille et une expression hautaine sur le visage, j'essayais de faire une sortie digne.

Un rire naquit dans ma poitrine et sortit de mes lèvres au moment où j'arrivais à la hauteur d'Alanna. Elle mit un bras autour de mes épaules, et nous rîmes ensemble. ClanFintan nous suivait ; je me retournai pour lui sourire.

— Elles se sont vraiment portées volontaires pour le laver ? demandai-je à Alanna.

— Je dirais plutôt qu'elles se battaient pour en avoir le privilège.

Nous nous retournâmes toutes deux et fîmes semblant d'étudier le centaure qui se tenait derrière nous, les mains sur les hanches. L'expression de son visage disait clairement qu'il nous trouvait complètement timbrées.

— Il faut avouer qu'il est assez mignon, pour un centaure, dit Alanna. Tu ne trouves pas, Rhiannon ?

— Maintenant que tu le dis… C'est vrai qu'il a les garrots bien larges. Et je peux témoigner de son, euh, comment dire ? Son ardeur.

Je poussai un cri de joie tandis que la cible de nos commentaires s'avançait vers moi et me soulevait dans ses bras. Alanna s'écarta d'un bond et lui ouvrit la porte. Il me sembla entendre ClanFintan marmonner « les garrots larges, et puis quoi encore ? », mais je ne pus en être sûre à cause du rire sonore d'Alanna. Je me penchai par-dessus l'épaule du centaure : la jeune femme se pressait derrière nous en essayant vainement de réprimer son fou rire. Je mis mes bras autour de mon mari ; je lui faisais confiance pour veiller à ce que le drap ne découvre pas mon corps nu.

Bien trop rapidement à mon goût, nous arrivâmes devant la porte de la salle de bains. Les deux soldats se mirent au garde-à-vous, et je remarquai que ClanFintan regardait chacun des deux droit dans les yeux avant de se pencher vers moi pour m'embrasser longuement. Alanna nous rattrapa et nous ouvrit la porte.

Il me reposa sur mes pieds et nous nous séparâmes à regret.

— Tu te joindras à moi pour la cérémonie de bénédiction ? demandai-je.

Une note de tristesse s'était infiltrée dans ma voix, sans doute à l'idée de quitter ClanFintan. Bon sang, j'étais sévèrement mordue !

— Je serai près de toi, dit le centaure en lançant aux gardes un regard lourd de sens, comme il se doit.

Il me fit un dernier baiser rapide et, avant de partir, s'adressa aux deux hommes qui gardaient la porte.

— Je vous confie la protection de dame Rhiannon. Si quiconque ose la toucher, je le tuerai.

Oh, là là ! Il avait dû entendre de vilaines rumeurs au sujet du dévouement de Rhiannon à ses gardes.

Les deux hommes acquiescèrent en faisant un salut militaire. L'air satisfait, ClanFintan déposa une légère caresse sur ma joue et s'éloigna vers le bout du couloir d'un pas décidé.

De notre côté, Alanna et moi entrâmes dans la merveilleuse salle de bains. Pendant qu'elle réunissait flacons et brosses, je glissai mon corps meurtri dans l'eau chaude et régénérante.

Alanna s'assit au bord de l'eau et me donna une éponge et un flacon de ce savon que j'affectionnais. J'entrepris de réparer les dégâts occasionnés au cours de la nuit ; en découvrant de petites traces de morsures à l'intérieur de mes cuisses, je souris discrètement.

— J'ai l'impression que cela s'est bien passé, dit Alanna.

— Chérie, c'était *spectaculaire*.

Nous échangeâmes un sourire de complicité féminine.

— Tu l'as regardé se métamorphoser ? demanda-t-elle avec curiosité.

— C'est la chose la plus stupéfiante que j'aie vue de toute ma vie.

Je réfléchis un instant, puis la regardai avec étonnement.

— Alanna, veux-tu dire que tu n'as jamais vu quelqu'un se métamorphoser ?

— Bien sûr que non !

Elle prit l'air choqué, puis se mit subitement à sourire et me tirailla une mèche de cheveux.

— Tu ignores tout cela, je ne cesse de l'oublier. Très peu d'êtres possèdent le pouvoir sacré de se métamorphoser. Seuls d'autres Grands Chamans ou leurs épouses peuvent en être témoins. Les chamans célèbrent parfois des rites ou rendent d'autres services au peuple sous leur forme métamorphosée, mais ils ne permettraient jamais au public d'assister au changement.

Je réfléchis encore.

— Savais-tu que c'était très douloureux ?

— Pas du tout !

— C'est sans doute pour cela qu'ils ne veulent pas de spectateurs.

Je revis le visage de ClanFintan pendant que son corps changeait de forme.

— Ils ne veulent pas qu'on sache à quel point ils souffrent.

Alanna prit ma main savonneuse dans la sienne.

— Cela t'a choquée ? demanda-t-elle.

Je hochai la tête.

— Il a dit que le jeu en valait la chandelle.

— Tu ne crois pas que sa douleur passagère ait été compensée par votre nuit ensemble ?

— C'est ce qu'il a l'air de penser.

— Alors range-toi à son avis, et ne gâche pas ton plaisir en te faisant du souci.

Jusqu'à cette conversation, je ne m'étais pas rendu compte à quel point cela me tracassait.

— C'est un grand garçon, dis-je enfin. Il sait ce qu'il fait.

— J'en ai bien l'impression.

Je poussai un soupir rêveur en faisant mousser le savon parfumé sur mes jambes.

— Il a été vraiment incroyable, Alanna.

— Il t'est totalement dévoué, en plus.

Je m'avançai vers le milieu du bassin, où l'eau était plus profonde, pour me rincer et méditer les paroles d'Alanna. Dévoué, peut-être… mais l'était-il suffisamment pour m'aimer moi, telle que j'étais vraiment ?

— Alanna, dis-je brusquement, c'est à Rhiannon qu'il est dévoué, pas à moi. Quand il va s'apercevoir de qui je suis vraiment, il changera d'avis.

Alanna me sourit avec douceur.

— C'est toi qu'il aime.

Je mordillai ma lèvre inférieure.

— Peut-être devrais-tu le lui dire, suggéra ma compagne.

— Quoi ? Mais tu m'as dit que je ne devais surtout pas lui révéler mon identité !

— C'était avant qu'il ne soit amoureux de toi.

— Je ne sais pas, Alanna. Ce qui se passe entre nous est trop nouveau.

— Tu as peur de lui avouer la vérité.

— J'ai peur de perdre ce que je viens à peine de gagner.

— Je crois que tu sous-estimes le Grand Chaman, mais tu changeras sans doute d'avis. Quand un homme aime réellement une femme, il est capable de garder ses secrets.

Il me sembla détecter une note de tristesse dans sa voix, et j'allais la questionner, mais elle ne m'en laissa pas le temps.

— Rhea, il faut que tu sortes du bain, dit-elle fermement. Tu dois bénir tes sujets au moment où les premiers rayons de soleil se reflètent sur l'eau de la rivière.

A contrecœur, je me hissai hors du bassin et m'enveloppai dans l'épaisse serviette qu'Alanna me tendait.

— Combien de temps me reste-t-il ?

— Juste le temps de revêtir ta robe de cérémonie, à condition que nous nous dépêchions.

Elle me poussa vers la coiffeuse d'un air résolu.

— Et si tu faisais venir quelques nymphes pour nous prêter main-forte ?

Mon reflet dans la glace me faisait penser que quelques personnes supplémentaires ne seraient pas de trop pour me rendre présentable.

Alanna massait déjà ma tignasse folle avec une huile délicieusement parfumée.

— Plusieurs de tes servantes se sont portées malades.

Elle me fit un sourire ironique dans la glace.

— Je crois qu'elles sont surtout fatiguées de s'occuper des familles réfugiées. J'ai chargé tes servantes des jeunes enfants. Tu devrais sans doute les réprimander pour leur paresse.

— Pas question ! J'ai toujours eu horreur du baby-sitting. Qu'on les laisse faire la grasse matinée.

— Elles seront à tes côtés tout à l'heure, pour la cérémonie. Je parie qu'une matinée de liberté, loin des enfants, suffira à les guérir miraculeusement.

Je souris, mais je commençais déjà à paniquer.

— Je suis censée faire quoi, au juste ?

Je me poudrai le visage pendant qu'Alanna finissait de me coiffer.

— Près du bord du grand fleuve…

— La Guéale, c'est ça ?

— Oui, cela veut dire *lumière*. Et l'affluent qui converge avec la Guéale devant le temple s'appelle la…

— La Cal-quelque chose.

— Calmane. *Oiseau*. En se réunissant, les deux branches forment l'Oiseau de Lumière. Tu comprendrais tout de suite si tu voyais l'endroit où elles se rejoignent : ce sont des rapides qui ressemblent à des hordes d'oiseaux brillants plongeant sous l'eau.

— Cool ! Oh, pardon, continue, Alanna.

— Sur le dos d'Epona, poursuivit-elle, tu iras jusqu'au sommet du mont sacré qui surplombe le fleuve. Là, sans descendre de cheval, tu béniras le peuple à l'instant où le soleil bénira l'eau.

— Dois-je dire quelque chose de particulier ? J'imagine qu'il existe une bénédiction rituelle.

— Non. Rhiannon écrivait toujours ses propres bénédictions.

Alanna prit l'air inquiet.

— Tu t'es bien débrouillée, le jour de ton mariage. Je pensais que tu n'aurais pas trop de mal à composer une nouvelle prière.

— Non, non…

Elle leva vers moi un regard horrifié.

— Je veux dire, oui, pas de problème. Je trouverai quelque chose.

Un sourire de soulagement s'épanouit sur son visage.

Heureusement que l'une de nous deux savait ce qu'elle faisait, dans ce monde ! Et je ne parlais pas de moi !

— Ça dure longtemps, cette bénédiction ?

— Non. C'est un bref rituel célébré tous les quinze jours par l'Elue d'Epona, pour rappeler au peuple l'amour que leur porte la Déesse. Le rituel long, avec danse et sacrifice, a lieu la première nuit de la pleine lune.

Bon sang ! Je n'étais pas du tout impatiente de voir cette date arriver !

— Dois-je dire quelque chose au sujet des Fomores ? Je croyais que c'était en partie pour cela que j'allais parler aux gens…

— Je pense qu'il faut leur dire que nous levons nos armées, et demander la protection d'Epona contre l'ennemi, mais…

Elle s'interrompit, l'air gênée.

— Quoi ? Qu'est-ce qu'il y a ? Alanna, je ne te demande pas conseil juste pour être sympa. J'ai *besoin* de ton aide ! Dis-moi la vérité, comme à une amie. Je t'en prie !

J'étais toute nue devant elle, à moitié maquillée, les cheveux en bataille... que voulait-elle de plus ? Une expression décidée se peignit sur les traits de la jeune femme, et elle me regarda dans les yeux.

— Je crois qu'il vaudrait mieux que tu n'abordes pas les détails de la guerre devant tes sujets. Profite de l'occasion pour nommer ClanFintan chef des guerriers. Il s'y connaît en guerre, et en hommes.

Elle me lança un petit regard penaud.

— Je peux me tromper, mais j'ai l'impression que tu n'as pas été formée à mener une armée au combat.

Comment l'avait-elle deviné ?

— Je ne crois pas non plus que tu sois aussi... comment dire... *expérimentée* que Rhiannon en matière d'hommes.

J'aime à croire que j'ai eu ma part d'aventures amoureuses, mais avec ses cent gardes, Rhiannon me semblait carrément excessive.

— Non, tu as raison. Merci pour tes conseils, Alanna.

Elle eut l'air soulagée.

— Et arrête d'avoir peur de me froisser, bon sang ! Je compte sur toi pour être honnête avec moi.

— Si c'est ce que tu souhaites, je ferai de mon mieux.

— Super !

— Au fait, Rhea, pourquoi dis-tu sans cesse « bon sang » ?

— C'est censé m'empêcher de dire des gros mots.

— Ah. Cela n'a pas vraiment l'air de marcher.

— Sans blague !

Je tendis les lèvres pour y appliquer une dernière couche de brillant à lèvres.

— Je crois que je suis prête à mettre la robe de cérémonie.

— Mets ceci pendant que je vais la chercher.

Elle me donna le diadème ; une fois de plus, je fus frappée par sa beauté.

— J'espère que j'ai des boucles d'oreilles assorties !

— Bien sûr, répondit-elle par-dessus son épaule en ouvrant l'une des nombreuses armoires. Regarde dans la boîte devant toi. Il doit y avoir des boucles d'oreilles et un bracelet assortis.

Je fouinais joyeusement dans la boîte à bijoux quand Alanna revint.

— Tiens.

Elle me tendit un nouveau string soyeux, qui cette fois semblait fait d'or liquide. Je commençais à croire que Rhiannon avait la phobie des marques de slip.

— Lève-toi, Rhea, et écarte les bras. Cette tenue est assez compliquée à draper.

Je me tournai vers elle et m'exécutai docilement, intriguée par la cascade d'étoffe moirée dont elle m'enveloppait. Alanna fit de nombreuses fois le tour de mon corps, mais...

— Eh ! dis-je subitement. Tu as oublié le haut !

Elle semblait avoir fini. Elle n'avait pas utilisé d'épingles ; je n'avais pas la moindre idée de la manière dont le tissu adhérait à mon corps. La partie jupe était assez longue et fendue (encore plus que la plupart des vêtements de Rhiannon) ; je l'imaginais retombant en plis gracieux sur les flancs d'Eppy. Jusque-là, tout allait bien. C'était le haut du vêtement qui m'inquiétait. Il s'entortillait et se croisait autour de mon torse en laissant mes deux seins *complètement dénudés*. Alanna semblait sur le point d'éclater de rire.

— Rhea, il n'y a pas de « haut ». C'est la tenue de cérémonie portée par la Bien-Aimée d'Epona lors des bénédictions matinales.

— Je croyais que tu avais parlé d'une *robe.*

Je baissai les yeux vers mes deux seins nus de trente-cinq ans.

— Ah ! La robe. J'oubliais.

Elle repartit vers l'armoire et en rapporta un nouveau morceau d'étoffe dorée, scintillant de milliers de perles disposées selon des motifs géométriques complexes, mais néanmoins reconnaissables.

— Des crânes.

— Exactement !

Visiblement requinquée par cette preuve de mes facultés d'apprentissage, Alanna épingla la cape autour de mon cou. Elle flottait sur mon dos, étincelante comme la voie lactée par une belle nuit d'été dans l'Oklahoma. Mais, nom d'un chien, elle ne cachait pas un centimètre carré de ma poitrine !

— Tu es très belle, comme toujours.

— Non mais, ça ne va pas, la tête ? Tu veux me dire que je suis censée sortir en public, devant *tous ces gens,* avec les seins qui gigotent ?

Je croisai les bras, m'imaginant déjà le vent frais et les regards appuyés de la foule.

— Dans ton ancien monde, demanda Alanna, vous n'avez pas de chefs spirituels ?

L'image de mon pasteur presbytérien, Ted Foote, me traversa l'esprit. Un type sympathique, décontracté (la preuve : il m'a confié des cours de catéchisme pour adultes), mais que je n'imagine pas du tout se mettre torse nu devant l'assemblée des fidèles, le dimanche matin. Même pas le dimanche de Pâques.

— Si, nous en avons, mais ils ne se mettent pas à moitié à poil devant tout le monde.

Alanna semblait atterrée par notre barbarie.

— Rhea, la Grande Prêtresse se dénude en signe de l'intégrité et de la pureté de sa relation avec la Déesse. Si tu te couvres, on va croire qu'Epona t'a reniée, ou, pire, que tu blasphèmes contre elle.

— Rhiannon ne me donne pas l'impression d'avoir été si intègre que ça, grommelai-je en me forçant à baisser les bras avec lesquels je cachais mes seins nus.

— Elle l'était. Elle n'a jamais prétendu être autre chose qu'une enfant gâtée et capricieuse.

— Mais…

— Mais le peuple l'aimait parce qu'elle était l'Elue d'Epona. Tout comme toi.

— Bon. Je vais essayer de faire comme si mes seins volant au vent devant tout le monde ne me dérangeaient absolument pas.

Une pensée me vint à l'esprit.

— Mais je n'ai pas envie de parler à la prof d'histoire dans cette tenue. Demande-lui de nous retrouver dans mes appartements après la cérémonie, et de me laisser le temps de me rhabiller, d'accord ?

— Oui.

Alanna hocha la tête et devint toute rouge.

— Il y a un problème avec cette…

— Non ! Aucun problème.

Elle s'éclaircit la gorge et me poussa vers la porte.

— Rhea, nous ne pouvons plus tarder.

17.

— Et merde ! Qu'est-ce qui m'a pris de m'embarquer dans cette foutue galère ?

Décidément, le moratoire sur les gros mots, ce n'était pas pour aujourd'hui. Je poussai un énorme soupir et redressai les épaules, ce qui fit saillir d'autant plus mes seins.

J'ai ce qu'on appelle une poitrine généreuse. Et je n'ai jamais souhaité qu'il en soit autrement. Pour être tout à fait honnête, j'éprouve une satisfaction perverse à entendre mes copines aux seins plats se plaindre de ne pas remplir leurs hauts de Bikini, et à les voir se précipiter chez le chirurgien du coin pour réclamer des implants. Mais aujourd'hui, pour la première fois de ma vie adulte, en quittant à contrecœur la salle de bains derrière Alanna, je me surpris à maudire la Fée des Seins qui s'était penchée sur mon berceau.

Devant la porte, Alanna s'écarta et me lança un sourire d'encouragement. Je n'eus pas le courage d'affronter le regard des deux gardes, mais je sentais leurs yeux sur moi. Pour être plus précise, *je les sentais fixer mes seins nus !*

Je partis à toute allure vers le bout du couloir.

— Dame Rhiannon ?

La voix d'Alanna m'arrêta net. Je me retournai et lui lançai un regard qui, j'en suis sûre, dut lui évoquer l'horrible

Rhiannon. La jeune femme était restée devant la porte de la salle de bains.

— Rhiannon, nous n'avons plus beaucoup de temps. Si tu as besoin de quelque chose dans tes appartements, puis-je envoyer une servante le chercher ?

Elle hocha discrètement la tête dans la direction opposée à celle que j'avais prise.

J'étais partie dans le mauvais sens.

— Merci de me le rappeler.

Je revins vers elle et la pris par la main pour la forcer à marcher à côté de moi.

— Il faut que tu me montres le chemin, bon sang ! chuchotai-je furieusement.

— Ceux qui doivent t'accompagner lors de la bénédiction t'attendent devant la sortie des écuries d'Epona, me répondit-elle en chuchotant. Rhiannon avait le goût du spectacle : elle se faisait toujours précéder d'un cortège de jeunes filles semant des pétales de fleurs sur leur passage.

Nous tournâmes un coin et le couloir s'élargit. Deux grandes portes sculptées s'ouvraient sur la cour intérieure que j'avais remarquée la veille.

— Suis ce passage jusqu'à l'autre bout de la cour, dit Alanna à voix basse. Tu vois ces portes, là-bas ?

Je hochai la tête.

— Franchis-les, tourne à droite et sors par la porte double qui sera ouverte. Tu verras les écuries et le cortège devant toi.

Nouveau hochement de tête.

Alanna m'attrapa par la manche.

— Rhea, ne marche pas si vite. Rappelle-toi que tu es la Grande Prêtresse de Partholon et que tu as déjà prononcé cette bénédiction du matin de très nombreuses fois.

Je m'exécutai, mais déjà nous quittions le bâtiment principal du temple et surgissions sous le soleil matinal. Je me figeai, éblouie ; Alanna me laissa un moment pour me ressaisir.

Nous étions à l'arrière du temple, devant une porte menant aux écuries. Sur le côté, à quelques mètres, s'étendait l'enclos, devant lequel se prélassait une demi-douzaine de nymphes vêtues de robes blanches transparentes (qui couvraient tout de même leurs seins). Toutes portaient des paniers remplis de pétales colorés, sans doute des pétales de rose. Au milieu du groupe se tenaient Eppy et ClanFintan.

Comme si elle avait senti ma présence, la jument inclina les oreilles et émit un petit hennissement de salutation.

— Bien-Aimée d'Epona, dit Alanna en me serrant une dernière fois la main, tu vas y arriver. Ils comptent sur toi.

Je pris une profonde inspiration et sortis dans la cour la tête haute. Si je devais vraiment faire ce truc insensé, bon sang, j'allais le faire correctement ! Je m'avançai en essayant de fixer les yeux sur Eppy, mais je sentais nettement le regard brûlant de ClanFintan sur moi — aussi nettement que je sentais mes seins se trémousser joyeusement. Je suppose qu'ils étaient heureux d'être enfin libres.

Les nymphes exécutèrent leurs habituelles révérences gracieuses. Eppy hennit doucement en me caressant la joue de son nez. Je souris et lui donnai un petit baiser.

— Comment va-tu, ma jolie ? Je me suis fait du souci pour toi, tu sais ; tu m'as manqué !

En guise de réponse, elle enfouit sa tête dans mon cou.

— Et moi ? demanda ClanFintan. Je t'ai manqué ? Tu t'es fait du souci pour moi ?

Sa voix me donna des frissons tout le long de la colonne vertébrale. Je me retournai et m'adossai au flanc d'Eppy.

— Tu m'as manqué, bien sûr, dis-je avec un sourire taquin. Mais je suis presque certaine que tu n'as aucun problème physique. A moins que tu n'aies réussi à te faire mal au sabot pendant la nuit ?

Mes servantes émirent des gloussements adorables. Hum, elles ne me semblaient plus si jeunes que cela… en tout cas plus si innocentes !

Il me lança un regard désinvolte, prit ma main et la porta à ses lèvres. Il baisa ma paume puis mon poignet, s'attardant à l'endroit où mon pouls battait follement.

— Non, dit-il en s'approchant tout près de moi. Nous ne nous sommes… je ne me suis pas fait mal. Au contraire.

Envoûtée par sa voix, j'oubliai un instant mes seins nus et mes responsabilités. Heureusement, Alanna me ramena à la réalité (si on peut dire).

— Rhiannon, es-tu prête à commencer la cérémonie ?

— Oui.

Sous la lumière claire du matin, la selle d'Eppy étincelait. Son hackamore et sa couverture de selle étaient sertis de pépites d'or (devinez les motifs qu'ils formaient) et même de pierres précieuses.

— Tu permets, Rhiannon ?

ClanFintan me souleva par la taille et me déposa sans effort sur le dos d'Eppy. Je glissai une jambe de l'autre côté de la selle, et une jeune fille se précipita pour guider mon pied jusqu'à l'étrier. Au fait, j'avais raison, au sujet de la jupe : elle retombait en plis somptueux sur les flancs d'Eppy, découvrant plus ou moins entièrement mes jambes. Bah ! Peut-être que mes seins paraîtraient moins nus, par comparaison.

Les nymphes se regroupèrent en deux colonnes devant Eppy. ClanFintan se positionna à ma gauche, Alanna à ma droite. Je lançai un coup d'œil à cette dernière : elle hocha la tête.

— Allons-y, dis-je.

Sur un simple claquement de langue de ma part, Eppy partit droit vers le fleuve. Les nymphes sautillaient devant nous, gracieuses comme des ballerines ; l'une après l'autre, elles se retournaient pour jeter des poignées de pétales sous les pieds d'Eppy. De temps en temps, l'une d'entre elles faisait une grande pirouette joyeuse. J'avais l'impression que leur joie était surtout due au fait de n'avoir pas les seins à l'air, mais je pouvais me tromper.

Nous nous éloignâmes en direction du nord-est. A présent, les remparts se dressaient devant nous dans toute leur splendeur blanche. La sortie de derrière était plus petite et plus discrète que l'entrée principale ; comme la porte des écuries, elle se fondit dans la muraille en se refermant derrière nous. Nous partîmes à l'ascension d'une petite montée ; au moment où nous arrivâmes au sommet, des acclamations montèrent dans l'air. Nous descendîmes lentement ; je serrais les rênes de toutes mes forces pour qu'on ne vît pas mes mains trembler.

Devant nous s'étendait une mer d'humains et de centaures. Au loin, derrière la foule, je reconnus la Guéale. En suivant du regard le cours du fleuve, je retrouvai le petit port avec ses barques amarrées que j'avais repéré depuis le ciel.

Devant nous, la foule se fendit en deux comme si j'avais été une sorte de Moïse aux seins nus. Sur notre passage, les gens nous lançaient des salutations si chaleureuses et confiantes que j'eus honte de mon imposture. Au milieu d'un groupe de centaures, je reconnus Dougal et Connor : leurs cris de bienvenue m'amenèrent un grand sourire aux lèvres. Mes mains cessèrent de trembler. J'avais un public du tonnerre ! Je souris et saluai la foule en agitant la main (un peu comme la reine d'Angleterre en plus sympathique, moins raide et surtout moins anglaise). Eppy se dirigeait tout droit vers une colline couverte de trèfle. Tout autour de cette colline se dressaient de hautes pierres usées par les siècles. Les filles se positionnèrent chacune devant un menhir. Sans hésiter, Eppy passa entre elles et monta vers le sommet de la colline. A mon grand soulagement, ClanFintan et Alanna nous suivirent.

Arrivée au sommet, Eppy se tourna vers la foule. En contrebas, chacun se tut et tous les regards se fixèrent sur nous. Je lançai un coup d'œil à Alanna : d'un geste du menton, elle me fit signe de regarder la rivière.

L'eau était merveilleusement belle. Sous nos yeux, le soleil dépassa la rangée d'arbres sur l'autre berge et enflamma l'eau de ses rayons. Quand je réussis enfin à arracher mes yeux à ce spectacle éblouissant, je regardai de nouveau Alanna.

Elle hocha la tête et souffla.

— Il est temps.

Je m'éclaircis la gorge, me retournai vers ma foule d'adorateurs et fis une prière silencieuse à Epona. *Si vraiment vous m'aimez, faites que je trouve les mots qui conviennent pour parler à ces gens.*

Je pris ma meilleure voix de prof et me jetai à l'eau.

— Bonjour !

Des rires fusèrent, puis la foule répondit, enthousiaste :

— Bonjour à vous, Elue d'Epona !

Jusqu'ici, tout allait bien.

— J'ai plusieurs choses à vous dire.

Le silence de la foule m'impressionna — j'aurais aimé que mes élèves soient là pour voir à quoi ressemblent des gens *vraiment* attentifs.

— D'abord, vous parler d'un mal qui nous menace tous ; ensuite, demander à Epona de nous bénir et de soutenir notre cause.

Je regardai la foule avec insistance, établissant le contact visuel avec plusieurs humains et centaures.

— Comme vous le savez, le château des MacCallan a été détruit, et mon père assassiné par les Fomores.

Je m'interrompis pour leur permettre d'exprimer leur chagrin. Quand tous se furent tus, je poursuivis.

— Epona m'a révélé que les Fomores se sont également emparés du Donjon du Gardien.

Cette fois, un silence stupéfait accueillit mes paroles. Je regardai les visages devant moi : je n'avais pas le courage de leur dire ce qui était arrivé aux femmes du clan MacCallan. Les centaures étaient au courant, j'en étais quasiment sûre, mais en avaient-ils informé les autres ? Mon instinct me disait que ce n'était pas le moment d'aborder ce sujet douloureux. J'y reviendrai plus tard, quand le choc de l'invasion se serait atténué.

Je me tournai vers ClanFintan ; il fit un pas vers Eppy et moi.

— Je viens de nommer mon époux, ClanFintan, à la tête des guerriers de Partholon.

Des hourras s'élevèrent des groupes de centaures, rapidement repris en chœur par les guerriers humains. Je lançai un rapide coup d'œil à Alanna, comme pour lui dire : « Tu vois, il y a plusieurs manières d'impressionner les hommes. » (En réalité, il n'y en a pas des tonnes, mais ne nous éloignons pas du sujet.)

Les acclamations s'estompèrent, et je continuai.

— ClanFintan a convoqué les chefs de tous les clans et de toutes les tribus centaures, dis-je.

A cet instant, je pris une décision éclair que j'espérais être la bonne.

— Après s'être entretenu avec eux, il réunira tous les chefs de famille.

Je croisai mentalement les doigts : pourvu que ce fût la bonne terminologie !

— Il les informera de nos plans afin que vous puissiez tous vous préparer à la guerre.

Les gens hochaient la tête calmement ; je poussai un soupir de soulagement.

— En attendant, la première chose à faire est d'en apprendre le plus possible sur notre ennemi. Si vous savez quelque chose au sujet des Fomores, même s'il ne s'agit que de contes pour enfants, venez trouver Alanna pour le lui dire. Nous allons nous armer et nous éduquer, car il faut bien connaître son ennemi pour le vaincre.

Je m'interrompis un instant, puis ajoutai :

— Souvenez-vous, le bien n'a qu'un ennemi : le mal. Mais le mal, lui, en a toujours deux : le bien, et lui-même.

Pas mal du tout. J'aurais bien aimé me rappeler à qui je l'avais piqué, surtout quand plusieurs personnes se mirent à applaudir.

— A présent, demandons à Epona de nous bénir.

Le silence s'installa. Je me demandais que faire de mes mains quand une image me vint à l'esprit, celle qui était à l'origine de toute cette aventure invraisemblable. Sans réfléchir, je pris l'attitude de Rhiannon telle que l'avait dépeinte le peintre inconnu qui avait orné le vase. Je pivotai à partir de la taille pour regarder le fleuve étincelant. Mon bras droit se leva, ma paume se tendit vers le ciel. Les yeux fermés, je me concentrai sur une bribe de Yeats qui me trottait dans la tête comme en réponse à ma prière. D'une voix claire et résonnante, je dis :

Quand le jour se met à poindre
Je compte mes heurs et mes malheurs,
Vigilante, je le suis pour vous,
Selon notre pacte de toujours,
Quel air d'aigle vous avez encore,
Tandis que de la racine de mon cœur
Une si grande tendresse afflue
Que je tremble de pied en cap.

Je me tus, espérant que Yeats ne serait pas contrarié par mon appropriation de son œuvre, et que mon auditoire avait compris quelque chose.

— Que la bénédiction d'Epona soit avec vous nuit et jour ; que la Déesse veille sur vous comme une mère sur ses enfants. Qu'elle nous aide à lutter contre le mal, et qu'elle l'empêche de triompher contre nous !

J'ouvris les yeux et baissai les bras. Me retournant vers la foule, je leur lançai un sourire radieux.

— Longue vie à tous, et prospérité !

18.

Voyant que la foule commençait à se disperser, je poussai un soupir de soulagement. Avant de quitter le mont sacré, je lançai un coup d'œil à Alanna pour voir si je m'étais bien débrouillée. Il fallait croire que oui : elle rayonnait de fierté et — nom d'un chien ! — elle me fit même un petit clin d'œil. La tension dans ma nuque disparut ; je partis sur le dos d'Eppy comme sur un nuage, me sentant aimée et acceptée de tous.

— Rhiannon !

Le ton brusque de ClanFintan m'arrêta. Je me retournai pour le regarder. Le centaure était resté au sommet du monticule, et ses yeux étaient fixés vers le nord. Les yeux plissés, il reniflait l'air comme s'il avait flairé une piste. D'un coup, il tendit l'index vers la lisière des arbres.

— Qu'y a-t-il ?

Eppy se mit elle aussi à humer nerveusement l'air. Je n'eus pas à insister pour qu'elle remonte jusqu'au sommet de la colline, à côté de ClanFintan.

— Je sens l'odeur des ténèbres dans le vent du nord.

La voix du centaure me fit peur.

— Ce n'est pas la première fois que je la sens, ajouta-t-il.

— C'est la même qu'au château des MacCallan ? demandai-je d'une voix chevrotante.

Il hocha la tête.

Une onde parcourut la foule. D'un coup, nous fûmes entourés de centaures, et je vis des membres de ma garde se précipiter vers nous.

— On approche depuis les bois, cria ClanFintan au premier garde arrivé devant nous. Raccompagnez votre maîtresse jusqu'au temple et faites rentrer les femmes et les enfants à l'intérieur.

Ne quitte pas ClanFintan, dit une voix en moi. Je lui obéis sans hésiter.

— Je reste avec mon époux. Rassemblez les femmes et les enfants, vite !

Mes guerriers me saluèrent et s'éloignèrent à toute vitesse. Avant que ClanFintan n'ait pu dire un mot, je plantai mon regard dans le sien et répétai :

— Je reste avec toi.

— Et moi, dit Alanna d'une voix résolue, je reste avec Rhiannon.

ClanFintan soupira mais ne discuta pas. Son attention se reporta sur la lisière des arbres, au loin.

Une brise douce et inoffensive nous caressait le visage. Dougal nous rejoignit sur le mont ; Eppy et moi, prises en sandwich entre les deux centaures, essayions vainement d'apercevoir ce que les autres flairaient.

— C'est mélangé à une odeur de centaure, dit Dougal d'une voix sombre.

ClanFintan répondit par un hochement de tête presque imperceptible.

— Là-bas !

Le cri de Connor attira notre attention vers l'endroit où les bois rejoignaient la rivière. L'instant d'après, un centaure solitaire surgit d'entre les arbres et se précipita vers nous d'un pas chancelant.

— Ian !

A l'instant où le cri déchira la gorge de Dougal, ClanFintan sursauta comme s'il avait été blessé.

— Dougal, Connor, suivez-moi. Les autres, positionnez-vous entre les arbres et Ian. S'il est suivi, il faudra que vous reteniez ses poursuivants le temps que nous nous mettions à l'abri.

Il souleva Alanna et la déposa sur son dos.

— Accrochez-vous, je vais aller vite.

Elle hocha la tête.

— Reste près de moi, me dit ClanFintan.

— Entendu.

Je ramassai les rênes et une poignée de crinière. J'étais tellement effrayée que j'eus à peine le temps de regretter de ne pas porter de brassière de sport.

Nous descendîmes la colline en trombe. L'espace d'un instant, je m'émerveillai de la rapidité d'Eppy, puis je fus de nouveau accablée par la peur.

Dougal arriva le premier à la hauteur du centaure surgi des bois. Il s'arrêta en dérapant et rattrapa dans ses bras son camarade blessé à l'instant où celui-ci trébuchait et s'effondrait.

ClanFintan, Connor, Eppy et moi suivions derrière. Alanna inspira vivement en voyant Dougal soutenir le torse ensanglanté du centaure.

— Ian ! Par la Déesse ! s'écria ClanFintan d'une voix terrible.

Il tomba à genoux de l'autre côté du blessé.

Alanna se laissa glisser à terre et fixa avec horreur le spectacle qui s'offrait à elle.

— As-tu été suivi ? demanda ClanFintan.

Ian tressaillit et secoua la tête.

— Non, non… p… pas suivi !

— Respire, Ian, et dis-nous ce qui s'est passé.

Ian lutta pour remplir ses poumons tandis que Dougal, penché sur lui, murmurait des mots incompréhensibles et apaisants. La peau du centaure luisait d'un horrible mélange de sueur et de sang, et de violents tremblements le secouaient. Au début, ne distinguant aucune plaie ouverte, je me demandai d'où venait le sang. Puis en essayant de se redresser, Ian changea de position et révéla une énorme entaille traversant sa poitrine de cheval d'un bout à l'autre. Ses mouvements désordonnés firent jaillir un nouveau torrent de sang qui vint imprégner sa robe déjà trempée.

— Non ! dirent ClanFintan et Dougal d'une seule voix. N'essaie pas de te lever.

Je me laissai descendre de selle et arrachai ma cape de mes épaules. J'en savais assez sur les chevaux et sur les hommes pour être certaine que ce genre de plaie pouvait être étanché par pression. Je regardai ClanFintan, qui acquiesça de la tête, puis je m'accroupis devant le centaure et pressai le tissu plié contre la terrible lacération.

— Connor, lançai-je, va chercher un médecin !

Il partit en courant en direction du temple.

Un mouvement derrière le corps du centaure attira mon œil : un rang de guerriers prenait position entre la lisière des bois et nous. Les savoir là, prêts à repousser l'ennemi qui avait blessé ce jeune centaure, me procura un instant de réconfort au milieu du chaos.

Je me retournai vers le centaure. Vues de près, ses blessures semblaient beaucoup plus sérieuses. Le sang et la sueur mélangés avaient enduit son corps d'une croûte sombre et terne. Sa robe était criblée de coupures et d'entailles, patchwork grotesque de poils blonds argentés et de morceaux de chair mis à vif, d'où coulait un mélange de sang et de sécrétions corporelles. A chacun de ses spasmes, du sang frais suintait de ces plaies atroces.

Il se remit à parler : sous le sang et la crasse, son visage était d'un gris effrayant.

— Laragon… est… tombé.

Il haletait entre chaque mot, et sa voix tremblait.

— Les habitants… morts, chuchota-t-il.

— Les femmes aussi ? demanda ClanFintan.

Ian secoua péniblement la tête.

— Non… pas… les femmes.

— Et les autres centaures ?

— Morts.

Le mot s'abîma dans un terrible silence, celui des peurs devenues réalité. Ian fut pris de convulsions et ses paupières s'abaissèrent.

— Ian ! Reste avec nous ! dit Dougal sur un ton de supplication.

Ian se força à rouvrir les yeux.

— Combien étaient-ils ?

— Beaucoup… trop.

Sa respiration, qui s'était suffisamment calmée pour qu'il pût parler normalement, s'accéléra d'un coup.

— Pas… pas pu les arrêter…

Ses convulsions devinrent incontrôlables, et sa voix s'estompa tandis qu'il luttait pour reprendre son souffle. Sous mes mains, je sentais ma cape s'imprégner de sang chaud.

— Dougal, où es-tu ?

Ian avait les yeux ouverts, mais il agitait les bras comme un aveugle.

— Ici ! Je suis avec toi, mon frère.

Dougal attira le torse sanguinolent du centaure contre lui et l'entoura de ses bras pour tenter d'apaiser ses tremblements.

— N'aie pas peur. Tu es hors de danger, maintenant.

ClanFintan m'attira vers lui, m'éloignant du centaure mourant. Blottie contre son flanc, impuissante, je vis de l'écume rouge apparaître aux coins des lèvres d'Ian, et entendis mon époux entonner un chant lent et profond. Dougal lança un regard de colère à ClanFintan, mais celui-ci poursuivit sa litanie en secouant tristement la tête pour confirmer à Dougal ce qu'il devait déjà savoir au fond de lui.

— ClanFintan ! dit Ian d'une voix étonnamment claire.

— Je suis là, répondit ClanFintan. Suis-moi, je vais te conduire chez toi.

Le corps d'Ian se détendit tandis que ClanFintan levait son visage et son chant vers le ciel, récitant des mots qui semblaient faire au centaure l'effet d'un sortilège calmant, effaçant sa douleur et sa peur.

Dougal ferma les yeux et appuya sa tête contre celle de son frère. Des larmes débordèrent de ses yeux et se mêlèrent au sang d'Ian.

— Je t'aime, mon frère. Nous nous retrouverons, tu verras, dans les prairies d'Epona.

Dans l'air silencieux, le chuchotement de Dougal résonna comme un cri.

Ian eut une ultime convulsion, puis soupira doucement et se figea.

ClanFintan continuait à chanter. Baissant la tête et fermant les yeux, il se referma progressivement sur lui-même. Sa voix se fit de plus en plus douce, jusqu'à devenir inaudible. Enfin, il se releva, me releva moi aussi et s'approcha de Dougal, qui étreignait son frère en sanglotant.

— Dougal, dit ClanFintan d'une voix éteinte, c'est fini. Il est parti.

Dougal ouvrit les yeux et regarda son chaman.

— Il était trop jeune pour mourir. Cela n'aurait pas dû arriver.

Sa voix était celle d'un vieillard brisé.

— Je sais, dit ClanFintan d'une voix presque aussi terrible.

Des larmes débordèrent de mes yeux et s'écoulèrent sur mes joues. Hier encore, Dougal paraissait si jeune, si innocent, rougissant au moindre sourire de ma part... Je m'avançais vers la dépouille de son frère, dépliai ma cape ensanglantée et l'étendis sur le flanc ravagé du centaure. Alanna se tenait derrière moi ; elle aussi enleva sa cape et la posa sur le centaure. Son visage était trempé de larmes.

Je frôlai la joue de Dougal.

— C'était quelqu'un de très courageux, dis-je, comme son frère. Je regrette de ne pas l'avoir connu.

Dougal prit ma main et la serra convulsivement.

— Pourriez-vous demander à Epona de le bénir, dame Rhiannon ?

— Bien sûr.

Sans lâcher la main de Dougal, je pris celle de mon époux dans mon autre main. Nos paumes étaient poisseuses du sang chaud d'Ian. Alanna se rangea à côté de Dougal : à contrecœur, il lâcha le corps de son frère et lui prit la main. J'inclinai la tête et fixai mon regard sur le centaure tombé.

— Epona, je te demande de bénir ce jeune centaure mort avant l'heure. Emmène-le avec toi et fais qu'il ne souffre plus jamais.

Je levai les yeux vers le visage pâle et figé de Dougal, et une petite voix en moi me souffla la suite.

— Rappelons-nous que si ce monde est celui des mourants, le monde d'après sera celui de la vie, et nous y retrouverons ceux que nous aimons pour ne jamais les quitter.

Dougal serra ma main avec gratitude, puis il se releva lentement sans quitter du regard le corps de son frère.

Une rafale de sabots annonça le retour de Connor. L'homme qu'il portait sur son dos sauta de selle avant même que le centaure ne se fût complètement arrêté, et se précipita vers le corps d'Ian. Il portait en bandoulière un lourd sac en cuir dans lequel il fouilla en tombant à genoux devant le mort.

Il toucha le cou du centaure et souleva la cape qui recouvrait sa poitrine. Je l'entendis soupirer profondément avant de se retourner vers nous.

— Mes condoléances, dit-il à Dougal. Avec votre autorisation, je vais faire nettoyer et préparer son corps.

— Oui, articula Dougal. Oui.

Il leva les yeux vers ClanFintan.

— Il faudrait… Nos parents…

Il ne put finir sa phrase.

— Nous avons le temps de les prévenir, dit ClanFintan. Connor, ramène Dougal au temple. Je m'assurerai que l'on procure à Ian les soins qui conviennent.

Connor prit Dougal par le bras et tous deux s'éloignèrent en direction du temple. Le jeune centaure garda la tête tournée par-dessus l'épaule, le regard rivé sur le corps de son frère… puis il disparut de notre vue.

Quant à moi, je m'efforçai de ne pas fixer du regard le médecin qui venait d'arriver. Cet homme, je le connaissais… enfin, disons que je connaissais très bien son reflet miroir.

ClanFintan siffla en mettant les doigts dans la bouche, et les guerriers alignés le long des arbres convergèrent aussitôt vers nous.

— Les centaures vont transporter le corps d'Ian jusqu'à votre lieu de travail, dit ClanFintan. Si vous pouviez le rendre présentable pour sa famille, je vous en serai infiniment reconnaissant.

— C'est mon travail, dit le médecin.

Ils s'échangèrent un regard de respect mutuel.

— Merci, ajoutai-je à l'intention du médecin. Je sais que nous pouvons vous faire confiance.

Bien qu'éraillée par les larmes, ma voix vibrait de l'amitié que j'éprouvais envers son reflet miroir.

— Dougal mérite au moins cette consolation.

A ma grande surprise, une expression glaciale passa sur le visage du médecin et durcit ses traits.

— Ce sera fait, dit-il simplement.

ClanFintan ordonna aux centaures de ramener le guérisseur et le corps d'Ian. Les guerriers soulevèrent la dépouille de leur camarade et partirent tristement en direction du temple.

A cet instant, mon regard se posa sur Alanna. Elle fixait le guérisseur d'une manière curieuse ; en partant, il se retourna pour la regarder, lui aussi.

— Rentrons au temple, Rhiannon, dit ClanFintan d'une voix vieillie.

— D'accord.

Je m'éclaircis la gorge et appelai Eppy, qui s'avança docilement vers moi. La jument avait assisté à cette mort terrible sans broncher ; à présent, elle s'approcha et reposa son museau contre mon visage comme pour se faire consoler.

— C'est fini, ma toute douce, murmurai-je.

Des traînées humides sous ses yeux prouvaient, si besoin était, à quel point Eppy était différente des autres chevaux.

ClanFintan encercla ma taille de ses grandes mains et me hissa sur le dos de ma jument. Puis il se retourna pour installer Alanna sur son propre dos. Ensemble, nous retournâmes lentement vers le temple.

19.

ClanFintan se dirigea droit vers les écuries. Nous ne fûmes pas accueillis par la foule habituelle des nymphes, mais par des gardes armés jusqu'aux dents. Il m'aida d'abord à descendre de cheval, puis posa Alanna sur le sol.

— Que les chefs guerriers, humains comme centaures, se rassemblent dans la salle d'audience, dit-il à l'un des gardes.

Ce dernier me lança un regard dubitatif.

— Pourquoi hésites-tu ? demandai-je d'une voix résonnante. J'ai nommé ClanFintan à la tête de mes guerriers. Obéis à ses ordres comme si c'étaient les miens.

Le garde me salua, salua ClanFintan et partit à toute allure.

J'embrassai Eppy et lui caressai une dernière fois le nez.

— Prends bien soin d'elle, dis-je au garde qui attendait pour l'emmener.

— Bien sûr, dame Rhiannon.

Alanna s'avança vers moi.

— Rhea, tu as besoin d'un bain.

Je baissai les yeux : mes seins et le tissu soyeux de ma tunique étaient maculés de sang. Il y en avait tellement… Soudain mon estomac se contracta et mon esprit s'embruma, comme si j'avais pris trop d'antihistaminiques. Une vague de nausée monta en moi, et je trébuchai.

— Rhiannon ? dit ClanFintan d'une voix inquiète.

Je clignai des yeux pour essayer de m'éclaircir les idées.

— C'était horrible, dis-je. Ce pauvre centaure…

— Le Mal n'est que l'ombre du Bien.

Il passa ses bras autour de moi et serra mon corps tremblant contre lui. Enveloppée dans la chaleur de son corps, j'absorbai un peu de sa force.

— Nous marchons dans la lumière du bien, tandis que le mal se tapit dans l'obscurité.

Ses bras se resserrèrent encore autour de moi.

— Mais nous allons le chasser de sa tanière et l'anéantir.

La chaleur et la puissance qui émanaient du corps de ClanFintan, conjugués à sa confiance en notre victoire, dissipèrent les brumes de mon esprit.

— Alanna, dis-je, avant de rencontrer les chefs de clans et de tribus, nous devons nous entretenir avec le professeur pour faire le point sur ce que nous savons de ces créatures.

ClanFintan me soutenait en silence, je le sentais.

— Demande-lui de nous retrouver dans la petite bibliothèque à côté de ma chambre à coucher. Au fait, comment s'appelle-t-il ?

— Il s'appelle Carolan.

Les joues d'Alanna étaient redevenues écarlates. Je lui lançai un regard interrogateur ; elle inspira profondément et poursuivit.

— Ce n'est pas vraiment un professeur, mais un historien. Il est historien et guérisseur.

D'un coup, tout devint clair.

— C'est l'homme que nous avons vu tout à l'heure.

— Oui.

Alanna paraissait terriblement mal à l'aise.

— Il m'a fait l'effet d'un bon guérisseur, dit ClanFintan.

Mon époux n'était manifestement pas conscient de l'échange silencieux qui se déroulait entre Alanna et moi. Cela ne me surprit pas outre mesure : après tout, c'était un homme.

— Alanna et moi allons nous débarbouiller, dis-je. Si tu allais chercher le guérisseur ? Nous pourrions nous retrouver dans mes appartements.

— Entendu, dit ClanFintan. Je ne serai pas long.

Il frôla ma joue avant de nous quitter.

Dès que nous fûmes seules, je dis à Alanna :

— Mon amie, je crois que nous avons besoin de parler.

Elle hocha la tête et me suivit. A mon grand soulagement, je commençais à trouver mes repères : cette fois, je partis tout droit vers la porte qui ouvrait sur la cour intérieure. Celle-ci était bondée de femmes bavardes et d'enfants braillards cernés par des guerriers armés. A mon apparition, un silence stupéfait tomba sur l'assistance. Je compris à quel point mon apparence devait être choquante en voyant l'effroi se peindre sur tous les visages.

J'avais déjà vu des expressions de ce genre. Un beau jour de printemps, un élève du lycée s'était fait attraper en possession de deux armes semi-automatiques chargées. Dans ce genre de situation, les mensonges et les faux-fuyants sont inutiles : mieux vaut dire la vérité et essayer de maîtriser les réactions du public. Sans chercher à dissimuler le sang sur ma poitrine, je redressai les épaules et affrontai les regards de la foule en prenant un air qui signifiait « pas d'inquiétude, je maîtrise la situation ».

La fausse assurance est une arme-clé dans l'arsenal de tout prof qui se respecte.

— Un centaure a été tué, dis-je.

Un soupir d'effroi collectif accueillit cette déclaration.

— Nous ne sommes pas en danger immédiat, mais nous devons nous préparer à affronter l'ennemi.

Je décidai d'employer une méthode qui avait fait ses

preuves en classe : dans le doute, occuper les gens, cela les rend dociles et efficaces.

— Nous aurons besoin de l'aide de chacun d'entre vous. Pour cela, j'aimerais que vous constituiez de petits groupes. Certaines d'entre vous se chargeront d'aménager un lieu pour accueillir les blessés. Vous découperez des linges pour faire des pansements, et ainsi de suite.

Encouragée par des hochements de tête dans la foule, je continuai sur ma lancée.

— Mes servantes vous assisteront. Les meilleures cuisinières, formez une deuxième équipe et présentez-vous aux cuisines. Les guerriers ont besoin de bien manger.

— Dame Rhiannon, dit une voix dans la foule, mes sœurs et moi fabriquons des flèches que nous utilisons pour faire du troc avec les marchands qui fournissent les centaures.

— Qui a parlé ? m'époumonai-je.

Les femmes s'écartèrent pour laisser s'avancer une jeune blonde menue. Je me mis à sourire de soulagement : cette femme était le portrait craché de notre meilleure prof d'informatique, une championne de l'organisation.

— Ton nom ?

Elle fit une petite révérence adorable.

— Je m'appelle Maraid, dame Rhiannon.

Je me tournai vers l'un de mes gardes — ils ne me lâchaient plus d'une semelle, à présent.

— Envoyez chercher les centaures Dougal et Connor. Qu'ils viennent ici indiquer aux femmes ce qu'elles peuvent faire pour aider les guerriers.

Je tendis le doigt vers Maraid.

— Cette jeune femme est chargée d'organiser les groupes de travail.

Le garde me salua avant de sortir précipitamment.

— Les centaures vous indiqueront ce dont ils ont besoin,

dis-je sur un ton professoral. En les aidant, vous nous aiderez tous, et je vous en remercie.

Puis, un peu tardivement, j'ajoutai :

— Qu'Epona vous bénisse toutes.

Une fois franchie la porte qui menait à mes appartements privés, je poussai un soupir de soulagement.

— Je n'ai pas fait de gaffes ?

Nous nous pressions toutes deux vers la salle de bains.

— Cela les occupera, dit Alanna. Et quand on est occupé, on n'a pas le temps d'avoir peur.

— C'est aussi mon avis.

Le garde nous ouvrit la porte de la salle de bains. Aussitôt entrée, je me débarrassai de mes vêtements ensanglantés.

— Ce qui m'étonne, dit Alanna, c'est que tu aies demandé à Dougal de participer.

Alanna me tendit une éponge et un flacon de savon. Je m'assis au bord du bassin, les jambes dans l'eau, et savonnai ma poitrine ensanglantée.

— Je me suis dit qu'il aurait besoin de s'occuper, lui aussi.

Je m'immergeai dans l'eau pour me rincer, sortis du bain et m'enveloppai dans une serviette. Alanna, quant à elle, fouillait encore dans les grandes armoires.

— Tu crois que tu pourrais trouver quelque chose qui ne soit pas transparent *et* qui couvre ma poitrine ?

— Ceci te conviendrait-il ?

Elle me montra un morceau de joli tissu crème ; je tendis docilement les bras et elle se mit à draper mon corps dans le tissu selon sa tactique magique. A ma grande satisfaction, cette tenue-ci n'était pas transparente.

Alanna attacha la tunique avec une belle broche et fit un moulinet de la main pour signifier qu'elle avait fini. Seules mes longues jambes étaient amplement dénudées, ce qui n'était pas vraiment contraire à mes habitudes.

— Ça me plaît.

Nous échangeâmes un sourire, puis je me retournai vers la coiffeuse et fouillai rapidement dans un coffre à bijoux.

— La capacité à accessoiriser est ce qui nous distingue des formes de vie inférieures, proférai-je d'un ton docte.

Je sélectionnai des boucles d'oreilles à pendants sertis de diamants.

— Des hommes, par exemple, ajoutai-je.

Nous nous lançâmes un regard complice.

— Maintenant, parle-moi de ce Carolan.

Toute complicité s'effaça de son visage, lequel devint écarlate.

— Bon sang, arrête de rougir comme ça ! dis-je.

Ce qui, bien sûr, la fit rougir de plus belle. Je lui pris la main et la conduisis vers la banquette devant la coiffeuse.

— Assieds-toi et raconte-moi tout.

Elle soupira, planta son regard dans le mien, et soupira de nouveau.

— Tu veux que je t'aide ? demandai-je. Tu es amoureuse de lui.

Ses yeux s'écarquillèrent. Elle ressemblait exactement à Bambi.

— Comment as-tu…

Je levai la main pour l'interrompre.

— J'aimerais te dire que c'est mon intuition hors du commun, ou un superpouvoir conféré par la Déesse, mais, en réalité, c'est tout simple. Cet homme est le reflet miroir de Gene, le mari de Suzanna.

Je poursuivis sans tenir compte de son air ahuri.

— Ils sont mariés depuis des lustres, et il se comporte encore comme s'ils étaient en lune de miel. C'est assez dégoûtant, à vrai dire.

Alanna émettait des petits miaulements de surprise, aussi lui versai-je un verre de vin de ma réserve apparemment inépuisable. Elle avala une grande gorgée pendant que je continuais.

— C'est tout de même marrant comme les reflets ressemblent à l'original. Enfin, tu vois ce que je veux dire... Dans mon ancien monde, Gene est avocat et prof d'histoire à la fac. Suzy dit que face à son intelligence, les plus beaux malabars passent pour des Néandertaliens.

— *Malabars ? Néandertaliens* ? répéta Alanna sur un ton perplexe, proche de l'hystérie.

Je fronçai les sourcils.

— Ne t'en fais pas, Alanna. Ça signifie juste qu'elle l'adore, elle aussi.

Cette explication sembla la rassurer quelque peu.

— Vous n'êtes pas mariés, dans ce monde ?

— Non ! dit Alanna en sursautant comme si elle avait reçu une décharge électrique.

— Pourquoi pas ?

Ses yeux se remplirent de larmes. Génial.

— Ne me dis pas qu'il ne t'aime pas. J'ai bien vu la façon dont il te regardait.

— Il m'aime, souffla Alanna.

D'un coup, je me rappelai que dans sa jeunesse, des années avant de rencontrer Suzanna, Gene avait été brièvement marié.

— Il est marié à quelqu'un d'autre ?

Je lui pris la main, prête à compatir et à la soutenir dans cette relation impossible.

— Non ! Il n'aime personne d'autre que moi.

— Alors quel est le problème, bon sang ?

— Toi.

— Moi ! m'exclamai-je en lui lançant un regard outré. Tu veux dire cette fichue Rhiannon !

— Je suis désolée. Tu as raison. C'est Rhiannon, pas toi, qui pose problème.

— Je ne comprends toujours pas.

— Quand elle a découvert nos sentiments l'un pour l'autre, Rhiannon nous a interdit de nous marier, et même de nous aimer. Nous n'avions plus jamais le droit d'être seuls ensemble. Elle m'a dit que je lui appartenais, à elle et à personne d'autre.

Elle haussa les épaules.

— Elle a dit qu'elle me laisserait à Carolan quand elle n'aurait plus besoin de mes services. Qu'il n'avait qu'à attendre.

Cela me laissa sans voix.

— Et il a attendu, conclut tristement Alanna.

— La sale garce ! Avec tous les hommes qu'elle avait à sa disposition, elle aurait pu t'en laisser un !

— Oh, elle m'aurait laissé n'importe lequel d'entre eux — sauf Carolan.

— Et toi, tu ne voulais que lui.

Elle confirma en secouant la tête. Nous bûmes toutes deux en silence. Une nouvelle question me vint à l'esprit.

— Alanna, tu n'as pas d'enfants ?

— Bien sûr que non ! Je n'ai jamais été mariée !

Je me contentai de la dévisager en silence. Comment pouvais-je lui dire que dans un autre monde, elle avait trois filles ravissantes avec l'homme qu'elle aimait ? Impossible. Une fois de plus, les décisions de Rhiannon pesaient lourdement sur ma conscience.

— Il doit me détester, dis-je sans réfléchir.

Alanna confirma en haussant lentement la tête. Je me levai d'un bond.

— Eh bien, on va remédier au problème. Epouse-le. Aujourd'hui.

Alanna sursauta.

— Mais… mais nous n'avons pas le temps d'organiser une cérémonie !

— Quel genre de cérémonie faut-il ?

— Un prêtre ou une prêtresse doit prononcer une bénédiction.

— Je suis prêtresse, non ?

— En effet, dit Alanna, bouche bée.

— Donc, je peux bénir votre mariage, dis-je sur un ton pragmatique.

— Oui, répondit faiblement Alanna, mais… ce n'est pas le… nous sommes à la veille d'une guerre…

— Au contraire, dis-je en lui décochant un regard perçant, c'est le moment idéal. Tu préfères peut-être attendre la fin des combats ?

— Non, non !

Une ombre de peur passa sur son visage.

— Alors en avant ! dis-je en la poussant vers la porte. Plus tard, quand on aura réglé cette histoire de vampires, vous pourrez organiser un vrai mariage, avec des invités et tout.

Alanna se contentait de hocher la tête comme une somnambule.

— Une grande fête ! poursuivis-je. Je m'occuperai de tout, ce sera génial ! Mais d'abord, parons au plus pressé.

Je réfléchis rapidement : prêtresse, ce serait sans doute aussi amusant, sinon plus, que demoiselle d'honneur. Nous sortîmes de la salle de bains et, après un instant d'hésitation, je pris le chemin de mes appartements, sifflotant une marche nuptiale et savourant l'expression abasourdie mais béate d'Alanna. Il est toujours plus jouissif de jouer le rôle du bon que celui du méchant (ce n'est pas John Wayne qui me contredirait).

La servante qui ressemblait à Staci finissait tout juste de superviser la mise en place de mon petit déjeuner. Le parfum alléchant du porridge au miel fit gargouiller mon estomac. Je lançai un sourire enthousiaste à la jeune fille, et fus surprise de la voir me répondre d'un air inexpressif, puis quitter la pièce d'un pas chancelant.

— Tu crois que les filles ont un peu trop forcé sur la bouteille, hier soir ? demandai-je à Alanna après le départ des servantes.

— Pardon ?

— Rien, rien.

Elle avait toujours le même air euphorique, et ne semblait pas avoir compris un piètre mot de ce que je venais de dire. De toute façon, il arrive aux jeunes filles de trop boire sans le faire exprès ; étant bien placée pour le savoir, je n'allais certainement pas leur faire la morale.

— Viens, Alanna, il faut que tu manges, sinon tu vas t'évanouir.

Nous engloutissions notre petit déjeuner (enfin, moi, je l'engloutissais ; Alanna, elle, touchait à peine à son porridge) quand deux coups brusques résonnèrent à la porte.

— Entrez ! m'écriai-je, la bouche pleine de bouillie sucrée (ça ressemblait à des flocons d'avoine, mais en plus sauvage, si vous voyez ce que je veux dire).

Les portes s'ouvrirent sur mes gardes, lesquels s'écartèrent à leur tour pour laisser passer ClanFintan et Carolan. J'avais eu l'intention de surveiller de près la réaction d'Alanna à la vue de son futur époux, mais j'en fus inopinément empêchée par ce que j'appelle *un instant Star Trek*. La présence de ClanFintan me happa comme s'il avait été un immense trou noir dans l'espace intersidéral, et moi un petit vaisseau spatial de rien du tout. Pour les civils, pensez à un aspirateur attirant à lui une particule de poussière.

— Salut ! dis-je d'une voix de godiche.

Il prit ma main et leva ma paume vers ses lèvres, un geste qui commençait à m'être très familier (et agréable).

— Bonjour, chère Rhiannon.

Sa voix m'enveloppa et me fit frissonner. Nos doigts

s'entrelacèrent, et il caressa doucement mon poignet du bout du pouce.

— Comment va Dougal ?

Son visage s'assombrit.

— Il n'a pas encore pris conscience que son frère était mort, dit-il en secouant tristement la tête. Cela va être très difficile à accepter.

En serrant ses doigts autour de ma main, il ajouta :

— Il paraît que tu as décidé de l'occuper. Sage décision, il lui restera moins de temps pour réfléchir.

— Ouf ! J'avais peur que tu me reproches de donner des ordres à tes centaures.

Je lui souris en le regardant droit dans les yeux, et le reste du monde disparut. Non, je ne plaisante pas ! Ne critiquez pas le mariage, les filles, avant d'avoir testé.

Alanna s'éclaircit la gorge, me rappelant que je n'étais pas, hélas, un personnage de conte de fées. Je m'aperçus que Carolan se tenait près de la porte et me fixait avec une expression suspicieuse. C'était déconcertant de voir l'un de mes meilleurs amis se méfier ouvertement de moi, aussi décidai-je d'utiliser avec lui la même tactique qu'avec Alanna. J'allais rester moi-même, et lui laisser le soin de s'adapter.

— Entrez, Carolan, dis-je avec un sourire chaleureux. Nous avons besoin de l'avis d'un expert.

Alanna était installée sur la chaise longue face à la mienne. ClanFintan se tenait tout près de nous. Carolan s'avança lentement : je lui indiquai la chaise d'Alanna.

— Asseyez-vous, Carolan. Vous avez faim ?

Il s'arrêta près de la table sans même regarder Alanna.

— Je préfère rester debout, dame Rhiannon, dit-il avec raideur. Et je vous remercie, mais je viens de déjeuner.

— Comme vous voulez, dis-je, mais nous risquons d'en avoir pour un moment, alors n'hésitez pas à vous asseoir et à vous servir un verre de vin. Au petit déjeuner, le raisin est mon fruit préféré.

Carolan me fixait comme si j'avais été une bombe sur le point d'exploser.

ClanFintan tirailla doucement sur une boucle de mes cheveux.

— Tu aimes le vin à toute heure, pas seulement au petit déjeuner, dit-il en posant un regard appuyé sur mon verre à moitié vide.

— C'est thérapeutique.

Je décochai un nouveau sourire à Carolan, et ajoutai d'une voix de conspiratrice :

— N'est-ce pas, monsieur le guérisseur ?

— On dit que c'est le nectar de la vie, répondit-il froidement.

— Tu vois !

ClanFintan me répondit par un toussotement sceptique.

— D'ailleurs, Alanna, lors de ta vraie fête de mariage, il faudra que le vin coule à flots.

Mes paroles teintèrent les joues de la jeune femme d'un rose encore plus vif, mais, sur Carolan, elles eurent l'effet inverse. Le sang reflua de son visage, lequel prit une affreuse couleur grisâtre ; l'espace d'un instant, je craignis qu'il ne nous faille un embaumeur plutôt qu'une prêtresse. Puis il lança entre ses dents :

— Dame Rhiannon, je vous savais capable du pire, mais *ça*...

Je sentis ClanFintan bondir en entendant son ton de voix haineux. Le guérisseur, quant à lui, tremblait de rage contenue. Mon époux lâcha ma main et s'interposa entre nous.

— Prenez garde à ce que vous dites, guérisseur, grogna-t-il d'une voix terrible.

— Si vous la connaissiez vraiment, lança le professeur, vous n'oseriez pas la défendre !

Carolan cracha sur le sol devant moi. Alanna et moi bondîmes sur nos pieds tandis que ClanFintan se ruait sur lui. Avant que je n'aie pu dire quoi que ce soit, il avait forcé Carolan à se mettre à genoux.

— Demandez-lui pardon ! grogna-t-il.

— Non ! m'écriai-je en tirant sur le bras de ClanFintan pour essayer de l'obliger à lâcher prise. Non, c'est moi qui m'excuse ! J'aurais dû mieux m'expliquer. J'ai parlé sans réfléchir.

Visiblement perdu, ClanFintan libéra Carolan, lequel se redressa au ralenti.

Alanna se tenait à coté de moi. Je lui pris la main et, avant que Carolan n'ait pu de nouveau cracher à mes pieds, j'attrapai une de ses mains et la plaçai dans celle d'Alanna.

— C'est *vous* qu'elle va épouser, à l'instant même. On n'aurait jamais dû vous séparer.

Par-dessus l'épaule de Carolan, je lançai un regard d'excuse à mon époux décontenancé.

— Je n'ai pas été très claire, au début, je le reconnais, mais je ne m'attendais pas à ce qu'il flippe autant !

Puis je reportai mon attention sur les deux quasi-mariés. Carolan, yeux écarquillés, bouche ouverte, ressemblait à un poisson hors de l'eau. Je hochai gravement la tête de haut en bas avec un regard qui signifiait « c'est pour de vrai ». Lui se tourna vers Alanna avec angoisse, comme s'il craignait qu'elle ne se transforme subitement en crapaud (dans ce monde, on ne savait jamais, hein !)... et, devant son air de béatitude émue, inspira une immense bouffée d'air.

Avant qu'il ne refonde les plombs (et avant que mon époux ne pût casser quelque chose dont Carolan risquait d'avoir plus tard besoin — son cou, par exemple), je posai mes deux mains sur les leurs et récitai un serment de mariage hâtivement bricolé d'après Longfellow.

— Il n'y a rien de plus sacré, dans cette vie, que le début de l'amour — sentir les premiers battements de ses ailes soyeuses — entendre se lever la brise qui va balayer l'âme.

Puis je serrai mes mains autour des leurs.

— Je pourrais dire que je viens de vous unir, mais je sais qu'en réalité vous êtes unis depuis longtemps. Alors, disons qu'à présent, c'est officiel.

Je regardai Carolan droit dans les yeux (il était en état de choc) et ajoutai :

— Chérissez-la toujours.

Puis je reculai d'un pas et leur fis un grand sourire.

— Vous pouvez embrasser la mariée !

Mais au lieu d'embrasser Alanna, Carolan lâcha sa main et posa sur moi un regard pénétrant.

— Qui êtes-vous ?

20.

J'ouvris la bouche pour répondre, mais Carolan me coupa la parole.

— Non ! N'essayez même pas de dissimuler la vérité sous des mensonges tordus. Il y a de longues années que je connais Rhiannon et que je la hais. Elle n'est rien d'autre qu'une enfant gâtée qui ne pense qu'à elle-même.

Alanna inspira vivement ; l'historien se tourna vers elle et son visage s'imprégna de douceur.

— C'est la vérité, mon amour, et tu le sais.

Il caressa sa joue et laissa sa main s'y attarder.

— Elle a récompensé ta fidélité et tes sacrifices par la jalousie et le dépit.

Il se retourna vers moi. A présent, son visage n'exprimait plus aucune méfiance, mais de la curiosité et du plaisir.

— Je vous repose la question : qui êtes-vous ? Comment est-ce possible ?

Il m'examina d'un œil professionnel.

— D'un point de vue physique, vous êtes presque identiques !

Eh bien ! J'avais toujours su que l'intelligence de Gene me créerait un jour des problèmes.

Il s'avança d'un pas ; cette fois, notai-je, ClanFintan ne s'interposa pas. A vrai dire, il s'était figé sur place, et il me fixait du même regard analytique que Carolan. A la différence près que le centaure paraissait beaucoup moins ravi que l'historien.

— Vos cheveux sont peut-être un peu plus courts, dit-il en laissant échapper un petit rire joyeux. Et votre façon de parler est certainement très curieuse ! Mais, l'un dans l'autre, la ressemblance est…

— Carolan, tu te trompes ! dit brusquement Alanna.

Cette fois, ce fut mon tour d'intervenir.

— Laisse-le finir, Alanna, dis-je avec fermeté.

Carolan me regarda dans les yeux.

— Vous n'êtes pas Rhiannon, dit-il. Vous êtes peut-être l'Elue d'Epona, mais vous n'êtes pas Rhiannon. Quand je vous regarde dans les yeux, je ne vois pas mon ancienne ennemie. Vous n'avez pas en vous le mal qu'elle portait en elle.

Je regardai le visage anxieux d'Alanna et soupirai.

— Alanna, je n'en peux plus, dis-je.

Je cherchai le regard de ClanFintan.

— Je ne veux plus te mentir.

Il ne fit pas un geste ni un bruit. Son visage était redevenu ce masque impassible qu'il m'avait montré à notre première rencontre.

C'était trop tard, toutefois, pour faire marche arrière. La vérité, c'est que je n'en avais même plus envie. J'étais *moi*, j'en avais ras le bol que l'on me prenne pour l'autre garce.

— Je ne suis pas Rhiannon, dis-je.

J'entendis Carolan émettre un grognement de satisfaction, mais je ne quittai pas mon époux des yeux.

— Je m'appelle Shannon Parker. C'est très difficile à expliquer — j'ai moi-même du mal à comprendre tout ce qui m'est arrivé. Je viens d'un autre monde, un monde où les gens ressemblent beaucoup à ceux de ce monde-ci, parfois même comme des jumeaux, mais qui en lui-même est très différent du vôtre.

Je me tus un instant, espérant que ClanFintan dirait quelque chose. Il n'en fit rien, mais hocha la tête comme pour m'inciter à continuer.

— Je ne sais comment, Rhiannon a découvert l'existence de mon monde, et a trouvé un moyen de s'échanger contre moi. Elle a utilisé pour cela un vase à son effigie. Dès l'instant où j'ai posé les yeux sur cet objet, ma vie a basculé.

Je cherchai mes mots.

— Je n'avais aucune idée de ce qui m'arrivait. Je croyais que c'était un terrible accident de voiture.

Je lançai un regard suppliant à mon époux.

— Tu te rappelles le jour de notre mariage ? Je pouvais à peine parler, parce que je n'avais plus de voix ?

Nouveau hochement de tête.

— C'était à cause du… comment dire ? du *changement de monde.*

Alanna s'avança jusqu'à ma hauteur et se tint à côté de moi.

— Ce n'est pas Rhiannon, et nous avons gagné au change.

— Comment un mensonge peut-il être préférable à la vérité ? s'écria ClanFintan.

— Ce n'est pas elle qui a menti ! C'est moi !

J'essayai de faire taire Alanna, mais elle débita d'un trait :

— Elle ne voulait pas faire semblant d'être Rhiannon, mais je lui ai dit que le peuple avait besoin d'elle.

Elle se tourna vers moi.

— Je voulais que tu le dises à ClanFintan, et en même temps j'avais très peur. Peur pour moi, d'abord, peur qu'on m'accuse d'avoir fait disparaître Rhiannon. Et puis, à mesure que j'ai appris à te connaître, j'ai eu peur que le peuple ne se retourne contre toi en apprenant la supercherie.

Elle lança un regard perçant à ClanFintan et ajouta :

— Je redoutais aussi la réaction de tes proches ; je ne voulais pas que tu sois blessée… Mais depuis, j'ai compris que notre Déesse était pour quelque chose dans cet échange, et que nous en avons tous bénéficié.

Elle me prit la main et s'adressa directement au centaure.

— Si vous êtes en colère parce que vous avez été dupé, prenez-vous-en à moi. Mais avant cela, Chaman, réfléchissez bien au cadeau que vous a fait la Déesse. Que vous réserverait l'avenir si vous aviez épousé la vraie Rhiannon ?

Le rire de Carolan me surprit. Il mit ses bras autour de sa jeune épouse et la serra très fort. Puis lui aussi se tourna vers le centaure.

— Il ne s'agit pas seulement de vous, Chaman. Le caractère vindicatif de Rhiannon a ébranlé nos vies à tous. Pour ma part, je lui serai éternellement reconnaissant de s'être exilée de sa propre initiative.

Il me sourit, prit ma main et la porta à ses lèvres.

— Bienvenue à vous, Bien-Aimée d'Epona. Que notre monde vous rende cent fois les faveurs dont vous nous avez comblés !

Je le remerciai d'un sourire, puis lança un regard anxieux à ClanFintan.

Enfin, il se mit à parler d'une voix pensive mais toujours dépourvue d'émotion.

— Dès le début, j'ai su que tu étais différente. Tu t'exprimais d'une façon très particulière, mais après tout, je te connaissais à peine, et l'Elue d'Epona est forcément un peu différente des autres…

Il lança un regard à Carolan.

— Mais je suis contraint de vous donner raison. Depuis un certain temps déjà, je me suis rendu compte qu'elle n'avait pas le caractère malicieux de Rhiannon.

Carolan acquiesça vigoureusement. Le regard de ClanFintan revint vers moi.

— Si je n'ai rien dit, c'est que j'espérais que tu me ferais assez confiance pour me révéler ton secret.

Sa voix était enfin redevenue normale, et je fus troublée d'entendre la tristesse qui y perçait.

— Je te fais confiance, crois-moi ! C'est juste que ce n'était jamais le bon moment. Et puis… eh bien… je ne voulais pas te le dire parce que j'avais peur de te perdre.

Ma voix s'était réduite à un chuchotement. Eh oui, je l'aimais. C'était tellement romantique que j'en avais presque la nausée.

Mais passez une nuit avec un chaman capable de prendre n'importe quelle forme et, euh, doté d'une anatomie très avantageuse, et nous en reparlerons.

En plus, il était du bon côté, comme John Wayne et James Bond. J'ai toujours eu un gros faible pour les gentils.

Figée sur place, je clignais des yeux pour retenir les larmes qui menaçaient de déborder. A l'instant où j'allais éclater en sanglots, ClanFintan soupira profondément et s'avança vers moi. Il caressa mon visage et prit mon menton en coupe dans sa main chaude.

— Tu ne me perdras jamais, dit-il.

Il se pencha pour m'embrasser, puis se mit à sourire ; je devais arborer une expression de dingo.

— Même si tu mets ma patience à rude épreuve, ajouta-t-il sur un ton penaud.

J'avais envie de lui sauter au cou et de me blottir contre son corps brûlant, mais je sentais les regards d'Alanna et de Carolan peser sur nous. Je me contentai donc de l'attirer contre moi et de planter un baiser sur sa bouche.

— Je t'adore, chuchotai-je contre ses lèvres.

A cet instant, mon estomac gargouilla assez distinctement pour que le monde entier l'entende. ClanFintan éclata de rire et me conduisis en direction de la table. Il s'étendit d'abord dans la chaise longue, puis m'installa devant lui, face à la table. D'évidence, les chaises étaient conçues pour pouvoir accueillir plus d'une personne (je ne voulais pas trop réfléchir aux différents usages que Rhiannon avait pu en faire). Le centaure passa un bras autour de ma taille et m'attira contre lui.

— Asseyez-vous, les amis, dis-je avec satisfaction.

Sans hésiter, Carolan conduisit Alanna jusqu'à la deuxième chaise longue et s'installa à côté d'elle. Depuis tout à l'heure, il avait gardé sans cesse une main sur son épaule, comme s'il craignait qu'elle ne disparaisse.

— Je parie que tu n'avais pas vraiment déjeuné, dis-je à Carolan en mordant à pleines dents dans un délicieux petit pain sucré.

— A vrai dire, ce matin j'ai raté la bénédiction parce que j'aidais à mettre au monde des jumeaux. Je n'ai rien mangé du tout.

— Sers-toi ! Il y en a dix fois trop, de toute façon. Les cuisiniers ont l'air de penser que certains d'entre nous ont un appétit de cheval !

Carolan faillit s'étrangler sur son porridge, et Alanna, qui commençait à s'habituer à mon humour, lui asséna de vigoureux coups dans le dos.

ClanFintan ne dit rien, mais il profita de la distraction pour me mordre l'épaule.

— Ouille ! hurlai-je.

Alanna et Carolan se tournèrent vers nous avec inquiétude, mais ClanFintan avait déjà repris son air impassible. Je n'étais pas vraiment étonnée, au fond ; je savais déjà que c'était un mordeur.

— Comment doit-on vous appeler, au juste ? demanda Carolan entre deux bouchées.

— Bonne question.

ClanFintan inclina la tête et me dévisagea.

— Tu as dit que dans ton monde, tu t'appelais… *Shannon Parker*, n'est-ce pas ?

Sa façon de prononcer mon nom le rendait exotique, spécial. « Au diable la prudence, voulus-je dire, appelle-moi toujours ainsi ! » Puis je redescendis subitement sur terre.

— Je m'appelle Shannon, en effet, mais je crois qu'il vaut mieux que vous ne m'appeliez pas ainsi. A moins que… Croyez-vous que je doive dire au peuple qui je suis vraiment ?

— Non ! répondirent Alanna, Carolan et ClanFintan d'une seule voix.

Un silence plana pendant qu'ils envisageaient, sans doute, les affreuses conséquences d'une telle révélation, puis Carolan s'éclaircit la gorge. Nous le regardâmes tous avec attention.

— Hum, dit-il, je ne vois pas à quoi cela servirait. Surtout à la veille d'une guerre.

Il s'interrompit et regarda Alanna de façon pénétrante.

— Nous sommes certains qu'elle est bien l'Elue d'Epona, n'est-ce pas ?

— Aucun doute n'est permis, dit Alanna en hochant vigoureusement la tête.

— Dans ce cas, dit Carolan d'un air soulagé, il n'y a aucune raison de bouleverser la vie du temple et de perturber le peuple en les informant de… — il chercha ses mots — de ce changement inopiné.

ClanFintan et Alanna murmurèrent leur approbation.

— Bon, dis-je, très bien ; mais il y a beaucoup de choses que Rhiannon a faites avec lesquelles je ne suis pas d'accord.

— Tant mieux ! s'exclama ClanFintan.

Je déposai un petit baiser sur sa joue.

— Rhea, dit Alanna, le peuple t'adore. Et comme tes guerriers te craignent, ils ne parlent pas librement des…

mauvaises habitudes de Rhiannon. Sois toi-même, et les erreurs de Rhiannon s'annuleront d'elles-mêmes.

Ce programme me convenait parfaitement.

— Mais comment devons-nous t'appeler ? répéta ClanFintan.

— J'aime bien le surnom que nous avons trouvé avec Alanna, dis-je. *Rhea.* C'est différent de Rhiannon, mais pas suffisamment pour créer de gros problèmes.

Mes trois compagnons opinèrent du chef, et chacun réattaqua son petit déjeuner.

— Dommage que tout ne puisse pas être aussi facile à résoudre, dis-je en guise de transition.

Nouveaux hochements de tête silencieux.

Hélas, nous ne pouvions en rester là. Si j'allais vraiment vivre dans ce monde, il allait falloir qu'on se débarrasse de ces horribles vampires.

— Bon, Carolan… Dites-nous ce que vous savez sur les Fomores.

— Ils sont le mal incarné.

Ça, on le savait déjà, non ?

— Mais encore ?

Apparemment insensible à mon ironie, Carolan poursuivit sur un ton de prof d'histoire.

— C'est une espèce venue à l'origine de l'Extrême-Orient.

Je sentis ClanFintan sursauter, et me rappelai que selon la carte qui m'avait électrocutée, toutes les terres à l'est de la Guéale appartenaient aux centaures.

— Oui, dit Carolan en remarquant sa réaction, c'était avant que les centaures ne peuplent les grandes plaines herbeuses. Selon d'obscures légendes, il n'y eut au début que très peu d'échanges entre les Fomores et le peuple de Partholon. Puis on parle d'une grande sécheresse, suivie d'un immense incendie des prairies où vivaient les Fomores. Le feu était impossible à contenir. Risquant d'être incinérés en masse, les Fomores demandèrent à nos ancêtres de les secourir. Ils avaient notamment besoin d'aide pour traverser la Guéale.

— Quoi ?

— Toujours selon les légendes, les Fomores doivent rester constamment en contact avec la terre ferme. C'est une question de vie ou de mort ; ils sont donc incapables de franchir un cours d'eau.

— Attendez, ils ont des ailes ! S'ils doivent toujours rester en contact avec la terre, comment peuvent-ils voler ?

— Excellente question, répondit Carolan d'un air ravi. Aucun texte ni légende ne parle de Fomores volants. On les décrit plutôt comme — il s'éclaircit la gorge et plissa les yeux, cherchant les mots exacts — des *démons glisseurs*. Pas des *démons volants*. Leurs ailes fonctionnent sans doute un peu comme celles des écureuils volants. Elles ne possèdent pas vraiment d'ailerons comme celles des oiseaux, simplement des membranes qui se gonflent de vent.

Je revis leurs terribles foulées rapides, et me rangeai à son avis.

— Le peuple de Partholon réuni, poursuivit Carolan, a décidé que ce serait une abomination de laisser les Fomores brûler vivants, ou mourir de faim une fois l'incendie terminé. Nous avons donc construit un énorme pont au-dessus de la Guéale, fait d'épaisseurs successives de bois et de terre. Les ruines de ce pont sont d'ailleurs visibles non loin d'ici.

Nous le regardâmes en silence. Enfin, il prit une gorgée de vin, et dit :

— Les Fomores ont traversé, et nos deux races ont tenté de vivre en paix.

— Je croyais que les Fomores avaient été inventés pour faire peur aux enfants, interrompit ClanFintan. Pourquoi ne m'a-t-on jamais dit qu'ils existaient vraiment, et que le peuple de Partholon les avait aidés à s'installer ici ?

— Les Fomores ont laissé très peu de traces écrites. Seuls les scribes ont accès aux textes les concernant ; or, la plupart de ces textes sont en mauvais état et très difficiles à déchiffrer. Peu de scribes prennent la peine d'étudier ces vieux volumes moisis.

L'expression de ClanFintan m'indiqua que les scribes dont parlaient Carolan étaient des moines, des intellos ou des filles.

Comme s'il avait lu dans mes pensées, Carolan rit doucement.

— Seul un historien ayant une formation de scribe, et disposant d'un surplus de temps libre, peut s'intéresser à ces choses.

Alanna serra la main de son époux dans la sienne, et ils échangèrent un doux regard complice.

— Bref, poursuivit-il, les seules légendes qui ont survécu par l'intermédiaire des bardes sont celles apparues depuis la guerre.

Je lançai un regard oblique à Alanna et ClanFintan : eux aussi semblaient étonnés. C'était agréable, pour une fois, de ne pas être la seule à tomber des nues.

— Oui, poursuivit Carolan, c'est ainsi que l'on a oublié la vérité au sujet de l'arrivée des Fomores dans Partholon.

Je réfléchis un instant au fonctionnement de mon ancien monde, et compris comment une telle rétention d'informations avait pu fonctionner. Après tout, il y beaucoup d'hommes politiques qui auraient la vie plus facile si le commun des mortels ne savait ni lire ni écrire.

— Donc, demandai-je, que nous disent ces légendes orales ?

— Les Fomores étaient réduits en nombre et affaiblis, mais leur véritable nature fut rapidement percée à jour. C'est une race de démons cruels et hideux, qui pratiquent la magie noire.

Il leva la main et abaissa les doigts l'un après l'autre.

— Ils se nourrissent du sang des humains. Ils ne supportent pas l'exposition au soleil, sous peine de grave malaise, et ne peuvent traverser les étendues d'eau. Ils se perçoivent comme au-delà des lois de la nature et d'Epona.

Ce signalement me semblait correspondre en tout point à celui de Fidel Castro, mais ç'aurait été trop long à expliquer.

— Toujours selon les légendes, une guerre a éclaté. Les Fomores, inférieurs en nombre, furent vaincus, repoussés par-delà une passe de la Grande Chaîne des Montagnes et bannis dans les Terres Désolées du Nord. Le Donjon du Gardien fut érigé pour veiller sur cette passe. Il a joué son rôle pendant des générations.

— Plus maintenant, dis-je.

— Je ne comprends pas que les Fomores n'aient pas succombé à cet exil, dit Carolan. Les terres du nord sont trop glacées et inhospitalières pour qu'aucun être puisse y survivre. Le soleil y brille, mais il ne donne aucune chaleur. Ces monstres n'auraient dû survivre que dans les cauchemars des enfants.

— Eh bien, *ils sont de retour*, dis-je sur un ton de bande-annonce.

Il y avait fort à parier qu'aucun de mes interlocuteurs n'avait vu *Poltergeist III*, mais ils comprirent où je voulais en venir.

— Comment fait-on pour les tuer ? demanda ClanFintan.

— Ils sont hélas réputés extrêmement résistants. A moins de les décapiter ou de les brûler, on ne peut être sûr de les avoir achevés.

— Les légendes parlent-elles du fait qu'ils s'accouplent avec des femmes humaines ? demandai-je.

— Non ! dit Carolan, l'air choqué. Les Fomores n'étaient

pas nombreux, mais ils avaient des femelles de leur propre race.

— Eh bien, ils en ont toujours, dis-je en me rappelant la créature ailée qui avait arraché le fœtus du ventre de la pauvre mère porteuse. Mais on dirait qu'ils ne s'en servent plus pour se reproduire. Ils se reproduisent avec des filles humaines, et quand celles-ci accouchent, les… les bébés les tuent pour sortir de leur ventre.

Le sang reflua du visage de Carolan.

— Voilà ce qui arrive aux femmes des MacCallan, dit ClanFintan sur un ton de mort.

— Ils se multiplient, dit Carolan.

— Exactement, dit ClanFintan. Avant de mourir, Ian m'a dit qu'ils étaient très nombreux.

— Il faut les arrêter ! répéta Alanna d'une voix qui frisait l'hystérie.

Carolan mit un bras autour de ses épaules, un geste si familier que, l'espace d'un instant, j'eus l'impression d'être de retour chez moi, dans mon appartement, en compagnie de Gene et Suze, passés prendre le brunch. Ce mélange des deux mondes me troublait tant que j'en avais presque le vertige. Je détournai les yeux… et, posant mon regard sur l'arrière-train de mon mari, revins brusquement à la réalité. Dans ce monde, on ne jouait pas selon les mêmes règles que dans le mien. Pas de voitures. Pas d'avions. Pas de télévision (Dieu merci) pour reléguer la violence au rang de ce qui n'arrive qu'aux autres.

Tout d'un coup, je me sentis complètement dépassée par la situation. Je n'avais pas la moindre idée de ce que je faisais, et voilà que l'on me confiait un poste à supergrande responsabilité ! Qui plus est, à un moment où la population avait vraiment besoin d'une experte ! Je fermai les yeux et me frottai les tempes : la migraine menaçait.

Puis mon mari m'entoura de ses bras puissants et m'attira à lui. Dans son étreinte chaude et réconfortante, je me détendis et me rappelai que je n'étais pas seule. J'ouvris les yeux et lui souris.

— Nous les avons déjà vaincus, dit-il sur un ton inflexible, et nous les vaincrons de nouveau.

— Cette fois, nous rappela Carolan, le royaume de Partholon est allié avec les puissants guerriers centaures.

ClanFintan inclina la tête en réponse au compliment de Carolan et me lança un regard impertinent.

— Oui, dit-il, il y a peu de choses qu'un centaure et une humaine réunis ne puissent accomplir.

Alanna laissa échapper un gloussement, et je me mis à rougir. Mais j'avais compris le message. Nous devions travailler ensemble à débarrasser le pays des Fomores. Soit je continuais à m'inquiéter et à laisser d'autres personnes (et semi-animaux) prendre les décisions à ma place, soit j'allais de l'avant. J'ai toujours eu pour politique d'attaquer les problèmes de front. L'expérience m'a appris qu'il existe très peu de mauvaises choses qui disparaissent de leur propre gré si on n'y fait pas attention (un principe que les ados ont beaucoup de mal à saisir). Franchement, je préfère agir et me tromper, que rester à attendre de prendre racine.

— Donc, ils viennent d'attaquer le château de Laragon, dis-je. Si je me souviens bien, dans les environs du château il n'y a qu'un grand lac et…

Ma voix s'érailla comme je me rappelais ce qu'il y avait de l'autre côté du lac.

— Le Temple de la Muse ! dit Alanna avec horreur.

— Bon sang, il n'y a que des femmes là-dedans, non ?

— Oui, dit Carolan. Les neuf Muses Incarnées. Chacune d'elle est une virtuose dans son domaine. Elles ont également de nombreuses servantes et disciples. C'est dans ces académies que les plus belles et talentueuses jeunes femmes de Partholon viennent étudier la danse, la poésie, la musique, les sciences et ainsi de suite. Celles qui terminent leurs études sont respectées pour leurs connaissances, leur grâce et leur beauté.

Il hésita, puis ajouta :

— Rhiannon a été formée par les Muses.

— Mais… elles n'ont pas de gardes comme j'en ai ici ?

— Non. Epona est la Déesse Guerrière ; il est naturel qu'elle s'entoure de soldats. Les Muses ne sont pas des guerrières, mais des pédagogues. Elles n'ont jamais eu besoin de gardes.

— Jusqu'à présent.

J'en avais la nausée. Des images de ma soirée de mariage défilaient dans ma tête, notamment celles de la danseuse qui ressemblait tant à mon amie Michelle. Elle était d'une beauté à couper le souffle — je préférais ne pas imaginer la réaction des Fomores devant un temple bourré à craquer de femmes dans son genre.

— Venez, dis-je. Allons regarder la carte.

J'inclinai la tête en direction de la porte qui menait à ma petite bibliothèque privée.

— Il faut trouver un moyen de les arrêter.

Troisième partie

1.

Je me tenais tout près de la carte, en prenant garde toutefois de ne pas la toucher. Chacun retraçait du regard le chemin entre le Donjon du Gardien et le château de Laragon. Ce dernier, une forteresse massive située au sud de la Grande Chaîne des Montagnes, était séparé du Temple de la Muse par la pointe nord du Loch Selkie. Le temple était bâti sur la rive ouest de la grande Calmane. En suivant cette rivière jusqu'à l'embranchement de la Guéale, et plus loin, vers le sud, l'on retrouvait le Temple d'Epona. Entre les deux temples s'étendait une vaste zone presque entièrement occupée par les marécages d'Ufasach et le Loch Selkie.

— Pouvons-nous partir du principe que les Fomores se trouvent encore à Laragon ? demanda Carolan.

— S'ils utilisent le même plan d'attaque que la première fois, ils vont évacuer le château de Laragon pour se replier au Donjon du Gardien.

ClanFintan s'avança vers la carte et l'étudia en silence avant de poursuivre.

— Il faut dire que le château des MacCallan est extrêmement isolé, et n'aurait en aucun cas pu leur servir de base. Je connais le château de Laragon ; il est bien situé, et il pourrait leur servir de deuxième place-forte à partir d'où lancer une invasion.

Cela n'augurait rien de bon pour notre camp.

Le centaure fit un geste vers la partie ouest de la carte.

— En neutralisant le château des MacCallan, ils ont anéanti la seule menace possible au nord-ouest. C'était une décision très judicieuse, qu'ils choisissent de rester à Laragon ou de revenir au Donjon.

Il haussa les épaules.

— Un excellent choix stratégique à tous points de vue.

A son intonation martiale, je compris qu'il essayait de réprimer toute émotion et d'envisager la situation de manière objective.

— Cette carte est-elle précise ? demandai-je en me rapprochant un peu.

— Plus ou moins, dit Carolan. L'emplacement des édifices et des points de repère naturels est juste. Evidemment, les distances sont un peu faussées par les représentations des temples et des châteaux, qui ne sont pas à l'échelle.

Il sourit.

— C'est un objet magnifique, mais en ce qui concerne l'architecture, le tapissier s'est accordé une trop grande licence poétique.

Moi, je trouvais que c'était un chef-d'œuvre ; qu'est-ce que ça pouvait faire si les bâtiments étaient un peu plus détaillés ? Puis je me rappelai que Gene avait toujours été un fanatique des détails : son reflet miroir semblait décidément affligé par les mêmes troubles obsessionnels.

Cela me fit réfléchir à mon propre double et aux défauts que nous pouvions partager. (« Essaie d'être moins sarcastique, me dis-je à part moi. Enfin, commence à y réfléchir. »)

Je reportai mon attention sur la carte. Après avoir décrit sa boucle autour du Temple d'Epona, la Guéale continuait vers l'ouest en s'élargissant d'une manière propre à concurrencer le Mississippi. Au sud de la rivière, des forêts s'étendaient jusqu'à la grande Plaine des centaures ; au milieu de la forêt se cachait un grand édifice, le Château des Woulff.

Plus à l'ouest encore, la rivière traversait la région des Tors Bleus, pour aboutir, dans le coin sud-est de Partholon, au Château des McNamara. Comme celui des MacCallan, il se trouvait à proximité de la côte, avec l'avantage supplémentaire d'être bâti à l'endroit où la Guéale se divisait de nouveau pour donner naissance à la Clare, qui se jetait elle aussi dans la mer. Bref, le château était entouré d'eau de toutes parts.

— Les Fomores ne risquent pas de s'intéresser à ce château-là, dis-je en l'indiquant du doigt. Ni à celui des Woulff, d'ailleurs.

— Les Woulff sont des archers redoutables, dit Carolan pensivement.

ClanFintan hocha la tête.

— Et les McNamara ? demandai-je.

— Le vieux McNamara, dit ClanFintan, est aussi sauvage que la région sur laquelle il règne.

— C'est un personnage hors du commun, dit Carolan.

— Il faut dire qu'il brasse un excellent whisky, ajouta ClanFintan.

— Ce qui est tout en sa faveur, dis-je.

Alanna prit l'air étonné.

— Rhiannon ne supportait pas le whisky. Elle disait que c'était une boisson très ordinaire.

— Un bon single malt, j'adore !

Ha ! Nous étions tous quatre ravis que mes goûts ne correspondent pas parfaitement à ceux de Rhiannon. Je me détendis un peu.

— Donc, repris-je, nous n'avons pas à craindre d'attaque fomore contre ces deux sites.

Tous trois secouèrent la tête de droite à gauche.

— Croyez-vous qu'ils accepteraient de nous envoyer des renforts ?

Carolan et ClanFintan se regardèrent.

— On peut sans doute compter sur les Woulff, dit le deuxième.

— Et McNamara ?

— Peut-être, si nous promettons de récompenser sa peine.

— Savoir qu'il peut sauver des vies, ça ne lui suffirait pas ?

— Nous pouvons toujours lui faire parvenir un message, dit ClanFintan d'un air dubitatif.

J'eus une subite inspiration.

— Dans ce message, dis-je, expliquez clairement que les Fomores s'en prennent aux femmes humaines, qu'ils ont déjà goûté à celles de la côte ouest, et qu'elles semblent leur plaire.

— Cela risque de le faire réagir, en effet, dit ClanFintan avec un sourire.

— Parfait. Pas la peine de mentionner leur petite aversion envers l'eau. Insistez plutôt sur les enlèvements, les viols et l'utilisation des femmes de Partholon comme instruments de reproduction.

Nous échangeâmes tous quatre un sourire de complicité. L'instant d'après, un coup résonnait à la porte.

— J'y vais, dit Alanna.

Avant de quitter la pièce, elle embrassa Carolan sur la bouche. Il la suivit d'un regard vorace. Subitement gênée, je reportai mon attention sur la carte.

— Je sais que je ne suis pas une spécialiste en matière de stratégie militaire, dis-je, mais il me semble qu'il faut essayer de les contenir d'une manière ou d'une autre.

— Dans le Donjon du Gardien, ils pourront nous résister

indéfiniment. Il a été conçu pour les sièges et pour la défense de Partholon.

— D'ailleurs, grommelai-je, j'aimerais bien savoir comment ils s'en s'ont emparés. Bref, sur cette carte, le château des Laragon est tout près des rives nord du Loch Selkie. Exact ?

— Oui, dit Carolan.

— A quelle distance se trouve-t-il des montagnes ? On dirait qu'il n'est pas loin.

Une idée se formait dans ma tête.

— Pas loin du tout. Les contreforts de la chaîne arrivent à la limite des terres des Laragon.

La voix de Carolan se fit mélancolique.

— C'est un château magnifique, dans une vallée pleine de trèfle et de fleurs sauvages. Les Laragon fournissent tout Partholon en teintures et en parfums. Au pied des montagnes, ce sont des prairies sans fin, remplies de fleurs et de baies sauvages.

J'essayai de ne pas me laisser distraire par ce tableau idyllique, ni par la pensée de ce à quoi ce coin de paradis pouvait ressembler en ce moment.

— Mais on ne peut approcher Laragon que par l'est ou par l'ouest, n'est-ce pas ? En imaginant, bien sûr, qu'on ne puisse débarquer depuis le Loch.

— Oui.

ClanFintan semblait avoir saisi l'essence de mon embryon d'idée. Il s'avança vers la carte d'un pas décidé.

— Si nous avions la certitude que le gros des forces fomores se trouvait à Laragon, nous pourrions les encercler en attaquant par ici.

A grand renfort de gestes, il nous montra le chemin depuis le temple d'Epona jusqu'à celui des Muses, à l'est de Laragon.

— Et par ici.

Cette fois, il contourna le Loch par la gauche afin d'arriver à l'ouest de la cible.

— Et enfin ici.

Il tendit le doigt vers la rive sud du Loch, située directement au nord du Temple d'Epona, traversa le lac d'un bout à l'autre et arriva sur les terres des Laragon par le sud.

— Nos forces réunies pourraient facilement encercler et piéger les Fomores. Ils n'auraient aucune issue. Le château est solidement bâti et bien situé, mais, contrairement au Donjon du Gardien, il ne résisterait pas à un siège prolongé, ni à une attaque sur plusieurs fronts.

— Cela pourrait marcher, dit Carolan en se frottant le menton, à condition que la plus grande partie des Fomores se trouvent à Laragon. S'ils restent en nombre suffisant au Donjon, ils pourraient toujours nous attaquer par le flanc, nous diviser et nous exterminer.

— Donc, l'astuce, c'est de s'assurer qu'ils se regroupent en nombre à Laragon, pensai-je à haute voix.

Soudain, l'idée dans ma tête se développa et se précisa comme si quelqu'un m'avait murmuré des explications à l'oreille. Quelqu'un qui ressemblait beaucoup à une déesse. A présent, il m'était impossible de garder cette idée pour moi.

— Je… euh…, commençai-je à contrecœur, je crois que j'ai peut-être une idée pour les attirer là-bas.

ClanFintan et Carolan me regardèrent avec attention, apparemment persuadés que je savais de quoi je parlais.

— Il me semble que le principal objectif de leur invasion est de se procurer des femmes pour se reproduire avec elles.

Ils hochèrent la tête.

— Croyez-vous qu'ils sachent que le Temple de la Muse est rempli de femmes ravissantes ?

— Sans doute pas, répondit Carolan. Le temple et les académies des Muses datent des temps modernes. Auparavant, les neuf Déesses Incarnées parcouraient le pays en s'arrêtant dans chacun des grands châteaux pour y instruire les jeunes femmes.

C'était étrange d'entendre Carolan parler des « temps modernes ». Mais après tout, la civilisation n'est pas nécessairement fondée sur les lave-vaisselle et les ordinateurs. Partholon avait déjà le vin, le papier toilette et les bijoux ; en matière de modernité, cela me suffisait amplement.

— A votre avis, que feraient les Fomores s'ils s'apercevaient que tout près de Laragon, il y avait un temple bourré à craquer de belles jeunes femmes fécondes ?

— Ils l'attaqueraient.

— Et s'ils s'apercevaient que ce temple était gardé par une troupe de centaures ?

Je fis un petit sourire à mon époux viril.

— Ils attaqueraient en force, dit ClanFintan en écarquillant les yeux.

— Et il serait logique pour eux, à ce moment-là, d'utiliser le château de Laragon plutôt que le Donjon du Gardien comme quartier général, dit Carolan avec satisfaction. C'est un plan excellent — mais comment faire germer cette idée dans la tête des Fomores ?

C'était justement la partie du plan qui me plaisait le moins, mais, une fois de plus, je sentis une pression discrète sur mon subconscient. Ce contact direct avec une divinité commençait déjà à me rendre folle, et à me donner envie d'un petit remontant.

— Je crois que je suis capable de leur souffler l'idée, dis-je.

Homme et centaure me dévisagèrent comme si j'avais été le Père Noël.

— Comment ? dirent-ils d'une seule voix.

— Grâce à un truc que j'ai remarqué pendant ces… ces Sommeils magiques, soupirai-je. La première fois, c'était l'horrible nuit où j'ai vu mon père, je veux dire le père de Rhiannon, mourir. Je savais que les créatures se préparaient à attaquer le château, il fallait absolument que je le prévienne. Eh bien, le plus fort, c'est que son père m'a entendue. En tout cas, il a compris le message, et on aurait dit qu'il pouvait presque me voir ou me sentir… quelque chose de ce genre. Puis, la nuit où je suis allée au Donjon du Gardien, ça s'est reproduit à deux reprises.

Ma peur devait s'entendre dans ma voix, car ClanFintan vint se ranger à mon côté pour que je puisse m'appuyer contre lui. Une fois son bras autour de moi, je me sentis mieux — pas génialement bien, mais capable de continuer.

— Une jeune fille a senti ma présence. Et puis il y a eu ce… cette chose. Leur chef.

Je cherchai son nom dans ma mémoire, et il me revint aussitôt, comme s'il m'avait été soufflé.

— Nuada. Lui ne m'a pas seulement sentie — il savait que j'étais là. Il a dit qu'il m'avait déjà repérée au château des MacCallan. Si j'avais voulu, j'aurais pu lui parler. Il m'aurait entendue, j'en suis sûr ; du moins, il aurait compris ce que j'essayais de lui dire.

Un frisson me parcourut et je me serrai contre le corps chaud de ClanFintan.

— Voilà la solution, dis-je. Je vais l'inciter à attaquer le Temple.

— Je ne veux pas que tu te mettes en danger, dit ClanFintan d'une voix grave.

— Vous ne m'avez pas dit qu'Epona était une déesse guerrière ? demandai-je en regardant Carolan.

— Si, dit-il en me regardant bien en face, et ceux qui lui appartiennent sont placés sous sa protection.

Il semblait sur le point d'en dire plus, mais je l'interrompis.

— J'y compte bien.

A m'entendre, on aurait cru que j'étais très calme. Rien n'était plus faux. Je sentis une nouvelle pression sur mon âme, et prononçai les premiers mots qui me vinrent à l'esprit.

— Nous devons faire vite. Combien de temps faudra-t-il pour préparer nos troupes et marcher jusqu'au Temple ?

ClanFintan consulta la carte.

— En cinq jours, nous pouvons rassembler la plus grande partie de nos forces. Il nous faudra deux jours supplémentaires pour prendre position autour de Laragon.

— Sept jours.

Jamais une semaine ne m'avait paru si longue... ou si courte.

— Il faut que je m'y mette dès ce soir, marmonnai-je.

— Ce soir ? Que veux-tu dire ?

ClanFintan paraissait de nouveau inquiet. Heureusement, Carolan vint à mon secours.

— Il ne suffira pas d'une seule apparition, dit-il, pour convaincre le chef des Fomores...

— Nuada.

— Pour convaincre Nuada, répéta-t-il en hochant la tête. Il faut qu'il la voie plus d'une fois, que la voix de Rhea résonne dans sa tête et finisse par l'obséder. A ce moment-là, il n'aura d'autre choix que de la suivre.

— Est-ce qu'Epona vous parle, à vous aussi ? demandai-je en riant.

— Il semble que oui, madame.

— Ça ne me plaît toujours pas, dit ClanFintan d'un air malheureux.

— Epona protégera son âme, dit Carolan, vous vous chargerez de veiller sur son corps.

Il posa une main réconfortante sur l'épaule du centaure.

— Moi non plus, ça ne me plaît pas tellement, dis-je.

Mais dans un monde sans téléphone ni journal télévisé, je suis condamnée à faire les choses à l'ancienne.

— Je serai à vos côtés à chaque instant, dit ClanFintan en me serrant fort dans ses bras.

— Moi aussi, dit Carolan.

— Et moi aussi, ajouta Alanna en revenant du couloir. Mais le téléphone et le journal télévisé, c'est quoi ?

2.

J'éclatai de rire, et lui répondis en plissant le nez :

— Le téléphone et le journal télévisé sont des inventions diaboliques. Réjouis-toi de leur absence dans ce monde.

— Je m'en réjouis, proféra-t-elle avec tant de sérieux que je me remis à rire.

Carolan lui prit la main et la porta à ses lèvres.

— A quoi était due cette interruption, mon amour ?

La jeune femme fronça les sourcils.

— Une épidémie a éclaté au sein du temple, dit-elle lentement. La semaine dernière, plusieurs jeunes servantes se sont plaintes de se sentir mal après leur retour d'une retraite.

Alanna me lança un regard contrit.

— Je n'y ai pas fait très attention. Elles trouvaient toujours des excuses pour éviter Rhiannon.

Je hochai la tête. C'était compréhensible.

— Ensuite, j'ai été tellement occupée, d'abord par la nouvelle Rhiannon (nous échangeâmes un sourire complice), ensuite par l'arrivée des réfugiés, que je n'ai accordé aucun crédit à leurs plaintes, et les ai même réprimandées parce qu'elles ne servaient pas assez diligemment la Déesse.

— Je m'en souviens, dis-je. Je croyais qu'elles faisaient une overdose de baby-sitting.

— Eh bien, il semble que nous ayons eu tort toutes les deux.

Plissant le front, elle se tourna vers son époux.

— De nombreuses jeunes filles sont au plus mal, ainsi que des enfants et des femmes âgées. Ils ont besoin de tes soins.

Elle se retourna vers moi.

— Et de tes prières.

— Bien sûr, mon amour.

Carolan l'embrassa sur la joue et caressa son front soucieux du bout du pouce. Alanna se détendit visiblement.

— Je ferais mieux de venir voir ce qui leur arrive, moi aussi.

Alanna parut surprise mais ravie.

— Tu ne vas pas assister à la réunion des guerriers pour leur expliquer notre plan ? demanda ClanFintan.

J'adorais son expression sérieuse, comme s'il s'attendait vraiment à ce que je prenne la parole au sujet de trucs que je ne comprenais pas devant une assemblée de vieux guerriers puants. La vérité, c'est que j'aurais presque préféré résoudre des problèmes de maths. Je dis bien presque.

— Non, chéri. Vas-y, toi, tu leur expliqueras mieux. Il faut que j'aille m'occuper de mon personnel.

— Si telle est ta conviction, je suis certain que les guerriers comprendront.

Parfois, il me faisait vraiment penser à Worf (le Klingon de *Star Trek : La Nouvelle Génération*, pour vous autres civils).

— Mais quand tu en auras fini avec les jeunes filles, rejoins-nous. Ce sera bon pour le moral des troupes.

— Aucun problème.

Je tirai sur son bras, et il se baissa pour me laisser l'embrasser. Puis il salua Carolan et Alanna d'un hochement de tête et s'éloigna en trottant.

— Ce qu'il peut être mignon, tout de même !

Carolan fit comme s'il n'avait rien entendu. Alanna leva les yeux au ciel et se dirigea vers la porte.

— Tu viens ? me lança-t-elle par-dessus son épaule.

Apparemment, il était temps que je change de disque. Je me pressai derrière eux, mais je n'avais pas à m'inquiéter : ils s'arrêtèrent devant la porte pour me laisser passer, histoire de préserver les apparences (et ma façade de Déesse Incarnée péteuse). De l'autre côté de la porte, un garde nous attendait, une grande trousse en cuir très usé à la main. Carolan le remercia ; le garde s'inclina, pivota sur ses talons et reprit son travail d'ornement de porte.

— J'ai fait apporter ta sacoche, dit Alanna.

— Tu penses à tout, comme d'habitude.

Il plongea son regard dans celui de la jeune femme et lui fit un sourire langoureux.

Les jeunes mariés… Beurk !

M'élançant vers le bout du couloir, dans ce que j'espérais être la bonne direction, je me retournai et leur fis signe de me rattraper.

— Hé, chuchotai-je, où va-t-on, bon sang ?

— Aux appartements des domestiques, dit Alanna.

Précision inutile s'il en était… Je lui décochai un regard qui signifiait « je ne sais rien de rien », et elle sembla se rappeler que j'étais moi.

— Ah, euh… continue tout droit, comme si tu retournais vers la cour intérieure. Juste avant la porte, prends le couloir à gauche : il te mènera jusqu'à l'aile des domestiques.

Elle sembla hésiter, puis ajouta :

— Tu sauras que tu y es presque quand tu sentiras l'odeur.

En entendant cette dernière phrase, Carolan plissa les yeux, et nous pressâmes tous trois le pas.

Suivant les instructions d'Alanna, je tournai à gauche juste avant d'arriver aux grandes portes menant à la cour intérieure. Nous descendîmes un long couloir en marbre orné d'un côté de fresques colorées, de l'autre de grandes fenêtres donnant sur la cour. Etaient principalement représentées de belles jeunes filles s'ébattant dans des prairies fleuries, tandis que moi (enfin, Rhiannon), montée sur le dos d'Eppy, la poitrine dénudée (la mienne, bien sûr, pas celle d'Eppy), je les regardais de loin avec bienveillance. Un coup d'œil par la fenêtre m'apprit que dans la cour, les femmes travaillaient avec application ; Maraid se déplaçait de groupe en groupe, distribuant des ordres, visiblement ravie de toutes les responsabilités qu'on lui avait confiées. Nous passâmes un coin et…

L'odeur m'assaillit violemment. Au début, c'était presque sucré, comme du caramel brûlé. Puis d'autres effluves, lourds et pestilentiels, m'arrachèrent un haut-le-cœur. Je mis la main devant la bouche et m'arrêtai. Alanna m'indiqua une porte non gardée tout près de nous et hocha doucement la tête.

— Je vais entrer le premier, dit Carolan. Il vaudrait peut-être mieux que vous m'attendiez ici.

— Non, dis-je en baissant la main et en m'efforçant de prendre un ton assuré. Je vous accompagne. Il s'agit de mes servantes, après tout.

— Moi, j'y suis entrée tout à l'heure, dit Alanna d'une voix triste. Cette pièce ne me réserve plus aucune surprise.

Carolan hocha la tête et ouvrit la porte.

La scène qui se présenta à nous semblait tirée d'un film d'horreur. Si elle n'avait été ancrée dans la réalité par son odeur atroce, j'aurais cru que je faisais mon premier véritable cauchemar. D'évidence, cette pièce immense aurait pu être très belle, avec ses hauts plafonds ornés de moulures crème, ses fenêtres allant du sol au plafond, ses voiles drapés cascadant en flaques de tissu moiré sur le sol en marbre. Les teintes rose pêche assorties des murs et des rideaux auraient dû créer un sentiment de douceur et de confort, mais à présent, elles semblaient jeter sur la pièce et ses occupants une teinte passée et maladive. Des tas de draps, de linge et de couvertures souillées s'entassaient partout sur le sol, et des têtes de femmes malades émergeaient de chacun d'eux. D'autres femmes erraient entre les lits, munies de gobelets d'eau et de vêtements mouillés, ne s'arrêtant que brièvement pour aider une malade à boire ou éponger un visage fiévreux.

J'avançai d'un pas en réprimant ma nausée. L'odeur de vomi et de déjections était mêlée à une autre, plus difficile à identifier... mais je la reconnus. C'était la même que j'avais sentie au château des MacCallan : l'odeur de la mort.

Alanna et moi restâmes près de la porte pendant que Carolan s'avançait pour examiner les malades. Il s'avança vers la paillasse la plus proche et s'agenouilla pour toucher le front brûlant d'une jeune fille. Malgré les gros édredons en plume dont elle était couverte, la malade frissonnait et tremblait. Carolan la découvrit, palpa son cou d'une main et lui prit le pouls de l'autre. Le visage impassible, il murmura quelques mots apaisants à la patiente et ouvrit sa sacoche.

Il en retira quelque chose qui ressemblait à un stéthoscope rudimentaire et le posa sur sa poitrine. Bientôt il se leva et passa à une autre malade. Il alla ainsi de lit en lit, examinant les patientes, réclamant de l'eau, du linge propre ou des compresses.

Plus je le regardais faire, plus je me sentais désarmée et incapable. Bon sang, j'étais prof, pas faiseuse de miracles !

— Dame Rhiannon ? dit une voix râpeuse.

Je pivotai sur moi-même, cherchant celle qui m'appelait. Presque au milieu de la salle, une main se leva un peu, et j'aperçus une longue chevelure raide et sombre.

— Tarah, c'est toi ?

Elle hocha tristement la tête.

Cette fois, c'en était trop ! Je ne pouvais pas rester sans rien faire quand une nymphe qui ressemblait à une de mes anciennes étudiantes préférées avait besoin de moi. Aspirant une grande bouffée d'air par la bouche, je m'avançai jusqu'à son chevet et lui pris la main.

Sa peau était sèche et craquelée, sa main fragile et légère.

— Je suis désolée, madame, dit-elle en faisant un sourire qui ressemblait beaucoup à une grimace. Ce n'est vraiment pas le moment…

— Chut ! Ne t'inquiète pas. Repose-toi et reprends des forces, d'accord ?

Elle ferma les yeux en hochant la tête. Comme elle restait cramponnée à ma main, je m'assis à côté du lit et la regardai plus attentivement. Sa peau était pâle, ses lèvres sèches, mais le plus déconcertant, c'était l'éruption de boutons rouge vif sur son visage et son cou.

— La varicelle ? murmurai-je à part moi.

— Cela y ressemble, dit Carolan.

Il me fit sursauter — je ne l'avais pas vu s'approcher.

— Vous connaissez cette maladie ? demanda-t-il.

— Je l'ai eue quand j'étais petite, dis-je sans quitter du regard les traits tirés de la jeune femme. Mais je n'ai pas été aussi malade.

Il me semblait avoir entendu parler de varicelles mortelles, mais c'étaient des histoires de bonne femme, non ? Quant à la mienne, elle s'était résumée à des démangeaisons et à quelques jours d'absence à l'école. Les patients qui se trouvaient ici, en revanche, étaient gravement malades.

— Moi aussi…

La voix de Tarah s'érailla, et je dus me baisser pour entendre la suite.

— … j'ai eu la varicelle quand j'étais petite.

— Elle a déjà eu la varicelle ! transmis-je à Carolan. Bizarre ! Dans mon…

Sur le point de dire *dans mon monde*, je me repris et toussotai.

— Dans mon *expérience*, la varicelle ne s'attrape qu'une seule fois. Ensuite, on ne peut plus être infecté.

Carolan acquiesça de la tête puis me fit signe de l'accompagner vers la porte. Avant de partir, je serrai la main desséchée de la jeune fille dans la mienne et lui promis de revenir bientôt.

Près de l'entrée, Alanna et moi nous serrâmes l'une contre l'autre tandis que Carolan nous parlait d'une voix calme mais insistante.

— Je n'ai pratiqué qu'un examen superficiel des patientes, mais cela a suffi à m'alarmer. Je crois que toutes ont contracté la même maladie, qui comporte trois phrases bien distinctes.

Il indiqua la première fille qu'il avait examinée.

— Au début, cela se manifeste par une forte fièvre accompagnée de maux de tête, de douleurs dans le dos et de vomissements.

Il tendit le doigt vers Tarah.

— Quelques jours plus tard, la fièvre baisse et les boutons rouges apparaissent. Ils semblent partir du visage pour s'étendre sur tout le corps, jusqu'aux extrémités.

Il hocha la tête en direction d'un groupe de lits occupés par des enfants.

— Les boutons se transforment rapidement en ampoules remplies de pus. La fièvre revient, plongeant le patient dans le délire. Ce stade est mortel. Ces enfants sont déshydratés ; leurs gorges enflent et se referment ; certains d'entre eux ont du liquide dans les poumons. Cela n'a rien à voir avec la varicelle enfantine, caractérisée par des démangeaisons désagréables, et qui n'est mortelle que chez les très jeunes ou les très âgés. La plupart de ces femmes et de ces enfants étaient jeunes et robustes — mais à présent, leurs vies sont en danger.

— La petite vérole.

Le nom avait surgi des tréfonds de ma mémoire. Qui grandit dans l'Oklahoma connaît forcément l'histoire tragique des tribus d'Amérindiens exterminés par cette maladie. De son propre gré, ma main se porta vers une vieille cicatrice d'inoculation sur mon bras gauche, et mon estomac se contracta.

— De quoi s'agit-il ? demanda Carolan.

— Je ne sais pas vraiment. Dans le monde d'où je viens, du moins dans sa partie civilisée, cette maladie a été complètement éradiquée. Mais si mes souvenirs sont bons, cela ressemble à ce qu'on a ici.

— Dites-moi tout ce que vous savez.

Je fouillai dans ma mémoire. Il y avait tout de même plus de dix ans que j'avais pris l'option biologie à la fac.

— Dans ce qu'on pourrait appeler des circonstances normales, c'est-à-dire au sein d'une population ayant été régulièrement exposée à la petite vérole, elle ne tue que les très jeunes ou les vieux et les malades. Mais imaginons tout un pays où les gens n'aient jamais été exposés à la maladie : dans ce cas, elle les anéantit, tuant aux alentours de quatre-vingt-quinze pour cent des personnes infectées. C'est comme la peste.

Ces souvenirs qui me revenaient n'étaient pas rassurants.

— Avez-vous déjà eu cette maladie, ici ?

Carolan se gratta le menton.

— Il me semble avoir entendu parler d'une sorte de vérole qui touche régulièrement les habitants des marécages d'Ufasach, et qui s'est parfois étendue au reste de Partholon. Mais les Ufasach sont un peuple bizarre et renfermé, qui ne demande jamais d'aide aux gens de l'extérieur, aussi n'avons-nous que très peu d'informations les concernant.

Quelque chose me vint à l'esprit.

— Alanna, tu ne m'as pas dit que les jeunes filles revenaient d'une retraite ?

— Si.

— Où ça ?

— Au Temple de la Muse.

— C'est-à-dire… près d'un marécage, non ? demandai-je en essayant de visualiser la carte de Partholon.

— Oui, répondit Carolan. Les marécages d'Ufasach marquent de manière pittoresque la limite sud des terres du temple.

— Je parie que c'est là où elles ont attrapé ce sale truc. Ce qui signifie que les Muses doivent elles aussi être touchées par l'épidémie.

Je sondai encore une fois ma mémoire (hélas encombrée d'extraits de vieux bouquins et de poésies), essayant de retrouver le peu que je savais au sujet de la variole.

— Bonté divine ! dis-je en me frappant le front. C'est extrêmement contagieux. La maladie se transmet par le contact avec les malades et par les fluides corporels. Il suffit de dormir dans des draps où un malade a transpiré ou de boire dans son verre. Tous ceux qui soignent les personnes infectées risquent d'être contaminés à leur tour.

Etaient-ils au courant, dans ce monde, de l'existence et du fonctionnement des microbes ? Carolan avait tout de même demandé de l'eau propre et s'était lavé les mains entre chacun des patients qu'il avait examinés : c'était bon signe.

— Dans ce cas, Alanna et toi devez rester loin des malades.

— Absolument, dis-je en m'adressant à Alanna. Il ne faut plus que tu entres dans cette pièce ; tu t'es déjà trop exposée.

— Toi non plus.

— Non. Moi, je ne peux pas l'attraper.

Je relevai le tissu soyeux de ma manche pour leur montrer ma cicatrice à peine visible.

— Je suis vaccinée.

Le visage de Carolan exprimait l'incompréhension la plus totale. Soupir. Je fis le geste d'enfoncer une aiguille sous ma peau et de m'injecter un liquide ; je décidai de lui donner la version courte, et de ne pas lui expliquer ma décision hasardeuse (et rétrospectivement très heureuse) d'accepter le rappel de variole proposé par l'infirmière scolaire, il y avait bien longtemps de cela, à l'occasion des vaccins anti-grippes annuels.

— Cette substance a incité mon organisme à produire ce qu'on appelle des anticorps qui luttent contre la variole. Même si je suis exposée à la maladie, mon corps est capable de lui résister.

— On dirait un miracle ! dit Carolan sur un ton d'émotion.

— Ouais. Dommage que je ne sois pas médecin pour vous expliquer comment ça marche.

Je haussai des épaules, impuissante.

— Désolée, les amis, mais c'est une prof d'anglais que vous avez tirée au sort, pas un médecin.

— Je m'en félicite, dit gentiment Alanna.

Je la remerciai d'un sourire avant de me retourner vers Carolan.

— Eh bien, dis-je, que faire ?

— D'abord, mettre les malades en quarantaine.

— Ainsi que toutes leurs affaires personnelles, ajoutai-je. Et leurs familles.

— Oui. Le plus sage serait sans doute de limiter le contact avec les malades à mes assistants et peut-être à quelques volontaires en bonne santé. Des proches parents des personnes infectées, par exemple. Ensuite, il faut que je recherche dans mes livres des renseignements sur cette maladie.

Il se retourna tristement vers la pièce remplie de malades.

— La seule chose que nous puissions faire est de les mettre à l'aise et de leur donner beaucoup à boire.

— Faites bouillir l'eau avant de la leur donner.

Je n'avais aucun moyen de déterminer la qualité de l'eau d'ici — je n'avais pas été malade, pour l'instant, mais je n'avais quasiment pas bu d'eau (je préfère m'hydrater avec du vin).

— Il faut aussi faire attention à séparer le linge contaminé de celui des autres habitants, et à le laver à l'eau chaude, avec un savon très détergent.

— L'eau bouillante est l'ennemi du mal, confirma Carolan.

— Elle tue surtout la plupart des microbes, précisai-je.

Carolan haussa les sourcils, mais ne contesta pas mon affirmation.

— Ce qui m'inquiète, c'est l'origine de cette épidémie. Si nous guerriers tombent malades à mesure qu'ils prennent position, notre offensive sera bien inutile. Si cette *petite vérole*, comme vous dites, vient bien du Temple d'Epona, il nous faudra revoir nos plans.

— Attendez, vous avez raison… mais, corrigez-moi si je me trompe ; je ne crois pas avoir entendu parler de chevaux atteints de varicelle. Et vous ?

Mon cerveau tournait à la vitesse d'un hamster dans une roue en plastique.

— Non, dit Carolan en se grattant de nouveau la barbe, je n'ai jamais entendu parler d'une épidémie de ce genre chez les chevaux.

— Et chez les centaures ?

— ClanFintan doit en savoir plus que moi à ce sujet, mais je ne crois pas que les centaures aient jamais été infectés par la varicelle.

— Tant mieux.

Voilà qui me soulageait d'un grand poids !

— Dans ce cas, il suffira de s'assurer que seules des troupes centaures transitent par le Temple de la Muse pour attaquer Laragon par l'est.

— Bonne idée ; mais il nous faut tout de même réussir à contenir cette épidémie.

— Bon, dis-je, au boulot.

Si je réfléchissais trop longtemps à ce que je m'apprêtais à faire, j'allais partir en courant. Dans certains cas, il vaut mieux foncer tête baissée.

— Mon amour, dit Carolan à Alanna, tu ne peux rester nous aider. Je refuse que tu coures le risque d'être contaminée.

— Mais toi…

Elle se rapprocha de lui, et il l'entoura de ses bras.

— Moi, je n'ai pas le choix, dit-il en l'embrassant sur le front. Tu le sais très bien. Mais je serai incapable de faire correctement mon devoir si je dois sans cesse m'inquiéter pour ta santé. Si tu veux vraiment m'aider, fais venir mes assistants, et va demander aux cuisiniers de faire bouillir de l'eau et de préparer des infusions d'herbes.

— J'aimerais aussi que tu jettes un coup d'œil au travail des femmes, dis-je. Maraid est sans doute très fiable, mais cela me rassurerait de te savoir auprès d'elle. En plus, il faudrait que tu rassembles les familles des malades pour les mettre en quarantaine, et que tu isoles ceux qui commencent à montrer les premiers symptômes.

Alanna poussa un soupir et capitula. Elle embrassa son nouvel époux sur la bouche, et je les entendis se chuchoter des mots doux l'un à l'autre. Puis elle se tourna vers moi et me serra très fort dans ses bras.

— Fais bien attention à lui, dit-elle en tiraillant sur une boucle rebelle. Et à toi aussi.

— Entendu. Ecoute, Alanna, tu pourrais trouver ClanFintan et lui expliquer ce qui se passe ? Demande-lui de passer nous voir quand il en aura fini avec les guerriers.

Alanna hocha la tête.

— A ce soir, dit-elle. Je vous aime tous les deux.

Elle partit à toute vitesse, comme si elle avait dû forcer ses jambes à avancer avant que son cœur ne leur ordonne de s'immobiliser.

Carolan et moi la regardâmes s'éloigner en silence, tous deux émus par son courage discret.

— O.K. ! dis-je en tapant dans mes mains.

Il fallait passer à autre chose avant que l'un de nous ne se mette à sangloter.

— Donnez-moi quelque chose pour attacher ces satanés cheveux, et je suis à votre disposition. Que faut-il faire ?

— D'abord, commençons par disposer les lits en fonction de la gravité des cas. Ensuite, il faudra changer les draps et les nettoyer. Enfin, essayer d'hydrater les malades et de soulager leur inconfort autant que possible.

Il m'indiqua du doigt des bandes de linge propre.

— Et voici quelque chose pour dompter votre crinière.

— A vos ordres, mon commandant !

Je lui fis un petit salut militaire, rassemblai mes cheveux en queue-de-cheval et suivis Carolan vers le milieu de la pièce.

— Puis-je entrouvrir une fenêtre ? Il fait beau dehors, et l'air est vicié ici.

Carolan fit oui de la tête, et je me ruai vers les immenses fenêtres. Dehors, un parfum de chèvrefeuille en fleur flottait dans l'air ; quand il se mêla à l'odeur de vomi et de maladie, mon estomac se souleva.

La journée allait être longue, je le sentais.

3.

Quand j'étais étudiante, je travaillais à mi-temps comme secrétaire médicale dans un grand hôpital près du campus de l'université de l'Illinois. J'étais surtout affectée à une unité de médecine générale, même si j'ai fait un passage rapide à la maternité (un régal). Ce petit boulot m'a appris deux choses importantes. La première, c'est que je n'aime pas le métier de secrétaire. Les gens vous traitent comme une idiote qui ne sait rien de rien, alors qu'une bonne secrétaire est généralement au courant de tout, du moins de tout ce qui a de l'importance. La deuxième, c'est que je ne veux jamais, en aucun cas, être infirmière. Comprenez-moi bien : j'aime les infirmières, je les respecte, j'apprécie leur travail. Simplement, je n'aimerais pas être à leur place. Le sang, les excréments, le vomi, les expectorations, les parties intimes des gens (en règle générale, pas très belles à voir), l'introduction de corps étrangers dans tous leurs orifices, tout cela n'est pas ma tasse de thé.

Voilà à quoi je pensais tout en soutenant la tête de ma sixième patiente, qui vomissait ses entrailles dans un pot de chambre tout droit sorti d'*Oliver Twist*. Bonté divine !

Au cours des dix années écoulées depuis la fac, j'ai changé d'avis et de goûts à bien des égards, mais sur ce point, je n'ai pas bougé d'un iota.

Je n'ai pas et n'aurai jamais la fibre d'une infirmière. Point final.

Quand la malade eut finir de vomir, j'épongeai son visage et, à mon grand étonnement, m'aperçus que sous le voile de la transpiration et de la maladie, elle était toute jeune, à peine entrée dans l'adolescence.

— Tu te sens mieux, maintenant ?

— Oui, madame.

Sa voix était à peine audible, mais ses lèvres s'étirèrent en un petit sourire.

— Vos mains sont si douces et fraîches !

Je l'aidai à se rallonger et repoussai les cheveux de son front moite.

— Madame, pouvez-vous me bénir ?

Je ne savais plus combien de personnes j'avais bénies aujourd'hui, mais, comme chaque fois, mon cœur se serra. J'inclinai la tête, fermai mes yeux et priai :

— Epona, veillez sur cette jeune fille et réconfortez-la.

Je rouvris les yeux et lui souris.

— Je reviendrai te voir tout à l'heure, promis-je pour la trois centième fois.

Le cœur lourd, je partis vers la table sur laquelle était posée la grande cruche d'eau chaude et propre sans cesse remplie par les assistants de Carolan. Je tendis les mains : l'un d'eux versa de l'eau dans un broc, un autre du savon sur mes mains gercées. Tandis que je me frottais les mains, j'aperçus Carolan qui circulait entre les lits. Ses gestes étaient précis et assurés, son visage déterminé ; il semblait inépuisable.

Après m'être séché les mains, je m'étirai et fis rouler ma tête pour essayer de détendre les nœuds de tension dans mes trapèzes. Bon sang, mes épaules me faisaient un mal de chien ! Entendant une voix faible m'appeler, je répondis machinalement :

— J'arrive tout de suite.

Mais mon corps refusait de bouger. Mon estomac gargouilla ; combien de temps s'était-il écoulé depuis que les assistants de Carolan nous avaient apporté un pique-nique de pain, de fromage et de viande froide ? Le fromage avait été découpé en forme de cœurs, et Carolan et moi avions bien ri de ce cadeau d'Alanna.

Ce qui m'étonnait à présent, c'était que nous ayons réussi à rire. L'épuisement me gagnait, et ce n'était pas seulement de la fatigue physique. J'étais complètement dépassée. Voilà que j'étais chargée de réconforter des malades dont la vie était en danger, moi, une simple prof de lycée de l'Oklahoma ! Le pire, c'est qu'ils croyaient en moi ! Ils voulaient même que je les bénisse !

Raconter des histoires, passait encore. Réciter de la poésie aussi. J'étais même prête à leur expliquer le sens symbolique des écrits les plus abscons de Coleridge.

Mais jouer les prêtresses, non. Encore moins les déesses !

Je me sentais impuissante, incapable et, fait rare chez moi, prête à pleurer d'une minute à l'autre.

— Déesse…, murmura une voix éraillée à l'autre bout de la pièce.

— Madame ! dit Tarah depuis le centre de la pièce.

— Dame Rhiannon ! articula un enfant placé parmi les cas les plus graves.

Je me redressai, repoussai mes cheveux en arrière et tentai de me reprendre physiquement et mentalement. C'était épouvantable. J'avais l'impression de me retrouver dans une classe d'adolescents malades qui me suppliaient tous de les aider à résoudre des équations du second degré, alors que je suis une bille en algèbre.

En m'avançant vers l'enfant, j'eus une révélation subite : c'était exactement ça ! Ces malades étaient l'équivalent de mes élèves. Il fallait que je cesse de m'apitoyer sur mon sort et que je fasse le nécessaire pour les aider.

Tant pis pour moi si je n'avais pas la fibre d'une infirmière ! L'essentiel, c'est que j'étais immunisée contre cette terrible maladie.

J'étais responsable de ces gens. *In loco parentis*, ce n'était pas qu'un terme abstrait ; cela transcendait les mondes. J'avais intérêt à prendre sur moi, à redresser les épaules et à faire face à la situation. (Il y avait au moins un point positif dans l'histoire : j'étais plus ou moins certaine d'avoir été augmentée. Déesse Incarnée, c'était sûrement mieux payé que prof de lycée dans l'Oklahoma. De toute façon, *tout* est mieux payé que prof de lycée dans l'Oklahoma.)

— Qu'est-ce qu'il y a, ma chérie ?

Je pris une cruche sur une petite table et aidai l'enfant à boire une gorgée d'eau. Ses lèvres étaient gercées, et d'atroces pustules couvraient son visage, son cou et ses bras. Quand elle ouvrit la bouche, je vis que sa langue était couverte de boutons rouges.

L'eau s'écoula le long de son menton, et je l'essuyai avec un bout de drap.

— Qu'est-ce que ça fait, de monter sur la jument d'Epona ?

Sa voix d'enfant était rauque comme celle d'une grosse fumeuse.

— C'est une sensation merveilleuse, dis-je. On a l'impression d'être emporté par un souffle d'air.

Prenant le linge humide que me tendait l'un des assistants, je lui tamponnai précautionneusement le visage.

— C'est vrai qu'elle vous parle ?

Ses yeux brillants de fièvre sondèrent les miens, et je reconnus la ferveur d'une véritable amatrice de chevaux.

— J'en ai bien l'impression. Elle est très intelligente, tu sais.

La petite malade hocha gravement la tête.

— Comment tu t'appelles, ma chérie ?

— Kristianna, souffla-t-elle.

— Ecoute, Kristianna, je te propose un marché.

Ses yeux ne quittaient pas les miens.

— Tu te rétablis le plus vite possible, et je te la présente. Qui sait ? peut-être qu'elle te proposera de faire une promenade sur son dos.

Sitôt les mots sortis de ma bouche, je les regrettai presque, car la petite fille essayait déjà de se redresser dans son lit.

— Hé ! Ça signifie que tu dois te reposer et penser très fort à la guérison.

L'enfant se rallongea dans son lit souillé et poussa un soupir.

— Déesse, dit-elle d'un air rêveur, vous croyez vraiment qu'elle voudra me parler ?

Quelque chose en moi me dicta la réponse.

— Epona cherche toujours des enfants prêts à entendre sa voix.

— Je veux…

Sa voix s'estompa ; submergée par la fatigue ou l'inconscience, l'enfant ne finit pas sa phrase.

Je posai mon linge et contemplai tristement son visage gonflé.

— J'espère que tu en auras l'occasion, chuchotai-je.

Soudain, une chaleur familière m'enveloppa, que je reconnus avant d'entendre prononcer mon nom.

— Rhea ?

Je me retournai et faillis m'encastrer dans le torse musclé de ClanFintan.

— Ah, salut.

Je savais à quoi je devais ressembler : la vilaine belle-sœur rousse de Méduse. Lui, en revanche, était aussi impeccable et séduisant que d'habitude.

— Tu nous as manqué, à la réunion des guerriers.

Sa voix me fit l'effet d'un baume apaisant.

— Désolée, dis-je en essayant désespérément de me recoiffer.

Un coup d'œil sur ma robe me révéla qu'elle était couverte de taches de vomi. Je baissai les bras.

— J'espère que tu leur as expliqué ce qui me retenait.

— Oui. Ils ont compris, et ont loué ton dévouement envers ton peuple.

Tout en parlant, ClanFintan me pris le bras et me poussa vers la sortie. Je vis Carolan lui adresser un hochement de tête à l'instant où nous franchîmes la porte. Dans le couloir, une lumière déclinante filtrait mollement par les carreaux ; je me rendis subitement compte que l'après-midi s'achevait.

L'instant d'après, je fus enlacée par deux bras puissants.

— Hé ! dis-je en essayant vainement de me libérer. Je suis supersale !

— Arrête de gigoter, dit-il de sa voix hypnotique. Tu m'as manqué.

Je cessai aussitôt de bouger. Je lui avais manqué ! Je me blottis contre lui pour cacher mon sourire béat.

— Et je me suis fait du souci, ajouta-t-il.

Il m'écarta un peu pour me regarder.

— Quelle est cette magie dont Alanna m'a parlé ? As-tu vraiment un talisman contre la vérole ?

— Oui.

Son expression anxieuse me fit chaud au cœur.

— Ce n'est pas vraiment de la magie, c'est de la médecine. Mais, crois-moi, ça marche. Je ne vais pas l'attraper.

— Je suis rassuré.

Il m'écrasa de nouveau contre lui et déposa un baiser dans mes cheveux.

— Je ne supporterais pas qu'il t'arrive quelque chose.

— Moi non plus, tu sais, je ne le supporterais pas très bien.

Il me serra encore plus fort.

— Ce n'est pas drôle, dit-il.

— Désolée, dis-je d'une voix étranglée. C'est juste que… la tournure des événements ne me plaît pas trop. J'ai un peu honte de te dire ça, mais je ne suis pas faite pour jouer les infirmières.

— Cela ne m'étonne pas. Tu n'aimes pas les mauvaises odeurs, et la maladie, ça sent très mauvais.

— C'est le moins qu'on puisse dire… Quoi qu'il en soit, Alanna t'a dit que cette épidémie était probablement partie du Temple de la Muse ?

— Oui, soupira mon époux. Voilà qui complique notre plan.

— En effet. Impossible d'envoyer des guerriers humains dans cette région. Une épidémie, ce n'est pas bon pour le moral des troupes.

Je renversai la tête en arrière et me laissai bercer par ses bras.

— ClanFintan, as-tu déjà entendu parler d'une telle épidémie chez les centaures ?

— Non, dit-il avec certitude. La race des centaures n'est pas sensible à ce genre de maladie.

— C'est ce que j'espérais.

— Cela signifie que seules les troupes centaures seront autorisées à s'approcher du Temple. J'ai déjà envoyé quelques-uns de mes guerriers en éclaireurs : ils vont informer les Muses de notre plan, et nous rapporter des nouvelles des habitantes.

— Je parie que c'est l'horreur, là-bas. Cela peut sembler cruel, mais il faudrait mettre le Temple et ses environs en quarantaine. Nous pouvons leur envoyer des vivres et du matériel, mais il faut à tout prix empêcher les humains du Temple de contaminer le reste du pays.

— Je suis tout à fait d'accord. D'ailleurs, j'ai déjà chargé mes messagers d'en informer les Muses.

Il m'examina d'un œil critique.

— Je ne suis toujours pas rassuré à ton sujet.

— Pourquoi ?

— As-tu oublié ce qui t'attend cette nuit ? demanda ClanFintan.

— A quoi songes-tu, exactement ? demandai-je en prenant une voix ultra-sexy.

— A ton entretien avec le seigneur des Fomores.

Cette réponse me fit l'effet d'un seau d'eau froide : mes fantasmes interdits aux moins de dix-huit ans se dissipèrent brusquement. Comment avais-je pu oublier cela ?

— C'est vrai, ouais.

— J'aurais aimé trouver un autre moyen. Cela me trouble de t'imaginer en communication avec cette créature obscure.

Du bout des pouces, il traçait lentement des cercles à l'intérieur de mes coudes. D'un coup, je n'eus plus aucune envie d'être impliquée dans un effrayant cauchemar magique. J'avais envie de prendre un long bain, de manger un dîner copieux et de m'envoyer furieusement en l'air avec mon époux. Mais une voix impérieuse en moi ne cessait de répéter que j'avais une mission à accomplir.

Pas facile d'ignorer une déesse quand elle est à l'intérieur de votre tête et bénéficie d'un accès direct à la fonction culpabilité !

— Ça ne me réjouit pas tellement, moi non plus, mais je n'ai pas le choix.

Je poussai un gros soupir et me blottis de nouveau contre lui.

— Tu as bien dit que tu resterais avec moi, ClanFintan ?

— Bien sûr. Je serai toujours là pour protéger ton corps.

Il me vint à l'esprit toute une série d'autres choses que j'aurais préféré qu'il fît à mon corps.

— Bon, dis-je, je vais retourner m'occuper des malades. On peut se retrouver pour le dîner ; tu m'aideras à réfléchir à ma mission nocturne.

— La Déesse te guidera, Rhiannon.

Il prit mon menton en coupe et releva mon visage vers lui.

— Je te laisse encore un petit peu de temps, mais si tu ne finis pas bientôt, je viendrai te sortir de force de cet endroit terrible. Le fait que tu ne puisses pas attraper cette maladie ne t'autorise pas à négliger ta santé.

— Ni à négliger mon époux ?

Je tentai de prendre une voix provocante, mais mes vêtements couverts de vomi nuisaient sérieusement à l'ambiance.

— Exactement.

Il ébouriffa mes cheveux déjà décoiffés, me fit pivoter sur mes talons et me conduisit doucement vers la porte de l'infirmerie.

— Souviens-toi : si tu ne sors pas bientôt, je viendrai te chercher.

— J'aime bien quand tu joues les durs, lançai-je par-dessus mon épaule.

Le retour dans l'enfer de la variole me fit l'effet d'un réveil brutal. La première chose que j'aperçus, ce fut Carolan qui remontait lentement un drap sur le visage d'un enfant.

— C'est la première à partir, dit le guérisseur d'une voix à peine audible, mais ce ne sera pas la dernière.

— ClanFintan dit que les centaures sont immunisés contre la maladie.

— Au moins une bonne nouvelle. Vous rendez-vous

compte que depuis ce matin, douze nouveaux cas se sont déclarés ?

Non, je ne m'en étais pas rendu compte. Il m'avait bien semblé que l'infirmerie était de plus en plus surchargée, mais j'avais mis cette impression sur le compte de mon aversion envers ce genre d'endroit.

— Sur les sept plus gravement atteints, cinq ne passeront sans doute pas la nuit, ajouta Carolan.

— Et cette petite fille ?

Je tendis discrètement le doigt vers l'enfant qui aimait les chevaux.

Carolan haussa tristement les épaules.

— Tout dépend de la volonté d'Epona.

— Nom de…

Carolan fit signe aux assistants d'emporter le corps.

— Les morts restent contagieux, dis-je.

Le guérisseur me lança un regard étonné, puis annonça aussitôt :

— Emmenez-la dans la pièce adjacente à ma clinique. Nous ferons un bûcher à l'extérieur du parc pour envoyer ses restes à Epona.

Je hochai la tête, prenant soin de manifester publiquement mon accord.

— Epona désire que toutes les victimes de l'épidémie soient brûlées au même endroit, loin du temple. Cela afin qu'elle puisse accueillir les âmes des morts sans contaminer les vivants.

Les assistants emportèrent le corps de la fillette.

— Allez prévenir ses parents, dit Carolan à l'une d'eux, une jeune femme compétente.

— Non.

Cette fois, je n'eus même pas besoin d'écouter la voix intérieure.

— C'est à moi de le faire.

Je m'adressai directement à l'assistante.

— Faites-les venir ici. Je vais le leur dire moi-même.

— Tout de suite, madame.

Elle fit une révérence et disparut.

— Vous n'êtes pas obligée de faire cela. Rhiannon ne l'aurait pas fait.

— Je ne suis pas Rhiannon, rétorquai-je vivement.

— C'est vrai. Excusez-moi de vous avoir comparée à elle, dit Carolan d'une voix lasse mais très amicale.

— C'est oublié.

Nous échangeâmes un sourire.

— Tant que nous y sommes, ajoutai-je, au sujet de votre étourderie, vous n'auriez pas oublié, par hasard, que c'est votre nuit de noces ?

Il me sembla qu'il rougit sous la sueur et la crasse.

— Il est possible que cela me soit sorti de l'esprit, en effet.

— Attention, ce genre d'oubli peut avoir de lourdes conséquences.

Il lança un regard désespéré autour de lui.

— Je ne peux pas les abandonner, dit-il.

— Vous avez des assistants épatants, faites-leur confiance. Il faut que vous preniez une pause pour dormir… ou au moins vous mettre au lit

Je réussis à lui faire un petit sourire suggestif.

— Débarbouillez-vous et allez la retrouver. La vie est trop imprévisible pour laisser passer un moment pareil.

— Mais…

— Revenez dans huit heures. Vous ne serez d'aucune utilité à vos patients si vous dormez debout. Je vais rester un moment pour m'assurer que tout se passe bien.

— Rhea, vous avez un cœur d'or, mais en matière de soins aux malades, vous n'êtes visiblement pas très expérimentée.

— A qui le dites-vous ! Ne vous inquiétez pas, je me contenterai de déléguer et de prendre l'air divin.

— Un art dans lequel vous excellez, en revanche.

Apparemment, tout le monde voyait clair dans mon jeu. Je lui répondis par une petite grimace ; il se contenta d'appeler ses assistants et de leur donner des instructions. Je l'entendis former plusieurs équipes afin que tous puissent prendre un peu de repos au cours de la nuit.

— Dame Rhiannon ? dit une voix hésitante à la porte.

L'assistante était de retour. Derrière elle se découpaient les silhouettes des parents de l'enfant décédée. Je tirai les épaules en arrière et m'avançai vers eux.

Au cours de ma première année dans l'enseignement, j'ai eu la chance d'avoir une de *ces élèves-là*. Vous savez ce que je veux dire : le genre d'élève qui vous complète parfaitement. Sarah était intelligente, drôle et pleine de promesses. Hélas, personne n'avait compris à quel point elle était déprimée. Elle s'est suicidée quelques jours avant son dix-septième anniversaire. A son enterrement, m'avançant vers l'estrade pour dire quelques mots, j'avais eu la même sensation qu'à présent. Je n'avais été certaine que de deux choses : une terrible tragédie s'était produite, et, quoi que je puisse trouver à dire, cela ne changerait rien.

— Madame, dit l'assistante, voici les parents de l'enfant.

Ils se tenaient par la main ; leurs visages exprimaient clairement qu'ils savaient ce que j'allais leur dire, mais qu'ils continuaient à espérer contre tout espoir que ce n'était pas cela.

— Je suis terriblement désolée. Votre fille vient de mourir.

J'allais continuer, mais la mère se mit à sangloter, et s'accrocha à son époux comme si ses jambes ployaient sous elle. D'un coup, elle se redressa et, entre deux sanglots, dit :

— Pouvons-nous la voir ?

Bon Dieu ! C'était atroce : ils ne pouvaient même pas voir le corps de leur petite fille…

— Son corps porte encore la maladie en lui. Epona a demandé à ce qu'on le brûle rapidement.

Face à leurs expressions défaites, je changeai brusquement d'avis et ajoutai :

— Vous ne devez pas la toucher, mais vous pouvez lui faire vos adieux.

Je fis signe à l'assistante de les conduire jusqu'au corps de leur fille. Avant de s'éloigner, le père me prit subitement la main.

— Déesse, dit-il d'une voix tremblotante, étiez-vous avec elle quand elle est morte ?

Je n'hésitai pas une seconde.

— Oui, mentis-je. J'étais à son côté, ainsi qu'Epona.

— Merci, Déesse. Que votre bonté soit bénie.

Ils suivirent l'assistante au ralenti, comme s'ils étaient en train de se changer en pierre.

— Rhea, viens maintenant.

ClanFintan se découpa dans l'embrasure de la porte. Il passa un bras autour de mes épaules et essuya doucement les larmes sur mes joues.

— Viens, répéta-t-il.

Je hochai la tête en silence et me laissai emmener loin de la salle et de son odeur de mort.

4.

— Je ne sens pas bon, marmonnai-je à travers mes larmes.

Nous avancions tous deux le long d'un couloir éclairé par des torches.

— J'ai remarqué. Je t'emmène aux bains.

J'acquiesçai machinalement, et nous continuâmes en silence. Par la fenêtre, je vis des feux de camp briller dans la cour, autour desquels s'affairaient des silhouettes de femmes. Des effluves de nourriture filtraient par les grandes fenêtres, et mon ventre se mit à gargouiller.

— Ton dîner t'attend dans tes appartements, dit ClanFintan en souriant.

— Merci.

— Pas de problème.

— Dis donc, tu commences à parler comme moi !

— J'aime bien ta façon de parler.

L'instant d'après, nous franchîmes la porte de la pièce qui était en bonne voie de devenir ma préférée : la salle de bains. Les gardes soutinrent, impassibles, le regard possessif que leur décocha mon mari.

— Où est Alanna ? demandai-je en regardant fixement l'eau fumante du bassin.

— Elle a des responsabilités conjugales, à présent, dit-il avec un sourire. Ce soir, c'est moi qui suis ton serviteur.

Avant que je n'aie pu pondre une réplique spirituelle, le centaure saisit à deux mains le haut de ma robe souillée et la déchira rapidement.

— Bon sang !

Il aurait tout de même pu me prévenir !

— Tu ne voulais pas la garder, tout de même ? dit ClanFintan d'une voix faussement innocente.

— En aucun cas. Je vais la brûler ; je ne veux surtout pas que les filles la touchent.

M'appuyant sur son bras, je me débarrassai de mon string minuscule, enlevai mes sandales d'un coup de pied et me précipitai (en priant, une fois de plus, pour que mes fesses ne tremblent pas trop) dans le bassin fumant. Une fois immergée jusqu'aux épaules, je laissai échapper un grognement de plaisir.

— Rhea ? dit ClanFintan.

Avant de lui répondre, je sondai le bord du bassin à la recherche d'un rebord confortable.

— Oui ? dis-je en positionnant mes fesses sur la saillie rocheuse.

— Peux-tu patienter un instant ? Et te rappeler que tu ne dois pas me parler ?

— Quoi ?

— Chut !

Il se recroquevilla sur lui-même et, quelques instants plus tard, se mit à chanter la litanie de la nuit précédente. Un frisson de désir me parcourut, suivi d'un frisson d'angoisse : je me rappelai combien cette transformation avait été douloureuse pour lui. Cette fois encore, je dus retenir un cri en voyant ses chairs fondre et se reformer. Mon émotion était telle que je faillis oublier de fermer les yeux pour les protéger de la lumière aveuglante.

Puis l'obscurité revint.

Je clignai des yeux et distinguai une forme humaine agenouillée devant moi.

ClanFintan s'épongea le front et tenta de calmer sa respiration.

— Tu…

Il inspira et expira profondément.

— Tu peux me parler, maintenant.

— J'ai horreur de te voir souffrir.

Il se redressa ; il ne tenait pas encore bien sur ses jambes.

— Sans cette transformation, nous ne pourrions pas nous unir vraiment.

— Je sais. Ça non plus, ça ne me plairait pas.

Il s'avança vers le bassin d'un pas de plus en plus assuré, descendit les marches en pierres et entra dans l'eau.

— Tu as besoin d'un bain, toi aussi ?

— Je t'ai dit que j'étais ton serviteur, ce soir, non ?

Il prit une éponge et un flacon de savon qui étaient posés au bord de l'eau.

— Tourne-toi.

Je m'exécutai docilement, reposant mes avant-bras sur le rebord où j'avais été assise. D'un grand geste, il écarta mes cheveux et étala du savon de mes épaules jusqu'à mes pieds.

— Hmm, soufflai-je.

Bientôt il reposa l'éponge sur le bord et se mit à frotter mon dos en s'attardant sur les nœuds de tension dans ma nuque et mes épaules. Sous l'action de ses mains chaudes et puissantes, je me liquéfiai de la tête aux pieds.

Après avoir vigoureusement nettoyé tout (je dis bien *tout*) l'arrière de mon corps, il me hissa sur un rebord plus élevé pour avoir accès à mes jambes. Reprenant l'éponge, il y versa du savon et entreprit de laver le devant de mon corps. Bien que ses gestes fussent très intimes, ils n'étaient pas érotiques, mais tendres et apaisants. Les yeux mi-clos, je luttais pour rester éveillée.

— Détends-toi, Rhea. Tu as eu une très dure journée. Je ne me suis pas transformé pour te faire l'amour — c'est la dernière chose dont tu as besoin ce soir.

Un sentiment de soulagement m'envahit. Je l'aimais, mais il avait raison : ce soir, j'avais besoin d'être choyée, pas émoustillée. Je fermai les yeux pendant qu'il me lavait les pieds l'un après l'autre. D'une main il les frottait avec l'éponge savonneuse, de l'autre il pétrissait et malaxait mes muscles endoloris. Quand il en eut terminé avec mes jambes, il remonta doucement le long de mon torse, dessinant à l'aide de l'éponge des cercles autour de mes épaules et sur mes bras. Il me semblait qu'à chaque passage de l'éponge, mes muscles se détendaient et les horreurs de la journée s'effaçaient un peu plus.

— Je vais encore te déplacer, me prévint-il.

— D'accord, soupirai-je sans ouvrir les yeux.

Il m'enserra la taille et, sans me sortir de l'eau, me descendit vers un rebord plus bas.

— Mouille-toi les cheveux. Je te tiens les épaules.

La tête penchée en arrière, je laissai l'eau m'imprégner les cheveux et les laver de l'odeur de la maladie. Quand ils furent bien trempés, ClanFintan s'installa derrière moi pour me shampouiner. Je m'adossai à lui, savourant le contact de ses mains sur mon cuir chevelu.

— Allez, on rince, maintenant !

Il soutint mes épaules pendant que je m'étendais de nouveau dans l'eau chaude et tournais la tête d'un côté à l'autre.

— Maintenant, laisse-toi flotter un moment, pour que ton corps absorbe la chaleur de l'eau. Je ne te lâcherai pas.

Je fermai les yeux et vidai mon esprit. J'étais entièrement détendue, à présent, mais encore meurtrie. Très doucement,

ClanFintan se mit à chanter. Les paroles m'étaient incompréhensibles, mais sa magnifique voix grave m'hypnotisait.

— Que dis-tu ? murmurai-je.

— De te détendre, mon amour. Que tes soucis sont les miens, et que je ne t'abandonnerai jamais.

Bercée par l'eau et par la force de son amour, je réagis à peine quand il me sortit de l'eau. Avec une incroyable dextérité, il réussit à m'envelopper dans une serviette et à m'installer devant ma coiffeuse sans aucune aide de ma part.

— Si je te lâche, Rhea, tu ne tomberas pas, n'est-ce pas ?

J'entrouvris les yeux : mon époux était agenouillé devant moi, ses mains posées sur mes genoux. Je fis non de la tête.

— Je n'en ai que pour quelques instants.

Il me serra les genoux et se redressa.

— Où vas-tu ? demandai-je en ouvrant tout à fait les yeux.

— Chut.

En silence, je le regardai entonner le chant qui allait lui rendre sa forme originale. Il me sembla que cela prenait moins de temps que la transformation inverse ; la lumière arriva plus tôt, et fut plus intense, me forçant à fermer les yeux puis à enfouir mon visage dans ma serviette.

Quand j'entendis le bruit sourd de ses sabots, je sus que je pouvais rouvrir les yeux (et parler) sans crainte.

— Es-tu réveillée, Rhea ?

— C'est assez difficile de s'endormir avec toute cette lumière éblouissante. C'est aussi douloureux de redevenir centaure que de te changer en homme ?

Il me ramassa dans ses bras.

— Cesse de t'inquiéter.

Il cala ma tête dans le creux entre son épaule et son cou, et rajusta la serviette pour qu'elle me couvre tout à fait.

— Je suis en pleine forme, ajouta-t-il.

— Prêt à courir un marathon ? dis-je en me blottissant contre lui.

— Sans problème, dit-il en m'emportant dans le couloir en direction de mes appartements. Il faudrait juste que je coure tout doucement.

Mon estomac émit un grognement affamé, et nous fûmes pris d'un fou rire.

5.

Ma chambre était illuminée par un milliard de bougies environ (la plupart plantées dans des crânes, mais j'arrivais de mieux en mieux à passer outre), et ma table était chargée de mets délicieux. Comme d'habitude, j'étais affamée.

ClanFintan s'étendit sur une chaise longue et me cala contre lui. Puis il attrapa quelque chose qui ressemblait à une cuisse de dinde rôtie.

— Commence, dit-il. Je parie que tu meurs de faim.

Coinçant ma serviette de bain sous mon bras, je fis honneur au repas, impressionnant assortiment de viandes, de légumes et de pâtes. Une fois de plus, je fus épatée par le savoir-faire du chef. (Penser à lui donner une augmentation… enfin quelque chose de ce genre.)

Comme d'habitude, le vin était d'un beau grenat profond aux arômes puissants. Rhiannon avait eu ses défauts, mais elle s'y connaissait sans aucun doute en vin et en bonne chère.

— Tu me fais penser à une centaure, dit ClanFintan en souriant. Elles aussi, elles adorent manger.

— Attends, tu veux dire que j'ai un appétit de cheval ?

— Les centaures ne sont pas des chevaux, dit mon époux sur un ton bêcheur que je trouvais adorable. Ce qui ne nous empêche pas, d'ailleurs, d'apprécier l'utilité limitée de la race équine.

— Dans le monde d'où je viens, il n'y a que des chevaux, dit-je entre deux bouchées.

— Quoi ?

ClanFintan prit l'air outré, comme si j'avais dit que les bébés naissaient dans les choux ou quelque chose de cet acabit.

— Ouaip, dis-je en dégustant un délicieux filet de poisson blanc qui ressemblait à du flétan. Dans mon ancien monde, les centaures n'existent que dans la mythologie et les contes de fées.

— Comment est-ce possible ?

Son ton de voix indiquait qu'il était profondément vexé.

— Je n'en sais rien, dis-je. Tant pis pour eux : ils ne savent pas ce qu'il perdent.

— Hum.

Il mastiqua quelques bouchées, puis écarquilla subitement les yeux.

— Cela a dû te faire un choc de te retrouver subitement mariée à un être dont tu croyais qu'il n'existait pas.

— A qui le dis-tu !

Je souris et bus une gorgée de vin. Il hocha la tête d'un air compréhensif, puis repoussa doucement mes cheveux en arrière.

— Ce n'est pas étonnant que tu aies eu peur, au début. Il n'y a pas non plus de métamorphoses dans ton monde, n'est-ce pas ?

— Il a fallu que je m'habitude à pas mal de choses, reconnus-je en m'inclinant contre lui.

— Tu as été très courageuse. Si seulement j'avais su la vérité !

— On s'est bien débrouillés, tous les deux. Tu m'as fait comprendre que je pouvais avoir confiance en toi.

— Ah, tant mieux…

L'inquiétude s'effaça de son visage, puis il ajouta ;

— Si j'avais su, j'aurais…

— Quoi ? Attendu plus longtemps ? dis-je en prenant l'air faussement sévère. Je ne crois pas que j'aurais supporté.

— Cela aurait été difficile pour moi également.

Il se pencha pour m'embrasser dans le cou.

— ClanFintan, maintenant que tu sais qui je suis vraiment, il y a quelque chose que j'aimerais te dire.

Je pivotai vers lui pour le regarder dans les yeux.

— Contrairement à Rhiannon, je suis très fidèle. Je n'ai jamais…

Je cherchai des mots qui pussent transcender nos deux cultures.

— Je n'ai jamais eu tendance à coucher avec plein d'hommes en même temps.

D'un regard, ClanFintan me dit qu'il avait compris.

— Tu n'as pas à t'inquiéter à ce sujet, terminai-je.

— Je m'en doutais déjà, dit-il de sa fameuse voix hypnotique. Mais cela me réjouit, bien sûr, de te l'entendre dire. Je n'ai aucune envie de te partager.

Me rappelant ses face-à face-réguliers avec mes gardes, je ne pus m'empêcher de sourire.

— Il n'en sera jamais question, dis-je.

Une expression de satisfaction intense s'afficha sur son visage.

— Mais, au fait, ajoutai-je subitement, ça marche dans les deux sens, hein ! Toi non plus, tu n'as pas le droit de faire n'importe quoi avec d'autres femmes !

— Bien sûr que non, dit ClanFintan sur un ton scandalisé. Je te serai fidèle jusqu'à la fin de mes jours.

— Très bien, dis-je en lui décochant un regard menaçant. Je n'aimerais pas avoir à courir après des centauresses pour leur casser la figure. Eppy pourrait sans doute m'aider, mais ce serait très stressant.

Et sans doute pas très élégant, me dis-je à part moi.

ClanFintan se mit à rire, puis nous terminâmes notre dîner dans un silence amical. Ce type était décidément facile à vivre, me dis-je, et il avait un excellent sens de l'humour. Pour couronner le tout, il n'était même pas de petite taille ! Le fait qu'il ne fût pas, en réalité, un type, me semblait à présent très secondaire.

Enfin repue, je me versai un nouveau verre de vin. Avant que je n'aie pu me blottir confortablement contre mon compagnon, un énorme bâillement de ma part rompit le silence.

— Viens au lit, dit ClanFintan en se levant. Tu es épuisée.

— Pas du tout, je t'assure !

J'essayai de lui résister, et traînai des pieds tandis qu'il me traînait vers le lit. Mais, comme vous le devinez sans doute si vous avez déjà essayé d'empêcher un centaure de vous traîner quelque part : c'était peine perdue.

Nous nous arrêtâmes tous les deux devant le lit. Je crois avoir déjà dit qu'il était très grand. Mais à présent que ClanFintan se tenait à côté, je me rendais compte que nous allions avoir beaucoup de mal à y dormir tous les deux.

Je retirai le magnifique édredon de soie doré et les draps pour examiner le matelas : c'était un immense sac de plumes posé sur un sommier à sangles de cuir. Je rajustai ma serviette autour de moi et commençai à enlever les draps du lit. Quand le matelas fut entièrement découvert, je l'attrapai par le côté et tirai de toutes mes forces.

— Tu ne me donnes pas un coup de main ? demandai-je à ClanFintan par-dessus mon épaule.

— Si, bien sûr.

L'air très dubitatif, il vint néanmoins joindre sa force considérable à la mienne, et nous réussîmes bientôt à poser le matelas sur le sol. Je remis les draps et l'édredon en place et me reculai d'un pas pour juger de l'effet.

— On dirait un chamallow géant.

— J'ai deux questions, dit ClanFintan.

Je le regardai attentivement tout en me glissant dans le lit en forme de chamallow.

— Premièrement, pourquoi as-tu fait cela ?

— Eh bien ! Je n'avais pas l'impression que tu allais pouvoir grimper dans ce lit et te mettre à l'aise.

Je le regardai des pieds à la tête et ajoutai :

— En plus, tu l'aurais sans doute cassé. J'ai envie que tu restes dormir avec moi, et je me suis dit que nous serions mieux par terre.

— Ah, dit mon époux d'un air lumineux.

Il s'avança délicatement vers le lit.

— Quelle est la deuxième question ? demandai-je pendant qu'il repliait ses jambes équines pour s'étendre près de moi.

— Qu'est-ce qu'un chamallow ?

Je me serrai contre lui.

— Une friandise. C'est blanc, très mou et très sucré. On les mange grillés sur un feu de camp.

Il m'attira contre lui en chien de fusil. Les bords de l'édredon remontaient en bouffant autour de nous.

— C'est très mou, sans l'ombre d'un doute.

— C'est bien ce que je me disais.

Je finis ma phrase par un énorme bâillement.

— Maintenant, décontracte-toi et dors.

Je commençais juste à me détendre quand un frisson me parcourut. Je me redressai en sursaut : je venais de me rappeler la mission qui m'attendait dans mon sommeil.

— Je n'arrive pas à dormir. J'ai peur.

— Je suis ici pour veiller sur ton corps, et Epona sera là-bas pour veiller sur ton esprit.

La main de ClanFintan se fraya un chemin jusqu'à l'extérieur de ma jambe, remonta le long de ma cuisse vers l'endroit sensible à l'intérieur de mon genou, revint jusqu'à mes reins, et recommença son circuit hypnotique.

Mon corps se détendit et mes paupières s'agitèrent.

— Ne me lâche pas…, soufflai-je.

Son bras se resserra autour de moi et le sommeil m'emporta.

Invitée d'honneur dans un spa luxueux, je me faisais masser par… je jetai un coup d'œil par-dessus mon épaule… Batman (enfin de retour dans mes rêves). La table de massage était dressée sur une terrasse qui surplombait un paysage évoquant la région des Lacs, en Angleterre, sauf qu'au lieu des brebis anglaises avec leur robes de laine hirsutes, de gros matous noirs et blancs paissaient dans des prairies d'herbe au parfum de souris.

Batman venait de se pencher pour me murmurer à l'oreille que j'avais les fesses les plus parfaites de la planète, quand…

Le plafond m'aspira, et je me retrouvai dans le ciel au-dessus du Temple d'Epona. La nuit était claire et, en attendant que la lune se lève, les étoiles frimaient dans le ciel comme des diamants dans la vitrine d'un bijoutier. D'ici, on se rendait bien compte à quel point le temple et son parc étaient surpeuplés. Des tentes et des feux de camp se dressaient partout et, bien qu'il fût tard, humains et centaures vaquaient encore aux dernières occupations de la journée.

Une douce brise me poussait vers la rivière, elle aussi très animée. Des barques se bousculaient pour arriver jusqu'à l'embarcadère, des lanternes brillaient, des voix ricochaient sur l'eau. Tandis que j'observais ce spectacle, mon corps pivota lentement vers le nord, puis partit à toute vitesse. J'eus la même sensation que les fois précédentes : celle d'être une mouche emportée par le souffle d'un géant irritable. C'était aussi désagréable que l'analogie que je viens d'utiliser, surtout à présent que j'étais plus ou moins certaine de ma destination.

Mon corps s'éloigna du bord de l'eau pour virer vers l'ouest. Sous mes pieds défilait une immense étendue d'eau sombre, sans doute le Loch Selkie. Bien trop rapidement, je passai les rives nord du lac. Un grand édifice en pierre, sombre et silencieux, s'élevait à quelque distance de l'eau. Détournant les yeux, j'envoyai une prière silencieuse à Epona pour qu'elle ne m'y envoie pas. Je n'avais aucune envie de voir le saccage laissé par les vampires à Laragon. Ce n'était pas très courageux de ma part, je le reconnais, mais je soupirai de soulagement en constatant que mon corps filait loin au-dessus du château mort.

Bientôt des lueurs apparurent au loin, puis je reconnus les pierres sombres du Donjon du Gardien. Je flottai par-dessus les remparts ; mon corps ralentit et se mit à descendre.

— S'il vous plaît, chuchotai-je, faites que je ne m'attarde pas trop longtemps ici.

Courage, ma Bien-Aimée ! Ces mots traversèrent ma conscience si rapidement que je ne pus être sûre de les avoir entendus. Néanmoins, je pris une profonde inspiration et tentai de me préparer au pire.

J'arrivai au milieu de la même cour intérieure que j'avais vue lors de mon rêve précédent. Comme avant, des tentes miteuses se découpaient dans l'ombre et des silhouettes encapuchonnées se serraient autour des feux de camp. Je m'approchai un peu : les femmes étaient bien plus nombreuses que la dernière fois. Curieusement, le silence régnait. En temps normal, même à une heure aussi tardive, une telle foule de femmes aurait dû bavarder et glousser, répartie en petits groupes. Mais elles étaient tellement silencieuses que j'entendais chacun des craquements et grésillements des feux. Cette fois, personne n'eut l'air de remarquer ma présence, et je ne m'arrêtai pas au-dessus d'elles, mais me dirigeai droit vers l'aile ouest du château. Mon corps s'immobilisa au-dessus d'un toit plat à balustrade éclairé par de nombreux flambeaux.

Prépare-toi, Bien-Aimée, souffla la voix en moi… puis je chutai à travers le toit.

Je débouchai brutalement dans une grande chambre à coucher illuminée par des torches et des bougies. Des feux brûlaient dans deux grandes cheminées assez vastes pour que l'on pût s'y tenir debout à plusieurs. Au milieu de cette pièce fortement éclairée se trouvait un lit immense.

Je crus d'abord être seule, puis un bruissement attira mon regard vers le centre du lit. Je frissonnai de dégoût : ce que j'avais pris pour des couvertures jetées sur le lit était en réalité une créature allongée à plat ventre, les ailes déployées, comme un couvre-lit en forme de chauve-souris. Bon sang, quelle horreur ! De sa propre initiative, mon corps descendit et se rapprocha.

Les ailes de la créature remuèrent encore, et je vis qu'elles ne couvraient pas seulement son corps, mais aussi celui d'une jeune humaine nue, si pâle et immobile que je crus d'abord qu'elle était morte. Puis je la vis tressauter violemment : la créature ailée avait déplacé sa main vers le pubis de la jeune fille et l'avait pris en coupe.

— Ssssi mignon, susurra-t-il.

Ses doigts descendirent à l'intérieur des cuisses de la fille, décrivant un mouvement circulaire dans la moiteur qu'il y trouvait. Un spasme parcourut les jambes de sa victime, et, à la lumière des bougies, je vis un liquide rouge et visqueux couler entre ses cuisses.

— Bon Dieu !

Mes poumons se vidèrent. Aussitôt la créature pivota la tête vers moi, plissa les yeux et fouilla du regard l'espace au-dessus du lit.

Je reconnus tout de suite son visage. C'était Nuada.

— Dehors ! ordonna-t-il.

D'un pied aux serres tendues, il repoussa la fille vers le bord du lit. Elle tomba à terre, parvint à se relever et se jeta en chancelant vers la porte. Dès qu'elle eut quitté la pièce, Nuada s'avança vers la tête de lit en regardant fixement le plafond.

— Je sais que tu es là, dit-il d'une voix éraillée dans laquelle ne perçait aucune peur. Ce n'est pas la première fois que je sens ta présence.

Mon corps, qui flottait au-dessus du pied de lit, descendit d'une trentaine de centimètres, et je pus mieux examiner cette créature orgueilleuse et intrépide. Son visage était tout en angles, comme taillé dans la pierre. Son corps svelte semblait imberbe, si ce n'était la grande cascade de cheveux argentés qui lui arrivait aux épaules. Ses grandes ailes de chauve-souris ne cessaient de se plier et de se déplier, mais elles ne parvenaient pas à cacher les grandes traînées de sang sur ses cuisses et son sexe maintenant flasque.

Je m'étais préparée à lutter contre ma peur, mais, à ma grande surprise, c'étaient plutôt la colère et la répulsion qui dominaient.

— Tu me donnes la nausée, crachai-je.

Il plissa les yeux.

— Je sais que tu es une *femme*, dit-il en prononçant le dernier mot comme on jetterait une malédiction. Montre-toi, si tu n'as pas peur.

J'avais entendu parler de types dans ce genre. De prétendus « mâles » qui prennent plaisir à maltraiter les femmes et les enfants. Ma colère grandissant, je sentis mon corps changer. Je baissai les yeux : j'étais devenue semi-visible. Mon corps nu flottait au-dessus du lit comme un fantasme quasi incarné.

Les yeux de la créature s'écarquillèrent, et il se passa la langue sur les lèvres.

— Tu aimes ce que tu vois, Nuada ?

La voix de mon fantôme vibrait d'un curieux timbre surnaturel.

— Approche, et je te montrerai ce que j'aime, dit-il en me lorgnant cruellement.

— Je vais y réfléchir.

Je laissai un petit silence s'installer.

— Pourquoi toi, tu ne viens pas à moi ?

Main tendue, j'esquissai un geste de charmeur de serpents. Ma deuxième main se nicha au creux de ma nuque, puis descendit langoureusement le long de mon corps pour s'arrêter à l'intérieur de mes cuisses. Puis je forçai mes doigts à imiter ce que les siens avaient fait à la fille qu'il venait de violer.

Il me fixait avec un appétit obscène qui me souleva le cœur. Tandis qu'il se redressait et se tendait vers moi, je remarquai que ses ailes et son pénis s'étaient remis à remuer et à enfler.

Moque-toi de lui, dit une voix en moi. Je lui obéis : mon éclat de rire ricocha contre les murs de la chambre enflammée. A l'instant où la créature se jetait sur moi, mon corps fusa à travers le plafond. J'émergeai dans la nuit, suivie par un hurlement de rage et de déception.

Mes yeux s'ouvrirent.

— Tu es en sécurité, Rhea.

J'eus un moment de panique ; je ne savais absolument pas où j'étais. Puis, retrouvant mes sens, je compris que ClanFintan me serrait dans ses bras. Je me frottai les yeux pour le voir plus clairement. Il me souriait, mais son front était plissé par l'inquiétude.

— Tu es revenue.

Il semblait aussi soulagé que moi.

— Oui, dis-je d'une voix éraillée. Et j'ai besoin de boire un coup.

Je me glissai hors de ses bras, sortis du lit et partis vers la table pour y prendre mon verre à vin. Au moment de le remplir, mes mains tremblèrent si fort que des gouttes de liquide rouge s'éparpillèrent sur la table de marbre blanc. Mon regard fut happé par ces gouttes écarlates, qui me rappelaient le sang frais sur la peau blanche et inhumaine de Nuada…

— Rhea ?

La voix de ClanFintan brisa le sortilège. Je pris une grande inspiration tremblotante et revins au lit. Me calant contre le torse mon époux, je bus une grande gorgée de vin.

— Dis-moi ce qui s'est passé.

— Epona m'a conduite droit à lui. Il venait de violer une jeune fille.

— A-t-il senti ta présence ?

— Mieux que ça. Il m'a entendue parler, et Epona a fait quelque chose pour qu'il puisse me voir. Enfin, presque.

ClanFintan hocha la tête d'un air entendu.

— Epona utilise ses pouvoirs pour faire parvenir le message aux Fomores.

— J'espère qu'elle ne va pas oublier de les utiliser pour me protéger.

Je sais, ce n'était pas le moment de m'apitoyer sur mon sort, mais ces histoires de déesses, de Sommeils magiques et de vampires violeurs commençaient à me taper sur les nerfs.

— Tu es sa Bien-Aimée, elle te protégera toujours.

J'étais sur le point d'ouvrir la bouche pour faire un commentaire narquois, puis, me rappelant la voix qui m'avait chuchoté *« Prépare-toi, Bien-Aimée »*, je préférai avaler une grande gorgée de vin.

— Lui as-tu parlé du temple de la Muse ?

— Je n'ai pas eu le temps. Epona m'a sortie de là juste avant qu'il ne se jette sur moi.

Le hurlement de frustration de Nuada résonna dans mes oreilles, et je repris une nouvelle gorgée de vin.

— Il t'a sauté dessus ? C'est avec grand plaisir que je lui passerai ma lame en travers du corps. Le plus tôt possible.

La voix du centaure était dure et chargée de colère.

— En général, dis-je, je suis contre la violence, mais dans son cas, je ferai une exception. Ce truc a sérieusement besoin d'être mis hors d'état de nuire.

Je bus une autre gorgée ; mon verre était vide. Je bâillai.

— J'espère qu'Epona en a fini avec moi pour cette nuit. Je suis crevée.

ClanFintan prit mon verre de mes mains et le posa sur le sol à côté de notre chamallow géant.

— Je suis sûr que la Déesse va t'accorder le reste de la nuit pour dormir.

Il m'attira près de son corps.

— Je l'espère, marmonnai-je.

Je retapai un oreiller en plumes, y calai ma joue et me pelotonnai en boule. La main de mon époux s'aventura au creux de mes reins, et je poussai un soupir de gratitude en le sentant masser ma colonne vertébrale.

— Dors, mon amour, chuchota-t-il. Je veille sur toi.

Les douces caresses de ClanFintan effacèrent temporairement Nuada et ses maléfices, et je m'endormis le sourire aux lèvres.

6.

— Rhea ?

Une voix lointaine brisa le rêve où je disposais d'un crédit illimité chez Tiffany's.

— Je suis ici, au rayon diadèmes, marmonnai-je d'une voix endormie, sans ouvrir les yeux.

— Que fais-tu par terre ?

La voix se rapprocha, et j'étais suffisamment éveillée (hélas) pour la reconnaître : c'était celle d'Alanna. J'ouvris lentement les yeux, m'étirai et constatai que mon époux avait disparu.

— Tu as déjà essayé de faire rentrer un cheval dans un lit ?

Alanna étouffa un gloussement de sa main et secoua la tête d'un côté à l'autre.

— C'est difficile à imaginer, hein ?

Me rendant compte que j'étais nue, j'ajoutai :

— Tu pourrais me donner quelque chose pour me couvrir ? J'ai besoin d'aller me repoudrer le nez.

Alanna me lança un regard perplexe en me tendant un peignoir, mais quand je me précipitai vers la porte en l'enfilant, elle me suivit.

Le couloir qui reliait ma chambre à la salle de bains était bondé de gardes et de femmes qui se rangèrent sur le côté en s'inclinant ou en faisant la révérence. Je les saluai d'un hochement de tête endormi, regrettant de ne pas avoir pris le temps de me recoiffer ni même de me frotter les yeux.

Ce fut donc avec un intense soulagement que je me précipitai dans ma salle de bains et entendis les inoxydables gardes refermer la porte derrière nous.

— Bon sang ! pestai-je depuis les toilettes, d'où sortent tous ces gens ?

— De nouveaux réfugiés arrivent tous les jours. Même le Temple d'Epona n'est pas assez grand pour que l'on ne soit pas à l'étroit.

Je sortis des toilettes, me débarrassai de mon peignoir et descendis les marches du bassin pour prendre un bain rapide.

— Donc, tu disais… qu'il y a des tonnes de nouveaux arrivants ?

— Oui, dit-elle sur un ton qui laissait percer de l'inquiétude retenue. Des humains et des centaures. J'ai donné ordre aux hommes de monter les grandes tentes que Rhiannon réservait pour notre Fête annuelle, et aux cuisiniers de prélever des provisions supplémentaires dans les réserves d'urgence. J'espère que tu n'es pas fâchée.

— Fâchée ? dis-je en acceptant la serviette qu'elle me tendait. Bien sûr que non ! Prends toutes les décisions qui te semblent nécessaire. Tu sais mieux que moi ce qu'il convient de faire.

L'air soulagé, Alanna m'enveloppa rapidement dans une tunique courte d'un bleu-vert scintillant qui m'évoquait l'écume sur la mer. Dieu merci, mes seins étaient couverts. Je m'installai devant la coiffeuse pour me maquiller pendant qu'elle démêlait mes cheveux et les relevait en chignon. Quand nos regards se croisèrent dans la glace, je lui décochai un sourire espiègle.

— J'espère que tu t'es bien reposée, cette nuit.

Comme je l'espérais, le rouge s'épanouit sur ses joues. Prenant un faux accent populaire anglais, qui n'aurait dupé personne dans mon ancien monde, je dis :

— Ah bien ! voilà ce fripon de sang qui te vient aux joues : bientôt elles deviendront écarlates à la moindre nouvelle.

Cette citation de *Roméo et Juliette* la fit rougir de plus belle, évidemment. Je ris de nouveau, ravie de voir la joie qui brillait dans ses yeux malgré son embarras.

— J'ai passé une nuit merveilleuse.

C'étaient des mots tout simples, mais elle les dit d'un air ébloui, comme si un miracle s'était produit.

— Je suis très heureuse pour toi, Alanna.

Pendant un moment, nous restâmes silencieuses, pensant sans doute toutes deux à nos époux respectifs. Je reconnais que mes joues s'échauffèrent un peu, elles aussi.

— Rhea, Epona t'a-t-elle conduite au Donjon du Gardien la nuit dernière ?

— Oui. J'ai vu Nuada.

Nos yeux se retrouvèrent dans la glace, et nous échangeâmes un regard grave. Ni l'une ni l'autre ne sous-estimait l'ennemi que nous avions à affronter.

— Je l'ai mis au défi de me rejoindre, puis Epona m'a tirée de là à la dernière minute. Autant te dire que je n'ai pas très envie d'y retourner ce soir.

— Epona te protégera, dit-elle avec la même certitude que ClanFintan.

— C'est ce que tout le monde ne cesse de me répéter. Je t'avoue que j'ai l'impression d'entendre sa voix de temps en temps. Mais je ne crois pas que je m'habituerai un jour à voler d'un bout à l'autre du pays toute nue.

— Rhiannon elle-même était parfois décontenancée par les visites nocturnes d'Epona.

Les mains d'Alanna se figèrent dans mes cheveux, et un petit pli pensif barra son front.

— Qu'y a-t-il, Alanna ?

— Je viens de me souvenir de quelque chose. Les jours qui ont précédé son départ vers ton monde, Rhiannon a eu un comportement très curieux. Elle n'a presque pas dormi. C'était comme si elle avait voulu éviter les visions d'Epona.

— Cette sale garce devait savoir que les Fomores étaient sur le point d'attaquer.

Tout s'expliquait.

— Epona n'aurait pas laissé massacrer son peuple sans la prévenir.

A mesure que je parlais, j'étais envahie par un sentiment familier, celui de m'entendre dicter mes paroles par une voix encourageante.

— Je parie qu'elle à montré à Rhiannon ce qui se passait, et que cette sale égoïste a préféré prendre ses jambes à son cou, au lieu de se battre aux côtés de son peuple.

Le fait que cette chipie me ressemblât comme deux gouttes d'eau me rendait d'autant plus furieuse contre elle.

Alanna piqua une épingle dans mon chignon.

— Peut-être qu'Epona l'a laissée partir parce qu'elle voulait que tu prennes la tête de notre guerre contre les Fomores.

J'étais prête à lui expliquer que c'était tout bonnement impossible, mais elle ne m'en laissa pas la possibilité.

— Epona devait forcément connaître la véritable nature de Rhiannon, et la tienne aussi. C'est toi qu'elle a choisie. C'est toi, non Rhiannon, qui es sa Bien-Aimée.

Alanna finit mon chignon en l'entourant d'un magnifique bandeau doré, et je restai silencieuse, intimidée par l'idée qu'une déesse avait pu me choisir, moi. J'espérais de tout cœur qu'Epona savait ce qu'elle faisait.

Alanna prit mon diadème et le plaça sur ma tête. Il m'allait parfaitement, comme s'il avait été fait sur mesure.

— Tu devrais le porter plus souvent, dit ma compagne.

D'un geste hésitant, je levai la main et caressai du bout

des doigts le métal doré. J'eus la curieuse impression qu'il dégageait de la chaleur.

— Tu as peut-être raison, m'entendis-je dire.

Un petit frisson me traversa. Arrachant mon regard au reflet du diadème dans la glace, je fouillai dans un coffre à bijoux à la recherche de boucles d'oreilles assorties et m'empressai de changer de sujet.

— Comment vont les patients de Carolan ?

Avant qu'Alanna n'ait pu me répondre, nous fûmes interrompues par deux coups à la porte.

— Entrez !

Les portes basculèrent sur leurs gonds et des serviteurs apparurent, apportant le petit déjeuner.

— Miam-miam ! dis-je en souriant. Je meurs de faim !

— Bonjour, Dame Rhiannon, dit l'un des serviteurs (qui, je vous jure, ressemblait furieusement à un gamin boutonneux que j'avais été obligée de recaler deux années d'affilée). Seigneur ClanFintan nous a demandés de vous servir le petit déjeuner dès que vous seriez réveillée.

— Vraiment ? demandai-je avec une joie ridicule. Il est adorable, ce type.

— Si vous le dites, madame.

Le serviteur s'inclina devant moi et se précipita vers la porte.

Alanna éclata de rire.

— Tu les fais flitter, dit-elle en guise d'explication.

Je faillis recracher mon porridge par le nez.

— Alanna, chérie, on dit *flipper*, pas flitter.

— Ah bon.

Elle haussa ses petites épaules adorables, vint s'asseoir à côté de moi, et nous attaquâmes toutes deux le petit déjeuner.

— Donc, les patients de Carolan ? répétai-je entre deux bouchées.

Outre le porridge, mon petit déjeuner était composé

d'un délicieux petit pain à la cannelle, arrosé d'un thé vert corsé fortement sucré au miel. Mes serviteurs avaient apparemment décidé de restreindre ma consommation d'alcool au petit déjeuner. (Demander à ces foutus domestiques de… oh, peu importait, me dis-je à part moi. C'était sans doute mieux que je boive du thé, tout au moins au petit déjeuner, bien sûr ! Soupir.)

— Je ne sais pas, dit Alanna sur un ton d'inquiétude. Il a refusé de me laisser entrer dans l'infirmerie. Mais la nuit dernière, l'épidémie a gagné plusieurs familles supplémentaires.

— Pas bon, dis-je avec appréhension. J'irai voir ce que je peux faire dès que nous aurons fini de déjeuner.

J'avais subitement perdu l'appétit.

— ClanFintan vous demande de venir d'abord vous entretenir avec lui.

— Où est-il ?

— Quand je l'ai vu, il passait en revue le travail des femmes dans la cour intérieure avec Dougal et Connor.

— Comment va Dougal ?

— Il est très occupé.

Nous échangeâmes un regard satisfait.

— Eh bien, dis-je en avalant le reste de mon thé, je ferai mieux d'y aller. Je devrais sans doute essayer de voir le bon côté des choses. Au moins je n'ai pas besoin de montrer mes seins aujourd'hui, hein ? Dis-moi que je n'en ai pas besoin.

— Pas avant deux semaines, dit-elle en riant.

— Super. Il me tarde déjà que ce soit la prochaine fois. Et toi, que vas-tu faire aujourd'hui ?

— Organiser le travail des domestiques, aller voir les cuisiniers, m'assurer qu'il y a suffisamment de place pour accueillir les familles et les guerriers qui arrivent, et que l'infirmerie est approvisionnée en eau chaude et en linge propre.

— La routine, quoi.

— Exactement, soupira-t-elle comme si son seul sujet d'inquiétude était l'opportunité de se faire manucurer les ongles des doigts de pieds.

— Ouais, ouais, dis-je en m'avançant vers la porte d'un pas majestueux. Cette vie de loisirs, c'est complètement assommant.

Gloussant comme des collégiennes, nous sortîmes dans le couloir... lequel était tellement bondé que nos rires se transformèrent en toussotements incrédules.

— Rhea, les cuisiniers vont avoir des attaques. Il faut tout de suite que j'aille les voir.

Elle ajouta dans un chuchotement :

— Sauras-tu retrouver ton chemin jusqu'à la cour intérieure ?

— Oui, soufflai-je.

— Bien. Et... pourras-tu embrasser Carolan de ma part quand tu le verras ?

— C'est promis. Merci pour tout, Alanna, tu es une perle rare.

Je retrouvai sans problème le chemin de la cour intérieure. Deux paires de gardes bien constitués s'inclinèrent devant moi avant de faire basculer sur leurs gonds les grandes portes doubles. Dehors, les femmes s'agitaient autour de différentes stations de travail, sculptant des pointes de flèches, déchirant des draps de lin, faisant bouillir d'immenses marmites d'eau et ainsi de suite. Chacune s'occupait à quelque chose. Et à leurs côtés... Bonté divine ! Des femmes centaures !

Me réfugiant dans l'ombre de la porte, je les observai attentivement. La première chose qui me vint à l'esprit, c'est qu'elles étaient plus petites que leurs congénères mâles. Je mens : en fait, la première chose qui me vint à l'esprit, c'est qu'elles étaient d'une beauté époustouflante. La grâce et la souplesse avec laquelle elles se déplaçaient évoquaient à la fois le pur-sang arabe et la danseuse étoile. Je repérai au moins une demi-douzaine d'entre elles, aux robes allant du blond palomino au gris pommelé. Toutes portaient des vestes de cuir somptueusement travaillées, semblables à celles portées par ClanFintan et ses guerriers, sauf que celles-ci étaient de couleurs vives et étincelaient de perles et de pierres précieuses.

Plusieurs d'entre elles se tenaient autour de l'endroit où les femmes humaines travaillaient sur les pointes de flèches. Mon regard fut naturellement attiré par ces femmes éblouissantes...

Au milieu desquelles se trouvait mon mari.

Il était temps, me dis-je subitement, de sortir de l'ombre et d'annoncer la présence de la Déesse Incarnée, Bien-Aimée et Elue d'Epona. M'étirant de toute ma hauteur (j'arrivais à peu près aux épaules des centauresses), je m'avançai dans la cour.

— Salut à vous, Déesse !

— Epona !

— Soyez bénie, Bien-Aimée d'Epona !

Je répondis par des sourires de gratitude à leur adoration qui, je ne sais pourquoi, rendait l'extrême beauté des femmes centaures plus facile à digérer. Saluant les femmes à mon tour, je m'avançai lentement (pour que les centauresses puissent bien se rendre compte de l'amour que me portaient mes sujets) vers mon époux.

Quand j'arrivai à sa hauteur, il s'avança vers moi et plongea son regard dans le mien. Ses yeux scintillaient d'une adoration bien plus intime que celle de la foule. Il porta ma main à ses lèvres et me baisa d'abord la paume, puis l'endroit où mon pouls battait sur mon poignet.

— Bonjour, Rhea.

Sa voix profonde me donnait des frissons partout. Ou peut-être étaient-ce ses lèvres chaudes. Ou alors...

Bref, vous voyez le topo. Ce type me donnait des frissons. Et ce n'était pas désagréable du tout.

— Bonjour, mon amour.

Il répondit à mon bonjour en s'avançant d'un pas pour m'embrasser sur la bouche.

— Tu m'as manqué, ce matin, soufflai-je.

— J'ai dû m'arracher à notre *chamallow*.

Sa façon de prononcer ce mot me fit sourire.

— Merci d'avoir pensé à mon petit déjeuner.

— Je sais que tu es toujours affamée.

— Eh bien… oui, c'est vrai, j'ai un appétit démesuré, dis-je sur un ton lourd de sous-entendus.

Le sourire de ClanFintan s'élargit.

Un toussotement discret nous ramena à la réalité. Nous détournâmes nos regards l'un de l'autre… pour nous apercevoir que la cour tout entière nous observait avec des sourires entendus. Le sang me monta aux joues. Une des femmes centaures s'éclaircit de nouveau la gorge ; quand mon regard se posa sur elle, mes joues s'enflammèrent pour de bon.

C'était sans doute la plus belle créature, toutes espèces confondues, que j'aie jamais vue. Son poil était d'un blond chatoyant ; ses longs cheveux platine tombaient droits et lisses le long de son dos. Ses pommettes incroyablement saillantes mettaient en valeur des yeux aigue-marine saisissants. Ses lèvres pulpeuses étaient légèrement rehaussées par une sorte de brillant transparent. (Où avait-elle bien pu se le procurer ?) Elle portait une veste en cuir écarlate (effet « carotte » garanti chez les rousses de mon genre) incrusté de perles en cristal qui scintillaient au soleil. Ses seins fermes et rebondis n'étaient pas vraiment dénudés, mais ils n'étaient pas exactement couverts non plus.

Sans lâcher ma main, ClanFintan m'attira vers elle.

— Rhiannon, je te présente une amie proche, Victoria Dhianna, Grande Chasseresse des Centaures.

Elle me salua en esquissant une curieuse révérence.

— Dame Rhiannon, dit-elle d'une voix aussi soyeuse et parfaite que ses cheveux, quel plaisir de rencontrer enfin la femme qui a réussi à épouser ClanFintan.

J'inclinai la tête et pris un ton surpris.

— *Réussi* à l'épouser ? Pour tout vous dire, face à l'assiduité de sa cour, je n'ai pas vraiment eu le choix.

Puis je souris et ajoutai :

— Mais je suis ravie qu'il ait réussi à m'épouser, lui.

J'entendis ClanFintan émettre un petit rire, mais mon regard restait rivé sur cette femme aux yeux bleus. A ma grande satisfaction, ses yeux se plissèrent (Ouf ! Des rides !) et un sourire s'épanouit sur son visage.

— Très juste, dame Rhiannon, dit-elle en riant.

— Appelez-moi Rhea.

Je lui rendis son sourire. Elle semblait pourvue d'un bon potentiel de copine.

— Rhea, dit ClanFintan, je dois rejoindre les guerriers. Ils sont arrivés en grand nombre pendant la nuit ; il faut que je les accueille et que j'informe leurs chefs de nos plans.

Il porta de nouveau ma main à ses lèvres. Cette fois, son baiser fut suivi par une légère morsure sur la partie charnue de ma paume.

— Je suis impatient de dîner avec toi ce soir.

Le regard qu'il me lança me dit qu'il ne pensait pas seulement au dîner. Je soupirai de satisfaction en le regardant s'éloigner.

— De toute évidence, les rumeurs j'ai entendues sur votre union étaient fausses.

Victoria s'était avancée jusqu'à ma hauteur et parlait à voix basse.

— Qu'avez-vous entendu ? demandai-je en levant les yeux vers elle.

— Que c'est uniquement par devoir que vous vous êtes

unie à ClanFintan, ce qui expliquerait votre engagement temporaire au lieu d'un véritable mariage.

Ne sachant comment répondre, je décidai de dire la vérité.

— C'était une histoire de devoir au départ, mais cela a changé. Il arrive que les mariages temporaires se transforment en unions durables, vous savez.

— Je suis très heureuse pour vous.

Cela semblait sincère ; mon radar de femme jalouse ne détectait aucune vibration de haine.

— Moi aussi, je suis très heureuse.

— Permettez-moi de vous présenter à mes amies.

Elle se retourna et attira l'attention de ses compagnes. Ces dernières s'étaient dispersées pendant notre conversation ; il ne restait à présent que cinq d'entre elles, manifestement les plus ravissantes.

— Kaitlynn, Cynthia, Elaine, Alexandra et Cathleen.

Au fur et à mesure que Victoria prononçait leurs noms, les centauresses faisaient une sorte de révérence adaptée à leur morphologie.

— Voici mes chasseresses, finit-elle d'un geste qui englobait les cinq beautés.

— Bienvenue au Temple d'Epona, dis-je en essayant de ne pas me laisser intimider. Je suis ravie de vous accueillir, même si j'aurais préféré que ce soit en d'autres circonstances.

— En tant que chasseresses, dit Victoria, nous nous occupons de la fabrication des arcs et des flèches, ainsi que de l'approvisionnement en gibier de notre tribu. Quand la nouvelle de l'invasion fomore nous est parvenue, nous avons pensé que notre savoir-faire pourrait vous être utile.

— Vous avez eu tout à fait raison. Nous avons besoin de toute l'aide que nous pourrons trouver.

L'air satisfaite, Victoria s'adressa aux chasseresses.

— Continuez à montrer nos techniques aux femmes. Il

faut tailler et finir ces têtes de flèche au plus vite. Pendant ce temps, je vais dire aux cuisiniers que nous sommes à leur disposition au cas où ils auraient besoin de gibier.

Les chasseresses reprirent leur travail, et Victoria et moi nous retrouvâmes seules et silencieuses dans une petite poche de silence au milieu d'une foule bruyante et occupée. J'avais du mal à la quitter des yeux, non seulement parce qu'elle était d'une beauté stupéfiante, mais surtout parce qu'elle m'intriguait. ClanFintan et ses gars ne me faisaient plus cet effet — j'étais habituée à eux. Pour moi, c'étaient des types comme les autres. Rien à voir avec les centauresses. En plus d'avoir l'impression de me tenir à côté de Michelle Pfeiffer ou Sophia Loren, je mourais d'envie de bombarder Victoria de questions. C'était quoi, au juste, une chasseresse ? Comment l'était-elle devenue ? Quel était leur rôle au sein de la société centaure ?

Et puis… je savais qu'il était hors de question d'aborder le sujet, mais je me posais également toutes sortes de questions concernant la, euh, sexualité des centaures. Réprimant tant bien que mal ma curiosité, je sélectionnai un thème que j'espérais neutre et approprié.

— Je ne connais pas très bien le rôle des chasseresses dans la société centaure, mais je serai ravie d'en savoir plus sur vous et sur vos…

J'hésitai une seconde, stressant comme seule une prof peut stresser au sujet du choix du mot que j'allais employer.

— Vos collègues.

— Comme notre nom l'indique, nous sommes les chasseresses de notre tribu, ce que vous appelez un clan. Nous l'approvisionnons constamment en gibier frais qui vient compléter les viandes d'élevage. Nous sommes également expertes en pistage et en fabrication de flèches, d'arcs et d'arbalètes. De temps en temps, il nous arrive même de nous intégrer à un clan humain… mais cela, vous le savez déjà.

Je hochai la tête comme si j'étais tout à fait au courant, et m'empressai d'ajouter :

— Donc, les centaures ne chassent pas ?

— A part les centauresses, non.

— Les hommes, dis-je sur un ton blasé.

Elle hocha la tête d'un air entendu.

— Nous ne sommes pas des guerrières, dit-elle. Nous laissons cela aux hommes, même si Diane est notre déesse patronne. Mais nous ne sommes pas non plus des vierges sans défense.

Elle sourit.

— Par ailleurs, nous respectons Epona et lui rendons hommage à chaque pleine lune.

J'entendis des paroles chuchotées dans mon esprit, et les répétai à haute voix.

— Epona a une très haute opinion des chasseresses.

— Vous remercierez la Déesse pour cette faveur.

Le visage de la centauresse, franc et ouvert, respirait le contentement.

— Je ne sais pas si vous avez prévu de vous rendre avec ClanFintan à Glen Iorsa, mais si c'est le cas, j'aimerais vous demander de bénir un nouveau bosquet d'enfantement, Glen Shurrig, que nous inaugurerons au printemps prochain.

Devinant que Glen Iorsa était l'endroit d'où venait ClanFintan, je faillis perdre toute mon assurance. Imaginez un peu : c'était mon mari, et je ne connaissais même pas le nom de sa ville natale !

Avant que je n'aie eu le temps de plonger dans la dépression, la fameuse voix dans ma tête chuchota : *Il est né pour t'aimer.* Avec un mélange d'étonnement et de gratitude, je remerciai silencieusement Epona de ce rappel à la réalité. ClanFintan m'aimait, et l'endroit où il était né n'avait aucune importance.

Réponds à la chasseresse, ajouta la voix intérieure. Je me secouai et réussis à dire :

— Je serai ravie de vous rendre visite… une fois que nous aurons vaincu les Fomores.

— Oui, dit Victoria en baissant d'un ton. Est-ce vrai qu'ils ont capturé des femmes humaines et qu'ils s'accouplent avec elles ?

— Accoupler n'est pas vraiment le mot qui convient, dis-je avec dégoût. Ils les violent pour les engrosser. Je n'ai vu qu'une seule femme accoucher… mais cela m'a suffi. Elle a été tuée par le monstre qui a éclos de son ventre.

— Que Diane leur vienne en aide, souffla-t-elle.

— Il va leur falloir l'aide de Diane, d'Epona et de nous tous.

— Dame Rhiannon ! s'éleva une voix de femme à l'autre bout de la cour.

— Oui. Je suis là.

J'agitai la main et la femme se pressa vers moi. Quand elle fut plus près, je reconnus une assistante de Carolan.

— Madame, dit-elle en faisant une révérence, Carolan m'a envoyée vous trouver. Il vous prie de le rejoindre dans l'infirmerie. Il a besoin de vous parler.

Je regardai mieux l'assistante : son visage était pâle, ses cheveux en désordre.

— J'arrive tout de suite.

Je me tournai pour faire mes adieux à Victoria.

— J'espère que nous aurons le temps de nous reparler bientôt. Ç'a été un plaisir de vous rencontrer, vous et les autres chasseresses. Merci de votre aide.

— Merci à vous, dame Rhea.

Elle exécuta de nouveau cette révérence caractéristique des centaures femmes.

— Comme nous l'enseigne notre déesse, la gent féminine doit s'entraider.

— Et plutôt deux fois qu'une ! lançai-je par-dessus mon épaule en m'éloignant vers l'infirmerie.

Les yeux de la centaure s'écarquillèrent puis se plissèrent, et ses lèvres s'étirèrent en un grand sourire.

Ouaip. Elle avait l'étoffe d'une copine, sans l'ombre d'un doute.

7.

Ce monde, me dis-je en traversant la cour derrière l'assistante de Carolan, était totalement dépourvu de technologie. Pas d'ordinateurs, pas de voitures, pas de télévision, et ainsi de suite. En revanche, il était extrêmement riche en diversité et en culture. A vrai dire, je m'y sentais chez moi. C'était tout de même bizarre, pour une banale prof d'anglais solidement insérée dans la Classe Moyenne Blanche Américaine. Voilà que je me retrouvais soudain Elue par une déesse, mariée à un centaure (que l'on pouvait difficilement qualifier de *Blanc*), en guerre contre des trucs qui ressemblaient à des vampires (eux n'entreraient même pas dans la catégorie *Américains*, même à New York), et amie potentielle d'une chasseresse qui, comme par hasard, avait un corps de cheval.

Je suis presque sûre que ce n'est pas ce que ma mère avait en tête le jour où elle m'a dit que la vie nous réservait toujours des imprévus. (Si je me souviens bien, la discussion portait sur l'intérêt de mettre de l'argent de côté plutôt que d'acquérir un nouvel ensemble de chez Ann Taylor. J'espérais de tout cœur que j'avais choisi le foutu tailleur.)

Nous passâmes sous un porche, tournâmes à gauche et nous engageâmes dans un couloir, le même que j'avais emprunté la veille, me semblait-il, pour arriver à l'infirmerie. Bientôt nous tournâmes encore, et mes narines m'annoncèrent que nous étions tout près. A présent, la porte était gardée par un jeune centaure mâle que je voyais pour la première fois ; il s'inclina devant moi et me fit entrer.

Depuis la veille, la situation s'était empirée. Les patients étaient au moins deux fois plus nombreux. Le classement en fonction de la gravité des cas n'était plus respecté : les grabats étaient collés les uns aux autres, et les rares espaces libres étaient occupés par des matelas posés à même le sol. Çà et là montaient des bruits étouffés et de faibles gémissements, mais, dans l'ensemble, un silence lugubre régnait, comme si le son avait été coupé.

Je repérai dans la foule trois assistants, en plus de la jeune femme qui m'accompagnait, mais il me fallut quelques instants avant d'apercevoir Carolan. Il était penché sur un lit à l'autre bout de la chambre. Sous mes yeux, il se redressa lentement et remonta un drap souillé sur le visage d'un jeune patient. Avec une attitude de vieillard, il fit signe à un assistant d'évacuer le corps. Puis, m'apercevant à mon tour, il me fit signe de le rejoindre à l'endroit où l'on se lavait les mains.

Je me frayai un chemin vers lui en répondant aux salutations pitoyables des malades par des bénédictions rapides.

— Ça va mal, chuchotai-je au guérisseur pendant qu'il se récurait les mains. Ils sont tellement nombreux !

— De nouveaux cas se déclarent alors même que nous parlons. Deux malades sont morts cette nuit, et ce matin, j'ai perdu trois enfants et une femme âgée.

Il jeta un regard par-dessus son épaule puis se retourna vers moi et dis d'une voix plus basse encore :

— Je m'attends à cinq ou six morts supplémentaires avant la fin de la journée. Et pour chaque personne qui meurt, trois autres arrivent à l'infirmerie, toutes à des stades différents de la maladie.

Il se passa la main sur le front.

— Je n'ai plus assez de place pour les accueillir tous.

— Dites-moi de quoi vous avez besoin.

— Au bout de ce couloir, il y a une grande salle de bal. Rhiannon aimait organiser d'immenses mascarades où elle arrivait déguisée pour assister incognito à sa propre fête.

— Oui, eh bien, Rhiannon était folle à lier.

Carolan acquiesça vaguement et poursuivit.

— Nous pourrions utiliser cette salle pour les cas les moins graves, et pour ceux chez qui la maladie vient de se déclarer. Cela me permettrait de réserver l'infirmerie aux malades les plus sérieusement touchés.

— Bonne idée. Comment puis-je vous aider ?

— Je vais avoir besoin de déplacer un peu plus de la moitié des patients, mais je ne veux pas demander à des humains en bonne santé de le faire. Je me demandais si vous pourriez convaincre quelques centaures de nous aider.

L'image de Victoria et de ses chasseresses me vint à l'esprit.

— Je crois que j'en connais qui seraient prêts à nous aider. Commencez à préparer les malades pour le déplacement, la cavalerie arrive.

— La cavalerie ?

— Je veux dire que je vais revenir avec des renforts et vous sauver la mise.

— Merci, Rhea, dit Carolan avec soulagement.

— Pas de problème… Et, euh, Carolan, j'ai vu votre femme ce matin. Elle m'a demandé de vous embrasser. J'espère que vous ne vous attendez pas vraiment à ce que je…

Les yeux du guérisseur scintillèrent, et, l'espace d'un instant, il ressembla davantage à lui-même.

— Non, je crois qu'il suffit de me le dire.

Dans ce cas, je pars chercher la cavalerie.

A la porte, je me retournai : Carolan souriait encore en donnant ses consignes en vue du déménagement.

Tandis que je revenais sur mes pas vers la cour intérieure,

je me demandai si je n'avais pas parlé trop vite. Superviser la fabrication d'arcs et de flèches était une chose, déplacer des malades puants une autre. Je continuai pourtant à avancer ; je n'avais pas trop le choix, sauf à aller trouver ClanFintan pour lui demander son aide.

Je lui faisais confiance, bien sûr, mais c'était à moi que Carolan s'était adressé, et je voulais lui prouver que j'étais capable de l'aider. Je voulais aussi prouver ma capacité à agir seule dans mon nouveau monde. J'ai toujours été du genre indépendante… et d'évidence, Rhiannon l'était aussi. Il était grand temps que j'exerce un peu de son autorité sans me servir de mon entourage protecteur comme filet de sauvetage. Je me sentais un peu comme les femmes heureuses en mariage qui souhaitent néanmoins gagner leur vie. D'aucuns diront que ce désir d'indépendance chez la femme moderne est une mauvaise chose ; de mon point de vue, c'est ce qui nous empêche d'être des pots de colle. Je ne suis pas une féministe extrémiste, rassurez-vous, mais j'ai un cerveau, et je suis capable de me débrouiller seule.

La cour bourdonnait comme une ruche, mais les chasseresses étaient faciles à repérer — elles surpassaient largement toutes les autres en taille et en beauté. Victoria était en grande conversation avec Maraid, aussi attendis-je qu'elle eût terminé avant d'attirer son attention.

— Psst ! fis-je enfin.

— Dame Rhea.

Elle repoussa en arrière les longues mèches blondes que le vent ramenait devant son visage.

— Ravie de vous revoir déjà.

— Vous le serez peut-être moins quand vous saurez pourquoi.

Elle me lança un regard interrogateur.

— Savez-vous qu'une épidémie de petite vérole fait des ravages au sein du Temple ?

— Oui, ClanFintan l'a annoncé aux guerriers ce matin. En tant que chef des chasseresses, j'ai participé à la réunion. J'ai été vraiment navrée de l'apprendre… mais ClanFintan nous a dit qu'Epona vous avait donné un talisman qui vous protège.

— C'est plus ou moins ça. Moi, je ne risque rien, mais tous les autres humains sont susceptibles de l'attraper.

Elle hocha la tête, et je poursuivis.

— Bien que nous ayons mis les malades en quarantaine, de nouveaux cas se déclarent tous les jours. Notre guérisseur, Carolan, m'a demandé de transformer la salle de bal en infirmerie auxiliaire.

— Cela semble logique.

— Le problème, c'est que nous avons besoin de déplacer les patients les moins gravement touchés vers la salle de bal, et que Carolan ne dispose que de quelques assistants. Or, les centaures sont immunisés contre ce genre de maladie. Je sais que c'est un sale boulot, mais il s'agit de mon personnel, j'en suis responsable, et…

— De quoi avez-vous besoin exactement ? demanda Victoria sur un ton professionnel.

Elle aurait fait merveille dans l'une de ces entreprises luxueuses installées en haut de buildings d'un milliard d'étages (à condition, évidemment, qu'elle eût pu rentrer dans l'ascenseur).

— J'ai besoin de votre aide, et de celle de vos chasseresses pour déplacer les malades. En outre, je crois que Carolan a besoin d'assistants supplémentaires. Il semble épuisé, et, la dernière fois, il n'avait plus que quatre personnes pour l'aider. Les autres sont à bout de forces, ou alors malades eux aussi.

Je la regardai droit dans les yeux et demandai :

— Acceptez-vous de nous aider ? Je sais que vous n'êtes pas venues pour cela, mais nous avons besoin de vous.

Elle me fixa en silence quelques instants, puis dit :

— Excusez-moi, Rhea, si je suis un peu décontenancée. Vous êtes tellement différente de ce à quoi je m'attendais.

Je réprimai une forte envie de hurler « Je ne suis pas cette sale garce égocentrique de Rhiannon », et la laissai continuer.

— Pour répondre à votre question, oui, les Chasseresses vous aideront.

Ses yeux bleus vibrants se posèrent sur les miens.

— Je vous connais depuis peu, mais je suis certaine que vous nous rendrez la pareille si nous avons un jour besoin de l'aide d'Epona.

Je hochai la tête avec gratitude.

— Bien sûr que je vous aiderai. Entre femmes, il faut se serrer les coudes.

— C'est également mon avis.

Elle se tourna vers une magnifique centaure à la robe baie qui se tenait près de nous.

— Elaine, rassemble les chasseresses. Les humains nous demandent de les aider à soigner leurs malades.

— Trouve aussi Sila. Nous allons avoir besoin d'une guérisseuse. Dis-leur de nous retrouver…

— Dans les appartements de mes domestiques, complétai-je.

— Entendu, dame Victoria, dit Elaine en s'éloignant.

— Conduisez-moi à la pièce où se trouvent les malades et montrez-moi ce qu'il y a à faire. Mes chasseresses sont à votre disposition.

— Par ici, dis-je en me pressant pour devancer son pas rapide.

Tout en traversant le couloir, elle releva les bras et se mit à tresser ses longs cheveux.

— Si je dois m'occuper des malades, il vaut mieux que mes cheveux ne leur tombent pas dans la figure.

— Ne m'en parlez pas ! dis-je en repoussant une mèche rousse qui s'échappait de mon chignon.

Nous arrivions à proximité de la pièce ; je ne fus pas vraiment surprise de voir Victoria s'arrêter et humer l'air avec méfiance. J'eus même l'impression de reconnaître une expression familière sur son visage.

— Moi non plus, je n'aime pas m'occuper des malades, dis-je.

Ses yeux se plissèrent et elle fit une grimace comme si elle avait croqué dans un citron.

— J'avoue que je préfère chasser le sanglier.

— Je ne l'ai jamais fait, mais je suis sûre que je préférerais aussi.

Nous arrivâmes devant la porte. L'expression du jeune garde passa de l'indifférence polie à l'adoration lorsqu'il aperçut Victoria. Il s'étira de toute sa hauteur et s'inclina devant elle en faisant un moulinet du bras (il me lança un rapide regard oblique comme pour me dire qu'il n'oubliait pas totalement mon existence).

— Ainsi, nous nous retrouvons déjà, dame Victoria ! dit-il avec enthousiasme.

Le visage de la chasseresse disait clairement qu'elle ne savait pas de quoi il parlait.

— Nous avons dîné devant le même feu hier soir, expliqua le garde.

Je commençais à m'inquiéter : s'il ne cessait pas bientôt de gonfler le torse, il risquait d'exploser. A cet instant, Victoria lui décocha un petit sourire poli.

— Ah, oui.

Elle hésita, puis ajouta :

— *Willie.* Comment aurais-je pu oublier le nom du centaure qui a eu la galanterie de me laisser sa place devant le feu ?

Elle posa sa main sur le bras du garde, lequel se mit littéralement à frétiller.

— Willie, souffla-t-elle, pourrais-tu me rendre un autre service ? Indique le chemin à mes chasseresses lorsqu'elles arriveront, d'accord ?

— Avec joie, dame Victoria.

Sa voix se brisa d'une manière adorable sur le dernier mot, comme si le pauvre petit n'était pas tout à fait sorti de la puberté.

— Merci, dit Victoria d'une voix rauque tandis que nous le dépassions pour entrer dans l'infirmerie. Je prends note de ton dévouement.

La porte se ferma lentement derrière nous ; nous échangeâmes des regards amusés, puis Victoria leva les yeux au ciel.

— C'était un centaure, ou un chiot ? demandai-je.

— Les deux. Ils sont très attachants, ces poulains.

— Rhea !

La voix tendue de Carolan coupa court à nos plaisanteries. Il s'avança vers nous avec impatience.

— Je vois que vous avez ramené la cavalerie.

— Je vous expliquerai plus tard, dis-je en réponse au regard interrogateur de Victoria. Voici Carolan, notre guérisseur. Carolan, je vous présente Victoria, Grande Chasseresse des Centaures.

Ils se saluèrent en hochant la tête.

— Nous sommes à votre disposition, Carolan. Mes chasseresses et notre propre guérisseuse nous rejoindront d'ici peu. En quoi pouvons-nous vous être utiles ?

Le ton vif et professionnel de Victoria aurait inspiré confiance à n'importe qui. Un soulagement intense s'afficha sur le visage de Carolan, qui se mit aussitôt à lui donner des explications. J'étais plutôt fière de nous. Cela me donnait presque envie d'entonner un petit hymne à la gloire des femmes, mais…

— Dame Rhiannon ?

Une voix grêle me ramena à la réalité. Je regardai autour de moi : une petite main s'agita faiblement. Réprimant un soupir, je me dirigeai vers le lit.

— Bonjour, Kristianna.

C'était la petite fille qui aimait les chevaux. Elle était encore en vie, mais elle avait une mine épouvantable. Les cloques sur son visage, son cou et ses bras avaient doublé de volume et s'étaient remplies de pus. Ses joues étaient écarlates, ses lèvres craquelées.

— Des… des centaures ! souffla-t-elle.

Son regard brillant de fièvre était fixé vers l'entrée, où une demi-douzaine de centaures venait de rejoindre Carolan et Victoria.

— Oui, des centauresses. Elles sont belles, tu ne trouves pas ?

Je lançai un regard à une assistante qui passait près de nous, et elle me tendit un linge propre et humide avec lequel j'essayai de tamponner le front de la petite fille. Je frémis chaque fois que le tissu touchait une pustule ; j'avais peur de lui faire plus de mal que de bien. Mais ses yeux restaient rivés sur les chasseresses ; elle semblait à peine consciente de ma présence.

— Si… si jolies…, l'entendis-je murmurer.

— Ma chérie, il faut que tu te reposes maintenant. Je vais essayer de trouver du thé pour soulager ta gorge.

Son regard revint vers moi, et elle hocha douloureusement la tête.

— Ça fait mal.

— Je sais. Ferme les yeux et repose-toi.

Je m'éloignai vers le groupe près de la porte en regrettant amèrement de ne pouvoir aider la petite fille.

— On n'a vraiment rien pour les soulager ? dis-je maladroitement à Carolan.

— Je leur donne des décoctions d'écorce de saule et de

camomille, dit-il d'un air triste, mais ceux qui en auraient le plus besoin n'arrivent pas à en avaler suffisamment pour que cela fasse effet.

Une centauresse svelte à la robe rouanne, que je n'avais pas remarquée jusqu'ici, s'avança vers nous. Ses boucles auburn étaient coupées juste en dessous du menton, et rangées d'un côté derrière son oreille. Elle portait un haut en cuir plus ajusté et plus sobre que ceux des chasseresses.

— Il suffit qu'un patient avale quelques gouttes d'extrait de pavot pour se détendre. Si nous leur donnions le pavot en premier, ils auraient peut-être moins de mal à avaler ensuite l'infusion.

Sa voix était d'une douceur surprenante, presque hypnotique.

— Je vous présente Sila, notre guérisseuse, dit Victoria.

— L'extrait de pavot est une excellente idée, dit Carolan. Malheureusement, nous n'avons en réserve qu'une quantité minime de cet élixir. Et nous nous le procurons chez les Laragon, qui récoltent le pavot dans les prairies autour de leur château.

Il haussa les épaules.

— Laragon n'est plus.

— Les pavots poussent en profusion dans la plaine des centaures. J'ai une bonne dose d'élixir sur moi, et je vais tout de suite demander à ce qu'on nous en envoie davantage.

— Nous vous en serons extrêmement reconnaissants, dis-je. Vous êtes la réponse à nos prières.

— Dans ce cas, Bien-Aimée d'Epona, c'est à votre déesse que vous le devez, pas à moi.

Le visage de la centauresse était franc et amical. Ce devait être une guérisseuse exceptionnelle, car le simple son de sa voix me procurait un apaisement immédiat.

Sila se tourna vers Victoria.

— Chasseresse, pouvez-vous faire apporter ma trousse

de médicaments, afin que je puisse commencer à soulager ces gens qui souffrent ?

Victoria me lança un coup d'œil expressif.

— Je connais un jeune centaure qui ne demande qu'à nous aider.

— Dites plutôt à *vous* aider, grommelai-je.

Victoria me fouetta amicalement de sa queue en partant vers la porte. Je l'entendis appeler Willie d'une voix charmeuse, puis un bruit de sabots empressé s'éloigna vers le bout du couloir.

— Faites attention, vous allez causer des problèmes cardiaques à ce pauvre garçon, dis-je quand elle nous rejoignit, une expression satisfaite sur le visage.

— Il est jeune et en bonne santé, il s'en sortira, dit-elle avec un sourire malicieux.

L'instant d'après, elle abandonnait son rôle de Barbie Femme Fatale pour redevenir la Barbie Cadre Supérieur.

— Carolan, montrez-nous l'endroit où il faut emmener les patients. Nous allons nous servir des grabats comme civières.

— Tous ceux qui portent un bracelet jaune au poignet doivent être déplacés. Les autres restent ici.

— Ceux qui restent sont les plus gravement malades ? demanda Sila à voix basse.

— Oui.

— Alors je reste ici, moi aussi.

Elle s'éloigna vers la table de toilette et commença à se récurer les mains.

8.

Tout se mit en place à une vitesse stupéfiante. Les chasseresses étaient rapides, efficaces et bien organisées. Victoria semblait toujours se trouver à deux ou trois endroits en même temps, et ce ne fut pas sans amusement que je vis Willie montrer des signes de fatigue alors que les centauresses semblaient inépuisables.

Quant à moi, je compris rapidement que le plus important était de ne pas me mettre en travers de leur chemin. Finalement, je me retrouvai à aider Sila à soigner les malades les plus graves. J'eus la confirmation de son savoir-faire quand Carolan, après l'avoir vue traiter quelques patients, annonça qu'il partait s'occuper de l'installation et du traitement des malades dans la salle de bal, et qu'il confiait la direction de l'infirmerie à Sila, secondée par une équipe d'infirmières constituée d'une assistante et de moi-même.

Génial.

Comme le jour précédent, le temps s'effaça tandis que je me concentrais sur les malades. Sila œuvrait sans relâche pour apaiser leurs souffrances. Il fallait d'abord faire couler quelques gouttes d'essence de pavot dans les gorges enflées des plus malades, ceux qui peinaient à respirer. A chaque fois que le médicament faisait effet, et que leurs visages crispés par la douleur se détendaient, j'éprouvais un soulagement intense. Après cela, il y eut une distribution générale de décoctions. Sila m'apprit à distinguer celle à l'écorce de saule (censée calmer la douleur et les inflammations — de l'aspirine primitive, quoi) de celle à la camomille. Je savais déjà que la camomille était préconisée pour l'indigestion et le stress. (Mes élèves m'offrent des tonnes de tisanes pour Noël et les étrennes ; ils croient sans doute m'aider ainsi à décompresser. Quelle naïveté !)

Les prévisions de Carolan se révélèrent presque exactes. Cinq nouveaux patients se présentèrent à l'infirmerie, et il y eut quatre morts : deux petites filles, une de mes servantes et un nouveau-né. Je n'eus pas le temps de souffler que déjà les torches et les bougies étaient allumées : le soir tombait. Mes pieds gonflés me lancinaient, et mes épaules étaient douloureuses.

— Dame Rhea, Sila…

C'était la voix de Victoria. Je levai les yeux de mon patient, un jeune garçon à la respiration difficile, et la vis entrer dans l'infirmerie à la tête de six nouvelles centauresses qui paraissaient vives et reposées.

— Ces postulantes de Diane sont venues vous remplacer.

— Super ! dis-je en me retenant de crier « hourrah ».

La vérité, c'est que j'étais trop fatiguée pour crier quoi que ce soit.

— Venez, Sila, allons prendre un bain et dîner.

Sila était penchée sur une femme âgée qu'elle essayait de convaincre d'avaler quelques gouttes supplémentaires de tisane. Son apparence n'avait pas changé depuis notre rencontre, ce matin : ses cheveux auburn ondulaient docilement autour de son visage, adoucissant ses pommettes très saillantes. Elle rayonnait de bonté et de compassion, et paraissait calme et heureuse. Moi, j'étais certaine de ressembler à une clocharde épuisée.

— Allez-y, dame Rhea. Je vais rester un peu avec les nouvelles recrues.

Elle indiqua d'un geste les jeunes centauresses fraîchement arrivées et manifestement impatientes de se mettre au travail.

J'ouvris la bouche pour protester, mais (Dieu merci) Victoria m'interrompit.

— ClanFintan m'a demandé de vous sortir de force, si nécessaire.

Elle me lança un regard oblique et ajouta :

— Je préférerais ne pas y être obligée, évidemment. J'ai transporté assez d'humains aujourd'hui.

— Bon, bon ! Sila, je vous fais servir votre dîner ici.

— Je l'ai déjà commandé, dit Victoria en me lançant un regard offensé. Je savais bien que notre guérisseuse ne quitterait pas ses malades de si tôt.

De si tôt ? Bon sang, cela faisait une journée entière que nous étions enfermées ici !

— Allez retrouver votre époux, dit Sila en me voyant figée sur place.

Je cédai de bon cœur.

— Je reviendrai demain matin à la première heure, promis-je.

En passant devant le lit de Kristianna, je m'arrêtai pour la regarder. Elle semblait dormir, mais ses joues étaient empourprées et sa respiration saccadée.

— Vous ne pouvez plus rien pour elle, dit Sila en me rejoignant au chevet de l'enfant. Son sort est entre les mains de votre déesse.

— Prévenez-moi si jamais…

Je ne pus finir ma phrase.

— C'est promis. Partez, maintenant.

Elle me poussa en direction de Victoria. Tandis que nous

quittions la salle, j'entendis la guérisseuse distribuer des consignes à ses nouvelles assistantes.

Nous nous éloignâmes lentement en silence. Au bout d'un moment, je lançai un coup d'œil à Victoria, et fus réconfortée de constater qu'elle aussi paraissait sale et épuisée.

— Que diriez-vous d'un débarbouillage dans mon bassin d'eau chaude ?

— Il est grand, ce bassin ?

Je la mesurai du regard avant de répondre.

— Suffisamment.

— Parfait. Les humains ont parfois tendance à faire les choses en petit.

Ce n'était pas dit sur le ton de la critique ; elle énonçait seulement un fait.

— Pas Rhiannon, Bien-Aimée et Elue d'Epona, dis-je sur un ton hautain.

— Suis-je bête ! dit-elle avec un sourire fatigué. J'avais oublié.

— Peut-être parce que les déesses sont rarement couvertes de vomi. Je crois même que j'ai de la morve dans les cheveux.

— C'est peut-être ça, en effet, dit-elle en frottant une tache tout aussi répugnante sur sa joue.

Heureusement, nous arrivâmes bientôt devant la porte de ma salle de bains. Le garde qui nous ouvrit la porte me dévisagea de la tête aux pieds, profondément choqué. Je fronçai les sourcils et lui décochai un regard sévère.

— Il faut sortir un peu, mon vieux ! Tu ne sais pas qu'on a autre chose à faire en ce moment que d'être immaculé ?

Ses yeux faillirent sortir de leurs orbites. Une chose était sûre, les gardes de Rhiannon allaient être salement secoués dans les jours à venir.

Pénétrant dans ma salle de bains familière et rassurante,

j'inspirai le délicieux parfum minéral qui flottait dans les volutes de vapeur au-dessus de l'eau.

— C'est magnifique ! dit Victoria en se débarrassant rapidement de sa veste étriquée.

— Merci. Moi aussi, j'aime bien cet endroit.

Je me libérai plus maladroitement de la tunique dans laquelle Alanna m'avait enveloppée le matin. Je me retournai par-dessus mon épaule : la belle chasseresse était maintenant torse nu (elle avait de magnifiques seins ronds et fermes, évidemment).

— Allez-y, dis-je, ne m'attendez pas. Mais attention, les marches sont raides !

Enfin, je fus débarrassée de ma robe souillée et de mon string microscopique. Levant les yeux, j'aperçus Victoria qui avançait avec précaution vers les profondeurs du bassin, où l'eau lui arrivait à la hauteur des seins. J'entrai moi aussi dans l'eau chaude et fus bientôt confortablement assise sur mon rebord en pierre, la tête calée contre le bord du bassin. Victoria dut faire une manœuvre dont seules les centaures ont le secret, car elle fut d'un seul coup immergée jusqu'au menton.

— Hmm, soupira-t-elle avec satisfaction. Nous n'avons pas de sources d'eau chaude dans la Plaine des Centaures, seulement des ruisseaux glacés.

Je me rappelai notre baignade avec ClanFintan dans le bassin près de la grange où nous avions passé la nuit. Pas étonnant qu'il fût habitué à se laver avec des cailloux !

— Ça fait du bien, hein ? Tenez…

Je lui lançai un flacon de mon savon préféré qui, comme par hasard, se trouvait au bord du bassin (penser à remercier Alanna !), à portée de main.

— Ce truc est génial, vous allez voir.

Elle déboucha le flacon et huma délicatement son contenu.

— Cela sent le sable, dit-elle sur un ton de surprise, mais avec plus de (elle renifla de nouveau)… plus de vanille.

— Ouais, c'est très cool.

J'attrapai un deuxième petit flacon et entrepris de me savonner.

— Très cool ? Qu'entendez-vous par là ?

— C'est, euh, juste une expression, dis-je. Ça veut dire que quelque chose est agréable, ou que vous l'aimez bien.

Secouant la tête, elle se savonna vigoureusement.

— Vous avez une façon très curieuse de vous exprimer.

— Oui, euh… c'est un truc lié à Epona.

Faisant mine d'être absorbée par le démêlage et le lavage de mes cheveux, je priai pour qu'elle n'insiste pas. Dieu merci, à cet instant, deux coups rapides résonnèrent à la porte.

— Entrez…

Je glissai un regard à ma camarade et ajoutai :

— Sauf si vous êtes un homme.

Cette Victoria avait beau être très sympathique, je n'allais pas autoriser mon mari à lorgner ses ravissantes formes plantureuses. J'ai beau être détendue, comme fille, il y a quand même des limites ! Dois-je vous rappeler que je suis *prof d'anglais* ?

Alanna entra en trombe, les bras chargés de vêtements et d'une grande outre dont j'espérais de tout cœur qu'elle contenait du vin.

— Salut, Alanna !

A la vue de son beau visage familier, je me rendis compte à quel point elle m'avait manqué aujourd'hui.

— Rhea !

Elle me gratifia d'un sourire adorable, hocha poliment la tête en direction de Victoria et se précipita vers la coiffeuse pour y déposer les affaires qu'elle portait.

— Alanna, je te présente Victoria, Grande Chasseresse des Centaures.

— Je suis honorée de faire votre connaissance, madame.

— Alanna est ma meilleure amie. La preuve : je parierais mon diadème que cette outre est pleine de mon vin rouge préféré.

Confirmant mes propos, Alanna remplit un verre à pied de vin grenat et le posa près de moi, au bord du bassin.

— Tous les vins rouges sont tes préférés, dit-elle gentiment.

— Tous les vins rouges bien secs et bien puissants, s'il te plaît. J'ai quand même des principes !

Alanna, toujours aussi bien élevée, remplissait un deuxième verre pour Victoria. Celle-ci l'accepta avec plaisir, puis Alanna se pencha pour rassembler mes…

— Non ! hurlai-je en sautant sur mes pieds, propulsant des gouttes d'eau et de vin autour de moi. Ne touche surtout pas à mes vêtements !

Alanna lâcha les habits souillés comme s'ils étaient brûlants et se figea sur place, l'air désespérée.

Je lui pris la main, la conduisis vers l'endroit où l'eau chaude s'écoulait en bouillonnant dans le bassin et vidai un flacon de savon sur ses mains.

— Frotte-toi les mains aussi fort que possible, s'il te plaît.

— J'ai oublié, dit-elle sur un ton d'excuse.

Marmonnant des invectives au sujet des blondes et des meilleures amies, je revins, nue et dégoulinante, vers le tas de vêtements répugnants et le jetai dans l'immense cheminée encastrée dans le mur, où brûlait un bon feu. Puis je sautai de nouveau dans le bassin et me repositionnai sur mon rebord. Au bout de quelques instants, je pris conscience que Victoria me regardait comme si des ailes ou, pire, un pénis m'avaient poussé.

— La petite vérole est hautement contagieuse, dis-je à titre d'explication.

— Je sais. C'est pour cette raison que les humains en bonne santé ne doivent pas soigner les malades.

— Ce n'est pas tout. Le contact avec le linge, les vêtements, la vaisselle, et tous les objets susceptibles d'être contaminés par des… (je cherchai un terme compréhensible par mon interlocutrice)… des fluides corporels, est tout aussi dangereux que les malades eux-mêmes.

— Cela, je ne le savais pas.

Elle posa sur moi un regard perçant.

— C'est votre déesse qui vous l'a appris ?

— Oui, dis-je en lançant un regard oblique à Alanna, qui continuait à se récurer les mains en me regardant.

— La déesse révèle beaucoup de choses à Rhea, confirma-t-elle.

Apparemment convaincue par l'argument de l'intervention divine, Victoria se remit à se laver les cheveux.

— On dit que vous narguez le chef des Fomores pour l'attirer dans un piège.

— Ouais, dis-je en attaquant mes cheveux avec un peigne. Ce n'est pas très marrant, d'ailleurs.

— J'ai appris que lorsqu'on affronte le mal, il n'y a qu'une seule consolation.

Elle s'interrompit un instant, et j'attendis impatiemment la suite.

— On apprend de très grandes leçons.

C'était dit sur un ton de tristesse si profonde que j'eus grande envie de lui demander ce qui lui était arrivé, et quelle terrible leçon elle avait apprise.

Au lieu de lui poser la question, toutefois, je dis :

— Je me demande quelle leçon je vais apprendre, moi.

Un petit silence s'installa, interrompu quelques instants plus tard par des coups frappés à la porte.

— Quoi ? dis-je d'une voix stridente de prof d'anglais excédée.

— Rhea ?

C'était la voix de mon mari. La porte s'entrebâilla et je vis le reflet des bougies étinceler dans ses yeux tandis qu'il scrutait l'intérieur de la pièce.

— Puis-je entrer ?

— Non, pas question ! hurlai-je. Victoria est complètement à poil !

La porte s'entrouvrit un peu plus, et j'entendis un rire étouffé.

— Victoria et moi avons grandi ensemble. Je l'ai déjà vue se baigner à de très nombreuses reprises.

— Je me fiche de savoir combien de fois tu as vu je ne sais combien de ravissantes centauresses à poil *avant* notre mariage.

Tout en m'égosillant, je sautai hors du bassin, m'entourai d'une serviette et fonçai vers la porte en repoussant mon époux de la main.

— A partir de maintenant, tu n'as plus le droit de voir aucune centaure ni aucune femme à poil, à part moi.

La porte resta ouverte, et un nouvel éclat de rire résonna.

— Sauf, bien sûr, si tu veux que j'observe mes gardes pendant qu'ils font leur toilette !

La porte se referma brusquement. Je finis de me sécher en grommelant. Ce n'était pas la piscine de Hugh Hefner, ici, et nous n'étions pas des Playmates en exposition ! Nom d'un chien !

Entendant un petit bruit derrière moi, je me retournai vivement. Victoria explosa de rire en surgissant du bassin, et projeta de l'eau tout autour d'elle.

Le pire, c'était qu'Alanna, ma soi-disant meilleure amie, s'était assise par terre et s'abandonnait elle aussi au fou rire.

— Qu'est-ce qu'il y a de drôle, nom d'un chien ? demandai-je en entourant mes cheveux d'une serviette.

— Vous et ClanFintan ! articula Victoria entre deux éclats de rire.

— Quoi ?

— Vous êtes jaloux !

— Et alors ?

Alanna pouffa de rire. Je lui lançai un regard noir et ajoutai :

— Il n'y a vraiment pas de quoi se moquer, madame l'amoureuse transie.

Elle tenta de reprendre son sérieux, mais ses yeux s'emplirent de larmes de rire retenu.

— Dame Rhea, dit Victoria en hoquetant, ne vous vexez pas. Simplement, permettez-moi de m'étonner qu'une femme sur laquelle j'ai entendu tant de… (elle hésita, rejetant manifestement plusieurs mots déplaisants)… tant *d'histoires*, montre une affection si claire pour son compagnon.

Je fronçai les sourcils et continuai à me sécher.

— Et puis la réaction tout aussi jalouse de ClanFintan… c'était complètement inattendu !

— Pourquoi ?

J'étais tout ouïe. Enfin, quelqu'un dans la place me donnait des tuyaux sur ClanFintan !

Alanna s'était reprise, et apporta des serviettes propres pour la centauresse. Pendant que Victoria continuait à bavarder en se séchant, mon amie nous resservit du vin à toutes les trois. (Dieu la bénisse ! Je lui pardonnai aussitôt son hystérie passagère.)

— Depuis toujours, les humaines et les centauresses courent après ClanFintan. Il a toujours réagi avec la même indifférence polie.

Elle me jeta un coup d'œil et constata qu'elle avait toute mon attention.

— Je ne veux pas dire qu'il ne s'intéressait pas aux femmes, seulement qu'il n'a jamais laissé de liens affectifs s'installer.

Un sourire magnifique illumina son visage.

— De toute évidence, ce n'est plus le cas aujourd'hui.

— A son grand dépit, ajouta Alanna.

Les deux se remirent à glousser et, cette fois, je me joignis à elles.

— Je ne voulais pas vous offenser, Rhea. C'était un rire de joie, non de moquerie. J'ai constaté tout à l'heure que vous aviez des sentiments pour lui, et inversement, mais ce n'est qu'à présent que je comprends la véritable nature de votre relation. Vous êtes amoureux l'un de l'autre.

Alanna laissa échapper un soupir attendri. J'en aurais eu la nausée, si cela n'avait été aussi vrai.

— Oui, dis-je avec un grand sourire mièvre.

— Je vous souhaite beaucoup de bonheur, Rhea. ClanFintan est un centaure exceptionnel.

Je fouillai son regard, cherchant un reflet mensonger ou hypocrite, et n'en trouvai aucun.

— Merci, Vic.

Nous échangeâmes un sourire, toutes deux satisfaites de notre amitié.

— Dame Victoria, je vous ai apporté ceci.

Alanna proposa à la centauresse un morceau d'étoffe bleu et soyeux.

Victoria le caressa du bout des doigts, médusée.

— Je peux vous montrer comment le porter, dit Alanna en souriant.

— Je vous le conseille, dis-je. Elle est vraiment douée pour draper ces machins autour du corps.

— Ça a l'air ravissant, dit Victoria sur un ton rêveur.

Je reconnus la voix d'une adepte des vêtements.

— Madame, je dois vous demander de vous agenouiller pour que je puisse faire le tour de votre corps.

Avant de s'exécuter, la chasseresse décocha un regard sévère à Alanna.

— Seulement si vous cessez de m'appeler madame. Mes amis m'appellent Victoria.

Alanna acquiesça d'un sourire, et Victoria s'agenouilla avec grâce. Fascinée, je regardai mon assistante draper et nouer autour du corps de la centauresse le morceau d'étoffe, qui ressemblait à une longue écharpe soyeuse. En quelques tours de main, ladite écharpe se changea en un bustier assez aguichant pour attirer tous les regards sur Victoria, mais pas assez pour la faire arrêter par les flics (c'était juste). La centauresse se releva et trotta littéralement jusqu'à la grande glace.

— C'est magnifique !

Elle tourna sur elle-même afin d'admirer sous tous les angles son reflet séduisant. Puis elle me fit un sourire taquin.

— Méfiez-vous, Rhea, que je n'essaie pas de vous voler Alanna. Quand mes chasseresses verront cela, elles vont me supplier de la soudoyer pour qu'elle vous quitte.

Je déglutis pour dissimuler mon inquiétude.

— Victoria, c'est un tour de main facile à apprendre. Je vais l'enseigner à vos chasseresses, ce sera plus simple.

La douce voix d'Alanna balaya mes angoisses. Puis une idée de génie me vint : pourquoi ne pas remercier les chasseresses de leur aide en leur offrant, au moment de leur départ, des tas de beau tissu ? (Penser à en discuter avec Alanna pour qu'elle s'occupe des détails.)

— Voilà pour vous, Rhea, dit Alanna.

Elle me tendit une chemise de nuit de soie bouton d'or, au col en V profond, qui cascadait en plis délicats jusqu'au sol. Presque transparente, mais pas tout à fait. Je n'avais pas besoin de me regarder dans la glace pour savoir que la coupe soulignait mes formes d'une manière très érotique. Alanna savait ce qu'elle faisait, nom d'un chien !

— C'est adorable. Merci beaucoup, chérie.

Je la serrai rapidement dans mes bras, puis fouillai dans ma collection de peignes et de brosses à la recherche d'un peigne à grandes dents susceptible de convenir aux cheveux platine de la centauresse. Quand j'en eus trouvé un, je pris mes affaires et fis un sourire à mes deux amies.

— Maintenant, si vous voulez bien m'excuser, je crois que je vais finir de me démêler les cheveux dans ma chambre.

— Rhea, je peux m'occuper de tess cheveux, dit Alanna avec étonnement.

— T'occupe. Je suis sûre que Carolan va bientôt rentrer de l'infirmerie. Profite bien de votre dîner ensemble, surtout du dessert, d'accord ?

J'accompagnai ce conseil d'un regard suggestif qui lui fit monter le rouge aux joues.

— Et vous, votre propre *dessert* vous attend dans votre chambre, dit Victoria sur un ton entendu.

C'était à mon tour de rougir.

— Bonne nuit à toutes les deux, dis-je en fuyant vers la porte.

Des gloussements irrépressibles me suivirent jusque dans le couloir, et je partis vers ma chambre en fredonnant un petit air joyeux.

En me voyant apparaître, mes adorables plantons se mirent au garde-à-vous.

— Madame, ClanFintan vous attend à l'intérieur.

— Merci.

J'eus une envie subite de leur pincer la joue, mais me rendis compte juste à temps que ce n'était pas approprié.

— Merci de m'avoir prévenue.

Ils me saluèrent et m'ouvrirent la porte.

ClanFintan était étendu sur une chaise longue devant une table couverte de plats fumants. A mon approche, un grand sourire s'afficha sur son visage.

Incapable de me retenir, je me jetai dans ses bras comme une adolescente et savourai son baiser.

— Donc, tu voudrais observer tes gardes dans leur bain, c'est ça ?

Sa voix profonde était taquine, mais je perçus l'inquiétude qu'il essayait de dissimuler.

— Seulement si tu tiens à lorgner des chasseresses nues, répondis-je en mordillant sa lèvre inférieure.

— Il n'y a qu'une femme nue que j'ai envie de lorgner.

Il m'embrassa longuement. Quand nous nous séparâmes pour reprendre notre souffle, je demandai :

— Combien de jambes a-t-elle, cette femme ?

Il me serra contre lui en riant.

— Seulement deux.

— Tant mieux.

Nous restâmes à nous sourire jusqu'à ce que mon estomac grognât. Pour être exact, il rugit. ClanFintan se mit à rire.

— Commence, Rhea.

Je pivotai sur moi-même pour faire face à la table. Les plats étaient si appétissants que je décidai de les goûter tous. Tandis que je prélevais méthodiquement une bouchée ici, une bouchée là, ClanFintan me posa des questions sur l'épidémie. Au bout d'un moment, mon appétit se calma suffisamment pour me permettre de lui poser des questions à mon tour.

— Les guerriers continuent à arriver ?

— Oui, dit ClanFintan avec satisfaction. J'ai l'impression que nous allons pouvoir nous mettre en route pour Laragon plus tôt que prévu. Crois-tu que tu pourras convaincre Nuada d'attaquer plus tôt, lui aussi ?

Je me rappelai l'expression de la créature à notre dernière rencontre.

— Oui, dis-je doucement.

Il mit son bras autour de mes épaules sans rien ajouter.

D'un coup, je fus de nouveau épuisée. Ma tête s'alourdit, et je n'avais plus qu'une envie : dormir. J'embrassai mon époux sur la joue et me levai en déroulant la serviette qui entourait mes cheveux. Assise en tailleur sur notre lit (lequel, notai-je, avait été fait et laissé par terre par des mains invisibles), j'entrepris de démêler mes cheveux récalcitrants.

— Laisse-moi faire, Rhea.

ClanFintan s'agenouilla derrière moi et me prit le peigne des doigts.

— Penche-toi en arrière et ferme les yeux.

— Hmm, soupirai-je. J'adore tes mains, tu sais…

Je me calai contre une pile d'oreillers et m'étendis sur le côté. Les sensations que me procuraient les mains de ClanFintan étaient tellement agréables que j'avais envie de rester éveillée pour le savourer, mais ma fatigue l'emporta, et je sombrai bientôt dans un profond sommeil.

Je dînais en tête à tête avec Tom Selleck, alias Magnum, dans un fantastique restaurant mexicain spécialisé dans les fruits de mer quelque part dans le nord de l'Italie. Il y avait du vrai jus de citron vert dans les margaritas, et les tacos contenaient zéro pour cent de calories ! Tom était en train de m'expliquer pourquoi il n'était attiré que par des femmes de trente ans passés aux formes généreuses quand je fus subitement aspirée vers le haut et débouchai dans le ciel clair de Partholon.

Ce soir, je n'avais pas envie de faire du tourisme, ni de remettre à plus tard une rencontre que je savais inévitable.

— O.K., dis-je à haute voix, je suis prête. On y va.

Mon corps fut propulsé vers l'avant, et le paysage maintenant familier devint flou tandis que je fusais vers les montagnes de moins en moins lointaines…

Je m'arrêtai abruptement au-dessus de la cour intérieure. La scène qui s'y déroulait n'avait pas beaucoup changé par rapport à la nuit précédente. Des femmes anormalement silencieuses se serraient autour de feux de camp, leurs traits presque entièrement dissimulés sous des capes et des couvertures. La colère bouillonna en moi.

— Conduis-moi à lui ! soufflai-je entre les dents.

Mon corps s'avança vers l'aile du château que j'avais visitée la veille. Les fenêtres du dernier étage étaient illuminées, et je savais qui j'allais y trouver.

Prépare-toi, ma Bien-Aimée, souffla la voix dans mon esprit.

— Je suis prête, dis-je résolument.

Mon corps s'abîma à travers le toit et je me retrouvai dans la chambre de Nuada. Il me fallut quelques instants pour m'habituer à la lumière vive. Le lit était vide, mais je n'eus pas le temps d'être soulagée que mon attention fut éveillée par un mouvement à l'autre bout de la pièce. Je pivotai sur moi-même… et frémis d'horreur. Nuada tenait une jeune fille nue entre ses bras en une atroce parodie d'étreinte amoureuse. La jeune fille était renversée en arrière, comme à la fin d'une danse, mais sa tête était inclinée à un angle bizarre, et la bouche de la créature plaquée contre son cou. En m'avançant, je vis les mâchoires de Nuada saillir. Un filet de sang suinta du coin de ses lèvres et s'écoula en un mince ruisselet sombre sur le corps de la fille. Tout en lapant et suçant le sang, le monstre déplia ses ailes, qui s'étendirent au-dessus d'elle comme celles d'un prédateur géant. La jeune fille se convulsa et se mit à gémir de douleur. Les mouvements de son corps me permirent de mieux voir celui de Nuada. Lui aussi était nu, et d'évidence, ses ailes n'étaient pas la seule partie de son anatomie à grandir et à se dresser.

— J'ai rarement vu quelque chose d'aussi dégoûtant ! crachai-je à voix haute.

Au son de ma voix, Nuada redressa brusquement la tête.

— Tu es là, femelle ? siffla-t-il.

Mon corps flotta vers lui et, une fois de plus, j'eus l'étrange sensation de devenir semi-visible.

— Je suis ici.

Ma voix fantomatique ricocha contre les murs. Nuada repoussa violemment la jeune fille, qui s'écrasa sur le sol.

— Dehors !

Pâle et tremblante, la fille se releva à quatre pattes puis s'enfuit en chancelant. Nuada s'essuya la bouche du revers de la main et s'accroupit pour me regarder.

— Te revoilà, dit-il sur un ton de satisfaction.

Mon estomac se contracta. J'avais la nausée.

Attire-le à toi, Bien-Aimée, dit la voix dans ma tête.

— Je suis revenue, dis-je, parce que tu n'as pas la force de venir à moi.

D'un geste lascif, je pris l'un de mes seins en coupe. Ses ailes s'agitèrent et il plissa les yeux.

— Quel dommage que tu soies obligé de t'en prendre à ces misérables petites filles.

— Sans quitter mes seins du regard, il se passa la langue sur les lèvres. Mes mains descendirent le long de mon corps, dessinant du bout des doigts des motifs sur mes côtes, ma taille et mon ventre. Son regard était rivé sur le mouvement de mes mains, et j'entendis sa respiration s'accélérer.

Sans doute que les vraies femmes…

Je m'interrompis. Une de mes mains descendit caresser l'intérieur de mes cuisses, tandis que l'autre prenait mon pubis en coupe, tout comme Nuada avait pris celui de la fille qu'il avait violée la veille.

— Les vraies femmes te font peur, n'est-ce pas ?

Il sauta sur ses pieds en émettant un sifflement et se rua sur moi. Ses doigts griffus et ensanglantés déchirèrent l'air en dessous de moi.

— Si je savais où te trouver, je te montrerai ma force, siffla-t-il.

— Tu veux savoir où me trouver ?

Il s'immobilisa et me fixa du regard.

— Je suis une Déesse Incarnée. Ma demeure est le Temple de la Muse. Demande à n'importe laquelle de tes petites captives, elles t'indiqueront le chemin.

Un sourire concupiscent fendit son visage.

— Je vais venir te chercher moi-même et te ramener ici. Tu ne riras plus, femelle, je te le promets. Tu vas hurler.

— Le plus difficile n'est pas de me trouver, Nuada, mais de me posséder. Mes sœurs déesses et moi sommes protégées par une armée de guerriers centaures.

Mes mains remontèrent jusqu'à mes seins et se remirent à les caresser.

— Je regrette presque que tu n'aies aucune chance contre eux. Ç'aurait été amusant de badiner avec toi.

Des taches de rage apparurent sur son visage couleur craie.

— Amusant, hein ? hurla-t-il.

Il fit quelques grandes enjambées. Ses muscles se contractèrent et d'un coup, il sauta en l'air, tendant vers moi ses longues mains acérées. L'extrémité de ses griffes frôla la plante de mes pieds translucides, et une douleur lancinante me transperça. L'instant d'après, j'étais partie.

— Aïe !

Je m'assis dans le lit et attrapai mes pieds.

— Qu'y a-t-il, mon amour ?

La chambre n'était plus éclairée que par les braises du feu : ClanFintan avait dû éteindre lampes et bougies avant de s'endormir. Néanmoins, je distinguai clairement trois zébrures rouges sur la plante de mon pied droit. Cela me brûlait comme si l'on m'avait battue avec un objet dur et pointu. Sous mes yeux, les marques enflaient et rougissaient de plus belle.

— Il m'a fait mal, dis-je en me frottant le pied.

— Montre-moi.

Je m'accoudai et le regardai par-dessus mon épaule inspecter mon pied endolori. Bientôt il se leva et partit vers la porte.

— Où vas-tu ?

— Nulle part.

Il me lança un regard rassurant avant d'ouvrir la porte. Je vis un de mes gardes le saluer.

— Va trouver le guérisseur, dit ClanFintan. Demande-lui un baume apaisant, comme pour une brûlure ou une piqûre d'insecte.

Il ferma la porte, s'avança jusqu'à la table et remplit deux verres de vin.

— Merci, dis-je en souriant.

— Comment est-ce arrivé ?

— Nuada s'est jeté sur moi. Il m'a entaillé le pied au moment où Epona me sortait de là.

Les mâchoires de ClanFintan se crispèrent.

— Crois-tu que ta visite a suffi ? Va-t-il mobiliser les Fomores pour attaquer le Temple de la Muse ?

— Je crois. Je ne pourrai en être sûre avant de les avoir vu quitter le Donjon du Gardien. Mais il était vraiment furax.

ClanFintan me lança un regard interrogateur.

— Fâché, expliquai-je. Fortement énervé.

Mon époux revint vers le lit et se pencha pour caresser mon visage et lisser mes cheveux en arrière.

— Il va payer cette blessure.

Sa voix était plate et menaçante. J'étais contente qu'il fût de mon côté plutôt que contre moi !

Des coups discrets résonnèrent ; ClanFintan s'avança rapidement jusqu'à la porte.

— Voici le baume, seigneur, dit la voix du garde. Carolan voudrait savoir si vous avez besoin de son aide.

— Dites-lui que non. Pas pour l'instant.

Avant de revenir vers moi, le centaure alluma une lampe à huile qu'il disposa dans une niche derrière nous. Puis il se positionna au bord du lit, prit mon pied dans sa main et étudia les traces rouges.

— Ce n'est pas la fin du monde, dis-je. Ça pique un peu, c'est tout.

La vérité, c'est que j'avais l'impression d'avoir marché sur un nid de guêpes, mais je ne voulais pas faire la chochotte.

ClanFintan releva la tête vers moi, l'air grave.

— Rhea, tu ne sais pas que les blessures infligées à l'esprit sont bien plus graves que les blessures physiques ?

— Tu sais, je ne connais pas grand-chose à tout ça.

— Ecoute ta voix intérieure. Je crois que tu en sais bien plus que tu ne le crois. Maintenant, allonge-toi et concentre-toi pour vider ton esprit de toute influence néfaste.

Je fis ce qu'il me demandait. C'était vrai, cette blessure apparemment superficielle me faisait souffrir plus que de normal. Quand le centaure toucha la plante de mon pied pour faire pénétrer le baume, je ne pus retenir un frisson de douleur.

— Répète ce que je vais te dire. Concentre-toi sur ton esprit. Concentre-toi pour guérir et rester intègre.

De sa voix profonde et hypnotique, il entonna un chant qui répétait sans cesse les mêmes syllabes.

— Cuimhnich, tha mi gle mhath… Cuimhnich, tha mi gle mhath… Cuimhnich, tha mi gle mhath…

Combien de fois répétai-je après lui ces paroles, tandis qu'il massait le baume frais sur mon pied ? Finalement, je fermai les yeux, écoutai le son de sa voix et me concentrai sur la guérison. D'un coup, je compris que ClanFintan avait raison. Depuis mes rencontres avec Nuada, je me sentais salie, abîmée. En me caressant devant lui pour le séduire et le piéger, j'avais permis à son esprit obscur d'imprégner le mien. Dès l'instant où je compris cela, l'obscurité commença à me quitter. Je n'allais pas permettre à ce monstre de contrôler mes sentiments ni de ruiner mon âme.

La douleur s'atténua et disparut. J'ouvris les yeux : ClanFintan me souriait, visiblement soulagé.

— Regarde !

Il m'aida à me redresser dans le lit pour que je puisse replier ma jambe et examiner la plante de mon pied… d'où toute trace ou sensation de blessure avait disparu.

— Que disait cette incantation ? demandai-je, ébahie.

— Je suis guérie, je suis entière.

— C'est tout ? Je croyais que c'était un mystérieux sortilège !

Il se mit à rire, m'attira vers lui et me donna un baiser sonore.

— Les paroles viennent de la Langue Ancienne, mais la seule magie qu'ils portent est celle que tu as en toi.

Je me pelotonnai contre lui.

— En moi ? Ce n'est pas toi qui m'as guérie avec tes superpouvoirs ?

Il tapota le bout de mon nez.

— Pas ce soir.

Il me lança un regard intime, et il me sembla qu'il faisait plus chaud, tout d'un coup.

— Il faut dormir, maintenant, dit-il d'une voix un peu rauque.

— Vraiment ?

Je lui mordillai doucement le cou, et il se pencha pour prendre mes lèvres. Bientôt nos langues jouaient à un jeu de cache-cache séducteur ; à présent, il faisait carrément plus chaud, j'en étais certaine.

— Et si tu faisais ce tour de vaudou que tu maîtrises si bien ? chuchotai-je contre ses lèvres.

— Si tu veux dire me métamorphoser, répondit-il en me caressant la taille et les fesses, c'est impossible.

Je fis volte-face et me plaquai contre sa poitrine musclée.

— Pourquoi ? soufflai-je à son oreille.

Il m'écarta avec douceur, puis me coinça fermement sous son bras (sans doute pour m'empêcher de nuire davantage). J'eus tout de même la satisfaction de constater que sa respiration s'était emballée et que le sang lui montait aux joues.

— Nous entamons demain matin notre marche vers le Temple des Muses. Je ne peux me permettre de m'épuiser ce soir.

Il repoussa une boucle de devant mon visage.

— Même si j'en ai très envie.

— Nous partons demain ? Déjà ?

Mon ventre se contracta.

— Après ce que tu viens de me raconter, je suis convaincu que Nuada va passer à l'action. En outre, nous avons une légion complète de centaures prête à prendre le départ.

— Et ma garde ?

— Elle part demain matin en direction du Loch.

— Et ceux qui sont censés attaquer depuis l'ouest ?

— McNamara et Woulff nous ont tous deux fait savoir qu'ils se joignaient à notre combat. J'ai nommé Connor à la tête d'un groupe de centaures parti prendre la tête de leur convoi.

— On dirait que ces histoires d'enlèvements et de viols ne leur ont pas plu.

— Eh bien, selon notre messager, les hommes étaient en colère (ClanFintan me décocha un grand sourire) mais ce sont surtout les femmes qui étaient… comment dis-tu… *furax*.

— Ça ne m'étonne pas ! dis-je en riant.

— Il semble que la première épouse de McNamara soit morte l'hiver dernier, et qu'il ait épousé une belle jeune femme en secondes noces. Quand elle a appris la nouvelle, elle lui a dit que s'il espérait qu'elle réchauffe son lit, l'hiver prochain, il avait intérêt à mettre les Fomores hors du pays.

— Maligne, dis-je en bâillant. Fais-moi penser à la remercier un jour.

— D'abord, il faut dormir. Nous partons à midi.

Je me blottis contre lui et, bercée par la chaleur de son corps et la douceur de sa main dans mes cheveux, basculai doucement dans le sommeil.

9.

— Je préférerais tout de même t'accompagner, dit Alanna sur un ton presque revendicateur.

Je soupirai et enfilai un nouveau fuseau en cuir souple en m'émerveillant de sa douceur et de sa beauté.

— Alanna, j'aimerais t'emmener, tu le sais, mais il ne faut pas que tu t'approches du foyer de contagion.

— Mais… nous avons la même épidémie ici !

— Ecoute, nous en avons déjà parlé. Ici, les malades sont en quarantaine. Au Temple de la Muse, la maladie a dû tout contaminer.

— Je n'aime pas l'idée de te laisser partir sans moi.

— Moi non plus, ça ne me plaît pas, mais j'aime encore moins l'idée que tu meures de la petite vérole.

Elle me tendit une botte. Je la retournai et, apercevant l'étoile gravée sur sa semelle, en suivis le tracé du bout des doigts. C'était tellement cool d'imprimer des étoiles partout sur son passage ! Je relevai subitement les yeux : Alanna m'observait, au bord des larmes.

— Rhiannon n'avait même pas remarqué ces étoiles.

— Moi, je les adore.

Devant mon immense sourire, les commissures des lèvres d'Alanna se relevèrent.

— Cette pauvre Rhiannon était une imbécile !

Un vrai sourire s'épanouit sur le visage de mon amie ; c'était sans doute la centième fois qu'elle entendait cette phrase.

— Alanna, dis-je en lui prenant la main pour l'attirer près de moi, s'il t'arrivait quelque chose alors que tu avais insisté pour m'accompagner, je ne me le pardonnerais jamais.

— Je vais m'inquiéter pour toi en permanence ! protesta-t-elle d'une voix tremblante.

— Pas la peine : tu sais que ClanFintan ne laissera rien m'arriver. Concentre-toi plutôt sur Carolan pour l'empêcher de s'épuiser. Avec le départ de Sila, il va se retrouver seul face à des patients trop nombreux.

— C'est vrai qu'il a besoin de moi.

— Et n'oublie pas que je t'ai chargée de la direction du temple en mon absence. Il faut que tu veilles à ce que tout se déroule sans accroc. Si tu m'accompagnais, qui s'en occuperait ?

— Personne d'autre n'en est capable.

— Eh bien, quand ce foutu problème fomore sera réglé, nous te formerons une assistante pour que vous puissiez prendre de grandes vacances, Carolan et toi. Vous pourriez en profiter pour mettre un bébé en route.

Son visage s'illumina, et je lui décochai un petit coup de coude.

— Si ce n'est déjà fait.

— Rhea !

— Viens, allons-y, dis-je en tapant des pieds pour bien les enfoncer dans mes bottes. ClanFintan est déjà exaspéré à cause du temps perdu à dire au revoir à mes patients.

Sans doute étais-je restée trop longtemps à l'infirmerie, mais les adieux s'étaient révélés plus difficiles que prévus, même s'ils n'étaient que temporaires. Parmi les plus gravement malades, six étaient morts, et de nouveaux patients affluaient dans les deux infirmeries. Carolan estimait que l'épidémie avait atteint son pic, mais moi, j'avais mes doutes.

La bonne nouvelle, c'était que la petite Kristianna, celle qui aimait les chevaux, semblait avoir des chances de s'en tirer. Tarah, quant à elle, avait été déplacée dans la salle des cas graves, mais Sila pensait qu'elle aussi survivrait à cette atroce maladie.

Avec un soupir malheureux, Alanna me suivit dans le couloir. Celui-ci était désert ; pourtant, une heure auparavant, quand j'avais quitté l'infirmerie pour me laver et me préparer pour le voyage, j'avais dû me forcer un passage à travers une foule épaisse. C'était assez plaisant, remarquez, de retrouver un peu de calme et d'intimité, me dis-je en arrivant devant les portes menant à la cour. Le garde s'inclina devant nous, fit basculer les portes sur leurs gonds, et un brouhaha monstre explosa dans nos oreilles.

— Déesse, déesse !

— Bénie d'Epona !

— Que la chance soit avec vous, dame Rhiannon !

— Nous vous accompagnons en pensée, Elue d'Epona !

La cour était remplie à craquer d'humains et de centaures qui m'acclamaient et agitaient la main. Je déglutis, tirai mes épaules en arrière, attrapai la main d'Alanna pour ne pas la perdre et m'avançai vers eux. Je fus aussitôt assiégée par mes adorateurs (qui, au fait, venaient de me faire tellement peur que j'avais failli faire pipi dans ma culotte).

— Merci, merci. Je vous suis très reconnaissante. Vous aussi, vous allez me manquer. Merci beaucoup.

Agitant la main et bredouillant des réponses que j'espérais appropriées à une Déesse Incarnée, je réussis à traverser la cour et à sortir par la porte principale du temple, qui donnait sur la fontaine au cheval, le grand portail extérieur et les murailles. Le spectacle qui m'attendait était inouï. Devant moi s'étendait un océan de centaures, beaux et féroces à couper le souffle. Leurs formes équines vibrantes de puissance fusionnaient gracieusement avec leurs corps humains. Des ondes de pouvoir et de confiance presque tangibles flottaient dans l'air au-dessus d'eux.

A mon apparition, une grande clameur s'éleva de la foule.

— Gloire à Epona !

Mes bras se couvrirent de chair de poule et, d'un coup, je me rappelai qu'Ovide disait de la beauté qu'elle était une faveur accordée par les dieux. Si c'était le cas, tous les dieux du panthéon avaient dû sourire à ces guerriers.

Le plus beau de tous (à mon humble avis) se détacha du premier rang, s'inclina majestueusement devant moi et leva ma paume vers ses lèvres. A cette instant, une nouvelle acclamation s'éleva, à laquelle se joignirent cette fois les voix des humains derrière moi.

— Es-tu prête, Rhiannon ?

Je serrai Alanna une dernière fois dans mes bras, puis me retournai vers la foule humaine qui débordait du temple pour encercler l'immense fontaine. Me redressant de toute ma hauteur, je projetai ma voix aussi loin qu'il est humainement possible pour une prof de lycée.

— En mon absence, je délègue mon autorité à dame Alanna.

Des sourires s'épanouirent sur tous les visages. Je n'eus même pas besoin de regarder Alanna pour savoir qu'elle rougissait.

— Priez pour moi, mes amis !

Je souris et, contre toute attente, sentis mes yeux se remplir de larmes.

— Sachez que vous serez toujours avec moi, dans mes pensées et dans mon cœur. Que la bénédiction d'Epona vous entoure et vous emplisse comme l'air que vous respirez.

Je me tournai vers ClanFintan et lui tendis le bras pour qu'il pût me hisser sur son dos. L'instant d'après, il fit volte-face, et, à son commandement, l'armée tout entière partit au trot, tandis que les spectateurs applaudissaient et que des enfants s'élançaient devant nous pour répandre des fleurs sur le chemin.

D'un coup, j'entendis un hennissement familier… et laissai échapper un cri de joie. Eppy arrivait au galop. Elle pila devant moi, contraignant toute l'armée des centaures à en faire de même. Avec un hennissement plus doux, elle frotta sa tête contre mon bras. Je me penchai pour embrasser son doux museau, lui dis à quel point j'étais heureuse de la voir, et la félicitai d'avoir réussi à s'échapper pour me dire au revoir. Levant les yeux, j'aperçus une troupe de nymphes-palefrenières qui la poursuivaient en courant.

— Il faut que tu restes ici, ma douce, dis-je en la caressant. Je ne supporterais pas qu'il t'arrive quelque chose.

Elle souffla par les narines et me mordilla le menton du bout des lèvres. Puis elle recula de quelques pas, rejeta la tête en arrière, pivota sur ses pattes arrière et retourna au galop vers son enclos, laissant ses poursuivantes bredouilles.

— Quelle petite maligne, dit ClanFintan en faisant signe aux guerriers de repartir.

Dans les rangs derrière nous, des rires admiratifs s'élevèrent pour saluer le culot d'Eppy.

Nous nous dirigeâmes vers le fleuve en suivant le chemin que j'avais emprunté quelques jours auparavant, lors de la bénédiction matinale. Me penchant en avant, je posai mon menton sur l'épaule de mon mari afin de lui parler à l'oreille.

— On remonte vers le nord en suivant le fleuve, c'est ça ?

— Oui, mais nous allons le traverser pour longer sa rive est. Il s'agit d'éviter les marécages d'Ufasach : il est impossible pour une légion de centaures de traverser ce genre de terrain. En outre, le temps nous est compté. De l'autre côté du fleuve, c'est le Doire nan Each, une immense forêt. Nous avancerons plus rapidement entre les arbres que dans les marais.

— En effet, dis-je en déposant un rapide baiser derrière son oreille. *Doire nan Each*, c'est joli… qu'est-ce que ça signifie ?

— Le bosquet des Chevaux. Sans doute l'a-t-on appelé ainsi parce qu'il sépare l'est de Partholon de la Plaine des Centaures. Mais ce n'est pas très bien approprié : le Doire n'est pas un bosquet, mais une très vieille forêt de chênes géants.

Il eut un petit rire sarcastique.

— Et je n'y ai jamais vu un seul cheval.

Je hochai la tête d'un air pénétrant… puis fronçai soudain les sourcils. Je venais de me rappeler le fleuve tel que je l'avais vu lors de la bénédiction : étincelant, large et puissant. C'était très beau à regarder, mais je n'avais aucun désir de le traverser à la nage.

— Attends… comment est-ce qu'on va traverser ?

Je le sentis rire dans sa barbe.

— Il y a un pont au nord du temple. Pas très loin, justement, des ruines de l'ancien pont dont Carolan nous a parlé.

— Tant mieux. Mon pantalon en cuir aurait mis des semaines à sécher !

— Je ne voudrais certainement pas que tu mouilles ton pantalon par ma faute, dit-il par-dessus son épaule.

Une lueur de malice brillait dans son regard. Je lui mordillai le cou.

— Du calme, jeune effronté ! Je te rappelle que tu es censé économiser tes forces.

— J'essayai juste d'être attentionné, dit-il sur un ton faussement innocent.

— Le genre d'attention dont j'aurais envie est impossible

sous ta forme actuelle, monsieur. Je-ne-rentre-même-pas-dans-le-lit.

— C'est ce que tu crois, dit-il d'une voix un peu rauque.

Avant que je n'aie pu exiger une explication, nous passâmes un coude de la rivière et arrivâmes en vue du pont, haute et étroite structure en rondins liés par de la grosse ficelle, ou quelque chose dans le genre. Franchement, cela n'avait pas l'air très solide.

— Pourquoi faut-il que ce soit si haut, nom d'un chien ?

— Pour que les barques puissent passer dessous. En temps normal, la Guéale est une voie très fréquentée.

Je me rappelais effectivement avoir aperçu des sortes de péniches et autres gros machins flottants lors de mes premières excursions nocturnes. Bah ! Traverser un pont en rondins, c'était sans doute moins dangereux que de conduire une voiture…

Le pont n'était pas assez large pour laisser passer plus de deux centaures en même temps. ClanFintan aboya une série d'ordres qui furent repris par de vieux centaures grisonnants (dans le style de John Wayne dans *Les Bérets verts*) placés à intervalles réguliers dans les rangs. Je compris quelque chose du genre : COLONNEDEDROIIIIIITE ! AGAUCHETOUTE ! PRÉSENTEZAAAAARMES… ENAVANTMAAAARCHE !

Mon petit cœur se mit à palpiter de toutes ses forces. Que voulez-vous ? Les militaires me rendent toute chose, je n'y peux rien.

Dans un mouvement parfaitement coordonné, l'armée se réorganisa et l'interminable colonne de centaures repartit au trop, deux par deux. ClanFintan galopait devant eux. Le pont se rapprochait de seconde en seconde.

— Accroche-toi bien, la pente est raide !

Je fermai les yeux et serrai mes bras autour de sa taille tandis qu'il s'élançait vers le haut de la berge.

Nous vacillâmes quand il mit pied sur les rondins instables. Mon estomac chuta grosso modo jusqu'au niveau de mes chevilles, puis j'entendis le bruit mat de ses sabots résonner sur le pont, comme si nous avions été à des millions de kilomètres d'altitude. J'eus un flash : un jour, j'avais voulu traverser le Royal Gorge Bridge, au Colorado. Mes copines avaient eu beau agiter devant moi une bouteille de mon vin rouge préféré, elles n'avaient pas pu me persuader de dépasser la moitié du pont.

Sans ouvrir les yeux, j'improvisai sur le thème de *French Kiss*, un de mes films préférés de tous les temps, une petite chanson de circonstance. *Je hais les ponts, et ils me le rendent bien...*

— Rhea, y a-t-il un problème ?

Sous le bruit des centaines de sabots qui nous suivaient, la voix de ClanFintan me parvenait à peine.

— Aucun problème, dis-je sans ouvrir les yeux. Simplement, quand on sera arrivé de l'autre côté, préviens-moi, d'accord ?

A cet instant, je sentis la terre ferme sous ses pas. Il se rangea sur le côté et dit :

— Dougal, ClanCullen, remplacez-moi à la tête de la colonne et prenez le deuxième sentier en direction du nord.

Dougal et un centaure rouan extrêmement musclé saluèrent mon époux et s'avancèrent au trot pour prendre la tête de la colonne.

Mes paupières entrouvertes me permirent de constater que Dougal avait repris des couleurs.

— Dougal a bonne mine, dis-je tandis que l'armée des centaures défilait devant nous.

ClanFintan se retourna pour me regarder.

— On ne peut pas en dire autant de toi, dit-il à voix basse. Tu es pâle comme un linge.

Puis, quelques instants plus tard, il ajouta :

— Au fait, ça y est, on est arrivés de l'autre côté.

Je glissai un regard furtif en direction du pont suspendu.

— Je n'aime pas les ponts, chuchotai-je à son oreille.

Son éclat de rire fit lever les sourcils des centaures qui passaient près de nous.

— Tu es capable de défier le chef d'une horde de démons et de mettre ta vie en danger toutes les nuits, mais tu manques t'évanouir à cause d'un petit pont à traverser ?

— Et alors ? dis-je succinctement.

— Tu ne cesseras jamais de me surprendre, dit-il en me faisant un baisemain.

— Eh bien, c'est une chance. Tâche de ne pas l'oublier.

J'étais plus ou moins certaine que son rire irrépressible indiquait un émerveillement devant la complexité et le mystère de la femme contemporaine américaine — à moins, bien sûr, qu'il ne me croie complètement cinglée. Je ne lui posai pas la question. Il y a des choses qu'il vaut mieux passer sous silence, même chez les couples les plus heureux en mariage.

— Rhea !

Je souris et saluai de la main Victoria et sa bande (sa meute ? son troupeau ?) de centauresses qui passaient le pont dans un tonnerre de sabots.

— On se retrouve au campement, ce soir ! hurla ma blonde amie.

— OK ! hurlai-je à mon tour avec enthousiasme.

ClanFintan et moi restâmes à regarder les centaures passer devant nous, défilé majestueux et apparemment infini.

— Combien y a-t-il de centaures dans une légion, au fait ?

— Mille, répondit mon époux avec une fierté évidente.

Moi, j'espérais juste que ce serait suffisant.

— Hagan ! lança subitement ClanFintan.

Un immense centaure noir sortit du rang et s'avança vers nous. Il échangea des salutations avec mon compagnon, puis inclina la tête vers moi avec respect. J'essayai de ne pas le fixer du regard. C'était à la fois le plus grand type et le plus grand cheval que j'aie jamais vu de ma vie ! Et le plus noir. Sa peau et ses cheveux épais et ondulés étaient couleur de jais. Sa peau était tellement sombre qu'elle dardait des reflets bleus, comme l'aile d'un corbeau. Même ses sabots étaient noirs. Dans ce gigantesque corps sombre, seules ressortaient ses dents et deux mèches blanc argenté sur ses tempes. C'était stupéfiant. Pour être franche, c'était même assez séduisant, dans le genre Zorro. Pour être tout à fait franche, j'avais presque envie de le lécher. (Ah, ça suffit, hein ! Vous voyez bien ce que je veux dire ! Je n'allais pas vraiment le lécher, je vous signale juste qu'il inspirait ce genre d'envie. Je suis mariée, après tout, pas morte et enterrée.)

Après un bref échange avec ClanFintan, Hagan se rangea près de nous, je réprimai mes fantasmes inavouables, et nous partîmes au galop rattraper le premier rang de l'armée.

Nous n'eûmes aucun mal à dépasser la colonne pour reprendre notre place. Dougal et ClanCullen nous saluèrent avant de revenir à leurs positions d'origine. ClanFintan ralentit le pas pour permettre aux centaures de se ranger quatre par quatre. Puis, sur un ordre de sa part, toute l'armée partit au galop, adoptant cette allure fulgurante qui m'avait étonnée pendant notre voyage au château des MacCallan.

Je savais déjà que ce moyen de transport était assez plaisant pour les passagers ; en revanche, il était difficile de suivre une conversation avec son époux quand celui-ci se trouvait être le moyen de transport en question. Peu importait : je me contentais de profiter du paysage.

ClanFintan avait raison : Doire nan Each n'était pas un bosquet. Notre sentier suivait la lisière de la forêt, entre la limite des arbres et la berge de la Guéale. La rivière était immense et sauvage, avec un parfum pur et rocheux qui me rappelait la nuit où Eppy et moi avions campé au bord de l'eau. Mais c'était surtout la forêt qui me fascinait. Les chênes étaient si hauts que, même debout sur le dos de ClanFintan, j'aurais difficilement pu atteindre leurs branches les plus basses. Le sol était couvert d'un tapis roux de feuilles mortes et de branches sèches. Au passage de l'armée, des oiseaux s'élevaient en émettant des cris aigus et des écureuils jacassaient furieusement. J'aperçus même une biche et son faon qui fuyaient à grands bonds devant nous. Le bruissement régulier des feuilles dans la brise avait un effet apaisant… et bientôt soporifique.

ClanFintan prit mon bras et le passa autour de sa taille.

— Appuie-toi sur moi et repose-toi. Tu n'as pas beaucoup dormi ces derniers jours.

Avec un gros bâillement, je me pelotonnai contre lui, respirant son odeur si particulière et délicieuse.

— J'ai l'impression que tu passes ton temps à me dire de me reposer.

— J'aime prendre soin de toi, dit sa voix flottant dans la brise.

— Merci, dis-je en bâillant de nouveau. Ne me laisse pas tomber, hein ?

— Jamais.

Il posa son bras sur le mien, et je m'endormis, bercée par les bruits de la forêt.

Mon bateau de croisière tanguait doucement dans la mer turquoise des Antilles. Près de moi, dans une chaise longue fuchsia, se prélassait le Sean Connery des années James Bond. Devant nous, tout un banc de dauphins gambadait dans la piscine du bateau, me suggérant sans cesse de laisser tomber 007 et de venir me baigner avec eux. Ils s'amusaient avec un objet sphérique qu'ils faisaient rebondir sur le bout de leur nez et sur lequel ils smashaient de toutes leurs forces avec leur queue. A y regarder de plus près, je reconnus la tête de mon ex-mari.

J'en riais encore quand mon esprit décolla du dos de ClanFintan pour survoler les grands chênes centenaires. Une grande lassitude pesait sur moi, comme si… comme si je n'avais pas assez dormi ces derniers temps, mais quand je me tournai pour survoler les rangs de l'armée centaure, elle laissa place à la fierté. Nos guerriers étaient si puissants, si courageux… Qui pourrait leur résister ?

— O.K., dis-je d'une voix éraillée. On y va. Mais si je dois refaire ce genre de truc deux fois par jour, j'aimerais bien qu'on me pré…

Mon corps fusait déjà à travers le ciel en suivant le tracé du fleuve, épais ruban argenté qui devenait de plus en plus flou à mesure que je prenais de la vitesse. Puis je virai abruptement de bord pour me diriger vers l'ouest. Je fus surprise de voir le soleil se coucher : il devait y avoir longtemps que je dormais. Bientôt le Loch apparut à mes pieds. J'essayai de repérer mes guerriers humains qui avaient quitté le temple ce matin ; ils devaient marcher jusqu'au lac et rejoindre les deux autres armées à la voile. Mais ma vitesse était telle que je n'aperçus qu'une lointaine tache bleue qui disparut aussitôt.

Je passais ensuite au-dessus du château de Laragon. Je me forçai à baisser les yeux pour regarder, mais ne distinguai aucun signe de vie, à part quelques corbeaux. Une fois de plus, mon corps s'orienta vers l'ouest, et la silhouette de la Grande Chaîne des Montagnes se découpa à l'horizon. Elles me flanquaient la frousse, ces montagnes. C'était curieux, parce qu'en temps normal j'adore ça. (Non, je ne sais pas vraiment skier, mais je maîtrise à la perfection l'art de boire du vin chaud dans un chalet). Plus elles approchaient, plus mon malaise grandissait. C'était, comment dire ? comme lorsqu'on marche seule, la nuit, et qu'on a tout d'un coup *la certitude d'être suivie...*

Non. La vérité, c'est que cela me rappelait ma première visite nocturne au château des MacCallan, quand j'avais pressenti pour la première fois l'existence du mal fomore. Voilà pourquoi mon cœur battait à tout rompre. Je pivotai sur moi-même : le Donjon du Gardien n'était pas en vue. Normal : je faisais du surplace au-dessus des contreforts de la chaîne, alors que la forteresse se trouvait dans un haut col au cœur des montagnes. Mon corps perdit de l'altitude, et je scrutai le relief accidenté à mes pieds. Dans le crépuscule, il était difficile de prendre ses repères... Je me laissai dériver au-dessus de la première grande crête, et descendis de l'autre côté.

Mon cœur cessa de battre.

Une avalanche de créatures grouillantes couvrait tout le flanc de montagne et la vallée au-delà. Bien que le terrain fût trop escarpé pour qu'ils pussent s'aider de leurs ailes, les Fomores avançaient rapidement, en silence. Dans la lumière déclinante, ils ressemblaient presque à des reptiles.

Trouve-le ! me souffla la Déesse. Mon corps descendit encore, jusqu'à flotter juste au-dessus du premier rang de l'armée. Vues d'en haut, ces créatures se ressemblaient toutes. Ailes mi-déployées, têtes baissées, comme si elles craignaient de trébucher sur leurs propres griffes, elles avançaient toutes de la même manière, aussi grandes et squelettiques les unes que les autres.

Exaspérée, à court d'inspiration, je pris une profonde inspiration et hurlai :

— Hé, Nuada ! Où es-tu, mon mignon ?

Un sifflement de colère familier s'éleva de l'un des Fomores qui marchait en tête. Il s'arrêta net, faisant trébucher toute la rangée derrière lui. Les créatures médusées s'attroupèrent autour de leur chef pendant que celui-ci fouillait du regard l'air au-dessus de sa tête. Je piquai et vins me ranger juste derrière lui, suppliant Epona de me soustraire aux griffes du monstre dès que celui-ci se retournerait.

N'aie pas peur, Bien-Aimée.

Néanmoins suffoquée de terreur, je me penchai en avant et chuchotai d'une voix aussi lascive que possible à l'oreille de Nuada :

— C'est moi que tu cherches ?

Dès que j'ouvris la bouche, mon corps commença à remonter : c'était assez heureux, dans les circonstances, car Nuada fit volte-face, furieux, et ses griffes se refermèrent sur du vide.

— Par ici, mon grand !

Un frisson me parcourut, m'apprenant que je devenais semi-visible. Les yeux de Nuada se plissèrent. A en croire l'expression éberluée de ses compagnons, eux aussi me voyaient à présent. Je baissai rapidement les yeux : j'étais nue, comme d'habitude. Serrant les dents, je tentai de me convaincre que cette nudité ne comptait pas vraiment, puisque j'étais translucide.

— Nous arrivons, femelle ! cracha le chef des Fomores.

— Je vous attends.

Les compagnons de Nuada me fixaient d'un air graveleux ; je leur envoyai quelques baisers qui arrachèrent un grognement de rage à leur chef.

— Les centaures sont presque aussi impatients que moi d'assister à votre défaite.

Mon rire moqueur résonna contre le flanc de la montagne, mon corps devint invisible de nouveau, et Epona m'emporta vers...

— Euh... Euh !

Je me redressai d'un coup et clignai des yeux dans le crépuscule doré.

— Rhea ? dit ClanFintan.

Je m'éclaircis la gorge, et dis :

— Ils arrivent.

10.

Dès la nuit tombée, nous nous arrêtâmes pour établir un camp. La lune allait bientôt se lever, m'expliqua ClanFintan, mais il ne voulait pas risquer qu'un centaure se casse la jambe dans la semi-pénombre. Le Temple de la Muse n'était d'ailleurs plus qu'à une journée de marche, et nos guerriers risquaient de devoir se battre dans les prochaines quarante-huit heures. Cette nuit représentait leur dernière chance de se reposer avant d'affronter les Fomores.

A l'idée de la bataille à venir, mon estomac se contractait douloureusement, même s'il était difficile d'imaginer un millier de centaures armés jusqu'aux dents s'incliner devant qui que ce fût… même des vampires démoniaques.

Bientôt des feux de camp crépitaient. Les chasseresses rapportèrent de la viande fraîche qui fut piquée sur des broches et posée à même les flammes. Je m'éclipsai pour trouver un gros buisson et un sentier menant à la rivière, afin de me débarbouiller un peu. ClanFintan, Dougal et toute une foule d'autres jeunes effrontés se proposèrent de m'accompagner, mais je leur recommandai aimablement de se mêler de leurs oignons.

La berge de la rivière était bien plus raide que je ne l'avais cru, mais, à ma grande satisfaction, on y trouvait un excellent assortiment de plantes touffues à grandes feuilles lisses.

Quelques instants plus tard, je dévalais la pente en suivant un sentier peut-être tracé par une biche. Au clair de lune, la Guéale ressemblait à un grand ruban de mercure. Plus turbulente, ici, qu'en aval, la rivière rugissait en sautant par-dessus rochers et crevasses : sa beauté sauvage était différente de tout ce que je connaissais dans mon ancien monde. J'ai vu beaucoup de grandes et belles rivières : le Colorado, le Red River, le Rio Grande, le Mississippi. Toutes étaient spectaculaires à leur manière, mais celle-ci n'avait rien à voir. Elle n'avait pas encore été apprivoisée, commercialisée, transformée en objet touristique ; c'était encore la veine jugulaire de ce pays. Je me trempai les mains, me lavai le visage et bus un peu de son eau glacée : je pouvais presque goûter son pouvoir, le sentir déferler en moi.

Tu es chez toi, ici, dit une voix très audible dans mon esprit.

— Vraiment ? dis-je à haute voix. J'ai envie de le croire, c'est sûr… Mais je ne suis rien d'autre que… que moi. Je n'ai rien de spécial.

Du moins, pensai-je, rien d'assez spécial pour mériter d'être adorée par une déesse antique.

Que te dit ton cœur, Bien-Aimée ?

Il me disait que j'étais à ma place, ici. Et j'en étais tellement émerveillée que j'en avais la chair de poule.

N'oublie pas, Bien-Aimée : écoute ton cœur.

La voix s'estompa et disparut, comme emportée par la brise.

Je restai longtemps à regarder la rivière tumultueuse, réfléchissant à tout ce qu'il y avait de nouveau dans ma vie. L'univers. L'époque. Le fait qu'une déesse me tutoie et m'appelle sa bien-aimée…

Un peu bouleversée, je remontai le sentier en direction de la berge… et constatai qu'il était devenu dix fois plus raide qu'à l'aller. J'étais à bout de souffle et commençais à perdre du terrain quand un bras puissant m'attrapa et me hissa sur la berge.

— Je commençais à m'inquiéter.

Mon époux regarda en fronçant les sourcils le sentier que j'avais essayé de suivre.

— Il ne fait pas bon s'aventurer sur ces berges. Le terrain n'est pas assez stable, il risque de s'écrouler à tout moment.

— Merci de m'avoir prévenue ! grommelai-je en époussetant mon pantalon.

— Je voulais venir à ton secours depuis un bon moment, mais je sais que tu as besoin d'intimité. Je ne voulais pas te déranger.

— Très sympa de ta part, dis-je sur un ton glacial en me dirigeant vers notre feu de camp.

Il régla son pas sur le mien et passa son bras autour de mes épaules. Sa présence solide et chaleureuse m'apaisa malgré moi, et, d'un coup, j'eus une petite révélation. Que je fusse ou non l'Elue d'une déesse, une chose était indubitable : ClanFintan et moi étions faits l'un pour l'autre.

En attendant, les effluves du dîner me mettaient l'eau à la bouche. Au dessus de notre feu, piqué sur une grande broche, tournait ce qui ressemblait à un joli Bambi ; je n'avais qu'une envie, y mordre à pleines dents. Une deuxième bonne surprise m'attendait : Sila s'était jointe au groupe autour du feu, et me salua chaleureusement.

— Dame Rhea ! dit Dougal en s'avançant vers moi. J'ai transporté une bûche pour vous servir de banc.

— Merci, Dougal, dis-je en lui tapotant le bras. C'est très attentionné de ta part.

Il rougit et me sourit timidement.

— Crois-tu que tu pourrais me trouver du vin ? De préférence un bon rouge ?

— Bien sûr, dame Rhea.

Quelques instants plus tard, il revint avec une outre, suivi par plusieurs jeunes centaures qui s'inclinèrent nerveusement devant moi. ClanFintan s'adressa à chacun d'eux par leur prénom ; j'en reconnus certains de notre excursion au château des MacCallan. Les autres aussi m'étaient vaguement familiers : ils devaient faire partie de la garde privée de ClanFintan. Dougal me tendait un morceau de viande grésillant quand, à la grande joie des centaures, Victoria fit son apparition.

— Il y a une place ici, à côté de moi, Chasseresse, dit un jeune et beau guerrier à la robe alezane.

— C'est trop enfumé là-bas, intervint un bai musclé. Ici on respire mieux, Chasseresse.

D'autres s'apprêtaient manifestement à faire eux aussi une offre, mais Victoria les réduisit au silence.

— Merci de votre générosité, mais j'ai besoin de m'entretenir avec dame Rhiannon.

Elle accepta le morceau succulent que lui tendait Dougal, et récompensa le centaure par un sourire éblouissant (le pauvre petit semblait sur le point de s'évanouir). Puis elle s'installa à côté de moi sur la bûche et replia ses jambes avec élégance. Au passage, elle croisa mon regard et leva les yeux au ciel en marmonnant quelque chose au sujet de petits poulains idiots.

— Ils t'adorent, lui soufflai-je à l'oreille.

Elle haussa les épaules et mordit délicatement dans sa brochette de faon. Entre deux bouchées, elle me chuchota à son tour :

— Tous les jeunes centaures rêvent de dompter une chasseresse.

Elle dit cela comme s'ils n'avaient aucune chance d'y parvenir.

— Tu n'as pas de compagnon ? demandai-je à voix basse.

Heureusement, les garçons étaient occupés à discuter avec mon mari.

— Non ! rétorqua-t-elle en soufflant par les narines. Les mâles demandent trop de temps et d'attention.

Cela me fit rire, mais, malgré moi, je glissai un regard à mon époux. Comme s'il l'avait senti, ClanFintan se tourna vers moi et me sourit avec tendresse.

— Tout de même, dis-je, c'est parfois bien agréable d'en avoir un dans les parages.

Je savais que je parlais comme une adolescente transie, mais je m'en fichais complètement.

— C'est parce que vous l'aimez. N'ayant pas, pour ma part, trouvé l'amour, je préfère ne pas m'encombrer d'un compagnon.

Cela ne semblait pas la déranger. Comme pour le confirmer, elle ajouta :

— Il n'est pas inhabituel qu'une chasseresse reste célibataire toute sa vie.

— Je suppose que vous devez être très occupée.

— En tant que Grande Chasseresse, je voyage de clan en clan pour former et superviser les jeunes.

Elle haussa de nouveau les épaules.

— Cela ne me laisse pas beaucoup de temps pour penser à l'amour.

— Vous feriez peut-être mieux de le leur expliquer.

Je désignai d'un geste les jeunes centaures qui la fixaient langoureusement.

Elle éclata de rire et décocha un clin d'œil à l'un d'eux, lequel fit abruptement tomber son morceau de viande. Tandis qu'il essayait maladroitement de le récupérer dans les braises chaudes, Sila, étendue de l'autre côté du feu, laissa échapper un grand rire.

— Attention, poulain, dit-elle avec sévérité. Je ne soigne pas les brûlures causées par la bêtise.

Les jeunes centaures se mirent tous à rire de bon cœur… mais continuèrent à lancer des regards à la dérobée en direction de Victoria.

— Ils sont fascinés par le pouvoir des chasseresses. Si un jour je rencontre quelqu'un qui s'intéresse vraiment à ma personne, je me débrouillerai pour lui consacrer du temps. En attendant, ils ne représentent pour moi que des distractions agréables.

Je mourais d'envie de la questionner au sujet du sexe chez les centaures, mais l'arrivée de ClanFintan coupa court à notre conversation. Quand les filles parlent entre elles de sexe, aucun interlocuteur masculin n'est admis. Même si l'une de ces filles est à moitié jument.

— Chasseresse, dit mon mari, cette venaison est exceptionnelle. Puis-je vous féliciter de votre prise ?

Vous voyez ? Je savais bien que c'était du Bambi !

— Je n'ai pas beaucoup de mérite, dit Victoria. Cette forêt regorge de gibier.

Ç'était dit sur un ton nonchalant, mais elle était visiblement flattée.

A cet instant, Dougal s'éclaircit la gorge et attira mon attention.

— Dame Rhiannon, dit-il en rougissant, mes camarades et moi avons une requête à vous faire. Pourrions-nous vous convaincre de nous raconter une histoire ?

Oh, bonté divine. Voilà que ça recommençait.

— Excellente idée, dit Victoria en me lançant un sourire de complicité. Chacun sait que vous êtes une conteuse hors pair, formée par les Muses.

Super. En fait, je suis une prof hors pair, qui a juste assez de mémoire pour plagier sans vergogne tout un éventail d'auteurs connus.

Du coin de l'œil, je vis ClanFintan grimacer nerveusement.

D'évidence, il craignait que Shannon Parker ne trahisse la réputation de Rhiannon.

C'était mal me connaître.

Je m'essuyai les mains sur mon pantalon, repoussai mes cheveux en arrière et me levai.

— Je serais ravie de vous raconter une histoire, dis-je avec un grand sourire.

Des exclamations d'impatience fusèrent. Du coin de l'œil, je vis certains centaures passer le mot à d'autres qui se trouvaient un peu plus loin, lesquels vinrent gonfler mon auditoire.

Du point de vue d'une prof, c'est toujours plaisant.

Je m'éclaircis la gorge et pris ma voix de conteuse : un tiers prof, un tiers actrice, un tiers femme fatale. A vrai dire, j'insistai lourdement, au début, sur le côté femme fatale, m'attardant sur l'introduction tout en adaptant à toute vitesse l'histoire du *Fantôme de l'Opéra*.

— Il était une fois, il y a fort longtemps, un enfant né défiguré. Ses yeux étaient asymétriques, sa peau jaune et fine comme du parchemin, et à la place du nez, il n'avait qu'un trou horrible.

Des murmures de dégoût circulèrent dans l'assistance.

— Sa mère l'abandonna à la naissance, mais une déesse bienveillante…

J'hésitai un instant, cherchant à toute vitesse une divinité appropriée.

— La *Muse de la musique*, repris-je avec force, eut pitié de lui. Elle l'emporta jusqu'à son temple et lui permit de s'installer dans les catacombes. Pour consoler l'enfant de sa terrible laideur, elle le dota de ce qui comptait le plus à ses yeux : un extraordinaire don pour la musique.

« Ainsi l'enfant devint-il un homme, dissimulé dans les boyaux du temple, vénérant la musique, perfectionnant sa voix et sa pratique des instruments. La musique était son seul plaisir ; sa plus grande joie, d'écouter sa Déesse former les voix des jeunes étudiantes de l'académie des Muses.

Les centaures étaient complètement absorbés. Je n'avais jamais eu une classe aussi attentive.

— Ne voulant être vu de personne, il se fabriqua un masque aussi blanc que la neige, qu'il portait en permanence pour cacher son visage aux ombres et aux esprits qui étaient ses seuls compagnons. Il en vint même à se croire, lui aussi, ombre ou esprit, et prit bientôt le nom de Fantôme du Temple.

(Je sais, je sais… mais cela fonctionnait tout de même.)

— Il réussit à se convaincre qu'il était satisfait de sa vie, qu'il n'avait besoin de rien d'autre que de la musique pour remplir ses interminables journées et ses nuits obscures. Jusqu'au jour où, entendant une jeune néophyte chanter, il fit l'erreur de chercher à l'apercevoir dans un miroir caché. Le visage de la fille lui inspira un amour passionné et irrévocable. Elle s'appelait Christine.

Marchant lentement autour du feu, je leur livrai une version bâtarde de cette légende intemporelle. J'ai toujours adoré étudier cette histoire en classe : chaque année, je leur faisais lire l'original de Gaston Leroux, puis je leur lisais des extraits de l'adaptation romantique par Susan Kay. Enfin, nous écoutions l'extraordinaire comédie musicale d'Andrew Lloyd Weber. Quand arrivait la scène finale, rares étaient ceux qui n'avaient pas les larmes aux yeux.

Pour mes centaures, je fis un remix de trois différentes versions. A en croire leurs expressions ensorcelées, c'était assez efficace.

— … Et quand enfin il fut seul avec Christine, dans sa chambre souterraine, il comprit qu'il n'avait qu'une seule chance de se faire aimer d'elle. Il devait l'émouvoir par sa musique au point où elle en oublierait sa terrible laideur. Aussi lui chanta-t-il sa Musique de la Nuit.

— Que décida Christine ? demanda mon mari d'une voix éraillée.

Le monde autour de nous disparut ; c'était comme si nous étions en tête à tête.

Je souris à travers mes larmes et inventai un mensonge gros comme une maison.

— Elle surmonta l'horreur que lui inspirait l'apparence du musicien, pour ne percevoir que sa beauté intérieure. Et ils vécurent heureux jusqu'à la fin des temps.

Des acclamations fusèrent, ainsi qu'un tonnerre d'applaudissements et de bruits de sabots tapés contre le sol. Au milieu de ce tumulte, ClanFintan m'attira contre lui et m'embrassa longuement, ce qui suscita de nouveaux hourras et de nouveaux applaudissements. Puis il me souleva dans ses bras et, poursuivi par des exclamations grivoises, m'emporta loin du feu. Par-dessus son épaule, je vis Sila pleurer ouvertement, un sourire rêveur aux lèvres, et Vic essuyer ses yeux d'une main en me saluant de l'autre.

Clairement, j'avais fait un tabac.

— Dire que tu as douté de moi ! dis-je à ClanFintan.

Je déposai un baiser sur son épaule musclée puis, me ravisant, y enfonçai mes dents.

— Fais attention. Tu sais que je suis capable de mordre, moi aussi.

— J'y compte bien.

— Je n'ai pas douté de toi, ma chérie.

Il s'interrompit. Je restai silencieuse tandis qu'il m'emportait de plus en plus loin du feu.

— C'est juste que… je sais que tu n'aimes pas qu'on te compare à Rhiannon, et raconter des histoires…

— C'est exactement ce que faisait Rhiannon ?

— Oui, dit-il avec une sorte de soulagement.

— Nos vies se chevauchent, dis-je en haussant les épaules. Je n'y peux rien, c'est ainsi.

L'espace d'un instant, je me demandai quelle sorte de pagaille Rhiannon semait dans ma vie à moi… puis je m'interdis fermement d'y penser. Ma vie était ici, à présent ; je n'avais aucune emprise sur les actions de mon alter ego dans un monde parallèle. Si je m'autorisais à imaginer les différentes manières dont elle devait blesser ma famille et mon entourage, je risquais de perdre la raison. Il n'y aurait pas de retour en arrière, aucune chance de réparer les dégâts. De toute façon, quand je posais les yeux sur mon époux, je devais m'avouer que même si j'en avais la possibilité, je ne reviendrais pas. Décision purement égoïste, je le sais ; mais je l'aimais, et c'était avec lui que je voulais faire ma vie. Fermant les yeux, je reposai ma tête contre sa poitrine et souhaitai sincèrement que Rhiannon se fasse écraser par un bus.

11.

— Tu dors, Rhea ?

— Non, dis-je en ouvrant les yeux.

ClanFintan s'était éloigné de la zone où campait l'armée pour se diriger vers le nord. Je l'entendis répondre à l'appel d'une sentinelle et le sentis s'arrêter pour la saluer. Puis il vira à droite, et nous fûmes engloutis pas la forêt obscure. La lune s'était levée, jetant des reflets argentés sur les branches des grands chênes.

— Où allons-nous ?

— J'ai une surprise pour toi.

— Vraiment ?

Je tapotai les pans de sa veste.

— Que cherches-tu ?

— Une boîte à bijoux.

ClanFintan éclata de rire.

— Ce n'est pas ce genre de surprise.

Il balaya du regard la forêt autour de nous, puis, avec un petit grognement satisfait, s'avança vers un tronc d'arbre foudroyé qui gisait à terre.

— Mets-toi là, dit-il en me déposant sur la plus grande moitié.

Le tronc était large et stable, et je n'eus aucun mal à trouver mon équilibre.

— Eh ! Je suis presque aussi grande que toi !

Presque. Mes yeux arrivaient à peu près à la hauteur de son menton. Je passai mes bras autour de ses épaules et l'embrassai à l'endroit où un sillon marquait son menton.

Il m'enlaça à son tour, trouva mes lèvres, et m'embrassa longuement. Entrouvrant la bouche, je cédai à ses caresses et me perdis dans la chaleur de son corps. Ses bras autour de ma taille me soutinrent quand mes genoux ployèrent sous moi. Il m'attira contre lui et descendit le long de mon cou, laissant dans son sillage des marques de baisers brûlants.

Tandis que ses lèvres continuaient leur exploration, il détacha les lacets de mon haut en cuir puis m'en débarrassa habilement. Trouvant mes seins, il les embrassa, les suça et les mordilla tour à tour… puis je sentis une main défaire le lacet de mon pantalon. M'accrochant à lui, je levai mes jambes l'une après l'autre pour lui permettre de me déshabiller. A présent, je ne portais plus que mon string minuscule.

— Je croyais, haletai-je, que ce n'était pas le moment de te transformer.

Il prit mes fesses en coupe et m'attira brusquement à lui.

— Je ne vais pas me transformer, souffla-t-il sur ma bouche.

Il prit ma lèvre inférieure entre ses dents et fit mine de me mordre.

— Ah bon, dis-je quand il eût relâché ma lèvre. Mais, alors…

— C'est ça, la surprise.

Sans quitter la sécurité de ses bras, je m'écartai un peu pour le regarder dans les yeux.

— Je ne comprends pas.

Un de ses bras resta autour de ma taille tandis que l'autre s'occupait du reste de mon corps. A présent, il caressait doucement mes seins.

— J'ai parlé avec Carolan…

Sa voix était profonde et sensuelle, et les mouvements de sa main commençaient à me donner le vertige.

— … de l'anatomie féminine chez les humains.

— Je ne comprends toujours pas.

Il abandonna mes seins pour descendre vers ma taille et mon ventre.

— Détends-toi, tu vas bientôt comprendre.

A présent, ses doigts se faufilèrent à l'intérieur de mon string et se glissèrent dans la moiteur chaude entre mes cuisses.

J'aspirai une grande bouffée d'air et reposai ma tête contre son épaule en laissant errer mes mains sous sa veste en cuir.

— Je lui ai demandé comment te donner du plaisir dans les moments où je ne pourrais pas me transformer.

Ses doigts faisaient des allers-retours délicieux dans mes replis secrets.

— Il m'a expliqué un certain nombre de choses.

Il se pencha sur moi et reprit ma bouche tandis que ses doigts continuaient leurs caresses.

Lentement, il mit fin à notre baiser et chuchota :

— Notre entretien m'a donné des idées. Fais-moi confiance, je crois que cela te plaira.

— Ça me plaît déjà, dis-je, hors d'haleine.

— Ce n'est pas fini.

— Bonté divine !

— Je vais te mettre sur mon dos, expliqua mon mari en souriant. Je veux que tu t'avances le plus possible, que tu te plaques contre moi et que tu mettes les bras autour de ma taille. Ensuite, tu suivras mes mouvements.

Il m'embrassa de nouveau. Ses doigts s'immobilisèrent puis — à mon grand regret — m'abandonnèrent. Laissant son bras autour de ma taille, il retira sa veste de l'autre. Puis ses mains puissantes encerclèrent ma taille et me soulevèrent sur son dos.

Je basculai vers l'avant autant que possible, savourant le contact de mes seins nus contre la chaleur de son dos. Puis je serrai les bras autour de lui et caressai sa poitrine et son ventre musclé tout en mordillant ses omoplates.

— Maintenant, cambre-toi contre moi au rythme de mes mouvements.

Sa voix éraillée par le désir fit courir des frissons le long de l'intérieur de mes cuisses.

Il partit au petit galop. Mes reins ondulaient d'avant en arrière au rythme de ses pas, comme si sa main continuait à me caresser. Je laissai échapper un petit cri de plaisir et enfouis mon visage entre ses épaules. Ses bras se posèrent sur les miens. Puis, lentement, il accéléra ses balancements rythmiques, encore et encore… jusqu'à ce que j'explose et me désintègre en lui.

C'était tellement bon que j'en avais mal aux dents. Je vous le jure.

ClanFintan ralentit et revint en décrivant un grand cercle vers l'arbre tombé. Le temps d'y arriver, tous les os de mon corps s'étaient liquéfiés. Ce n'était pas désagréable.

— Rhea, je vais te déposer sur la bûche.

Je hochai la tête sans ouvrir les yeux, et il me descendit avec douceur de la selle.

— Ouvre les yeux et dis-moi que tu ne vas pas tomber lorsque je te lâcherai.

J'ouvris les yeux et m'étirai comme un chat. ClanFintan m'observa avec une expression de satisfaction.

— Tu as aimé ta surprise ? demanda-t-il enfin.

— J'ai adoré.

(Penser à remercier Carolan, me dis-je à part moi.)

— Mais, ajoutai-je, et toi ?

— Moi ?

Il renfila sa veste et se mit en quête de mon haut et de mon pantalon.

— Oui, toi. Est-ce… est-ce que je peux faire quelque chose pour te donner du plaisir, à toi aussi ?

Je retins ma respiration.

ClanFintan éclata de rire.

— Je ne crois pas, mon amour, dit-il quand il se fut repris.

Il me tendit mes vêtements en continuant à rire doucement. Je me rhabillai brusquement, un peu vexée et assez gênée.

— Attends, laisse-moi t'aider.

Il refit les lacets de mon pantalon et de ma chemise pendant que je tirais mes cheveux en arrière et les attachais. Quand il eut fini de me rhabiller, il parut remarquer enfin mon silence inhabituel. Je sentais son regard sur moi, mais étais incapable de le soutenir. Quand enfin je levai les yeux, il eut l'air de comprendre subitement quelque chose. Il prit mon menton en coupe et inclina mon visage vers le sien.

— Je ne voulais pas te rabaisser ni te gêner. Ta proposition m'a fait très plaisir, mais…

Son immense sourire éclaira la nuit, et je ne pus empêcher les commissures de mes lèvres de remonter un peu.

— … Tu es tellement *petite*, comme humaine.

Riant encore, il m'embrassa avec douceur. Je glissai mes bras autour de ses épaules, et il me souleva pour me porter jusqu'au camp.

— C'est tout de même un peu injuste, dis-je au bout d'un moment. Moi aussi, j'aimerais te faire plaisir.

— Ton plaisir est le mien, Rhea.

Il déposa un baiser sur le sommet de mon crâne.

— N'as-tu toujours pas compris que j'étais né pour t'aimer ?

« Vous êtes faits l'un pour l'autre, Bien-Aimée. »

Les paroles de la déesse résonnèrent dans mon esprit.

— Si, dis-je d'une voix étranglée par l'émotion, je l'ai compris, maintenant.

Je levai les yeux vers le visage de mon époux, magnifiquement éclairé par la lune, et le vis esquisser un sourire. C'est à cet instant, je crois, que je me suis fait une promesse.

Je ne laisserai jamais rien nous séparer.

12.

Je fus arrachée à un profond sommeil sans rêves par un bruit de sabots sur des feuilles mortes. Puis un délicieux parfum me chatouilla les narines : cela ressemblait à des œufs brouillés… avec de la viande grillée. Je roulai sur le côté, cherchant une position confortable pour me rendormir, mais en fus empêchée par des éclats de voix tout autour de moi. J'entrouvris les yeux. Il faisait encore nuit, mais un léger blanchissement du ciel indiquait que l'aube n'était pas loin.

— Bonjour, Rhea !

La voix enjouée de Sila m'agressa complètement.

— 'Jour, articulai-je en me frottant les yeux.

— Victoria a trouvé un nid d'œufs de perdrix. Cela sent bon, vous ne trouvez pas ?

Elle me décocha un immense sourire puis se pencha pour remuer le contenu d'une casserole en fer en équilibre sur deux cailloux au-dessus du feu.

— Ouais.

C'était appétissant, certes, mais les courbatures qui me lancinaient déjà me gâchaient un peu le plaisir.

J'avais oublié à quel point les longs voyages à dos de centaure étaient éprouvants. Mes muscles réclamaient en hurlant un bain chaud et un bon massage. Quand je me redressai, je sentis chaque seconde de mes trente-cinq ans, multipliée par dix. Mes cheveux me faisaient l'effet d'un nid d'oiseau. J'avais mal au dos.

Je haïssais le camping.

Néanmoins, j'essayai de sourire moi aussi à Sila. (Une centaure matinale de plus, voilà exactement ce dont j'avais besoin.)

— Je vais, euh, aller me rafraîchir.

— Parfait ! A votre retour, le petit déjeuner devrait être prêt.

Comment pouvait-on manifester une telle joie de vivre alors que le soleil ne s'était pas encore levé ?

— O.K., marmonnai-je en boitant vers la berge de la rivière.

A mesure que j'avançais, des centaures ne cessaient de me saluer et de me souhaiter une bonne journée. Je fis de mon mieux pour être polie, d'autant que bon nombre d'entre eux tenaient à me complimenter sur le *Fantôme du Temple*. Enfin, je trouvai un buisson adéquat, me soulageai, puis réussis à descendre jusqu'à l'eau. Je me lavai les mains, le visage, et me frottai les dents avec le doigt avant d'escalader la berge de nouveau.

Ah, les joies du camping...

Une énorme quantité d'œufs brouillés, mélangés à des restes de Bambi réchauffés, était en train d'être servie au moment où j'arrivai en bougonnant devant notre feu. ClanFintan, Dougal et deux autres centaures que j'avais aperçus la nuit précédente mangeaient déjà. Victoria n'était pas en vue : nul doute qu'elle rôdait dans la forêt à la recherche de quelque chose de tendre à tuer.

— Bonjour, Rhea.

ClanFintan me fit un sourire rapide et me donna une grande feuille d'arbre remplie d'œufs et de viande fumants.

— Bonjour, répondis-je en essayant de sourire.

Je m'assis sur la bûche et commençai à manger du bout

des doigts. Mes affaires de couchage, remarquai-je, avaient déjà été rangées. Autour de moi, tous paraissaient impatients de se mettre en route.

— Arriverons-nous au temple aujourd'hui ? demandai-je à ClanFintan.

La mixture œufs/Bambi était étonnamment délicieuse, au fait.

— Nous espérons y être peu avant la tombée de la nuit.

— On a prévenu les Muses de notre arrivée, j'espère ?

— Oui. Des messagers sont partis devant nous, ainsi que des pigeons voyageurs.

— Des rats ailés, oui, grommelai-je.

ClanFintan me lança un regard médusé.

— Laisse tomber. Je ne suis pas de bonne humeur, le matin.

Je regardai autour de moi et ajoutai :

— Surtout quand c'est encore le milieu de la nuit.

— Tu verras, dit ClanFintan en riant, une fois que nous serons en route, tu pourras te rendormir.

Il baissa la voix et repoussa une mèche qui barrait mon visage.

— Si je ne me trompe pas, tu es assez à l'aise sur mon dos, non ?

Je fis mine de le frapper, mais ne pus retenir un vrai sourire.

— Ce que tu peux être effronté !

— Allez, viens !

Avec un grand sourire, il me souleva et m'installa sur son dos.

— Tu finiras de manger en route.

— C'est ça. Génial.

J'avalai les dernières bouchées de mon petit déjeuner en pensant avec nostalgie au café.

Les centaures levèrent rapidement le camp ; bientôt

l'armée fut en marche. J'étais obligée de reconnaître que nous avions affaire à une matinée exceptionnellement belle. Bien sûr, c'était un calvaire d'être éveillée si tôt, mais je restais capable d'apprécier le spectacle exubérant orchestré par Dame Nature. Le soleil dépassa la cime des arbres pour inonder la forêt d'une lumière claire et radieuse. Notre sentier longeait une berge de plus en plus abrupte, bordée de saules pleureurs et de peupliers. Il me sembla même apercevoir de temps à autre un cerisier sauvage. Le bruit des sabots d'un millier de centaures estompait celui des flots, mais la rivière nous apparaissait entre les arbres, chaotique et majestueuse.

Vers midi, nous nous arrêtâmes pour grignoter de la viande séchée et des biscuits. ClanFintan me déposa au bord de la berge pour que je puisse étirer mes jambes. Pendant que j'essayais de prendre la posture du triangle, je sentis le vent changer. Depuis notre départ, il soufflait de l'est ; à présent, il se leva à l'ouest et s'intensifia, soulevant les branches du saule pleureur comme si ç'avaient été des cheveux de femme.

Je secouai mes propres cheveux au vent pour qu'ils décollent de mes épaules. Puis j'inspirai à fond, étirai mes muscles douloureux, et…

— Pouah ! D'où vient cette odeur atroce ?

— Du marécage d'Ufasach, je pense, dit ClanFintan en plissant le nez.

— C'est dégoûtant. Ça me rappelle le tas de compost de ma grand-mère.

— Ceux qui vivent dans les environs du marécage disent trouver à cette odeur un charme particulier.

— Eh bien, ils peuvent se la garder ! C'est encore loin ?

Je m'avançai vers le bord du précipice, plissai les yeux et mis la main sur le front pour m'abriter de l'éclat du soleil sur la rivière.

— On m'a dit qu'il commence à vingt-cinq pas environ

de la berge ouest, et qu'il s'étend sur presque toute la largeur du pays.

Il haussa les épaules.

— Je n'y suis jamais entré. Les centaures ont tendance à éviter les terrains marécageux.

— Eh bien, c'est assez compréhensible. Les serpents, les sangsues, l'eau croupie qui pue… Beurk ! Rien que d'y penser, j'ai des frissons partout.

Des mouvements de troupes derrière nous mirent fin à notre conversation. Après m'être étirée une dernière fois, je laissai ClanFintan me redéposer sur son dos, et nous repartîmes à la tête de l'armée.

Petite vérole ou pas, j'allais être drôlement contente d'arriver au Temple de la Muse. J'avais de plus en plus l'impression que mes fesses adhéraient au dos de mon mari, ce qui ne pouvait en aucun cas être une bonne chose.

La journée se déroula plus ou moins comme la précédente. Plus nous remontions vers le nord, plus la forêt devenait épaisse. Au bout d'un moment, l'armée dut se réorganiser pour marcher deux à deux. Elle ne ralentit jamais, toutefois, son allure fulgurante. L'énergie de ces créatures ne cessait de m'étonner. Au bout de plusieurs heures de course effrénée, ClanFintan n'était même pas essoufflé. Je le dis et le répète, il aurait fait fureur dans un cours d'aéro…

Je redressai brusquement la tête : j'avais commencé à m'assoupir.

ClanFintan inclina la tête en arrière, mais je l'interrompis avant qu'il n'ait pu dire un mot.

— Je sais. Tu ne me laisseras pas tomber.

— Jamais.

Un grand sourire aux lèvres, je me blottis contre lui et me plongeai dans un profond sommeil.

J'étais en plein milieu d'une rencontre parents-professeurs, en présence d'un conseiller d'éducation et du principal adjoint de notre lycée. Face à moi se tenaient un étudiant et sa maman. Même dans mes rêves, j'ai trop de déontologie pour citer leurs noms : il me suffira de dire que le garçon avait la carrure d'un catcheur professionnel et un goût prononcé pour le cannabis, ce qui, l'un dans l'autre, lui conférait l'allure d'une limace néandertalienne. Sa mère, quant à elle, était blonde, vive et bien habillée ; je ne pouvais m'empêcher de me demander quelle quantité d'alcool et/ou de drogues douces elle avait consommée pendant le développement *in utero* de son « trésor ».

Je venais juste d'expliquer (sous les applaudissements debout du conseiller et du principal adjoint, lequel, au fait, était interprété par Pierce Brosnan) à cette charmante dame que son trésor n'avait pas besoin d'être davantage stimulé, et qu'il n'était pas trop avancé pour s'intéresser aux cours de littérature anglaise de première, mais qu'il était tout simplement un sale petit fumeur de joints paresseux et égocentrique, qui illustrait parfaitement l'opportunité de réintroduire les châtiments corporels dans l'école publique américaine…

… quand je fus subitement aspirée vers le haut, et me retrouvai à flotter au-dessus des violents tourbillons de la rivière.

— Je ne veux pas vous offenser, dis-je à haute voix, mais vous venez juste d'interrompre l'un de mes dix rêves préférés. Et juste au moment où j'allais arriver à la partie complètement délirante où le principal adjoint prend la défense d'une prof pour la première fois de sa vie.

Il n'y eut aucune réponse, si ce n'est que mon corps s'éloigna vers le nord en suivant la rivière.

— Vous croyez qu'un jour, je pourrai passer une nuit tranquille sans… sans excursions de ce genre ?

Patience, Bien-Aimée.

— Ça ne fait pas partie de mes qualités, grommelai-je.

L'instant d'après, un édifice grandiose happait toute mon

attention. Même de loin, son dôme et ses immenses arches en marbre sculpté faisaient une vive impression. En m'approchant, je compris qu'il s'agissait en réalité de plusieurs bâtiments reliés par des passerelles et des jardins. Autour du grand dôme central, les éléments secondaires s'organisaient comme les rayons d'une roue. J'étais assez près, maintenant, pour distinguer les femmes aux longues tuniques flottantes qui se déplaçaient entre les bâtiments. Elles marchaient par petits groupes, têtes inclinées les unes vers les autres, comme si elles débattaient d'un problème important.

Le dôme central, élément le plus imposant de ce magnifique ensemble architectural, était entouré de statues en marbre étonnamment réalistes. Dans le jardin devant l'entrée, une femme s'entretenait avec un groupe de jeunes femmes assises autour d'elle. D'une main, elle accompagnait ses propos de gestes gracieux ; de l'autre, elle tenait une magnifique canne en ivoire sculpté. Sa beauté était si frappante que si je ne l'avais pas vue bouger, je l'aurais prise pour une statue.

Comme je descendais en flottant vers elle, l'inconnue s'interrompit brusquement et pencha la tête comme si elle entendait une petite voix secrète. Puis un joyeux sourire s'afficha sur son visage, et elle releva la tête pour s'adresser directement à moi.

— Bienvenue, Elue d'Epona !

Les filles à ses pieds (elles aussi d'une beauté exceptionnelle) émirent des murmures d'excitation et plissèrent les yeux comme pour essayer de me voir.

Thalie, Muse Incarnée de la comédie, dit la voix dans ma tête.

— Merci, Thalie, dis-je en essayant de projeter ma pensée jusqu'à elle.

Elle inclina de nouveau la tête et demanda :

— Où êtes-vous, vous et votre armée de centaures ?

— Nous arriverons au crépuscule, hurlai-je mentalement.

Le sourire de la muse s'élargit et elle se tourna vers une fille assise à ses pieds.

— Fiona, va vite au temple principal pour leur dire que les centaures arrivent !

Des cris de joie et des gloussements d'excitation s'élevèrent du groupe. Je regardai mieux les jeunes filles en question : elles étaient en parfaite santé. Notre décision d'isoler les humains du Temple avait-elle été trop précipitée ?

— Nous serons très heureuses de vous accueillir ce soir, dame Rhea, dit Thalie.

Elle leva son visage vers moi, et je compris subitement qu'elle n'aurait pu me voir même si j'avais été présente en chair et en os. Ses orbites laiteuses étaient dépourvues de pupilles : elle était aveugle.

Je n'eus que le temps de bégayer un rapide « Au revoir », puis mon corps se remit en route, fusant cette fois vers l'ouest, où le soleil commençait déjà à se coucher.

Les terres qui entouraient le Temple de la Muse étaient aussi splendides que les jeunes beautés que je venais d'apercevoir. La silhouette des montagnes au nord servait d'arrière-plan à une large vallée émaillée de fleurs sauvages, entre lesquelles gargouillaient de petits ruisseaux. Fascinée par ce paysage, je fus complètement prise au dépourvu quand le château de Laragon surgit à mes pieds.

Celui-ci était brillamment éclairé. Des torches brûlaient sur les murs, derrière les fenêtres et dans les cours intérieures. Partout, de grandes silhouettes ailées s'agitaient, chassant les corbeaux et traînant les cadavres pour les rassembler dans un tas immonde à la limite du parc.

Je fermai les yeux et priai : « Je vous en supplie, ne me faites pas entrer là-dedans… »

Sois forte, Bien-Aimée. Rappelle-toi que je suis à tes côtés.

Dieu merci, mon corps ne ralentit pas en passant au-dessus des cadavres, mais fila tout droit vers une chambre ronde au sommet d'une tour, abondamment éclairée par des torches, des bougies et un feu rugissant.

Cette fois, Epona n'eut pas besoin de me mettre en garde. Je savais ce que j'allais affronter avant même que mon corps ne s'abîme à travers le plafond.

Nuada était seul. Affalé dans un fauteuil qui ressemblait beaucoup à un trône, il regardait le feu. Ses doigts anormalement longs et pâles entouraient un verre à pied rempli d'un liquide rouge. J'espérais de tout cœur que c'était un bon merlot, mais j'avais du mal à le croire.

— Tu te fais du souci pour la bataille à venir, Nuada ?

Contrairement à ses habitudes, le chef des Fomores ne se jeta pas sur moi en crachotant. Il se contenta de siroter son vin et de me lancer un sourire par-dessus son épaule.

— Je ne me fais pas de souci, femelle. Je pense à ce que je ferai demain soir quand je te tiendrai enfin.

Le liquide dans son verre tachait ses lèvres d'un rouge luisant.

— Après tout, rétorquai-je d'une voix calme, c'est ta dernière nuit de liberté. Autant la passer à nier la réalité et à fantasmer.

Il se déroula comme un serpent et se tourna vers moi. Une main posée sur le dossier de sa chaise, l'autre tenant son verre, il dit :

— J'ai décidé de ne pas te tuer. Au contraire, je vais te garder très longtemps en vie, pour que tu puisses me donner régulièrement du plaisir.

— Ah, vraiment ?

Je sentis mon corps ondoyer et devenir presque visible.

— J'ai bien peur que mon époux centaure ne soit pas d'accord.

— Epoux… cracha-t-il. Tu n'as plus d'époux, femelle ! Tu es à moi, et à moi seul !

La colère monta en moi.

— ClanFintan va t'écraser comme un cafard et t'envoyer brûler en enfer ! Regarde-moi bien, Nuada, parce qu'il ne te laissera jamais m'approcher davantage.

Ses ailes bruirent de colère et il se mit à hurler d'une voix aiguë.

— Demain soir, femelle ! Demain soir, tu seras à moi !

A l'instant où il lançait son verre à pied dans ma direction, Epona vint à ma rescousse. Je gardai les yeux soigneusement fermés jusqu'à ce que je fusse certaine d'avoir réintégré mon corps.

Haletante, je me blottis contre mon mari. Il posa sa main sur mon bras, mais ne dit rien.

— Ils sont au château de Laragon, dis-je. Ils passeront à l'attaque du temple demain soir.

— Exactement comme prévu.

— Il sait qui tu es, ClanFintan. Il va essayer de te repérer.

— Tant mieux, dit ClanFintan d'une voix plate et dangereuse. Cela m'évitera d'avoir à le chercher.

Il se tourna vers un centaure juste derrière nous et aboya :

— Que Dougal envoie les pigeons prévenir les troupes humaines. Nous attaquons Laragon demain soir.

J'étais sur le point de lui demander d'être prudent quand un cri de joie féminine flotta vers nous. Nous venions de passer un coude de la rivière, et, sur la berge d'en face, une foule de jeunes filles nous attendaient. Derrière elles, doré par le soleil couchant, se découpait le dôme du Temple de la Muse. Les centaures se mirent eux aussi à crier et à agiter les mains. Sur un ordre de ClanFintan, toute l'armée partit au galop en direction du temple.

Ç'aurait pu être grisant, si je n'avais pas rapidement compris que nous nous dirigions tout droit vers un pont suspendu à l'air plus que précaire, d'évidence le seul moyen de traverser cette rivière déchaînée.

— Oh, nom d'un chien !

— Ferme les yeux et accroche-toi ! cria ClanFintan pour se faire entendre par-dessus le tumulte. Tu sais que je ne te laisserai jamais tomber !

Je m'exécutai et, enfouissant mon visage dans ses épais cheveux noirs, marmonnai :

— Génial. Ça veut dire qu'on se noiera ensemble quand ce fichu truc décidera de se décrocher.

Je sentis un grand rire agiter ses épaules tandis qu'il mettait pied sur le pont.

— Tout ce que j'espère, c'est que je ne vais pas vomir.

— Si cela t'arrive, tourne la tête, s'il te plaît. Et rappelle-toi que ces jeunes filles sont ici pour t'accueillir, toi aussi.

— Aaaah !

Je sentis le pont ployer sous le vent et le poids des centaures engagés derrière nous.

— Vous n'auriez pas pu choisir cet instant précis pour m'emmener en balade spirituelle ? demandai-je à ma Déesse.

Fais-lui confiance, Bien-Aimée, répondit-elle, mais je vous jure que ses paroles étaient entrecoupées de gloussements divins.

13.

Vu de près, le Temple de la Muse était encore plus imposant. Nous suivîmes un chemin couvert de pétales de fleurs jusqu'au bâtiment central, où de ravissantes jeunes femmes se chargèrent de diviser l'armée en groupes et de conduire chacun d'eux jusqu'à son logement, avec force gloussements de filles et rires de centaures. Sur les marches menant au grand dôme, Thalie nous attendait, vêtue d'une longue robe argentée qui semblait brodée de milliards de diamants. Des fleurs de gardénias étaient tressées dans la soyeuse chevelure miel qui lui arrivait jusqu'au milieu du dos. Dans la nuit tombante, on ne distinguait plus ses orbites aveugles.

— Bienvenue de nouveau, Elue d'Epona, dit-elle avec un sourire chaleureux. Quant à vous, Chaman ClanFintan, c'est toujours un plaisir de recevoir votre visite.

— Thalie…

ClanFintan s'avança vers elle, prit la main qu'elle lui tendit et la porta rapidement à ses lèvres.

— Tu ne vieillis jamais !

— Garde tes flatteries pour ta jeune femme, dit-elle avec une affection évidente.

Puis, inclinant la tête :

— Dame Rhea, il y a longtemps que je vous attendais.

J'eus l'impression troublante qu'elle savait exactement

qui j'étais. Sans réfléchir, je descendis à terre et pris sa main dans la mienne.

— Merci. Je suis heureuse de faire votre connaissance, moi aussi.

De près, l'on distinguait les fines rides qui sillonnaient son visage : elle n'était pas aussi jeune qu'elle le paraissait.

Elle serra ma main dans la sienne.

— Venez, nos jeunes filles vont vous conduire jusqu'à vos appartements. Quand vous vous serez rafraîchie, venez rejoindre le festin que nous avons préparé en l'honneur de votre arrivée.

Elle pivota sur ses talons et, d'un pas assuré, remonta les marches vers les grandes portes du temple en faisant onduler sa robe étincelante autour d'elle. Seule la canne qu'elle tapotait parfois devant elle permettait de deviner sa cécité.

Elle voit mieux que les autres, Bien-Aimée, dit la voix de la déesse. Cela ne me surprenait pas.

Nous traversâmes des couloirs somptueux, à côté desquels le Temple d'Epona semblait modeste. Les hauts plafonds étaient ornés de bas-reliefs représentant, avec une grande richesse de détails, des scènes de la vie quotidienne des prêtresses et de leurs élèves. Mais le plus étonnant, c'étaient les oiseaux multicolores en liberté qui volaient au-dessus de nous en poussant des trilles de joie. Dans nos luxueux appartements privés, je trouvai une salle de bains pourvue d'un bassin d'eau chaude encastré dans le sol. Une longue robe vaporeuse, semblable à celle que portait Thalie, était posée sur le pied de l'immense lit conjugal.

Ma joie était tellement évidente que ClanFintan se mit à sourire.

— Bon sang ! Je vais prendre un bain interminable ! Tu viens me frotter le dos ?

J'arrachais déjà mes vêtements crasseux et me dirigeais vers le bassin.

— Telles que je connais Thalie et les autres Muses, dit mon époux, nous n'avons pas beaucoup de temps pour faire notre toilette.

Il suivit néanmoins du regard mon corps dénudé avec une expression de regret et de lascivité mêlés. J'en fus ravie.

— Je vais me dépêcher, dis-je.

Je regardai le bassin, puis mon mari.

— Viens, je t'épongerai avec mon gant de toilette. Tu n'as strictement aucune chance de rentrer dans cette baignoire.

Avec un grand sourire, il enleva sa veste et s'approcha d'un air faussement concupiscent.

— Sois sage, hein ! lui intimai-je en le fouettant du gant de toilette mouillé. Et tiens-toi tranquille. Tu sens le cheval.

Après beaucoup d'éclaboussements et de fous rires, je nous déclarai tous deux propres, et mon mari m'enveloppa dans une serviette. Je m'accrochai à son bras pour ne pas tomber ; de fait, nous avions inondé le sol de la salle de bains.

— Nous sommes de vrais cochons, dis-je en me séchant.

Au pied du lit, je m'arrêtai pour caresser l'étoffe diaphane de la robe. ClanFintan arriva derrière moi, prit la serviette de mes mains et m'aida à me sécher les cheveux.

— Tu vas faire des ravages dans cette robe.

Il se pencha pour m'embrasser au creux de mon cou.

Je frissonnai de plaisir, puis me retournai, m'avançai jusque dans ses bras et posai ma tête contre son torse.

— ClanFintan, promets-moi de faire attention à toi. Nuada est…

Les mots me manquaient pour décrire un être aussi parfaitement maléfique.

— Plus horrible que tu ne peux l'imaginer.

Ma voix s'éraillla.

— Je ne le laisserai pas t'approcher, dit ClanFintan en me serrant plus fort dans ses bras.

— Je sais.

Deux coups résonnèrent à la porte.

— Dame Rhiannon, seigneur ClanFintan, le banquet va commencer.

— Merci, lançai-je.

Avant de me libérer de son étreinte, ClanFintan se pencha vers moi et m'embrassa.

— Je t'aime, dit-il simplement.

— Moi aussi, je t'aime. C'est pour ça que j'ai peur.

Il sourit et tapota doucement le bout de mon nez.

— N'aie pas peur, Rhea.

Je lui souris à mon tour avant de m'éloigner pour enfiler la magnifique robe sur le lit. Mais je n'arrivais pas à me débarrasser de ce vide au creux de mon estomac… et pour une fois, j'étais certaine que cela n'avait aucun lien avec la nourriture.

Main dans la main, nous rejoignîmes la foule qui se dirigeait vers ce qui devait être une salle de banquet gigantesque. Les centaures suivaient leurs hôtesses, détendus et heureux. J'avais du mal à croire que dans vingt-quatre heures, ils partiraient au combat.

La salle de banquet m'arracha un soupir d'admiration. Partout, l'on disposait du vin et des mets sur de petites tables entourées de chaises longues, mais ce fut surtout le plafond qui attira mon attention. Une douzaine de grands lustres en cristal pendaient d'une coupole ornée de fresques représentant le ciel nocturne… où les étoiles semblaient être figurées par de petits diamants. Une lueur surnaturelle régnait sur l'ensemble, et je crus bien voir les étoiles bouger dans le ciel peint.

— Il doit y avoir de la magie là-dessous, soufflai-je à ClanFintan tandis qu'on nous conduisait vers la table d'honneur.

— Il y en a toujours au Temple de la Muse.

— Ouaouh ! Ça, c'est carrément génial !

ClanFintan se baissa vers moi pour m'empêcher de parler trop fort et, les yeux pétillants d'amusement, embrassa rapidement mes cheveux.

— Tu verras, chuchota-t-il, la magie, c'est un peu comme la vie : ses plus beaux cadeaux arrivent à l'imprévu.

— Dans ce cas, cette pièce est un cadeau magnifique.

Tout comme cette nouvelle vie dans laquelle j'avais débarqué, ajoutai-je à part moi.

— Dame Rhea ! ClanFintan ! Prenez place, je vous en prie.

Thalie nous indiqua une chaise longue placée entre la sienne et celle d'une autre femme tout aussi ravissante. A mon grand plaisir, Victoria était déjà installée à la gauche de Thalie.

Notre chaise était réglée pour que ClanFintan et moi pussions adopter notre position préférée lors des repas : lui allongé, moi appuyée contre lui. Comment diable les serviteurs pouvaient-ils connaître nos petites habitudes ?

Comme si elle avait lu dans mes pensées, Thalie se pencha vers moi et dit dans un souffle :

— Je sais bien d'autres choses, Shannon.

Stupéfaite, je tentai de prendre l'air perplexe… avant de me rappeler qu'elle ne me voyait pas.

— Mais je… je ne… bégayai-je.

Elle éclata d'un rire contagieux.

— Ne vous inquiétez pas. Je suis ravie que la *véritable* Elue d'Epona soit enfin avec nous. Nous le sommes toutes.

— Ah, dis-je, complètement dépassée.

Une expression sympathique passa sur son visage.

— N'ayez pas peur de ce que vous ne comprenez pas encore. Votre déesse est avec vous. C'est la seule chose qui compte vraiment.

Elle me tapota doucement la main d'un geste maternel qui me fit venir les larmes aux yeux.

— Qu'y a-t-il, mon enfant ?

— Je suis heureuse d'être ici, voilà tout.

Tendant la main, elle me caressa la joue exactement comme le faisait ma maman.

— Vous devez être affamée.

Elle frappa dans ses mains et des serviteurs chargés de plateaux se mirent à circuler entre les tables.

Tout en dévorant une délicieuse caille farcie, je fis un clin d'œil à Victoria.

— Hé, c'est vous qui avez tué tout ça ?

— Pas ce soir, Rhea, dit-elle en me retournant mon clin d'œil. J'ai proposé mes services, mais on m'a dit que tout avait déjà été prévu. J'ai donc dû me contenter de siroter un verre de vin en attendant que ClanFintan et toi finissiez de… (elle leva un sourcil suggestif) vous habiller.

— Ça suffit, vilaine ! rétorquai-je en gloussant. Que voulez-vous, il est tellement grand… il faut un certain temps pour le… (je levai un sourcil à mon tour) laver.

Nous fûmes toutes les deux prises de fou rire. ClanFintan nous ignora ostensiblement, mais Thalie se mit à rire elle aussi.

Au deuxième service, je vis Sila apparaître à l'autre bout de la salle et se faire conduire vers notre table. Bon sang, l'épidémie de petite vérole m'était complètement sortie de l'esprit ! Avant de prendre sa place attitrée à côté de Victoria, la guérisseuse s'adressa à Thalie.

— L'épidémie semble parfaitement maîtrisée, dit-elle sur un ton de respect. Melpomène me demande de vous informer que les jeunes patients se sont tous stabilisés, et que les gens des marécages seront bientôt en état de rentrer chez eux.

Elle fronça les sourcils et ajouta :

— Terpsichore, hélas, semble avoir contracté la maladie à son tour, et ne pourra se joindre au festin.

— Merci, Sila. Prenez place, je vous en prie.

Je me penchai vers ClanFintan.

— Cette Terpsichore, ce n'est pas la muse qui a dansé à notre mariage ?

— C'est elle, répondit-il à voix basse.

— Et Melpomène est la Muse de la tragédie, ajouta Thalie en se penchant vers moi. Dès qu'une maladie se déclare, elle se sent obligée de prendre la direction des opérations.

— Donc, vous avez déjà eu affaire à des épidémies de ce genre ?

— Il n'est pas inhabituel, dit Thalie avec sérénité, que des maladies nous viennent des marécages d'Ufasach. Nous avons été peinées, toutefois, d'apprendre que celle-ci s'était étendue au Temple d'Epona.

— Nous avons mis les malades en quarantaine. Notre guérisseur pense que nous avons endigué l'épidémie.

— Excellent.

Elle porta à ses lèvres son verre en cristal avant de poursuivre à voix basse.

— Cela vous intéressera peut-être de savoir que la femme qui se tient à côté de votre mari est Calliope, la Muse de la poésie épique. Près d'elle, c'est Clio, celle de l'histoire.

Elle inclina la tête comme pour mieux entendre quelque chose.

— Là-bas, au bout de la table voisine, Erato, Muse de la poésie amoureuse, divertit le jeune Dougal, qui vient de perdre son frère.

De fait, Dougal était suspendu aux lèvres de la belle Erato, qui lui parlait avec animation.

— A la table des chefs guerriers, en robe violette, c'est Polymnie, Muse du chant, de la rhétorique et de la géométrie.

Uranie, Muse de l'astronomie et de l'astrologie, devrait être tout près, en robe de velours couleur du ciel nocturne.

— Oui, c'est exactement ça.

— Vous savez déjà que Terpsichore, Muse de la danse, est malade…

Elle baissa tristement la voix.

— Et Euterpe, Muse de la musique, est malade depuis deux jours.

— Je suis vraiment désolée. Terpsichore a dansé à notre repas de mariage. C'était magnifique.

— Avec l'aide de sa déesse, elle dansera encore.

— Thalie, merci de m'avoir expliqué tout cela. Et merci de m'avoir acceptée.

— C'est avec grand plaisir, mon enfant.

Elle se redressa en souriant et frappa de nouveau dans ses mains. Le silence se fit.

— Permettez-nous d'offrir un peu de divertissement à nos courageux guerriers centaures.

Son sourire était plus éblouissant que tous les lustres de cristal réunis.

— Et que toutes les déesses réunies veillent sur vous pendant la bataille de demain.

Erato se leva la première pour chanter une romance dans laquelle le fils d'un chef s'éprend d'une belle paysanne, et doit accomplir de nombreux exploits avant d'être autorisé par son père à épouser l'élue de son cœur.

Ayant perdu le compte des mets auxquels j'avais goûtés, tout à fait repue, je m'adossai au torse de mon mari pour pleinement savourer le talent des Muses et leur excellent vin rouge.

Après Erato, Calliope récita un vibrant poème épique au sujet du premier Grand Chaman des Centaures, performance saluée par un tonnerre d'applaudissements. Polymnie, pour sa part, chanta une magnifique ballade mélancolique qui n'était pas sans me rappeler les disques d'Enya. Quand un groupe de danseurs fit son entrée et esquissa des mouvements sensuels au rythme de lents tambours, mes paupières s'alourdirent.

Sentant le bras de ClanFintan entourer mes épaules, j'essayai de remonter vers la surface… puis la voix maternelle de Thalie pénétra mon esprit.

— Ne luttez pas, mon enfant. Dormez. Votre déesse vous appelle.

Puis je n'entendis plus rien.

Cette fois, il n'y eut pas de transition en douceur. Brutalement arraché à mon corps, mon esprit fut aspiré vers le haut, crevant le plafond du dôme en réponse à l'ordre impérieux lancé par ma déesse :

Viens !

Je restai un instant suspendue au-dessus du temple gigantesque. Le paysage me semblait brumeux, confus, et je n'arrivais plus à m'orienter. Des nuages avaient envahi le ciel, effaçant les repères familiers des montagnes et de la rivière. Néanmoins, des rires et des chansons joyeuses flottaient dans l'air. En dépit du mauvais temps, le moral des troupes était au beau fixe.

Mon corps partit rapidement vers l'ouest. Survolant les champs qui séparaient le Temple du château de Laragon, je n'aperçus que de petits éclats de vert entre les nuages. D'un coup, je ressentis subitement une gêne aiguë au creux de mon ventre.

Je ralentis… puis m'arrêtai net.

Mon cœur battait à tout rompre ; le sang résonnait dans les veines de mes tempes. A mes pieds, tout près de la limite occidentale des terres du temple, les champs brumeux étaient envahis par des Fomores en marche. Ils approchaient en silence, ailes déployées pour avancer aussi rapidement que possible.

Non ! Je fermai les yeux et intimai à mon esprit de réintégrer mon corps…

— Non ! Non ! répétai-je en sautant sur mes pieds.

Musique et danse cessèrent brusquement.

— Rhea ! dit ClanFintan en me tendant la main, qu'y a-t-il ?

Suffocante, j'aspirai une grande bouffée d'air. Mon corps tremblait violemment.

— Ils arrivent ! Les Fomores ! Ils entrent à l'instant sur les terres du temple !

Un véritable tumulte éclata. ClanFintan se dressa d'un bond, leva le bras et réclama le silence. Centaures comme humains lui obéirent.

— L'heure est venue de nous battre, dit-il en s'adressant à ses centaures avec la confiance d'un chef expérimenté. Chefs de tribus, rassemblez vos guerriers sur la pelouse ouest. Dougal, envoyez notre éclaireur le plus rapide contourner la ligne ennemie pour rejoindre les armées humaines. Dites-leur que nous attendons leur aide. Que des pigeons voyageurs leur portent le même message. Et rappelez-vous, centaures : aucun d'eux ne doit briser notre ligne de défense.

Bénis-les, Bien-Aimée.

Un grand calme m'envahit, et ma voix résonna d'un bout à l'autre de la grande salle.

— Nous comptons sur votre courage, et je sais qu'il est immense. Le courage, ce n'est pas de s'imposer à des femmes impuissantes, ni de mettre en charpie des ennemis pris au dépourvu. Le courage naît d'un sentiment de devoir à accomplir et d'une ferme conviction du bien et de la justice. Cette noblesse, cette intégrité, ce sont les vôtres. Que la bénédiction et la grâce d'Epona soient avec vous ; mes pensées le sont aussi.

— Honneur à toi, Epona ! s'écria la foule d'une seule voix.

Puis la foule se dispersa dans un mouvement chaotique.

Les Muses Incarnées se frayèrent un chemin jusqu'à Thalie, qui s'adressa à elles avec sérénité.

— Prêtresses, nos élèves savent qu'elles doivent se rassembler ici. Qu'on les occupe, cela les aidera à garder leur calme.

Avec des hochements de tête, les muses se chargèrent aussitôt de regrouper les jeunes filles qui entraient dans la salle à mesure que les centaures en sortaient.

— Thalie, dit Sila, pouvez-vous demander à vos élèves de faire bouillir de l'eau et de découper des linges pour faire des pansements ? Je vais aller expliquer aux malades ce qui se passe, puis je reviendrai vous aider.

— Merci, Sila.

— Victoria ! dit ClanFintan.

La centauresse s'avança vers lui. Il posa sa main sur l'épaule de Victoria et la regarda intensément.

— En mon absence, je te confie la protection de ma femme.

Vic posa sa main sur celle de ClanFintan.

— Pars tranquille, mon ami. Je la protégerai au péril de ma vie.

ClanFintan mit son bras autour de mes épaules et m'emmena un peu à l'écart. Pendant un moment, nous nous contentâmes de nous regarder, puis il se pencha sur moi et sa bouche couvrit la mienne. Je m'agrippai à lui de toutes mes forces ; j'avais envie de me perdre dans la chaleur de son corps, dans le goût de ses lèvres. Avec réticence, il mit fin à notre baiser et pris mon visage dans ses mains. Ma lèvre inférieure se mit à trembler ; je clignai rapidement des yeux en m'interdisant de pleurer. Je ne voulais pas l'envoyer au combat en sanglotant comme une poule mouillée.

— N'oublie jamais, Rhea, que je suis né pour t'aimer. Tu fais partie de moi autant que mon âme. Tant que tu vivras, une partie de moi vivra en toi.

— Ne me raconte pas de salades ! dis-je sur un ton

hystérique. Il ne faut pas qu'il t'arrive quelque chose, voilà tout ! Ces histoires du genre « je survivrai en toi », ça ne veut rien dire du tout !

Je mis mes mains sur les siennes.

— Promets-moi que tu vivras et que tu me reviendras. Je ne supporterais pas de te perdre.

— Rhea, tu…

— Promets-le-moi ! dis-je avec une véhémence qui me surprit moi-même.

— Je te le promets.

Il m'attira contre lui et m'embrassa sur le sommet du crâne.

— Reste avec Victoria. Je vous retrouverai quand ce sera fini.

Il me relâcha et, sans se retourner, quitta la pièce.

J'entendis des sabots cliqueter sur le sol en marbre, et Victoria apparut à mes côtés.

— Thalie m'a expliqué comment monter sur le toit du temple. Ça n'a pas l'air facile, mais nous devrions y arriver, moi et mes chasseresses. Venez, nous pourrons suivre la bataille de là-haut.

— Il fait nuit, dis-je d'une voix absente.

— Plus pour très longtemps. Dans quelques heures, le soleil va se lever.

Les autres chasseresses étaient entrées dans la salle, munies d'un impressionnant arsenal d'arbalètes et de carquois bourrés de flèches. Devant leur attitude calme et confiante, je sortis de ma paralysie.

— Vic, il faut que j'aille me changer.

Elle hocha la tête d'un air compréhensif.

— Allez-y. Nous vous attendrons ici.

Revenant en trombe dans la salle de banquet, je m'aperçus que chacun s'était organisé. Les étudiantes silencieuses s'occupaient de débarrasser les restes du festin et de rassembler les tables dans un coin de la salle. D'immenses marmites chauffaient dans les grandes cheminées, et les prêtresses circulaient parmi les jeunes filles, s'arrêtant de temps à autre pour leur parler avec douceur. Dans un coin à l'autre bout de la pièce, Victoria et les cinq chasseresses que j'avais rencontrées au Temple d'Epona s'étaient réunies. La chasseresse m'aperçut et me fit signe de les rejoindre. Au milieu de la pièce, Thalie m'intercepta et me tendit un long objet cylindrique en bronze.

— Avec cela, vous verrez plus loin, m'expliqua-t-elle.

Je pris la longue-vue et tentai de remercier Thalie, mais celle-ci s'était déjà éloignée pour parler à un groupe de jeunes filles agitées.

Les chasseresses se tenaient devant une porte menant à un escalier en colimaçon.

— Venez, Rhea.

Victoria s'engagea la première sur les marches étroites. Je lui emboîtai le pas, suivie par les autres chasseresses.

Le passage était extrêmement étroit. Les centaures s'aidaient en prenant appui de part et d'autre des marches.

— Si vous faites un faux pas et que vous tombez, vous allez m'écrabouiller, annonçai-je à Victoria.

— Les chasseresses ne font jamais de faux pas, dit-elle sans tourner la tête.

— Ravie de l'entendre, marmonnai-je.

La chasseresse derrière moi — Elaine, je crois — émit un petit rire chevalin. Une chose était sûre : si ces créatures étaient anxieuses, elles le dissimulaient drôlement bien.

Au moment où je commençais à croire que l'escalier n'avait pas de fin, Victoria franchit une deuxième porte à la force des bras. J'entendis le fracas de ses sabots sur le toit tandis qu'elle se rangeait sur le côté pour nous laisser passer.

Nous débouchâmes sur un chemin de ronde aménagé autour de la coupole. Celui-ci était trop étroit pour accueillir dans sa largeur un corps de centaure, aussi mes compagnes devaient-elle se tenir de profil et se plaquer contre le mur pour se laisser passer l'une l'autre. Le mur extérieur était bordé de balustrades auxquelles étaient fixées de grandes jardinières débordantes de géraniums, de lierre et de plantes à grandes feuilles vertes qui tombaient en cascades sur la façade du temple.

Victoria contempla le chemin et les toits dans la lumière blafarde de l'aube.

— Cet endroit est un jardin, dit-elle sur un ton d'agacement, pas un lieu de défense.

— C'est une école pour les femmes, protestai-je, pas pour les guerriers.

Je me sentais obligée de prendre la défense des Muses. Après tout, c'était ici que Rhiannon avait fait ses études, et je n'aurais laissé personne se moquer de l'université de l'Illinois.

Vic émit un grognement de mépris qui fut repris par les autres chasseresses.

— Déployez-vous, les filles. Prenez position à intervalles réguliers en direction de l'ouest. Prévenez-moi quand vous apercevrez les armées.

Les chasseresses s'exécutèrent aussitôt. Quant à moi, je me postai à côté de Victoria et commençai à me ronger les sangs en scrutant l'horizon.

— C'est un grand guerrier, dit Victoria.

— Même les plus grands guerriers saignent quand ils sont blessés, soupirai-je. Je devrais peut-être essayer de dormir pour aller le rejoindre en esprit.

— Il sentirait votre présence, répondit-elle avec douceur, et cela le distrairait.

— J'ai horreur d'attendre.

Victoria hocha la tête sans rien dire.

14.

Nous attendîmes en silence. Je guettais des signes ou des bruits de combat, mais je n'entendais que la brise dans les feuilles de lierre et, de temps à autre, l'innocent gazouillis d'un oiseau saluant l'aube.

Derrière nous, le ciel s'éclaircit progressivement. La grisaille se dissipa légèrement, mais les nuages arrivés pendant la nuit demeurèrent, et bientôt une brume sinistre surgit des marécages pour entourer le temple. D'un coup, j'eus une révélation.

— Les Fomores détestent la lumière du jour, mais ce temps de chien leur a permis de ne pas attendre le soir pour attaquer.

Victoria hocha la tête d'un air grave.

Au nord, la silhouette des montagnes devenait visible par intermittences. Je levai ma longue-vue et tournai la petite molette pour faire la mise au point sur les flancs des premiers contreforts. Pas de Fomores en vue. Pas encore.

Je me tournai pour survoler du regard la forêt profonde. A l'ombre de gros nuages, elle semblait endormie et innocente. Continuant à pivoter sur moi-même, j'aperçus entre les nappes de brumes des reflets vert émeraude, sans doute l'eau des marécages d'Ufasach.

— Là-bas ! hurla subitement Victoria.

J'abaissai ma longue-vue. La centauresse tendait le doigt vers l'ouest, où une tache noire s'étendait d'un bout à l'autre de l'horizon. Je portai la lunette à mon œil, mais mes mains tremblaient trop fort.

— Tenez, dis-je en la tendant à la chef des chasseresses. Regardez, je n'ai pas la main assez sûre.

Elle colla l'objet contre son œil et ajusta calmement la molette à son tour.

— Ce sont les archers de notre flanc arrière, dit-elle enfin.

Je me rappelai le groupe de centaures que j'avais remarqué, munis de grands arcs et de flèches acérées.

— Ils sont bons ?

— Les meilleurs de Partholon… à part peut-être les Woulff.

— J'aimerais bien qu'ils soient là, ces Woulff.

— Moi aussi, dit Victoria sans cesser de scruter l'horizon. Je crois que nos guerriers n'ont pas encore chargé. Voilà les archers qui tirent les premières salves, en pointant leurs arcs vers le ciel.

Elle ajusta de nouveau la mise au point.

— Et voilà nos guerriers. Ils attendent que les archers aient fini de tirer.

Le regard fixé sur l'ouest, j'attendais toujours. Une sorte de crachin se mit à tomber. Je distinguais au loin le rang des archers, et les salves de flèches qui volaient à la verticale vers le ciel, puis redescendaient subitement, comme recrachées par les nuages. Entre les salves, je vis des reflets d'argent scintiller devant les archers.

— Qu'est-ce qui brille, là-bas ?

— Nos centaures ont dégainé leurs glaives, expliqua Victoria.

Un frisson glacé parcourut ma colonne vertébrale.

— Ils se mettent en marche.

Elle parlait d'une voix dénuée d'émotion et assez forte pour que les autres chasseresses pussent l'entendre. A l'écouter, je ressentais un curieux détachement, un peu comme si je regardais la télévision. J'avais du mal à me convaincre qu'au milieu de cette ligne lointaine et scintillante se trouvait mon mari.

— Et maintenant ?

Elle abaissa la longue-vue et me la tendit.

— La bataille a commencé.

J'essuyai les gouttelettes d'humidité sur la lentille et posai fermement mes coudes sur le garde-fou au-dessus des balustrades. Puis je portai la lunette à mon œil et fis la mise au point.

A travers la brume, je vis la ligne des centaures avancer. Les archers se scindèrent en deux puis, brandissant leurs glaives à leur tour, vinrent s'intégrer aux flancs gauche et droit. J'essayai de chercher des visages familiers, mais l'armée était beaucoup trop loin pour cela. Je ne voyais même pas de Fomores, seulement les dos des centaures qui se cambraient et s'étiraient tandis que le premier rang s'avançait puis reculait en serpentant.

— Je ne comprends absolument rien, dis-je en rendant la lunette à Vic.

— Cela peut continuer ainsi pendant des heures, répondit-elle en me souriant gentiment. La première bataille que l'on voit est toujours la plus terrible.

— On ne peut rien faire d'autre que rester ici à les regarder ?

— Rien du tout, à part attendre.

C'est ce que nous fîmes. Vers midi, cinq étudiantes nous apportèrent des sandwichs de pain dur à la viande et au fromage, ainsi que des outres de vin doux.

— Dites à Thalie qu'il n'y a rien de nouveau, dis-je à l'une des filles.

— Elle le sait déjà, dame Rhiannon, répondit-elle en disparaissant dans l'escalier.

— Thalie voit beaucoup de choses, dit Vic.

— C'est le moins qu'on puisse dire.

Nous mangeâmes nos sandwichs en observant l'horizon à tour de rôle. Comme je finissais de manger, Cathleen me passa la lunette. Je fis descendre ma dernière bouchée avec une bonne gorgée de vin, puis levai la lunette et fis la mise au point sur le champ de bataille.

Je faillis régurgiter mon sandwich.

— Victoria !

La chasseresse fut aussitôt à mon côté.

— La ligne se déplace.

Elle prit la longue-vue et regarda au loin pendant quelques secondes. Puis tout son corps se figea et elle inspira vivement.

— Les défenses centaures sont brisées, dit-elle sur un ton de mort. Ces femmes sont perdues.

15.

— Non !

J'agrippai le bras de la chasseresse.

— Les Fomores ne peuvent traverser l'eau. Toute séparation d'avec la terre leur cause une douleur insoutenable. Si nous parvenons à évacuer les femmes de l'autre côté de la rivière, elles seront en sécurité.

Victoria me repassa la longue-vue et se tourna vers les chasseresses.

— Les créatures ont brisé nos défenses. Nous devons mettre les femmes à l'abri de l'autre côté du pont. Vite !

Je me plaquai contre la balustrade pour laisser passer les centauresses. Tandis qu'elles s'engouffraient dans le périlleux escalier en colimaçon, je dirigeai une fois de plus la longue-vue sur le champ de bataille. Avec horreur, je vis les silhouettes ailées encercler les rangs des centaures. Impossible, à présent, de distinguer une quelconque ligne de défense ; il n'y avait plus qu'un fouillis de corps enchevêtrés reculant progressivement vers nous. Je ne parvenais toujours pas à reconnaître de centaures individuels, mais je voyais clairement des Fomores déchiquetés par des glaives et des centaures tombés à genoux sous les griffes des créatures qui les encerclaient pour les mettre à mort l'un après l'autre. Des centaines, peut-être des milliers de Fomores périssaient, aussitôt remplacés par de nouveaux monstres qui se juchaient sur les dépouilles de leurs semblables pour arriver à la hauteur des centaures. Des vagues successives de créatures s'abattaient impitoyablement sur notre armée. Elle n'avait d'autre choix que de céder du terrain.

— Venez, Rhea, nous avons du travail à faire.

— Je ne le vois pas !

— Rhea, il a dit qu'il vous retrouverait. Cela ne sert à rien de rester ici à le chercher. En revanche, vous pouvez nous aider à mettre les femmes en sécurité.

Je me forçai à baisser la lunette et à me détourner du champ de bataille.

— On y va, dis-je. Sortons ces femmes d'ici.

Je descendis l'escalier à toute vitesse, suivie par Victoria. Quand nous entrâmes dans la salle de banquet, les murmures craintifs des jeunes filles cessèrent subitement. Thalie s'avança vers nous.

— Les défenses centaures sont brisées, dis-je d'une voix étrangement calme. Les Fomores vont envahir le temple.

— Ma déesse m'a déjà avertie de cela. Que pouvons-nous faire ?

— Que toutes les femmes se dirigent vers le pont, vite. Les Fomores ne peuvent pas traverser la Guéale. Une fois sur l'autre rive, vous serez en sécurité.

Je balayai l'assistance du regard, cherchant Sila.

— Sila, que l'on place les malades sur des grabats. Les chasseresses les déplaceront.

La guérisseuse centaure hocha la tête et disparut.

— Allons-y, Thalie ! Il ne nous reste plus beaucoup de temps.

— Jeunes femmes…

La voix régalienne de Thalie emplit la salle.

— Suivez les prêtresses jusqu'au pont. Nous devons quitter notre temple. N'emportez rien d'autre que vos vies.

Puis elle inclina la tête sur le côté, et le silence se fit pendant qu'elle écoutait sa voix intérieure.

— Ma déesse m'assure que ce n'est pas la dernière fois que nous voyons notre temple bien-aimé. Ce qui est perdu aujourd'hui nous sera rendu. Maintenant, en avant, vite, en priant pour que ces courageux centaures nous retrouvent de l'autre côté de la rivière.

Les Muses se précipitèrent vers la sortie, chacune suivie d'un groupe d'étudiantes bien ordonné. Erato prit la main de Thalie et toutes deux fermèrent la marche, encourageant le dernier rang à ne pas se laisser distancer.

Thalie aurait vraiment fait une excellente prof de lycée. (Elle aurait toutefois dû accepter une baisse de salaire considérable.)

— Vous devriez les accompagner, Rhea, dit Vic.

— Et vous ?

— Je vais déplacer les malades.

Les autres chasseresses évacuaient déjà la salle au trot.

— Je reste avec vous, affirmai-je. C'est ce que ClanFintan m'a dit de faire.

Elle poussa un soupir, puis dit :

— Venez, montez sur mon dos. Nous irons plus vite ainsi.

Elle attrapa mon bras et me hissa sur son dos soyeux. Je m'accrochai à ses épaules de toutes mes forces, et elle s'élança vers la porte par laquelle étaient sorties ses chasseresses. Nous passâmes des tournants en dérapant, galopâmes le long de couloirs somptueux en suivant l'écho des sabots dans le temple silencieux, et surgîmes du temple par une double porte ouvrant sur un jardin, juste à temps pour voir la croupe d'une chasseresse disparaître dans une nouvelle porte à l'autre bout de la cour. Victoria traversa cet espace en quelques immenses enjambées.

— C'est fou comme vous êtes rapide, hurlai-je à son oreille.

— Je suis la Grande Chasseresse, répondit-elle comme si cela expliquait tout.

Nous rattrapâmes les autres centauresses à l'instant où une odeur familière assaillait mes narines. Victoria et moi plissâmes le nez.

— Nous y sommes, dis-je.

Une grande entrée se dressait devant nous. Je me laissai glisser à terre et Victoria s'avança pour ouvrir la porte. Au milieu de la salle, Sila aidait les patientes à quitter leurs lits pour s'installer sur des civières bricolées à partir de couvertures.

— Les malades devant la porte sont prêts à être emmenés, dit-elle en levant à peine la tête.

— Elles sont plus nombreuses que je ne le pensais, murmura Victoria à l'intention des centaures. Il va falloir aller vite, mes amies.

Elle se tourna vers la guérisseuse.

— Sila ! Nous n'avons que très peu de temps.

Les yeux de la centauresse s'écarquillèrent, mais sa voix tranquille ne révéla aucune inquiétude.

— Ecoutez, jeunes femmes !

Le silence se fit abruptement.

— Celles qui en ont la force doivent monter sur les dos des centaures. Si vous vous en sentez capable, levez-vous !

Une douzaine de jeunes femmes se mirent lentement debout. Les chasseresses se pressèrent vers elles, et je les suivis pour les aider à hisser les malades sur leurs dos. Près de la porte, une grande femme vêtue de noir recommandait à chacune des cavalières de s'accrocher de toutes ses forces pour ne pas tomber. Quand la dernière chasseresse eut quitté la pièce, j'entendis Sila s'adresser à elle.

— Prêtresse, il faut rejoindre les autres sur le pont.

— Je ne quitterai cette pièce que lorsqu'il n'y restera plus personne, dit-elle sur un ton théâtral.

Il devait s'agir de Melpomène, la muse de la tragédie. J'avais bien envie de lever les yeux au ciel et de dire « Le contraire m'aurait étonné », mais je décidai de m'abstenir.

Comme j'aidais une adolescente à sortir de son lit, mon attention fut attirée par un visage encadré de cheveux noirs calé sur plusieurs oreillers.

Je me retins juste à temps de l'appeler Michelle.

— Terpsichore !

Je m'arrêtai à son chevet et l'examinai du regard.

— Vous m'avez l'air d'aller assez bien pour monter sur une centauresse. La prochaine qui part est pour vous.

— Non, je laisse d'abord partir mes élèves.

Ses yeux brillaient de fièvre et ses joues étaient rouges. D'évidence, elle n'en était qu'aux prémisses de la maladie.

— Elles ont besoin que vous les accompagniez.

J'allais essayer de la raisonner, puis je reconnus l'expression d'entêtement qui s'affichait sur son visage. (D'habitude, cela concernait plutôt la nécessité d'acheter un chemisier de soie à 250 dollars alors qu'elle n'avait les moyens que de s'offrir un pull-over en coton à 40, mais c'était le même entêtement inébranlable.)

— Celles qui partiront les dernières auront elles aussi besoin de moi.

— Très bien.

Je savais que je perdais mon temps à discuter.

— Mais faites bien attention à vous quand vous vous déciderez à partir. Croyez-moi, vous ne voulez pas finir entre les mains de ces créatures-là.

Je m'éloignais déjà quand elle me rappela.

— Rhiannon, vous avez changé !

— Oui. Je ne suis plus la même qu'autrefois.

— Dans ce cas, je vous souhaite beaucoup de bonheur avec ClanFintan. Du fond du cœur.

Cette fois, sa bénédiction était sincère.

— Merci, dis-je en m'éloignant vers les autres malades.

J'espérais que, l'heure venue, Terpsichore se déciderait à évacuer l'infirmerie. Mieux valait ne pas imaginer ce qui lui arriverait si elle était capturée par les Fomores.

J'étais en train de soulever une jeune fille maigre comme un clou, que je faisais rire en lui disant qu'elle n'atteindrait pas les quarante-cinq kilos toute mouillée avec un écureuil dans sa poche, quand un tonnerre de sabots annonça le retour des chasseresses pour évacuer le deuxième contingent de malades. Sans prévenir, la fille que je portais dans mes bras se mit à hurler avec une force dont je ne l'aurais pas crue capable. Je levai les yeux : Dougal avait surgi du couloir.

— Il faut traverser la rivière sans attendre ! s'écria-t-il en pantelant. Nos guerriers les retiendront aussi longtemps que possible, mais ils sont tout près, maintenant.

Ses flancs frémissaient et il était couvert de sang. Une affreuse entaille traversait son épaule, une deuxième sur sa joue saignait abondamment. Il ressemblait tellement à son frère mourant que je dus ravaler un sanglot.

Sila se précipita vers lui pour examiner ses blessures. Une cacophonie éclata dans la salle… puis Melpomène leva les bras et, frappant deux fois dans ses mains, fit jaillir une boule d'étincelles enflammées.

Si ce n'était pas de la magie, ça, j'en perdais mon latin !

— Voilà ce que nous allons faire, annonça-t-elle sur un ton d'autorité. Celles qui sont capables de monter sur le dos des chasseresses, faites-le tout de suite. Celles qui peuvent marcher, sortez par la porte de derrière et suivez le sentier jusqu'à la rivière. Si vous n'arrivez pas jusqu'au pont, cachez-vous dans les buissons le long de l'eau. Quant aux autres, nous resterons ici.

— Dans ce cas, vous mourrez.

Dans le silence qui s'était créé, ma voix résonna avec certitude.

— Bien-Aimée d'Epona, vous devriez savoir que nous ne sommes pas sans défense.

La prêtresse me sourit, et je fus éblouie par la transformation qui s'opéra sur son visage. Ses traits sévères s'adoucirent, révélant sa beauté véritable.

— Ne nous attendez plus. Sauvez-vous. Nous sommes entre les mains de nos déesses, nous leur faisons confiance.

Terpsichore se leva et s'avança vers nous. Belle et sereine, elle s'adressa à moi d'une voix résolue.

— Dame Rhiannon, selon le message que vous nous avez envoyé, votre déesse vous a révélé que pour combattre cette maladie, il faut isoler les malades des sujets sains, n'est-ce pas ?

— En effet. La petite vérole est très contagieuse.

Pourquoi perdait-elle du temps à répéter des consignes périmées ?

— Si contagieuse qu'il suffit qu'une personne infectée se mêle à d'autres pour leur transmettre la maladie ?

— Oui. Il faut toutefois qu'il y ait un contact entre le sujet malade et le sujet sain.

— Les Fomores ont une forme presque humaine, n'est-ce pas ?

— Oui.

— Dans ce cas, je vais rester ici et les inciter à avoir des contacts avec moi.

— Non ! Ils vous tueront… ou pire. De toute façon, à supposer qu'ils soient sensibles à cette maladie, ils pourront l'attraper au contact de ces linges souillés.

J'indiquai d'un geste les draps et couvertures abandonnés qui jonchaient le sol.

— Pourquoi s'intéresseraient-ils à de vieilles couvertures

sales ? demanda-t-elle en riant. Non, je reste. Ma déesse et moi en avons décidé ainsi. Nous n'avons pas le choix.

— Il faut partir *maintenant* !

D'une voix forcée, Dougal brisa le silence provoqué par la déclaration de Terpsichore.

— Quoi qu'il arrive, ce ne sera qu'un prix minime à payer pour offrir aux Fomores ce cadeau *inestimable.*

Les magnifiques yeux de Tersichore scintillaient d'ironie.

— Ce que vous allez faire ne sera jamais oublié, dis-je avec un mélange d'admiration et de terreur. Je vous le promets.

— Cela fait plaisir de penser que ma dernière performance restera gravée dans les mémoires.

Elle s'inclina devant moi à la manière des ballerines.

— Elle le restera, promis-je avant de me retourner vers les autres. En avant ! Allons-y !

Les adolescentes malades grimpèrent sur le dos des chasseresses. Sans rien dire, Sila s'approcha et me tendit une bourse en cuir pourvue d'une longue bandoulière.

— C'est une pommade qui apaise la douleur et étanche les plaies, expliqua-t-elle à voix basse en jetant un coup d'œil en direction de Dougal. Utilisez-la avec parcimonie, beaucoup risquent d'en avoir besoin. Et n'oubliez pas de prendre également du vin.

Elle m'indiqua une table sur laquelle était posée une rangée d'outres pleines. Je hochai la tête, passai la bourse par-dessus mon épaule pour qu'elle reposât contre ma taille et jetai une outre par-dessus mon autre épaule. Puis j'aidai les dernières malades à monter sur le dos des centauresses.

Après avoir hissé la dernière étudiante sur le dos d'Elaine, je regardai autour de moi. Sila soutenait quatre filles chancelantes dans leur lente progression vers la porte du fond.

— Sila ! m'écriai-je.

Elle se tourna et dit d'une voix angélique :

— J'accompagne ces malades. Si la Déesse le veut, nous nous retrouverons de l'autre côté du fleuve.

Puis, sans plus attendre, elle franchit la porte en compagnie de son cortège.

— Dame Rhea, nous n'avons plus de temps à perdre.

Dougal me tendit une main tremblante et couverte de sang. A l'exception de Victoria, toutes les chasseresses étaient déjà parties ; on les entendait s'éloigner au galop le long du couloir.

Victoria s'avança rapidement jusqu'à moi, écartant au passage la main de Dougal.

— Vous n'êtes pas en état de porter qui que ce soit, centaure.

Elle m'attrapa par le bras et me jeta sur son dos. Tandis que nous nous précipitions vers la sortie, je me retournai une dernière fois. Melpomène et Terpsichore se tenaient la main au milieu d'un cercle d'une demi-douzaine de patientes trop malades pour bouger. Les deux Muses baissaient la tête, et semblaient baigner dans une étrange lumière. Puis nous sortîmes dans le couloir, et je ne les vis plus.

16.

Les chasseresses étaient hors de vue, mais Victoria semblait connaître le chemin. Nous coupâmes les coins des couloirs, galopâmes à travers les jardins, franchîmes de nombreuses portes et débouchâmes enfin de ce labyrinthe sur la grande pelouse devant le temple. Nous virâmes vers la gauche ; à cet instant, un mouvement du côté opposé attira mon attention.

— Victoria ! hurlai-je en lui tapotant l'épaule de toutes mes forces.

Dougal et la chasseresse s'arrêtèrent en dérapant et se tournèrent vers la droite. Une rangée désordonnée de centaures venait d'apparaître à la limite nord-ouest du parc. Ils luttaient pour ne pas perdre du terrain, décapitant à tour de bras les créatures ailées qui les assaillaient. Hélas, comme tout à l'heure, dix Fomores attendaient pour prendre la place d'un camarade mort. Ainsi contraignaient-ils la ligne centaure à reculer peu à peu. Sous mes yeux, un centaure épuisé tomba à genoux ; six créatures se ruèrent sur son dos et le déchiquetèrent de leurs griffes, couvrant sa robe de sang écarlate.

— Au pont ! hurla Dougal. Les centaures les retiendront aussi longtemps que possible !

Nous traversâmes la pelouse verdoyante au triple galop

et, passant le coin d'un bâtiment, nous trouvâmes nez à nez avec quatre jeunes filles qui revenaient vers le temple en courant de toutes leurs forces.

— Arrêtez ! Vous ne pouvez pas revenir en arrière ! Il faut traverser le pont !

La fille qui semblait mener les autres secoua violemment la tête de gauche à droite.

— Ils… ils sont… déjà là !

Elle tremblait si fort qu'il était difficile de la comprendre.

— Quoi ? Qui est là ? s'écria Dougal.

— Eux ! hurla-t-elle. Les Fomores ! Ils… ils sont en train d'abattre le pont !

— Que la Déesse nous vienne en aide, souffla Victoria.

— Ils ont dû flanquer notre armée, dit Dougal d'une voix absente, et contourner le temple par le nord pour leur couper la retraite par le pont.

— Réfugiez-vous dans le marécage, dis-je en répétant les mots murmurés dans mon esprit.

— Oui ! répéta Victoria aux adolescentes apeurées. Réfugiez-vous dans le marécage d'Ufasach… les Fomores ne vous y suivront pas.

Hochant la tête, les filles partirent en courant dans une nouvelle direction.

— Nous devons faire comme elles, dit Dougal en regardant derrière lui. A deux, nous ne pouvons rien contre les Fomores qui tiennent le pont.

Victoria fit un petit hochement de tête tendu.

— Pas encore, dis-je avec fermeté.

— Il le faut !

Dougal semblait à bout de forces.

— Non. Je veux bien aller jusqu'à la limite du marécage, mais je refuse d'y entrer sans ClanFintan.

— Dame Rhea, il m'a envoyé au-devant de l'armée pour

vous mettre à l'abri. Il m'a dit qu'il vous rejoindrait dès qu'il le pourrait.

— Donc, il est encore vivant.

Mon ventre se contracta douloureusement tandis que je prononçais ces mots.

— Il vivait quand je l'ai quitté.

— Raison de plus pour l'attendre avant d'entrer dans le marécage.

Après s'être échangé un regard entendu, Victoria et Dougal s'élancèrent en direction du groupe de filles. Nous les rattrapâmes sans peine ; je sentis Victoria soupirer en s'arrêtant à leur hauteur.

— Avancez, Rhea, on a de la compagnie, dit-elle sur un ton qui se voulait léger. Montez, les filles, et accrochez-vous, on n'a pas le temps de vous donner des leçons d'équitation.

Grimaçant de douleur, Dougal hissa deux filles derrière moi et plaça les deux autres sur son dos maculé de sang. Nous repartîmes à toute allure, les étudiantes effrayées agrippées comme des crabes au dos des centaures.

— J'espère que ce fichu marécage n'est plus trop loin, soufflai-je à l'oreille de Victoria.

— Moi aussi, dit-elle en haletant. Vous autres humains devenez de plus en plus lourds.

Bien avant d'apercevoir le marécage, nous en sentîmes l'odeur. Cette fois, les effluves de compost me parurent carrément plus accueillants. Enfin nous arrivâmes devant une pente raide qui aboutissait à l'eau. A nos pieds, quelques vingt mètres plus bas, s'enchevêtraient des cyprès couverts de mousse, quelques saules et des arbres à l'écorce jaune qui me semblaient être des micocouliers. A notre niveau, le long du bord se dressait un vaste ensemble de pierres levées qui rappelait un peu Stonehenge.

— On dirait qu'elles montent la garde.

— C'est ce que dit la légende, dame Rhiannon.

L'adolescente installée derrière moi, qui serrait ses bras si fort autour de ma taille que j'en avais le souffle presque coupé, venait de parler. Pendant que j'aidais les deux filles à descendre à terre, elle ajouta :

— Thalie nous a appris que les premières prêtresses de la Muse ont érigé les Gardiens de Pierre pour empêcher le marécage d'Ufasach de s'étendre et d'engloutir leur nouveau temple.

Elle s'arrêta brusquement, l'air gênée.

— Pardonnez-moi, madame, vous savez déjà tout cela.

— Pas de problème. Ça ne fait jamais de mal de réentendre les leçons de Thalie.

Quand toutes les filles furent à terre, Victoria leur dit d'une voix pressante :

— Maintenant, avancez rapidement dans le marécage, en restant près de la berge est. Dès que possible, essayez de trouver un moyen pour traverser la rivière. Si vous n'y arrivez pas, continuez à l'intérieur du marécage jusqu'à la frontière des terres d'Epona. Là-bas, vous trouverez du secours.

Les jeunes filles nous remercièrent, puis s'élancèrent courageusement vers le bas de la pente et disparurent derrière les arbres.

— Il faut les suivre, dit Dougal.

— J'attends ClanFintan.

Nous nous retournâmes vers le parc du temple. Sa topologie nous offrait une vue dégagée sur la pelouse au sud, tout en nous dissimulant partiellement des regards par une haie d'arbustes décoratifs.

Le Temple des Muses était envahi. Des hordes de Fomores noircissaient les marches du bâtiment central et les jardins environnants, massacrant les centaures qui se repliaient. Ceux-ci avaient rompu les rangs pour se rassembler par petits groupes, tentant héroïquement d'empêcher les créatures de passer. Sous nos yeux, un groupe de Fomores contourna furtivement les centaures au combat, s'élança vers le temple et le traversa pour arriver jusqu'à la rivière.

— J'espère que les femmes ont pu arriver de l'autre côté, dit Dougal d'une voix étranglée.

— Je regrette de ne pas avoir emporté cette longue-vue, dis-je en plissant les yeux pour essayer de reconnaître les centaures devant le temple.

— Il faut nous réfugier dans le marécage, répéta Victoria sans enthousiasme.

— Je ne partirai pas sans ClanFintan.

— Même si vous le repériez, il n'a aucun moyen de savoir que vous êtes ici, répondit la chasseresse sur un ton un peu exaspéré.

— Je pourrais essayer de le retrouver, dit Dougal.

— Un centaure isolé ? Ils te tueraient en moins de deux, dis-je en secouant la tête.

— Je pourrais l'accompagner, proposa Victoria.

— Pour vous faire massacrer tous les deux ?

Je réfléchissais à toute vitesse, essayant de pondre un plan, mais tout se mélangeait dans ma tête. Tout était allé trop vite. Ils avaient attaqué trop tôt. Où étaient les autres armées ? Où était ClanFintan ? Où était-il, bon sang ? Où ?

Silence, Bien-Aimée. Ecoute ma voix.

Je fermai les yeux, mis mes mains sur mon visage et me forçai à faire le vide dans ma tête. La voix tranquille d'Epona souffla comme une brise fraîche sur mon esprit enfiévré.

— Oui ! m'exclamai-je sans ouvrir les yeux. Victoria, amenez-moi devant les pierres, là-bas.

La chasseresse me lança un regard curieux mais ne dit pas un mot. Nous partîmes au trot vers le cercle d'immenses pierres levées. Pour monter sur l'une d'elles, j'allais devoir me tenir debout sur le dos de Victoria, et essayer de trouver une prise sur le rebord rugueux au sommet de la pierre.

— Euh… Vic, il va falloir que je me mette debout sur

votre dos. Je m'en excuse d'avance. Et il faudrait aussi me tenir cette outre.

Elle attrapa l'outre, fit demi-tour et s'approcha de la pierre à reculons.

— Vous feriez mieux de vous tenir sur ma croupe.

— Vous êtes une vraie amie, Victoria.

— Je sais.

Debout sur la croupe de la chasseresse, j'attrapai le sommet de la pierre.

— Dougal, aide-moi à monter là-dessus !

Je levai mon pied gauche et le posai sur les mains de Dougal pour qu'il pût me soulever, comme si je montais en selle (ce qui, me rendis-je compte, avait quelque chose d'ironique). Il compta jusqu'à trois et poussa. Je m'accrochai de toutes mes forces et me tortillai jusqu'à me hisser en haut de la pierre.

Son sommet était plat et rond comme une assise de chaise. Lentement, je ramenai mes pieds sous moi et me redressai, bras tendus pour garder l'équilibre.

— Fais attention ! lança Victoria.

— C'est vraiment très haut, dis-je en sentant mon estomac se contracter.

Je faisais face au parc du temple, et un atroce spectacle de carnage se présentait à moi. Seuls quelques groupes de centaures isolés restaient en vie. Les Fomores étaient partout. Je fermai les yeux, refusant de voir le temple ainsi profané.

Concentre-toi sur ton amour pour lui.

Je hochai la tête et pensai très fort à ClanFintan. Des images défilèrent devant mes yeux : ClanFintan me portant, ivre et prise de fou rire, jusqu'à ma chambre ; massant mes pieds engourdis sur la route du château des MacCallan ; me berçant doucement dans ses bras jusqu'à ce que je surmonte la peur qu'il m'inspirait ; changeant de forme pour nous permettre de nous unir en tant que mari et femme ; me disant qu'il était né pour m'aimer…

Je renversai la tête en arrière, inspirai profondément et émis un cri qui, amplifié par Epona, devint presque tangible.

— CLANFINTAN ! VIENS A MOI !

J'ouvris les yeux. Autour du Temple de la Muse, les combattants s'étaient figés. Centaures comme Fomores s'étaient tournés vers moi et me regardaient fixement, comme autant de personnages dans une peinture macabre. Puis mon cœur se remit à battre, et un petit groupe de centaures à l'extrême droite de la scène s'arracha à la paralysie et s'élança vers nous. Même à cette distance, je reconnus la silhouette de celui qui était à leur tête.

— Il arrive ! m'écria-je.

Puis je cessai de respirer. Les Fomores avaient eux aussi brisé le sortilège pour prendre mon époux en chasse.

— Oh non ! Ils le poursuivent !

— Descendez de là ! m'intima Dougal en me tendant les bras.

— Pas encore.

Sous mon regard pétrifié, ClanFintan et les centaures repoussèrent les créatures qui les attaquaient tout en se frayant un chemin vers nous. J'entendais les Fomores hurler, à l'agonie, tandis qu'ils succombaient aux lames des centaures, mais l'un après l'autre, les centaures tombèrent eux aussi à genoux, ensevelis sous des hordes de créatures ailées. D'un coup, un Fomore resté près du temple brisa les rangs et s'élança en direction du groupe mené par ClanFintan.

Sa démarche attira mon attention. Je n'avais pas besoin de le voir de plus près pour le reconnaître.

— Rattrape-moi, dis-je à Dougal.

Je me suspendis à bout de bras puis me laissai tomber. Reprenant mon outre à Victoria, je dis :

— Les centaures essaient de repousser l'ennemi, mais ils sont complètement surpassés en nombre.

Pour toute réponse, Dougal sortit son glaive, et Victoria son arc et ses flèches.

L'instant d'après, ClanFintan surgit de la haie comme une bombe. De près, il était presque méconnaissable. Son glaive et la main qui le tenait dégoulinaient de sang. Son corps était maculé du sang et des entrailles des créatures qu'il avait tuées. Il avait perdu sa veste, et les griffures sur son torse nu saignaient copieusement. Sous sa chevelure colmatée par le sang et la terre, je vis une lacération allant de sa tempe droite jusqu'à sa mâchoire, évitant de justesse son œil droit. Il s'arrêta en dérapant devant nous, tandis que Dougal hurlait :

— Au marécage ! Ils ne peuvent pas nous y suivre !

ClanFintan m'attrapa dans ses bras dégoulinants et me jeta sur son dos. J'aperçus une série de profondes blessures sur sa croupe ; quant au sang sur son dos, impossible de savoir si c'était le sien. Je posai précautionneusement les mains sur ses épaules en évitant de resserrer mes jambes autour de ses flancs. J'avais peur d'ouvrir une plaie que je ne voyais pas. En temps normal, sa peau était plus chaude que la mienne, mais à présent elle me paraissait brûlante.

Il fit volte-face et regarda derrière la haie.

— Les centaures derrière moi ? dit-il d'une voix écorchée.

— Ils ne s'en sont pas sortis. Les Fomores étaient trop nombreux.

Sans répondre, ClanFintan posa une main sanguinolente sur la mienne.

Le premier Fomore bondit par-dessus la haie.

D'un geste si rapide que je le vis à peine, Victoria tira une flèche qui alla se planter dans le front de la créature. Au moment où le Fomore tombait à terre, un deuxième apparut à sa place, grognant furieusement. Victoria l'élimina d'une flèche plantée dans la gorge.

Nous dégringolâmes la pente à reculons, Victoria mitraillant des flèches comme si elle avait eu un arc automatique. Tandis que nous pénétrions dans le bosquet au bord du marécage, un long cri de rage s'éleva derrière nous. Cela semblait venir de l'un des Gardiens de Pierre.

Je connaissais bien ce cri.

Seul le contour de ses ailes déployées était visible derrière la pierre levée, mais sa voix nous parvint comme s'il était tout près de nous.

— Je te vois, *femelle.*

Ses ailes frémirent.

— N'oublie pas que tu m'appartiens. Nous nous reverrons bientôt.

Victoria visa, puis tira une flèche qui alla se planter tout droit dans un pli de son aile.

Le hurlement de Nuada résonna dans l'air tandis que nous courions vers le marécage.

17.

Sortis du couvert des arbres, nous découvrîmes un paysage radicalement différent. C'était comme si nous avions été téléportés depuis une magnifique villa grecque jusqu'au bayou louisianais. Devant nous s'étendait un marécage sans fin — un monde d'eau stagnante, de reptiles et d'insectes visibles et invisibles (argh !). Un profond silence régnait. L'on n'entendait que le bruit de succion de la terre trempée s'accrochant aux sabots des centaures, lesquels se ruaient en avant, décidés à mettre le plus de distance possible entre les Fomores et nous.

Le sol trempé laissa place à un grand lac immobile, mais les centaures n'hésitèrent pas. Bientôt immergés jusqu'aux flancs dans une épaisse soupe verdâtre, ils se frayaient un chemin à travers les algues.

Le temps passant, ClanFintan ralentit puis se laissa distancer par Victoria et Dougal, qui se retournaient régulièrement avec inquiétude. Au bout d'un moment, Victoria indiqua du doigt un groupe d'arbres qui se dressaient sur un terrain plus ou moins solide. Nous bifurquâmes vers le bosquet.

C'était une sorte d'îlot au milieu de ce lac peu profond. De ses berges surgissaient d'immenses racines de cyprès dénudées. On aurait dit de gros serpents marrons ; nul doute qu'elles servaient de refuge à toutes sortes d'horribles bestioles rampantes.

L'un après l'autre, les centaures se hissèrent sur la terre ferme. Dès que les quatre sabots de ClanFintan furent sur l'île, je me laissai glisser à terre et tendis mon outre à Victoria. Elle la déboucha, puis l'offrit à Dougal avant de boire à son tour. De mon côté, j'ouvris la bourse en cuir que Sila m'avait donnée (remerciant en pensée la généreuse guérisseuse, et priant pour qu'elle ait pu franchir la rivière). Elle contenait un pot de verre rempli d'une épaisse pommade jaune, plusieurs rouleaux de toile de lin très fine et (à ma grande surprise) plusieurs aiguilles ainsi qu'une bobine de… fil de pêche noir ? Je déglutis : d'évidence, ce nécessaire n'était pas prévu pour recoudre un bouton ou refaire un ourlet, mais pour suturer des plaies.

Je lançai un regard désemparé à mon époux. ClanFintan respirait avec difficulté ; là où elle n'était pas couverte d'une croûte de sang et de terre, sa peau avait pris un teint gris pâle. De petits spasmes agitaient ses muscles, et l'entaille sur sa joue saignait en continu.

— Tu m'as appelé, dit-il d'une voix râpeuse.

— Je ne serais jamais partie sans toi.

Des larmes débordèrent de mes yeux.

— Est-ce que… est-ce que tu vas t'en sortir ?

Il me tendit la main ; je la pris et la serrai de toutes mes forces.

— J'ai peur de te toucher, dis-je d'une voix tremblotante.

Il porta ma paume à ses lèvres et ferma les yeux en l'embrassant.

— N'aie pas peur, chuchota-t-il.

Soigne ses plaies, Bien-Aimée !

Avant même de les examiner, je pris une bande de gaze et

fis signe à Dougal de m'apporter l'outre à vin. J'imprégnai le tissu de vin puis en avalai moi-même une grande gorgée.

— Bois-en un peu, toi aussi, dis-je à ClanFintan.

Il accepta l'outre et but longuement.

— Penche-toi pour que je puisse atteindre la coupure sur ton visage. Et ne bouge pas. Je suis pratiquement sûre que ça va piquer. Très fort, à vrai dire.

— Soigne d'abord Dougal.

Je lançai un regard au jeune centaure, qui secoua la tête avec énergie.

— Dougal ne saigne pas. Contrairement à toi. Maintenant, baisse la tête et ne bouge plus.

— Je m'occupe de Dougal, dit Victoria sur un ton détaché et efficace.

Elle prit à son tour une bande de gaze et l'imprégna de vin. Du coin de l'œil, j'observai la réaction de Dougal à l'approche de la centauresse. Il semblait partagé entre le ravissement et la terreur : allait-il frémir de joie, ou bien s'enfuir sans se retourner ? Finalement, il se figea comme une statue pendant que la chasseresse lui désinfectait la joue.

— Vous pouvez respirer, si vous voulez, dit Victoria.

— Oui, chasseresse, dit le jeune centaure en expirant l'air qu'il retenait dans ses poumons.

Je devais arborer un sourire idiot, car mon époux me chuchota de sa voix éraillée :

— Ne te moque pas de lui. Ce n'est qu'un poulain.

Soulagé qu'il eût la force de me taquiner, je lui lançai un regard coupable.

— Je ne me moque pas de lui. Tu sais bien que je le trouve adorable.

— Peut-être que Victoria en jugera de même, dit ClanFintan en essayant de sourire.

— Ce serait très chouette, en effet, mais pour l'instant,

j'aimerais que tu cesses de parler et que tu te tiennes tranquille.

Il émit un grognement incompréhensible, puis se tut pendant que je nettoyais la plaie sur sa joue. A mon grand soulagement, une fois lavée du sang et de la saleté, l'entaille parut moins profonde que je ne l'avais cru. Après y avoir appliqué le baume de Sila, je m'attaquai aux blessures sur sa poitrine, nettement plus préoccupantes. Quatre longues et vilaines lacérations partaient de son sein gauche pour sillonner sa cage thoracique en diagonale. Elles ne saignaient plus ; était-ce bon ou mauvais signe ? Levant les yeux vers mon époux, je vis qu'il m'observait.

— As-tu une idée de la gravité de tes blessures ? demandai-je en essayant de ne pas laisser paraître mon incompétence.

— Je m'en sortirai, dit-il d'une voix plus normale. Les centaures sont très résistants.

— Je sais, je sais, dis-je en levant les yeux au ciel pour dissimuler mon soulagement. Je parie que vous cicatrisez bien mieux que les simples humains.

— C'est une des nombreuses choses que nous faisons mieux.

Il se pencha pour m'embrasser, mais rata son effet en faisant une grimace de douleur.

— Tu m'embrasseras plus tard. Laisse-moi finir de te soigner.

Je retournai au travail. Il se tint immobile et silencieux : bientôt je pus passer du baume sur les blessures de son torse. A contrecœur, j'inspectai l'arrière de son corps.

— Pouah ! Tu es tellement couvert de sang et, euh… de crasse que je ne vois rien du tout. As-tu d'autres blessures importantes en dehors de celles sur ta croupe ?

Il pivota à partir de la taille et examina son corps de cheval d'un bout à l'autre, comme s'il ne lui avait pas appartenu.

— Je ne crois pas.

— Tant mieux. Mon grand, tu vas devoir t'allonger pour que je puisse te soigner.

Avec un soupir, il se laissa tomber à genoux.

Une alerte se déclencha dans mon cerveau : une fiche intitulée Choses qu'un Cheval Souffrant ne Devrait Jamais Faire était ressortie de mes archives.

— Tu pourras te relever, n'est-ce pas ?

— Je l'espère.

Super. C'est systématique : il n'y a jamais de vétérinaire dans les parages quand on en a vraiment besoin.

Les plaies sur sa croupe étaient terribles à voir. On aurait dit qu'un ours géant lui avait entaillé les chairs. Trois grandes lacérations en forme de L avaient décollé d'épais pans de chair et de peau. Je soulevai l'un de ces morceaux : ClanFintan inspira vivement.

— Je crois que ces coupures vont nécessiter des points de suture.

Rien que d'y penser, j'étais près de l'évanouissement.

— Fais ce que tu dois faire, répondit-il doucement.

— Je vais d'abord les nettoyer.

Je mouillai une autre bande de gaze avec du vin en essayant d'être parcimonieuse, même si j'avais envie d'asperger sa croupe tout entière du contenu de l'outre. Ses blessures étaient profondes et effrayantes. Après les avoir désinfectées tant bien que mal (j'aurais donné tous les bijoux de Rhiannon pour une grande bouteille d'eau oxygénée et une seringue de pénicilline), je leur appliquai une généreuse couche du baume de Sila... A mon grand soulagement, le visage de ClanFintan se détendit sous l'effet anesthésiant du baume.

— Repose-toi un peu, dis-je. Il faut que j'aille parler à Vic.

Je lui tapotai l'épaule, et lui laissai l'outre.

Vic et Dougal bavardaient avec amabilité. Les blessures

du centaure, à présent nettoyées, luisaient de baume jaune, et son visage était moins pâle.

— Victoria !

A m'entendre, on aurait dit que je faisais une crise d'angoisse aiguë. Ce qui était sans doute le cas.

— Je crois que ClanFintan a besoin de points de suture sur la croupe.

— C'est bien probable.

Je baissai la voix et débitai à toute vitesse :

— Ecoutez, je ne peux pas le recoudre !

J'étais au bord des larmes, ce qui me rendait encore plus furieuse.

— Je pourrais vous recoudre, vous. Je pourrais recoudre Dougal. Mais lui, je regrette, ce n'est *pas possible.*

Je m'interrompis un instant.

— Sans vouloir vous offenser…

— Ne vous inquiétez pas, me rassura Dougal.

— Je vais le faire, dit Victoria, comme s'il s'agissait d'aller chercher une pizza au coin de la rue.

— Parfait.

Je lui pris la main et la tirai en direction de mon époux.

— Venez vite ! Pendant que je vous parle, toutes sortes de saletés du marécage sont en train de s'infiltrer dans ses plaies, si ça continue, demain matin, il n'aura même plus de fesses dignes de ce nom.

— Tu sais, Rhea, que j'entends parfaitement tout ce que tu dis, lança ClanFintan sur un ton amusé.

— Tu n'as rien entendu du tout, affirmai-je en revenant avec Victoria. Tu dois être pris de délire.

— En tout cas, si ce n'est pas le cas, tu vas bientôt le regretter, dit Victoria sur un ton sadique en enfilant une aiguille.

J'étais horrifiée, mais ClanFintan et Dougal éclatèrent de rire.

— Ravie de voir que vous vous amusez, tous les trois.

Je croisai les bras ; en bonne prof exaspérée, j'étais sur le point de taper du pied.

— Viens ici, mon amour, dit ClanFintan en me tendant un bras.

Je me blottis dans son étreinte, bien qu'il fût encore couvert de croûtes et d'autres trucs dégoûtants.

— Le pire est passé, dit mon époux en m'embrassant sur la joue.

— Vraiment ?

Je regardai Victoria s'avancer vers sa croupe, aiguille à la main.

— Il me faut quelque chose pour couper ce fil ! s'écria-t-elle.

Dougal sortit son épée et s'avança vers elle.

— Je suis avec toi, dit-il simplement.

Cette phrase apaisa les battements de mon cœur. Je me tus et regardai Victoria par-dessus l'épaule de Dougal.

— Prépare-toi, dit Victoria.

Elle planta l'aiguille dans sa chair. Détournant le regard, je l'entendis ressortir de l'autre lèvre de l'entaille avec un petit *pop*, puis un *chuuuu* m'indiqua que la chasseresse tirait sur le fil pour refermer la plaie. Elle fit un nœud, coupa le fil avec l'aide de Dougal, et recommença.

J'avais envie de vomir.

— N'oublie pas de laisser de la place pour le drainage, dit ClanFintan avec un calme remarquable.

Victoria lui lança un regard qui signifiait « J'y ai déjà pensé, mon vieux. »

— Rhea, dit mon époux à mon oreille, le baume a atténué la douleur. Elle ne me fait pas mal.

Je le regardai droit dans les yeux. J'avais envie de le croire, mais le voile de transpiration sur sa lèvre supérieure me donnait quelques doutes.

— Je n'aime pas les aiguilles, dis-je.

Blottie contre l'épaule de mon mari, je regardai Victoria recoudre sa chair. Il me sembla que des heures passèrent avant qu'enfin elle me demande de lui passer le baume, qu'elle appliqua généreusement sur les blessures fraîchement recousues.

— Je crois bien que tu vas avoir une cicatrice, dit-elle à ClanFintan sur un ton presque envieux.

Le centaure émit un petit grognement et fit mine de se remettre debout.

— Hors de question ! dis-je en appuyant fermement sur ses épaules. Tu as besoin de repos.

Je lançai un regard à Dougal.

— Toi aussi, tu en as besoin. Les Fomores ne peuvent pas nous suivre jusqu'ici. Vous venez de livrer une terrible bataille. Il faut que vous restiez ici jusqu'à ce que vous ayez repris des…

— Rhea, me coupa ClanFintan, il faut que je rassemble les survivants centaures, que je retrouve les femmes et que je rentre au Temple d'Epona. Le plus vite possible. Les Fomores n'en ont pas fini avec nous.

— Tu ne pourras rien faire du tout si tu ne te reposes pas, rétorquai-je.

Avant que nous n'ayons pu nous déclarer la guerre, Victoria s'éclaircit la gorge.

— Quelqu'un sait-il si nous sommes loin de la rivière ?

Un silence s'installa.

— Apparemment, non, dis-je. Les centaures n'aiment pas les marécages et moi, je n'ai jamais mis les pieds ici.

— Je propose de partir en éclaireur pour essayer de prendre des repères et de savoir s'il nous sera facile de traverser la rivière.

Ça y est, Victoria s'était transformée en Barbie Chef de Mission.

— Excellente idée, Vic, dis-je. Mais soyez prudente.

— Je suis la Grande…

— Chasseresse des Centaures, je sais.

Nous échangeâmes un petit sourire las.

— Je vous accompagne, proposa Dougal.

— Non. Je chasse seule.

Mais en passant près du jeune centaure, elle frôla doucement sa joue, comme pour adoucir la dureté de ses propos. Elle sauta lestement dans l'eau et nous entendîmes des bruits d'éclaboussement tandis qu'elle s'éloignait, puis le silence retomba.

Dougal poussa un gros soupir et alla se poster à une extrémité de l'île, le regard rivé sur la direction dans laquelle elle avait disparu.

ClanFintan fit basculer son poids pour s'adosser au tronc rugueux d'un cyprès. Puis il tapota le sol devant lui.

— Viens, j'ai besoin de t'avoir à mes côtés.

Une vague d'affection monta en moi, et je m'assis par terre et me pelotonnai contre lui. ClanFintan passa son bras autour de ma taille et posa son menton sur mon épaule.

— Tu es sûr que tout va bien ? demandai-je en essayant d'inspecter de nouveau ses blessures.

— Ne bouge pas. Comme tu l'as dit, j'ai besoin de repos.

— Désolée.

Son rire fit trembler sa poitrine et je sentis ses lèvres chaudes s'imprimer sur le dessus de ma tête. Je me serrai contre lui : je ne voulais pas lui faire mal, mais j'avais besoin de sentir son corps pour me convaincre qu'il était vraiment là, vraiment vivant. Il sembla le comprendre, car ses doigts s'entrelacèrent autour des miens et m'attirèrent plus près encore.

— J'ai eu tellement peur que tu ne sois mort, ne pus-je m'empêcher de dire.

— Tu l'aurais senti.

— Ne mettons jamais cette théorie à l'épreuve, d'accord ?

Il me serra dans ses bras avec assez de force pour me couper le souffle, ce qui me fit évidemment très plaisir.

— J'ai suivi la bataille depuis le toit.

— Nous n'avons pas pu les retenir. Ils étaient trop nombreux.

La voix de mon époux s'était subitement éteinte.

— J'aurais dû m'en rendre compte, dis-je. Je les ai vus arriver. J'aurais dû vous prévenir.

— Si tu l'avais compris, dit ClanFintan d'une voix encore plus basse, cela n'aurait rien changé. Même si les forces humaines avaient été là pour nous soutenir, ils n'auraient rien pu faire. Les Fomores sont trop nombreux.

Un frisson descendit le long de mon dos. Trop nombreux ? Même pour nos armées réunies ? Dans ce cas, nom d'un chien, qu'allions-nous faire ?

18.

L'après-midi lugubre laissa rapidement place à la nuit. Dougal et ClanFintan dormirent par intermittences tandis que je restais éveillée, écoutant les millions de grillons, grenouilles et autres choses sans nom qui se dissimulaient dans l'eau croupie.

Je tuais aussi des moustiques. Dire que j'avais cru que l'Oklahoma avait un gros problème de moustiques ! Tout laissait croire que nous avions débarqué par erreur au Paradis des Insectes.

En plus, j'avais faim.

Et il faisait atrocement noir.

Je ne cessais de tâter le front de ClanFintan pour voir s'il avait de la fièvre, mais son corps était tellement chaud en temps normal que je n'arrivais pas à tirer de conclusions décisives. D'ailleurs, il commençait à s'agacer d'être réveillé toutes les cinq minutes. Au bout d'un moment, je m'adossai à lui et tentai de me reposer, en prenant garde toutefois de ne pas m'endormir. S'il y avait une chose que je voulais éviter à tout prix, c'était de refaire l'un de ces prétendus « Sommeils magiques ». Je ne pouvais supporter l'idée d'assister aux horreurs qui devaient forcément se dérouler en ce moment même au Temple de la Muse.

Repose-toi, Bien-Aimée, murmura une voix en moi.

Mes paupières se détendirent, et, priant pour qu'on me permette de rester dans mon corps, je plongeai dans un profond sommeil.

De grands bruits d'éclaboussement me réveillèrent brusquement. Je me redressai et, l'espace d'un instant, ne compris absolument pas où j'étais. Puis l'odeur du marécage pénétra mon esprit embrumé.

— C'est Victoria, dit ClanFintan.

Dans l'obscurité dense du marécage, où ne filtrait même pas un rayon de lune, la robe argentée de la chasseresse luisait d'un éclat surnaturel.

— Ça t'en a pris, du temps !

Mon inquiétude se manifesta sous forme de mauvaise humeur.

— C'était…

Elle s'interrompit et je compris qu'elle peinait à respirer.

— … Plus difficile que je ne l'avais imaginé.

— Raconte-nous, dit mon époux en me déplaçant doucement afin de se relever.

— Je suis partie vers l'est dans l'espoir de rejoindre la rivière. Le lac continue pendant assez longtemps, puis on arrive à un champ d'herbe haute et coupante. Il y a des trous d'eau dangereux dans ce champ — j'ai bien failli y rester.

Je me rappelai ce qu'avait dit ClanFintan : les centaures évitaient les terrains marécageux. Pas étonnant.

— Il faut un bon moment pour traverser le lac et le champ, mais quand on en sort, on retrouve une épaisse bande d'arbres, bien plus large que celle que nous avons traversée à l'entrée du marécage. Une vingtaine de centaures pourraient y tenir en largeur. De l'autre côté de ce bosquet, c'est la Guéale.

Mon cœur se mit à palpiter. Nous n'avions plus qu'à traverser la rivière, et nous serions sauvés ! Nous aurions vite fait de rejoindre le Temple d'Epona, au sud, où nous pourrions nous reposer et réfléchir à un plan B.

Victoria, hélas, n'avait pas fini.

— Les Fomores ont posté des gardes tout autour du marécage, pour intercepter ceux qui tenteraient de fuir vers la rivière.

— Il me cherche, dis-je.

Chacun comprit que je parlais de Nuada.

— Il nous cherche tous, dit ClanFintan.

— Bon. Et si, au lieu d'aller vers la rivière, on partait vers le Loch ?

— Le Loch Selkie est encore plus loin d'ici que ne l'est la rivière. Et si Nuada a posté des créatures autour du marécage, il a certainement fait de même autour du Loch.

— Mauvaise nouvelle.

— En effet, reprit Victoria.

Je l'entendis fouiller dans un sac qu'elle portait en bandoulière (sans doute son carquois ; les centauresses ne portent pas de sacs à main). Puis elle se pencha et ramassa quelques objets craquants. Enfin, je l'entendis frotter ensemble deux objets acérés. Des étincelles volèrent, et donnèrent bientôt naissance à un petit feu crépitant. Victoria me sourit de toutes ses dents blanches.

— Les hommes n'ont jamais de pierre à feu sur eux. Quand vous avez besoin d'un feu de camp, appelez une chasseresse.

— Je m'en souviendrai.

Je me levai et m'avançai vers la chaleur du feu. Mon estomac laissa échapper un grognement revendicatif.

— Si seulement on avait quelque chose à y rôtir !

— Que diriez-vous de ça ?

Victoria s'éloigna de quelques pas en direction d'un arbre et préleva sur une feuille un objet sphérique de la taille d'une balle de golf.

— Qu'est-ce que c'est ? demandai-je en contemplant la boule dans sa main.

— Une ampullaire. Un escargot d'eau douce.

Avec un grand sourire, elle ramassa une brindille qu'elle enfonça dans la coquille marron pour en extraire un corps pâle et mou, qu'elle tendit au-dessus des flammes.

— Ça ressemble au poulet ? demandai-je en déglutissant.

— Non. Plutôt à une huître.

Eh bien... je n'avais rien contre les huîtres. Aussi réprimai-je mon dégoût pour me joindre à La Grande Chasse aux Ampullaires organisée sur-le-champ par les centaures. Heureusement, cette petite île semblait être une sorte de rendez-vous touristique pour les escargots (l'équivalent de la Floride pour les humains) : il y en avait des milliards. Et Victoria n'avait pas tort : mis à part leurs petits yeux et leurs antennes, ces trucs étaient assez proches de l'huître. J'aurais bien voulu avoir quelques crackers, du Tabasco et une bière glacée pour les faire descendre.

Plus tard, repus et satisfaits, nous nous curions les dents pour en enlever les derniers intestins d'escargot et écrasions des moustiques en tapant dans nos mains, quand ClanFintan dit subitement :

— Ils sont à la recherche de trois centaures et d'une humaine.

— Oui, dit Victoria.

— Il faut nous séparer. Ensemble, nous n'avons aucune chance de franchir la ligne ennemie.

— Je *refuse* d'être séparée de toi, m'exclamai-je.

ClanFintan passa un bras autour de mes épaules.

— Ne t'en fais pas, nous n'allons pas être séparés.

Dougal, l'air profondément malheureux, guettait en silence la réaction de Victoria. La chasseresse ne leva pas les yeux.

— Dougal et moi ferions mieux de rester ensemble, nous aussi. En couples, nous avons plus de chance de passer inaperçus qu'un groupe de quatre. En plus, ce marécage est plein d'alligators. Il vaut mieux être deux à les guetter.

Dougal rosit de plaisir et de surprise. Quand Victoria leva enfin les yeux vers lui, je crus détecter dans le regard de la chasseresse une timidité inhabituelle.

— Alors nous voyagerons ensemble, dit le jeune centaure d'un air heureux et confiant.

ClanFintan avait l'air satisfait de cette décision.

— Nous partirons à la première lueur de l'aube et voyagerons vers le sud jusqu'à midi. Ensuite, Dougal et Victoria, vous bifurquerez vers l'est. Rhea et moi continuerons plus au sud avant de revenir nous aussi vers la rivière.

Les deux autres centaures acquiescèrent en hochant la tête.

— La nuit est encore jeune. Reposons-nous, mes amis.

Dans la pénombre où luisaient les dernières braises, la voix de ClanFintan vibrait d'un timbre hypnotique. Rattrapée par l'épuisement, je plongeai dans un profond sommeil dans lequel, dieu merci, aucun rêve n'intervint.

Le *tac-tac-tac* d'un pivert me réveilla.

— Bon sang, ce qu'il peut être exaspérant, marmonnai-je en me frottant les yeux.

Puis je sentis une odeur de cuisine… une odeur très alléchante. Les trois centaures se tenaient autour du feu, sur lequel grillait un long morceau de viande blanche. Je m'étirai, bâillai et m'avançai pour les rejoindre.

— Bonjour ! dit Dougal sur un ton enjoué.

ClanFintan retira une feuille de mes cheveux. Victoria hocha la tête.

— 'Jour, murmurai-je. Qu'est-ce que c'est ?

Plissant les yeux, j'ajoutai sur un ton d'espoir :

— C'est trop gros pour être un serpent, hein ?

— C'est un caïman, dit Vic.

— Ah, tant mieux. C'est quoi, un caïman ?

— Un petit crocodile. Plus facile à tuer et à écorcher qu'un alligator.

Elle eut un sourire de fierté.

— Pas faciles à attraper, mais…

— Je sais, je sais… ils ont un goût de poulet.

Tous trois se mirent à rire. Evidemment : ils étaient tous du matin, eux.

— Tiens, Rhea.

ClanFintan sortit du feu un objet qui ressemblait à une patate douce brûlée. A l'aide de la tête de flèche de Victoria, il la fendit pour exposer sa pulpe fumante. J'en détachai un petit morceau, soufflai pour le refroidir et le mis dans ma bouche.

— Pas mal. Un peu amer, avec un petit goût d'écorce, mais pas mal. Qu'est-ce que c'est ?

— Tubercule de jonc.

— C'est drôlement pratique d'avoir une chasseresse avec soi.

— Evidemment, dit Victoria avec son habituelle absence de modestie.

Je dois reconnaître que le caïman était assez bon. C'est vrai, ce qu'on dit dans les livres : quand on a vraiment faim, on se moque pas mal de l'origine de ce qu'il y a dans son assiette.

Avant de partir, j'examinai ClanFintan. Les plaies sur son visage et sa poitrine semblaient cicatriser plus ou moins correctement, surtout en tenant compte de l'absence de toute véritable stérilisation. En revanche, les entailles recousues sur sa croupe, qui suppuraient un liquide sanguinolent, étaient encore plus laides que la veille. Et sa démarche raide et boitillante n'était pas pour me rassurer. Lui ordonnant de s'immobiliser, j'appliquai une nouvelle couche de pommade sur toutes ses plaies.

Il chercha mon regard, me sourit avec douceur et m'attira dans ses bras.

— C'est normal, Rhea, que les plaies se drainent.

— Tu arrives à peine à marcher !

Il se mit à rire.

— Peut-être que je ne suis pas du matin, moi non plus !

— Ne te moque pas de moi, s'il te plaît. Tu boites plus qu'Eppy quand elle avait marché sur ce caillou !

— Je suis ne suis pas aussi jeune qu'Eppy, tu sais.

Je posai ma tête contre le côté de sa poitrine qui n'était pas blessé.

— Dis-moi la vérité. Tu es capable de voyager ?

— Oui, répondit-il en passant la main dans mes cheveux. Et cela ira encore mieux quand mes muscles seront échauffés.

— Je ferais peut-être mieux de remonter sur le dos de Vic.

Je lançai un coup d'œil en direction de la chasseresse : elle s'occupait avec Dougal d'éteindre les braises du feu.

— Je ne crois pas que cela la dérangerait.

— Moi non plus, cela ne me dérange pas. Au contraire, j'ai envie de t'avoir près de moi.

Il m'embrassa doucement sur la joue.

— Mais, s'il te plaît, pourras-tu éviter de me tripoter la croupe ? Du moins aujourd'hui ?

Je m'arrachai à son étreinte et continuai à appliquer du baume sur ses blessures.

— Une bonne fessée, voilà ce dont tu aurais besoin, marmonnai-je à part moi.

Quelque temps plus tard, nous quittâmes l'île en direction du sud. Le marécage devenait toujours plus dense ; heureusement, le niveau de l'eau ne dépassa jamais les flancs des centaures, mais nous avancions tout de même très lentement. La boue aspirait leurs sabots comme pour les retenir. Peu après notre départ, une bûche passa en flottant près de nous.

Croyant percevoir un mouvement, je lançai une alerte à l'alligator.

Vic avait déjà son arbalète à la main. Dougal et ClanFintan dégainèrent de longues épées et prirent une position défensive, dos à dos. Quelques instants plus tard, nous constatâmes qu'il ne s'agissait nullement d'un alligator, mais d'une bûche grouillant de serpents.

— Ah, quelle horreur ! m'exclamai-je en frissonnant. Ils sont venimeux ?

— Oui, mais ils sont en train de s'accoupler. Si nous ne les dérangeons pas, ils ne devraient pas non plus nous ennuyer.

La voix de Victoria vibrait d'un dégoût égal au mien. Inutile de dire que nous gardâmes nos distances jusqu'à ce que la bûche eût disparu.

En réalité, mis à part ses affreux insectes, bestioles et serpents, et bien sûr son eau puante, ce marécage possédait une beauté secrète que je commençais à apprécier. Les pieds dans l'eau, de grands oiseaux aux longs becs pointus nous regardaient passer en clignant des yeux. Tout en haut des grands cyprès dégoulinants de mousses, des oiseaux au plumage rouge éblouissant couvaient leurs nids.

Un peu avant midi, nous arrivâmes en vue d'un nouvel îlot — je devrais plutôt dire d'une motte — de terre sèche. Tandis que les centaures se séchaient les jambes, j'inspectai les feuilles des arbres à la recherche d'ampullaires.

— Elles ne sortent que la nuit, m'informa Victoria.

— De toute façon, dis-je avec lassitude, nous n'aurions sans doute pas eu le temps de faire du feu.

Et je n'étais pas prête à manger un escargot cru. Pas encore.

— Non, dit ClanFintan, nous n'aurions pas eu le temps. Victoria et Dougal doivent continuer leur route, et nous aussi.

Il se tourna vers Victoria, et lui serra l'avant-bras à la manière des guerriers.

— Prenez soin l'un de l'autre.

A Dougal, il dit :

— Si vous arrivez au temple avant nous, faites évacuer tous les habitants de l'autre côté de la rivière, et prenez le chemin de Glen Iorsa. Là-bas, nous déciderons de la suite.

Ils se serrèrent les bras l'un l'autre.

— En tous les cas, reprit mon époux, il faut conduire les humains de l'autre côté de la Guéale. Quoi qu'il soit arrivé aux autres armées, ils ne sont plus en sécurité dans le temple d'Epona.

Cette déclaration me pétrifia et, bien que Victoria ne dît pas un mot, je vis dans son regard qu'elle aussi était choquée. Dougal, en revanche, se contenta de hocher la tête, comme s'il s'y attendait. Je m'avançai vers Vic et la serrai dans mes bras.

— Faites attention à vous, dit-elle.

— Laissez-le vous aimer, chuchotai-je.

Ses yeux s'écarquillèrent et, à ma grande stupéfaction, un soupçon de rouge colora ses pommettes.

— Je suis trop vieille pour ce genre de bêtises, chuchota-t-elle à son tour.

— Ce ne sont pas des bêtises. Et l'on n'est jamais trop vieux pour ça.

Dougal voulut me baiser la main, mais je l'enlaçai fermement et l'embrassai sur la joue.

— Fais bien attention à elle… et à toi aussi.

Je me retournai pour ne pas les voir partir. Je les entendis plonger dans l'eau et patauger en s'éloignant, puis le silence s'installa.

— Nous les retrouverons bientôt, dit ClanFintan en posant ses mains sur mes épaules.

— Je sais, répondis-je sans y croire.

— Partons, nous aussi.

Je lui tendis les bras, il me hissa en selle, et nous replongeâmes à notre tour dans le marécage sans fin.

Il me sembla que des jours entiers s'étaient écoulés quand enfin ClanFintan vira abruptement vers la gauche.

— Je crois que nous avons mis assez d'espace entre eux et nous, dit-il.

— Tant mieux !

Je me forçai à prendre un ton enjoué pour dissimuler l'inquiétude qui montait en moi. L'énergie proverbiale de ClanFintan commençait à s'épuiser. Pour la première fois depuis que je le montais, sa robe était mouillée de transpiration blanche. Les entailles sur sa croupe ne cessaient de suinter un liquide jaunâtre. Il continuait à avancer sans rien dire, mais j'entendais sa respiration s'accélérer.

— Je crois que je devrais descendre et marcher.

— Non, dit-il en haletant.

— Je t'assure, j'en ai envie ! J'ai besoin de me dégourdir les jambes.

— J'ai dit *non* ! rétorqua-t-il avec colère.

Je me figeai sur son dos. Devais-je lui gifler les fesses et lui interdire de me parler sur ce ton ? Sauter de son dos et lui expliquer que je faisais ce que bon me semblait ? Ou bien éclater en sanglots ? Incapable de prendre une décision, je restai figée sur son dos, petite boule malheureuse d'émotions contradictoires.

Bientôt ClanFintan s'arrêta et, d'un geste las, s'essuya le front.

— Pardonne-moi, mon amour, dit-il d'une voix d'outre-tombe. Je m'en prends à toi parce que je suis épuisé, j'ai honte.

Je me penchai en avant, entourai précautionneusement son torse de mes bras et calai mon menton sur son épaule.

— Tu es pardonné.

— Quand l'eau sera un peu moins profonde, tu pourras marcher, si tu veux.

— Je veux bien, dis-je en déposant un baiser au creux de son cou.

Il prit une profonde inspiration et extirpa ses sabots de la vase gluante avec cet affreux bruit de succion qui me tapait de plus en plus sur les nerfs.

Quand le niveau de l'eau descendit en dessous de ses genoux, ClanFintan s'arrêta de nouveau.

— Et si je marchais un peu ?

Hochant la tête, il m'aida à descendre. Mes bottes puis mes jambes s'enfoncèrent dans l'eau et la boue ; je fus bientôt immergée jusqu'aux cuisses.

— Ah, c'est vraiment dégueulasse.

Je pris la main de ClanFintan, et nous repartîmes lentement.

— Dégueulasse ? répéta-t-il.

— Un peu comme la bûche couverte de serpents.

— Je vois.

Nous luttions tous deux pour avancer. Très rapidement, je perdis haleine. Dire que ClanFintan se frayait un chemin dans cette gadoue depuis ce matin — avec une passagère et des fesses déchiquetées en prime !

— Ça ne doit plus être très loin, haletai-je.

ClanFintan ne répondit pas. Il semblait avoir besoin de toute son énergie pour continuer à avancer.

Le niveau de l'eau diminuait à vue d'œil, ce qui aurait été une bonne nouvelle si le niveau de la boue n'avait cessé de monter. Chaque fois que je posais un pied au fond de l'eau, je m'enfonçais dans la boue jusqu'à mi-mollet.

Dans la lumière déclinante de fin d'après-midi, nous n'aperçûmes l'herbe que lorsqu'elle se dressa devant nous. C'était pourtant impressionnant à voir : certaines feuilles dépassaient même la tête de ClanFintan.

— D'après Victoria, dis-je avec espoir, ce champ d'herbe est à la lisière de la forêt.

— En effet. Elle a aussi dit que l'herbe était coupante. Tu devrais remonter sur mon dos.

— Non, je vais essayer de passer à pied.

Voyant que ClanFintan s'apprêtait à discuter, je posai ma main sur son bras et dis :

— Si c'est trop coupant, je remonterai.

Il hocha la tête d'un air mécontent, et nous sortîmes de l'eau pour entrer dans l'herbe.

Comme d'habitude, Victoria avait eu raison : l'herbe était très coupante. A présent que j'y réfléchissais, je me rappelai avoir vu des entailles rouges sur sa robe blonde. Je n'y avais pas vraiment fait attention, sans doute parce que nous étions tous couverts de boue et de piqûres d'insectes.

Eh bien, à présent que je traversais ce foutu champ, les images de sa robe entaillée ne cessaient de repasser devant mes yeux. Je levai les bras pour essayer de protéger mon visage : bientôt ils furent couverts de fines entailles, comme en laisse une feuille de papier, d'où dégoulinaient des gouttes de sang tiède.

— Rhea, arrête-toi. Il faut que tu montes sur mon dos.

— Je continue encore un peu.

Ayant réussi à dépasser mon époux, je ne me retournai pas ; je ne voulais pas qu'il voie mes bras ensanglantés. La boue continuait à adhérer à nos pieds, et ClanFintan n'avait pas besoin de s'encombrer d'un poids supplémentaire.

J'arrachai un pied à la gadoue, le posai devant moi…

Et m'enfonçai jusqu'au genou. Et continuai à m'enfoncer. Poussant un cri, je luttai pour me libérer, mais je perdis l'équilibre et me retrouvai ensevelie jusqu'à la taille dans une sorte de boue sablonneuse. Plus je me débattais, plus j'étais aspirée vers le fond.

— Rhea ! s'écria ClanFintan.

Il m'attrapa par le bras et, avec une force phénoménale, me tira en arrière et me sortit du sable en manquant me déboîter l'épaule au passage.

Il s'écroula à terre, et je me laissai tomber dans ses bras. Nous restâmes ainsi un moment, heureux d'être tous deux sur la terre ferme. Mon époux ne cessait de passer ses mains sur mon corps, comme pour vérifier que j'étais bien entière.

— Que s'est-il passé ? demanda-t-il. Quelque chose t'a mordue ? Tu es blessée ?

— Non, je n'ai rien.

Je reposai la tête contre son flanc et respirai profondément.

— C'était un trou sans fond. Je me suis sentie aspirée... Beurk ! Je crois que c'était du sable mouvant.

— C'est sans doute cela.

A présent certain que j'étais en un seul morceau, ClanFintan semblait plus calme.

— J'ai entendu parler de ces sables mouvants. C'est l'une des raisons pour lesquelles les centaures ne s'aventurent pas ici.

— Une très bonne raison, je trouve.

Il se redressa d'un coup et me souleva avec lui.

— Il faut contourner cet endroit.

A pas précautionneux, il se dirigea vers le sud.

— Maintenant il est impossible que tu montes sur mon dos.

Il n'avait pas besoin de préciser pourquoi. Lui pouvait me sortit du sable mouvant, mais je n'avais aucune chance d'en faire autant pour lui. Tandis que nous poursuivions notre route en silence, je suppliai ma déesse de venir à notre secours.

19.

Nous réussîmes enfin à contourner le trou de sable mouvant par le sud, et à nous tourner de nouveau vers l'est. J'avais de plus en plus l'impression que les grandes feuilles d'herbe arrachaient la chair à mes os, et je marchais de moins en moins vite.

— Rhea, laisse-moi passer devant.

ClanFintan s'arrêta.

— Mets du baume sur tes bras et passe derrière moi, dit-il d'un ton suppliant. Tu as besoin d'une pause. Plus tard, nous pourrons changer de position.

— Et si tu tombes sur un trou de sable mouvant ?

— Je vais faire attention.

— D'accord, dis-je dans un quasi-sanglot.

Je revins vers lui en chancelant. ClanFintan décrocha la bourse que je portais à l'épaule. Si seulement nous avions eu encore un peu de vin, si seulement nous n'en avions pas bu les dernières gouttes avant midi avec Victoria et Dougal… Je tendis les bras et grimaçai pendant qu'il appliquait le baume poisseux. Presque aussitôt, la douleur s'apaisa, et je poussai un soupir de soulagement.

— Ça fait du bien.

Remarquant les coupures sur ses bras et sur sa poitrine, j'ajoutai :

— Tiens, je vais t'en mettre aussi.

— Ce ne sont que des égratignures. Ma peau n'est pas aussi fine que la tienne, dit ClanFintan en caressant affectueusement ma joue.

— Même les égratignures, ça fait mal.

Avec un sourire indulgent, ClanFintan me laissa faire. Puis je remis le pot de baume dans le sac et me rangeai à contrecœur derrière mon mari.

— Fais attention ! lui lançai-je.

— C'est promis.

Il repartit, et l'interminable lutte contre l'herbe et la boue reprit de plus belle.

Au moment où je commençais à désespérer de sortir un jour du champ, ClanFintan s'écria :

— La ligne des arbres !

Il s'élança en avant avec une énergie retrouvée…

Et s'embourba dans un trou de sable mouvant.

Son corps équin se débattit vainement. Il agita les bras, essayant de s'agripper à quelque chose, n'importe quoi…

— Recule, s'écria-t-il en me voyant avancer vers lui. Je suis trop profondément enfoncé, tu ne pourras pas m'aider.

— Qu'est-ce que je peux faire ?

La panique me nouait la gorge. ClanFintan regarda autour de lui, visiblement désespéré.

— Essaie d'arriver jusqu'aux arbres et de ramener une longue branche.

Je hochai la tête et commençai à chercher un moyen de contourner le trou, tout en sachant, au fond de moi, que je n'en avais pas le temps. Je ne voyais même pas les arbres au loin, et je ne pouvais pas courir à travers la boue et les herbes coupantes.

Je n'avais plus qu'à le regarder mourir.

Il faut qu'il se métamorphose, dit une voix claire en moi.

Je revins précipitamment jusqu'au bord du sable mouvant.

ClanFintan était enfoncé jusqu'au milieu de son torse humain.

— Ne t'approche pas ! dit-il d'une voix déchirée.

— Ecoute !

Je me mis à genoux et contournai en rampant le trou de sable mouvant.

— Il faut que tu te transformes ! dis-je en lui tendant les bras. Tu vois, si tu tendais les bras, toi aussi, je pourrais t'attraper ! Essaie, pour voir !

Nos doigts se touchèrent.

— Maintenant, il faut que tu te métamorphoses. Je peux sortit un homme de ce trou, pas un centaure.

Une étincelle de compréhension brilla dans ses yeux, puis il les ferma et baissa légèrement la tête. Tout son corps se figea pendant qu'il entonnait son chant, puis il leva ses bras et sa tête dans un lent mouvement synchronisé. Une lueur parcourut son corps. Avant de fermer les yeux, éblouie, je vis son visage contorsionné par une douleur insoutenable.

Dès que la lumière s'éteignit, je lui tendis les bras.

— Vite ! Donne-moi tes mains.

Avec une détermination lasse, il s'élança vers moi. Nos doigts se touchèrent… nos mains s'enlacèrent. Plantant mes talons dans le sol boueux, je tirai de toutes mes forces. Centimètre par centimètre, je gagnai du terrain sur le sable meurtrier, jusqu'à ce qu'enfin le torse de ClanFintan reposât sur la terre ferme. Il put alors m'aider à hisser son corps hors du trou.

Il roula sur le côté, et je m'écroulai à côté de lui, haletante.

— Merci, Epona, dis-je enfin sans bouger.

— Ta déesse se montre généreuse avec toi.

A mon grand soulagement, ClanFintan s'exprimait d'une voix tout à fait normale. Je me tournai vers lui, dégageai le sable sur une partie de sa joue, et y déposai un baiser.

— Tu es capable de marcher ?

Mon époux hocha la tête et se releva avec des gestes raides et douloureux. Comme il se retournait, j'aperçus l'arrière de son corps. D'énormes pans de chair béants étaient à peine retenus par de grossiers points de fil noir. Les entailles s'étendaient du creux de ses reins jusqu'à l'arrière de ses cuisses ; un liquide jaune en suintait et se mêlait au sable et à l'eau sale du trou.

— Mon dieu ! m'exclamai-je sans pouvoir me retenir. Change-toi en centaure tout de suite, s'il te plaît !

— Je crois, dit ClanFintan avec effort, que je ferais mieux de conserver ma forme humaine jusqu'à ce que nous ayons traversé la rivière. Rappelle-toi que les Fomores ne recherchent pas un couple humain : ils cherchent l'Elue d'Epona et son compagnon centaure.

— Mais, tes plaies…

Leur simple vue me rendait malade.

— Avec un peu de baume, ce devrait être supportable.

Je n'avais pas envie de toucher ces horribles lacérations dans sa chair. J'avais peur de lui faire encore plus mal.

Il prit le sac en cuir et en sortit le pot de baume déjà à moitié vide.

— Je peux le faire moi-même, dit-il en remarquant ma réticence.

— Non, je vais le faire.

Les mâchoires serrées, je me forçai à étaler le baume sur ses fesses et ses jambes, et à le faire pénétrer dans ses entailles. ClanFintan ne bougea pas d'un cil ni ne prononça un mot. Il cessa même de respirer, notai-je, jusqu'à ce que j'aie fini de le soigner.

J'essuyai le baume resté sur mes doigts sur les égratignures de ses bras.

— Beaucoup mieux.

Il faisait de son mieux pour prendre l'air courageux, mais son teint exsangue m'alarmait.

— J'ai aperçu les arbres dont parlait Victoria, dit-il en tendant le doigt. Ce n'est plus très loin.

Nous repartîmes en contournant soigneusement le trou de sable mouvant. Je glissai un regard furtif en direction de son corps nu.

— Tu veux que je te prête mon string ?

Son éclat de rire laissa aussitôt place à une grimace de douleur, mais ses yeux étincelaient d'humour.

— Je ne crois pas, Rhea. Si jamais les Fomores nous capturaient, imagine ce qu'ils raconteraient.

— Je vois les gros titres d'ici. Enfin interpellé, le Grand Chaman des centaures se révèle être un travesti.

— Gros titres ?

— Des ragots que tout le monde peut lire.

— Ce serait assez gênant.

— En effet.

— Nous pourrons reparler des utilisations possibles de ton string un peu plus tard, si tu veux, dit ClanFintan sur un ton coquin.

— Garde tes forces, mon grand. Tu te prends pour qui, John Wayne ?

Je savais qu'il allait me poser la question.

— John Wayne ?

Voilà un sujet sur lequel j'étais capable de pontifier pendant des heures. Je m'éclaircis la gorge, pris un ton docte et annonçai :

— John Wayne, de son vrai nom Marion Michael Morrison, né à Winterset, dans l'Iowa. Considéré comme une icône dans mon ancien monde. De mon point de vue, c'est un patriote et un héros.

Mon époux me lança un regard interloqué ; il ne m'en fallut pas plus. J'étais en train de lui raconter le scénario des

Cowboys en luttant pour retenir mes larmes, quand ClanFintan m'interrompit d'un geste.

— Chut, dit-il. Regarde, là-bas : l'herbe s'arrête.

Il tendit le doigt. Nous arrivions effectivement au bout du champ d'herbes coupantes, qui s'arrêtait aussi abruptement qu'il avait commencé.

Au-delà du champ s'élevait la lisière d'un bois. Pas une belle forêt tapissée de feuilles mortes, comme celle que nous avions traversée à l'aller, non, une jungle touffue, impénétrable, où se mêlaient cyprès, saules et micocouliers, et où les oreilles d'éléphant et une sorte d'hibiscus mutant s'entortillaient au sol.

Tandis que nous contemplions, silencieux, cette vision décourageante, un bruit délicieux nous parvint aux oreilles. Le reconnaissant tous deux au même instant, nous nous regardâmes en souriant.

— La rivière, dit ClanFintan à voix basse.

— Que la Déesse soit bénie ! Enfin !

— Chut, dit mon époux en me parlant à l'oreille. Si nous entendons la rivière, cela signifie que les Fomores se trouvent quelque part entre ici (il hocha la tête en direction du champ) et la berge.

— Comment allons-nous passer ? murmurai-je.

— Ils s'attendent à ce qu'un centaure surgisse des broussailles au galop en portant sa compagne sur son dos, pas à ce que deux humains se faufilent sans bruit entre les arbres.

— Deux humains ?

— Oui, nous, dit ClanFintan en passant son bras autour de mes épaules.

— Ah, c'est vrai. J'ai failli l'oublier.

— Voilà pourquoi tu m'as épousé, dit-il avec un sourire taquin, pour que je puisse te rappeler des choses que tu pourrais oublier.

— Moi qui croyais t'avoir épousé pour tes massages de pieds…

— Ça aussi, bien sûr.

Son expression redevint grave.

— Nous devons nous déplacer comme Victoria quand elle chasse : lentement et sans bruit. Place tes pieds en douceur sur les parties les plus humides du sol. Evite les buissons, les brindilles et les feuilles sèches.

J'enregistrai ces conseils et tentai de me préparer psychologiquement à la tâche qui m'attendait.

— Et s'ils nous repèrent malgré tout ?

Il me prit par les épaules, me fit pivoter vers lui et me regarda au fond des yeux.

— Dans ce cas, cours vers la rivière. Ne t'arrête surtout pas. Va droit vers l'eau et traverse à la nage.

— Mais…

— Non ! Ecoute-moi. Ils ne me reconnaîtront pas. Ils me prendront pour un humain quelconque. Je peux les retenir le temps que tu passes la rivière. Quand tu seras en sécurité, je me métamorphoserai et te rejoindrai.

Cela me semblait complètement bidon, comme tactique. J'étais sur le point de le lui dire quand il crispa ses doigts autour de mes épaules et ajouta :

— Pensent à ce qu'ils te feront, Rhea, s'ils te capturent. Je ne pourrais pas le supporter. Moi, ils ne pourront que me tuer. Pour toi, ce serait cent fois pire.

— D'accord. Je me débrouillerai pour arriver jusqu'à la rivière.

Son visage se détendit, sa main autour de mon épaule aussi. Il se pencha et m'embrassa avec tendresse.

— Maintenant, sortons de ce marécage. Suis-moi en marchant dans mes pas.

— O.K. C'est toi qui commandes.

Il me décocha un sourire énorme.

— Pour l'instant, ajoutai-je.

Nous repartîmes lentement, laissant l'herbe derrière nous pour pénétrer dans une forêt vierge aux broussailles denses. D'une certaine façon, c'était encore pire. Dans le champ, au moins, l'on pouvait avancer en ligne droite, posant un pied devant l'autre. A présent, nous avancions au ralenti, zigzaguant entre les broussailles, évitant les tas de feuilles sèches et les branchages. Chaque pas vers l'avant, me semblait-il, s'accompagnait ensuite de deux ou trois sur le côté. Pour ne rien arranger, la nuit tombait.

Marchant derrière ClanFintan, j'étais sans cesse confrontée à la vision de son derrière nu. A chaque pas qu'il faisait, un liquide sanglant s'épanchait de ses blessures. Son corps était couvert d'un voile de transpiration. Des spasmes parcouraient les muscles de son dos tandis qu'il faisait lentement basculer le poids de son corps d'un côté à l'autre.

A tout moment, je m'attendais à ce que des créatures ailées s'abattent sur nous toutes griffes dehors, mais nous avançâmes sans encombre, accompagnés seulement par le bruit de notre respiration et le grondement de l'eau.

D'un coup, ClanFintan se figea sur place et leva la main. A quelques mètres devant nous s'écoulait la rivière, puissante et grise dans la nuit tombante. Entre la lisière du bosquet dans lequel nous nous tenions et la berge s'étendait une bande rocheuse d'environ vingt ou trente mètres de large.

Et dans cette bande qui nous séparait de l'eau, trois créatures ailées attendaient.

Un peu en amont par rapport à nous, accroupies autour d'un feu de camp, elles nous tournaient le dos. L'une d'elles y ajouta des branches sèches, puis se recroquevilla de nouveau. Elles ne se parlaient pas ; de temps à autre, elles émettaient des sortes de crachotements en regardant la rivière.

ClanFintan me fit signe de m'avancer jusqu'à sa hauteur.

— Quand je te le dirai, je veux que tu coures vers la rivière. Ne te retourne pas et ne m'attends pas.

J'ouvris la bouche pour répondre, mais il posa un doigt contre mes lèvres.

— Fais-moi confiance, Rhea.

Ravalant mes protestations, j'acquiesçai à contrecœur.

Il se pencha et fouilla le sol à ses pieds. Enfin, il se redressa, une branche d'arbre à la main.

— Prête ? esquissa-t-il du bout des lèvres.

Je fis oui de la tête.

Il prit son élan et lança de toutes ses forces la branche vers la gauche, visant les arbres juste derrière les vigiles fomores.

— Maintenant ! me souffla-t-il.

Je m'élançai d'entre les arbres à toute vitesse, dopée par l'adrénaline. J'entendais ClanFintan courir derrière moi.

Les Fomores se mirent à grogner et à siffler comme des serpents. Lançant un coup d'œil derrière mon épaule, je les vis se précipiter vers le bosquet derrière eux.

— Ne te retourne pas ! haleta ClanFintan.

Hélas, je ne fus pas la seule à l'entendre.

— Là-bas ! siffla l'une des créatures en tendant la main vers nous.

Dans un craquement de gravier, il fit volte-face et nous prit en chasse, suivi par ses deux camarades.

— Plus vite ! hurla ClanFintan.

J'arrivai à la berge à l'instant où l'un des Fomores rattrapa ClanFintan. J'entendis un affreux bruit de déchirement tandis que les griffes du monstre entaillaient son épaule.

ClanFintan se retourna pour s'interposer entre les Fomores et moi. Il esquiva une nouvelle attaque et décocha un coup puissant à la mâchoire de son adversaire. J'entendis un craquement, puis la créature recula de quelques pas pour se reprendre et repartir à l'assaut.

— Saute ! me hurla ClanFintan par-dessus son épaule. Je te rejoindrai !

Je regardai les remous de la rivière en contrebas, puis de nouveau mon époux et les trois créatures qui s'apprêtaient à le mettre en pièces.

— Pas sans toi !

Avant que le centaure n'ait pu dire un mot, je me baissai pour passer sous les bras de ClanFintan et me ruai vers les Fomores éberlués. Les bras levés au-dessus de la tête, j'agitai frénétiquement les mains en hurlant :

— Arrière, sales pervertis gluants ! Dégagez de là !

Les Fomores reculèrent de quelques pas, l'air totalement éberlués… et à juste titre. Pensez que c'était sans aucun doute la première fois qu'ils voyaient une humaine se précipiter *vers* eux. Surtout une humaine couverte d'algues et de boue, aux cheveux rouges hirsutes, agitant les bras comme la Fiancée de Frankenstein. A leur place, j'aurais moi aussi été effrayée. Avant qu'ils n'aient pu se reprendre, je me tournai vers mon mari.

— Si je saute, tu sautes aussi !

Me rappelant tout ce que j'avais entendu dire papa au sujet de l'obstruction, je pris mon élan et taclai ClanFintan de mon épaule, nous projetant tous les deux par-dessus la berge, dans l'eau tourbillonnante.

Je battis des pieds pour remonter à la surface et, à ma grande joie, entendis ClanFintan crachoter près de moi tandis que le courant rugissant nous emportait loin du bord.

— Détends-toi ! me hurla-t-il. Suis le courant !

J'obéis à ses conseils, nageant dans le sens des eaux mouvantes en m'orientant le plus possible vers la berge d'en face. L'eau était froide ; bientôt mon corps tout entier fut engourdi, et je commençai à avoir peur.

— Reste avec moi, Rhea ! Presque arrivés !

Une mince bande de terre surgit subitement devant

nous. Attrapant mes cheveux d'une main et une branche basse de l'autre, ClanFintan me traîna vers les bas-fonds caillouteux.

— Aïe ! tu me fais mal aux cheveux, dis-je avec un soulagement intense.

— Viens.

Il me prit la main. Nous titubâmes vers la berge et nous y écroulâmes.

Mon époux poussa un grognement de douleur et changea de position.

— C'est triste à dire, ClanFintan, mais je crois vraiment que tu devrais retourner te laver dans la rivière pour enlever la boue de tes plaies.

Avec un petit hochement de tête, il se força à se relever et partit en trébuchant vers l'eau. Je lui emboîtai le pas et l'aidai à asperger d'eau froide et propre son corps ravagé. Heureusement, la sacoche en cuir contenant le baume se trouvait toujours autour de mon cou, et je pus étaler ce qu'il en restait sur ses blessures. Il tremblait violemment, et les nouvelles griffures sur ses épaules saignaient abondamment.

— Tu as la force de te métamorphoser de nouveau ?

Il acquiesça d'un air las, et je reculai d'un pas pour lui laisser la place d'accomplir le changement, fermant les yeux pour ne voir ni la lumière éblouissante, ni sa douleur. Au retour de l'obscurité, j'ouvris les yeux et constatai qu'il semblait plus solide et résistant sous sa véritable forme.

— Viens, dis-je en lui tendant la main, on rentre à la maison.

Il me prit la main et m'aida à escalader la berge.

20.

Nous retrouvâmes sans peine les traces laissées par notre armée à l'aller, et les suivîmes vers le Temple d'Epona. Au début, je marchai à côté de ClanFintan en repoussant ses offres répétées de me porter.

— Non, essayai-je de le raisonner, tu en as déjà assez fait.

— Pas plus que toi.

— Excuse-moi, mais qui de nous deux a des plaies ouvertes ?

ClanFintan émit un ronchonnement chevalin.

— Et, sauf erreur de ma part, tu es le seul à t'être métamorphosé deux fois aux cours des dernières vingt-quatre heures.

— Tu es ma femme, dit-il comme si cela suffisait à tout expliquer.

— Oui, et je suis tout à fait capable de marcher un moment.

Il ouvrit grand la bouche pour me contredire.

— Faisons un compromis, proposai-je. Tu me laisses marcher jusqu'à ce que la lune soit au zénith, ensuite je monte sur ton dos sans discuter.

Il marmonna quelque chose sur un ton incrédule, puis dit clairement :

— Tu es vraiment quelqu'un de très entêté.

— Merci.

Cela le fit rire, et il passa son bras autour du mien.

— Nous ne sentons pas bon du tout, annonçai-je.

— Encore ?

— J'aurais dû m'y attendre, sans doute, en épousant un cheval.

— Ainsi qu'à toutes sortes d'autres surprises, dit-il en levant un sourcil suggestif.

Un silence tranquille s'installa tandis que nous continuions à avancer. Je savourais l'air frais de la nuit et le contact solide du bras de mon époux. Il ne nous restait plus qu'à arriver jusqu'au Temple d'Epona ; là-bas, nous réfléchirions à un moyen de repousser l'envahisseur.

Un craquement dans la forêt me fit sursauter. L'instant d'après, je riais de soulagement en voyant la queue blanche d'une biche briller dans la nuit argentée.

— Crois-tu qu'on va rencontrer des femmes du temple ? demandai-je soudain. Ou peut-être Dougal et Victoria ?

— Dougal et Victoria sont sans doute loin devant nous. Quant aux femmes du temple, je n'en sais rien.

Il ajouta d'une voix plus basse :

— Quand j'ai compris que nous ne pourrions pas retenir les Fomores, j'ai divisé la légion en deux. Une moitié est partie vers la rivière, l'autre vers le temple. Aucun de mes guerriers n'aurait dépassé une femme sans l'aider. S'ils ont pu traverser la rivière, les centaures ont dû porter les femmes jusqu'au temple d'Epona. Eux aussi doivent nous avoir devancés…

S'ils avaient survécu, complétai-je dans ma tête. Nous le pensions tous deux, mais ni l'un ni l'autre ne le dit à haute voix.

— La lune est au-dessus de nos têtes, dit ClanFintan au bout d'un moment.

Je m'arrêtai et le scrutai attentivement.

— Tu es sûr que tu te sens bien ?

— Oui, mon amour. Mes blessures sont en train de guérir.

— Dans ce cas, je veux bien monter. J'avoue que je suis un peu fatiguée.

— Je parie que tu as faim, aussi, dit ClanFintan en me soulevant sur son dos.

— Ne m'en parle pas. Tu sais que je suis affamée.

— Alanna doit t'avoir préparé un festin.

Il se retourna par-dessus son épaule pour me sourire, et écarquilla les yeux.

— Regarde, dit-il en indiquant du doigt le chemin derrière nous.

Je me retournai : mes empreintes étaient clairement visibles et, au milieu de chacune d'elles, il y avait une étoile. Sous nos yeux, ces étoiles se mirent à luire et à clignoter, comme tombées du ciel à l'endroit où j'avais marché. Je clignai des yeux : les lumières disparurent.

— De la magie ? demandai-je avec révérence, comme si j'avais été à l'église.

— Peut-être y a-t-il en toi plus de magie que tu ne le crois.

ClanFintan fit encore quelques pas avant de partir au galop, adoptant son allure habituelle de « souffle d'air ». Je m'appuyai contre son dos, pensant à la magie, aux déesses et à l'amour… et fus bientôt endormie.

J'étais confortablement installée dans un grand rocking-chair au milieu du café de ma librairie préférée à Tulsa (le Barnes & Noble de la 41e rue). Le directeur du magasin m'expliquait que je pouvais emporter autant de livres que je le désirais, aujourd'hui : c'était sa tournée, je n'avais qu'à choisir les titres qui m'intéressaient. Le chef du café, interprété par Sean Connery, préparait un menu spécial à mon intention (à sentir les effluves qui émanaient de la cuisine, il avait utilisé beaucoup d'ail), tandis qu'un maître-nageur qui ressemblait beaucoup à Brad Pitt me servait un grand verre de merlot à la robe sombre et brillante…

Autant dire que c'est avec une pointe d'humeur que je me sentis arrachée au Pays des Songes pour me retrouver à flotter au-dessus de la Guéale en pleine nuit.

J'étais sur le point de me plaindre quand, me rappelant la voix dans ma tête qui avait sauvé ClanFintan à deux reprises, je décidai sagement de la boucler.

— D'accord, dis-je simplement. Je suis prête à voir ce que vous voulez me montrer.

Pas dé réponse. Mon corps fit lentement demi-tour et remonta la rivière à contre-courant, retraçant le chemin que nous venions de faire. Je soupirai et me préparai à Dieu seul savait quoi.

Le marécage luisait comme une plaie ouverte à la surface de la terre. Il s'étendait à perte de vue vers l'intérieur du pays : je frissonnai à la pensée que nous aurions pu nous y perdre à jamais. Puis des lumières vacillantes au loin attirèrent mon attention vers la bande rocheuse entre le marécage et la rivière. Je ralentis et vis les feux de camp allumés tout le long de la rive ouest de la Guéale. Bientôt j'arrivai à un immense cercle lumineux autour duquel s'accroupissaient un grand nombre de créatures ailées. Je descendis un peu. D'évidence, tous les regards étaient rivés sur quelque chose qui se passait à l'intérieur du cercle des feux. Je distinguai un mouvement, mais la fumée m'obstruait la vue. Puis le vent tourna, et mes yeux s'écarquillèrent d'horreur.

A l'intérieur du cercle, Terpsichore dansait. Son corps nu luisait de la transpiration caractéristique des débuts de la petite vérole — ce qui, par une ironie du sort, ne la rendait que plus attirante. Tournoyant et se déhanchant, elle captivait son auditoire par sa grâce et sa sensualité extraordinaires. Ses cheveux adhéraient à son corps moite comme un voile tandis qu'elle ondulait de spectateur en spectateur, les frôlant chacun à tour de rôle, laissant dans son sillage des désirs frustrés et des traces de transpiration moite. Et, priai-je intérieurement, des germes de sa terrible maladie. Je la regardai danser vers les Fomores à l'extérieur du cercle, pour être sûre d'en toucher le plus possible. Quand les ailes des créatures se mettaient à frémir et à se déployer, la Muse s'éloignait en tournoyant vers une autre victime. J'avais l'impression de regarder danser un extraordinaire automate. Son visage était figé et inexpressif, ses lèvres sèches et craquelées. Quand je la regardai de plus près, je perçus des débuts d'éruption sur ses magnifiques bras sinueux.

D'un coup, l'un des Fomores s'étira de toute sa hauteur, s'avança jusqu'au milieu du cercle, prit Terpsichore par la taille et l'attira contre lui. Je compris alors pourquoi personne n'avait osé la toucher : Nuada se l'était réservée.

— Assez joué, *Déesse.*

Promenant le bout de son index griffu sur la chair d'un de ses seins, il y ouvrit une mince entaille d'où fleurirent de grosses gouttes de sang, puis il se pencha pour les laper de sa langue pâle.

— Allons-y, maintenant. Je suis prêt.

Tandis qu'il la traînait hors du cercle, il se figea subitement et leva les yeux droit vers moi.

— *Femelle !* hurla-t-il tandis qu'Epona m'emportait haut dans le ciel et me redéposait dans mon corps.

Je me réveillai en sursaut.

— Terpsichore est entre les mains de Nuada !

— Que sa Déesse la protège, dit ClanFintan avec horreur.

— Elle est restée de son plein gré, expliquai-je. Elle veut transmettre l'épidémie aux Fomores.

ClanFintan redressa la tête, extrêmement surpris.

— Tu crois que cela peut marcher ?

— Si seulement je le savais ! dis-je sur un ton de frustration. Je sais que la petite vérole est contagieuse, je sais comment elle se transmet, mais je ne sais pas si ces créatures sont assez humaines pour l'attraper.

— Quand le saurons-nous ?

— C'est justement ce que je me demande, soupirai-je. Si mes souvenirs sont bons, il faut environ une semaine entre l'exposition et l'apparition des premiers symptômes. Mais comment savoir si l'épidémie aura les mêmes effets sur la physiologie fomore ? A mon avis, soit ils vont tomber extrêmement malades très rapidement, soit ils y seront insensibles.

— Ce qu'il nous faudrait, dit ClanFintan pensivement, c'est du temps.

— Et beaucoup de chance, ajoutai-je en priant que le sacrifice de la Muse ne soit pas vain.

L'épuisement me gagnait.

— Repose-toi. Nous devrions être en vue du temple au lever du jour.

Ces mots rassurants résonnèrent dans ma tête tandis que je fermais les yeux et plongeais dans un sommeil profond et paisible.

Un peu avant l'aube, un front de nuages bas arriva du nord et un léger crachin, semblable à du brouillard, imprégna l'air. Le soleil, quand il se leva, demeura invisible derrière le ciel maussade. D'un coup, nous entendîmes un cri : un de mes guerriers surgit des arbres près de la rivière.

— Qu'Epona soit louée ! Vous êtes vivante !

La sentinelle me salua ; comme nous nous approchions, je vis que ses yeux brillaient de larmes. Je lui souris, mais ClanFintan ne ralentit pas l'allure.

— Presque arrivés, soufflai-je à son oreille.

Il hocha la tête en émettant un petit grognement, entièrement concentré sur son objectif.

Nous passâmes un virage familier et, aussi incroyable que cela paraisse, je me réjouis sincèrement d'apercevoir le grand pont suspendu dans toute sa hauteur vertigineuse.

A l'instant où ClanFintan sautait sur le pont, une autre sentinelle nous aperçut, et laissa échapper un cri qui fut repris par une deuxième, puis une troisième voix au loin.

— On dirait que quelques-uns de mes guerriers ont survécu, dis-je en entendant d'autres voix leur répondre.

Nous quittâmes le pont. Quelque temps plus tard, au détour d'un virage abrupt, le temple nous apparut. Malgré le temps gris et sombre, ses murailles de marbre brillaient d'un éclat accueillant. Des gens sortaient en grand nombre du temple et s'avançaient vers nous en courant. Puis un groupe de centaures surgit des murs, mené par une blonde platine et un jeune palomino.

— Victoria ! Dougal ! m'écriai-je.

— Je lui avais dit que vous vous en sortiriez, dit Dougal avec satisfaction.

— Pour une fois, j'accepte de lui donner raison.

Riant de bonheur, Victoria me serra si fort dans ses bras que je faillis tomber du dos de ClanFintan.

Bientôt nous fûmes entourés d'une foule d'humains et de centaures transportés de joie. Quand nous franchîmes le portail de derrière, Eppy nous lança un hennissement de salutation. Arrivée dans la cour centrale, j'entendis des voix familières : Carolan et Alanna se précipitaient vers nous. Avec une grande lassitude, ClanFintan m'aida à descendre de son dos. Carolan se mit aussitôt à m'examiner.

— Je n'ai rien ! Je ne suis pas blessée. Occupez-vous plutôt de lui.

Je m'écartai du guérisseur et, après m'avoir regardée une dernière fois des pieds à la tête, il s'avança vers ClanFintan et jeta un coup d'œil à ses plaies.

— Venez avec moi, dit-il au centaure d'une voix sévère.

ClanFintan me vola un baiser et chuchota :

— Dès qu'il en aura terminé, je te rejoindrai dans tes appartements.

Puis, à mon grand soulagement, il s'éloigna derrière le médecin.

Je m'avançai pour prendre Alanna dans mes bras.

— Je savais que tu reviendrais, dit-elle d'une voix entrecoupée de sanglots.

— Fais-moi sortir d'ici, murmurai-je.

Elle passa un bras autour de ma taille et me guida à travers ma foule d'adorateurs. Je les saluai de la main et les remerciai en répétant que j'allais bien et qu'il me fallait juste un peu de repos.

Il nous fallut tout de même une éternité pour traverser la cour et nous frayer un chemin jusqu'à ma salle de bains. Alanna me laissa entrer puis s'attarda devant la porte ; je l'entendis donner des ordres au garde qui, entre parenthèses, semblait ravi de me revoir.

— Qu'on apporte du vin, de l'eau et des fruits frais. Et qu'on prépare un repas complet à servir dans les appartements de madame.

Elle entra, referma la porte, et nous nous cramponnâmes l'une contre l'autre comme des écolières. Je m'écartai la première.

— Regarde, à cause de moi, tu es toute sale, dis-je en m'essuyant les yeux.

— Cela m'est complètement égal… mais viens, je vais t'enlever ces vêtements dégoûtants.

Pour une fois, je me laissai docilement déshabiller.

— Je n'arrête pas de trembler, dis-je en riant. Je dois être en train de faire une crise d'hystérie.

Alanna me prit par la main et m'emmena vers le bassin

d'eau chaude. Deux coups résonnèrent à la porte, et une nymphe exubérante entra, chargée d'un lourd plateau.

— Madame, lança-t-elle avec animation, nous sommes toutes tellement heureuses de vous retrouver saine et sauve !

— Merci, dis-je en essayant de sourire malgré mes dents qui claquaient. Je suis très heureuse, moi aussi, d'être rentrée à la maison.

Elle fit une révérence et partit en gambadant vers la porte. Je m'étendis dans l'eau et poussai un profond soupir.

— Tiens, dit Alanna en me tendant un verre d'eau fraîche, bois. Doucement ! Pas trop vite.

Je respirai, attendis une fraction de seconde, puis vidai le verre d'un trait.

— Merci, Alanna.

Je me rendis subitement compte de l'état de mes cheveux : il fallait absolument que je me débarrasse de la crasse et du sang. Renversant la tête en arrière, je secouai mes cheveux d'un côté à l'autre.

— Aide-moi, Alanna, il faut que je me nettoie !

Sans poser de questions, Alanna versa une bouteille de savon sur mes cheveux et m'aida à le faire mousser. Puis elle me tendit une éponge, et je me récurai de la tête aux pieds. Enfin, je plongeai au milieu du bassin et me rinçai longuement. Quand je revins au bord, Alanna me tendit un deuxième verre d'eau fraîche, que je bus sans trembler, cette fois.

— Tu te sens un peu mieux ? demanda-t-elle.

— Beaucoup mieux, chérie. Merci.

Elle s'installa en tailleur au bord du bassin et échangea mon verre d'eau contre un verre de vin. Puis elle fit glisser vers moi un plat de fruits frais. Avec un sourire de gratitude, je pris un morceau de melon, le mis dans ma bouche et mâchai lentement, savourant son jus frais et sucré.

— Cela fait du bien d'être là, soufflai-je.

— Ne pourrions-nous pas trouver une solution pour y rester ?

Cela me rappela que ClanFintan avait ordonné à Dougal d'évacuer les humains de l'autre côté de la rivière.

— D'après ClanFintan, c'est impossible.

Me rappelant les scènes d'horreur auxquelles j'avais assisté au Temple de la Muse, je me rangeai à son avis.

— Les femmes du Temple de la Muse ont-elles réussi à arriver jusqu'ici ?

— Un groupe assez nombreux est arrivé ce matin, escorté par des guerriers centaures et cinq chasseresses. Carolan a soigné les blessés, ils dorment tous maintenant. Victoria et Dougal sont arrivés peu après pour nous annoncer que nous devions quitter le temple. Nous devrions être prêts à partir demain à l'aube.

— Thalie est-elle ici ?

— Oui, elle va bien.

— Et Sila ? demandai-je en retenant mon souffle.

— Non, dit Alanna avec tristesse. Personne ne l'a vue traverser la rivière.

— Et les autres centaures ?

— Un autre groupe est arrivé ce matin, un peu après Dougal et Victoria. Ils escortaient des humains très malades.

— Combien de centaures sont revenus en tout ?

— Au dernier recensement, un peu plus de trois cents.

Sur mille centaures, seulement un tiers avait survécu ? C'était inimaginable. Je fermai les yeux, priant pour que d'autres aient survécu et repris le chemin de leur pays natal.

— Mes guerriers ? demandai-je.

— Sur les deux bateaux partis vers le Loch, un seul est revenu. Les guerriers ont dit que les Fomores les attendaient au débarcadère.

— Woulff et McNamara ?

— Ils sont arrivés trop tard. Connor nous a envoyé un messager pour dire qu'ils avaient dû battre en retraite. Ils ont perdu beaucoup d'hommes, eux aussi.

Je pris une profonde inspiration.

— C'est un vrai cauchemar.

— Il doit y avoir un moyen de les arrêter, dit Alanna sur un ton désespéré.

— Oui, et nous allons le trouver.

Mais, même à mes oreilles, cette promesse sonnait faux.

21.

Vêtue de propre, les cheveux séchés et démêlés, le ventre rempli de vin et de fruits, je me sentais un peu moins désespérée. Alanna plaça le diadème sur ma tête et nous partîmes bras dessus, bras dessous en direction de ma chambre. Nous étions presque arrivées quand une petite servante nous rattrapa en courant.

— Pardonnez-moi, madame, dit-elle en faisant une profonde révérence, mais il y a un problème dans la buanderie. Des draps se sont enflammés, et on a éteint le feu, mais tout est en désordre et personne ne sait que faire, et Uma et Nora se rejettent la faute…

Avant que je n'aie pu répondre à la fille, Alanna lui dit avec un gentil sourire :

— J'arrive.

Elle se tourna vers moi et me serra rapidement dans ses bras.

— Il faut que j'aille régler ce problème. Carolan va sans doute libérer ClanFintan dans peu de temps ; votre dîner est déjà servi. Je reviendrai plus tard dans la soirée.

Quand le garde referma la porte derrière moi, je compris soudain qu'un peu de solitude ne me ferait pas de mal. Ma chambre me parut accueillante et familière. Le cadre de lit avait disparu ; à son emplacement trônait le « chamallow », pourvu de draps frais. Les rideaux étaient à moitié tirés, dissimulant le ciel maussade pour créer une ambiance chaleureuse et intime. Une ambiance où il aurait fait bon se pelotonner dans un fauteuil avec un bon livre et un verre de vin. La table débordait de mets appétissants, et de délicieux effluves me mirent l'eau à la bouche. Mon estomac se manifesta par un grognement bruyant : je me dirigeai tout droit vers le buffet, m'apprêtant à me goinfrer.

A l'instant où je portais à ma bouche la cuisse dorée d'un petit oiseau dodu, un bruit dans la bibliothèque attira mon attention.

— Il y a quelqu'un ?

Une de mes nymphes devait faire la poussière, me dis-je. Mais personne ne répondit. Ce devait être un effet de mon imagination.

La volaille rôtie fondait dans ma bouche quand j'entendis un nouveau bruit plus fort. Un bruit mat comme un objet qui s'écrase sur le sol.

Génial. Une fillette apeurée avait dû casser quelque chose, et elle n'osait pas sortir de peur de se faire malmener par Rhiannon la Terrible. C'était sûrement ça… Pourtant, un malaise diffus s'empara de moi, un sentiment désagréable que je n'arrivais ni à définir, ni à chasser.

Avec un soupir, je m'essuyai les lèvres sur ma serviette et, lançant un regard de regret à mon festin, me dirigeai vers la bibliothèque.

C'était ridicule, je le savais, mais plus j'approchais de la porte cintrée, plus mon malaise s'intensifiait. D'un coup, je me figeai : et si à l'insu de tous un Fomore s'était glissé dans le temple ?

Non : ce n'était pas la sensation que j'éprouvais en présence du Mal, simplement une sorte d'inconfort. Un inconfort familier, que je n'arrivais pourtant pas à identifier. En franchissant le seuil de la bibliothèque, je me rendis compte que j'avais mal au ventre et que je serrais les dents.

La bibliothèque était éclairée par une multitude de bougies plantées dans des crânes dorés. Tout semblait tel que je l'avais laissé, si ce n'est que la carte de Partholon avait été repliée. Les rayons de livres créaient une ambiance rassurante, en contradiction directe avec la nausée qui montait en moi. Je commençais à mettre cela sur le compte du surmenage et d'une trop grande consommation de fruits frais, quand un objet sur la table centrale attira mon attention.

Tout l'air quitta mon corps comme si j'avais reçu un coup de poing au ventre.

Il trônait au milieu de la table. Le vase que j'avais acheté à la vente aux enchères. Celui qui avait provoqué mon accident de voiture, celui qui m'avait propulsée dans cet univers parallèle. J'essayai de reprendre haleine, et fus assaillie de vertiges. La pièce ondulait comme si je m'étais retrouvée à l'intérieur d'un bocal à poissons. J'essayai de faire un pas en arrière : mon corps s'y refusa. J'étais aspirée vers le centre de la pièce comme par un tourbillon géant. Je ne respirais plus : je me noyais. Le vase se mit à luire d'un éclat sinistre, et je compris qu'il avait été envoyé ici pour me rappeler dans mon ancien monde.

Je commençais à perdre toute emprise sur la réalité. Tandis que la lumière dégagée par le vase s'intensifiait, je crus apercevoir une image de moi-même, nue, dans une pièce inconnue. Par les grandes baies vitrées, j'aperçus les lumières nocturnes d'un paysage urbain. Les bras tendus à l'horizontale, mon reflet miroir s'avança vers moi.

D'un coup, je fus violemment rejetée en arrière. ClanFintan surgit devant moi et envoya le vase voler sur le sol carrelé, où il se brisa en éclats. Le centaure piétina les morceaux de céramique jusqu'à les réduire en miettes. Progressivement, l'étrange lumière diminua et disparut.

Je m'aperçus que je ne respirais toujours pas. Mes jambes ployèrent sous moi, et tout devint noir.

— Rhea… Rhea ! dit une voix lointaine. Rhea, réveille-toi !

Je ne pus répondre, incapable de me frayer un chemin hors des ténèbres.

— Shannon Parker ! Ouvre les yeux et reviens !

Mes yeux s'ouvrirent. J'étais allongée sur mon lit dans les bras d'un centaure livide d'inquiétude.

— Que s'est-il passé ? demandai-je en fouillant dans ma mémoire.

Puis cela me revint. Je luttai pour me redresser.

— Le vase ! Ce foutu vase a essayé de me ramener dans l'autre monde !

Une nouvelle vague de vertige me submergea.

— Sois tranquille. Je l'ai détruit, dit ClanFintan en pressant ses lèvres contre mon froid moite.

— J'ai envoyé chercher Carolan, ajouta-t-il.

— Je crois que ce n'est pas la peine, dis-je sans toutefois essayer de me redresser de nouveau.

— Tu es pâle comme un fantôme, Rhea.

— Toi non plus, tu n'as pas superbonne mine, je te signale.

Avant que mon mari n'ait pu répondre, Carolan fit irruption dans la chambre, suivi de près par Alanna.

— Que s'est-il passé ? demanda-t-il en s'agenouillant à côté de moi.

Il tâta mon front et me prit le pouls.

— Le vase a réapparu, dit ClanFintan. Rhiannon a essayé de refaire l'échange.

— Oh, non ! Par la Déesse, non ! s'écria Alanna en mettant la main devant la bouche.

— J'étais dans le couloir, dit mon époux, quand j'ai entendu Rhea hurler dans mon esprit. Je me suis précipité ici. Elle était dans la bibliothèque. Le vase émettait de la lumière et toute la pièce oscillait, comme si elle avait été remplie d'eau. J'ai sorti Rhea de là et j'ai détruit le vase. Ensuite, elle s'est évanouie.

— Je me sens mieux maintenant, dis-je.

— Peux-tu te relever ? demanda Carolan.

— Je crois.

On m'aida à me redresser. La pièce ne tournait plus autour de moi.

— Aidez-moi à aller jusqu'à la table, dis-je. Je meurs de faim et il me faut un verre de vin d'urgence.

— Elle va mieux, annonça ClanFintan d'un air soulagé.

Il m'escorta vers la table, prit sa place habituelle sur notre chaise longue et m'attira contre lui. Alanna me tendit un verre et s'installa avec Carolan face à nous.

Je bus une grande gorgée de vin et me concentrai pour ne plus trembler.

— Rhiannon veut revenir, dis-je.

Je m'étonnai de mon propre calme.

— J'aurais dû m'en douter. Elle a laissé sa place de Déesse Incarnée, dont tous les désirs et les caprices sont anticipés et satisfaits, pour devenir une prof d'anglais dans l'Oklahoma. Cinquantième sur cinquante dans l'échelle nationale des salaires. Franchement, qui n'aurait pas de regrets ?

Je savais que mes amis ne comprenaient pas tout ce que je disais, mais ils me laissèrent continuer.

— Par je ne sais quel miracle, avant de s'insinuer dans mon monde, elle avait réussi à en voir des bribes. Des voitures, des avions, des gratte-ciel et des autoroutes, la « magie » de la télévision et des ordinateurs.

J'émis un petit gloussement : le vin devait me monter à la tête.

— Elle a cru qu'elle régnerait en déesse sur tout cela. Cruelle déception ! Les enseignants sont surmenés et mal payés. Nous sommes obligés de supporter des parents absents qui essaient de nous faire endosser la responsabilité de tous leurs mauvais choix. Quand je vous dis que certains d'entre nous envisagent de porter des gilets pare-balle en…

— Mon amour, dit ClanFintan pour interrompre ma tirade, je ne lui permettrai pas de nous séparer.

— Comment comptes-tu l'en empêcher ?

Je tremblais de nouveau.

— Ce n'est pas ce que je viens de faire ?

Il mit ses bras autour de moi, et je tentai de me concentrer sur la chaleur et la sécurité de son étreinte.

— Nous allons nous assurer, dit Alanna avec un sourire apaisant, que chacun sait à quoi ressemble ce vase. Nous dirons que c'est un instrument des forces du mal. S'il réapparaît de nouveau, il sera détruit avant qu'il n'ait pu te faire de mal.

— Dis plutôt *quand* il réapparaîtra. Je sais qu'elle va réessayer.

— Qu'elle essaie, dit Carolan. Nous ne la laisserons pas réussir.

De ses mains puissantes, ClanFintan élimina les nœuds de tension dans mes épaules. Peu à peu, je me laissai persuader que j'étais en sécurité.

— Mange, mon amour, murmura-t-il à mon oreille. Cela te fera du bien.

— Ça me fait toujours du bien, marmonnai-je en mettant un gros morceau de poisson blanc grillé dans ma bouche.

Je commençais juste à me détendre en écoutant ClanFintan et Carolan discuter de l'évacuation du lendemain matin, quand un coup rapide résonna. La porte de ma chambre s'ouvrit brusquement.

Un garde trempé de sueur nous salua hâtivement.

— On a repéré des Fomores à l'entrée des terres du temple.

ClanFintan se leva d'un bond et se rua vers la porte.

22.

— Allez chercher Dougal. Qu'il rassemble les centaures et le reste de la garde à l'entrée du chemin de ronde de la muraille nord-est.

Le garde hocha la tête et partit en courant. Nous nous dirigeâmes tous quatre d'un pas résolu en direction de la cour centrale.

— Comment peuvent-ils être déjà là ? demandai-je d'une voix incrédule.

Nous entrâmes dans la cour bondée de gens.

— La pluie, dit Carolan d'un air sombre. Le mauvais temps a joué en leur faveur.

— J'aurais dû le prévoir, dit ClanFintan en se retournant vers nous. Je savais qu'ils se déplaçaient rapidement. Carolan, rassemblez les guerriers centaures et humains sur les murs. Peu importe qu'ils soient malades ou blessés : dites-leur que nous n'avons pas le choix.

Carolan embrassa Alanna et disparut.

— Alanna, dit mon mari, que les femmes rassemblent tous les chaudrons du temple dans la cour centrale. Qu'on sorte également les tonneaux d'huile à lampe de la réserve, et qu'on les apporte ici.

— Entendu, ClanFintan, dit-elle en disparaissant.

— Je reste avec toi, dis-je rapidement. N'essaie même pas de me confier une quelconque mission.

— Je n'y songeais pas.

En courant à petites foulées, nous traversâmes la cour et nous dirigeâmes vers le mur arrière du temple. Arrivé devant la porte qui donnait sur le parc, ClanFintan bifurqua à gauche et longea le mur. Bientôt nous rejoignîmes un groupe désordonné d'humains et de centaures rassemblés au pied d'un étroit escalier creusé dans le mur.

Dougal sortit du groupe et s'avança vers nous. Victoria se tenait à côté de lui.

— Les Fomores sont là.

— Nous avons entendu, dit Dougal. Que faire ?

— Où est la sentinelle qui a donné l'alerte ?

Un jeune homme s'avança et fit un salut militaire énergique.

— Votre rapport.

— Seigneur ClanFintan, j'occupais le poste le plus au nord de ce côté de la rivière. J'ai entendu une série de bruits inhabituels, alors j'ai grimpé dans un grand chêne. De là, j'ai vu une armée de créatures ailées s'étendre à perte de vue vers le nord. Je suis revenu en courant.

— Victoria, allez prendre position sur la muraille avec vos chasseresses. Nous allons avoir besoin de vos arbalètes.

Les chasseresses s'avancèrent immédiatement vers l'escalier et commencèrent à monter. ClanFintan se tourna vers le reste du groupe, composé de membres cabossés de ma garde et du tiers restant de la légion des centaures, l'air épuisés mais déterminés.

— Les femmes sont en train de rassembler de l'huile et des chaudrons dans la cour centrale. Montez-les sur les murs. Prenez des torches et du bois pour le feu. C'est peut-être notre seul espoir de repousser leur attaque.

Les guerriers partirent au pas de course, nous laissant seuls avec Dougal.

— Allons rejoindre les chasseresses, dit ClanFintan en commençant à monter l'escalier.

En négociant les marches raides et étroites, des images effrayantes défilèrent devant mes yeux : celles de l'escalier dans lequel j'avais suivi Victoria quelques jours auparavant, pour assister de loin au massacre du Temple de la Muse.

Ici, le chemin de ronde était plus large et plus lisse, les encorbellements mieux situés. Déjà en position, les chasseresses reposaient leurs arbalètes chargées contre le mâchicoulis. Je me positionnai entre Dougal et ClanFintan et, comme eux, scrutai l'horizon obscur, guettant des formes dans la brume et la pluie. Rien ne bougeait.

Des bruits résonnèrent derrière nous : les guerriers apparurent dans l'escalier, ployant sous le poids des chaudrons et des tonneaux. Nous allâmes leur prêter main-forte pendant que les chasseresses montaient la garde.

A intervalles réguliers entre les encorbellements, des trous avaient été pratiqués dans le sol du chemin de ronde. Au-dessus de ces trous pendaient des crochets solidement vissés dans les mâchicoulis en marbre. Les guerriers remplirent ces trous de braises chaudes et de bois, suspendirent les chaudrons aux crochets, les remplirent d'huile et attisèrent les feux.

Des propos de ClanFintan me revinrent subitement à l'esprit. Ce temple, m'avait-il dit, avait été construit sur le modèle d'une forteresse. A la différence des Muses, Epona était une déesse guerrière. Le temple était donc théoriquement capable de résister à l'ennemi. Restait à savoir si nous avions assez d'hommes pour le défendre.

Bientôt des guerriers blessés, humains et centaures, montèrent sur le mur. Sombres et déterminés, ils prirent position suivant les ordres de ClanFintan sans dire un mot.

J'entendis mon époux s'adresser à la sentinelle qui avait donné l'alerte.

— Comment vous appelez-vous, guerrier ?

— Patrick.

— Savez-vous s'il y a des arcs et des flèches supplémentaires dans la réserve ?

— Oui, seigneur.

— Allez les chercher.

Carolan passa devant nous en examinant les blessés qui s'étaient joints à nous. ClanFintan l'attira à l'écart.

— Allez dire à Alanna de rassembler toutes les femmes du temple. Qu'elles prennent chacune une petite besace contenant une couverture, une outre de vin et une arme.

Il s'interrompit un instant.

— N'importe quelle arme. Un couteau ou des ciseaux, si elles ne trouvent rien d'autre.

— Compris, dit Carolan en se pressant vers l'escalier.

— ClanFintan ! dit Victoria d'un ton sec. Là-bas !

Nous suivîmes du regard le doigt qu'elle tendait. Une ligne de créatures s'avançait vers les murs du temple. Elles arrivaient de toutes parts, se resserrant autour de nous comme un nœud coulant. Dans l'air silencieux du soir, j'entendais déjà leurs sifflements prédateurs.

— Attendez que la chasseresse donne l'ordre de tirer, dit mon époux d'une voix calme et assurée. Comme le savent déjà la plupart d'entre vous, les Fomores sont assez difficiles à tuer.

La ligne ennemie s'avança.

Victoria leva son arbalète et visa. Les chasseresses et les autres guerriers firent de même.

La ligne avançait toujours.

Je distinguais à présent les créatures individuelles. Leurs yeux luisaient d'une teinte rouge surnaturelle et, même dans la pénombre, on voyait que leurs crocs et leurs griffes brillaient de sang.

— Tirez ! s'écria Victoria.

On entendit un grand sifflement, puis le bruit atroce des flèches se plantant dans la chair. Parmi les premiers rangs de l'ennemi, beaucoup s'écroulèrent, mais d'autres les enjambèrent aussitôt, indifférents à l'agonie de leurs camarades.

— Tirez ! répéta Victoria.

De nouveau les flèches s'encastrèrent dans leurs cibles avec un bruit mat. Les archers ne cessaient de tirer, sans toutefois réussir à arrêter l'avancée des Fomores. Trop rapidement, l'ennemi arriva au pied des murs.

— Jetez l'huile ! lança ClanFintan.

Les guerriers firent basculer les chaudrons vers les créatures à leurs pieds. Celles qui se trouvaient au premier rang hurlèrent et se convulsèrent, ébouillantées. Les autres se figèrent en émettant des sifflements d'hésitation.

— Les torches !

Sur l'ordre de ClanFintan, on lâcha des torches enflammées sur les créatures imprégnées d'huile, lesquelles se transformèrent aussitôt en torches vivantes, avançant aveuglément vers leurs camarades qu'elles enflammaient à leur tour. L'herbe autour des murailles s'enflamma : bientôt ce fût la débâcle dans le camp des Fomores, qui se piétinaient et se griffaient dans leur hâte à fuir l'incendie.

Un cri de victoire s'éleva sur les murs, mais je détournai le regard pour ne plus voir l'agonie des brûlés.

— Faites chauffer davantage d'huile, dit ClanFintan sans joie. Réapprovisionnez-vous en flèches. Ils vont revenir à la charge.

Une odeur de chair rôtie monta jusqu'au chemin de ronde. D'un coup, je mis ma main sur ma bouche, me précipitai vers l'escalier et dévalai quelques marches. Puis je me pliai en deux et vomis le maigre contenu de mon estomac sur l'intérieur du mur.

Quand ce fut terminé, je m'essuyai la bouche du revers de la main et descendis dans la cour en chancelant. J'avais des fils barbelés dans l'estomac et un goût atroce dans la bouche.

J'ai horreur de vomir.

J'étais en train de m'apercevoir que les profs d'anglais n'étaient pas faits pour la guerre totale. Des simili-gangs qui s'échangent des injures en hurlant, d'accord. D'ex-meilleures-copines qui s'étripent dans les toilettes pour des histoires de garçon, oui. D'apparemment sympathiques élèves de seconde qui glissent du laxatif dans votre bouteille d'eau pendant que dans le couloir, vous expliquez à un autre innocent pourquoi ces boules de chewing-gum collées au plafond vont lui valoir un après-midi de colle, oui.

Mais la vraie guerre… non. Je n'étais pas faite pour ça. Je n'y étais pas préparée. Je n'avais pas la carrure adéquate. J'étais incapable de mener mon peuple vers la paix. Je…

Tu en as la force, Bien-Aimée.

Je repris mon souffle et tentai de me réconforter en répétant les mots de la déesse, mais je me sentais toujours aussi incapable.

— Rhea ?

La silhouette de ClanFintan se découpa dans la pénombre.

— Où étais-tu passée ?

— J'étais partie vomir.

Je m'entendais parler comme une petite fille, mais je m'en fichais complètement.

— Viens ici.

Il m'entoura de ses bras, et je me réfugiai dans la chaleur de son étreinte.

— Ne m'embrasse surtout pas, je dois sentir le vomi.

ClanFintan éclata de rire.

— Et si nous trouvions un peu de vin pour te rincer la bouche ?

Il passa un bras autour de mes épaules et nous nous dirigeâmes vers l'autre bout de la cour.

— *Femelle !* siffla une voix qui semblait venir de tous les côtés à la fois. *Où es-tu, femelle ?*

La voix se glissait par-dessus les murailles du temple, comme une messagère envoyée à ma recherche. Lâchant le bras de ClanFintan, je remontai les marches en courant et me penchai par-dessus un créneau. Derrière le charnier fumant, Nuada marchait de long en large. Ses grandes ailes étaient entièrement déployées et ses cheveux volaient au vent, laissant visible son corps pâle et nu.

En l'apercevant, ma nausée acheva de se dissiper, remplacée par la colère vengeresse d'une déesse.

— Que veux-tu, misérable créature ?

Je parlai doucement, mais par cette magie dont elle avait le secret, Epona transporta mes paroles et les amplifia pour qu'elles fussent audibles d'un bout à l'autre du parc.

— Toi, femelle. C'est toi que je veux.

— Dommage : tu ne m'auras jamais.

J'en avais la certitude. Je faisais confiance à ma déesse : quoi qu'il arrive, elle ne laisserait jamais Nuada me posséder.

— Si, je t'aurai ! hurla-t-il.

Son visage habituellement livide s'était empourpré et couvert d'un voile de transpiration brillante.

— Et je t'aurai bientôt ! Demain le reste de mon armée viendra me rejoindre !

Il laissa échapper un long rire railleur.

— Je leur ai permis de s'amuser avec les femmes de l'autre temple, mais elles n'ont pas fait long feu. J'espère que tu sauras te montrer plus résistante !

Il gloussa bruyamment avant d'ajouter :

— Cette nuit, fais tes prières et dis adieu à cette aberration de la nature que tu as pris comme compagnon. Demain, tu seras à moi !

Du coin de l'œil, je vis ClanFintan faire un signe à Victoria, qui lui lança son arbalète. J'entendis une flèche fuser, puis Nuada se mit à hurler ; il avait perdu une oreille.

La main plaquée contre son crâne pour essayer d'étancher le sang, Nuada fit volte-face et disparut dans l'obscurité.

— Ce type a vraiment besoin de suivre une thérapie, marmonnai-je.

— Reposez-vous en montant la garde à tour de rôle, dit ClanFintan d'une voix froide et inexpressive. Victoria, Dougal, Patrick, allez trouver Carolan et Alanna et rejoignez-nous dans les appartements de Rhea. Toi, Rhea, suis-moi.

Chacun lui obéit sans discuter. Je dus presque courir pour me maintenir à la hauteur de mon mari. Bientôt nous entrâmes en trombe dans ma chambre. Avant que je n'aie pu reprendre mon souffle, ClanFintan m'attira brusquement dans ses bras et couvrit ma bouche de ses lèvres.

Je voulus me débattre, lui rappeler que je venais de vomir, mais la chaleur de son corps et la force de son désir se révélèrent très persuasives. Bientôt je lui rendais ses baisers avec enthousiasme. Enfin il releva la tête et me plaqua contre son corps musclé.

— Je ne t'abandonnerai jamais à cette créature. Jamais.

— Je le sais, mon amour.

Ses mains couvrirent mon corps de caresses intimes. Au moment où mes jambes commençaient à fléchir, deux coups rapides résonnèrent à la porte.

A regret, ClanFintan me libéra et lança un « Oui ! » tonitruant tandis que je me servais un grand verre de vin.

Dougal, Victoria, Carolan, Alanna et Patrick entrèrent en trombe. ClanFintan se tourna vers eux.

— Nous partirons à l'aube, annonça-t-il sans préambule.

Personne ne fit de commentaire. Alanna se déplaça rapidement vers un côté de la chambre et, par l'un de ces miracles dont elle avait le secret, trouva six verres à pied. Je l'aidai à servir le vin.

— Comment ? dit enfin Carolan.

— Nous formerons une phalange serrée, entourée de centaures armés de grands arcs et de boucliers.

Il lança un regard en direction de Patrick.

— Des guerriers humains armés de lances et les chasseresses avec leurs arbalètes s'intercaleront dans leurs rangs. A l'intérieur de la phalange, nous mettrons les femmes et les enfants. Le reste des guerriers humains et centaures formera une ligne défensive entre les Fomores et la phalange. Nous sortirons à l'aube et nous nous dirigerons vers l'est pour saluer le soleil et franchir la rivière. Nous retiendrons l'ennemi jusqu'à ce que les femmes aient traversé, ensuite nous les rejoindrons.

Un silence de mort passa sur la pièce.

— C'est la seule solution. Si nous restons ici, nous mourrons.

— Beaucoup n'arriveront pas jusqu'à l'autre rive, dit Carolan.

Son ton n'était pas accusatoire : il énonçait simplement un fait.

— Certains d'entre nous y arriveront, dis-je. Si les Fomores entrent dans le temple, les femmes se verront infliger un sort pire que la mort.

— Il n'y a aucun moyen de les retenir ? demanda Alanna.

— Non, dit ClanFintan avec fermeté. Pas indéfiniment. Nuada a dit qu'il attendait des renforts. Nous ne pouvons prendre le risque de laisser gonfler leurs rangs jusqu'à ce qu'ils puissent nous encercler et envahir le temple.

— Où irons-nous, une fois de l'autre côté de la rivière ? demanda Patrick d'une voix jeune et effrayée.

— En lieu sûr, dit ClanFintan en posant une main sur l'épaule du jeune homme. Nous nous réfugierons dans la Plaine des Centaures. De là, nous nous reconstruirons, puis nous reviendrons.

Patrick hocha la tête en déglutissant.

Le sacrifice de Terpsichore me vint à l'esprit, et j'envisageai de demander un délai de quelques jours, pour voir si l'épidémie pouvait affecter nos ennemis. Puis, regardant l'un après l'autre les humains et les centaures autour de moi, je décidai de ne rien dire. Si j'avais tort, ces quelques jours d'attente permettraient au piège fomore de se refermer sur nous. Je n'allais pas risquer leurs vies sur un pari douteux.

— A un nouveau début ! dis-je en levant mon verre.

— A un nouveau début ! reprirent-ils tous en levant eux aussi leurs verres.

Puis nous nous mîmes au travail.

23.

— Les déménagements, ça n'a jamais été mon truc, grommelai-je en me dirigeant vers ma salle de bains privée.

J'avais un besoin pressant, et je n'avais pas envie d'utiliser les toilettes publiques (de toute façon, je ne savais même pas où elles se trouvaient). Aujourd'hui, aucun garde n'était posté devant la porte des bains, ce qui était tout à fait normal. Le temple grouillait d'activité. Personne n'avait le temps de se planter devant une porte en faisant étalage de sa force (ce qui, en soi, était assez tragique).

En pénétrant dans la chaleur humide des bains, je ne pus m'empêcher de penser que je ne reverrais sans doute jamais cette pièce, avec son eau fumante et ses bougeoirs en crânes humains. Elle me manquait déjà.

Quand j'eus finis de régler mes affaires personnelles, j'errai quelques instants autour du bassin, prenant le temps de déboucher un flacon de savon et de respirer profondément son parfum subtil… qui me rappela une nuit pas si lointaine et un bain au clair de lune dans une rivière glacée avec un centaure qui était sur le point de devenir mon amant. Et mon ami.

S'il vous plaît, Déesse… priai-je en fermant les yeux, *faites qu'il survive à la bataille de demain…* La porte s'ouvrit, et je reconnus le cliquetis des sabots de mon mari sur la pierre.

— Alanna m'a dit que tu étais partie en douce dans cette direction.

— Je ne suis pas partie en douce ! J'avais besoin d'être un peu seule, voilà tout.

— Veux-tu que je te laisse ?

— Non, dis-je en m'avançant vers ses bras. Je veux que tu restes avec moi. Comment te sens-tu ?

— Mieux. Les centaures se remettent exceptionnellement vite, tu sais.

— J'ai déjà eu l'occasion de le remarquer, en effet.

Je le mordillai juste en dessous du sternum pour le plaisir de voir frémir les muscles de son ventre.

— Dommage que nous n'ayons pas plus de temps, dis-je en le mordant de nouveau.

— Nous en aurons. Demain, après-demain, et tous les jours qui suivront.

— Je l'espère, dis-je.

Je me sentais en sécurité dans le cercle de ses bras.

— J'en suis sûr. Le moral des troupes est bon.

— Ils sont vraiment courageux. Je suis fière d'eux.

Depuis qu'on les avait informées, quelques heures auparavant, du nouveau plan d'évacuation, les femmes n'avaient cessé de travailler. En apprenant qu'elles ne devaient emporter qu'une outre de vin, une arme et des vêtements de rechange, elles s'étaient préparées sans hésiter ni rechigner. A présent que l'aube approchait, les familles rassemblées dans la cour se préparaient calmement à ce qui allait suivre.

Personne n'avait parlé du fait que les Fomores étaient manifestement plus nombreux que les humains et les centaures réunis, ou que de nombreux membres de notre groupe étaient blessés ou malades. Ou que le soleil se levait sur une nouvelle journée de pluie et de brouillard, ce qui était une bonne chose pour l'ennemi. En outre, il y avait le problème de la rivière, non seulement située à plusieurs centaines de mètres du temple, mais surtout large et rapide. Parmi les femmes, beaucoup ne savaient pas nager. Personne n'en parlait. Elles se tenaient près de leurs époux et de leurs pères, tandis que ceux-là soupesaient discrètement les lances que les guerriers leur avaient distribués, essayant de s'habituer à des armes que, pour la plupart, ils n'avaient jamais touchées. Il n'y avait pas de larmes, pas d'hystérie. Personne ne parlait de la mort.

— Je continue à me faire du souci pour Eppy.

Pour donner aux juments une chance de traverser la rivière, nous avions décidé de les lâcher au moment où les guerriers sortiraient du temple. Les Fomores n'ayant aucune raison de s'intéresser aux chevaux, nous espérions qu'ils les laisseraient en paix.

Ce que personne ne disait, c'était qu'elles pouvaient également servir de distraction pour permettre à la phalange de gagner du terrain en direction de la rivière.

— Elle est rapide et intelligente. Elle s'en sortira.

Je hochai la tête contre la poitrine de mon époux et, une fois de plus, suppliai la Déesse de veiller sur la jument.

— Je veux que tu saches quelque chose, dis-je en m'écartant pour regarder ClanFintan dans les yeux. Tu m'as rendue très heureuse. Tu es l'homme que j'ai toujours rêvé d'épouser.

Il tapota la pointe de mon nez du bout des doigts.

— Comme je te l'ai déjà dit, je suis né pour t'aimer.

— C'est incroyable, hein ?

J'écarquillai subitement les yeux.

— Hé ! dis-je avec ébahissement. C'est de la magie !

On frappa à la porte, puis Alanna entra en coup de vent.

— ClanFintan, Victoria vous demande. Elle veut savoir exactement où elle doit poster ses chasseresses.

Elle me lança un regard.

— Et j'ai besoin de préparer Rhea pour le voyage.

Voyant qu'Alanna essayait de faire bonne contenance, je décidai de jouer le jeu.

— C'est toujours le bon moment pour choisir des accessoires appropriés.

— Ne soyez pas trop longues, dit mon époux tandis que je le tirais vers moi et l'embrassais sur la joue.

La porte se ferma avec un cliquetis. Je pris la main d'Alanna : une idée m'était subitement venue à l'esprit.

— Trouve-moi une tenue qui brille.

— Rhea, dit la jeune femme d'un air médusé, je ne crois pas que ce soit très sage. Nuada est à ta recherche, il ne faut pas que tu sois trop visible.

— Il y a des choses plus importantes que Nuada.

— Oui, te protéger contre lui.

— Ecoute, Alanna, depuis le début tu ne cesses de me rabâcher que l'Elue d'Epona est le chef spirituel de son peuple. Vrai ou faux ?

Visiblement contrariée, elle hocha la tête.

— Eh bien, comment puis-je espérer que mon peuple se montre courageux et confiant, si je ne leur montre pas l'exemple ?

— Mais… si tu es capturée, dit-elle d'une voix tremblante, le peuple perdra tout espoir.

— Je n'ai aucune intention de me laisser capturer.

Elle me lança un regard dubitatif.

— Alanna, crois-tu vraiment que je sois l'Elue d'Epona ? La vraie moi, hein, Shannon Parker, pas cette garce de Rhiannon ?

— Oui, je le crois vraiment, dit-elle sans hésiter.

— Moi aussi, dis-je lentement.

A l'instant où je prononçai ces mots, je compris une fois pour toutes que c'était vrai.

— Il faut que je donne du courage au peuple. Epona me protégera.

Face à son expression de lapine effrayée, j'ajoutai :

— Ecoute, voilà ce que je te propose. Trouve-moi quelque chose de beau et de brillant à me mettre, et j'enfilerai une cape sombre par-dessus. Je ne me découvrirai que si j'en ai besoin.

Une expression de soulagement passa sur son beau visage, et elle hocha la tête. Tandis qu'elle fouillait dans l'armoire, jetant derrière elle une étoffe soyeuse après l'autre, je m'occupai de me déshabiller.

— Oui ! l'entendis-je s'écrier. La voilà !

Elle se retourna vers moi, un tissu spectaculaire entre les mains. Je poussai un soupir de ravissement, et ne pus empêcher mes mains de se tendre pour le caresser. C'était un grand rectangle de soie lourde et épaisse dont la teinte cuivrée rutilait de reflets dorés. De minuscules perles de cristal irisées, brodées partout sur le tissu, capturaient le reflet des bougies pour le transformer en milliers d'arcs-en-ciel.

— C'est extraordinaire, dis-je en tendant les bras pour laisser Alanna accomplir sa magie.

Elle drapa l'étoffe autour de ma poitrine à la manière d'un cache-cœur, laissant le reste tomber gracieusement jusqu'au sol. Je laissai Alanna démêler mes cheveux, mais quand elle voulut me faire un chignon, je l'arrêtai.

— Attache-les en queue-de-cheval, ça ira.

— Ils risquent de se détacher et de te gêner.

Je haussai les épaules en essayant de prendre l'air nonchalant.

— N'importe comment, ils me rendent dingue au bout de cinq minutes.

On frappa à la porte.

— Entrez ! lançai-je.

— Madame, dit un guerrier en passant la tête dans la pièce, ClanFintan me fait dire qu'il est l'heure.

— Merci. Dites-lui que j'arrive.

Il repartit à toute allure. Alanna attacha vaguement mes cheveux avec une lanière de cuir. Tandis que je calais mon diadème sur ma tête, elle s'éloigna vers une autre armoire, d'où elle sortit une longue cape grise pourvue d'un capuchon de moine.

— Je n'y crois pas, dis-je. Rhiannon portait *ça* ?

Ce n'était vraiment pas son genre. Le mien non plus, loin de là.

— Seulement quand elle ne voulait pas qu'on la reconnaisse.

Alanna m'aida à enfiler la cape tue-l'amour, puis elle recula d'un pas et me regarda.

— Tu es bien couverte, en tout cas, dit-elle sur un ton de satisfaction.

— Allons-y.

Nous sortîmes de la salle de bains et nous dirigeâmes vers la cour principale. Je pris subitement la main de mon amie.

— Quoi qu'il arrive, Alanna, débrouille-toi pour traverser la rivière.

Elle me lança un regard angoissé, mais avant qu'elle n'ait pu ajouter un mot, nous fûmes englouties par la foule.

La phalange avait été formée dans la cour, et s'étendait jusqu'à l'intérieur du mur de défense. Le cercle extérieur était formé de guerriers centaures et de ma garde personnelle. Chacun d'eux portait une grande épée et un bouclier. A l'intérieur du premier rang se tenaient des hommes à l'air résolu mais un peu gênés par les glaives et les poignards qu'ils brandissaient. C'étaient manifestement les grands-pères, les pères, les frères, les maris et les fils des femmes qui se tenaient au centre de la phalange. En voyant ces dernières attendre, immobiles et courageuses, mon cœur se serra. Tout en réconfortant les bébés et en surveillant les enfants en âge de marcher, elles lançaient des regards encourageants et des sourires confiants aux hommes autour d'elles.

— Salut à toi, Epona ! dit ClanFintan en m'apercevant.

Toute la phalange se tourna vers moi et lança en chœur :

— Gloire à Epona !

Mon mari s'avança vers moi et porta ma paume jusqu'à ses lèvres.

— J'aimerais bénir le peuple avant de partir, dis-je très calmement.

— Bien sûr, Elue d'Epona.

Il inclina la tête et s'écarta. Le silence se fit.

— Nous avons chacun une seule vie à vivre, petite flamme qui jaillit entre deux éternités ; il n'y a pas de deuxième chance, pas de retour en arrière possible.

Amplifiée par la Déesse, ma voix résonnait comme si je parlais dans un microphone.

— La vie ne se réduit pas aux douleurs et aux plaisirs. C'est une affaire sérieuse que de vivre vraiment, de sentir la magie qui se déclenche parfois entre les moments et (je lançai un sourire en coin à mon mari) entre les êtres. Aujourd'hui, marchons avec force et courage dans la lumière, car s'il y a des démons qui nous attendent dehors, nous portons tous en nous de la bonté et de l'amour.

Je balayai la foule d'un geste du bras.

— Epona sera à nos côtés pendant ce voyage. Les ténèbres ne peuvent étouffer la lumière du feu ; soyons des flammes !

La foule me répondit par un rugissement d'approbation. Puis ClanFintan s'avança de nouveau.

— La phalange s'avancera quand la chasseresse vous fera savoir que nous avons pris position entre vous et les Fomores.

Il hocha la tête : Victoria s'éloigna en direction de l'escalier menant au chemin de ronde, disparut brièvement puis apparut à un créneau.

— Une fois que nous serons en position, les guerriers

de la phalange vous conduiront vers les portes du temple. N'hésitez pas. Ne vous arrêtez pas. Votre unique objectif est d'arriver jusqu'à la rivière, puis de la traverser. Une fois de l'autre côté, vous serez en sécurité. Nous viendrons vous rejoindre plus tard. Qu'Epona soit avec vous.

Hochant la tête, la foule à l'intérieur de la phalange se tourna en silence vers les portes du temple.

— Il faut que tu prennes place au milieu d'eux, me dit ClanFintan à voix basse.

— Je croyais que tu serais avec nous.

Il fallait que je montre l'exemple en restant courageuse, je le savais, mais l'idée que ClanFintan fût encerclé par toute l'armée fomore me donnait des douleurs à la poitrine.

— Victoria mènera la phalange. Il faut que je reste avec les autres centaures.

Il m'attira dans ses bras et murmura :

— Je te rejoindrai sur l'autre rive.

— Reste en vie, dis-je d'une voix tremblante.

Il posa sur mes lèvres un baiser dur et rapide, puis pivota sur lui-même et disparut.

Alanna me prit la main.

— Viens, dit-elle.

La phalange se fendit pour nous permettre d'arriver en son milieu, où, à mon grand plaisir, je retrouvai Tarah, Kristianna et Carolan. Il embrassa sa femme et me salua.

— ClanFintan m'a obligé à me mettre ici. Il dit que je dois rester entier pour lui éviter de se faire recoudre une deuxième fois par Victoria.

J'essayai en vain de trouver une réplique spirituelle, et fus soulagée quand la voix de la chasseresse nous parvint depuis le mur.

— Les centaures ont quitté le temple par l'arrière et se déploient à travers le parc.

Les yeux plissés, elle fixait le nord avec intensité.

— Les juments viennent d'être lâchées.

Elle resta un instant silencieuse.

— Ils sont en position. ClanFintan vient de me donner le signal. Dirigez-vous vers les portes !

Le cercle de guerriers se mit en marche tandis que Victoria descendait du mur et partait au galop prendre la tête du cortège.

La pointe de la phalange pressa le pas en passant le portail qui les menait hors de la sécurité du temple. Avant que la fin du groupe n'eût passé les murs, celles qui se trouvaient au milieu couraient déjà à petites foulées.

La brume et la pluie se dissipaient rapidement, laissant place à un temps clair et doux. A l'est, on apercevait même le pâle contour du soleil derrière les nuages. « S'il vous plaît, Déesse, priai-je, faites que le soleil chasse la brume et brûle les fesses de ces saletés de Fomores. » Je me contorsionnai pour essayer d'apercevoir le champ de bataille, mais entre les vestiges de la brume et les guerriers qui m'entouraient, je ne voyais rien du tout.

Bientôt cela n'eût aucune importance, car des hurlements et des cris sauvages nous parvinrent depuis l'autre bout du parc. Les femmes hésitèrent, et ralentirent l'allure.

— Continuez à avancer ! s'écria Victoria.

— Venez ! répétai-je aux femmes autour de moi. Nous allons nous en sortir, mais il faut suivre le rythme des guerriers.

A cet instant, il y eut un grand tonnerre de sabots et un troupeau de juments terrifiées surgit de la brume au galop. Elles couraient en tous sens, les yeux énormes et effrayés, puis elles nous aperçurent.

— Vous voyez Eppy ? hurlai-je en essayant de la repérer au milieu de cette mer de chevaux mouvante.

— Non ! répondit Carolan.

Puis mes yeux s'écarquillèrent d'horreur : derrière les chevaux, une forme sombre se découpait à contre jour et déployait ses ailes. Une deuxième apparut, puis une troisième. Elles fauchèrent sur leur passage les juments terrifiées, les déchiquetant à coups de dents et de griffes. Derrière moi, une fille se mit à hurler : son cri aigu résonna jusqu'à l'autre bout du champ. Les têtes des Fomores pivotèrent, et ils abandonnèrent le massacre des chevaux pour s'élancer vers nous de leur démarche rapide et glissante.

— En avant ! Vite ! hurlai-je de ma voix de prof.

Notre groupe surgit vers l'avant. Un nouveau hurlement féminin me fit me retourner : un guerrier centaure avait pris en chasse et décapité l'un des Fomores qui nous suivaient.

— Ils ont brisé la ligne de défense, mais les centaures les poursuivent, dit Carolan d'une voix sombre.

J'essayai de continuer à avancer tout en maintenant une partie de mon attention sur ce qui se passait derrière nous. Les juments paniquées continuaient à tourner en rond. D'autres Fomores s'élançaient vers nous ; à présent, les guerriers centaures étaient également en vue. Ils tenaient encore tête à l'ennemi et tentaient d'éliminer ceux qui parvenaient à passer leur ligne, mais ils ne pouvaient les rattraper tous.

— Où est cette fichue rivière ? demandai-je à Alanna.

— Nous ne sommes pas encore à la moitié du chemin, dit-elle, le visage livide.

— Chasseresses, dit Victoria d'une voix calme, déployez-vous et armez vos arbalètes !

Les cinq magnifiques centauresses sortirent des rangs en tendant les cordes de leurs armes.

— Tir à volonté !

Le sifflement des flèches fut aussitôt suivi de hurlements de la part des Fomores touchés.

— Guerriers, levez vos boucliers !

Humains et centaures s'exécutèrent aussitôt, dissimulant à notre vue les Fomores qui convergeaient vers nous.

Quand les premiers atteignirent la phalange, nos guerriers

ripostèrent avec une violence qui créa une onde de choc à travers le groupe. Entre les boucliers, j'aperçus quelques-unes des créatures qui attaquaient nos guerriers. Dès qu'un Fomore tombait, l'un de ses semblables le remplaçait en se juchant sur son corps mourant.

Nous continuâmes à avancer tant bien que mal. Au loin, je vis la silhouette familière de Victoria lâcher des flèches l'une après l'autre, chacune aussi meurtrière que la précédente. Au moment de recharger son arbalète, elle détourna soudain son attention de l'ennemi et croisa mon regard.

— A la rivière, vite ! Ils vont nous couper le chemin !

Le visage de pierre, le corps maculé de sang, elle ressemblait à une déesse de la mort argentée.

A cet instant, un Fomore brisa les rangs des guerriers et, à la force de ses griffes, se fraya un chemin vers nous. Carolan m'écarta brusquement et brandit un glaive piqué à son voisin. D'un coup, tout se déroula au ralenti : Carolan bloqua les griffes acérées de la créature, mais celle-ci attrapa la main droite du guérisseur, celle qui serrait son arme. Se ruant en avant, Carolan réussit à déséquilibrer son adversaire et, d'un grand moulinet du bras, leva son glaive et l'abattit pour trancher le cou du Fomore.

Alanna se couvrit le visage en sanglotant, tandis que Tarah et Kristianna s'accrochaient à mes mains. J'étais incapable d'arracher mon regard de la créature décapitée qui gisait devant nous. Carolan l'était tout autant. Nous restâmes ainsi, silhouettes figées au milieu d'un monde en chaos.

Regarde-le, Bien-Aimée, chuchota la voix en moi. *Regarde bien.*

Je sursautai en clignant des yeux.

— Il y a des plaies sur son corps !

En entendant mon cri excité, Alanna se découvrit le visage.

— C'est ça ! s'écria Carolan. Voilà pourquoi il n'a pas résisté plus que ça ! Les Fomores sont malades !

Puis le temps se remit en marche, et nous repartîmes en chancelant. Les silhouettes sombres se multipliaient autour de nous pour remplacer leurs camarades morts. Manifestement affaiblis par l'épidémie, les Fomores étaient à présent beaucoup plus faciles à tuer, mais ils avaient toujours l'avantage du nombre.

Avec un calme étrangement détaché, je me rendis compte que nous n'avions aucune chance d'atteindre la rivière. Nous étions encore plus près du temple que de l'eau. La logique voulait que nous fassions demi-tour pour nous mettre en sécurité entre les murs d'Epona. Mais nous ne pouvions le faire ; du moins pas sans aide.

L'aide viendra, résonna la voix de la Déesse dans ma tête.

Au milieu de la brume et de la poussière soulevée par la bataille, je vis luire un éclat argenté. Ce n'étaient pas les cheveux de Victoria, ni l'affreuse peau vitreuse des Fomores, mais la robe éthérée de la jument d'Epona.

— Eppy ! m'écriai-je en la voyant galoper autour de la phalange à ma recherche.

Appelle-la, Bien-Aimée.

Sans réfléchir, je coinçai mon pouce et mon index entre mes lèvres et lançai un bon vieux sifflement de l'Oklahoma profond. Eppy releva vivement la tête, et se précipita vers moi.

— Laissez-la passer ! hurlai-je en me frayant un chemin entre les guerriers.

La phalange s'ouvrit rapidement, et la jument s'arrêta à mes pieds en soufflant.

Monte sur elle, Bien-Aimée, et vois comment triomphe l'Elue d'une déesse.

Je lançai un coup d'œil à la ronde, et ne fus pas réellement surprise de voir Alanna se précipiter vers moi.

— Alanna ! Aide-moi à monter sur Eppy.

Je me tournai vers la jument et empoignai sa crinière éblouissante.

— Que fais-tu ? me demanda-t-elle en mettant ses mains en marchepied pour me hisser sur le dos de la jument.

— Je vais chercher de l'aide.

Je trouvai facilement mon assise, et ajoutai :

— Je veux que tu ramènes les femmes et les enfants à l'intérieur du temple.

La voyant sur le point de protester, je l'arrêtai.

— Non. Aie confiance en moi… et en ma déesse. Ramène-les au temple.

Elle referma la bouche et fit un oui solennel.

— Je vous fais confiance, dit-elle. A toutes les deux.

Puis elle appela à elle les femmes et les enfants en leur criant qu'Epona voulait qu'ils retournent au temple. Alertés par ses cris, les guerriers se retournèrent vers elle. Je vis la jeune femme courir en direction de Victoria et gesticuler passionnément en direction du temple. Je croisai le regard de la chasseresse et lui signifiai mon accord d'un hochement de tête : Victoria joignit sa voix à celle d'Alanna, et la phalange commença à faire demi-tour.

Je détournai mon attention d'Alanna et de la bataille qui rageait autour de moi, et écoutai mon cœur… peut-être serait-il plus exact de dire mon âme.

Regarde, Bien-Aimée.

Je balayai l'horizon du regard, plissant les yeux pour voir au-delà des corps sanguinolents des combattants, faisant pivoter Eppy sur ses jambes arrière. Quand l'horizon ouest m'apparut, je cessai de respirer.

Woulff et McNamara arrivaient.

Les armées humaines ! Ils barraient d'un trait épais toute la limite occidentale des terres du temple. Sous le ciel à présent dégagé, leurs boucliers lointains miroitaient joyeusement.

Mais, alors même que mon cœur s'emballait, je compris qu'ils étaient trop loin, qu'ils n'arriveraient pas à temps. Nous étions déjà presque encerclés, piégés à mi-chemin entre la sécurité du temple et celle de la rivière.

Appelle-les, Bien-Aimée. Toi seule en es capable.

Je compris subitement la raison de ma présence. Aussi incroyable que cela puisse paraître, j'étais arrivée dans ce monde à la demande d'une déesse, qui m'avait choisie pour prendre la place d'une femme gâtée et égoïste. Dix années passées à diriger des jeunes gens m'avaient préparée à cette mission. Ces gens autour de moi m'appartenaient, tout comme je leur appartenais, moi aussi.

Pas besoin qu'on me le dise deux fois.

Rejetant ma cape terne, je libérai mes cheveux, enfonçai mes doigts dans mes boucles folles et les secouai jusqu'à ce qu'elles forment un halo électrique autour de mon visage.

J'aperçus près de moi un jeune garçon de ferme qui serrait courageusement un glaive dans sa main.

— Garçon !

Il me lança un regard mi-fasciné, mi-effrayé.

— Donne-moi ton glaive !

Sans hésitation, il se précipita pour me tendre son arme. Ma main se referma autour du manche lourd et solide et, avec un plaisir inattendu, je brandis l'épée au-dessus de ma tête, serrai les genoux contre les flancs d'Eppy et me penchai vers son encolure. Les hommes autour de nous s'écartèrent, surpris, tandis que la jument jaillissait en avant. Comme nous nous détachions du groupe de guerriers, je sentis un rayon de soleil toucher d'abord la lame de mon épée, puis traverser mon corps tout entier d'un éclair magnétique. Ma robe étincelait au soleil comme une pierre précieuse taillée par des anges pour la reine des fées. La magie qui avait illuminé mes empreintes m'illuminait à présent : je rayonnais.

Une petite côte surgit devant nous, qu'Eppy gravit au

galop. Arrivée au sommet, je tournai le dos à la bataille pour faire face à la lointaine rangée de guerriers humains. Mon épée toujours brandie au-dessus de ma tête, je tirai sur la crinière d'Eppy en serrant mes cuisses autour de ses flancs. La jument comprit : elle se cabra en poussant un hennissement terrible.

— A MOI ! hurlai-je.

Ma voix se gonfla de cette même force surnaturelle qu'Epona lui avait conférée pour appeler ClanFintan depuis le bord du marécage.

— VENEZ À MOI, WOULFF ET MCNAMARA !

Je tirai de nouveau sur la crinière d'Eppy, et elle se cabra encore en lançant un nouveau cri tonitruant.

Puis, j'entendis les voix des guerriers lointains s'élever en chœur.

— Epona ! Epona est là !

Redoublant de vitesse, ils surgirent vers moi. De mon épée brandie, je décrivis un grand cercle au-dessus de ma tête tandis qu'Eppy caracolait d'un côté à l'autre.

— A MOI, WOULFF !

Ma voix passionnée vibra d'un bout à l'autre du grand champ, et les guerriers de Woulff lancèrent un cri de bataille rugissant en galopant vers moi.

— A MOI, MCNAMARA !

Comme l'appel jaillissait de ma gorge, j'entendis mes cheveux crépiter autour de mon visage. Le cri de guerre des McNamara se mêla à celui des Woulff, et ils dévalèrent la longue pente qui nous séparait en une charge qui aurait obtenu l'approbation du prince des cow-boys en personne.

Puis, des guerriers derrière moi, s'éleva un troisième cri dans lequel vibrait leur volonté renouvelée d'arriver jusqu'au temple. Jetant un coup d'œil par-dessus mon épaule, j'eus juste le temps de voir se ruer sur moi un Fomore rugissant.

— Eppy ! hurlai-je.

La jument virevolta sur ses jambes arrière et attrapa du bout des dents le bord fragile de l'aile de la créature. Rejetant la tête en arrière, elle lui arracha la membrane. Le Fomore poussa un hurlement de douleur et perdit l'équilibre. Je levai mon épée au-dessus de ma tête et l'abattis à deux mains, tranchant la créature en deux de l'épaule jusqu'à la moitié du torse… puis le poids de son corps s'écroulant sur le sol m'arracha l'épée des mains.

L'instant d'après, un nouveau Fomore se perchait sur le corps du premier. Je ne pus que m'agripper à l'encolure d'Eppy pendant que celle-ci, dents et sabots luisant au soleil matinal, repoussait les créatures qui nous assaillaient.

Il me sembla qu'une éternité se passa pendant que la jument défendait notre petite colline, mais en réalité, quelques minutes seulement durent s'écouler avant qu'une nuée de formes ailées nous aient tout à fait encerclées.

— Laissez-les-moi ! cracha une voix familière.

Le cercle des Fomores s'ouvrit pour laisser passer la silhouette ensanglantée de Nuada, qui s'avança avec précaution.

— Femelle, railla-t-il, comme c'est prévenant à toi de t'être isolée ici pour m'attendre.

Eppy s'agita nerveusement sous moi et, à l'approche de Nuada, émit un cri d'avertissement.

— Il semble que ton amie ne soit pas aussi ravie de me voir, dit le chef des Fomores avec un rire horrible.

— Rhea ! rugit mon époux.

Je levai les yeux : il se dirigeait droit vers nous en courant.

Nuada le vit aussi.

— Tuez la jument, ordonna-t-il en se tournant pour affronter ClanFintan. Vite !

Tel un nœud coulant, le cercle de créatures se resserra autour de nous. Les yeux d'Eppy dardèrent des éclairs, et elle virevolta sur elle-même en distribuant à la ronde des coups de dents et de sabots. Mais le sol sous ses pieds, saturé de sang, était devenu glissant. Nous fîmes une atroce embardée : Eppy perdit pied et tomba à genoux. Incapable de résister à l'élan qui me projetait par-dessus son encolure, je volai vers le sol et atterris tête la première sur le sol trempé. Un éclair de douleur m'aveugla, et je sentis la lame d'une épée percuter ma tempe. Puis une obscurité étouffante se referma autour de moi.

Il n'y eut aucun interlude plaisant au Pays des Songes. Je plongeai dans l'inconscience la plus complète, me réfugiant au plus profond de moi-même, là où seule pouvait m'atteindre la voix d'une déesse.

Viens, Bien-Aimée. L'heure du repos n'est pas encore là. Il a besoin de toi.

Obéissant à son appel insistant, mon corps spirituel se détacha des ruines de mon corps physique et, luttant contre le vertige et la nausée, s'éleva au-dessus du champ de bataille. Au début, je ne vis rien d'autre qu'une masse floue et confuse de petits personnages ensanglantés.

Concentre-toi, murmura la Déesse.

Je pris une profonde inspiration et clignai des yeux pour m'éclaircir la vue. Quelques instants plus tard, tout devint net.

Des membres de ma garde personnelle avaient rejoint Eppy et semblaient en bonne voie de repousser les Fomores qui l'attaquaient. Avec soulagement, je reportai mon attention sur une scène qui se déroulait un peu à l'écart de la bataille principale. ClanFintan et Nuada se tournaient autour en se tenant en joue. Mon corps flotta vers l'endroit où ils s'affrontaient. Les deux mâles étaient couverts de sang et de sueur. Sur le crâne de Nuada, une nouvelle blessure de flèche saignait abondamment, et ses ailées balafrées et ensanglantées avait un air miteux.

M'approchant davantage, je m'aperçus que ce que j'avais

pris pour du sang sur son torse n'était autre qu'une éruption de boutons écarlates. Néanmoins, l'instant d'après, le furieux coup de griffes dont il lacéra l'épaule de ClanFintan m'apprit que la maladie n'avait pas encore sapé ses forces.

ClanFintan avait perdu son glaive, et se défendait à présent contre les attaques déchaînées de Nuada avec son seul poignard et ses sabots.

— Sors de mon chemin, canasson mutant, siffla le Fomore. Je vais prendre le corps de ta fiancée.

— Jamais.

Au lieu de l'enrager, les paroles de Nuada semblèrent avoir un effet apaisant sur ClanFintan. Il continua à se battre avec méthode, refusant de céder du terrain, mais ne trouvant pas non plus de nouvelles faiblesses dans les défenses du monstre.

— Tu sais qu'elle m'accueillera à bras ouverts, lança Nuada en lançant un grand coup de griffes en direction de son adversaire.

Ni paroles, ni griffes ne trouvèrent leur cible.

— Jamais, répéta ClanFintan de sa voix profonde.

— *A supposer* qu'elle soit encore en vie, poursuivit Nuada.

Cette fois, il parvint à faire réagir le centaure, qui se rua subitement sur lui. Nuada se lança à sa rencontre et les deux restèrent aux prises l'un avec l'autre, enlacés dans une étreinte mortelle : les dents de Nuada se trouvaient à quelques centimètres du cou de ClanFintan, tandis que le poignard du centaure flottait au-dessus de la veine jugulaire du Fomore.

Mon corps descendit pour se ranger à côté de mon mari, à quelques centimètres au-dessus de sa tête. Je n'allais pas regarder ces créatures assassiner encore un autre homme que j'aimais !

Tandis que cette pensée me traversait l'esprit, un léger

frémissement m'annonça que je devenais visible. Je croisai mentalement les doigts : pourvu que cela ait l'effet voulu !

— Hé, Nuada ! lançai-je d'une voix séductrice. C'est moi que tu cherches, mon grand ?

Au son de ma voix, Nuada releva brusquement la tête. L'espace d'un instant, sa concentration se brisa. Mon mari libéra sa main de l'emprise du Fomore et trancha la veine qui palpitait à son cou. Je vis une expression d'incrédulité passer sur le visage de Nuada tandis qu'il trébuchait et s'écroulait. ClanFintan se cabra, levant ses sabots luisants de sang au-dessus du corps de la créature.

— Jamais ! lança-t-il d'une voix dure.

Ses sabots s'abattirent sur son ennemi à de nombreuses reprises, broyant le corps de Nuada comme pour l'effacer de la surface de la terre.

Un grand cri en contrebas me fit détourner les yeux juste à temps pour voir les armées de Woulff et de McNamara rallier nos guerriers. Rassemblés en une seule armée immense, ils se mirent à décimer les Fomore affaiblis.

Une vague de vertige m'accabla, et j'éprouvai soudain des difficultés à respirer.

— Rhea ! dit une voix très lointaine.

Je ne peux pas…

Mon corps flottant fut inexorablement attiré par l'autre, celui qui gisait sur le sol. Aspirée par l'obscurité, j'entrouvris les paupières et vis ClanFintan se précipiter vers moi.

— Tiens bon, dit-il en me prenant dans ses bras, je te ramène à la maison.

Puis je ne vis plus rien.

24.

Au soir, sentant le vent tourner, j'en remerciai ma déesse. Depuis trois jours, l'air du temple était pollué par une odeur de chair brûlée qui n'apaisait nullement mon mal de crâne percutant. Carolan m'avait assuré que la bosse sur ma tempe gauche faisait à peine « la grosseur d'une coque de jeune poussin », mais moi, j'étais presque sûre qu'elle était aussi grosse qu'un pamplemousse transgénique et qu'elle rassemblait toutes les couleurs de l'arc-en-ciel. Quoi qu'il en soit, chacun s'accordait à dire que j'allais survivre et garder toute ma tête. Encore heureux !

Les Fomores avaient été tués par milliers. Face à nos armées réunies, les créatures affaiblies par la maladie n'avaient eu aucune chance.

Après la bataille, Carolan émit l'hypothèse suivante : les Fomores étant humanoïdes sans être véritablement humains, ils s'étaient révélés exceptionnellement sensibles à la maladie. La durée d'incubation s'en était trouvée réduite, la succession des symptômes accélérée. Au soir de la bataille, l'on avait assisté à des scènes tout droit sorties de *La Nuit des morts-vivants*. Du moins, c'est ainsi que Victoria me les décrivit (elle n'avait pas vu le film, évidemment). Etant donné que je dérivais alors au Royaume des Commotions Cérébrales, où l'on voit tout en double et où l'on vomit sans arrêt, je dus me contenter de comptes rendus de seconde main. D'après Vic, les créatures s'étaient soudain mises à arracher leur propre chair à la force de leurs griffes. Coupés de la réalité, aux prises avec leur propre peau qui les mettait à la torture, ils déchiquetaient sans merci leur chair déjà meurtrie par la bataille. Les chasseresses, m'expliqua-t-elle, s'étaient chargées de mettre fin à leur calvaire.

— Si nous les avions laissés souffrir, me dit Victoria, nous n'aurions pas valu mieux qu'eux.

Ainsi la bataille s'était-elle terminée sur une note de miséricorde.

Restait à savoir ce que l'on pouvait faire pour aider les femmes qui portaient des fœtus fomores : Carolan y travaillait diligemment. Le temps pour les femmes du Donjon du Gardien d'être transportées jusqu'ici, nous assura-t-il, il aurait trouvé une solution.

— Bon sang, ce que je peux en avoir assez de rester au lit ! grommelai-je.

D'autant que ce séjour sous la couette n'avait rien d'un interlude romantique. Non, c'était plutôt le genre d'interlude où l'on évite de remuer la tête et où l'on s'endort toutes les dix minutes.

Avec précaution, je me redressai dans le lit en priant pour que le tournoiement du décor et les vomissements qui s'ensuivaient eussent fait leur temps. Bonne nouvelle : à part ma migraine lancinante, tout semblait normal.

Je sortis du lit et me levai.

Bon, disons *plus ou moins normal.* En temps vraiment normal, les battements de mon cœur ne me faisaient pas l'effet de coups de poing dans la poitrine. Je m'avançai prudemment et ouvrit l'une des grandes portes-fenêtres qui donnaient dans mon jardin privé. C'était une soirée magnifique, douce et lumineuse. Je sortis, fis quelques pas et respirai profondément le parfum du chèvrefeuille qui fleurissait tout le long des murs.

— Dame Rhiannon ! pépia une petite voix.

Une jeune fille traversa timidement le jardin et fit une profonde révérence devant moi.

— Tarah !

Je lui tendis les bras et la serrai contre moi de toutes mes forces.

— Madame !

Elle m'enlaça avec autant d'enthousiasme, son beau visage rosissant de plaisir.

— Les palefrenières m'envoient vous demander si vous êtes suffisamment rétablie pour venir jusqu'à l'écurie.

Elle eut un grand sourire.

— La petite fille, Kristianna, est prête à faire sa promenade sur le dos d'Epona.

— Excellente nouvelle. Dites-leur que j'arrive.

— Je suis très heureuse de vous voir guérie, madame.

— Moi aussi, je suis heureuse de te voir guérie.

La plupart des croûtes étaient tombées de ses bras et de son visage, et je savais déjà qu'elle avait eu de la chance. A part quelques cicatrices qui s'estomperaient avec le temps, elle n'allait garder aucune trace de la maladie.

— Merci, madame. J'ai hâte de reprendre mon travail.

Prise d'un nouvel accès de timidité, elle détourna la tête… et je fus frappée par une révélation inattendue. Le profil de la jeune fille ressemblait à celui de Terpsichore, au point que des larmes me vinrent aux yeux.

— Ma chérie, as-tu déjà pensé que tu pourrais avoir un avenir dans la danse ?

Son visage s'empourpra ; elle peinait manifestement à retenir son enthousiasme.

— Madame, je ne rêve que de ça !

Une intuition me disait que la Muse martyre m'eût approuvée dans ce choix de successeur.

— Pas de précipitation, dis-je. Quand tu seras tout à fait rétablie, tu reviendras me voir et nous reparlerons de ces fameux rêves.

Je l'écoutai babiller gaiement tandis que nous traversions le jardin vers la porte qui menait aux écuries.

— N'oublie pas, lançai-je tandis qu'elle partait en sautillant annoncer mon arrivée, de revenir me voir quand tu te sentiras plus forte.

— Madame, comment pourrais-je l'oublier ?

— Tu envisages d'aider Thalie à reconstruire le Temple des Muses ? dit une voix de velours.

— En fait, je pensais surtout à Terpsichore et à ce qu'elle aurait souhaité, répondis-je sur un ton songeur.

Inclinant la tête, je regardai ClanFintan sortir de l'ombre et s'avancer vers moi. La douce lumière du soir flattait un visage et une silhouette qui n'avaient nullement besoin de clémence. Ses muscles puissants apparaissaient sous sa veste entrouverte, et ses blessures récentes lui prêtaient décidément un air de mauvais garçon.

— S'il te plaît, dis-je, ne me demande pas comment je me sens, et ne me renvoie pas au lit.

C'était dit sur un ton légèrement ronchon, je m'en rendais compte.

— Tu sembles tenir debout et marcher droit, constata mon mari. Et tu n'as plus l'air de vomir en permanence.

— Oui, tu te rends compte ? Ça fait un jour entier que je n'ai plus vomi.

C'était sûr, à présent : j'étais de mauvaise humeur. Mais cela ne semblait pas décourager mon mari.

— Eh bien, qu'est-ce que tu as fait à la place ? demanda-t-il d'un ton amusé.

— J'ai réfléchi à la possibilité de faire revenir Maraid pour qu'Alanna puisse commencer à la former.

Il me lança un regard perplexe.

— Alanna a besoin d'une assistante pour ne plus être aussi débordée en permanence. Pour qu'elle et Carolan puissent passer plus de temps *ensemble*.

Je disposai mes mains en forme de rectangle comme pour encadrer une image.

— Je vois… je vois trois petites filles dans leur avenir.

Il s'avança vers moi, mit ses bras autour de ma taille et me souleva pour me plaquer contre son corps.

— Et dans notre avenir, Rhea, que vois-tu ?

Sa voix s'approfondit et prit ce timbre érotique que je connaissais si bien, et qui m'avait tant manqué au cours des nuits précédentes.

— Je vois…

Je mordillai le lobe de son oreille. De joyeux ébats avec mon mari constitueraient peut-être un remède miracle contre le mal de tête.

— Je vois une métamorphose ce soir même.

Il rit doucement et changea de position, passant son bras sous mes fesses pour me soutenir.

— Je parlais plutôt de nos enfants à venir.

— *Nos enfants !* glapis-je en sentant mon cœur s'accélérer.

— Bien sûr, dit-il en riant de plus belle. On ne peut pas dire que nous ayons été chastes.

— Mais…

— Dans ton ancien monde, personne ne t'a jamais expliqué d'où viennent les enfants ?

Il me scruta avec un air faussement grave.

— Mais… répétai-je, qu'est-ce que ce sera ?

— Un garçon ou une fille ? dit-il innocemment. Je me le demande…

Je donnai un petit coup de poing sur son torse musclé.

— Je voulais dire cheval ou humain.

— Eh bien…

ClanFintan me sourit et m'embrassa sur le front.

— Quoi qu'il en soit, ce sera certainement un bon cavalier.

Je glissai ma main entre nos deux corps pour la poser sur mon ventre encore (relativement) plat. Il me sembla percevoir un frémissement sous ma paume ; je retirai ma main comme si j'avais reçu une décharge électrique.

— Un bébé ? dis-je d'une voix tremblotante.

— Peut-être sens-tu la promesse de l'avenir.

Il me serra contre lui, m'enveloppant dans la chaleur de son corps.

— La promesse de l'avenir, dis-je.

— De *notre* avenir, rectifia-t-il.

— *Notre* avenir, répétai-je. Ça me plaît.

— Moi aussi, chuchota-t-il contre ma bouche, ça me plaît, Shannon. Enormément.

DANS LA MÊME COLLECTION

Par ordre alphabétique d'auteur

CATHERINE ASARO	*La magicienne*•
P.C. CAST	*La prophétie maudite*
P.C. CAST	*La chasseresse*
P.C. CAST	*L'élue d'Epona*
GAIL DAYTON	*La rose des vents*
GAIL DAYTON	*La Rose et la Ronce*
LAURA ANNE GILMAN	*La magie de l'orage*
LAURA ANNE GILMAN	*La malédiction de l'ombre*
CHRISTIE GOLDEN	*La légende du dragon*
CHRISTIE GOLDEN	*La légende des glaces*
DEBORAH HALE	*La légende du royaume oublié*
DEBORAH HALE	*L'oracle de Margyle*
MICHELE HAUF	*La malédiction de l'ange noir*
MICHELE HAUF	*Gossamyr*
MICHELE HAUF	*Rhiana*
TANITH LEE	*La nuit des Sept Lunes*★
ANNE KELLEHER	*La dague d'argent*
ANNE KELLEHER	*L'amulette d'argent*
SUSAN KRINARD	*La malédiction du dieu de pierre*
MERCEDES LACKEY	*La magie de la Lune*★
MERCEDES LACKEY	*La chambre ensorcelée*•
RACHEL LEE	*Le secret de la rose blanche*
RACHEL LEE	*La prophétie de la Dame Blanche*
RACHEL LEE	*La clé de Morgania*•
RACHEL LEE	*L'ultime prophétie*
TANITH LEE	*La nuit des Sept Lunes*★
C.E. MURPHY	*Chamane*
C.E. MURPHY	*La lune rouge*★
C.E. MURPHY	*La magie de Siobhàn*

★ réunis dans le volume intitulé *Cœurs de lune* (Luna n° 16)

• réunis dans le volume intitulé *La légende des royaumes* (Luna n° 19)

.../...

DANS LA MÊME COLLECTION

Par ordre alphabétique d'auteur

ROBIN D. OWENS	*La prophétie de Lladrana*
MICHELLE SAGARA	*Le secret d'Elantra*
MICHELLE SAGARA	*La cité d'Elantra*
JERI SMITH-READY	*La messagère des deux mondes*
MARIA V. SNYDER	*Le poison écarlate*
MARIA V. SNYDER	*L'apprentie magicienne*

2 NOUVEAUTÉS À PARAÎTRE EN NOVEMBRE 2007

LUNA

Composé et édité par les
éditions Harlequin
Achevé d'imprimer en août 2007

par

LIBERDÚPLEX

Dépôt légal : septembre 2007
N° d'éditeur : 13038

Imprimé en Espagne